典名选丛书

古文释义

（上册）

普及类古籍整理图书专项资助项目

[清]余诚 编
吕莺 校注

北京出版集团公司
北京出版社

图书在版编目（CIP）数据

古文释义：全2册 /（清）余诚编；吕莺校注. —
北京：北京出版社，2018.6
ISBN 978-7-200-12878-9

Ⅰ. ①古… Ⅱ. ①余… ②吕… Ⅲ. ①古典散文—注
释—中国 Ⅳ. ① I262

中国版本图书馆 CIP 数据核字（2017）第 060760 号

总 策 划：安 东　　责任编辑：陶宇辰

古文释义（全 2 册）
GUWEN SHIYI
［清］余诚 编
吕莺 校注

出　版　北京出版集团公司
　　　　北京出版社
地　址　北京北三环中路 6 号
邮　编　100120
网　址　www.bph.com.cn
总 发 行　北京出版集团公司
印　刷　北京华联印刷有限公司
经　销　新华书店
开　本　880 毫米 ×1230 毫米　1/32
印　张　27.5
字　数　590 千字
版　次　2018 年 6 月第 1 版
印　次　2018 年 6 月第 1 次印刷
书　号　ISBN 978-7-200-12878-9
定　价　88.00 元（全 2 册）

前　言

《古文释义》为清代上元（今南京江宁县）人余诚乾隆八年编选评注。该书共计八卷，共收先秦至明散文（内含少量骈文）147篇，均为历代著名的古文精品。每一篇采取段落、字句旁批，上方细目评点（眉批），文后总评、注释、序解（译文）的形式。由于此书选篇浅近精良，批注全面精当，最便初学古文者学习，因此，此书一经刊印，便风靡于世，成为继《古文观止》之后又一部深受人们喜爱，流传广、影响大的蒙学读本。

古文选本，自《昭明文选》至清不下几十种，坊本更是多如牛毛。而能够使初学者开卷了然、胸中眼底触处洞悉的佳本却不多。《古文释义》虽不似《古文观止》名称响亮，所选古文也仅为《古文观止》的一半有余（《古文观止》所选古文220篇），然而其一针见血的批注，独特新颖的编排形式，却是《古文观止》及其他选本所未及的。过去的学生在读《古文观止》前往往先读此书，再读“观止”，缘由在于它的评注最宜于初学古文者。

中国古文字法、句法均非常讲究。往往一字一句含有很多意义，尤其像《左传》《国语》等先秦著作，言简意赅，有“一字褒贬之誉”，然而一般初学者理解起来实为困难。

本书选文首先点出每篇文章的来龙去脉、通篇大旨、社会背景，以便初学者尽快入门，理解全文，然后逐段、逐句甚至对一些个别字进行详细评点，指出文章纲目结构、承接转折、语法特点，以利学习者明其区别、悟其趣味、得其神妙、用其方法，实是学习古文、学习先人写作方法的良师益友。

今天我们对此书进行整理校注，删繁就简（将原书中眉批评点糅入文中段落、句旁；删原书序解），目的在于将书中精彩的批注、作者独到新颖的论述送于读者，以使学习者在学习时免去枯燥乏味的感觉，眼目清朗。

由于水平有限，不妥之处恳请批评指正。

吕莺

一九九六年二月

目　录

上册

《左传》

《战国策》

《楚辞》

下册

《史记》

东汉文

《左传》

《左传》是先秦历史文学中的一部名著，是《春秋左氏传》的简称，又名《左氏春秋》。《春秋》本是鲁国的一部编年史，但记事简括，仅是历史大事记。《左传》是鲁人左丘明以《春秋》为纲撰写的一部内容详细的编年史。

《左传》记事，自鲁隐公元年（公元前722年）至鲁哀公二十七年（公元前468年）止，共二百五十五年。主要记叙了春秋各国政治、军事、外交等方面重大的历史事件。

另外还有解释《春秋》的《公羊传》《穀梁传》，后人将这两部书和《左传》合称为《春秋三传》。

郑伯克段于鄢（隐公元年）

本篇选自《左传·隐公元年》。标题是《春秋》原文里的一句话。《春秋》经文一般记载兄弟之事，而《左传》之文，起止皆言母子，是“推原其所由起，而究其所终极也”。

《左传》中凡言“初者”，是记当时之事，推其所开始。

初，初者，因纪此日之事而推其所自始也。郑武公娶于申，曰武姜[①]，劈头一笔直提武姜，伏下“城颍如初”。生庄公，及共叔段。点明两人是同母兄弟。经文纪兄弟之事，而传文起止皆言母子，是原其所由起而究其所终极也，伏下“伐京、伐鄢”罪案。庄公寤生，惊姜氏，故名曰寤生，遂恶之[②]。此四句清出武姜恶庄公根由，见其恶之无理也。爱共叔段，紧接爱段，若因恶庄而见其爱，亦出于无名矣，爱恶是祸根，特为揭出。欲立之，亟请于武公，“欲立”是祸胎，再加上“亟请”，见其请非一两次，写姜僻溺颇尽致，而庄公此日之愤恨当不可以言语形容矣。公弗许[③]。

此一段叙出爱恶之由，为骨肉伤残张本。

及庄公即位，亦莫忽略看过，庄公之所以能成杀弟之志者全得力在此。为之请制[4]。庄公即位无可奈何，求一险阻之地为段安身之所，进可以徐图，退可以远患也，当非漫请者。公曰："制，岩邑也，严险是郑庄隐病，故开口道出此四字，应算失口，幸下句接得圆。虢叔死焉。他邑唯命[5]。"公之答词颇似爱段，其实恐段据险地，倘或变生不测，难以制服，其于姜氏来意未必不早以窥破，奸雄原有见识，又善于措词，使听者动情，则奸而且佞矣。请京，使居之，京之为地虽大，然必不险，可知在姜之请又其次而庄则非是不与居也，克段主张此日已安排妥矣。谓之京城大叔[6]。三请，写尽姜氏僻溺。段之伎俩，庄必久已深悉，故又加之尊号以侈其志，使段堕入术中，而不知此正是下毒手处。

祭仲曰："都城过百雉，国之害也[7]。先王之制：大都，不过参国之一；中，五之一；小，九之一[8]。持论颇有原本，特未知郑庄心事耳。今京不度，非制也，君将不堪[9]。"公曰："姜氏欲之，冲口提出"姜氏"二字，足见胸中愤恨无限。焉辟害[10]？"先归咎于母，作"城颍"伏案。对曰："姜氏，何厌之有？不如早为之所，无所滋蔓[11]。蔓，难图也。蔓草犹不可除，况君之宠弟乎！"此一段祭仲详图制陈利害，而公归之于母命也。公曰："多行不义必自毙，宽以养恶，何等安闲。于姑待之。"此段祭仲意欲两全，而岂合公意？犹一"待"字深情已如揭矣。徐观其变，越写得祭仲迂阔，越见得庄公狠毒。

既而大叔命西鄙、北鄙贰于己⑫。是段初不义处。公子吕曰："国不堪贰，君将若之何⑬？欲与大叔，臣请事之；故作反激话陪起"除之"。若弗与，则请除之，声贰两鄙罪。无生民心。"公子吕语较祭仲语更激切无如，皆非公志。公曰："无庸，将自及。"仍前自毙意，全不着急。此一段言公子吕谏公除叔，而庄公仍欲养其恶也。

大叔又收贰以为己邑，至于廪延⑭。更不义矣。子封曰："可矣！厚将得众⑮。"公子吕又谏。公曰："不义不昵，厚将崩⑯。"不紧不忙，愈狠愈毒。郑庄止谏。一路步步写紧，人所视为危殆者，公皆若处之坦然，非果坦然也，公直欲纵其恶至十分，方才下手。一则曰，自毙，二则曰将崩，总是要他自投法网，而段或以为得计，岂非愚矣，段愈愚矣，罪愈在庄矣。文妙能曲曲传出，此一段公子吕又陈而郑庄又止之。

大叔完聚，缮甲兵⑰，具卒乘，将袭郑，此四句为段罪案，正其大不义处。夫人将启之⑱。了"欲立"句，两"将"字为段与姜出脱。公闻其期，"闻"字独属在公身上，足见公一刻不能忘段之意。曰："可矣！"命子封帅车二百乘以伐京⑲。直待酿成罪恶至此方才下手，狠毒无敌，且师出有名。京叛大叔段，投入于鄢。公伐诸鄢⑳。复自为伐，期在必杀。五月辛丑，大叔出奔共㉑。此段事叙毕。正叙叔之叛败而奔共。

书曰："郑伯克段于鄢㉒。"忽叙入经文详著，书法笔力老横。

段不弟，故不言弟，如二君，故曰“克”。称郑伯，讥失教也。谓之郑志，不言出奔，难之也㉓。“失教、郑志”，一篇主意在此。此段就经文详解其兄弟之失义也。

遂置姜氏于城颍㉔，遥接“出奔共”句。而誓之曰：“不及黄泉，无相见也㉕！”此下重叙郑庄待母之事。既而悔之。颍考叔为颍谷封人，闻之，有献于公㉖。公赐之食，食舍肉㉗。公问之，对曰：“小人有母，开口四字，直刺人心。皆尝小人之食矣；未尝君之羹，请以遗之㉘！”若只为自己母亲起见。公曰：“尔有母遗，繄我独无㉙！”被颍考叔触动悔心，故不觉冲口道出。颍考叔曰：“敢问何谓也㉚？”公语之故，且告之悔。括以简笔。对曰：“君何患焉！若阙地及泉，隧而相见，其谁曰不然㉛？”特地为公划一妙策。公从之。公入而赋：“大隧之中，其乐也融融！”庄公之悔，虽是一番假意，此际却也必有此真情。姜出而赋：“大隧之外，其乐也泄泄㉜！”遂为母子如初。“遂”字与篇首“遂”字应，“初”字与篇首“初”字应。此一段庄公怨母而绝之而颍考叔善于迎机开导，俾全其母子之情也。

君子曰㉝：颍考叔，纯孝也。爱其母，施及庄公㉞。传凡称“君子曰”者，其皆假设之词，所以伸其论断也。《诗》曰：“孝子不匮，永锡尔类㉟。”其是之谓乎㊱！结语微婉，讥刺庄公之意隐然言外，此一段赞考叔作结，正所以罪郑庄也。

[**诚评**] 骨肉之际，惟宜以真情相与，不容一毫虚伪于其间也，岂第不可怨母杀弟而已哉？不幸而父母僻溺，昆季乖违，务必委婉绸缪，曲意维持。俾得回心向道，同归善域，如虞舜之克谐烝父，乃无歉于为子为兄之道。武姜因寤生而恶庄公，而爱叔段，其爱恶原极糊涂轻浅，非有大不可解之故。但其欲立叔段则不欲立庄公，可知迨至庄公即位而为叔段请制、请京，甚且将启为内应，武姜之僻溺亦已极矣，然而未至如舜母之嚚也。叔段多材好勇，一纨绔子也。其贰西北鄙、收二邑至廪延，则更愚呆。盖居京之后，正当敛迹之时，胡乃放肆，至此也。若完缮而欲袭郑，则几几乎杀郑庄矣。然亦未如象之傲日以杀舜为事也。夫以嚚母傲弟，舜且处之，各得其所，则为郑庄者，何难保全母子兄弟之情？况舜之母，后母也；象，异母弟也。姜则生母，段则同胞弟，处此当更有易焉者。而庄公乃令骨肉残伤若是，是盖缘郑庄残忍性成。君臣、母子、昆弟间无一可告无罪者也。父母恶之，劳而不怨，天下无不是的父母，母纵有无端之恶，自可婉转顺受，以俟其自悟。积而至于将启，虽由其僻溺所致，而郑庄之不孝，已明矣。段而素无杀兄之心耶？段而素有杀兄之心，亦当如舜之封象于有庳，便为处之，得其所矣。胡乃使之居京，且尊为大叔以侈之，使纵

其情而无所忌惮，渐而至于将袭郑乎？且郑庄既立，则其于段也，虽兄弟而有君臣之谊，教之以纳于正，奚不可者？然则段之将袭，姜之将启，不皆郑庄之罪耶？盖自姜恶庄爱段，郑庄早已有无限愤恨，即欲置母与弟于死地而后快。此志一定，孰得而转移之，所以举朝皆热心亟谏，而郑庄偏自闲冷，及至将袭、将启，而后母与弟一齐发落。后来母子如初，全赖考叔一番作用，其悔也，或亦良心不昧。然终恐愤恨未必尽平，况当日但闻掘隧见母，未闻反弟与国安在，其果真悔也？视虞舜之处骨肉，殊不啻天渊之悬绝矣。左氏体认《春秋》书法微旨，断以“失教、郑志”，通篇尽情发明此四字，以简古透快之笔，写惨刻伤残之事，不特使诸色人须眉毕现，直令郑庄狠毒性情流露满纸，千百载后可以洞见其心，真是鬼斧神工，非寻常笔墨所能到也。其实字法、句法、承接法、衬托法、摹写法、铺叙断制法、起伏照应法，一一金针度与。固宜吕东莱谓为“十分笔力”，吴苏右称以“文章之祖也”。

注释：

①初：起初。《左传》记叙往事的习惯说法。郑武公：

郑庄公之父，名掘突。谥号“武”。申：姜姓国，是侯爵一级的诸侯国，在今河南省南阳县。春秋初期，为楚文王所灭。　武姜：武公之妻姜氏。“武”是武公的谥号，“姜”是母家的姓氏。

②共叔段：以段逃奔共国，故称之为共叔段。　寤（wù）生：胎儿倒着生出来，是一种难产现象。　遂：从此。恶（wù）：讨厌，厌恶。

③亟（qì）：屡次。　弗（fú）：不。

④之：指共叔段。　制：郑地名，在今河南省荥阳东北，地势险恶。又名虎牢。

⑤岩：险峻。　虢（guó）叔：姬姓，东虢国的国君。倚仗制地的险要，不修国政，公元前767年为郑国所灭。　死焉：死在那里。　他邑唯命：其他的地方，我都可以唯命是从。

⑥京：郑邑名。在今河南省荥阳东南二十余里。　谓：称作。　大（tài）叔：对共叔段的尊称。大，同“太”。

⑦祭（zhài）仲：郑国大夫。祭是他的食邑。　都：有宗庙的城邑。　城：指城墙。　雉（zhì）：古度量名。古代城墙长三丈、高一丈为一雉。　国之害也：国家的祸患。

⑧制：制度，规定。郑是伯级诸侯，根据当时的制度，侯伯一级的城墙为三百雉，它的下属都城，大的不能超过它的三

分之一，中等的不能超过它的五分之一，小的不能超过它的九分之一。即文中所说：“大都，不过参国之一；中，五之一；小，九之一。”

⑨不度：不合法度。　非制：不符合先王的制度。　君：您。　不堪：受不了，指无法控制。

⑩焉：疑问代词，怎么能。　辟：同“避”，躲避。

⑪为：动词，安排。　所：处所。　无所滋蔓：不要让他滋长蔓延。

⑫既而：没过多久。　西鄙、北鄙：指西面与北面的边邑。　贰于己：兼属自己所管。贰，两属。

⑬公子吕：郑国大夫，字子封。　若之何：怎么办。

⑭贰：指那些两属的地方。　至于：达到。　廪延：郑国邑名，在今河南省延津县北。

⑮厚：谓土地得到扩张。　众：民众，引申为力量。

⑯不义：指对国君不忠。　不昵：得不到人们的拥戴。昵，亲的意思。此有拥护、拥戴之意。　崩：垮台。

⑰完：完成对城郭的修整。　聚：聚积民众。　缮：制造，修造。　甲兵：此泛指武器。

⑱具：置备。　卒：步兵。乘（shèng）：兵车。　夫人：指武姜。　启之：为段打开城门。指做内应。

⑲期：袭郑的日期。　帅：通“率”。率领。　二百乘：古时兵车一乘上站甲士三人，步卒七十二人。二百乘，即甲士六百人，步卒一万四千四百人。可见郑庄公对大叔段是加以重兵的。

⑳诸：之于。　鄢（yān）：郑地名。在今河南省鄢陵县。

㉑出奔：出逃。　共：国名。

㉒书：指《春秋》。　郑伯：因郑是伯一级的诸侯国，故称其君为郑伯。　克：战胜。

㉓郑志：指杀其弟段原是郑庄公的本意。志，意图。　难之也：指史官有这么说的难处。

㉔置：安置。此有放逐的意思。　城颍：郑邑名。在今河南省临颍西北。

㉕“不及黄泉”二句：指不到死后，永不相见。黄泉，指人死后的墓穴。古人认为天为玄，地为黄，泉在地下，故称“黄泉”。

㉖颍考叔：人名，郑国大夫。　颍谷：郑边邑。在今河南省登封县西南。　封人：官名，掌典守封疆。　有献于公：向庄公进献东西。

㉗舍：指不吃放在一旁。

㉘羹（gēng）：浓肉汤。此指肉。　遗（wèi）：赠送。

㉙尔：你。　繄（yī）：句首语气词，同“惟”。

㉚敢：表示谦敬的词，有冒昧的意思。　何谓：为什么这样说。

㉛阙：通“掘”，挖。　隧：用作动词，挖隧道。　其：用以加强反问语气的语气词。　谁曰不然：谁能说不是这样。然：代词，指上文的黄泉相见。

㉜泄泄：舒畅快乐之意。

㉝君子曰：《左传》中，凡说“君子曰”，大都是作者的假托，用以发表自己的评论。

㉞施（yì）：延长，推广。

㉟《诗》：指《诗经》。　“孝子不匮”二句：出自《诗经·大雅·既醉》，意思是，孝子的孝道是没有穷尽的，人们应该世代相传。　匮（kuì）：竭尽。　锡：通“赐”，给予。　类：指同类的人。

㊱其是之谓：即“其谓是”。　其：表示委婉的语气。是：这个，指颍考叔。此句话的意思是指，颍考叔的做法符合《诗经》所歌颂的品德。

周郑交质（隐公三年）

本篇选自《左传·隐公三年》。是附传。《左传》本以《春秋》为纲，是以“有经斯有传”。但《春秋》经文上无记载，《左传》却有，叫作附传。

本篇记叙了君臣互质其子，明不背约，实际上君弱臣强，名分大乱。

郑武公、庄公为平王卿士①。开首一笔，使上下秩然，丝毫不容假借，定案已立矣。王贰于虢，紧接咎平王也，不信。郑伯怨王②。诛郑伯也。然平王亦不堪矣。直笔中大有深意，勿忽过，此无礼。王曰：“无之。”将平王畏郑庄情形一笔描出，其摹写昏弱口吻，千载如生。故周郑交质③。王子狐为质于郑，正叙交质，明不贰。郑公子忽为质于周④。明无怨。此段叙周郑交质之由。其中“曰贰”“曰怨”，祸胎在此。其始曰庄公以其服事王朝，故称谥予之，其继曰郑伯以其敢怨君，故称爵贬之，赏罚字字分明。

王崩，周人将畀虢公政⑤。“周人”二字亦宜着眼，见郑之威权，举朝皆有所难堪，不独一王然也。四月，郑祭足帅师取温之麦⑥，秋，又取成周之禾⑦。郑大无礼，怨周失信。周郑交恶⑧。应前交质，足见无益。此段叙交恶之由。

君子曰：信不由中⑨，质无益也。此二句为一层，一篇记断之纲。明恕而行，要之以礼⑩；虽无有质，谁能间之⑪？此四句为一层，是言不必用质。苟有明信，涧溪沼沚之毛，蘋蘩蕰藻之菜⑫，筐筥锜釜之器，潢污行潦之水⑬，可荐于鬼神，可羞于王公⑭，此七句为一层，是曲一笔，以为反衬，申明不必用质之意。而况君子结二国之信，行之以礼，又焉用质？此三句一层，正申不必用质，不直指周郑，而影合周郑，词婉意严。《风》有《采蘩》《采蘋》⑮，《雅》有《行苇》《泂酌》⑯，昭忠信也⑰。此三句引证作结，层层归重信、礼上，笔意曲折灵警。此段断其质之无益而详论之，以见周失信，郑无礼也。文中一则曰周郑，再则曰周郑，复终之曰“二国”，以君臣而视，若敌国者。然王室之卑，郑伯之肆胥，彰明较著矣。

[**诚评**] 君臣之道，各期自尽。使以礼事以忠千古，君臣之极也。君而得忠，盖固当以礼，即驭奸佞，亦当以礼；臣而佐圣明，固当以忠，即值昏弱，亦当以忠。设平王以礼使郑

庄就令，郑庄恃武公死难之勋，举动乖张，犹当委心信任，推诚相与，倘后仍不知悛，竟削夺其权，移之他人，何不可者？平王乃无端贰虢，及郑庄忿怒，又讳言以诳之，大失敬大臣之体矣。然使郑庄忠事平王，则虽平王实有贰心与夫，后来果畀虢政，而所以事之者，正当表里始终如一，方不愧为纯臣。胡遽然怨、遽然交质、更遽然取麦、取禾而交恶？心目中无君，当必匪伊朝夕矣，罪可胜诛乎哉？是则君不君，臣不臣，厥罪惟均世人，或专责郑庄，或专咎平王，纵非左袒，终未足为平允之论也。左氏劈头特书一笔，使上下名分凛然难越，以下层层写出周之不信，郑之无礼，仅七十余字，括尽许多事迹，描出许多情形，而且平平叙次中，君臣罪过皆见。“君子曰”以下，揭出“信礼”二字作眼目，闲闲论断，不泥在周郑上说煞，而周郑罪过不言已喻。神闲致远，笔挟飞霜。至一意翻作五层，更极纵横排奡之势，虽寥寥九十余字，窃恐他人滔滔滚滚千万言莫能罄也，奇文至文！

注释：

①平王：即周平王，名宜臼，幽王富涅之子。周幽王被申

侯联合犬戎攻杀后，他被申、鲁、许等国拥立于申。后自镐迁都王城，依靠晋、郑两国夹辅立国，史称东周。　卿士：执掌国政的大臣。

②王贰于虢：指周平王害怕郑庄公权力过于集中，想分一部分权力给西虢公。虢：指西虢公，当时也仕于周王朝。怨：怨恨。

③交质：古代各诸侯国经常以人为质，作为信守盟约的保证。交，互相交换。质，人质，以人作抵押品。

④王子狐：平王的儿子名狐。　郑公子忽：郑庄公的儿子名忽。

⑤崩：古代帝王死了称崩。《礼记·曲礼》说："天子死曰崩，诸侯曰薨，大夫曰卒，士曰不禄，庶人曰死。"　畀（bì）：给予。

⑥祭足：即郑国大夫祭仲。　温：周邑名，在今河南省温县南。

⑦秋：现在的夏。　取：有糟蹋的意思，因为古时的四月与秋，麦禾尚未成熟。　成周：周王室的首都，在今河南省洛阳市东约四十里。　禾：指谷物。

⑧交恶：互相怀恨在心。

⑨信不由中：信任不是出自内心。中，通"衷"，指内心。

⑩明：指相互知心。　恕：原谅。　要（yāo）：结交。

⑪间（jiàn）：离间。

⑫沼：小池。　沚：水中的小洲。　毛：草。　蘋：通“萍”，浮萍。　蘩（fán）：白蒿，菊科多年生草本植物。　薀藻：水草。

⑬筐筥（jǔ）：竹器。方的为筐，圆的为筥。　锜（qí）釜：鼎属的金器。有足叫锜，无足叫釜。　潢（huáng）污：不流动的水。　行潦（háng lǎo）：流动的水。

⑭荐、羞：同义，进献。　王公：指天子诸侯。

⑮《风》：指《诗经·国风》。　《采蘩》《采蘋》：《诗经·国风》里的两篇。有不嫌物薄之意。

⑯《雅》：指《诗经·大雅》。　《行苇》《泂酌》：《诗经·大雅·生民之什》中的两篇。《行苇》篇有喻忠厚之意，《泂酌》篇有行潦可供祭祀之意。

⑰昭：表明。

石碏谏宠州吁（隐公四年）

本篇选自《左传·隐公四年》。记叙了卫庄公过分宠爱公子州吁，大夫石碏进谏，庄公不听，终于发生公子州吁杀死卫桓公自立为国君的事。

卫庄公娶于齐东宫得臣之妹，曰庄姜[①]。首句十五个字作一句读，特表其所生之贵，当为卫人嫡小君与“嬖人”对照。美而无子，“无子”二字有眼，见其无可立，是宠州吁张本。卫人所为赋《硕人》也[②]。引证作束，句存间致。又娶于陈，“娶”字与首句“娶”对照下“嬖人”，皆宜着眼。曰厉妫，生孝伯，蚤死[③]。虽是实叙，亦正是为桓公作衬。其娣戴妫生桓公，庄姜以为己子[④]。上应“无子”，下伏“立子”大有关照，此一段叙明庄姜无子，为以桓公为子张本。

公子州吁，嬖人之子也[⑤]。“嬖人之子”四字骂尽州吁，初看似表其母之不正，以见其子不正之由，实是因其子不正并及其母，细玩自明。有宠而好兵，五字为祸根。是进谏张本。盖有宠已足致祸，又加好兵，则更有作祸之机，谋国者焉能不谏。“好兵”，即是邪，宠，邪之所自来也。公弗禁，正是罪庄公处，写尽庄公之宠州吁。庄姜恶之。“恶之”，近则反对公之“弗禁”，远则反照“以为己子”，下则正起碏之谏，此段叙明州吁得宠之由，为石碏谏张本。

石碏谏曰⑥：“臣闻爱子，教之以义方，“教之”反对“弗禁”，“义方”反对“好兵”。弗纳于邪⑦。“邪”暗指好兵。此三句浑括大意，法戒昭然。骄，奢，淫，佚，所自邪也⑧。紧跟“邪”字，指出“邪”之所来。四者之来，宠禄过也⑨。此一段谏公当以“义方”教子，不可溺爱而生祸也，归根在“宠”上。将立州吁，乃定之矣⑩；若犹未也，阶之为祸⑪。上皆泛论，此方切州吁言，正论时事，却故作顿宕，吞吐入妙。夫宠而不骄，骄而能降，降而不憾，憾而能眕者⑫，鲜矣。此段是就宠上顺推出生祸次第。且夫贱妨贵，少陵长⑬；远间亲，新间旧⑭；小加大，淫破义，所谓六逆也⑮。不安本分，谓之逆。君义，臣行⑯，父慈，子孝，兄爱，弟敬，所谓六顺也⑰。各循其理，谓之顺。六顺六逆所包者广，不泥宠州吁，亦不离宠州吁。去顺效逆，所以速祸也⑱。“速”字较前“纳”字、“阶”字，更紧。君人者，将祸是务去⑲，此“祸”字并上“祸”字，皆紧与上文“阶之为祸”相应。而速之，无乃不可乎⑳？”此一段以顺逆之理救之，见州吁必不可宠。

弗听。“弗听”二字，更是罪庄公处。其子厚与州吁游㉑，禁之，不可，桓公立，乃老[22]。此一段言谏君既不从，戒子又不听，新君立，石碏即退老也。

［**诚评**］此传因是年桓公为州吁所杀，而追录其事之始终，以罪庄公也。其曰纳邪、曰阶祸、曰速祸，语语归罪庄公。见桓公之死，死于庄公之手也。虽石碏谏时，尚未见杀之迹，然据其“有宠而好兵”，则其后来之必弑桓公，可预为决矣。故正叙州吁处，只此五字，而州吁之作祸，桓公之受祸，庄公之酿祸，一齐都到。夫往者不谏，来者可追，苟及此时，而严以教之，格其非心，即不能为正人君子，或可免为贼子乱臣。石碏所为不能默然，已乎其谏之义，大抵是要杜渐防微，词旨最为恳切。开口特提出“教之以义方，弗纳于邪”九字，作侃侃正论；随以“骄、奢、淫、佚”指出邪所自来；又以“四者之来”，归在宠禄之过，则宠之生祸，已自昭著于此；直以“将立”四语作危言以耸听，能不令人惊心动魄耶！其下复径接“宠”字，递推出所以生祸之故，虽属泛言，而州吁之不宜宠，益可见矣。“且夫”以下顺逆并陈，而以“去顺效逆”为速祸，则州吁固不宜宠，而嬖妾僭嫡亦断然不可之意隐隐言外。其不粘在庄公身上说，义严词婉，立言亦极有体。此谏谋深虑远，关系匪轻，无奈庄公狂荡暴疾，僻溺之意牢不可

破，难以挽回，纵州吁为邪行，以致桓公见杀，庄公恶能逃其罪哉？借使庄公肯听此谏，从前即有弗禁之失，尚或不难匡救。篇中“弗禁”“弗听”，皆特笔也。至入手详叙姜桓、州吁本末，字字针锋相对，尤当细心寻绎。

注释：

①卫庄公：卫国国君。名扬，武公之子。　齐：国名，姜姓，姜太公之后。在今山东东北部中部。　东宫：古代太子住的宫，以此借称太子。　得臣：齐太子之名，齐庄公之子，早死，未得立。　庄姜：卫庄公之夫人。“姜”是她的母姓，“庄”是其丈夫的谥号。

②赋：赋诗，不歌而颂。　《硕人》：《诗经·卫风》的诗篇。

③陈：国名。在今河南东部和安徽西部。　厉妫（guī）：“厉”是谥号，妫，妫姓，相传为舜的后代。　蚤：同“早”。

④娣（dì）：女弟，对“姊”而言。　戴：是谥号。　桓公：名完，在位十六年。　以为：“以之为”省略。之，指桓公。

⑤州吁：公子州吁，卫庄公庶子。桓公十六年二月，他杀死卫桓公，自立为国君。后被人杀死，卫又立桓公弟弟晋即位，即卫宣公。　嬖（bì）人：受宠爱的人，指姬妾。

⑥石碏（què）：卫大夫。

⑦义方：行事应遵守的规矩法度。　纳：使……接受。邪：邪路，对“义”而言。

⑧骄：恃己凌物。　奢：奢侈无度。　淫：荒淫，嗜欲无度。　佚：放荡。　所自邪：言邪所之来由。

⑨禄：宠之实质，如赐予俸禄物品等等。　过：过分，太甚。

⑩立：指立太子之事。　乃：就。　之：太子名位。

⑪阶：阶梯，此有酿成之意。

⑫降：地位下降。暗指庄死后，太子完继位，州吁的地位气焰将不如目前这个样子。　憾：恨。　眕（zhěn）：自安自重。

⑬贱妨贵：以地位而言。完为夫人娣子，贵；州吁为嬖人之子，贱。　妨：妨害。　陵：同“凌”。侵犯。少陵长，就年龄而言。完长，州吁少。

⑭远：疏远。　间亲，就亲疏而言。　旧：旧人。　新旧，以情而言。

⑮加：凌驾。欺凌。　小大：以势而言。　破：破坏。

淫、义：以德而言。　逆：违背。

⑯君义：国君能行使权力为义。　臣行：臣子奉行君王之命。

⑰六顺：六种顺理的事。

⑱去：除去，除掉。　速祸：加速祸害到来。

⑲君人者：作为人君。　务去：致力去掉。

⑳速之：使祸害加速到来。　无乃：恐怕，只怕。

㉑厚：石碏之子名。　游：交往。

㉒老：告老，指退休。

臧僖伯谏观鱼（隐公五年）

本篇选自《左传·隐公五年》。叙述了臧僖伯对鲁隐公远离国都观鱼的劝谏。

凡《左传》起首单称“公”者，皆指鲁国国君。

春，公将如棠观鱼者[①]。一句直提作案，老甚。“将”字见尚有可挽回意。呼起下谏词，其实并呼起后幅“遂往”。此叙进谏之由。

臧僖伯谏曰[②]：“凡物不足以讲大事，其材不足以备器用，则君不举焉[③]。此三句是反起法，“讲大事”“备器用”是礼之实际，故提作一篇之纲。君将纳民于轨物者也[④]。此句为正接法。“轨物”二字是贴合“礼”字处，故用作一篇之骨。故讲事以度轨量谓之‘轨’[⑤]；申明“轨”字之义。取材以章物采谓之‘物’[⑥]。申明“物”字之义。轨、物即是礼，使反正一气连贯。不轨不物，是反收法，即非礼。痛切言之，说得关系极大。谓之乱政[⑦]。此四句将讲大事、备器用申明于轨、物二字之义。乱政亟行，所以败也[8]。此一段见人君非礼不举而惟礼举之不当，数举非礼以取败亡也。俱暗照“观鱼说”。故春蒐，夏苗，秋狝，冬狩，皆于农隙以讲事也[9]。此五句是一层，讲事于四时者也。故字又是正接法。三年而治兵，入而振旅[10]，归而饮至，以数军实[11]。昭文章，明贵贱[12]，辨等列，顺少长，习威仪也[13]。此九句是一层，讲事于三年者也。此段是一意分作两层的写法。上只浑举讲事，此层以“治兵”等细细罗列，又是详略互见之法。此一段承上讲大事，而申言之，纯用正讲，下段纯用反讲，秩然不紊，最有纪律。鸟兽之肉不登于俎，此句突作反接，笔意陡健。皮革、齿牙、骨角、毛羽不登于器[14]，则君不射，此三句皆紧就不足备器用者说。古之制也[15]。此一段承上“器用”而申言之。若夫山林川泽之实，“若夫”二字亦是反接法。器用之资[16]，皂隶之事，官司之守，非君所及也[17]。”此句亦是反收法。此二段承上“君不举”意而申言作结。应“凡物”三句。以上“谏语”凡四段。总起一段，中间分列两段，末收一段，起处反正并用，分列处一正一反，收处亦纯用反。

公曰：“吾将略地焉[18]。”以其远，故以为辞。然亦足见公自知观鱼之非礼矣。后断语中“且言”句是从此句中生出。遂往，“遂”字见有执迷不悟意。紧与“将”字相应。陈鱼而观之[19]。五字写“观”字，简括而有神。僖伯称疾不从。“不从”，终是不忘谏意。此一段公饰词拒谏。并正写观鱼。

书曰：“公矢鱼于棠[20]。”非礼也。“非礼”二字是一篇结穴。

僖伯之所以谏者正为此也。且言远地也。拖一笔极有致。“略地”句亦不漏过，结得完足。细玩“远地”一层，原即可包在非礼中，故是余意。此一段结出论断主意。

［**诚评**］人君举动，关系匪轻，无端而欲以观鱼为乐，已足见其荡轶而不能以礼自克矣。况不从僖伯之谏，而又为之辞，则其纵欲败度，更属何如？虽是年僖伯之卒葬加一等，而他日钟巫之及，终未必不肇端于此也。僖伯此谏，秉礼以匡君正，所谓格君心之非者，极得大臣之礼。其曰讲大事，曰备器用，曰轨，曰物，皆礼也；曰不足以讲大事，曰不足以备用，曰不轨、不物，皆非礼也；曰蒐苗、狝狩，曰治兵，曰射，皆映合观鱼也。故僖伯虽未明言观鱼之非礼，而观鱼之非礼，直可不言而喻。左氏一眼觑破，入手只用一笔提清，随将谏词详述，后幅补出公之“饰非”“拒谏”，并正写观鱼，亦只共用三四笔，简劲无敌，至前以“将”字起，后以“遂”字收，呼应一气，章法尤为入妙，末从书法论断作结。“非礼”二字，从谏词看出，是正意，且“言远地”、从“略地”，看出是余意。

“郑伯克段”篇，“失教、郑志”从叙事中写出；此篇“非礼”即从谏词中写出。“谏宠州吁”篇，叙事将近百字；此篇叙事不足三十字，各有其妙，试参观之，可以知文家之变化矣。

注释：

①春：指鲁隐公五年春季。　公：鲁隐公。　棠：鲁国地名（今山东省鱼台县东北）。　观鱼：捕鱼。

②臧僖伯：鲁武公之子，惠公之弟。名驱，字子臧，谥僖伯。鲁大夫。

③凡物：指鸟兽之类。　大事：指祭祀与兵戎。　材：材料。指下文的皮革、齿牙、骨角、毛羽。　器用：指祭祀用的礼器，兵戎用的兵器。　举：举动，行动。

④轨物：一定之法叫轨，当然之制叫物。

⑤度（duó）：衡量。　轨量：法度。

⑥章：章明。　物采：器物的色彩。

⑦不轨：不符合礼制法度。　不物：浪费材料去做与大事器用无关的物采。　乱政：败坏政事。

⑧亟：多次，屡次。　所以败：败亡的原因。

⑨春蒐（sōu）：春猎名。　夏苗：夏猎名。　秋狝（xiǎn）：秋猎名。　冬狩：冬猎名。　农隙：农闲。　讲事：演习兵事。

⑩治兵：操练演习。　振旅：整顿军队。

⑪归：回来，指出兵回来。　饮至：古代一种典礼。即祭告宗庙，宴请臣下，慰劳从者。　数（shǔ）：点数，计算。　军实：指各种缴获的胜利品，包括俘虏和器械。

⑫昭：昭明。　文章：文采，指车服旌旗的文采。　明：清楚，分明。　贵贱：以将帅而言。

⑬辨：辨别。　等列：以军队等级而言。　顺：顺序。　少长：古代少者出则在前，还则在后。　威仪：威武而讲礼仪。

⑭登：上。　俎（zǔ）：指宗庙祭器。　皮：有毛叫皮。　革：去毛叫革。　齿牙：指兽的牙齿。　骨角：兽的骨角。　毛：指牛尾。　羽：鸟羽。　不登于器：不用它们做祭器的材料。

⑮不射：不用箭射它，此指猎取。　制：法。

⑯实：物品。　资：材料。

⑰皂隶：古代贱役，或指地位卑下的小臣。　官司：有关的官吏。　守：职守。　及：涉及。

⑱略地：巡察边境。棠处于鲁、宋两国交界地，隐公如此说是想隐瞒他去观陈鱼一事。

⑲陈：陈设。　鱼：渔具。

⑳书：指《春秋》。　矢：同“施”，陈设。

郑庄公戒饬守臣（隐公十一年）

本篇选自《左传·隐公十一年》。

鲁隐公十一年，郑庄公联合齐、鲁两国攻下许国后，不敢贸然侵吞，派郑大夫公孙获驻扎许西部边境。许虽未灭，但已实亡。本文记叙了庄公对许国的贪心以及其虚伪的面目。

秋七月，此三字及下“壬午入许”数字皆本经文。公会齐侯、郑伯伐许[①]。庚辰，傅于许[②]。此句合三国言。颍考叔取郑伯之旗“蝥弧”以先登，子都自下射之，颠[③]。如画。全传原载有子都与颍考叔争车事，此三句固是结案，然亦属文家顿挫处。瑕叔盈又以“蝥弧”登，周麾而呼曰：“君登矣[④]！”郑师毕登。自“颍考叔”至此单就郑言。此数语详叙郑师，不过三十余字，写出无限情景，见伐许原出自郑意。壬午，遂入许[⑤]。此句兼齐鲁言。许庄公奔卫。许已失国。齐侯以许让公，齐不取。公曰：“君谓许不共，故从君讨之[⑥]。玩此数语，此举当是郑连齐，齐连鲁者。前“伐许、入许”是末段所谓“伐之”二字。“庄公奔卫”是末段所谓“服”字。此处“许不共”是末段所谓“许无刑”三字意。下“使许大夫百里奉许叔”句即末段所谓“舍之”之意。许既伏其罪矣，虽君有命，寡人弗敢与闻。”鲁亦不取。乃与郑人[⑦]。听郑处置。此一段叙三国同伐许以及齐鲁不取而与郑人，为庄公戒饬张本。

郑伯使许大夫百里奉许叔以居许东偏[⑧]，提清权奸作用，既不引为己有，亦不立许叔为君确是权奸作用，然识者早已知其得之也。曰：“天祸许国，戒饬百里，开口便道此四字，真将许国此一变归之冥漠，分明是先脱自己，老奸无比，立言有体。鬼神实不逞于许君，鬼神不逞便隐含许“无刑”意。而假手于我寡人[⑨]。卸到自己殊甚轻便。寡人唯是一二父兄不能共亿；“不能和协”皆庄公自谦，是末段所谓“度德”也。但“不能共亿”是就处变言，分两层说甚觉曲折入情。其敢以许自为功乎[⑩]？寡人有弟，不能和协，而使糊其口于四方[⑪]，其况能久有许乎？“敢以许自为功”至此皆为不肯取许意，然皆是一团假话，莫因此遂被他瞒过。吾子其奉许叔以抚柔此民也，以上追前，以下逆后，此一句点题，但装点得甚是好看，是末段所谓“序人民”也。吾将使获也佐吾子[⑫]。伏下一段。若寡人得没于地，曰没曰死将无所用其力矣，是末段所谓“量力而行”也。而相时意亦寓其中。天其以礼悔祸于许，再提天，紧与前意相承，此两“天”字皆就许言，悔祸根“天祸许国”来。无宁兹许公复奉其社稷[⑬]。略作一读，竟分为两意，要许与郑亲好是一层意。唯我郑国之有请谒焉，如旧昏媾，其能降以相从也[14]。无宁兹他族实逼处此[15]，以与我郑国争此土也。要许捍御他国义一意。吾子孙其覆亡之不暇，此句上藏有一转，文笔婉折入妙，是末段所谓“利后嗣”句。而况能禋祀许乎[16]？此句是末段所谓“定社稷”句。寡人之使吾子处此，不唯许国之为，亦聊以固吾圉也[17]。”一笔总收上两意。此句是末段所谓“经国家”句。此一段乃庄公戒饬百里之词。乃使公孙获处许西偏，戒饬获语亦绝不及生前人有当得意，时转作悲痛者，此其似之，分明是个钳制。曰：“凡而器用财贿，无置于许。我死，乃亟去之[18]。此二句是末段所谓“无累后人”句。吾先君新邑于此，王室而既卑矣[19]。笔亦曲折淋漓。周之子孙日失其序[20]。郑难独强。夫许，大岳之胤也[21]。许或可兴。天而既厌周德矣，三提“天”，就周言，所谓“度德相时”也。吾其能于许争乎？”总以明当亟去之意。此一段乃庄公戒饬公孙获之词。此上两戒饬中数“天”字前后相映，妙在有意无意之间。

君子谓：“郑庄公于是乎有礼。此句要看得有分寸，方不失左氏之意。礼，经国家，定社稷，序人民，利后嗣者也[22]。此数语先浑括一层，然已收摄“固圉”“禋祀”“抚柔”“子孙”等句矣。许无刑而伐之，服而舍之[23]，此二句收摄首段及次段第一句。度德而处之，收摄“不能共亿”及“天厌周德”。量力而行之[24]，相时而动，此二句收摄“得没于地”及“我死”等句。无累后人，收摄“亟去”。可谓知礼矣[25]。”无数散钱一索穿尽。此一段以知礼许庄公而详言其所以然，结束通篇。

按：郑庄公卒于鲁桓公十一年夏五月，去戒饬守臣时仅十一年。则篇内全在死后措置，亦其宜也。又按：桓公十五年许叔入许。鲁定公六年郑卒灭许。

［诚评］“有礼”一语通篇，结束又复申言一段，字字照应全文，读者亦可以得其用意之所存矣！胡正宗析义，咸以被庄公瞒过，为左氏惜甚，且谓千载而下，犹有余憾耶！试以做文一道，言之起伏照应，一线到底，乃定法也。虽小小作家，断未有前后矛盾、绝不照应者。左氏，文章之祖，宁至漫无纪律耶！盖郑庄为人，左氏深悉，于此独云“知礼”者，正谓舍此无一当礼也。就此一事，郑庄亦未尽当礼。其曰“知礼”，褒中又寓有贬焉。作者本自分明，评者徒自愦愦耳。顾或又谓三国伐许，齐鲁交让郑庄，故不敢独专其利，若然是郑庄畏齐鲁也。无论许在颍昌，齐鲁非其接壤，而郑实邻之，伐许原为郑志，齐鲁之与，亦所以成郑庄之志也。即郑庄之戒饬百里，开口辄云“假手寡人”，将齐鲁全然扫却，后又云“无滋他族实逼处”，此言下注射齐鲁，则郑庄心目中，初何尝有齐鲁乎？而畏之乎？彼以郑庄为因，二国之让而不取许者，殆为庄公瞒矣。或又谓郑庄假存许名色，为灭许计。抑知郑庄欲灭许，则竟灭许矣，岂尚有顾虑乎？左氏曰“郑伯使许大夫百里奉许叔以居许东偏”，又曰“使公孙获处许西偏”，是非不

知其为假，特姑取其有，此一假耳。而讵为庄公瞒也。或又谓郑庄自知德薄难庇后昆，故不取许。不知郑非不取许，不取之取，深于取也。借问从古英豪，谁是当开创之时，虑及后人难守，而弃置之者？始初伐许，不过借齐鲁为与国之援，二君适为其所用耳。克许之后，许一定是归郑庄公，妙算久已精详。不克，三国同居其败；克，则郑独享其成，此老奸滑畴。其知之故，不待二国以许与郑，而许久已为郑掌中物矣，何必言取不取。不然，始之“颍考叔先登”，“瑕叔盈又登”，“郑师毕登”，多所劳扰者，何心？后之二国交让，而反弃置不取者，又何心也？其曰“况能久有许”，人皆以为虑不能长有许，而不知正喜其方有许也。其曰“得没于地”，又曰“我死”，人皆以为经营于身后，而不知正多所冀幸于生前也。庄公之所觊觎，岂仅区区一许。前此者“周人将畀虢公政”，而取麦取禾，后此者繻葛败王师，而射王中肩，意向原自不小。故语益凄凉，心益雄壮，奸雄形态，往往如斯。其意若谓“我死”，则如此如此，我若在一日，我自有主张也。末后言及“天厌周德”，亦谓必是天意，我方无可如何，前后两戒饬虽似真情，究多假意，然则左氏奚为而以“知礼”许之？左氏亦只就其外面大概举动，与夫戒词之瞻前顾后，度势审时，姑以“知礼”许之也。细玩末段，足见其用意之所存，而猥云为庄公瞒也。左氏实未为庄公瞒，吾恐纷纷之众则非惟为庄公瞒，并且为左氏瞒矣。

注释：

①秋七月：鲁隐公十一年七月。　公：鲁隐公。　齐侯：齐僖公，齐国国君。因齐国侯爵，故称其君为侯。　郑伯：郑庄公，郑国伯爵。　许：国名。今河南省许昌东。

②庚辰：初一日。　傅：靠近，接近。此指鲁、齐、郑三国军队迫近许都。

③颍考叔：郑大夫。　蝥弧：郑国的大旗。　先登：率先登城。　子都：郑大夫。与颍考叔在出发前多次争吵。　颠：掉下来，坠落。

④瑕叔盈：郑大夫。　周麾（huī）：向四周挥舞旗帜，遍招。　君登：因“蝥弧”为郑庄公手中指挥旗，故以旗代指郑庄公。

⑤壬午：初三日。　遂入许：指三国军队均进入许国。

⑥不共（gòng）：不供。即不向周天子纳贡，是不法行为。　讨：讨伐，征伐。

⑦既：已经。　伏：同“服”。　与闻：参与分许之事。乃：于是。　郑人：指郑庄公。

⑧百里：许大夫。　许叔：许庄公的弟弟。　奉：辅佐，实为挟持。　偏：边境地区。

⑨不逞：不满。　假手：借手。

⑩一二父兄：指同姓群臣。　共亿：共同相处和睦。其：岂，难道。　以：把。

⑪弟：指共叔段。　糊其口：指共叔段出亡在外一事。参见《郑伯克段于鄢》一文。

⑫吾子：对人尊称。指百里。　其：希望。　抚柔：安抚怀柔。　获：指下文公孙获，郑大夫。　佐：辅助。

⑬得没于地：得葬于地下，指死。　其：大概，或许。悔祸：对所造成的灾祸表示悔恨。这是一种虚伪说法。　无宁：愿意。无宁，即宁。　兹：使。　复奉其社稷：再治理国家。复，重新，再。奉，治理。

⑭请谒（yè）：请告，请求。　昏媾：重结婚姻。　降以相从：俯就，俯允。

⑮“无宁滋他族”句：不能让其他国家逼近而住在此地。他族，其他的宗族，国家。

⑯覆亡之不暇：即如果他族逼近而居于此，那么郑国将忙

于挽救危亡。不暇：来不及，没有空闲。　禋祀：祭祀，以表示国家存在。

⑰聊：姑且，暂且。　圉（yǔ）：边疆。

⑱而：同“尔”，你，你的。　财贿：指财货。　亟：快。

⑲先君：郑武公。　新邑：郑国祖先居住的地方，河南新郑。　卑：衰微。

⑳周之子孙：指郑国君民。郑也是周的子孙。　失：丢掉。　序：绪，所继承的功业。

㉑大岳：旧说许国为尧时四岳分部首领伯夷的后代。胤：后代。

㉒经国家：治理国家。　定社稷：安定社稷。　序人民：使国内安定。　利后嗣：造福子孙后代。

㉓无刑：违背法度。　舍：放弃。

㉔度（duó）：揣测。　量：衡量。　行之：对待。

㉕相：视。　累：连累。　可谓：可说。

臧哀伯谏纳郜鼎（桓公二年）

本篇选自《左传·桓公二年》。鲁桓公接受宋国贿赂的郜鼎，把它陈列于太庙。鲁大夫臧哀伯向哀公进谏，指出国君不应该“灭德立违”，违犯礼法。

夏，取郜大鼎于宋，纳于太庙[①]，开首十一字是经文。但经文“夏”字下有“四月”二字，“纳于太庙”上有“戊申”二字。“取”者，以明非其道而取之也。不言宋而言郜，明不当受于宋，直言取之于郜也。“纳”者，弗受，而强致之也。非礼也。此三字乃左氏断词。此段书《春秋》之文，立案于前，而断以“非礼”。哀伯之谏在既纳鼎后，故先断而后述谏词，与僖伯之谏于未观鱼前者不同。

臧哀伯谏曰[②]：“君人者，将昭德塞违，意本重在塞违，却将昭德并提。卓然千古名言。以临照百官[③]；犹惧或失之，此二句转入“示子孙”，更觉婉折多姿。故昭令德以示子孙[④]；一句束上生下。此一段言人君不可重赂而当昭令德。是以清庙茅屋，大路越席[⑤]，大羹不致，粢食不凿，昭其俭也[⑥]；是德之以朴约不侈为令者。衮冕黻珽，带裳幅舄[⑦]，衡紞纮綎，昭其度也[⑧]；是德之以整肃不越为令者。藻率鞞鞛，鞶厉游缨，昭其数也[⑨]；以细密不遗为令。火龙黼黻，昭其文也[⑩]；以华彩不陋为令。五色比象，昭其物也[⑪]；以分辨不乱为令。钖鸾和铃，昭其声也[⑫]；以播闻为令。三辰旂旗，昭其明也[⑬]。以光辉为令。此段详言昭令德之事，并不及塞违，非偏举也。盖德昭而违自塞耳。历数庙堂之物，无不足以示子孙，曾有一件违乱赂器否？七个“昭”字亦点得爽朗生动之至。夫德，俭而有度，登降有数[⑭]。文物以纪之，声明以发之[⑮]，此五句总括上段作一停顿。以落“临照百官”。文字有机局。以临照百官。只言百官而不言子孙，盖可以临照百官，即可以示子孙，言百官而子孙在其中矣。此句正应谏词中起语。百官于是乎戒惧，“戒惧”照下“象之”。而不敢易纪律[⑯]。“易纪律”照下“官邪”“失德”。此段承上“昭令德”而言及百官不敢失德入邪，为下作反照。百官如此，则子孙可知，而国家之断不至于败亡，更可知矣。今灭德立违，紧应前“昭德塞违”，此一语最为严正。而置其赂器于太庙[⑰]，以明示百官。应前两“临照”。百官象之，其又何诛焉[⑱]？此二句已含国家败亡意。国家之败，由官邪也，官之失德，宠赂章也[⑲]。此四句即承上二句更说一层，非另一意。郜鼎在庙，章孰甚焉[⑳]？此上数语先从纳鼎说到百官象，继从百官象说到纳鼎。反复推究，关系匪轻，痛切无比矣。武王克商，迁九鼎于雒邑。又借武王之迁九鼎作一衬，愈见纳郜鼎之非。轻轻收住。义士犹或非之㉑，而况将昭违乱之赂器于太庙，此二句紧相呼应，灵快异常。又从“违”字带出一“乱”字，语意一层激切一层。其若之何？”公不听㉒。此句收得严而婉。此段极言其纳鼎之失。

周内史闻之，曰：“臧孙达其有后于鲁乎㉓！君违，明结昭德塞违，亦即暗结非礼。不忘谏之以德㉔。”此二句正申明有后于鲁意。此一段引内史赞哀伯之言作结。赞哀伯正以讽桓公。使桓公于此悟而昭德，亦何至他日有彭生之祸。

［**诚评**］“非礼”二字，一篇纲领，“昭德塞违”意原与此二字表里发明。哀伯开口提“昭德塞违”作主，前半详言“昭德”处，皆与“礼”字关合；后半痛斥纳鼎处，见不能“塞违”而极言其非。末引内史赞哀伯语作结，益见“纳鼎”非礼矣。

哀伯此谏在既“纳郜鼎”后，而桓公亦弑逆之人，故虽极典切，极忠恳，而卒不听也。

此与“观鱼”篇，皆以“非礼”二字为一篇主意，其记事略而谏词详，亦复相类。但“观鱼”篇，先述谏词而后断，此篇先断而后述谏词；“观鱼”篇，谏词绝不明言观鱼，此篇谏词痛斥纳鼎。

观鱼之非礼小，故不明言；纳鼎之非礼较大，所以独敢痛斥，盖意中所谓“非礼”处，更有狠大于纳鼎者，故借痛斥纳鼎以隐刺之。

注释：

①夏：鲁桓公二年夏季四月。 郜（gào）：古国名。始封之君为周文王之子，故都在今山东成武东南。春秋为宋所灭。鼎：古代国家重器，三足，国家政权的象征。 太庙：帝王的祖庙。

②臧哀伯：僖伯之子，鲁大夫。

③君人：君主。 昭德：发扬善德。 塞违：阻塞邪恶，不做不合乎礼义之事。 临照：监视。 百官：众官。

④或：代词，指前已出现过的事物的一部分。 失：失误，过错。 令：美，善。 示：给人看。

⑤清庙：肃静的太庙。 大路：古代天子祭祀时用的车。路即辂，车名。 越席：结草为席。用蒲草编结的席子。越：结，编。

⑥大羹：肉汁。古代祭祀时用。 不致：不备酸、甜、

辛、苦、咸五种。不和五味。 粢（zī）食：用稷等煮成的饭，一般指主食。古代祭祀时用的谷物。 不凿：不将糙米舂成精米。凿，舂。 昭：显示，表明。

⑦衮（gǔn）：古代天子与上公的礼服。 冕（miǎn）：古代天子、诸侯及卿大夫的礼帽。 黻（fú）：古代贵族祭祀时戴的蔽膝，用熟皮革制成。遮蔽于腹膝之间。 珽（tǐng）：大圭，又叫玉笏（hù）。古代君臣朝见时所持的，用玉或象牙制成的狭长板子。天子所持玉笏，长三尺。 带：束腰的带子。 裳：下衣，指裙子。 幅（bī）：绑腿布。古人用长布从足背缠起，上至于膝。 舄（xì）：鞋，古代一种复底鞋。

⑧衡：横笄，古代用来固定头发的簪。 纨（dǎn）：古代冠冕上用以系瑱的绳子。 纮（hóng）：古代冠冕上的帽带。 綖（yàn）：古代冕上的饰布。衡、纨、纮、綖四种均为古代冠上的装饰。 度：制度。以上十二种物品祭祀使用时有尊卑等级的区别。

⑨藻率（lǜ）：用木制作，外包熟皮，画有水藻图形，用来垫玉器的垫板。 鞞（bǐng）鞛（běng）：指佩刀上下的饰物。 鞶（pán）：束腰的皮革带。 厉：指腰带下垂的饰物。 游（liú）：古代旌旗下垂的饰物。 缨：马上的饰物。 数：命数。规定的数量。

⑩火：画火。　龙：画龙。　黼黻：分别为黑白、黑青线绣的花纹。　文：文采，文饰。

⑪五色：指青、黄、赤、白、黑五种颜色。　比象：绘出的物象。　物：物色，颜色。

⑫钖（yáng）：马额头上的一种铜制小铃，走动时有响声。鸾（luán）：也是一种车铃。钖鸾，均为饰物。　和：车辕前横木上的小铃。　铃：旌旗上的小铃。　声：声音。

⑬三辰：日、月、星。　旂（qí）旗：旗帜总称。　昭其明：画有日、月、星的旗帜，象征天象的光明。

⑭登降：增减。

⑮文：纹。　物：物色，色彩。　纪：记，标记。　明：光亮，明亮。　发：发扬。

⑯戒惧：警惕畏惧。　易：违反。　纪律：国家的法律。

⑰赂器：贿赂的器物，指郜鼎。

⑱像：效法，以……为榜样。　其：那么，难道。反诘语。　何诛：即诛何，惩罚谁。诛，惩罚，责罚。

⑲宠赂：宠臣收受贿赂。　章：明显，公然。

⑳孰：什么。　甚焉：更厉害，比这更甚。

㉑九鼎：相传夏禹收九牧所贡之金，铸成九鼎，象征九州。三代时奉为传国之宝。其后历代相承，至周武王打败商

纣，将九鼎迁于雒邑。　义士：忠义之士，指伯夷、叔齐之类义士。

㉒公：指鲁桓公。

㉓内史：周王室的官名。　有后：有后代。　于鲁：在鲁国。　史载：僖伯谏隐公观鱼，其子哀伯谏桓公纳鼎，故曰：其后于鲁。

㉔谏之以德：用善德劝阻他。

季梁谏追楚师（桓公六年）

本篇选自《左传·桓公六年》。

楚武王侵犯随国，随侯本想与楚抗击。季梁劝其“修政而亲兄弟之国”。随侯听其言，修明政治。楚国也就未敢攻随。

楚武王侵随，使薳章求成焉，既曰侵随，又曰求成，便写得诡谋如见。然亦必已自揣不能得志于随矣。军于瑕以待之①。随人使少师董成②。“使少师董成”五字亦写得随人愚呆出。开首四语二十四字括尽两国许多事。此篇通体只写季梁，此处写楚之诡，写随之愚，总无非欲以见季梁之谏之妙也。斗伯比言于楚子曰③：斗伯比，季梁的陪客。“吾不得志于汉东也，耸拔。我则使然④。此四字足见自任之重，亦以见划计之奇，语意可想。我张吾三军，而被吾甲兵，以武临之⑤，彼则惧而协以谋我，“惧”字、“张”字两相对。故难间也⑥。“我张吾三军”至此是申明使不得志处。汉东之国，随为大。随张，必弃小国[7]。小国离[8]，“协”字、“离”字亦两相对。楚之利也。开口统言汉东，属意不止一随，可想见其自矜。下“羸师”一计，为独得之神巧矣。少师侈，至“侈”字与二“张”字，则又紧相生矣。请羸师以张之[9]。”“汉东之国”至此是详言可以得志处。“汉东”六句是一层，是在随上见羸师之可以得志。“少师侈”二句又是一层，是在少师上见羸师之可以得志。前一层是欲得志于汉东诸国，后一层乃是欲得志于随，得志于随即可得志于汉东诸国，两层原只一意贯注。自“吾不得志”至此，六十余字，虽一反一正，却具有无数转折，无数层次，而笔力又英健豪迈，夭矫不群。徐退山以为遒劲峭拔，有山立海飞之势，良然。熊率且比曰[10]：亦是季梁的一位陪客。“季梁在[11]，何益？”五字煞有神力，识见高人数倍。知其人。斗伯比曰：“以为后图，“后图”二字早已伏后八年伐随之案，计远。少师得其君[12]。”申明“侈”之故。王毁军而纳少师[13]。此一段叙楚人设计诱随，以为下文季梁进谏张本。

少师归，少师，又是季梁的一位陪客。但前两人是对面陪，此为顺陪。请追楚师。随侯将许之，“许之”是波澜，亦是顿挫。季梁止之，曰：“天方授楚，楚之羸，其诱我也[14]，斗伯比多少神机妙算，季梁只一“诱”字道破。君何急焉？此一段季梁言毁军之计，作前半收束。臣闻小之能敌大也，小道大淫[15]。所谓道，忠于民而信于神也。上思利民，忠也；祝史正辞[16]，信也。上释明“道”字，此更释明

“忠”“信”二字。从“道”出“忠民信神”，从“忠民信神”出“利民正辞”，层次井然。今民馁而君逞欲，不忠。祝史矫举以祭[17]，不信。臣不知其可也。”不能敌自不可追。此一段揆之于道，明楚之不可追，以为后半篇纲领。公曰：“吾牲牷肥腯，粢盛丰备，何则不信[18]？”对曰：“夫民，神之主也，是以圣王先成民而后致力于神[19]。“成民”二字兼教养说，包括下“务三时”三句在内。此句分出先后，自见重轻。公意专重神，季梁偏重民。故奉牲以告曰：‘博硕肥腯[20]。’谓民力之普存也，从信神处写出忠民，笔意变化。谓其畜之硕大蕃滋也[21]，“民力普存”虽各用“谓其”二字领起，却一气贯下。谓其不疾瘯蠡也，谓其备腯咸有也[22]。此三句俱跟“普存”，无疥癣之疾，无有阙欠。奉盛以告曰：‘洁粢丰盛。’谓其三时不害[23]，而民和年丰也。“民”字醒目，“牲”与“盛”两段紧对随侯语。奉酒醴以告曰：‘嘉栗旨酒[24]。’谓其上下皆有嘉德，解“嘉”字。而无违心也[25]。解“栗”字。所谓馨香，解“旨”字。无谗慝也[26]。此“酒醴”一段又跟上补出，错综入妙。此上三段言信神正在忠民之中。故务其三时，应上“民力普存”“三时不害”二段，是以养“成民”。修其五教，亲其九族，此二句应上“有嘉德”一段，是以教“成民”。以致其禋祀[27]。于是乎民和而神降之福，应神为“民”主。故动则有成[28]。应“不知其”句。今民各有心，应“民馁”。而鬼神乏主[29]，应“矫举”。此二句总应“夫民，神之主”句。君虽独丰，应“牲牷”二句。其何福之有？应“何急”句。君姑修政而亲兄弟之国，正意带说。庶免于难[30]。”应“敌大”。此一段申言成民之事，而归重到修政。

随侯惧而修政，楚不敢伐。此一句写楚人一片热心涣然冰释。以此结通篇，真结得尽。

按：八年，楚伐随亦止获其戎右，少师后卒，盟而还。则季梁之有造于随，岂浅鲜哉。

［诚评］通篇以季梁为主，却用斗伯比等作宾，而季梁又从熊率且比口中说出，非所谓宾中有主乎？季梁谏词以修政为主，却兼及亲兄弟之国，是有正意，亦是带说也。而正意却又只于末幅，并带说者一点，非倒纲文法乎？盖季梁之意以修政为纲，以忠民信神为目，以信神止在忠民为发挥，而其要以一“道”字为骨子，变化参错而不离乎宗。洵左氏极老横文字。

知己知彼，兵家胜算。斗伯比之见，专在知彼，即言“吾不得志处”，亦无非说彼之难间。季梁之意详于知己，即言“楚之诱我”，其知彼处亦只一言而毕然。则专知彼，何如更能详知己乎？且天下惟正可以压邪，而邪决不能害正。楚之求成，斗伯比之“请羸师”，纯是诡谋邪计。季梁乃一衷之道，而以忠民信神为言，何正！如之观随修政而楚不敢伐，谓非邪不胜正之一验耶！

注释：

①楚武王：楚国君主，芈（mǐ）姓，名熊通。子爵，周成王封熊绎于荆蛮，是楚受封开始。所以又称楚王为楚子。春秋之初，僭称王。 随：国名，姬姓，侯爵，其故城在今湖北省随县南，春秋末年尚存，后为楚所灭。 薳（wěi）章：楚大夫。 成：讲和。 军：驻扎。 瑕：随国地名，今湖北省随县境内。 之："求成"之事。

②少师：官名，其人姓名不可考。 董：主持。 成：讲和，此指和谈。

③斗伯比：楚大夫，芈姓。

④汉东：汉水以东的诸小国。 我则使然：我自己失策造成的。使，致使。然，这样。

⑤张：扩张，扩大。 三军：泛指军队。楚军队分为左、中、右三军。 被：备，此指备办，准备。 甲兵：武器。 临：统治。

⑥彼：指汉东诸小国。 协：联合。 谋我：图谋我们，

对付楚国。 间（jiàn）：离间。

⑦张（zhàng）：涨。自高自大，骄矜。 小国：汉东诸小国。

⑧离：离心。

⑨侈：骄傲，傲慢。 羸（léi）师：故意使军队疲惫，即隐藏精锐部队，使军容疲弱。

⑩熊率（lù）且（jū）比：楚大夫。

⑪季梁：随国贤臣。

⑫后图：为后国谋。 少师得其君：少师得到国君的信任。言外之意，季梁虽贤，不如少师在君王面前得宠。

⑬毁军：故意调整军容，陈列老弱残兵。

⑭授楚：使楚国强盛，保佑楚国。 羸：羸师局面。诱：引诱。

⑮敌：抵挡。 小道：小国有道。 大淫：大国淫虐无度。

⑯祝史：主持祭祀祈祷的官。 正辞：真实的祷词，祷词实际不虚夸。

⑰馁（něi）：饥饿。 逞欲：满足个人欲望。 矫举：诈称功德，虚报功德。

⑱牲：指祭祀用的猪、羊、牛。 牷（quán）：纯色全牲。 腯（tú）：肥壮。 粢（zī）盛（chéng）：盛在祭器中

的谷物。 丰备：丰厚齐备。 何则：怎能。 不信：不取信于鬼神。

⑲成民：养民有所成就。 致力于神：致力于事鬼神。

⑳奉：奉献。 告：祷告。 博硕：大。

㉑民力：百姓的财力。 普存：普遍富足。 蕃（fán）：繁殖。

㉒瘯（cù）蠡（lí）：家畜病名，即疥癣。 咸：全。

㉓三时：春、夏、秋三时。 不害：无天灾人害。

㉔醴（lǐ）：甜酒。 嘉：美好。 栗：通“洌”，清澈。 旨：美好。

㉕违心：二心。

㉖馨香：芳香。 慝（tè）：邪恶，邪念。

㉗修：整饬，修明。 五教：指父义，母慈，兄友，弟恭，子孝。 九族：指外祖父，外祖母，从母之子，及妻父、妻母、姑之子、姊妹之子，女子之子，并己之同族。 禋祀：祭祀。

㉘成：成功。

㉙各有心：各怀居心，不和睦。 乏：缺乏。

㉚兄弟之国：指汉东姬姓诸国。 庶免：差不多可以免去。 难：祸难，指战争。

曹刿论战（庄公十年）

本篇选自《左传·庄公十年》，记述了春秋时期齐、鲁在长勺的一次战争。

文中的“一鼓作气，再而衰，三而竭”成为两千年来令人传诵的著名军事论断。

齐师伐我，公将战①。此七字起得简洁高老。曹刿请见②。“请见”来得甚奇。然挟远谋而来又何嫌于自荐。一大有心人。其乡人曰：“肉食者谋之，又何间焉③？”借乡人言语作一小波，点出通篇眼目，取径幽异，点缀入妙。刿曰：“肉食者鄙，未能远谋④。”二语笑尽古今素飧之臣。乃入见，三字写得曹刿有毅然独往，目空一世之概。问：“何以战⑤？”问得又奇。此一段叙欲献远谋之始事。

公曰：“衣食所安，弗敢专也⑥，必以分人。”对曰：“小惠未遍，民弗从也⑦。”公曰：“牺牲玉帛，弗敢加也，必以信[8]。”对曰：“小信未孚，神弗福也[9]。”“小惠”“小信”两段驳，自不可少。得此二层陪衬，极跌宕，极顿挫，且与后两段文法隐隐两相掩映。公曰：“小大之狱，虽不能察，必以情[10]。”此上数语连用三“必以”、四“弗”字作章法。对曰：“忠之属也[11]，可以一战。“忠”乃战之本。“可以”二字应前“何以”。战，则请从。”“请”字与前“请见”中“请”字遥应作章法。此一段于未战之先定所以与战之远谋。

公与之乘，战于长勺[12]。公将鼓之[13]，刿曰：“未可。”齐人三鼓[14]，刿曰：“可矣！”齐师败绩[15]。此一段于当战之时定所以取胜之远谋。公将驰之[16]，刿曰：“未可。”下视其辙，登轼而望之[17]，曰：“可矣！”遂逐齐师[18]。此一段于既胜之后定所以为万全之远谋。此上“将鼓”“将驰”两段又与前“将战”遥应作章法。寓有“肉食者未能远谋”意。前“何以战”一段于辨难处见刿议论风生，此战、逐二段，于指挥处见刿操纵如意。只讲“鼓之，未可，驰之，未可”，与“可”。而所以“未可”与“可”处绝不道破，留下问答地步，连用四“可”字、二“将”字作章法。

既克[19]，公问其故。对曰：“夫战，勇气也。一鼓作气，再而衰，三而竭[20]。彼竭我盈[21]，故克之。此一段言所以必待齐人三鼓之故。夫大国，难测也，惧有伏焉[22]。吾视其辙乱，望其旗靡[23]，故逐之。”此一段言所以下视登望之故。“故克，故逐”两“故”字与“问其故”的“故”字相应作章法。此两段以答语竟住，更奇。通体文以“将”字、“请”字、“以”字、“必”字、“弗”字、“未”字、“可”字、

"故"字、"夫"字等参差重叠，交相掩映，一片迷离，殊极五花八门之巧。

［**诚评**］"远谋"二字，一篇眼目，却借答乡人语，闲闲点出。入后，层层写曹刿远谋，正以见"肉食者之未能远谋"也。通体不满一百二十字，而其间具无限事势，无限情形，无限问答，急弦促节，在《左传》中，另自别是一词。

注释：

①我：《左传》以鲁国国君纪年，故记述历史称鲁国为"我"。称鲁国国君用"公"，不加国名。　公：鲁庄公，姬姓，名同。

②曹刿：鲁国人。

③肉食者：指有权势的大官。　谋：谋划。　之：指"齐师伐我"之事。　间：参与。

④鄙：目光短浅。　远谋：从长远着想。

⑤何以战："以何战"倒装。以：凭借，依靠。何：什么。

⑥所安：安身立命的东西。　专：独自享有。

⑦小惠：小恩小惠。　从：跟随，跟从。

⑧牺牲：祭祀用的牛、羊、猪。　玉帛：祭祀鬼神用的宝玉、丝绸。　加：增加。　信：诚实，信用。

⑨孚：信用。　福：保佑。

⑩狱：案件。　察：明察。　情：实际情况。

⑪忠：尽心尽力。　属：类。

⑫之：曹刿。　乘（chéng）：乘坐。　长勺（shuò）：鲁国地名，在今山东曲阜县北。

⑬鼓之：击鼓进军。

⑭三鼓：击了三次鼓。

⑮败绩：大败。

⑯驰之：驱车追击敌人。

⑰下：下车。　辙：车轮碾过的痕迹。　轼（shì）：古代车厢用以扶手的横木。　望：远望。

⑱遂：于是。　逐：追击。

⑲克：战胜。

⑳作气：鼓足了勇气。　再：第二次。　衰：减弱，减退。　三：指三次击鼓。　竭：尽。

㉑盈：充沛，旺盛。

㉒难测：难以预测。　伏：埋伏，伏兵。

㉓旗靡（mǐ）：旗倒下去。

齐桓公伐楚盟屈完（僖公四年）

本篇选自《左传·僖公四年》。

齐桓公为称霸天下，纠合齐、鲁、宋、卫、郑、许、曹、陈八国军队攻打楚国。楚派使者到齐军制止进攻楚。文中详细记述了楚使与齐桓公唇枪舌剑的外交斗争。

春，经本是“春王正月，公会齐侯、宋公、陈侯、卫侯、郑伯、许男、曹伯侵蔡，蔡溃，遂伐楚”。齐侯以诸侯之师侵蔡①。“以诸侯之师”五字便是左氏文字。蔡溃，遂伐楚②。此一段叙齐伐楚来由。楚子使与师言曰③：“君处北海，寡人处南海，惟是风马牛不相及也④。语自趣。不虞君之涉吾地也⑤，此四语言齐楚两不相干涉。何故？”此二字乃询见伐之由。此一段叙楚问齐见伐之由。管仲对曰⑥：“昔召康公命我先君太公曰⑦：‘五侯九伯，女实征之，对“不相及”。以夹辅周室⑧。’援引王命，立言有体。正破他“不相及”句，以周室折楚子。命词止此。赐我先君履[9]：东至于海，西至于河，南至于穆陵，北至于无棣[10]。宣扬赐履，正破他“涉吾地”句。言既奉王命，得专征伐，又赐有履，不限地界，未曾以南北地远为不当涉也。四至皆所赐之履。尔贡包茅不入，王祭不共[11]，无以缩酒，寡人是征[12]。先征其小。昭王南征而不复，寡人是问[13]。”次问其大。“包茅不贡”“昭王不复”二事取有关于周室，“是征”“是问”，声其罪而讨之所以“夹辅”也。此正答他“何故”二字。此一段叙管仲数楚当伐之罪。对曰：“贡之不入，寡君之罪也，敢不共给[14]？小者承认。昭王之不复，君其问诸水滨[15]！”大者推辞。管仲对语字字严正，楚虽强悍亦不能不心折。“昭王不复”非“包茅不入”可比，自是承认不得，然虽未服罪，亦足见其不敢承认矣。师进，次于陉[16]。此二句有必欲其认罪而后已意。此一段叙楚师对管仲之词。

夏，楚子使屈完如师[17]。“如师”者，请盟也。楚子倘不服义，屈完何以来？师退，次于召陵[18]。请盟，师自可以退矣。此正齐桓以律用师，以礼处楚处。师进，师退法律秩然，文亦照应有法。齐侯陈诸侯之师，回应篇首“以诸侯之师”。与屈完乘而观之[19]。齐侯曰：“岂不谷是为？先君之好是继[20]。应前“先君”段。与不谷同好，此三句虽亦饰词，然极婉曲动人，或乃以为齐侯之怯，笑笑。何如？”亦因完来请盟，故言。对曰：“君惠徼福于敝邑之社稷，辱收寡君，寡君之愿也[21]。”屈完对词亦异婉。此一段叙齐楚欲同归于好之意。齐侯曰：“以此众战，谁能御之？以此攻城，何城不克？”此四句又回应篇首“诸侯之师”以成章法，或乃以为齐侯之骄，笑笑。对曰：“君若以德绥诸侯[22]，对前“王命”。谁敢不服？君若以力，楚国方城以为城，对“众战”四句。汉水以为池[23]，虽众，无所用之[24]。”“以德”“以力”两路收束全文，或乃以为屈完凛凛难犯矣，笑笑。不卑不亢，亦自是专对才。此一段叙齐以众威楚，而完以直对之。

屈完及诸侯盟[25]。通结全文。此是左氏妙文，若拘泥词章另生异义，以为新奇，奚啻痴人说梦。

[**诚评**]经于齐桓此举，有贬有褒，然褒之意多于贬。传以明经，其意当亦犹夫经也，但骤读其词，却似主于贬。俗儒不能细加体认，每多痛斥齐桓，其毋乃以词害意，显与经传相刺，谬乎！则亦奚以谈文为矣。夫经之贬齐桓者，在一“遂”字，特讥其专耳；若书次陉，书来盟，书盟召陵，则褒其以君臣之义，正其有名之师，攘楚而尊周，不战而礼服，以为庶几王者事也。论者动辄訾其骄，病其怯，甚且议其不能以僭王之罪罪楚。呜呼！“贡之不入，寡君之罪”三语，楚不已自居臣职乎？而何必屑屑于名号间耶。至所谓骄与怯，则皆与经传意相反，是圣贤之所褒转即为狂愚之所贬矣，可怪孰甚焉。盖春秋之时，惟知强弱，罔念伦常，齐桓独知尊王，使天下万世共凛千秋名义，而又能以律用师，以礼处楚，此经传所为褒之

也。篇中层层问答，针锋相对，究其深旨，全在无字句处。读者当求诸笔墨之外，方是慧眼慧心。不然，拘泥辞章，妄逞臆说，虽立意翻新，适足见其狂愚，君子安得不深恶而痛绝之。

“论战”篇似赞曹刿，实是责鲁；此篇似赞屈完，实是善齐，读者当微会之。

注释：

①齐侯：齐桓公，齐国国君。姜姓，名小白。齐属侯爵，故其君称为齐侯。 以：率领。 诸侯之师：指参加此次战争的鲁、卫、宋、陈、郑等国军队。 蔡：国名。姬姓侯爵。武王封其同母弟叔度于蔡（今河南上蔡县西南），平侯时迁新蔡（今河南新蔡县）。此次齐桓公纠合七国，属不宣而战。是侵楚第一步。

②溃：溃败。 楚：国名。

③楚子：楚成王。楚属子爵，故国君称楚子。 使与师言曰：派使臣到齐军中对齐桓公说。

④北海：泛指北方边远的地方。 南海：泛指南方边远的地方。 惟是风马牛不相及：马牛相诱也不相及。比喻两国相

去甚远，本来互不干涉。

⑤虞：料。　涉：进入。楚使不说进攻而说“涉”，是一种委婉的外交辞令。

⑥管仲：姓管，名夷吾。被齐桓公任命为卿，尊称“仲父”。

⑦召（shào）康公：召公奭（shì），周代燕国的始祖。因采邑在召（今陕西岐山西南）。“康”是他的谥号。　太公：辅佐周灭纣的姜太公，名尚，齐国始祖。故称“先君”。

⑧五侯：公侯伯子男五等爵位的诸侯。　九伯：古代天下分九州，九州之长为伯。　五侯九伯：泛指天下诸侯。　女（rǔ）：同“汝”。你。　实征之：可以征伐他们，有征伐之权。　夹辅：辅佐。

⑨先君：姜太公。　履：践踏，指齐国可以征伐的范围。

⑩海：指渤海和黄海。　河：黄河。　穆陵：楚境内的地名（今山东境内）。　无棣：齐国地名，今山东无棣县。

⑪尔：你，指楚成王。　贡：贡物。　包茅：裹成捆的菁茅，楚国的特产。　不入：不进贡。包茅是楚应向周王室进贡的贡物，这时已三年不入贡了。　王祭：周王的祭祀。　共：同“供”，供应。

⑫缩酒：滤酒。菁茅是用来渗酒过滤的，是祭祀时的一种仪式，以表酒洁净。　是征：即征是，征索这种贡物。

⑬昭王：周昭王，名瑕，康王之子。　南征：南巡。据说昭王晚年时，巡行到汉水时，当地人民故意弄了一只胶粘的船，行至江心，船破，昭王溺水而死。　复：返。　是问：责问此事。

⑭敢：怎敢，岂敢。谦词。

⑮诸："之于"合音。之，指昭王溺水之事。于，指同行为有关的处所。　水滨：水边。

⑯次于陉（xíng）：在陉地临时驻扎。次，停留。陉：山名，楚地内。在今河南郾城县南。

⑰屈完：楚国大夫。　如师：到陉地的军队去。

⑱召陵：楚地名，屈完请盟，故退于此地。

⑲陈诸侯之师：陈列各诸侯的军队，表示向楚国示威。乘：乘战车。

⑳不谷：不善，诸侯自己的谦称，我。　岂不谷是为：难道为了我。　先君之好是继：是为了继承先君结下的友好关系。

㉑惠：恩惠，此是尊敬的词。　徼（yāo）福：求福。敝邑：古代称自己国家的谦词。邑，古代称国为邑。　辱：屈辱。　收：安抚。　愿：愿意的事。

㉒绥：安抚。

㉓方城：楚国山名。楚人曾沿方城山修筑长城以抵御中原

诸侯国势力南扩。 为城：当作城。指以方城作楚国守御的城墙。 汉水：水名，源出陕西。 池：护城河。

㉔无所用之：没有用处。 之：指众多军队。

㉕盟：订立盟约。

宫之奇谏假道（僖公五年）

本篇选自《左传·僖公五年》。

公元前655年晋献公借道于虞伐虢，虞公因贪财宝又轻信晋国谎话，而借路于晋。结果，晋灭虢后又回过头灭了虞。

晋侯复假道于虞以伐虢①。下一“复”字，使有“一之为甚”，不可再许意，起笔简老。宫之奇谏曰②：“虢，虞之表也③。“表”字字法奇妙。虢亡，虞必从之。晋不可启，寇不可玩④。一之为甚，其可再乎⑤？此二句恰是谏复假道。谚所谓‘辅车相依，唇亡齿寒’者，其虞、虢之谓也⑥。”引喻发明“表”字意，辅车、唇齿本自一类。警切之极。此一段以实言之见晋使不可许，切定“复”字讲。推此一段是特谏，后皆随公言立论，无非谓道不可复假。

公曰：“晋，吾宗也，岂害我哉⑦？”忽然念到与晋同宗，可以免害，足想见利令智昏情态。对曰：“太伯、虞仲，太王之昭也⑧。

太伯不从，是以不嗣[9]。虢仲、虢叔，王季之穆也[10]，为文王卿士，勋在王室，藏于盟府[11]。虞虢皆是晋同宗，而虢之与晋较虞尤亲，破他“吾宗”二字。将虢是灭，何爱于虞[12]？一层，以虞虢较论。且虞能亲于桓、庄乎[13]，其爱之也？二层，以虞晋较论。桓、庄之族何罪而以为戮，不唯逼乎[14]？亲以宠逼，犹尚害之，况以国乎[15]？”三层，此又以宠逼与国较论。此一段以情言之，尤见晋使不可许。凡三层，意思一层深一层，破他“岂害我”三字，爽快无比。三层中笔笔转，字字折，袅袅娜娜，尽态极妍。

公曰：“吾享祀丰洁，神必据我[16]。”忽又想到“享祀丰洁，神必据我”，益见利令智昏情态。虞公抑何痴愚乃尔，然不如是，国未必亡。写虞公到此，真写尽。对曰：“臣闻之，鬼神非人实亲，惟德是依[17]。先破他“据我”二字。故《周书》曰：‘皇天无亲，惟德是辅[18]。’引此以证“鬼神非人实亲”二句。此与“鬼神”二句言神无私庇，惟依有德，破他“据我”二字。又曰：‘黍稷非馨，明德惟馨[19]。’又曰：‘民不易物，惟德繄物[20]。’再两引《书》，言神不重物，惟德是重。破他“享祀丰洁”四字。以上数“曰”字亦重叠，错落入古。如是，则非德，民不和，神不享矣。此数语反接。神所凭依[21]，将在德矣。正承。若晋取虞，末又偏就晋说破他“必”字，反复发明“惟德是依”意。而明德以荐馨香，神其吐之乎[22]？”此一段以反收结，以理言之，卒见晋使不可许。就他“据我”而言。其详言鬼神依于德，而德之实验在民和，隐劝虞公以修德，较前两段意更深远。

弗听，许晋使。宫之奇以其族行㉓。曰：“虞不腊矣㉔。仍承前一段意说，言并不得祭。在此行也，晋不更举矣㉕。”此一段叙虞公不听而奇又作“去后”之谏。

［诚评］开首一语提清，以下先论势，次论情，再次论理。危言正论，总见“晋使不可许”。虞公弗听而许之，又作“去后”之谏，而卒不悟。是一时最不快意之事，却是千古最快意之文。

注释：

①晋侯：晋献公。姬姓侯爵。周成王封其弟叔虞于唐（今山西太原县北），称唐侯，后迁于晋（山西太原），改称晋侯。　复假道：又借路。鲁僖公二年，晋曾向虞借道讨伐虢国，并灭之下阳。　虞、虢：国名。

②宫之奇：虞大夫。　谏：规劝。

③表：屏障。

④启：开启，此指贪欲不可助长。　寇：外人侵犯国境者。　玩：忽视，轻视。

⑤一之为甚：一次已经够了。指僖公二年，晋假虞灭虢下阳一事。　其：难道。

⑥谚：俗语，谚语。　辅：面颊。　车：牙床。　唇亡齿寒：嘴唇没有了，牙齿就会感到寒冷。此比喻虞国如齿，如牙床，虢国如唇，如面颊，两国关系密切。　其：那。

⑦宗：同宗。晋、虞、虢都是姬姓国，同一祖先。　岂：难道。　害我：侵犯我国。

⑧太伯、虞仲：太王的长子、次子。　太王：周太王，周朝先祖，名古公亶（dǎn）父。　昭穆：宗庙里的位次。始祖居中，父子交替为昭、穆，设在左边为昭，右为穆。太王在宗庙位次为穆，太王之子为昭。

⑨不从：不从父命。太伯知道太王要将王位传给弟弟王季，故出走。　是以：因此。　嗣：嗣位。

⑩虢仲、虢叔：虢的开国始祖，王季的次子和三子。文王弟弟。　王季：太伯、虞仲同母弟。文王、虢仲，虞叔的父亲。　穆：宗庙右边的位次。即昭的儿子。王季在宗庙中居昭位，昭生穆，故虢仲、虢叔为王季之穆。

⑪文王：周文王。姬姓，名昌，号西伯，王季长子。　卿士：执掌国政大权的臣子。　勋：功劳。　王室：周天子。　盟府：主管盟书的政府部门。

⑫将虢是灭：“将灭虢”的倒装。　何爱于虞：怎能爱护虞国呢。

⑬桓、庄：桓叔和庄伯。此指他们的后代。桓叔是晋献公曾祖，庄伯是晋献公祖父。桓、庄之族是晋献公同祖兄弟。

⑭以为戮：拿他们作杀戮的对象。　不唯：不就因为。

⑮亲以宠逼：至亲而以宠势相逼。　犹：尚且。　尚：还。　之：桓庄之族。　以国：指晋侵占虞国是获一国之利的。

⑯享祀：祭祀。享，将祭品奉献鬼神。　据我：保佑我。

⑰鬼神非人实亲：鬼神并非人人亲近。　惟：只。惟德是依，与“鬼神”句均为倒装。

⑱《周书》：周朝的史书。　皇天：上天。　辅：辅佐。

⑲黍：黏黄米。　稷：不黏的谷子。黍稷，泛指五谷。　明德：美德。

⑳易：改，更改。　物：祭物，祭品。　繄（yī）：是。

㉑凭依：依靠。

㉒取：占取。　明德：使德明。　荐：献。　神其吐之乎：神还能不食它（指祭物）吗？吐：不食祭食。

㉓以：率领。　族：家族。

㉔腊：古代岁终举行的一种祭祀仪式名称，即腊祭。

㉕此行：此次行动，指晋假道伐虢。　晋不更举矣：晋国不需要再举兵了。指将来灭虞。

介之推不言禄（僖公二十四年）

本篇选自《左传·僖公二十四年》。

晋王族介之推跟随晋文公在外流亡多年。文公得王位后，赏赐跟随流亡者。群臣竞相争禄，唯介之推不图名禄，隐居绵山。

晋侯赏从亡者，直叙其事，作纲是主。介之推不言禄，带说，便见一切从亡者皆求矣。禄亦弗及[①]。此四字便见求禄者皆得禄矣。然而是讥晋侯也。开首十六字事之原委，推与晋侯之情形俱昭然若揭，笔力何等简括。下皆发明不言禄意。

推曰："献公之子九人，唯君在矣[②]。此二句是第一层"天意"，非二三子之力处。惠、怀无亲，外内弃之[③]。此二句为第二层"天意"，非二三子之力处。天未绝晋，此四字是第三层"天意"，非二三子之力处。提出"天"来，压倒二三子，便把从亡之功说得雪淡。必将有主。主晋祀者，非君而谁[④]？天实置之，而二三子以为己力，不亦诬乎[5]？词冷意严，层层说来，竟与从亡者毫无干涉，如此而尚言禄，岂不丑绝？末却轻敲出言禄意，带问带断，笔挟风霜，令人不堪深想。玩此自有人皆言禄意，是不言禄反衬。此段见不必言禄。窃人之财，犹谓之盗，此二句又是衬起一层意。况贪天之功以为己力乎？下义其罪，上赏其奸[6]；又痛诋之生出“罪”字、“奸”字。略带禄之及人。上下相蒙，难与处矣[7]。”轻拍不言，以起下归隐意。此段见不可言禄。其母曰：“盍亦求之？以死，谁怼[8]？”知子者莫若亲。此数句不过文字波澜，读者切莫认真也。对曰：“尤而效之，罪又甚焉[9]。且出怨言，不食其食[10]。”此四语语意暗顶上文，极有脉络。前“难与处”是暗渡下文，此处又是暗顶上文，针线最为细密，却寻不出个针线脚儿来。其母曰：“亦使知之，若何？”再拶入一层，文心愈细，文势愈紧。对曰：“言，身之文也[11]；身将隐，焉用文之？此四字原反煞语，下又用反接法，奇变莫测，直说到“求显”。推动入微，推之心亦坦白极矣。借其母之言逼出并不求名一层，足一见推之品高。是求显也[12]。”其母曰：“能如是乎？与汝偕隐。”贤哉，母也，能成推志。遂隐而死。束住。此段历叙母子之问答，以见其有同心。“效尤”数语，是说不当享其利；“将隐”数语是说不愿居其名。“能如是乎”四字兼承上两项。“遂隐而死”暗应前“难与处”句，是“不言禄”结穴。

晋侯求之不获，前以晋侯起，此以晋侯结，章法遥应。以绵上为之田[13]，是“禄亦弗及”结穴。曰：“以志吾过，且旌善人[14]。”结

“不言禄”，弗及者终必及之第，不识隐死者其享之否。篇中起伏照应，脱卸承接，一切俱是暗笔，故无痕迹可见。此段以晋侯作结。

［**诚评**］此传直起直收，一似平铺顺叙，毫无结构者，然其实起伏照应，丝丝入扣，神明于法而绝无用法痕迹。是宇宙间极有数文字，勿谓寥寥数语中不具大观也。

“不言禄”三字，是一篇纲领，“禄亦弗及”只带说，“推曰”以下皆阐明不言禄意。但自“献公之子九人”，至“难与处矣”，皆以他人言禄作衬，议论滔滔不竭，有一泻千里之势，而自己不言禄意，只于言外见得其笔趣，却又浑如蜻蜓点水一般。“其母曰”至“与汝偕隐”，几番问答，便移宫换羽，纯用清峭之笔，几于不多着墨，而不言禄意层层实写得出，又酷类颜鲁公书法精力，直透过纸背数重，前后笔法迥异，正足见谋篇之妙。末用“以绵上为之田”紧应“禄亦弗及”，又用晋侯语暗应“不言禄”“禄亦弗及”两层，周到精密，细心寻绎，当自得之。

注释：

①晋侯：晋文公重耳。　从亡者：跟随文公逃亡的人。　介之推：晋国人，姓介名推。“之”为语助词。曾跟文公流亡国外。文公回国后赏赐随行臣属，介之推不肯推出自己的功劳，因此没有赏赐于他。他和母亲隐居绵上（今山西介休东南）山中。传说文公烧山三日逼他出来，因不愿出山而被烧死。文公便将绵山作为他名义上的封田用以祭祀他，并改绵山为介山。百姓因怀念介之推死于火，于是在清明前一天禁火，谓之寒食节。　禄：禄赏。　及：给予。

②献公：文公父亲。　在：在世，活着。

③惠、怀：即惠公夷吾和怀公子圉。怀公为惠公之子。　无亲：众叛亲离。　外内：外指诸侯，内指臣民。

④主：主持。　祀：祭祀，此代指国家朝政。　君：晋文公。

⑤置：立。　二三子：指“从亡者”。　诬：欺骗。

⑥下：下面的人，指“从亡者”。　义其罪：把罪过当作正义。　上：指晋文公。　赏其奸：因赏赐助长了他们的奸邪。

⑦蒙：欺骗。　处：同朝相处。

⑧盍（hé）：何不，为什么不。　之：禄赏。　以：因为。　怼（duì）：怨恨。

⑨尤：错误，罪过。　效之：仿效他们。　甚：厉害。

⑩怨言：指“上下相蒙”之言。　其食：文公的禄赏。

⑪言：话。　文：同“纹”，装饰。

⑫显：显达。

⑬求之：寻找介之推。　为之田：作为他名义上的封田。

⑭志：记。　吾过：我的错。　旌：表彰。　善人：介之推。

展喜犒师（僖公二十六年）

本篇选自《左传·僖公二十六年》。

齐孝公带兵攻打鲁国，展喜奉命去见孝公，以“犒师”说服孝公撤兵。

齐孝公伐我北鄙，公使展喜犒师，人来伐，我却迎劳之，便奇。使受命于展禽①。通身眼目，后面许多议论俱从此一句生出。此一段直叙犒师源头。

齐侯未入竟，展喜从之②，叙犒师之地。未入境而迎劳，亦冀其说行，而师易退耳。曰：“寡君闻君亲举玉趾，将辱于敝邑，此即柳下（展禽）所教之词。使下臣犒执事③。”此三句是致犒师之命。齐侯曰：“鲁人恐乎？”一问煞难对答。对曰：“小人恐矣，君子则否④。”不说恐，不说不恐，竟分出个君子小人来，大奇。此一段言犒师，对齐侯“恐乎”一问。齐侯曰：“室如县罄，野无青草，何恃而不恐[5]？”对曰：“恃先王之命。“王命”妙借“恃”字说出，真巧不可阶，极郑重，立言骨子。昔周公、大公股肱周室，二祖并举。夹辅成王[6]。成王劳之，而赐之盟[7]，曰：‘世世子孙，无相害也[8]！’命词。载在盟府，太师职之[9]。“昔周公”至此是叙先王之命来历，犹云凛凛到今。桓公是以纠合诸侯，忽感颂桓公，妙。下即接“及君即位”，更妙。而谋其不协[10]，一其。弥缝其阙，二其。而匡救其灾，三其。暗指鲁。昭旧职也[11]。“桓公”至此是述往事以例今日意。此一段正告以先王、先公之盟，而举桓以歆，动之重喝。及君即位，接此更妙。诸侯之望曰：‘其率桓之功[12]。’宽一步说不独鲁望，极有步骤。我敝邑用不敢保聚[13]，切鲁说，对“县罄”二语。曰：‘岂其嗣世九年，而弃命废职[14]？“命”字、“职”字双收。其若先君何？“我敝邑”至此二十五个字只成袅袅一句。君必不然。’恃此以不恐。”“恃”字、“恐”字双收。此一段因其违盟而反讥之。齐侯乃还。以齐侯还师作结。前以齐孝公起，此以齐侯结，首尾相应，章法天然。“还”字中有闻义而愧意。且正与篇首“伐”对应。结构精绝。

［**诚评**］是年春，齐曾侵鲁西鄙，鲁曾追之至酅，弗及。齐愤鲁党卫，鲁愤齐侵伐，《春秋》交讥之。至是齐又伐鲁北鄙，卫人亦伐齐，仍以前一年盟洮之故，齐师尤为非义。展喜重申王命以却之，词义严正，后复感颂先世，属望孝公。语婉

气和，令人无可置辞，故齐师不战自退。此等妙用，虽出自展喜，而篇首有“受命于展禽”一语，则喜之言，皆禽之命，觉虚中有实，实处皆虚。篇法奇变，迥异恒蹊，若夫措语之妙，针锋紧对中极其超脱警拔，更见异样精神。

注释：

①齐孝公：名昭，齐桓公之子。　鄙：边境。　公：鲁僖公。因《左传》以鲁国为纪年，所以君主只称“公”。　展喜：鲁国大夫。　受命：请教，领教。此指展喜向展禽请教“犒师”的外交措辞。　展禽：鲁国大夫，食邑柳下，谥号惠，故又称柳下惠，展喜的哥哥。

②竟：通“境”。　之：齐侯。

③玉趾：趾，脚趾。玉趾，指尊贵的脚。称呼别人行止的敬词。　辱：临，屈尊来到。　犒执事：犒劳您（齐孝公）。执事，君主左右办事的人，但展喜不敢斥其尊，故以此代指。

④否：不是这样，此指不害怕。

⑤县（xuán）罄（qìng）：县，通“悬”，吊挂。罄，通“磬”，古代的一种乐器。因其中央高两旁垂下，中间空洞无

物。形容空无所有，贫穷之极。 恃：依仗，依靠。

⑥周公：周公旦，姬姓。周武王弟弟。 大公：姜太公。股肱：股，大腿；肱，手臂从肘到腕的部分。比喻辅佐。 夹辅：左右辅佐。 成王：周成王。武王之子，年幼由叔父周公旦摄政。

⑦赐之盟：赐给他们盟约。

⑧相害：互相侵害。

⑨载：载书，盟约。 太师：官名，掌管国家典籍。职：主管，执掌。

⑩桓公：齐桓公。 纠合：联合。 谋：商量，谋划。不协：不和协。

⑪弥缝：弥补。 阙：同“缺”。 匡：匡正。 旧职：大公的旧职。

⑫率：遵循。

⑬保聚：保城聚众。

⑭嗣世：继世而为君。 弃命：丢掉先王之命。 废职：废弃大公旧职。

烛之武退秦师（僖公三十年）

本篇选自《左传·僖公三十年》。

秦穆公随同晋文公攻打郑国。郑派大夫烛之武见秦穆公，瓦解了秦晋联盟。本文便记述了这一过程。

晋侯、秦伯围郑，叙事，先晋次秦，是见主兵者属晋。以其无礼于晋，更见郑原未得罪秦，亦见主兵者属晋意。且贰于楚也[①]。又见郑未得罪秦。晋军函陵，秦军氾南[②]。此句是记事，写出分军次舍。此一段叙出围郑之故，并两军驻扎之地，为下说秦伏案。

佚之狐言于郑伯曰[③]："国危矣！若使烛之武见秦君，师必退[④]。"佚之狐既能知人，又能料敌，一言大计遂定，当是郑国所依赖之臣。公从之。三字是省词。辞曰："臣之壮也，犹不如人[⑤]；今老矣，无能为也已[⑥]。"具无数婉转，已足见其词令之妙矣，此一辞亦必不可少。先辞一番，妙，隐怨君不早用。公曰："吾不能早用子，今急而求子，正对“老”“壮”二字。是寡人之过也。先自任咎。然郑亡[7]，子亦有不利焉！”直刺到烛之武身上，逼得甚紧。许之。此一段叙郑遣烛之武事。

夜缒而出[8]。见秦伯曰：“秦、晋围郑，郑既知亡矣。先自卑以平其气，与“吾不能早用子”三句一样笔法。“知亡”是一折。若亡郑而有益于君，敢以烦执事[9]。二折。先从有益说起，亦是反跌法。越国以鄙远[10]，君知其难也。三折。焉用亡郑以陪邻[11]？四折。邻之厚，君之薄也[12]。句法峭绝，“越国”至此总见无益于秦。若舍郑以为东道主，五折。行李之往来[13]，共其乏困，君亦无所害[14]。以东道主身份言虽不足以益秦，尚可无所害也。此一段言舍郑无害于秦。且君尝为晋君赐矣[15]，作一提。许君焦、瑕，朝济而夕设版焉[16]，君之所知也。一折援往事以例今日，见晋背盟之速，离间他两家情意。夫晋何厌之有？作一醒。既东封郑，又欲肆其西封[17]。若不阙秦，二折。将焉取之[18]？阙秦以利晋，唯君图之！”三折，言亡郑不利于秦故。说词大意是先以有益衬一层，次以无害安顿他，再次乃以不利恐吓他，一层紧一层。秦伯说[19]，与郑人盟，使杞子、逢孙、杨孙戍之[20]，反为郑守。乃还。秦军退。此一段言亡郑不利于秦，故秦伯悦而还师。武恐吓秦伯更恐吓得有理，非若郑伯之恐吓武所可比，盟而遣戍、乃还，此一说为功不小，果不出佚之狐所料。

子犯请击之[21]，是文家绝好余波。公曰：“不可。微夫人之力不及此[22]。因人之力而敝之[23]，不仁；失其所与，不知[24]；以乱易整，不武[25]。吾其还也。”“公曰”亦足见晋文公之所以伯（霸）处。亦去之[26]。晋军亦退。此一段叙晋不击秦亦解围退兵。晋军自去得妙，佚之狐“师必退”三字内原兼两国之师退言，尾句与起首“围郑”句应。

［**诚评**］　秦晋同围郑，郑独遣武说秦者，以师出自晋，秦特助之耳。去其羽翼，兵势自孤。故秦军退，而晋军自退也。此篇起首一段，叙出围郑之故，并两军驻扎之地，便见郑原未尝得罪于秦，而乘间可以进说，意是为下文伏案也。“佚之狐”段叙遣武事，却用一“辞”作波，是行文纡徐有致处。武见秦伯之段，前一段就秦与郑说，后一段就秦与晋说，皆从利害上立言，反反复复，似深为秦筹者，委婉入情，令人自为心折，极是辞令妙品；后段末以“乃还”二字结“秦军氾南”句。“子犯”一段又另将晋作一波，以“亦去之”三字结“晋军函陵”句，章法尤为精密。

说“秦伯语”虽分两段，其实一气相生。先以“有益”反起“君之薄”，次以“无所害”反应“君之薄”，再次以“阙秦”反应“无所害”。

注释：

①晋侯：晋文公重耳。　秦伯：秦穆公。　郑：国名，姬姓，在今河南中部。　以：因。　其：郑国。　无礼于晋：对晋国无礼。此指晋文公未回国登君位前，流亡经过郑国，郑文公没有以礼待他。这是一种出兵借口。　贰于楚：对晋国有二心，亲近楚国。鲁僖公二十八年，郑文公曾派兵支援楚国与晋作战。

②函陵：郑国地名，今河南省新郑县北。　氾南：氾水之南，在今河南省中牟县南，与函陵相距很近。

③佚之狐：郑国大夫。　郑伯：郑文公。

④烛之武：郑国大夫。之，介于姓名之间的语助词。师：军队。

⑤辞：推辞。　壮：壮年。　犹：尚且。

⑥无能为：无能为力。做不了了。　也已：也矣。

⑦然：然而，表语气上的转折。

⑧缒（zhuì）：用绳子吊着东西从上往下送。　出：出郑国都城。

⑨敢以烦执事：即“敢以之烦执事”，那么请您灭了郑国吧。敢，一种委婉的说法。

⑩越国：超越别的国家。　鄙：边邑。秦在西，晋在中

间，郑在东。秦伐郑要借道于晋。

⑪陪：增加。　邻：指晋国。

⑫厚：实力增强。　薄：削弱了。

⑬舍郑：留下郑国。　东道主：郑国在秦国的东方，故烛之武自称郑国为招待秦的东方道上的主人。后世把“东道主”作为“主人”的代称。　行李：使节，外交使臣。

⑭共：供。　乏困：不足。馆舍、资粮缺乏。　君亦无所害：对您也只有益而无害。

⑮为晋君赐：对晋惠公施过恩。

⑯焦、瑕：晋国两个邑名，在今河南陕县南。晋惠公是由秦穆公派兵回国做的国君。惠公为了答谢，答应把焦、瑕等地送给秦。然而回国后便反悔了。　朝济：早上渡河。　夕设版：晚上建筑防御工事。

⑰东封郑：东面以郑国为晋国的疆界。　西封：西面的边界。指晋国既然在东边灭了郑国为其边界，势必又会向西方扩张势力，那么秦国就必然受到威胁。

⑱阙：损害。　焉：哪里。

⑲说：同“悦”。

⑳杞子、逢（péng）孙、杨孙：均为秦大夫。　戍之：戍守郑国。

㉑子犯：晋国大夫狐偃。　之：秦军。

㉒微：没有，非。　夫：那。　人：指秦穆公。　不及此：不能到这个地步。重耳在外流亡十九年，靠秦穆公力量回到晋国做了国君。晋文公不敢派兵击打秦军，就是说没有秦穆公的帮助，他是不能主持晋国朝政的。

㉓因：凭借。　敝：伤害，损害。

㉔所与：同盟者。　知：同“智”。

㉕乱：指秦晋自相攻击。　整：整齐，指秦晋平安相处。武：威武。

㉖去：离开。　之：郑国。

晋败秦师于殽（僖公三十三年）

本篇选自《左传·僖公三十三年》，是著名的秦、晋殽之战的一部分。记述了秦穆公不听蹇叔的谏诤，骄纵轻敌，导致失败。

秦伯灭滑而还[1]。先用“灭滑而还”四字叙出秦师来历，便见有可伐处。

晋原轸曰[2]：“秦违蹇叔，而以贪勤民，天奉我也[3]。语极奇，却从“秦违蹇叔”着眼，便自平实。奉不可失，敌不可纵。两“不可”，斩截。纵敌患生，违天不祥。申上两“不可”意，故下文应“纵敌”处，即所以应“违天”，不必再饶舌。必伐秦师。”此一段先轸原天意以决秦之可伐。栾枝曰：“未报秦施，而伐其师，其为死君乎[4]？”借栾枝作波，是开先轸语。先轸曰：“秦不哀吾丧，而伐吾同姓[5]，此即无礼处。秦则无礼，破“未报”句。何施之为？驳必伐秦师。吾闻之：一日纵敌，数世之患也。仍承“纵敌患生”意。谋及子孙，可谓死君乎？”破“其为死君乎”句。此一段叙先轸以无礼断秦之当伐。遂发命，遽兴姜戎[6]，曰“遂”、曰“遽”以及下曰“归”，写先轸如画。子墨衰绖[7]，败秦师于殽，获百里孟明视、西乞术、白乙丙以归[8]。正写题面，此一段叙先轸之胜秦。

文嬴请三帅[9]，语又毅甚，又婉甚，妙妙。曰：“彼实构吾二君[10]，寡君若得而食之[11]，不厌，君何辱讨焉[12]？使归就戮于秦[13]，以逞寡君之志[14]，若何？”词意巧妙婉转，画出妇人情态。公许之。叙文嬴之请，释三帅。

先轸朝，问秦囚。公曰：“夫人请之，吾舍之矣。”先轸怒曰：“武夫力而拘诸原，“力”字妙，千古同恨，画出武夫气象。妇人暂而免诸国[15]。“暂”字妙，千古同恨。堕军实而长寇仇，亡无日矣！”仍是“纵敌患生”意。不顾而唾[16]。真武夫。此数语叙先轸斥言“释三帅”之非。

公使阳处父追之[17]，及诸河，则在舟中矣[18]。写三帅疾去，如画。释左骖，以公命赠孟明。诱之还受。孟明稽首曰：但于舟中拜命。“君之惠，不以累臣衅鼓[19]，使归就戮于秦，寡君之以为戮，死且不朽。此谢见释。若从君惠而免之，此谢不复回舟。三年将拜君赐。”此数语又感甚又愤甚，妙妙。此一段叙孟明之长于识而善于辞。

秦伯素服郊次[20]，妙与“子墨衰绖”相映，若无此句，则彼一赘瘤矣。乡师而哭曰：“孤违蹇叔以辱二三子[21]，仍结到蹇叔。孤之罪也。不替孟明，孤之过也。自任罪过。大夫何罪？宽慰“二三子”。且吾不以一眚掩大德[22]。叙秦穆公之悔过作结。此一段至诚悱恻，足以感动人心，想见伯（霸）主作用。

［诚评］只“遂发命”一段，是正写晋败秦师处，以上皆所以败秦之故，以下皆败秦师后文字。前从蹇叔起，后以蹇叔止，篇法秩然。至叙述诸人问答，描画诸人举动形声，无不宛然曲肖，更为写生妙手。

“失奉”，“纵敌”，非有两事，“纵敌”即“失奉”。篇中应“纵敌”处，即不必更应“失奉”。

注释：

①滑：姬姓国名，郑附庸之国。

②原轸：即先轸，封地在原（地名），故称原轸。

③蹇叔：秦之贤臣。　以贪勤民：因为贪婪而使人民劳累。　奉：给予，赏赐。

④栾枝：晋臣。　施：给予恩惠。秦施：指秦国资助晋文公回国一事。　死君：死去的晋文公。

⑤同姓：指郑国和滑国，郑、滑都是姬姓国，是晋国的同姓。

⑥遽兴：急速调动。 姜戎：秦晋之间的一个部族，和晋友好。

⑦子：指文公之子襄公，因文公当时未葬，故称“子”。衰（cuī）：麻衣。 绖（dié）：麻的腰带。 墨：因衰绖都为白色，古代以白为不利，故用墨染黑，墨，名词动用。

⑧百里孟明视、西乞术、白乙丙：三人均为秦国统帅。

⑨文嬴（yíng）：晋文公的夫人，襄公的嫡母，秦穆公的女儿。 请三帅：向襄公请求释放孟明三人。

⑩彼：指孟明三人。 构：挑拨离间。 二君：秦、晋两国国君。

⑪寡君：指秦穆公。

⑫辱：屈尊。 讨：处罚，惩办。

⑬就戮：受刑罚。戮，杀。

⑭逞：满足。

⑮武夫：武士，战士。 力：奋力，努力。 拘：擒、捉拿。 原：指战场。 暂：刹那。

⑯不顾：不管不顾。 唾：吐唾沫，指先轸因为生气而失礼，愤怒之状。

⑰阳处父：晋大夫。

⑱舟中矣：孟明三人已在船中。

⑲累臣：囚臣，被囚禁的臣子，即俘虏，孟明自称。衅鼓：用血涂鼓，指处死。

⑳素服：白色丧服。郊次：郊外等候。

㉑乡：同“向”，面对。二三子：诸几位，指孟明几人。

㉒眚（shěng）：眼病，借指一切疾病。引申为过失、过错。

秦人伐晋（文公三年）

本篇选自《左传·文公三年》。

晋败秦于殽后，秦穆公悔悟思过，仍用孟明等三将，终于打败了晋军。本文写穆公知人善用。

秦伯伐晋，如题直起，老法。济河焚舟，只四字写尽秦人勇锐。取王官及郊①。示人以必死，那得不尽力，"取王官及郊"是写秦人战胜处。晋人不出，亦因前赵成子闻孟明增修国政，而有不可当之言也。遂自茅津济，封殽尸而还②。结前败殽。全是一派得胜情景。遂霸西戎，用孟明也。用倒煞。此一段言秦用孟明终以胜晋而霸。君子是以知秦穆公之为君也，一也。举人之周也，二也，切未用时。与人之壹也③，三也，切已用时。孟明之臣也，四也。其不解也，五也。能惧思也；两层一气，六也。子桑之忠也，七也。其知人也④，八也。能举善也。结两层一气。连用九"也"取致。极赞秦之君臣。《诗》曰："于以采蘩？

于沼于沚[5]。于以用之？公侯之事。”秦穆有焉。较前两层，法又不同。“夙夜匪解，以事一人[6]。”孟明有焉。“诒厥孙谋，以燕翼子[7]。”子桑有焉。复引《诗》以重赞之。连用三“焉”与上九“也”相应作章法，此前段先举人而后赞，此段先赞而后举人，极顺逆错综之妙。

［诚评］ 叙事少而赞语多，不知者几疑其详略失言也。究其神气，直接数传来作一结束，故略非过简，详非过繁。惟深于此道者知之。至其赞美处，笔调之高，亦是史迁之祖。

注释：

①王官：晋国地名。 郊：晋国地名。

②不出：不敢应战。 茅津：晋地名。 封殽尸：僖公三十三年，晋大败秦于殽山。文公三年，秦伐晋，才埋葬了上次殽役时秦军死去的将士。一说，封殽尸可能是为战死的将士立碑。

③为君：作为国君。 周：周全。 与人：任用人才。 壹：专注，专一无二。

④子桑：公孙枝。　知：了解。

⑤于以：在哪里。　蘩（fán）：白蒿。　沼：池塘。　沚：小洲，水中小块陆地。　采蘩四句：《诗经·召南·采蘩》篇。

⑥夙夜二句：《诗经·大雅·蒸民》篇。

⑦诒：通贻，遗留，留给。　翼：辅佐。　孙谋二句：《诗经·大雅·文王》篇。

宁武子来聘（文公四年）

本篇选自《左传·文公四年》。

记叙了卫大夫宁武子与鲁文公关于“礼”的一番对答。文字虽简，但人物形态、生动的言语跃然纸上。

卫宁武子来聘①，公与之宴，为赋《湛露》及《彤弓》②。不辞，又不答赋③。二句画出其愚之形象。使行人私焉。此叙武子不辞、不答，而故以为非为己赋。对曰：“臣以为肄业及之也。略见不当辞、不当答意。昔诸侯朝正于王④，“诸侯”“王”字提得严重，直刺文公，“朝”字亦与“聘”字相映。王宴乐之，于是乎赋《湛露》，则天子当阳⑤，诸侯用命也⑥。释《湛露》之大礼。以上两段分释清晰，为下“大礼”二字立案。诸侯敌王所忾，而献其功，“敌”“忾”“献”“功”，亦映“聘”。王于是乎赐之彤弓一，彤矢百，玈弓矢千，以觉报宴⑦。释赋《彤弓》之大礼。今陪臣来继旧好，“陪臣”二字紧对上“天子”“诸侯”，“来继旧好”又非“朝正”“敌忾”可比。君辱贶之[8]，其敢干大礼以自取戾[9]？不说鲁不当赋，直说自己不敢与，婉而实严。“礼”字是骨子。此正结出“不辞”“不答”之意。

［诚评］

“大礼”二字是一篇骨子。鲁赋《湛露》《彤弓》，非礼也；武子之不辞、不答，礼也。却又用“肄业及”作一波折，然后追溯两诗原委及己不当辞答意，便觉简峭之中姿态横生。

注释：

①宁武子：卫大夫，名俞。　聘：古代各诸侯国之间礼节性问候。

②为赋：为之赋，省去“之”，指宁武子。　《湛露》《彤弓》：《诗经·小雅》篇名。

③不辞：不作答谢。　答赋：就赋发表议论、看法。

④正：正月。　王：天子。

⑤当阳：对着太阳。

⑥用命：听命令去做。

⑦彤弓：红色的弓。 彤矢：红色的箭。 玈（lú）弓：黑色的弓。 觉：表明。

⑧陪臣：相对天子而言。 君辱：承蒙君王。

⑨戾（lì）：罪过。

王孙满对楚子（宣公三年）

本篇选自《左传·宣公三年》。

鼎在古代一般指立国的重器，象征王权。楚庄王探问周王室太庙中九鼎的大小、轻重，目的在于其欲称霸天下，替代周王室盟主地位。

楚子伐陆浑之戎[1]，遂至于雒，观兵于周疆[2]。“观兵”二字与下“德”字反映。定王使王孙满劳楚子[3]。只得如此对付。楚子问鼎之大小轻重焉[4]。叙楚子之问鼎，见其有目无周室意，直欲伐周以取鼎也。对曰：“在德不在鼎。是一篇纲领。“民”字正是“德”字实际。昔夏之方有德也，承上“德”字说夏铸鼎之由。远方图物，贡金九牧，铸鼎象物[5]，百物而为之备，使民知神奸[6]。为民铸鼎，正夏之有德。故民入川泽山林，不逢不若。螭魅罔两[7]，莫能逢之，用能协于上下，抬出“天”字压他。以承天休[8]。“天”字亦是“德”

字明征。由德及民及天，见惟有“德”者，始能有鼎。桀有昏德，鼎迁于商，载祀六百[9]。起下“卜世”“卜年”。商纣暴虐[10]，鼎迁于周。“昏德”“暴虐”字句错综。言三代鼎迁，无德而归于有德。德之休明，虽小，重也。又提“德”字。其奸回昏乱[11]，虽大，轻也。直折问鼎之非，束上生下，还他“大小轻重”四字，亦翻得奇妙。天祚明德，重提“天”字，串“德”字说起。有所底止[12]。成王定鼎于郏鄏，卜世三十，卜年七百，天所命也[13]。周德虽衰，天命未改，总结到“德”字、“天”字，压倒楚，“天”“德”串讲，不言民，而民在其中。鼎之轻重，未可问也。”应起处“问鼎”二字作结。因前“大小轻重”侧重“轻重”，故此只答以“轻重”，不言“大小”。

［诚评］通篇以一“德”字作骨，惟德，乃能惬民情以膺天眷。故有德则下有以宜民，上有以承天，而无鼎者可以铸；无德则下无以宜民，上无以承天，而有鼎者势必迁。是时，周德虽衰，楚亦不德，庄王乃欲窥伺周室，宜乎？王孙满深折之也，正论侃侃，千古不磨之作。

注释

①楚子：楚庄王，春秋五霸之一。 陆浑之戎：是戎的一

支，允姓。

②观兵：陈兵示威。　周疆：周王室境内。

③定王：周定王，倾王之子。　王孙满：周大夫。

④鼎：夏禹时所铸的大鼎，三代相传，权力的象征。古代以为立国的重器。

⑤贡金：进贡青铜。金：周代称青铜为金。　牧：州长。象物：把图像铸在鼎上。

⑥知神奸：认识神物和恶物。

⑦魑魅（chī mèi）：传说中山林里能害人的怪物。　魍魉（wǎng liǎng）：传说中的一种怪物。

⑧用：因而，因此。　协：调和，协调。　天休：上天的保佑。

⑨桀：夏桀，夏朝末代君主。　载祀：都是纪年的称号。六百：商有天下六百年。

⑩商纣：帝辛，商朝末代君王。

⑪奸回：奸邪。回：邪。

⑫祚（zuò）：赐福。　底：期限。

⑬郏鄏（jiá rǔ）：周地名。　卜世：抽签问卜传世。　天所命也：这是上天的命令。即天意。

齐国佐不辱命（成公二年）

本篇选自《左传·成公二年》。

齐国被晋军打得大败，齐侯派国佐去晋媾和。国佐不辱君命，终于迫使晋言和。

晋师从齐师，入自丘舆，击马陉[①]。起首三句见晋帷笑之怒犹未平意。齐侯使宾媚人赂以纪甗、玉磬与地[②]。莫谓齐败鞍后气怯也，亦聊以平其怒耳。不可，则听客之所为[③]。此一段叙晋师追齐，而齐属人行赂。

宾媚人致赂[④]。晋人不可，大有报鞍之意，锐气殊之不当。曰："必以萧同叔子为质[⑤]，而使齐之封内尽东其亩[⑥]。"质母、东亩二事说得甚不当理。是胜齐之后骄气与怒气并炽，故不及顾当理与否，竟任意直说出来也。对曰："萧同叔子非他，寡君之母也。尊自己天亲，占他人面子。若以匹敌[⑦]，则亦晋君之母也。措词严重得体。吾子布大命于诸侯[8]，而曰必质其母以为信，其若王命何[9]？婉而毅，正斥他“质母”一层。“王命”二字却以冷语出之，趣甚。且是以不孝令也。重斥“质母”，更进一层。《诗》曰：“孝子不匮，永锡尔类[10]。援诗引起下文。若以不孝令于诸侯，其无乃非德类也乎？了却“质母”一语。词虽和婉，然实当不得。此段直斥“质母”之非。先王疆理天下[11]，斥“东亩”便直提先王说起。物土之宜，亦已见不可“尽东其亩”意。而布其利[12]。故《诗》曰：‘我疆我理，南东其亩[13]。’亦援诗引下，章法遥应。今吾子疆理诸侯，而曰‘尽东其亩’而已，唯吾子戎车是利[14]，无顾土宜，应“物土之宜”句。其无乃非先王之命也乎？了却“东亩”一语。应篇中“先王疆理”句，此一段痛斥东亩之非。反先王则不义，何以为盟主？其晋实有阙[15]。此三句直贯他“于义有阙”。四王之王也，又推开说。树德而济同欲焉[16]，此四王所以享百禄也。五伯之霸也，勤而抚之，以役王命[17]。此五伯所以享百禄也。今吾子求合诸侯，以逞无疆之欲[18]。与四王、五伯反。《诗》曰：‘布政优优，百禄是遒[19]。’又援诗引下，笔法绝不重复，谓其自弃福禄，害不得他人。应上晋有阙不得为盟主句。子实不优，而弃百禄，诸侯何害焉！只为“质母”“东亩”两语说得过分。便惹出齐人这若许抢白，齐借晋言翻论，殊觉理直气壮，其锋难犯矣。总承上两项，斥其不足为盟主，享百禄。不然，二字转跌出下意，词令之妙，如环无端。寡君之命使臣，则有辞矣[20]。曰：‘子以君师辱于敝邑，从前“听客所为”句撰出。不腆敝赋，以犒从者[21]。照致赂。畏君之震，师徒挠败[22]。指败鞍。吾子惠徼齐国之福，不泯其社稷，使继旧好[23]，“畏君之震”至此是申明所以致赂之意。唯是先君之敝器、土地不敢爱[24]，照“纪甗、玉磬与地”句，作一收束。子又不许。转出“不许”，应前“晋人不可”句。请收拾余烬，背城借一[25]。是要战意，借歇后语。敝邑之幸，亦云从也[26]，况其不幸，敢不唯命是听？’”“幸”与“不幸”两路夹写。此一段述君命而请战。

鲁、卫谏曰：“齐疾我矣[27]！其死之者，皆亲昵也[28]。子若不许，仇我必甚。唯子则又何求？子得其国宝，我亦得地，此二句收拾篇首“纪甗、玉磬与地”句。而纾于难[29]，其荣多矣[30]。齐、晋亦唯天所授，结出“天”字，晋之怒与骄皆可平矣。岂必晋[31]？”鲁卫亦见齐之锐不可当，故谏晋许齐。齐人已是败兵，如何又锐不可当，则因质母、东亩语有以激之也。晋人许之。此一段言鲁卫劝晋受贿而晋从。

［**诚评**］就“地”“质母”“东亩”，重提王命以折之，不怕晋人不屈服，吾恐即无鲁、卫之谏，亦无不许也。首段纲领全篇，以下便重重说开去，直至末段方作收合，是一篇大开大合文字。对词四段，固是不辱命处得，末一段，更足实见其不辱。

注释：

①从：追逐。　丘舆：齐国地名。　击：攻打。　马陉（xíng）：齐国地名。

②齐侯：齐顷公。　宾媚人：齐国上卿国佐，亦称国武子、国子。纪甗（yǎn）、玉磬（qìng）：礼器、乐器。因纪甗、玉磬是齐灭纪国时得来的，因此称为纪甗、玉磬。

③客：指晋国人。

④致赂：进行贿赂。

⑤萧同叔子：齐顷公的母亲。“萧”是国名，“同叔”是萧国国君的字，齐顷公的外祖父。“子”是女儿意，晋人不便直言以齐顷公之母为人质，所以才这样称呼她。

⑥封内：国境内。　尽东其亩：使田地的垄埂全改为东西走向。因为如此，利于晋国进军齐国。

⑦匹敌：对等，相当。指齐晋两国地位平等。

⑧大命：非常重要的命令。指晋君的命令。

⑨其若王命何：怎么对待先王之命呢？王命，指周王之命。

⑩《诗》：《诗经·大雅·既醉》章。　锡：赐予，分给。　尔类：你的同类。

⑪疆：划分疆界。　理：治理土地。

⑫物土之宜，而布其利：按照土地情况播种适宜生长的作

物，以获得其应得的利益。　物：察看。　布：布置。

⑬南东：使……朝南，使……朝东。

⑭戎车是利：对你们的兵车有利。戎车，兵车。

⑮阙：缺点，过失。

⑯四王：夏禹、商汤、周文王、周武王。　王：统一天下，称王。　树德：修德。　济：满足。　同欲：诸侯共同的愿望。

⑰五伯：夏的昆吾，商的彭、豕韦，周的齐桓公、晋文公。也有说齐桓公、晋文公、宋襄公、秦穆公、楚庄王五位。伯：霸。　勤：辛苦，辛劳。　之：其他诸侯。　役王命：服事于周王之命。

⑱合：会。　逞：达到，满足。　疆：边际，止境。

⑲布政优优，百禄是遒：施行宽和政治的君主，各种福禄都会聚集于他的身上。此见《诗经·商颂·长发》篇。布，施行。优优，宽和，和缓。　遒：聚集。

⑳有辞：有别种话，指下文所说。

㉑腆（tiǎn）：丰厚，美好。　赋：赋税。此指文中的纪甗、玉磬。　以犒从者：以犒劳您的左右。

㉒震：威严。　师徒挠败：军队战败。

㉓惠：表示人有所求的敬词。　徼：求取。求……福。

泯：消灭。　其：齐国的。

㉔唯是：即使这些。　敝器：指纪甗、玉磬等。　爱：吝惜。

㉕余烬：残余的军队。　背城借一：背靠城墙决一死战。一，一战。

㉖幸：侥幸战胜。　亦云从也：也还是依从晋国之命。

㉗鲁、卫：两个诸侯国。　疾：怨恨。

㉘其死之者：齐国在这次战役中死的人。　亲昵：齐侯亲近的人。

㉙纾于难：免于祸患。纾，解除。

㉚荣：好处。

㉛唯天所授：都是天授的强国。　岂必晋：难道晋就一定能取胜吗？

楚归晋知䓨（成公三年）

本篇选自《左传·成公三年》。

宣公十二年，晋楚之争中晋知䓨被楚所俘。后晋俘楚公子和大夫。晋要楚互放人质，楚应。本文叙述了知䓨回国前对楚王的一段辞别之语。

晋人归楚公子縠臣与连尹襄老之尸于楚[①]，起首十七字成句极健劲，是左氏句法妙处。以求知䓨[②]。于是荀首佐中军矣[③]，“荀首佐中军”五字，通篇着眼在此，若不为此，未必有知䓨归。知䓨若不为此，未必敢这般对。故楚人许之。此一段叙晋求知䓨而楚人释之。

王送知䓨[④]，曰：“子其怨我乎[⑤]？”“怨”指留楚十余年言。对曰：“二国治戎[⑥]，臣不才，不胜其任，以为俘馘[⑦]。先归咎自己一层。执事不以衅鼓，使归即戮，君之惠也。感激楚君一层，所以又有“德我”一问。臣实不才，又谁敢怨[⑧]？”紧对“怨我乎”

一问作收，此一段叙楚王送知罃而以“怨”为问答。王曰：“然则德我乎[9]？”用“然则”二字转下，妙。对曰：“二国图其社稷，而求纾其民[10]，各惩其忿，以相宥也，两释累囚，以成其好[11]。对“德”，亦从二国说起，但彼就战时说，此就和时论，立言有体。二国有好，臣不与及[12]，全摊在二国，与己无涉，故无见德。其谁敢德？”与“又谁敢怨”相对应，此对深曲。此一段叙楚王与知罃以德为问答。王曰：“子归，何以报我？”又转出“报我”一问，更奇。对曰：“臣不任受怨，君亦不任受德，无怨无德，不知所报。”此对对得爽快无比，劲直。王曰：“虽然，必告不穀[13]。”再追问一层，似复非复，愈奇。对曰：“以君之灵，累臣得归骨于晋[14]，寡君之以为戮，死且不朽[15]。说得国法森严，感私恩而不能报。若从君之惠而免之，以赐君之外臣首，首其请于寡君而以戮于宗[16]，亦死且不朽。又说得家法森严，亦感私惠不能报。若不获命，而使嗣宗职，次及于事[17]，而帅偏师以修封疆[18]，虽遇执事，其弗敢违。不敢以私惠废公事。其竭力致死，无有二心，以尽臣礼，此对雄壮。所以报也。”以戮于国、戮于君跌起尽忠本国，尽忠于晋，则不负楚君放归之惠，所以为报。此一段知罃言尽忠于晋以报楚。

王曰：“晋未可与争。”非荀首佐中军之故不致此。重为之礼而归之[19]。此以楚王重礼归知罃作结。

[诚评] 每一答，紧与问意相对，却又与问意相违。字字跳脱，笔下板滞者当熟读之。

注释：

①宣公十二年，晋、楚相争，晋军败，知罃被俘，其父荀首率兵回战时，射伤楚公子穀臣与大夫连尹襄老，并将他们带回晋。

②求：索求。

③中军：晋三军统帅。佐中军：三军的副帅。

④王：楚共王。

⑤其：大概，恐怕。

⑥治戎：治兵，作战。

⑦俘馘（guó）：俘虏。馘，古时作战，杀敌人，将左耳朵割下作为献功凭证，此处没有割耳朵的意思。

⑧又谁敢怨：又敢怨谁？

⑨德我：感激我的恩德。

⑩图其社稷：为社稷着想。图：图谋，打算。 纾：缓，

放松。

⑪宥（yòu）：宽恕，原谅。　两释累囚：双方释放俘虏，指晋、楚两国。

⑫臣不与及：与我没有关系。与，同“预”，参与，涉及。

⑬不穀，不善。穀，善。古代王侯自称的谦词。

⑭灵：威信。　累臣：知罃自谦。

⑮死且不朽：虽然身死也是光荣的。不朽，不会磨灭。

⑯首：荀首，知罃的父亲。　其：将。　以戮于宗：把我处死于宗祠。古代宗族势力很大，家法森严，有权处置族内子弟。

⑰次及于事：轮到我担任统率军事的职务。　次：次序。　事：军事。

⑱偏师：指副帅和副将统率的军队。　修：治理，保卫。　封疆：边界。

⑲重：隆重。　归之：使之归，送他回去。

吕相绝秦（成公十三年）

本篇选自《左传·成公十三年》。

晋国派吕相到秦国宣布与之绝交，吕相历数秦献公、穆公以来秦国的罪恶，有许多不实之辞，为伐秦找借口。

晋侯使吕相绝秦[①]，曰：“昔逮我献公及穆公相好[②]，后面无数仇怨，起首却从“相好”叙入。戮力同心，申之以盟誓，重之以昏姻[③]。极言亲厚无比，正是后文反照。叙秦晋相好之始，为后“缴福于先君献、穆”伏案。天祸晋国，从晋说起。文公如齐，惠公如秦。无禄，献公即世[④]。穆公不忘旧德，应前“相好”，可谓不没人善，亦是后文反照。俾我惠公用能奉祀于晋[⑤]。又不能成大勋，一折。而为韩之师[⑥]。数秦第一罪案，词意尚轻。实是晋之曲处，反坐罪在秦，乃以“不能成大勋”入其罪。亦悔于厥心，用集我文公[⑦]，盛颂秦之功处，止此反照后文。是穆之成也。此一段叙秦安晋之功，言穆有厚施。

“文公躬擐甲胄，亦是从晋说起，但前虚就晋国说，此实指文公。跋履山川[8]，逾越险阻，征东之诸侯，虞、夏、商、周之胤而朝诸秦[9]，长句甚健，矜己之功，又作一顿。则亦既报旧德矣[10]。再应“旧德”，叙晋朝秦之功，言文公有厚报。郑人怒君之疆埸[11]，我文公帅诸侯及秦围郑。叙晋加惠无已而大有功于秦。秦大夫不询于我寡君[12]，擅及郑盟。诸侯疾之，将致命于秦[13]。上“我文公”是矜己之功，此“擅盟”便是秦第二罪案。文公恐惧，绥靖诸侯，秦师克还无害[14]，则是我有大造于西也[15]。穆与文有好有恶，盛赞自己之功又以矜己之功作一顿。

“无禄，文公即世，与前“无禄，献公即世”相应，作章法。穆为不吊，蔑死我君。是不哀死。寡我襄公[16]。是不恤生。迭我殽地，是攘地。奸绝我好[17]，销前“文公”一段。伐我保城，是侵伐。殄灭我费滑[18]，是灭邻。散离我兄弟，承上说。挠乱我同盟，指伐郑。倾覆我国家。是秦第三罪案。前两案词尚平，此就一事细分出若许罪来，错综变化，笔阵横绝，大含愤怨，实有许多东扯西拽处。我襄公未忘君之旧勋，而惧社稷之陨，二句二转，立言有体。是以有殽之师[19]。“是以有”三字第一见，此上叙穆与襄有恶而无好。犹愿赦罪于穆公，又转下推宕出一层文字，便觉波折无限。穆公弗听，而即楚谋我[20]。“弗听”“谋我”是秦第四罪案，实属无中生有。天诱其衷，成王殒命[21]，穆公是以不克逞志于我[22]。幸词益见愤心。此上叙襄虽欲修好，而穆不从。

穆、襄即世，康、灵即位[23]。叙即世、即位，又另是一样笔法。康公，我之自出，是一顿，又占许多地步。又欲阙剪我公室[24]，倾覆我社稷，帅我蝥贼[25]，以来荡摇我边疆，连用四“我”字与前段相应，笔阵欲横，语更愤怨，数秦第五罪案。我是以有令狐之役。“是以有”二见，言康加害于灵，而灵不得不应，此罪亦属无中生有。观一“欲”字可见。康犹不悛，亦是从上转下。入我河曲，伐我涑川，俘我王官，剪我羁马[26]，言康加害无已，而大有害于晋。我是以有河曲之战。叠见五“我”字，“是以有”三见，数秦第六罪案，此罪亦强坐穆公身上。东道之不通，则是康公绝我好也。就康公结过往事，起下现今。此上皆追叙往事，此下方是当时正文。

“及君之嗣也[27]，与前许多“即世”“即位”应，引领下“西望”二句，有波折，有情态，绝妙文澜。我君景公引领西望曰：‘庶抚我乎[28]！’君亦不惠称盟[29]，利吾有狄难[30]，入我河县，焚我箕、郜，芟夷我农功，虔刘我边陲[31]，又叠“我”字四个，奇，奇。数秦第七罪案，愤怨不可胜言。前面许多层数罪案，俱属先世事，是衬笔；此罪方入正文。然犹是衬笔，惟下“背盟”一罪乃是问罪本意。我是以有辅氏之聚[32]。“是以有”四见。言桓不顾景之望好而仍肆其恶，以为秦之曲。君亦悔祸之延，放宽一笔，又是一种转法。而欲徼福于先君献、穆[33]，使伯车来命我景公曰[34]：‘吾与女同好弃恶，复修旧德，以追念前勋。’遥应首节“旧德”，“前勋”，亦回应前文。言誓未就，景公即世，应前许多“即世”。我寡君是以有令狐之会[35]。“是以有”五见。言桓欲同好弃恶，而厉即因先世之志而结盟，以为晋之直。君又不祥，从上转下。背弃盟誓[36]。直指其下“白狄”三句。白狄及君同州，君之仇雠，而我之昏姻也[37]。偏做说得极好看，极入情。君来赐命曰：‘吾与女伐狄。’寡君不敢顾昏姻，尊人以入其罪，从背盟分出两重罪案来。畏君之威，而受命于吏[38]。自卑以入其罪。君有二心于狄，正言背盟狄，数秦第八罪案，愤怨不可胜言。应“狄应且憎”一句，令秦人自愧。曰：‘晋将伐女。’狄应且憎，是用告我[39]。言桓背盟而证以狄人之告。楚人恶君之二三其德也[40]，紧接上“白狄”下，文势一气，“恶”字又与“憎”字相映。亦来告我曰：‘秦背令狐之盟，而来求盟于我，数秦第九罪案，愤怒不可胜言。前六罪是前人事，此三罪方坐桓公身上，究之第七罪仍是陪衬，八、九罪乃正责其“背盟”。昭告昊天上帝、秦三公、楚三王[41]，便见来告者之多意。曰：余虽与晋出入，余唯利是视[42]。乃是述秦人言。不穀[43]二字是楚人言。恶其无成德，是用宣之，以惩不一。’述楚人之告，亦以证桓之背盟也。诸侯备闻此言，斯是用痛心疾首，昵就寡人[44]。此拉诸侯恐吓桓公。寡人帅以听命，唯好是求。回顾“相好”，立言得体。君若惠顾诸侯，矜哀寡人[45]，而赐之盟，反折一句是实。则寡人之愿也。其承宁诸侯以退[46]，岂敢徼乱？君若不施大惠，寡人不佞[47]，其不能以诸侯退矣。此是主句，结得气势逼人。以上数语说得有声有势，有气焰，通体一派虚词，装饰得入情入理，故是词令妙品。敢尽布之执事，俾执事实图利之[48]！”结出绝秦之义。

［诚评］只为“背盟”起见，因备溯先世之事，竟把秦晋之世好写成世仇。好则归之己，恶则归之人，既有道人之好处，亦略而不详；有道己之恶处，皆因人而起，故言词极婉曲中都含极愤怨意。及叙至背盟，“伐狄”“与楚”作两确证，直使秦桓无可置喙。说到绝秦处，牵定诸侯，两意双铃，听秦自寻一条路走。观此可以想见“麻隧誓师”之词，是奋三军之勇，固宜其克败秦也。至行文之妙，一波未平，一波随起，前后相生，机神鼓荡。有顿挫处，有跌宕处，有关锁处，有收束处，有重复处，有变换处，长短错综，纵横排奡，无美不备，应是左氏得意之作。

注释：

①晋侯：指晋厉公。　吕相：即魏相。晋大夫魏锜之子。因食邑于吕，故称吕相。　绝秦：断绝与秦国的外交往来。　史载：鲁成公十一年，晋厉公与秦桓公约定会盟于令

狐。结果晋君先到，桓公临时改变主意，违约不来，并且后来对晋不友好，于是晋君派吕相为使，数秦之罪，与秦绝交。

②逮：自从。　献公：晋献公。　穆公：秦穆公。　相好：友好。

③申：申明。　盟誓：订立盟约。　重：加深，加重。　昏姻：即婚姻。指献公之女嫁给穆公为夫人之事。

④无禄：无福禄所享，有不幸之意。　即世：去世。

⑤俾（bǐ）：使。　惠公：晋惠公。　奉祀于晋：主持晋国朝政。

⑥大勋：大功。　韩之师：为韩地秦晋发生了战争。指僖公十五年，秦晋在韩之战，晋军大败，惠公被俘一事。

⑦厥：指秦穆公。　集我文公：秦穆公成全文公回晋国为国君。集，成就，成全。

⑧躬擐（huàn）：身穿，身披。躬，亲自，亲身。擐，穿，披。　跋履：跋涉践踏。指步履艰难，旅途劳苦。

⑨征：征服。　虞、夏、商、周之胤：虞、夏、商、周的后代。　朝：朝见，朝拜。　诸："之于"合称。

⑩旧德：指穆公送文公回国立为君主之事。

⑪郑人怒君之疆埸（yì）：郑国人侵犯您的边境。　怒，指冒犯之意。史无此事之载，可能是晋诬秦的外交之辞。

⑫询：问。此有“商量”之意。

⑬疾：憎恶，厌恶。 致命于秦：同秦国拼命。致命，拼命。

⑭绥靖：安抚，安定。 克：能够。 害：伤害，损害。

⑮有大造：有大功。 西：因秦在西方，所以以西代秦。

⑯寡：作动词，含有轻视、看不起之意。

⑰迭：同“轶”，侵犯。 奸绝：断绝。

⑱保城：城堡。 殄（tiǎn）灭：灭绝，绝尽。 费滑：国名，费为滑的国都。晋同盟国。

⑲是以有殽之师：因而才有晋殽之战。

⑳犹愿：尚还愿意。 谋我：谋算我晋国。

㉑天诱其衷：上天保佑我们晋国。衷，内心。 殒命：丧命，死亡。史载：鲁文公元年，楚成王被其子所杀。

㉒克：攻克，有侵犯之意。 逞志：满足意愿。

㉓穆、襄：指秦穆公和晋襄公。 康、灵：指秦康公和晋灵公。

㉔我之自出：康公的母亲是献公之女，因而秦康公为晋的外甥。 阙剪：损害，破坏。

㉕蟊（máo）贼：两种吃庄稼的害虫。此指晋公子雍。史载：晋公子雍一直寄居秦国。晋襄公死后，因太子夷皋年幼，晋大夫赵盾、士会等人，主张迎公子雍回国为晋君。秦也派兵

护送。可是，晋襄公夫人坚持立夷皋，赵盾为保全自己，同意襄公夫人之意，并出兵拒秦，在令狐地方击退了秦军。

㉖河曲、涑川、王官、羁马：均为晋国地名。

㉗及君之嗣：到了秦桓公继位。嗣，继位。

㉘景公：晋景公，成公之子。　引领：伸长了脖子。引申为急切盼望之意。　庶：或许，差不多，大概。祈盼词。

㉙不惠称盟：不肯加惠晋国，结为友好同盟。

㉚利吾有狄难：利用我国同狄人发生战争而处于艰难之机。史载：宣公十五年，晋灭狄。此为“狄难”，吕相有歪曲事实之意。

㉛农功：农作物。　虔刘：屠杀，杀戮。

㉜辅氏之聚：聚集民众在辅氏抗拒秦师。此为宣公十五年之事。辅氏：晋地名。

㉝悔祸之延：后悔两国战争频繁，时间太长。　徼：求。

㉞伯车：桓公之子。　命：命令，此有“修好”之意。

㉟令狐之会：指成公十一年，桓公违约，厉公单独赴会之事。

㊱不祥：不善。　背弃盟誓：指桓公破坏令狐之盟。

㊲白狄：狄族中一支，与秦同住在雍州界内。　及：同。　仇雠（chóu）：仇敌。　昏姻：指晋文公在狄娶亲之事。

㊳受命于吏：受命于秦攻打白狄之令。吏，客气的一种说法。

㊴应：表面答应。　告我：告诉我国。

㊵二三其德：三心二意，反复无常。

㊶昭：明。　昊天上帝：皇天上帝。　秦三公：穆公、康公、共公。　楚三王：成王、穆王、庄王。此为秦桓公盟誓之辞。

㊷出入：往来，交往。　唯利是视：只是图利。此为“唯是利”倒装。

㊸不穀：古代君王的谦称。

㊹痛心疾首：形容愤怒到了极点。疾，痛。疾首，头痛。昵就：亲近。

㊺矜哀：怜悯，同情。

㊻承宁诸侯以退：使晋接受您秦君之命，安定诸侯使他们退走。　承：使……接受。

㊼不佞：不才，不敏。

㊽尽：全部。　布：陈述，宣布，客气说法。　执事：指秦桓公。　图：考虑，有权衡之意。

穆叔重拜鹿鸣（襄公四年）

本篇选自《左传·襄公四年》。

襄公元年，晋派知武子问聘于鲁。四年，鲁使穆叔回聘于晋。本文记述了晋侯设礼款待穆叔，穆叔以礼对之的故事。

穆叔如晋，首一句直叙如晋。报知武子之聘也[①]。次句揭出如晋之故。晋侯享之，金奏《肆夏》之三，不拜[②]。工歌《文王》之三[③]，又不拜。歌《鹿鸣》之三[④]，三拜。以上正叙不拜，以拜、不拜做波澜，为下文之问伏案。旧例每歌三章当一拜，穆叔故意把三拜放在末后三诗一处，以起其问。韩献子使行人子员问之曰[⑤]："子以君命，辱于敝邑。先君之礼，藉之以乐，以辱吾子[⑥]。吾子舍其大，而重拜其细[⑦]。用乐不论当否，只论大细，可笑。敢问何礼也？"怪其不知礼，叙问穆叔舍大拜细之义。对曰："三《夏》，天子所以享元侯也，此是着眼处，提出"天子""元侯"，惊人耳目。使臣弗敢与闻[⑧]。《文王》，两君相见之乐也，提明两君亦妙，亦是着眼处。使臣不敢及[9]。“弗敢与闻”及“不敢及”错综变化，入妙。叙所以不拜之故。《鹿鸣》，君之所以嘉寡君也，敢不拜嘉[10]？一拜嘉君。《四牡》，君所以劳使臣也[11]，敢不重拜？二拜劳己。《皇皇者华》，君教使臣曰：“必咨于周[12]。臣闻之，访问于善为咨，咨亲为询，咨礼为度，咨事为诹，咨难为谋[13]。看他逐一分解，如闻其声。臣获五善[14]，敢不重拜？”三拜教己。此数语对所以重拜之故。还清“三拜”、三“敢不”，句法练极。

［**诚评**］文家最忌重复，此传偏以“拜”“不拜”为章法，且以取致，更觉矫健峭异，直是奇绝。若其以“礼”作一篇骨子，则与《宁武子》篇相类，但彼“礼”字点在答语中，此“礼”字竟从问语中点出，亦愈加变化矣。

注释：

①穆叔：鲁大夫，叔孙豹。　报：回报。　知武子：即知罃。

②金奏：指击金钟而演奏。　《肆夏》：乐曲名。《周礼》有九《夏》，其二曰《肆夏》，一名《繁》。三曰《昭夏》，一名《遏》。其四曰《纳夏》，一名《渠》。击钟三，即指此三章乐曲。　拜：拜谢。

③工：乐工。　《文王》：《诗经·大雅》篇名，为《大雅》的首篇。　三：指《文王》《大明》《緜》三篇。

④《鹿鸣》之三：《诗经·小雅》首三篇。《鹿鸣》《四牡》《皇皇者华》。

⑤韩献子：晋上卿，名厥。　行人子员：行人，通使之官。子员为最有才华者。

⑥藉：进献。　以辱吾子：用来招待您。

⑦舍其大：丢弃大礼。指不拜“金奏《肆夏》之三”和“工歌《文王》之三”。　细：指小礼。即“歌《鹿鸣》之三”。

⑧三《夏》：即《肆夏》之三。　元侯：诸侯之长，即霸主。　使臣：穆叔自称。　弗敢与闻：不敢听它。

⑨不敢及：不敢听。

⑩嘉：嘉奖，赞许。　拜嘉：代君（鲁襄公）拜谢嘉美之意。

⑪《四牡》：《鹿鸣》之二。　劳：慰劳。

⑫《皇皇者华》：《鹿鸣》之三。　教：教导。　咨：咨询。　周：忠信。

⑬度（duó）：适宜、适度。　诹（zōu）：咨询，询问。　难：困难。　谋：谋略。

⑭五善：指“访问于善”“咨亲”“咨礼”“咨事”“咨难”五事。

子产告范宣子轻币（襄公二十四年）

本篇选自《左传·襄公二十四年》。为附传。

纳币，是春秋时期称霸国向小国榨取贡物的一种无理要求。郑大夫子产劝宣子不要只看眼前，应轻币扬德，在诸侯面前树立起良好形象，以保持持久的霸主地位。

范宣子为政，开首下“为政”二字，便觉币之轻重，操纵在手，为下“告”字伏案。诸侯之币重，郑人病之[①]。揭出寓书来历。二月，郑伯如晋，子产寓书于子西[②]，以告宣子，此一段叙明寓书之意。曰：“子为晋国[③]，开口四字便妙，即应“为政”句。四邻诸侯不闻令德，提出“令德”二字，衬出重币。而闻重币，侨也惑之[④]。侨闻君子长国家者，非无贿之患，而无令名之难[⑤]。从“令德”追出“令名”，与上两“闻”字相关合，大有情致。此段述所闻以作一篇之纲。夫诸侯之贿聚于公室，则诸侯贰[⑥]；若吾子赖之，则晋国贰[⑦]。诸侯贰，则晋国坏；晋国贰，则子之家坏。极言重币之患，由国及家，无一不可，正见贿之为患处。何没没也[8]！“坏”字、“没没”字，字法生新，现溺不返之意。将焉用贿？此一段发明非无贿之患意。

“夫令名，德之舆也[9]；德，国家之基也。言令名由于令德，德名串说。有基无坏，“无坏”与上两坏字对看。无亦是务乎[10]！有德则乐，乐则能久。专言德。《诗》云：‘乐只君子，邦家之基[11]。’证“国家之基”句，紧对上两“贰”字看。有令德也夫！‘上帝临女，无贰尔心[12]。’证“德之舆”句。引诗，德、名两平说。有令名也夫！此数语发明无令德之难意。恕思以明德，“恕思”是令德注脚，暗指轻币言。则令名载而行之，“载而行之”是“舆”字注脚，此两句从德说到名，又一串说法。是以远至迩安[13]。是就“载而行之”上生情，此数语总上“令德”“令名”而言其效。毋宁使人谓子‘子实生我’，而谓‘子浚我以生’乎[14]？重用“子”字，有态。象有齿以焚其身，喻德隽妙。贿也[15]。”以“贿”与“令名”作商量语，听其自择。此一段申言有贿之祸。

宣子说，乃轻币[16]。此段以轻币作结。“轻”字紧与篇首“重”字相应，章法入妙。

［诚评］以“令德”“令名”对“重币”讲，义极严正。而行文又有层次，有节奏，措语亦有丰神，有蕴藉。孙月峰目以“遒宕”，金圣叹赏其“遒婉”，两人所见略同。

注释：

①范宣子：晋国大臣。　币重：沉重的贡物。币本为缯帛，用以祭祀或赠送的礼物。后来泛称贡献。晋为霸主，诸侯朝聘，按规定要纳一定数量的贡物。　病之：忧患，忧虑。

②子产：郑国大夫。　寓：寄递，托。

③为：治理。

④侨：我，子产自称。

⑤长：领导，治理。　国家：国家和家族。　贿：财物，财货。　难：忧患。

⑥夫诸侯之贿聚于公室两句：如果诸侯们的财物都聚集于您晋国公室，那么诸侯就会产生二心。　夫：句首语气词。

⑦赖：恃用，占用。　贰：二心。

⑧没没：不明白，糊涂。

⑨舆：车子。

⑩无亦是务乎：你不也致力这个吗？　务：努力。

⑪《诗》：指《诗经》。“乐只君子”两句出自《诗经·小雅·南山有台》篇。　只：语气词。　邦家：国家。

⑫上帝临女二句：上帝在面前监视着你，你不要有二心。

出自《诗经·小雅·大明》。

⑬恕：宽恕，原谅。　载：装载。　迩：近。

⑭毋宁：宁可，宁。　浚（jùn）：榨取，敲榨。

⑮焚：丧生，毁灭。　贿：值钱。

⑯说：同“悦”，高兴。

晏子不死君难（襄公二十五年）

本篇选自《左传·襄公二十五年》。

齐国大夫崔杼杀了齐君，晏子不肯从君而死。许多人都说晏子是忠君的人，应该随君而死，于是晏子讲了为何不从君而死的理由。

崔武子见棠姜而美之，遂取之①。庄公通焉，崔子弑之②。此段叙庄公之死于淫，“难”字来历便已见，为晏子所以“不死”之故立案。

晏子立于崔氏之门外，“门外”伏下“门启”。其人曰：“死乎③？”曰：“独吾君也乎哉④，深痛之词。吾死也？”当时庄公此难，死者有贾举、州绰、邴师、公孙敖、封具、铎文、襄伊、偻堙等八人。曰：“行乎⑤？”曰：“吾罪也乎哉⑥，吾亡也？”亡者（逃跑）则有庐蒲癸奔晋，王何奔莒。曰：“归乎⑦？”由“死”而“亡”而“归”，层叠而下，姿态横生，纯用虚字取致，亦佳。曰：“君死，安归？痛极。

君民者，岂以陵民[8]？三问不答，文笔潇洒。社稷是主。“社稷”字着眼，第一个“社稷”见君不得徒自重，原以社稷为重。臣君者，岂为其口实[9]？社稷是养。第二个“社稷”见臣不得徒为禄而专重君，原要重社稷。故君为社稷死，则死之；为社稷亡，则亡之。第三、第四“社稷”，见臣于君难，当视其与社稷关系如何，君难果关系社稷，则臣之从而死亡自不容己。若为己死，而为己亡，以上数语全为“为己”两字作反照。非其私昵，隐刺贾举、庐蒲癸辈。谁敢任之[10]？以上正言己之不当死亡。且人有君而弑之，隐刺崔武子，言外有重罪其意。吾焉得死之？“人有君”中“人”字正与“吾”对。而焉得亡之？将庸何归[11]？”文中“社稷”四见，一见一回真切，极力申言所以“不死”“不行”“不归”之故。

门启而入，应“立于门外”，作关照。枕尸股而哭[12]；尽君臣之情。兴，三踊而出[13]。此三句十四字，写晏子情态入画。人谓崔子：“必杀之！”是一波。崔子曰：“民之望也，赞晏子确当。舍之得民[14]。”此段叙晏子哭君而崔武子不杀之故。

崔杼立景公而相之，庆封为左相[15]。盟国人于大宫[16]，曰：“所不与崔、庆者[17]。”晏子仰天叹曰：“婴所不为忠于君，利社稷者是与，此复以“忠君”与“社稷”并结，极斟酌。有如上帝！”乃歃。此段叙崔武子盟国人，而晏子为社稷歃血。歃以“忠君”“社稷”并结，与前专对君讲处不同，言外亦有“杀君当讨”意。

［**诚评**］认真社稷为重，则君臣死生之际，辨析得自然精细，而以潇洒摆脱之笔出之。此在晏子超越千古之识，在左氏，为超越千古之文。然非此超越千古之文，何足以传超越千古之识。

注释：

①崔武子：齐国大夫，崔杼，杀庄公立景公。　棠姜：棠公之妻。棠公死，崔杼往而吊之，见棠姜而美之，遂娶。　美：以……为美。　取：同“娶”。

②庄公：齐庄公。　通：通奸。　弑（shì）：同“杀”。

③晏子：晏婴，齐大夫。以善辩闻名。　其人：晏子的随从。

④独吾君也乎哉：国君只是我一个人的吗？

⑤行：逃跑，逃走。

⑥吾罪也乎哉：是我的罪过吗？

⑦归：回去。

⑧岂：怎么，岂能。　陵：同“凌”，凌驾。

⑨口实：食物，即俸禄。

⑩私昵：为个人所宠爱，所亲密的人。　任：承担。

⑪庸何：哪里。

⑫股：大腿。

⑬兴：站起来。　三踊：向上跳了三跳。

⑭民之望：人民所仰望的人。　舍：放。

⑮景公：名杵臼。　庆：齐大夫。

⑯盟国人于大宫：与国人盟于太公之宫。

⑰崔：指崔杼。

季札观周乐（襄公二十九年）

本篇选自《左传·襄公二十九年》。

吴公子季札是一位善于品评乐舞的高人。本文记叙了他在鲁国品评了各诸侯国的乐舞，并从中指出各国政治上的利弊以及帝王的政绩。

吴公子札来聘，请观于周乐①。五字为一篇纲领，提清“观乐”。纲领全文。

使工为之歌《周南》《召南》②，“使工”一直贯下，前半篇歌处，段段着“为之歌”三字作章法。曰：“美哉！“美”字指声言，故用“哉”字押住。始基之矣，犹未也③，然勤而不怨矣。”叙观“二南”，句调极曲折有态。

为之歌《邶》《鄘》《卫》④，曰：“美哉！“哉”字文法参差入妙。渊乎！二字指德化言也。忧而不困者也⑤。音韵悠扬。吾闻卫康叔、武公之德如是[6]，句调一变，“德”字一见。是其《卫风》乎！”此段叙《邶》《鄘》《卫》。工当歌时未与札先言系何国之诗，故赞语多用“乎”字，乃从声中想象而得也。

为之歌《王》[7]，曰：“美哉！思而不惧，言宗周陨灭，故多忧思，狃于偏安而不自强，故不惧。其周之东乎[8]！”此段叙观《王风》，无限感慨。

为之歌《郑》[9]，曰：“美哉！其细已堪[10]，言郑声淫而无节，其政事烦碎可知，民既不支，国何能久。民弗堪也。一句一折，极抑扬之妙。是其先亡乎！”此段叙观《郑》。

为之歌《齐》[11]，曰：“美哉！泱泱乎，大风也哉[12]！“哉”“乎”“也哉”，文法参差入妙，“大”与“细”对。表东海者，其大公乎[13]！国未可量也。”“未可量”与“先王”对，语气从赞《郑》来，此段叙观《齐》。

为之歌《豳》[14]，曰：“美哉！荡乎！又变“荡乎”，言居安有思危意。“荡”即“坦荡”，指公居东之心言。乐而不淫[15]，其周公之东乎！”此段叙观《豳》。

为之歌《秦》[16]，曰：“此之谓夏声[17]。句法又变，赞《秦》句。夫能夏则大，大之至也，西周旧地已为秦地。其周之旧乎[18]！”此段叙观《秦》，遂为继周之谶。

为之歌《魏》[19]，曰：“美哉！沨沨乎[20]！句调又变。大而婉，险而易行[21]，以德辅此，“德”字再见，惜其国小无明主。则明主也。”此段叙观《魏》。

为之歌《唐》[22]，曰：“思深哉，句调又变。其有陶唐氏之遗民乎[23]！晋国所封乃唐尧故地。不然，反跌一笔。何忧之远也？非令德之后[24]，“德”字三见。谁能若是！”此段叙观《唐》。

为之歌《陈》[25]，曰：“国无主，句调又变。其能久乎[26]！”此段叙观《陈》。

自《郐》以下无讥焉[27]。是省文，以其声不足齿，故也。此段总括观《郐》以下，笔力亦极简劲。《风》诗至此止。

为之歌《小雅》[28]，曰：“美哉！思而不贰，怨而不言，其周德之衰乎？“德”字四见，感慨激扬。犹有先王之遗民焉[29]！”指周初，非商先王。此段叙观《小雅》。

为之歌《大雅》[30]，曰：“广哉！熙熙乎[31]！和乐之声。曲而有直体，言曲中不失其正。其文王之德乎？”此段叙观《大雅》。

为之歌《颂》[32]，曰：“至矣哉！赞《颂》独称其至，与赞他乐不同。直而不倨[33]，曲而不屈，迩而不逼，远而不携[34]，迁而不淫，复而不厌，哀而不愁，乐而不荒，用而不匮[35]，广而不宣，施而不费[36]；总见德无遍胜。取而不贪，处而不底[37]，行而不流。以上数语言《颂》之音，深微详尽。直排十四句，愈见其曲。每句中“而”字一转。五声和，八风平[38]，节有度，守有序，再衬四语，有力。盛德之所同也。”“德”字五见、“盛德”二字亦与“舞”处关照并束住上文。此段叙观《颂》。歌至此止，下皆是舞。

见舞《象箾》《南籥》者[39]，后半篇皆舞处，段段着“见舞”二字作章法。曰：“美哉！以下“美”字皆指“容”字。犹有憾。”言文王恨未化洽天下。此段叙观《象箾》《南籥》二舞，赞语句调简明。

见舞《大武》者[40]，曰：“美哉！周之盛也，此微词也。其若此乎！”句调又变，此段叙观《大武》。

见舞《韶濩》者[41]，曰：“圣人之弘也，称其德。而犹有惭德[42]，句调又变。“德”字一见，称其德，惜其遇。圣人之难也。”此段叙观《韶濩》。

见舞《大夏》者[43]，曰：“美哉！勤而不德[44]，“德”字再见，不自以为德。非禹，其谁能修之？”句调又变。此段叙观《大夏》。

见舞《韶箾》者[45]，曰：“德至矣哉！“至矣哉”三字应前赞《颂》处。大矣，此二字单就舞言。如天之无不帱也[46]，如地之无不载也！真德，赞不已已之状，是所以“大”处。虽甚盛德，其蔑以加于此矣[47]。是所以至处。句调又变。“德”字三见。以“盛德”二字束住。此段叙观《韶箾》。观止矣！若有他乐，吾不敢请已[48]。”回应起处“观”字，“请”字结。一路看来，似以歌、舞分作二篇。从器数中推出帝王心地，而归重于舜之德，一气直贯到底。于“见舞《韶箾》”赞语竟住，却能回应篇首“请观”，不结而结，章法变化之极。

［**诚评**］“德”字是一篇骨子，“请观”是一篇关键，“为之歌”与夫“见舞”是一篇铺排。前后十数个“哉”字，是赞美口吻。歌处多用“乎”字，是叹想神情，舞处叠用“也”“矣”，是论断语气。只起首一段，十一字是提挈一篇纲领，以下信手顺叙，无应无结，而起承转合，顿挫抑扬，自各得其妙，是不应而应，不结而结。纯乎文家化境，非复寻常笔墨所可得到。逐段赞语，词旨无不精当，句调无一重复，尤为尽态极妍，读者务须一一寻绎，勿使囫囵吞过。

注释：

①吴公子札：即季札，吴王寿梦第四个儿子。 聘：古代诸侯之间或诸侯与天子之间互派使者问候。 请观：请求观看和聆听。 周乐：周朝的音乐和舞蹈，天子之乐。

②工：乐工。 《周南》《召南》：是《诗经·国风》中两篇。

③始基之矣两句：开始奠定基础了，虽然还不太完善。

④《邶》《鄘》《卫》：《诗经·国风》中三篇。

⑤渊：深、厚。　忧而不困：虽有忧思但没有困窘。

⑥康叔、武公：都曾任卫国的国君。

⑦《王》：《诗经·国风》中《王风》。

⑧思而不惧二句：有忧思而不害怕，这大概是周王室东迁以后的诗歌吧！

⑨《郑》：《诗经·国风》中《郑风》。

⑩其细已甚：琐碎得太过分了，此指其政令过于苛细琐碎。

⑪《齐》：《诗经·国风》中《齐风》。

⑫泱泱乎：宏大的样子。　大风：大国之风，有大国的气魄。

⑬表：表率，榜样。　东海：东海一带诸侯。　大公：即太公姜尚。齐国的始祖。

⑭《豳》（bīn）：《诗经·国风》中《豳风》。

⑮荡：平坦，坦荡。　乐而不淫：欢乐而不过度，有节制。淫，过伤，无节制。

⑯《秦》：《诗经·国风》中《秦风》。

⑰夏声：诸夏之声。或说古代称西方为夏。有宏大意。

⑱周之旧：周室的旧乐。公元前770年，周王室东迁，其故地称“周之旧”。

⑲《魏》：《诗经·国风》中《魏风》。

⑳沨沨（féng féng）：乐声婉转抑扬。

㉑险而易行：节拍紧促，却不难歌。

㉒《唐》：《诗经·国风》中《唐风》。

㉓陶唐氏：史称唐尧。号尧，封于陶地，后徙于唐，而唐旧址为尧都，故有“陶唐氏之遗民”之说。

㉔令德：美德。

㉕《陈》：《诗经·国风》中《陈风》。

㉖其：难道。

㉗《郐》：同“桧”，《诗经·国风》中《桧风》。讥：评论。

㉘《小雅》：《诗经》的组成部分之一。此指《小雅》中的诗歌。

㉙犹有：仍有，还有。　先王：指周代文、武、成、康诸王。

㉚《大雅》：《诗经》组成部分之一。此指《大雅》中的诗歌。

㉛熙熙乎：和乐、融洽。

㉜《颂》：《诗经》组成部分之一。分《周颂》《鲁颂》《商颂》。

㉝至矣哉：到顶点了。　直：正直。　倨：倨傲。

㉞不携：不分离，不离心。

㉟不匮：不缺乏。

㊱不费：不耗费，不损耗。

㊲不底：不停顿，不停滞。

㊳五声：指宫、商、角、徵、羽五声。　八风：金、石、丝、竹、匏、土、革、木八类乐器。

㊴《象箾（shuò）》《南籥（yuè）》：舞名，均为文王之乐。前种是武舞，后种是文舞。

㊵《大武》：周武王之乐。

㊶《韶濩（huò）》：殷商之乐。

㊷惭德：指德行上有缺陷、缺点。

㊸《大夏》：夏禹之乐。

㊹勤而不德：勤劳而不以为功。

㊺《韶箾》：虞舜之乐。

㊻帱（dào）：覆盖。

㊼蔑：无，没有。

㊽他乐：其他的音乐。　请已：请求了。已，用以句末。

子产坏晋馆垣（襄公三十一年）

本篇选自《左传·襄公三十一年》。为附传。

子产随郑简公到晋参加盟会，晋平公借口鲁襄公之丧不接见。子产“坏其馆之垣”，然后就此议论晋之无礼。

子产相郑伯以如晋①，叙事。晋侯以我丧故，未之见也。推原语，“未之见”句亦带叙事。子产使尽坏其馆之垣，举动惊人，正是畏大国处，非轻慢也。而纳车马焉②。此段叙子产毁晋馆之垣。

士文伯让之③，曰：“敝邑以政刑之不修，谦词，然“让之”之意即以此为主。寇盗充斥，紧顶“政刑不修”来，便见馆垣不可毁意。无若诸侯之属辱在寡君者何④，是以令吏人完客所馆，折入设馆意。高其闬闳⑤，厚其墙垣，以无忧客使。紧对“毁”字着笔，曰“完”、曰“高”、曰“厚”，是“毁”字对照。今吾子坏之，虽从者能戒，放活一笔。其若异客何⑥？责以不便“异客”。以敝邑之为盟主，更矜夸。缮完葺墙，以待宾客。若皆毁之，又推一笔，是空中设想。其何以共命⑦？又以不便共命责之。寡君使匄请命⑧。”此段诘问子产毁馆垣之故，让意以防盗贼为主。

对曰：“以敝邑褊小，答语亦从“敝邑”说起，针锋相对。介于大国，诛求无时⑨，是以不敢宁居，责晋重币。悉索敝赋，以来会时事⑩。表己勤慎，叙朝晋之故。逢执事之不闲⑪，而未得见；又不获闻命，未知见时；责其慢客，俱用双关法，而势却顿挫有节奏。不敢输币，亦不敢暴露⑫。左右两难。两意，却分宾主。其输之，则君之府实也⑬。承“不敢输币”。非荐陈之，不敢输也⑭。其暴露之，则恐燥湿之不时而朽蠹，承“不敢暴露”。以重敝邑之罪⑮。是其不得不毁之故，说得不激不亢。此段叙己来朝晋之故及责晋之留宾弗见意。

“侨闻文公之为盟主与上“盟主”紧对。也，宫室卑庳，无观台榭，言其自奉之薄。以崇大诸侯之馆⑯。待人之厚。馆如公寝，库厩缮修，司空以时平易道路，圬人以时塓馆宫室⑰。以宾未至之先言。诸侯宾至，甸设庭燎，仆人巡宫⑱；车马有所，宾从有代，巾车脂辖，隶人、牧、圉，各瞻其事⑲；百官之属，各展其物。以宾既至之后言。公不留宾，而亦无废事；通达之论，以上十九句是文公设馆待宾事，此是实叙法。忧乐同之，照“鲁丧”。事则巡之；教其不知，而恤其不足⑳。此四句为文公心上事，更显射晋。宾至如归，无宁灾患；反掉。不畏寇盗，而亦不患燥湿。“答让”两意合收。此叙文公为盟主时待客之周到，以见今之不然。今铜鞮之宫数里，与“宫室卑庳”二句相反。而诸侯舍于隶人，门不容车，而不可逾越㉑；与“崇大诸侯之馆”五句相反。盗贼公行，而夭厉不戒㉒。与“甸设庭燎”九句相反，亦双关二意。宾见无时，命不可知㉓。与“公不留宾”二句相反。若又勿坏，方以侧笔说出“毁”字。是无所藏币以重罪也。应上“寇盗”“燥湿”二患。敢请执事，将何所命之？正对“请命”句。此一段言晋君留宾与文公相反，故不得不毁馆垣。虽君之有鲁丧，亦敝邑之忧也。破其所委，亦与上“忧乐同之”句相应。若获荐币，修垣而行，便见异客可无“寇盗”之患，而盟主亦可无“共命”之烦，两层罪案尽解释矣，得此一层始周密。君之惠也，敢惮勤劳㉔！”此一段叙推测晋君不见之故以及修垣之事。

文伯复命。赵文子曰：“信。一字写其心服，如画。我实不德，而以隶人之垣，以赢诸侯，是吾罪也㉕。”晋人反自任罪矣，妙妙。使士文伯谢不敏与前“让之”反应作章法。焉㉖。

晋侯见郑伯，有加礼，便见词之不可已处。厚其宴好而归之㉗。正文毕。乃筑诸侯之馆。更见赖之处。此一段见晋君臣服善之诚。

叔向曰：“辞之不可以已也，如是夫！子产有辞，诸侯赖之㉘。若之何其释辞也㉙？连下数“辞”字，亦妙。《诗》曰：‘辞之辑矣，民之协矣！辞之怿矣，民之莫矣㉚！’其知之矣。”前幅写文伯之悻悻，后幅写叔向之津津，皆是子产衬笔。结语冷隽，以叔向赞不容已作结有力。此一段引叔向之赞词以见子产之善词令。

[**诚评**] 极奇怪惊人之事，说来极平易近情，且若万不获已者。然试观其，先叙己来朝晋之勤谨，已（以）及不获荐币之难处，次乃盛称文公，痛斥今日，以见馆垣之不得不毁，末复推其不见之故。并自任修垣以紧对他问意，意周密而词婉曲。哪得不心焉折服。晋侯之见郑伯，有加礼，固其宜也，即“筑馆”一节，虽非子产意中事，然正赖其辞，有以致之。以“叔向”赞词作结，结得出通体精神。

注释：

①子产：公孙侨，郑国大夫。

②使：派，让。　馆之垣：宾馆的围墙。　纳车马：容纳车马，安置车马。　焉：“之于”合称，“在这里”之意。

③士文伯：晋大夫，名匄，字伯瑕。　让：责备，指责。

④政刑：政事和刑罚。　无若：无奈。　辱：屈尊，放下架子。客气的一种说法。　在：问候，觐见。　何：怎么办。

⑤高：使……增高。　闬闳（hàn hóng）：里巷的门。此

指宾馆之门。

⑥从者：随从的人。　异客：别国的宾客。

⑦其：表动作行为发生在未来。　何以："以何"倒装句。拿什么，用什么。　共：同"供"。供应。　命：宾客提出的要求。

⑧请命：请求。意即请问拆毁墙垣的用意。

⑨褊（biǎn）小：狭小。　介：处于二者之间。　诛求：索取贡物。要求别人供给东西。　无时：无一定时间。

⑩赋：财物，贡物。　会：朝会。　时事：指诸侯纳贡。

⑪执事：左右办事的人。此指晋侯，敬词。　闲：空闲，闲暇。

⑫输：送来。　币：财物，贡物。　暴露：日晒夜露。暴，晒。

⑬其：如果。　府：府库。　实：充实。

⑭荐：献，进献贡品。　陈：陈设，陈列。　荐陈：宾主相见，接受对方进献贡物的仪式。

⑮不时：不定什么时候。　朽：腐烂。　蠹（dù）：蛀蚀，败坏，损害。

⑯侨：子产自称。　文公：晋文公重耳。　卑庳（bēi bì）：低下。　无观台榭：没有游览的台榭。　崇：使……高。

⑰以：按。 平易：使……平坦，此指整修。 圬（wū）人：泥瓦工人。 塓（mì）：涂抹。

⑱甸：甸人。负责管理柴火的官吏。 庭燎（liào）：古代用以照明的火炬。 巡：巡视。 宫：馆舍。

⑲所：处所。 宾从：宾客随从。 代：替代。 巾车：有车衣遮盖的车子。 脂：膏脂。此做动词，上油，涂油。 辖：管理。 隶人：管理洒扫、清除房屋的仆人。 牧：指牧牛的人。 圉（yǔ）：养马的人。 各瞻其事：各司其职，从事自己分内的事。

⑳恤（xù）：周济，救济。

㉑铜鞮（dī）之宫：铜鞮山的宫室，晋君别室。今山西沁县南二十五里。 舍：住宿。 逾越：超越，越过。

㉒夭厉：瘟疫，传染病。 戒：防备。

㉓命：指晋君接见的命令。

㉔敢：怎么敢，岂敢。 惮：害怕。 勤劳：劳苦，辛苦。

㉕文伯：名武，晋大夫。 信：确实。 赢（yíng）：招待，接待。

㉖不敏：不聪明。表示自谦之词。

㉗加礼：礼仪更加隆重。 厚其宴好：宴会更加丰盛，回赠礼物也更加丰厚。

㉘有辞：有口才，善于词令。　赖：利。

㉙若之何：怎么。　释：放弃，舍弃。

㉚《诗》：指《诗经·大雅·板》。　辑：和睦，协调。　协：融洽。　怿：喜悦。　莫：安定。

子产论尹何为邑（襄公三十一年）

本篇选自《左传·襄公三十一年》。此为附传。

尹何是子皮的一个家臣，子皮想让尹何去管理他的封邑。子产却认为应该先学会管理才能去任职，而不是因为关系密切，先任职再学习，表现了子产治国选才的独特才能。

子皮欲使尹何为邑①。首一句下“欲”字，便见有可挽回意，“为邑”二字紧照结“为国”。子产曰：“少②，便见有未学意。未知可否。”子皮曰：“愿，吾爱之③，不吾叛也，二语指平日言。使夫往而学焉，夫亦愈知治矣④。二“夫”字皆指尹何。此段叙子皮使何为邑，而为子产明其故，为下子产发议伏案。“爱”“使学”“知治”，下文逐节破之。子产曰：“不可。人之爱人，求利之也⑤。今吾子爱人则以政，犹未能操刀而使割也，喻伊何直接。其伤实多。仅对“爱”字，妙。子之爱人，伤之而已，其谁敢求爱于子⑥？倒装句法折得妙，以“操刀”为喻先破他“爱”字。子于郑国，栋也。二字正喻，浑化而为一。“栋”喻子皮。栋折榱崩，即后心，所谓危处。侨将厌焉，敢不尽言⑦？此段以“栋榱”为喻，见己不得不言。实际上，使何为邑，家事也，他偏说向关系国处，又子皮事也，他偏说向关系子产处。此段文意与上下若不相蒙而盲插于此，文气却自相贯横，绝。子有美锦，不使人学制焉⑧。又喻子皮，但前喻喻其所处，此喻喻其所有。切“邑”说。大官、大邑，身之所庇也，而使学者制焉⑨。其为美锦，又折。不亦多乎？此段以“美锦”为喻，破他“使学”二字。侨闻学而后入政，未闻以政学者也⑩。此二句是文骨，一篇担斤两处在此。若果行此，必有所害。知反对致治。譬如田猎，又喻伊何。射御贯，则能获禽⑪；是一正。喻学而入政。若未尝登车射御，喻以政学者。则败绩厌覆是惧，“败绩厌覆”正是有所害处，愈出愈练。何暇思获⑫？”是一反。此段以“田猎”为喻，破他“愈知治”。论“伊何为邑”语，凡四喻，前一喻用“犹”字引入，二、三喻皆直接，四喻用“譬如”二字引入，笔法最为错综变化。子皮曰：“善哉！虎不敏⑬。吾闻君子务知大者、远者，小人务知小者、近者⑭。我小人也。细民之徒。衣服附在吾身，我知而慎之；申明子产之言，意本子产“美锦”之喻。大官、大邑所以庇身也，“身”字是眼。我远而慢之⑮。子产四喻，如何子皮独承“美锦”喻说，盖首尾两喻皆比体，第二喻又非紧切为邑，惟此一喻是以“美锦”兴起“大官”“大邑”，故独可以承说。微子之言⑯，吾不知也。

先是引咎，作一收束。他日我曰：宕开一笔，行文最有波折。‘子为郑国，我为吾家⑰，到“他日”，家国关切。以庇焉，其可也。’今而后知不足。自今请，又转进一层。虽吾家，映“为邑”。听子而行⑱。”此段见子皮受教之诚，文势收得紧甚。子产曰：“人心之不同，如其面焉。吾岂敢谓子面如吾面乎？五喻。抑心所谓危⑲，心字是眼。亦以告也。”此段复以“心”“面”为喻发明立言之意。子皮以为忠，故委政焉。子产是以能为郑国⑳。此段以“能为郑国”作结，“委政”上着“故”字，“能为郑国”上着“是以”字，方是结论尹何，应“为”意，不是泛言之也。

[诚评]“学而后入政”二语，是一篇立言张本，妙在恰与子皮“使往而学，愈知治”意紧对。然通篇只此二语是正言庄论，其余一切正意，俱借喻意托出。前后共五喻，一喻一样笔法，句调意态毫不犯复，真新异绝伦。

“使何为邑”事虽微小，而关系正自匪轻。子产洞见其利害，心有不安，焉得不言？然措词甚难，过于激切易涉唐突，所以紧顶子皮语，逐一驳去，都用譬喻，是巧于立言处。中间急忙插“栋折榱崩”一段，说得干碍己身，便觉此事不但有妨尹何、子皮两人已也。迨至子皮服善，而欲以家事听之，复用

“心所谓危”二语收束前文，情词尤为真挚。

喻意层见叠出，各不相蒙，而词旨却自一气贯串。“衣服附在吾身”数语于四喻中，独本“美锦”意讲，又极变化不测。子产曰“少”，子皮曰“愿”；子产曰“不可”，子皮曰“善哉”，开口以一字对一字，二字对二字，亦所谓涉笔成趣者也。

注释：

①子皮：郑国上卿，名罕虎。　尹何：子皮的年轻家臣。　为：治理。　邑：封邑，采邑。

②少：年轻。

③愿：谨慎老实。　爱：喜欢。

④夫：指示代词，他，指尹何。　治：治理。

⑤利之：使之有利。

⑥其：副词，表转折。

⑦栋：栋梁。　榱（cuī）：椽子。　侨：子产名。　厌：同“压”。　尽言：毫无保留地把话说出来。

⑧锦：有彩色花纹的丝织品。

⑨庇（bì）：庇护，寄托。　制：治理。

⑩入政：参与管理政务。　以：凭借。

⑪田猎：打猎，围猎。　射御：射箭，驾驭车马。　贯：同“惯”，习惯。　禽：猎物。

⑫尝：曾。　败绩：指事情的失利。　厌覆：乘车的人被倾覆碾压。　获：猎获禽兽。

⑬虎：子皮名。

⑭务：致力。　远者：长远的事情。　近者：眼前的事情。

⑮远：疏远，疏忽。　慢：轻视。

⑯微：无，不。

⑰他日：从前。　家：卿大夫的采地食邑。

⑱请：请求。　听：听凭。　行：做，办理。

⑲抑：不过。

⑳是以：因此。

晏子论梁丘据（昭公二十年）

本篇选自《左传·昭公二十年》。此为附传。

梁丘据因迎合齐景公，景公非常欣赏他。而晏子认为忠臣应该经常指出君王的缺点，一味迎合只会蒙蔽君王。本篇再次表现了晏子忠君直谏、不畏强权的性格。

齐侯至自田，首句叙齐侯。晏子侍于遄台①，次句叙晏子。子犹驰而造焉②。再次一句叙梁丘据，分写三人情态如画。公曰："唯据与我和夫③！""据与我和"四字，自供出狎昵情态，取其合心。晏子对曰："据亦同也，先以"同"字换他"和"字，断定梁丘据以启公之问。焉得为和？"斥其不和。此段先揭出"和""同"二字以立全篇之局。公曰："和与同异乎？"问"和""同"字义，此段问答领起下三段。对曰："异。指"和"异于"同"也。和如羹焉，是就先前饮酒时事物，指点开悟景公。水火醯醢盐梅以烹鱼肉，"水火"是所以熟之者，“醯醢盐梅”是所以调之者，燀之以薪[4]。是欲使成羹。宰夫和之，齐之以味，济其不及，以泄其过[5]。“济”“不及”“过”字影下“可”“否”“成”“去”字。君子食之，以平其心。君臣亦然。平心在味与声微理可参。君所谓可而有否焉，接入正意仍是泛说。臣献其否以成其可。君所谓否而有可焉，臣献其可以去其否。正“济其不及，以泄其过”意。是以政平而不干，民无争心。对上“平其心”。故《诗》曰：‘亦有和羹，既戒既平[6]。鬷嘏无言，时靡有争[7]。’引证味和，正是“民无争心”。此段以五味相济，解和之羹。先王之济五味，和五声也，是味与声平讲，声亦如味，从味落声。以平其心，成其政也。声亦如味，自声及味，看他过法。“君臣相济”上一喻中已经发明，故此只用“亦如”二字作省笔，以浑括之，妙。一气，二体，三类，四物，五声，六律，七音，八风，九歌[8]，叠用二字句法，妙。以相成也。应上“成”字。清浊，小大，短长，疾徐，哀乐，刚柔，迟速，高下，出入，周疏[9]，又叠用两字句，妙。以相济也。应上“济”字。君子听之，以平其心。此与上一“平心”相对作章法，又回环上文。心平德和。从平出和。故《诗》曰：‘德音不瑕[10]。’引证声和，此段以五声相济解和之义。今据不然，以下方实讲。君所谓可，据亦曰可。君所谓否，据亦曰否。应前“可”“否”。若以水济水，谁能食之？不成味何以为甘。若琴瑟之专一，谁能听之？不成声无以为乐。同之不可也如是。”以“同”字结住，此段就据解“同”字之义。

饮酒乐。公曰："古而无死，其乐若何？"古而无死，真是乐极时痴想。晏子对曰："古而无死，则古之乐也，妙语，足破痴想。君何得焉？先虚揭。昔爽鸠氏始居此地，季萴因之，实叙。有逢伯陵因之，蒲姑氏因之，而后大公因之⑪。历叙相因，见无死则若曹，且不能得意。古若无死，爽鸠氏之乐，非君所愿也。"应"君何得焉"，此段就饮酒乐上生一波作结。破景公无死痴想，词义到底严正，想见忠直风采。

［**诚评**］此亦叠用譬喻。但"尹何"篇譬喻是无中生有，此篇味与声均属先前饮酒时事物，故后"饮酒"一段，不特照应前"驰而造"句，且使通体都觉有情。

注释：

①齐侯：齐景公。　田：田猎。　晏子：名婴。　遄（chuán）台：齐国地名，今山东临淄县东。

②子犹：梁丘据字。　造：诣见。

③和：相处和谐。　夫：语气助词。

④醯（xī）：醋。　醢（hǎi）：用肉制成的酱。　燀

（chǎn）：炊，烧煮。

⑤齐：济，调和。 济：增加。 泄：减少。

⑥《诗》：指《诗经·商颂·烈祖》篇。 戒：具备。 平：味道适中。

⑦鬷（zōng）：同“奏”，进献。 嘏（gǔ）：同“格”，神灵。

⑧一气：声由气达。 二体：舞有文武。 三类：歌有《风》《雅》《颂》。 四物：杂用四方之物为器。 五声：宫、商、角、徵、羽。 六律：审定音乐高低清浊的标准。阳声六个，故称六律。即黄钟、太簇、姑洗（xiǎn）、蕤（ruí）宾、夷则、无射。 七音：五声加上变宫、变徵。 八风：八方之风，即东北融风，东方明庶风。东南清明风，南方景风，西南凉风，西方阊阖风，西北不周风，北方广莫风。 九歌：金、木、水、土、火、谷，加上正德、利用、厚生之三事谓之九功，九功之德皆可歌也。

⑨周：密。

⑩《诗》：《诗经·豳风·狼跋》篇。 瑕：瑕疵。

⑪爽鸠氏：传说中古代人物，少昊氏司寇。 季荝（cè）：虞夏时诸侯。 有逄伯陵：殷代诸侯，姜姓。 蒲姑氏：殷周间的诸侯。 大公：齐始祖姜太公。

子产论政宽猛（昭公二十年）

本篇选自《左传·昭公二十年》。亦为附传。

叙述了子产临终之际对子太叔的一番政治论述。即“宽猛相济”是最好的治国之道。

郑子产有疾，首一句是所以嘱太叔之故。谓子太叔曰：“我死，应“有疾”。子必为政①。唯有德者，“德”字作领。能以宽服民，针对太叔抬高“宽”字。其次莫如猛②。万世政体，一言而尽，自有分晓。夫火烈，奇喻。民望而畏之，此论“猛”。故鲜死焉③；水懦弱，民狎而玩之④，此喻宽。则多死焉，故宽难。”疾数月而卒。应上“有疾”及“我死”。此段叙子产之遗嘱太叔。

太叔为政，应“子必为政”。不忍猛而宽⑤。太叔病根。郑国多盗，伏下“慢”字。取人于萑苻之泽⑥。太叔悔“悔”与“不忍”相应。之，曰：“吾早从夫子，指子产。不及此。”兴徒兵以攻萑苻之盗[7]，照"猛"以济"宽"。尽杀之，盗少止。多死则畏此段太叔知"宽"之弊，故用"猛"以平盗。

仲尼曰："善哉！赞子产论政。政宽则民慢，慢则纠之以猛[8]。猛则民残，残则施之以宽。正是相济意，非俟其失而后补救也。宽以济猛，猛以济宽，无偏胜。政是以和[9]。为政常经，意"和"从"两济"字来。《诗》曰：'民亦劳止，汔可小康；惠此中国，以绥四方[10]。'施之以宽也。引证"宽"。'毋从诡随，以谨无良；式遏寇虐，惨不畏明[11]。'纠之以猛也。引证"猛"。'柔远能迩，以定我王[12]。'平之以和也。引证"和"。此引仲尼赞子产之词。又曰："不竞不绿，不刚不柔，布政优优，百禄是遒[13]。"宽""猛"俱化。和之至也。"引《诗》分证"宽""猛""和"，妙。从一篇划开，进一层说法。此段引仲尼赞子产之辞。及子产卒，仲尼闻之，出涕曰："古之遗爱也[14]！"此段以子产卒，而仲尼赞以"遗爱"作结。

［**诚评**］谓子太叔语，意似主于猛，然亦相郑国之势，度太叔之德，知政之不容出于宽，而后为是言也。观次段"尽杀之，盗少止"六字，"多死"之说骤，"望而畏之"之说亦骤矣。孔子赞之而引诗分证，并推及"和之至"，断非有德者不能赞子产，即以映太叔。末用"古之遗爱"一语作结，结出

论政“主猛之意”，正所以爱民也。章法谨严而又绝无照应痕迹，至文，至文！

注释：

①子太叔：字游吉，郑大夫。继子产后执政。　政：施政。

②服：顺服。　莫如猛：没有什么比“猛”更重要的了。

③鲜：少。　焉：“之于”合称，在这上面。指死于火。

④狎（xiá）：轻视，疏忽。　玩：玩弄。

⑤忍：忍心。　猛：严厉。　宽：宽大。

⑥取：同“聚”，聚集。　萑苻（huán fú）：芦苇丛生的水泽地。

⑦兴：发动。　徒：步兵。此指军队。

⑧慢：怠慢，懈怠。　纠：纠正。

⑨济：调剂。　和：平和。

⑩《诗》：指《诗经·大雅·民劳》。　汔（qì）：庶几，差不多。　小：稍微。　康：安居乐业。　惠：赐福，施惠。　中国：指京都。因为四周为诸侯国，京都被围中间，所以称中国。　绥：安抚。　四方：四周诸侯国。

⑪毋：不要。　从：通“纵”，放纵。　诡随：狡诈善变的人。　谨：防止，约束。　式：语气助词。　遏：制止。　寇虐：残暴侵夺，肆虐。　憯：曾。　明：王法，法令。

⑫柔：安抚、怀柔。　能：安抚。　迩：近。

⑬竞：争逐。　絿：急也。　布政：施政。　优优：宽和。　禄：福。　遒：聚集。

⑭涕：流泪。　遗爱：仁爱遗风。

夹谷之会（定公十年）

本篇选自《左传·定公十年》。

齐鲁二国连年作战。到了齐景公时，决定与鲁讲和。齐国大夫献计于景公，准备在会盟时劫鲁侯，孔子侃侃而讲“礼”，迫使两国盟誓。

夏，叙会之时。公会齐侯于祝其，叙会之地。实夹谷[①]。注一笔。孔丘相。简括，着此三字，见下犁弥之词全为此起见。犁弥言于齐侯曰：“孔丘知礼而无勇，“知礼无勇”四字伏下全案，盖“知礼”正伏“无勇”，是反伏。若使莱人以兵劫鲁侯，必得志焉[②]。”亦反伏。惟“礼”可以为国。勇生于礼，勇而无礼则乱，犁弥何独未闻。齐侯从之。此段叙齐人之使莱兵。孔丘以公退，劫不成，应上“劫鲁侯”句。曰：“士兵之[③]。两君合好，而裔夷之俘，以兵乱之，非齐君所以命诸侯也[④]。上照犁弥，下呼“不然”。裔不谋夏，夷不乱华，俘不干盟，兵不逼好⑤，叠句有拔山之气。四语就理内说。于神为不祥，于德为愆义⑥，于人为失礼，三句承上断其失。君必不然。”应“非齐君”句，峻而婉。齐侯闻之，遽避之⑦。则不能“得志”，亦结上“使”字，第一计无益，此段叙孔子之却莱兵，煌煌大义。

将盟，齐人加于载书曰：“齐师出竟，而不以甲车三百乘从我者，有如此盟⑧。”又生一计。“加于”二字，分明盟书已定，今又寻出事来。孔丘使兹无还揖对曰：“而不反我汶阳之田，吾以共命者，亦如之⑨。”亦借“如之”二字以索之，词义严正。责齐，第二计又无益，此段叙孔子之改载书。齐侯将享公，“享”又是一计。孔丘谓梁丘据曰：“齐、鲁之故⑩，旧典。吾子何不闻焉？会事。事既成矣，而又享之，是勤执事也。是一层，衬笔，顿挫。且牺象不出门，嘉乐不野合，此二句便见夹谷非“享”处。飨而既具，是弃礼也⑪。总是一个“礼”字驾驭齐人到底。若其不具，用秕稗也⑫。以上四句两路夹写，总见“享”之无益，气度从容而足以夺人之魄。用秕稗君辱，弃礼名恶，子盍图之⑬？二者皆失，自然当罢。夫享，所以昭德也⑭。“德”是礼的骨子，故以“昭德”二字作结。不昭，不如其已也。”乃不果享。齐侯终无“得志”时矣，“享礼”被孔子所罢，第三计更无益，此一段叙孔子之罢“享礼”。

［诚评］逐层淡淡写来，确合圣人身份。评者多赞孔子，

予觉孔子殊不劳赞，惟左氏之文能曲肖孔子，可谓入神，不可不知。

注释：

①公：鲁定公。　齐侯：齐景公。　祝其：齐地名，即夹谷。今山东莱芜县夹谷峪。

②犁弥：齐国大夫。　莱人：齐国所灭莱国收服的当地人。　志：志愿。

③士兵之：士兵们，拿起武器冲上去。

④裔夷：华夏之地以外的人。此指莱人。　兵：武力。　命：此指“礼”。

⑤干：犯。　逼好：逼迫和好。

⑥愆：丧失。

⑦遽：于是。　避：使……避开。

⑧载书：盟辞。　竟：同“境”，边境。　从：跟随。

⑨兹无还：鲁国大夫。　反：同“返”。交还。　汶阳之田：本鲁国田，为齐所侵占。　共：同“供”。　之：此。指盟约。

⑩梁丘据：景公近臣。　故：旧典。

⑪牺象：二种酒器名称，牺尊，象尊。　嘉乐：钟、磬之类乐器。　礼：礼节。

⑫秕稗：谷粒不实叫秕草，似稻非稻叫稗。意像秕稗一样很轻，不自重。

⑬盍：同“何”。

⑭昭：明，宣扬。

吴许越成（哀公元年）

本篇选自《左传·哀公元年》。

鲁定公五年，吴伐楚，越兵入吴。定公十四年，吴王阖闾听说越王允常死，勾践继位，便起兵伐越，被越打败。夫差继位后，在夫椒大败越军。勾践派人向夫差求和，夫差打算答应。伍子胥深知勾践求成（讲和）的企图，便上了此谏劝夫差不许越成。

吴王夫差败越于夫椒，首一句叙败越，为下“行成”。报檇李也，是报“同壤世仇”，乃推原一语。遂入越①。越子以甲楯五千，保于会稽，使大夫种因吴太宰嚭以行成②，“因吴太宰嚭”五字见许成全是嚭主谋。吴子将许之。此段叙吴败越而越请“行成”。

伍员曰：“不可，二字一言断定。臣闻之：‘树德莫如滋，去疾莫如尽③。’引格言，前句是宾，后句是主。观下“专主去疾”言可知。昔有过浇杀斟灌以伐斟鄩，此言“过”，并吞之广，以伏下“吴不如过”句。灭夏后相④。“杀”“灭”，是能去“疾”。后缗方娠，逃出自窦，归于有仍，生少康焉，是未尽。为仍牧正⑤。惎浇，能戒之⑥。浇使椒求之，是欲“尽去疾”。逃奔有虞⑦，为之庖正，以除其害⑧。是仍未尽。虞思于是妻之以二姚，而邑诸纶⑨，有田一成，有众一旅⑩。起事最微，取证意在此，伏下“越大于少康”句。能布其德，而兆其谋⑪，以收夏众，抚其官职⑫。使女艾谍浇，使季杼诱殪⑬，遂灭过、戈，复禹之绩⑭。见成功最大。祀夏配天，不失旧物⑮。此段述格言引古事，以明当灭越，不可许成意。今吴不如过，见未尝处帝位。而越大于少康，见不止“一成”“一旅”。或将丰之，不亦难乎⑯？拍合作结，在此前二句。勾践能亲而务施，见有“布其德”本领。施不失人⑰，亲不弃劳，有“兆其谋”本领。与我同壤而世为仇雠⑱，方入本事。于是乎克而弗取⑲，将又存之，指“许成”言。违天而长寇雠，痛切悚惕。后虽悔之，不可食已⑳。此段言许越成，则越日见其盛。姬之衰也，日可俟也㉑。介在蛮夷，而长寇雠，指“许成”言。以是求伯㉒，必不行矣。”因吴王喜伯功故，以求伯动之。此段言许越成，则吴日见其衰。弗听。二字写惑于嚭情态。退而告人曰：“越十年生聚，而十年教训㉓，二十年之外，吴其为沼乎㉔！”此段断吴纵越，其后必亡。以上数语更见真切，后果验其言，直是目见，非是悬揣。

［诚评］开口即以“不可”断定“许成”之非，以下述格言引古事比较一番，复就吴、越分论一番。一盛一衰，俱于“许成”上看出切定利害。上讲“许成”之“不可”，最为反复详尽。无奈夫差惑于宰嚭，而不听，迨退而以“二十年之外，吴为越沼”告人，其殆犹冀夫差之一悟乎？

注释：

①吴王夫差：吴王，名夫差。　夫椒：山名，在吴西南太湖中。今江苏太湖洞庭山。　槜李：地名。定公十四年越败吴于槜李。

②越子：勾践，越王。　甲楯（dùn）：全副武装兵士。　保：退守。　会稽：山名。今浙江绍兴县南。　种：越大夫文种。　太宰嚭：太宰伯嚭。逃奔吴国为太宰，原楚国人。　行成：讲和。

③伍员：伍子胥，吴国大夫。　树德莫如滋：树立德行越多越好。　去疾莫如尽：除去邪恶越彻底越好。

④过：古国名。　浇：过国国君。　斟灌、斟鄩：古国

名，与夏同姓诸侯。　相：夏国国君。夏后相，仲康之子，少康之父，夏第五代君主。

⑤后缗（mín）：夏国君相的妻子。　娠（shēn）：怀孕。　窦：洞。　有仍：古国名。后缗的娘家。　少康：夏第六君。　牧正：管理畜牧的官吏。

⑥惎（jì）浇：忌恨浇。　能戒之：时刻防备着他。

⑦椒：浇的臣子。　求：捉拿。　有虞：古国名。

⑧除：避免。

⑨思：虞君名。　妻之：给他做妻子。之，少康。　二姚：虞君的两个女儿。　邑：封邑。　诸："之于"合称。　纶：虞国的地名。

⑩一成：十里为一成。　旅：五百人为一旅。

⑪布：布施，传布。　兆：开始。　谋：谋划，指复兴国家。

⑫抚：按照，遵循。　其：指示代词，夏代官制。

⑬女艾：少康的臣子。　谍：刺探，侦察。　季杼：少康之子。　殪（yì）：浇的弟弟。

⑭戈：殪所统治的国家。　复禹之绩：复兴了夏禹的事业。

⑮配：兼。　旧物：夏禹的天下。

⑯丰：壮大。　不亦难乎：岂不是成为吴国的祸患吗？

⑰务施：致力施行恩惠。　施不失人：施行恩惠自然得到

人民的拥护。

⑱同壤：同一块土地。　世为仇雠：世代的仇敌。

⑲于是：因此。　弗取：不灭掉它。

⑳不可食已：来不及消除隐祸。

㉑姬：指吴国。吴为姬姓国之一。　日可俟也：指日可待，为时不远。

㉒求伯：争霸。

㉓生聚：养育人民和聚积财富。　教训：教育训练。

㉔其：大概。　沼：荒凉的池沼。

《国语》

《国语》是我国最早的一部国别史，共二十一卷。分别记载了西周到春秋时期周、鲁、齐、晋、郑、楚、吴、越等八国的片断史实，前后共五百三十八年。写法取分国记事体例，所记史实以春秋时代为主，记晋事较多。以国分目，以记“语”为主，故为《国语》。传说左丘明在传《春秋》时，先采集列国之史，国别为语，然后猎其英华作《左传》，余者为《国语》，亦名《春秋外传》，因此后人将《左传》又称为《春秋内传》。

《国语》和《左传》同样记载春秋时期的史实，但一为记言，一为记事；一为国别史，一为编年史，《国语》早于《左传》而起，晚于《左传》而止。补充了《左传》的许多史实。

祭公谏征犬戎（周语）

本文记述了穆王卿士谋父劝谏周穆王劳师远征犬戎的内容以及穆王不听劝谏的结果，为《国语》首篇，属春秋前事。

穆王将征犬戎[1]。直提作案。“将”字直呼篇末“遂”字，亦以见或可谏止意。祭公谋父谏曰：“不可！谏词先以“不可”二字断定，笔力斩截。先王耀德不观兵[2]。此七字重提先王，悚惕君心。“耀德不观兵”是谏词主意，通体皆发明此意。此一段立案提纲，全篇要领。夫兵，戢而时动[3]，动则威，观则玩，玩则无震[4]。此五句是所以不观兵之故。是故周文公之《颂》曰：‘载戢干戈，载櫜弓矢[5]。二语证不观兵。我求懿德，肆于时夏[6]。二语证耀德。“德”字再见。允王保之[7]。’此一段言所以不观兵之故，而引诗作证。先王之于民也，“先王”再见。茂正其德而厚其性，“德”字三见。阜其财求而利其器用[8]；此二句是兼教养说耀德，即勤恤民隐处。明利害之乡，以文修之[9]，紧对

"观兵"言。使务利而避害，此三句是不观兵之实。怀德而畏威，应前"威"与"无震"，"德"字四见。故能保世以滋大[10]。住句苍劲，起下二段。此段浑举先王耀德不观兵之实，虽系实讲，却是浑举，下方实切周家叙述。盖此段是议论，下二段是叙事，在内三段原自一起贯注。

"昔我先世后稷，以服事虞、夏[11]。此句暗藏"德"字在内，此正弃与不窋勤恤民隐处。及夏之衰也，弃稷弗务[12]。此一层亦实叙亦放宕，妙妙。我先王不窋用失其官，"先王"三见。而自窜于戎、翟之间。不敢怠业，时序其德，"德"字五见。纂修其绪[13]，修其训典，仍是耀德。朝夕恪勤，守以惇笃，奉以忠信；此七句又单写不窋勤恤民隐处，曲折深至，烦简适宜，班、马之祖。奕世载德，"德"字六见，一笔括尽数代。不忝前人[14]。此二句是省笔，作一小束，武王另自叙，此一段历叙弃与不窋以及文王皆自耀德。至于武王，昭前之光明，而加之以慈和，事神保民，"事神"二字带插得妙，早已为下祭祀享等句伏脉。莫不欣喜。此段"德"字亦用暗藏，此二句即其耀德之实验。商王帝辛，大恶于民[15]，庶民弗忍，欣戴武王，以致戎于商牧[16]。是先王非务武也，就其用兵处以证不观兵，先王四见，紧对征犬戎。勤恤民隐而除其害也[17]。隐点出，作前半篇束笔。此一段言武王不得已而用兵，终不失为耀德。以上大概说，下方以"五服"关合犬戎立论。

"夫先王之制：“先王”五见。邦内甸服，邦外侯服，侯、卫宾服，蛮、夷要服，戎、翟荒服[18]。以上五句一层，由近及远制为五服。详先王五服之制，见其治己治人皆有次序，断无勤兵远国之事。甸服者祭，侯服者祀，宾服者享，要服者贡，荒服者王[19]。此五句一层，因五服而定其事天子，以佐宗庙之供者。此次详五服礼制之异。日祭，月祀，时享，岁贡，终王。此五句一层，言五服之地有远近，故礼有疏密不同。再次详五服礼制疏密之殊。先王之训也。应上"先王之制"，束上生下。"先王"六见。有不祭，则修意；有不祀，则修言[20]；有不享，则修文[21]；有不贡，则修名；有不王，则修德；此五句为一层，是言先王治己有序，"德"字七见。五修字有补其缺不漏意。序成而有不至，则修刑。此束上生下，递下语。于是乎有刑不祭，伐不祀，征不享，让不贡，告不王；此五句是一层，是先王治人亦有序。此便是时动了，亦与观兵者不同。于是乎有刑罚之辟[22]，有攻伐之兵，有征讨之备，有威让之令，有文告之辞。此五句一层，是修刑之具。玩两"于是乎"，见兵出于不得已，绝不是有意观兵。布令陈辞，而又不至，此二句一层，仍归到耀德不观兵上，与前半篇意相承，暗应前"保世滋大"句。则又增修于德而无勤民于远。"德"字八见。是以近无不听，远无不服。此二句即"怀德畏威"意，又作一收束。自"先王之制"至此凡写作七层，层峦叠嶂，笔法一变，其与前文若断若续，亦备极段落节奏之妙。

"今自大毕、伯仕之终也[23]，犬戎氏以其职来王。"以其职来王"五字紧应"终王"，下得确当之至。天子曰：'予必以不享征之，已治人无序。且观之兵。'又是一层，应"不观兵"。其无乃废先王之训，紧顶前“先王之训”句，“先王”七见。篇中“先王”七见，一见一回妙。而王几顿乎[24]？以宾礼之礼正犬戎之罪，且示之以兵威，均非先王之训。此一段言犬戎之不当征。吾闻夫犬戎树惇，能帅归德，“德”字反在犬戎身上见，奇甚，九见，篇中“德”字凡九见，亦一见一回妙。而守终纯固[25]，其有以御我矣。”此一段言犬戎之不能征。

王不听，遂征之，“遂”字紧应前“将”字。得四白狼，四白鹿以归。此九字写得可笑，言外亦足见“有以御我”意。自是荒服者不至。结得通体精神。“不至”二字明应前数“不至”，又暗应“顿”字意，且反应“怀德畏威”及“听服”等语。此一段以王不听谏而征犬戎之无益有损作结。

［**诚评**］谋父此谏，前半在“征”字上起议，后半在“犬戎”上起议。前半在“征”字上起议，故于“征”字对面指出“德”字来，而以“耀德不观兵”一语作通体立言骨子。历叙周家前王无非自耀其德，即武王之用兵也，亦仍是耀德耳。并未尝有意观兵，语语皆与穆王之征相对。后半在“犬戎”上起议，故备详“五服”之制。见犬戎无可征处，亦终以见犬戎无可征处，亦终以见先王“耀德不观兵”意。末说到“有以御我”，尽情极谏，本欲冀其谏之行，而征可罢也，孰意“王不听”，而卒成无益有损之举耶。屡提先王处，典重有体，其言“耀德”处，归重勤恤民隐，措语亦有实际。

注释：

①穆王：周穆王，名满，姬姓。　犬戎：也称西戎，古代西北戎族的一支。周时居住在我国的西部，游牧于泾渭流域（今陕西省彬县、岐山县一带）。

②祭（zhài）公：字谋父，封于祭地。周公的后代，穆王的卿士。　耀：明。　观：示，给人看。观兵，炫耀武力，显示军威。

③戢（jí）：收藏，聚集。　时动：因机而动。

④玩：轻慢，漫不经心。　震：惊恐，害怕。

⑤周文公：周公旦，谥号“文”。　《颂》：指《诗经·周颂·时迈》，颂周公祭天及山川的乐歌。　干：盾，古代一种兵器。　櫜（gāo）：收藏衣甲和弓箭的袋子，这里指收藏的意思。

⑥懿：美。　肆：陈，施。　时：通“是”，这，这个。　夏：华夏，中国。

⑦允：信。

⑧茂：勉励，努力。　正：使……正。　厚：使……深。　阜：盛多，丰富。

⑨乡（xiàng）：通“向”，方向，所在。 文：文化，包括礼乐制度，相对“观兵”而言。

⑩世：代代相传。 滋：益，更加。

⑪先世：祖先。 后稷：周的始祖，姓姬名弃，在尧舜时代做掌管农业的官（后稷），教民耕种。这里以官名代替人名。 虞、夏：弃是舜的后稷，不窋（zhì）是弃的后代，为夏的后稷，所以说“服事虞、夏”。

⑫弃：废弃。

⑬纂：继续，继承。 绪：前人留下的事业。

⑭奕（yì）世：累世，一代接一代。 忝（tiǎn）：辱没。

⑮商：商朝。 帝辛：商朝最后帝王纣的名。 大恶于民：大为人民所怨恨。

⑯致戎：用兵，出兵。 商牧：地名，商郊牧野，今河南淇县南。武王在此大败商军。

⑰务：致力，使用。 恤：忧念，忧虑。 隐：疾苦。

⑱甸服：指天子直辖地区。甸，田，治田。服，事奉，服侍。 侯服：指甸服以外五百里区域，诸侯分封地。 侯、卫：介于诸侯和边疆之间的区域。 宾服：按时纳贡，朝见天子，以示服从，没有二心之意。 要服：指离王城二千里以外的区域。 荒服：离王城更为边远的区域。

⑲祭：祭祖，祭神。即与下“日祭”对应。 祀：祭祀，指下“月祀”。 享：祭献，指食物。对下“时享”，四时享献。 贡：将物品进献天子，纳贡，对下“岁贡”。 王：臣服于天子，对下“终王”。

⑳修言：修改号令中不合理的地方。

㉑修文：修改国家法令制度。

㉒辟：法律，条文。

㉓大毕、伯仕：犬戎族的两个君长。

㉔无乃：只怕。 几：差不多。 顿：舍弃。

㉕树惇：树立惇厚。 帅：遵从，遵循。 守终：守住终生一次朝见的职分。

召公谏厉王止谤（周语）

本篇亦属春秋前事。记述了召公进谏的谏文。于说理中列譬设喻，形象生动。

厉王虐，只一“虐”字，揭出所以谤之根。国人谤王①。点清“谤”字。召公告王曰：“民不堪命矣②！”先作一小波。王怒，写“虐”字意。得卫巫③，含喜意。使监谤者，以告④，则杀之。一怒一喜，写尽昏愚情态。国人莫敢言，正是厉王所喜。道路以目⑤。形容如画。此一段叙厉王之命人监谤，末句伏“流王于彘”之根。

王喜，“喜”字正应“怒”字，作关目。告召公曰：“吾能弭谤矣⑥，乃不敢言。”此三句上结召公告王，下起召公之谏。“不敢言”在王口中说出，应上“莫敢言”。此一段叙王以监谤告召公为下谏地。召公曰：“是鄣之也⑦！四字已断定。“鄣”字字法新奇，亦即生出下喻意。防民之口，甚于防川；亦即正意入喻意。川壅而溃⑧，伤人必多；

是从喻意中透发出正意。民亦如之。轻轻打合，笔法敏妙。是故为川者决之使导，为民者宣之使言[9]。是一笔骨子，却用“为川者”句陪出，笔法奇变异常。此一段言止谤所以蓄祸，见王弭谤之非。故天子听政，使公卿至于列士献诗，单行一句，“使”字直贯到“修之”。瞽献曲，史献书，三字句。师箴，瞍赋，矇诵，二字句。百工谏，又是三字句，中间得此句觉错综变化。庶人传语，正关合国人谤王，是最重处，然从“公卿”等带叙出，却不觉其重要。近臣尽规，亲戚补察，瞽、史教诲，耆、艾修之，自“使公卿”至此，句法凡五变。参差错落，可悟文家变换之妙。正写“宣之使言”处，有此一段庄诵语，甚觉典重有体。而后王斟酌焉，从“故”字起，“之”字止，“而后”下转“是以”，收六十余字，只成一句。是以事行而不悖[10]。此一段言天子听政当斟酌于众论，以考得失。

“民之有口也，遥接“防民之口”处，申言喻意，接法亦入妙，以下正喻夹写。犹土之有山川也，财用于是乎出；犹其有原隰衍沃也[11]，衣食于是乎生。此四句又转出一层。口之宣言也，分一句再申上。善败于是乎兴[12]，行善而备败，叠句法。其所以阜财用、衣食者也[13]。此二句是宣之使言之利，合应一句。此一段言使民宣言，不但可以免其害，并可以得其利。夫民虑之于心，正见民言原非轻发，不可壅阻意。而宣之于口，成而行之，胡可壅也[14]？若壅其口，两“壅”字打转前文，是神龙掉尾之法。其与能几何[15]？”不宣之使言之害，此段言阻遏将不得其利，而必受其害，反掉作收。

王弗听，于是国人莫敢出言，应前“莫敢言”及“乃不敢言”。三年，乃流王于彘[16]。此一段结出“不宣之使言”之害，以王不听谏而亡其国结。

［诚评］谏词只“天子听政”一段在道理上讲，其余俱是在利害上讲。而正意又每与喻意夹写，笔法新警异常。至前后叙次处描写王与国人，以及起伏照应之法，更极精细，最是《国语》中遒铄文字。

注释：

①厉王：周厉王，姬姓，名胡。　谤：含议论、批评、指责之意。

②召（shào）公：召穆公，名虎。厉王卿士。　命：暴虐的政令。

③卫巫：卫国的巫者。巫，古代以降神事鬼为职业的人。

④以告：“以之告”的省略。

⑤以目：用目光示意。

⑥弭（mǐ）：阻止，消除。

⑦鄣（zhàng）：同“障”，阻塞。

⑧壅（yǒng）：堵塞。　溃：决口。

⑨决：决口放水。　导：疏通。　宣：开放，引申为“引导”。

⑩听政：处理政务。　公卿：三公九卿，指高级官员。　列士：上中下三士。指较低级官员。　瞽（gǔ）：瞎子。这里指乐官太师。　史：史官。　书：古代典籍。　师：少师，也指乐师。　箴：寓意深刻的规劝言辞。　瞍（sǒu）：无眸子的盲人。　矇：有眸子看不见的盲人。　诵：与“赋”一样在此为“朗诵”意。　百工：从事各种工艺的人。一说为“百官”。　庶人：平民。　近臣：国君左右的人。　尽规：进规，进献规劝之辞。　亲戚：外亲内戚。　补察：补救和监察国王在政务上的失漏。　耆（qí）、艾：六十岁叫耆，五十岁叫艾。均指老年人。此指老臣，年高有德的人。　修：劝诫。　悖：违背。

⑪原：平原，高而平坦的土地。　隰（xí）：低湿地。　衍：低而平坦的土地，低平地。　沃：水浇地。

⑫宣：发表。　善败：政事的好坏。　兴：体现，表现。

⑬阜：盛多，丰厚。

⑭胡：怎么，何。

⑮与：参与，指赞助的人。　几何：多少。

⑯流：放逐。　彘（zhì）：地名，今山西省霍县。

襄王不许请隧（周语）

本文发生在襄王十七年，晋文公二年，鲁僖公二十五年。此时周王室已处于衰落时期，周襄王依靠晋文公帮助复辟王位。天子之名已为虚有，但襄王仍在各诸侯面前维护自己天子的尊严。对妄图僭礼的晋文公“请隧”一事，婉转回绝。全文无一句“不许”，但句句不离此二字，终于使晋文公放弃了“请隧”的念头。

晋文公既定襄王于郏[①]，开首九字为“王劳之以地”之故，亦即晋文辞地请隧之故。王劳之以地，辞，请隧焉[②]。此一段叙晋文公之辞地请隧。王弗许，曰：“昔我先王之有天下也，襄王开口提先王，说得郑重有体。规方千里[③]，以为甸服，以下连用“以”字叠句，见有许多用处。以供上帝山川百神之祀，以备百姓兆民之用[④]，以待不庭不虞之患[⑤]。其余以均分公侯伯子男，使各有宁宇[⑥]，服之余，言先王之大公，形起下文“私”字。以顺及天地，无逢其灾害。先王岂有赖焉[7]？自“规方”至此言先王土地之大，不过如此。此一句结上生下。内官不过九御，外官不过九品[8]，足以供给神祇而已[9]，岂敢厌纵其耳目心腹，“不过”“足以”“而已”“岂敢”等字样皆言无多意。暗斥晋文公。以乱百度[10]？自“内官”至此，言先王官职之设不过如此。亦唯是死生之服物采章，始入正文，却又带“生”字说。以临长百姓而轻重布之[11]，提出“百姓”二字。叙王之不许，而言先王之制自有一定之用。王何异之有？结句与“岂有赖”相应，顿挫收束。此一段叙出“隧”礼来历，已自严重，而不容僭越矣。

“今天降祸灾于周室，方叙出时事。余一人仅亦守府[12]，又不佞以勤叔父，指杀子带。而班先王之大物，指“隧”礼定郏。“大物”二字，何等郑重。以赏私德[13]；“私德”二字，予夺分明。其叔父实应且憎，反如此说转来，婉甚。以非余一人，礼不可许，非吝惜也。余一人岂敢有爱也[14]？又作顿挫以为收束。此一段言“隧”为礼而所不可许。玩此中“私德”及“憎”“爱”等字是在情上见其不许。先民有言曰：‘改玉改行[15]。’叔父若能光裕大德，更姓改物，正使晋文公胆破，正是抑他骄亢不逊之心。以创制天下，自显庸也[16]，而缩取备物[17]，以镇抚百姓，余一人其流辟于裔土[18]，词婉而峻，亦以见土无二王意。何辞之与有？自“叔父若能”至此是反说。若犹是姬姓也[19]，“犹是姬姓”，正面只此四字，前后皆烟波。尚将列为公侯，以复先王之职，大物其未可改也。自“若犹是姬姓”至此是正说。此一段申言不许之礼。玩此词意是在理上见其不可许。叔父其茂昭明德，物将自至[20]。此二句总缴“改玉改行”一段。余何敢以私劳变前之大章[21]，以忝天下，此二句缴“降祸灾”一段。其若先王与百姓何？收束前文。何政令之为也？此二句缴“昔我先王有天下”一段，此一段言文公不当“请隧”意。若不然，叔父有地而隧焉，更杜绝他僭萌。余安能知之？”此一段以余波为反掉作收。

文公遂不敢请，受地而还。此一段应起处结。

［**诚评**］一意相生，词婉义严，反复折辨，情理俱不能容。晋文公复从何处置喙，然亦曲尽衰世君臣意态矣。

注释：

①晋文公：春秋五霸之一，名重耳，谥号文公。　定：定位。　襄王：周襄王。　郏（jiá）：地名。周王朝所在，今洛阳附近。

②劳：酬劳，酬谢。　辞：推辞不受。　隧：天子的葬礼。诸侯死后不能用。

③规：划出。　方：古代称面积的用语。

④上帝：天神。　山川百神：地神。　兆民：万民。

⑤不庭：不服从朝廷。　虞：料想，料到。

⑥宁：安。　宇：居所。

⑦赖：利。

⑧内官：宫中的女官，妃嫔。　九御：九嫔，王宫中九种女官。也是王的妃子。　外官：王朝中的官吏。　九品：九卿。周以少师、少傅、少保、冢宰、司徒、宗伯、司马、司寇、司空为九卿。

⑨祇（qí）：地神。

⑩厌（yàn）：足，饱。　百度：各种法律制度。

⑪服物：指衣服、织品和器物。　采章：彩色花纹。古代制度，等级不同，服物色彩不同。　临长：统管，治理。　百姓：百官。　轻重：等级尊卑贵贱。

⑫余一人：周天子自称。　府：先王的故府，旧府。

⑬不佞（nìng）：不才，无能。　叔父：天子称同姓的侯伯为叔父。　班：分赐。　大物：指隧，天子葬礼。　私德：对自己的恩德。

⑭爱：舍不得，吝啬。

⑮玉：佩玉。　行：行步。古代地位不同，佩玉不同，行

走时发出玉节奏声不同，即先王之制不能更改。晋侯还处在臣位，隧礼是不能享用的。

⑯光裕：推广扩大。　更姓改物：改朝换代。　庸：功劳。

⑰缩：收。

⑱辟：刑法。　裔土：边远荒凉的地方。

⑲犹是姬姓：不更改姓。

⑳茂：发扬光大，努力。　物：大物，隧礼。

㉑私劳：私德。　大章：服物彩章的规定，此指先王之制，即隧礼之制。

仓葛不服晋（周语）

本文与前篇同属一时事。叙述了一个普通的阳樊人仓葛为使家乡不受他人欺凌，据理力争，终于使晋军退出阳樊的故事。

王至自郑，以阳樊赐晋文公[1]。阳樊并起。阳人不服[2]。单落到阳，以起仓葛之呼。此一段叙出阳人不服，立案。晋侯围之；是仓葛所以不得不呼之故。仓葛呼曰："王以晋君为能德[3]，故劳之以阳樊，此二句先叙晋所以得二邑之故。阳樊怀我王德，是以未从于晋。此二句是叙二邑所以不服之故。分明单是阳人，却兼扯出樊来，分明已是不服，却且自谓未从，立言巧妙。此一段叙围阳而仓葛先明所以不服之故。谓君其何德之布，以怀柔之，使无有远志[4]？此三句顶上"未从于晋"推原以作开笔。今将大泯其宗祊，而蔑杀其民人，此二句指围说，是晋所以不可服之故。宜吾不敢服也[5]！敏妙。若直云"不服"或云"不可服"，便钝拙矣。此一段言阳望晋德而晋反加兵，宜其不服。夫三军之所寻，将蛮、夷、戎、狄之骄逸不虔，于是乎致武⑥。此三句是推言可以用兵之地。此羸者阳也，以“羸”字紧对“骄逸不虔”，字法。未狎君政⑦，故未承命。君若惠及之，唯官是征，其敢逆命⑧，何足以辱师！此四句又作开笔。君之武震，无乃玩而顿乎⑨？以上从开说到合，以下从正说到反。臣闻之曰：‘武不可觌，文不可匿⑩。觌武无烈，匿文不昭。’阳不承获甸，而祇以觌武⑪，反应“德”字。臣是以惧。不然，反掉。其敢自爱也？以一段言阳柔弱，不足以当晋师，故惧而不服。且夫阳，岂有裔民哉？应蛮夷、戎、狄。夫亦皆天子之父兄甥舅也，阳人自占地步。若之何其虐之也？”“虐”字下得严厉。紧对“德”字。此一段言阳民不可虐，以重责晋。

晋侯闻之，曰：“是君子之言也。”“君子之言”四字结束仓葛“呼”词。乃出阳民。应“阳人不服”作结，此一段以晋文公闻仓葛之言出阳民结。

［**诚评**］以简峭之笔，写委曲之情，愈转愈醒，愈婉愈劲。孙执升称其句为转宕，字为烹炼，婉而多风，切而不激，洵至文也！岂欺我哉？

林西仲于“请隧”篇谓晋文公“请隧”，论者以为寝窥大物之渐，似觉太过。既为晋文回护，乃于此篇又谓用兵围天子之邑，而出其民，目中岂复有王？意在斥晋文，合观之，殊未免两相矛盾矣。当知晋文系谲而不正之人，其围阳也原与“请隧”等，即后此河阳之召，岂目中有王者所为？襄王弗许之词，其足以折服晋文者固深；今仓葛之呼，从“围”字对面生出“德”字，又从“德”字对面生出“武”字，又从“武”字下面推出“虐”字，义正词严，更足令晋文气短。究皆只为自己举动，于理上不足，难以服众诸侯，有妨于取威定霸之谋耳。不然晋文终未必肯甘心也。

注释：

①王：周襄王。　阳樊：阳城、樊城。古地名。在今河南省。

②阳人：阳城人。此文专讲阳人，略去樊。

③仓葛：人名。阳城内人。　德：布德，施德。

④布：布施。　远志：离叛之心。

⑤泯：灭。　宗祊（bēng）：宗庙。祊，庙前祭祀的地方。　蔑：灭。　吾：我们。

⑥寻：讨伐，征讨。　骄逸：骄横无礼。　致：导致。

⑦羸：弱。　狎（xiá）：亲近，昵近。此指熟习。

⑧征：召。　逆命：违抗命令。

⑨武震：武威。　顿：疲顿，劳顿。

⑩觌（dí）：显示。　匿：隐藏。

⑪甸：古时城外为郭，郭外称郊，郊外称甸。　祇：通"只"，一味，此有"恰巧"之意，婉词。

单子知陈必亡（周语）

本文为鲁宣公八年事。记述了单子预言陈国必亡的道理。

定王使单襄公聘于宋[①]。遂假道于陈，“假道”二字是文中眼目，下“火朝觌”等句皆从此生出。以聘于楚[②]。火朝觌矣，“假道”乃敌国之礼，不谓天使亦若此，可叹。此句是此时方到陈界，句法逸宕。道茀不可行也[③]，连下四“不”字。候不在疆，已入陈境。司空不视涂[④]，在陈境内行。泽不陂，川不梁，是在路中所经历者。野有庾积[⑤]，是路中所望见者。场功未毕，道无列树，垦田若蓺[⑥]，此四句又变调。膳宰不致饩，是当食时事。司里不授馆，国无寄寓，县无施舍[⑦]，是当宿时事。此四句两“不”两“无”字，又变调。民将筑台于夏氏[⑧]。陡入此句，妙语隐跃。是近国都所听闻者。及陈，陈灵公与孔宁、仪行父南冠以如夏氏，至陈国都所亲见者，语语伏后案。留宾弗见[⑨]。居陈国都所身受之者，此一段详叙陈事，为单子议论立案。以上俱从“假道”时顺写，叙事毕。

单子归，告王曰："陈侯不有大咎[10]，国必亡。"先下断语，以下发明此意。王曰："何故？"此一段叙单子就所见而断陈侯之必身杀国亡。对曰："夫辰角见而雨毕，天根见而水涸，本见而草木节解，驷见而陨霜，火见而清风戒寒[11]。此五句是言以星见定时至，起下文。故先王教之曰：'雨毕而除道，水涸而成梁，草木节解而备藏，陨霜而冬裘具，清风至而修城郭宫室。'提起先王作眼目，言以时至定赴功，篇中处处用为关锁。故夏令曰：'九月除道，十月成梁[12]。'引古作证。其时儆曰：'收而场功，偫而畚梮，营室之中，土功其始[13]。火之初见，期于司里。'又证，以上字字典确，无一语杜撰，最为浓茂。此先王所以不用财贿，而广施德于天下者也。今陈国火朝觌矣，入事。而道路若塞，野场若弃，泽不陂障，川无舟梁，应篇首"火朝觌矣，道茀，泽川，野场"四句。是废先王之教也。锁一笔束住。此一段从怠弃时令上发出所以必身杀国亡之故。

"周制有之曰：'列树以表道，立鄙食以守路[14]。国有郊牧，疆有寓望，薮有圃草，囿有林池，所以御灾也[15]。其余无非谷土，民无悬耜，野无奥草[16]。不夺民时，不蔑民功[17]。有优无匮，有逸无罢[18]。国有班事，县有序民[19]。'上段提"教"字，此段提"制"字，笔笔提得清老。今陈国道路不可知，田在草间，功成而不收，民罢于逸乐，入事，此四句应篇首"野积""场功""列树”“垦田”“寄寓”“施舍”“筑台”七句。是弃先王之法制也。再以锁笔作收。以上数语从妨害民事上发出所以必身杀国亡之故，言陈之弃制。

“周之《秩官》有之曰：提清“官”字。‘敌国宾至，关尹以告⑳，行理以节逆之㉑，候人为导，卿出郊劳，门尹除门，宗祝执祀㉒，司里授馆，司徒具徒，司空视涂，司寇诘奸，虞人入材㉓，甸人积薪，火师监燎㉔，水师监濯，膳宰致饔，廪人献饩㉕，司马陈刍，工人展车，百官各以物至㉖，宾入如归。此二句作一顿，文势不平。是故小大莫不怀爱。其贵国之宾至，则以班加一等，益虔㉗。至于王使，则皆官正莅事㉘，上卿监之。此六句是主，文更奇宕，激起下文“司事莫至”。若王巡守，则君亲监之。’此一段叙述中又分列宾主。从敌国说到贵国，从贵国说到王使，又带王巡守句，最有步骤，与前平列较异，自不觉排对之迹。今虽朝也不才，入事。有分族于周，承王命以为过宾于陈㉙，而司事莫至，应候人、司空、膳宰、司里及留宾五句。是蔑先王之官也。分二层从荒废宾礼上发出所以必身杀国亡之故，言陈之蔑官，三锁。

“先王之令有之曰：提清“令”字。‘天道赏善而罚淫，故凡我造国，无从非彝，无即慆淫㉚，各守尔典，以承天休㉛。’今陈侯不念胤续之常㉜，入事。弃其伉俪妃嫔，而帅其卿佐以淫于夏氏，不亦渎姓矣乎㉝？陈，我大姬之后也㉞。此文分断陈事错综变化，应首段陈灵公与孔宁、仪行父等句。弃衮冕而南冠以出，不亦简彝乎[35]？是又犯先王之令也。此一段从渎姓、简彝上发出所以必身杀国亡之故。言陈之犯令。文中四段有对处，有不对处。各段或用排句，或用单句，长短参差，无不古极、横极。

“昔先王之教，又提作喝起笔。茂帅其德也，犹恐殒越。曲一笔取势，文情深致。若废其教而弃其制，蔑其官而犯其令，此二句总括上四段，必身杀国亡。将何以守国？缴有大咎。居大国之间，无此四者[36]，其能久乎？”缴国必亡。此一段总束前四项，以缴明陈侯之必身杀国亡。

六年，单子如楚。八年，陈侯杀于夏氏[37]。九年，楚子入陈[38]。六年、八年、九年等字样，纪年以见其验之速。此一段叙陈侯之身杀国亡，以验单子议论不诬作结。

［诚评］议论全从叙事生出，犹是文家常法；叙事挨次顺写，一片浑成，议论依类推断，条分缕析，已是变化无端。况其叙事议论又皆句调屡换，或对，或不对，更觉参差处亦严整，严整处亦参差。至前以叙事为起，伏中以四段为照应，后以总束为收煞，章法复极严密锤炼之工，孰能逾此？后生家手笔平衍涣散者，当熟玩之。

注释：

①定王：周定王。 单（shàn）襄公：名朝，又称单子。定王卿士。 宋：国名。 聘：古代国与国之间派使访问为聘。

②假道：借道。 陈：国名。

③火：星名。二十八宿之一，也叫大火。 觌：见。 茀：野草塞路。

④候：候人。负责迎送宾客的小官。 疆：边境。 司空：掌管道路工程的官。 涂：同“途”。

⑤陂（bēi）：堤岸。 梁：桥。 庾积：堆积在露天的谷物。

⑥场：打谷物。 功：农事。 列：整齐排列。 蓺（yì）：茅草芽。

⑦饩（xì）：粮食与饲料。 司里：管理客馆的小吏。授馆：替客人安排起居休息的地方。 寄寓：客馆。 施舍：旅客休息的地方。

⑧夏氏：陈国大夫夏征舒。

⑨孔宁、仪行父：陈国两卿士。（此指陈灵公等与夏征舒母通奸一事。） 南冠：楚国的帽。 如：到。 宾：单子。

⑩陈侯：陈灵公。 咎：大凶。

⑪辰角：角星早晨出现。辰，同“晨”。角，二十八星宿之一。 见：同“现”。 天根：二十八星宿之一。寒露节

后第五天出现。　本：星名。氐宿别称。　驷：星名，房宿别名。霜降节时早晨出现。　戒寒：霜降后，火星出现，清风先至，提醒人们准备寒衣。

⑫夏令：夏代的月令。

⑬儆：同“警”。告诫。　而：同“尔”。你，你的。　偫（zhì）：备办，储备。　梮（jū）：抬东西的器具。　营室：星名。定星。古人认为夏历十月它运行在天空正中，这时可营造房屋。　土功：兴建土木工程。

⑭表：标记。　鄙食：在效外路边供饮食的客栈。

⑮国：国都。　郊牧：郊外放牧场。　寓望：迎送客人的馆舍和服务之人。望，候望的人。　薮（sǒu）：大泽。　圃：茂盛。　囿：园林。　灾：灾害。

⑯悬耜：挂着的农具。　奥：深。奥草，荒草。

⑰夺：耽误。　蔑：轻视。

⑱优：富裕。　罢（pí）：同“疲”。疲劳，疲乏。

⑲班：次。　序民：百姓轮番服役或休息。

⑳敌：匹敌，力量均等。　关尹：官名。把守关隘的人。

㉑行理：官名。负责出使聘问，迎送宾客。　节：瑞节，表明使者身份的信物。　逆：迎。

㉒门尹：官名，门官。　除门：打扫门庭。　宗祝：掌管

祭祀、祈祷的官吏。

㉓虞人：官名。主管山泽。

㉔甸人：管柴薪的官。　火师：掌管烧火的人。

㉕水师：管水的官。负责洗涤一类的事。　饔（yōng）：熟食。　廪人：管粮米的人。

㉖司马：掌管养马放牧事务的官吏。　刍：牧草，饲料。　展：检查，查看。　物：事。

㉗虔：尊敬，虔诚。

㉘官正：官长。　莅：临。

㉙朝：单子的名。　分族：亲族的分支。　过宾：过路的客人。

㉚彝：常规。　即：就。　慆（tāo）淫：怠惰纵欲。

㉛天休：天赐福佑。休，吉祥，美好。

㉜胤：后代。　常：指伦理纲常。

㉝渎（dú）：污辱，亵渎。陈灵公与夏征舒同姓，因此与其母通奸，即为亵渎同姓。

㉞大姬：周武王的女儿。嫁给陈始祖虞胡公。

㉟衮冕：周朝天子及公卿的礼服。　简：略，丢弃。

㊱四者：指上面“教”“制”“官”“令”。

㊲八年：周定王八年。　于：被。

㊳楚子：楚庄王。

敬姜论劳逸（鲁语）

本文为鲁哀公五年之事。记述了一个贵族之家的孀妇敬姜夫人教子的故事。她告诫孩子居官者要贵而不骄，不忘祖先创业艰难，防止腐化堕落。

公父文伯退朝，朝其母，其母方绩[①]。“方绩”二字伏下“劳”字意。文伯曰：“以歜之家，此四字伏下“淫”字意。而主犹绩，惧干季孙之怒也[②]，其以歜为不能事主乎！”就不能养上说，文伯为人子不可无此言，玩文伯语可见当日世族俱是淫逸之人。其母叹曰：“鲁其亡乎[③]？四字开口令人失惊。使僮子备官，而未之闻邪？“未之闻”三字虚挈全篇之神。居，吾语女[④]。子言家，母叹国，所见者大，故语有关系。此一段叙文伯见母之劳而欲其逸，以启敬姜下文劳逸之论。

“昔圣王之处民也，择瘠土而处之，劳其民而用之，“劳”字乃敬姜论本旨。故长王天下[⑤]。此一段从大处起议，挈一篇之纲。夫民劳则思，思则善心生；逸则淫，淫则忘善，忘善则恶心生。此五句言处民所以当劳之故。“思”字、“忘”字妙，有至理。两提“心”字，明是全在治心上起见，妙。沃土之民不材，淫也；瘠土之民莫不向义，劳也。以“淫”“劳”字双收，此一段申言处民所以当劳及劳民所以择瘠土之故。

“是故天子大采朝日，以下五段畅发劳之在男子者。与三公、九卿祖识地德⑥；日中考政，与百官之政事，师尹惟旅牧相宣序民事⑦。从“日中考政”中“考”字直贯下十七字。少采夕月，与太史、司载纠虔天刑⑧；日入，监九御，使洁奉禘、郊之粢盛⑨，而后即安。此一段见得贵为天子尚不敢逸，何况下焉者。

“诸侯朝修天子之业命⑩，昼考其国职，夕省其典刑，夜儆百工，使无慆淫，而后即安。此一段见得贵为诸侯亦不敢逸，何况下焉者，言诸侯之劳。卿大夫朝考其职，昼讲其庶政，夕序其业，夜庀其家事⑪，而后即安。此一段言卿大夫之劳，正关照文伯，妙在不露。士朝受业，昼而讲贯⑫，夕而习复，夜而计过⑬，无憾，而后即安。数“而后即安”有不如是不敢安意。此一段言士之劳，加“无憾”二字，笔法一变。自庶人以下，农工商贾在内，故只用虚笔浑括，笔法又变。明而动，晦而休，无日以怠。此一段言庶人之劳。从天子至庶人畅发男子之劳，用五段分写，至下女子之劳只用总写，笔法长短，错综变化入古。

“王后亲织玄𬘘，公侯之夫人加之以纮綖，卿之内子为大带，命妇成祭服，列士之妻加之以朝服⑭，自庶士以下，皆衣其夫⑮。此一段言自王后以至于庶人之妇，各有其劳，俱在织上分别，均不敢逸。并关照自己在内，亦妙在不露，以上论男女之劳，俱在一日上讲。

“社而赋事，烝而献功⑯，此二句又以合笔补写一岁之劳。男女效绩，男女二字总括上文。愆则有辟⑰，古之制也。君子劳心，“君子劳心”句，收天子王后等。小人劳力，此句收“庶人”“庶士以下”二语。先王之训也。自上以下，此句又浑括一笔。谁敢淫心舍力？承上“心”“力”字反束住。此一段总言男女上下之劳以明先王之制，总收全局，简老。

“今我寡也，以下正戒文伯。“我寡”二字是此段着眼处，见当劳意。尔又在下位⑱，破“以歜之家”，见更当劳意。朝夕处事，犹恐忘先人之业。此二句进一步翻入。“朝夕”二字引上无数“朝夕”字样。况有怠惰，其何以避辟？“辟”字跟上“愆则有辟”来。此上四语连戒文伯在内。吾冀而朝夕修我曰：‘必无废先人⑲！’又进一步翻入文笔，灵动之至。“朝夕”二字又应前。尔今曰：‘胡不自安？’暗顶“主犹绩”句。以是承君之官，应“备官”。余惧穆伯之绝祀也⑳！”“绝祀”二字跟上“忘先人、废先人”二句，以国之亡起，以祀之绝收，警切无比。此一段以己之当劳与文伯之不足承官，训饬文伯。

仲尼闻之曰：“弟子志之㉑，季氏之妇不淫矣！”“不淫”二字内括“劳”字、“善”字，此一段引孔子赞敬姜不淫作结。如此结法结得完密。

［诚评］过商侯谓一篇从“绩”字上生情；林西仲谓通篇握定一个“劳”字，生出无数议论，所见大略相同。盖此文乃小中见大，极宏阔，极精深，最有关于世道人心。其立言之旨，原自不难通晓，独波澜之雄壮，议论之名通，引据之精详，局阵之严整，变化针线之工细紧密，殊非浅识人所能领取。甚未可不一一拈出，以为后学读古之助。

注释：

①公父文伯：鲁大夫，名歜（chù）。　绩：织麻。

②主：大夫或大夫之妻。此指公父文伯的母亲敬姜。　干：触犯，冒犯。　季孙：季康子，鲁国的国卿，地位很高。

③其：表估计、猜测之意。

④女：同“汝”。你。

⑤王：统治。

⑥大采：五彩的衮服，君王礼服。　朝日：朝拜日神。古

代天子每年春分都要身穿大采，祭祀日神。 三公：朝廷最高长官。太师、太保、太傅。 祖：熟习。 地德：指土地生长的五谷。

⑦师尹：大夫官。 旅：众。 牧：州牧，地方长官。 宣：普遍。

⑧少采：三彩的衣服。 夕月：祭祀月神。天子每年秋分时节，身穿三采，夜里祭祀月神。 司载：主管天文的官。 纠：恭。 虔：虔诚。

⑨九御：九嫔。天子内宫的女官。 禘：大祭，指祭祖。 郊：郊外祭祀天地。 粢（zī）盛：盛在祭器内供祭祀的谷物。

⑩业：事。

⑪庀（pǐ）：治理。

⑫讲贯：讲解学习。贯，习。

⑬计过：计数过失。

⑭玄紞（dǎn）：王冠两旁系瑱的黑色丝带。 纮（hóng）：系王冠的带子。 綖（yán）：覆在冠上的装饰布。 内子：卿的妻。 大带：黑帛做的束腰带。 命妇：大夫之妻，有封号的妇女。 祭服：祭祀的礼服。 列士：周代的士分元士、中士、下士三等。

⑮衣：做衣服。

⑯社：春分祭社。　赋事：布置农桑一类的事务。　烝：冬天的祭祀。　功：收获。

⑰绩：功，功绩。　愆（qiān）：过失。　辟：刑法。

⑱下位：下大夫之位。

⑲冀：希望。　修：勉力。

⑳穆伯：公父文伯之父亲。

㉑仲尼：孔丘的字。　志：同“识”，记住。

叔向贺贫（晋语）

晋卿韩宣子发愁自己有卿之名而无其实，为此忧虑忡忡。叔向却为他祝贺，给他讲述了有实无德会招致祸来的道理。

叔向见韩宣子[①]，宣子忧贫，叔向贺之。此八字将“忧”字、“贺”字两下写得相应入妙。此一段叙叔向贺宣子忧贫奇甚。

宣子曰：“吾有卿之名，而无其实，此二句是言所以可忧之故。无以从二三子[②]，“二三子”指晋诸卿。吾是以忧。子贺我何故？”此五字是诘所以贺之意，贺得原奇，安能不问。此一段宣子疑叔向以可忧者为贺。对曰：“昔栾武子无一卒之田，其官不备其宗器[③]；此二句言贫，免祸当。宣其德行，顺其宪则，此是通篇骨子，言德。使越于诸侯[④]，诸侯亲之，戎、狄怀之，此三句言德宣于邻国。以正晋国。是德宣于本国，以免于难，是可贺处。行刑不疚，以免于难[⑤]。贫何足忧。此一段言贫而有德者。及桓子，骄泰奢侈，贪欲无艺[⑥]，略则行志，假货居贿[7]，此四句言其无德之意。宜及于难；“难”应上“难”字，作一顿折。而赖武之德以没其身。此一段言有德者兼可庇荫后人。及怀子，改桓之行而修武之德[8]，可以免于难，“难”应上两“难”字，亦是顿折。而离桓之罪[9]，以亡于楚。此一段言无德者虽当身幸免，亦必贻祸于后。夫郤昭子，与上栾武子诸人俱是就晋言晋。其富半公室，其家半三军[10]，言其富，紧与“贫”对照。恃其富宠，以泰于国[11]。亦是顿折。其身尸于朝，其宗灭于绛[12]。不然，又以反笔作顿折。夫八郤五大夫三卿[13]，其宠大矣；一朝而灭，莫之哀也，惟无德也。倒找“德”字，有力。此一段又举富侈无德者之灭亡以为验。今吾子有栾武子之贫，吾以为能其德矣，是以贺。此三句答他“何故”二字，归重“德”字是一正，“吾以为”三字活甚。若不忧德之不建，而患货之不足，将吊不暇，何贺之有？”此四句破他“忧”字，是一反。掉出“吊”字以映“贺”字收，妙妙。此一段正答宣子“何故”一问，兼破宣子“忧”字。

宣子拜，稽首焉，曰：“起也将亡，赖子存之。此二句谢其言之可以保身。非起也敢专承之[14]，其自桓叔以下，嘉吾子之赐[15]。”谢其言之可以保全宗族，此一段以宣子拜叔向贺贫之赐作结，数言亦甚婉折。

[**诚评**] 首一段将题面提清，次一段将宣子之问作一波，以下着重在“德”上发明“贫”之所以可贺。却先言贫而有德

者，可以免难当身，兼可庇荫后人；无德者即或当身幸免，亦必贻祸于后。复言富侈无德者，立即灭亡。总借晋事来说，以见贫而有德之可贺。“今吾子”一段乃正言其贺之故，而戒其勿以贫为忧。末以宣子拜谢作结。结构精严，议论警切。

注释：

①叔向：晋国大夫。名肸（xī）。　韩宣子：名起，晋国正卿。

②二三子：指晋国众卿大夫。

③栾武子：栾书。晋国上卿。　一卒之田：一百顷田，一百人。　宗器：祭器。

④宪则：法度，法则。　越：超越。

⑤刑：法律，指上文“宪则”。　不疚：没有弊病。　难：指免于弑君之难。栾书曾杀晋厉公，立悼公。国人并没有因其行为，处以刑罚。所以免于“弑君”的责难。

⑥桓子：栾书的儿子黡（yǎn）。　无艺：无极，无厌。艺，极。

⑦略：触犯。　则：法律。　行志：任意妄为，一意孤

行。　假货居贿：囤积财物，放债牟利。居，蓄积。

⑧怀子：桓子的儿子盈。

⑨离：同“罹”。遭受。

⑩郤（xì）昭子：郤至，晋国正卿。因居功恃傲，专制朝政，被厉公杀死。　公室：国家。　家半三军：三军中元帅，郤家人占了一半。

⑪泰：奢侈过分。

⑫尸：陈尸示众。　绛：晋国国都。

⑬三卿：郤至、郤犨、郤锜，晋国三卿。

⑭专承：独自承受。

⑮桓叔：晋穆侯的儿子。桓叔生子万，封邑于韩。韩宣子尊桓叔为韩氏之祖。　嘉：赞许。此有“感激”之意。

王孙圉论楚宝（楚语）

本文通过赵简子“鸣玉”污辱楚国，楚使王孙圉从容论“宝”，战胜了赵简子的故事，赞扬了王孙圉维护国家尊严、不畏强暴的精神。

王孙圉聘于晋，定公飨之①。赵简子鸣玉以相②，“鸣玉”二字便见简子有卖弄其宝之意。问于王孙圉曰：“楚之白珩犹在乎③？”问得原觉可笑，尽有当问处，如何独问及此，便有自矜其玉意。对曰：“然。”此一段叙赵简子与王孙圉问答，为下论宝立案。简子曰：“其为宝也几何矣？”曰：“未尝为宝。四字劈口折倒简子。楚之所宝者，承上“宝”字来，接得甚紧，下直贯到“宾享于诸侯者也”方住。曰观射父④，能作训辞，“能”字及下“能道训典”“又能上下”两“能”字是字法。以行事于诸侯，使无以寡君为口实⑤。所以可宝。此一段言楚不宝白珩而以交邻国之才为宝。又有左史倚相⑥，“又有”及下“又有”蝉联，亦以见宝之不一而足也。能道训典，以叙百物，以朝夕献善备于寡君，使寡君无忘先王之业；“左史倚相”之可宝分二层叙，笔法变换，此为一层，所以为宝。又能上下说乎鬼神[⑦]，顺道其欲恶，使神无有怨痛于楚国。所以为宝。此一段言楚以辅本国之才为宝。又有薮曰云连徒洲，金、木、竹、箭之所生也[⑧]。龟、珠、角、齿、皮、革、羽、毛，所以备赋用[⑨]，以戒不虞者也[⑩]；“所以”以及下“所以”亦是字法。所以共币帛，以宾享于诸侯者也[⑪]。所以为宝，此一段言楚以地利为宝。若诸侯之好币具[⑫]，“币具”是土薮所生。而导之以训辞，“训辞”是观射父所能作。有不虞之备，而皇神相之，是左史倚相所能使。寡君其可以免罪于诸侯，而国民保焉。归重于此二句。此楚国之宝也。将无数之宝合总归于有益楚国，故以“此楚国之宝”束住。若夫白珩，先王之玩也，掉转作收，以“玩”字破“宝”字。何宝焉？此一段总言所宝之有益，于是并缴白珩之不足宝。圉闻国之宝六而已：圣能制议百物，“能”字应前三“能”字。以辅相国家，此二句如作训辞、叙百物之类。则宝之；玉足以庇荫嘉谷，“玉足”以下四“足”俱应前两“所以”。使无水旱之灾，此二句补出玉之有用，于国者非白珩可比，此言无渗漏，祭祀之玉。则宝之；龟足以宪臧否，则宝之[⑬]；珠足以御火灾，则宝之；金足以御兵乱，则宝之；“水旱、臧否、火灾、兵乱”跟上“戒不虞”句。山林薮泽足以备财用，跟上“备赋”用。则宝之。若夫哗嚣之美[⑭]，直刺“鸣玉”。楚虽蛮夷，不能宝也！”岂不是抢白简子，反应前卖弄作结，仍归于楚。此一段言凡为国者所宝有六，而玩物不与。

［诚评］简子意见浅陋，“白珩”之问原欲自为炫耀。讵知王孙圉奉使邻国，出言谨慎斟酌，故得他“为宝几何”一语开口，便用“未尝为宝”四字抹煞过了。然后借他一“宝”字，历数楚之所有，由人而物，无不有益国家为楚所宝。国威之克壮，君命之不辱，胥于是乎得之矣。“若夫”以下轻视白珩打转，未尝为宝束住，关锁紧严。“圉闻”一段推开泛论，以明所宝在此不在彼之故。末复以此作结，光明正大之中，字字锋锷相迎，足使简子颜赤汗流。

注释：

①王孙圉（yǔ）：楚大夫。 定公：晋定公。 飨：用酒食招待客人。

②赵简子：晋国的卿，名鞅。 相：辅佐国君。

③珩（héng）：楚国一种贵重的美玉。

④观射父（guàn yì fǔ）：楚大夫。

⑤口实：话柄。

⑥左史：官名。周代史官分左、右史。左史记功，右史记言。 倚相：楚史官，左史。

⑦上下：指天地。 说：同“悦”，高兴。

⑧薮：沼泽。 云连徒洲：云梦泽。今湖北监利县北。 箭：箭竹。

⑨龟：龟甲。古代用龟甲占卜，显示吉凶。 珠：珍珠，古人认为珍珠可以防火。 角：兽角，做弓箭。 齿：象牙。 毛：牦牛尾，用来装饰做旗杆顶端。 赋：兵赋。此指军用物资。

⑩不虞：意料不到的。

⑪共：供给。 宾：以宾客之礼招待。 享：馈赠。

⑫好（hào）：喜欢，喜好。 币具：礼物。

⑬宪：表明，显示。 臧否（pǐ）：吉凶。

⑭哗嚣：喧哗。指佩玉叮咚声。

诸稽郢行成于吴（吴语）

吴、越是春秋后期兴起的两个大国。公元前496年，吴攻打越失败，吴王阖闾受伤而死。其子夫差即位后，立志为其父报仇。本文写夫差大举进兵越国，越王勾践听从文种计谋，派诸稽郢向吴假意求和，以保存自己实力，拖延时间，以便在适当时机，置敌于死地。

吴王夫差起师伐越，越王勾践起师逆之江①。“逆之”有欲与战意。此叙吴越将战，以起下文种献谋。大夫种乃献谋曰②：“夫吴之与越，唯天所授，提出“天”字作眼目。王其无庸战③。此一段先止越王勿战，以顿起下文。夫申胥、华登简服吴国之士于甲兵④，而未尝有所挫也。言二子善战。夫一人善射，百夫决拾⑤，此二句喻得简练。胜未可成也。言二子善战而吴国之士化之。夫谋，必素见成事焉，而后履之，写出深谋远计意。不可以授命。此一段发明上“无庸战”之意。叠用四“夫”字起，可想见其踌躇审顾之致。王不如设戒，“王不如”三字一转，大有筋节。约辞行成，以喜其民，以广侈吴王之心⑥。此上数语为一篇眼目，为越王献行成之谋，二十年亡吴惟赖此一妙招。吾以卜之于天，接法奇妙。天若弃吴，必许吾成而不吾足也，将必宽然有伯诸侯之心焉⑦。跟上“广侈吴王之心”。既罢弊其民，而天夺之食，希算已定。安受其烬，乃无有命矣⑧。”我亦不待授命。此一段发明上“唯天所授”之意。

越王许诺，乃命诸稽郢行成于吴⑨，曰：“寡君勾践使下臣郢，自称曰“下臣”。不敢显然布币行礼⑩，自比于属邑，不敢以敌国自居，约而又约之辞也。敢私告于下执事曰：称人亦曰“下执事”，两“下”字皆字法。昔者越国见祸，得罪于天王，“得罪”二字语妙。天王亲趋玉趾⑪，以心孤勾践，而又宥赦之⑫。指夫差破越不取越国。君王之于越也，繄起死人而肉白骨也⑬。喻得激切，喻存越于既灭之后。孤不敢忘天灾，“孤不敢”三字顿挫。其敢忘君王之大赐乎？此二句极颂吴王昔日宥赦之恩以广侈其心。此一段叙诸稽郢行成而先言感夫差昔日宥赦之恩。今勾践申祸无良⑭，草鄙之人，自卑以广侈其心。敢忘天王之大德，而思边垂之小怨，大德小怨亦具语，妙。以重得罪于下执事⑮？顶前一“得罪”语，此一段言越民皆感吴恩，见伐而不敢抗。勾践用帅二三之老，亲委重罪，顿颡于边⑯。此三句原起“师逆”之故。今君王不察，盛怒属兵⑰，将残伐越国。越国固贡献之邑也，又自卑，以顿挫。君王不以鞭棰使之，妙语。而辱军士使寇令焉[18]。此一段言越王至边而吴不察，故下以盟为请。勾践请盟：一介嫡女，执箕帚以晐姓于王宫[19]；一介嫡男，奉槃匜以随诸御[20]。春秋贡献，不解于王府[21]。天王岂辱裁之？跌宕。亦征诸侯之礼也。此一段原为勾践愿为属邑以备贡献。

"夫谚曰：'狐埋之而狐搰之[22]，是以无成功。'今天王既封殖越国[23]，以明闻于天下，而又刈亡之[24]，是天王之无成劳也。与"狐埋""狐搰"无异。虽四方之诸侯，应伯、诸侯。则何实以事吴？敢使下臣尽辞，唯天王秉利度义焉[25]！"得贡献为利，明闻天下为义。此一段言吴如不放越，而灭必失诸侯之心作结。

［诚评］"约辞"二字及"广侈吴王之心"一语，是此文骨子。大夫种之献谋，以是为妙策；诸稽郢之行成，以是为深言。林西仲谓"约辞"二字是通篇作用，信非诬也。但斥旧注错指为哀公元年败越夫椒之事，误人一至于此，则饶舌矣。旧注或出自未读《春秋》全书者耳，如果读《春秋》全书，次第本自分明，岂肯复作此语？吾侪急取而改正之，可也，不必痛加贬斥。西仲每好雌黄若辈，以寓高自位置之意，予殊不喜此态。乃后来评者或且全录其词，转相传述，云欲借以开后学迷津，愈觉可笑之甚矣。

注释：

①夫差（chāi）：春秋末年吴国国君，吴王阖闾的儿子。　勾践：越国国君，赵王允常的儿子。　逆：迎战。

②种：文种，越大夫，字少禽。

③庸：用。

④申胥：楚大夫伍奢的儿子，字子胥。避祸于吴，邑封于申，又称申胥。　华登：吴国大夫，原为宋国人，也是避难于吴。　简：选。　服：用。

⑤决拾：射箭的用具。决，射箭用的扳指。拾，皮革用品，用作护袖。

⑥广侈：扩张。

⑦伯：通“霸”，称霸。

⑧罢：通“疲”，疲惫。　天夺之食：遭受天灾，粮食歉收。　烬：灰烬。此比喻吴国在天灾人祸后的残局。　命：古代把天作为神，认为治乱祸福全为天作，因此称之为命。

⑨诸稽郢：越国大夫。

⑩显然：公然。　布币：陈列礼物。币，指玉帛、皮、马等类。

⑪天王：对吴王的尊称。　趋玉趾：亲劳大驾，屈尊。玉，表示对人尊敬之辞。趾，脚。

⑫孤：弃。　宥赦：宽恕，赦罪。

⑬繄（yī）：是。　肉白骨：使白骨生肉。肉，长出肉。

⑭申：重。　良：善。此指美好的德行。

⑮边垂：边陲，边境。　重得罪：报复前次遭吴之侵。

⑯老：家臣。　顿颡（sǎng）：叩头。颡，前额。

⑰察：明察。　盛：大。　属：会，会集。

⑱鞭棰（chuí）：马鞭子。　辱：委屈。

⑲盟：在神前立誓缔约。　晐（gāi）姓：纳女给天子。晐，备。

⑳奉：捧。　槃匜（yí）：古代盥洗的用具。槃，盘。匜，器皿，用于注水。　诸御：吴王御前的近臣。

㉑不解：不懈，懈怠。

㉒搰（hú）：掘。

㉓封殖：扶植，培植。

㉔刈（yì）亡：消灭，铲除。

㉕敢：自言冒昧。　唯：愿，希望。　秉：权衡。　度：考虑。

范蠡不许吴成（越语）

本文记录了春秋后期发生的事。记述了越王勾践最后灭吴的一段史实。鲁哀公二十年，越王勾践打败了吴，吴王夫差一再请求讲和，勾践有些动摇，但范蠡坚决反对，并带兵灭了吴国。

吴王帅其贤良，与其重禄，以上姑苏①。此三句是先谋保聚。使王孙雒行成于越②，急求解免。曰："昔者上天降祸于吴，得罪于会稽③。此二句赦叙祸根。今君王其图不谷④，不谷请复会稽之和。"此二句是愿臣服越以求赦罪。"昔者"四句是行成之词。王弗忍，欲许之。以许、不许作波。此一段叙吴王使王孙雒行成于越，越王将许，以为下范蠡不许做案。范蠡进谏曰："臣闻之，圣人之功，时为之庸。得时不成，天有还形。乘时是范子主意。天节不远，五年复反，小凶则近，大凶则远⑤。"小凶"两句言所及之祸有大小，则时有远近，其或不定在五年者。以此番伐吴距前夫椒十二年，且明吴当得大凶而灭也。典韵如古箴铭。先人有言曰：'伐柯者其则不远[6]。'今君王不断，"不断"从上"弗忍"生出。其忘会稽之事乎？"反激，妙。王孙雒引会稽之和为例，范蠡即引会稽之事为鉴。王曰"诺。"不许。此二字有决断意。此一段叙范子援天时以见吴成之不可许。

使者往而复来，辞愈卑，礼愈尊，此二句有令人难对意。王又欲许之。以使者难对故也。范蠡谏曰："孰使我蚤朝而晏罢者[7]，非吴乎？此二句见有吴则有隐忧，不能安。与我争三江、五湖之利者[8]，非吴耶？此二句见有吴则有侵夺，不能享。夫十年谋之，一朝而弃之，其可乎？语更激烈"其可乎"三字驳问他，今其自省。范子数语与泪俱下，足令越王毛骨悚然。王姑勿许，其事将易冀已[9]。"此二句言成事正在倾刻。王曰："吾欲勿许，而难对其使者，子其对之。"以蠡必能对其使者。蠡得成灭吴之功者全从此"子其对之"四字生出。此一段言范子言人事以见吴成之不可许。范蠡乃左提鼓，右援桴[10]，以应使者，此三句写蠡之刚断。即此可见灭吴之意已定，辣甚。曰："昔者上天降祸于越，委制于吴，而吴不受。倒怪吴前此不灭越，妙。今将反此义以报此祸，明明说出报仇，妙，妙！吾王敢无听天之命，而听君王之命乎？"此二句更妙，果能对其使者，奇语惊人。此一段叙范子本前"天有还形"之意以不敢许成复王孙雒。王孙雒曰："子范子，一呼如闻其声。先人有言曰：'无助天为虐，助天为虐者不祥。'今吴稻蟹不遗种，子将助天为虐，是无聊语。不忌其不祥乎？"此一段言王孙雒因范子言天命而以天灾当恤之义责之，欲其缓攻使得求成。范蠡曰：“王孙子，与“子范子”三字相应。昔吾先君固周室之不成子也[11]，故滨于东海之陂，鼋鼍鱼鳖之与处，而蛙黾之与同渚[12]。余虽靦然而人面哉，吾犹禽兽也，对得更为奇妙，真匪夷所思，果能对其使者。一味浪辣作无赖语，使人无可奈何。又安知是諓諓者乎[13]？”此一段言范子自卑以拒王孙雒。王孙雒曰：“子范子，三字又呼。将助天为虐，助天为虐不祥。此二句再诵前言。更无别语，此真无可奈何。雒请反辞与王。”此一段言王孙雒欲舍置范蠡而请致辞越王以待命。

范蠡曰：“君王已委制于执事之人矣。应“子其对之”。子往矣，无使执事之人得罪于子。”范子数语不许王孙雒反辞越王而欲其归吴。使者辞反。范蠡不报于王，恐报王又多一番议论也，只是一味辣。击鼓兴师以随使者，应前“左提鼓”一句。至于姑苏之宫，应篇首“以上姑苏”。不伤越民，此四字于百忙中著，写出蠡之妙用。遂灭吴。三字了结前文。此一段叙范蠡灭吴之刚决，叙事简洁。

反至五湖[14]，范蠡辞于王曰：“君王勉之，臣不复入越国矣。”王曰：“不谷疑子之所谓者何也？”真是陡然一惊。对曰：“臣闻之，为人臣者，君忧臣劳，君辱臣死。昔者君王辱于会稽，臣所以不死者，为此事也。以上写范蠡赤心为越，若为万世子孙之计，“反”字以下忽然“不复入越”，写得范蠡人品高不可及，令人想煞。今事已济矣[15]，蠡请从会稽之罚。”对折一句婉切。回顾灭吴，亦作见十年教训，十年生聚，蠡之功居多矣。王曰：“所不掩子之恶，扬子之美者，使其身无终没于越国。子听吾言，与子分国。不听吾言，身死，妻子为戮。”此时尚欲以刑戮惧之耶。范蠡对曰：“臣闻命矣。君行制，臣行意。”只十字，更不多赘，实是惨淡，令人想象不尽。遂乘轻舟以浮于五湖，莫知其所终极。此一段叙范蠡急流勇退，全身远祸之智。

王命工以良金写范蠡之像而朝礼之⑯，自朝礼。浃日而令大夫朝之⑰，令人朝礼，总是掩恶扬美意。环会稽三百里者以为范蠡地，曰：“后世子孙，有敢侵蠡之地者，使无终没于越国，皇天后土、四乡地主正之⑱。”誓词奇峭，结应不掩恶扬美处。

［**诚评**］此文通篇俱是写范蠡，即是写王孙雒，写越王勾践亦无非写范蠡也。但是王孙雒是对面反照写；越王勾践是一顺衬托耳。至正写范蠡处，言动无不惊人，自非此千古奇文，不足写此千古奇人，千古奇事。

注释：

①帅：率。　重禄：大臣。　姑苏：吴王的姑苏台。

②王孙雒：吴大夫。　行成：求和。

③会稽：会稽山。吴国曾把越王勾践围困于此。

④不谷：吴王自称。我。

⑤小凶：失败。　大凶：亡国之祸。

⑥柯：斧柄。　则：法则，榜样。

⑦蚤：同“早”。　晏：晚。

⑧三江：吴淞江、钱塘江、浦阳江。

⑨冀：希望。

⑩援：拿。　桴（fú）：鼓槌儿。

⑪子：子爵，官号。越本为小国，连子爵封号都够不上。

⑫滨：迫近。　陂：边上。　鼋（yuán）：鳖，也作元鱼。　鼍（tuó）：爬行动物，也称鼍龙或扬子鳄。　渚：水边地。

⑬觍（tiǎn）：惭愧。　谡谡（jiàn jiàn）：巧辩。

⑭五湖：今太湖。

⑮济：结束。

⑯良金：优良的金属。　写：摹画。

⑰浃（jiā）日：十天为一浃日。

⑱乡：方。　正：证。

《公羊传》

《公羊传》亦称《春秋公羊传》或《公羊春秋》。儒家经典之一。专门阐释《春秋》，与《左传》《穀梁传》合称为《春秋三传》。起于鲁隐公元年（公元前722年），终于鲁哀公十四年（公元前481年）。传说为公羊高所作。

公羊高，战国时齐人。相传为子夏的弟子。

荀息不食言（僖公十年）

“晋里克弑其君卓子，及其大夫荀息”一语，是孔子《春秋·僖公十年》记载的一句经文。

春秋时期“弑君”之事屡见不鲜，由此受到牵连的大夫不计其数，但能被孔子记录于《春秋》上的却不多。而“里克杀卓子及荀息”被孔子记录下来，说明孔子对“不食其言”的荀息人格品德的推崇。

晋里克弑其君卓子，及其大夫荀息[①]。首二句自《春秋》文。及者何？以下是解及字之义。累也[②]。弑君多矣，舍此无累者乎？曰：有。孔父、仇牧皆累也[③]。舍孔父、仇牧无累者乎？曰：有。有则此何以书？贤也。何贤乎荀息？荀息可谓不食其言矣。“不食其言”，明明主意，正是贤处。此一段先发春秋之书法。其不食其言奈何[④]？奚齐、卓子者，骊姬之子也[⑤]。荀息傅焉[⑥]。四字，句中有眼。骊姬者，国色也，祸胎，补出一笔甚妙。献公爱之甚，是“欲立其子”之故。欲立其子。于是杀世子申生。“于是”二字紧接上文，已是伏弑正而立不正之意。申生者，里克傅之。此二句出里克，一句清，伏下谋弑君。此一段追叙荀息傅奚齐、卓子并里克傅申生。献公病将死，谓荀息曰：“士何如则可谓之信矣⑦？”问得含蓄。荀息对曰：“使死者反生，生者不愧乎其言，则可谓之信矣⑧。”答得亦含蓄，止作泛论，妙甚。此一段追叙献公临死与荀息问答之词。

献公死，奚齐立。三字伏“废长而立幼”意。里克谓荀息曰：“君杀正而立不正，废长而立幼，如之何？愿与子虑之⑨。”荀息曰：“君尝讯臣矣⑩，臣对曰：‘使死者反生，生者不愧乎其言，则可谓之信矣。’”止复说一遍即是，前言更不消多说，意余于言。此一段言里克谋于荀息，而息述前词以示之意。里克知其不可与谋，应上“愿与子虑之”句。退弑奚齐。荀息立卓子，里克弑卓子。荀息死之。荀息可谓不食其言矣！以复笔作结语，妙绝。此一段叙荀息之死于不食言，作结。

[诚评] 起复照应，章法绝佳。而轻描淡写，更能于言外传神，耐人咀味。此是文家逸品。

注释：

①里克、荀息：皆为晋国大夫。 弑（shì）：封建时代臣杀君、子杀父母为“弑”。

②及者何：“及”是什么意思呀。为什么要这么说呢？ 累：连累、牵连。

③孔父：宋国大夫。桓公二年宋督弑其君于夷，大夫孔父遭至连累。 仇牧：也是宋国大夫。庄公十二年宋万弑其君捷，大夫仇牧受到连累。

④奈何：怎样，如何。

⑤奚齐、卓子：晋献公的两个儿子。晋献公共有五个儿子，自长至幼分别为申生、重耳、夷吾、奚齐、卓子。卓子实际上是骊姬的妹妹所生。 骊姬：骊戎国君的女儿，晋献公的爱妾。

⑥傅：教导、辅佐。

⑦此句意为：士怎样做才能称得上有信义呀？

⑧此句大意为：假如死去的人又活了过来，发现活着的人完全兑现了对他生前许下的诺言，那这个人可称得上有信义了。荀息此言实际上表明了可为献公完成辅佐幼主的决心。

⑨正：此指申生，因他为正室所生。 不正：此指奚齐，因他为献公爱妾所生。 愿与子虑之：愿与您商讨共同处理这件事。

⑩讯：询问。

宋人及楚人平（宣公十五年）

本文是对《春秋》经文“宋人及楚人平”一句的解说。

《春秋》对除鲁国以外的罢兵讲和一般是不记载的。但宋人与楚人在宣公十五年的一次罢兵讲和，《春秋》却做了记录，原因在于这次罢兵讲和是两国大夫不忍两国百姓生灵遭至涂炭，据理力争的结果。

外平不书，此何以书①？大其平乎己也②。此句是一篇主意。何大其平乎己？庄王围宋，军有七日之粮尔，提清为下作张本。尽此不胜，将去而归尔③。三句初见。此一段发明书法。叙出庄王本有去意，以立不欺之案。于是使司马子反乘堙而窥宋城，“使”字伏下“反”字。宋华元亦乘堙而出见之④。伏下“揖而去之”，两人相见便奇。司马子反曰：“子之国何如？”华元曰：“惫矣！”“惫矣”二字初见。曰：“何如？”“何如”二字亦初见。曰：易子而食之，析骸而炊之[5]。”此二句亦初见。此一段叙子反、华元相见，华元以实情告子反。司马子反曰：“嘻！甚矣，惫！倒句佳，若言惫甚便平常。虽然，二字转得好。吾闻之也，围者柑马而秣之，使肥者应客，是何子之情也[6]？”“情”字是通篇之骨。此一段叙子反怪华元之告以实情。华元曰：“吾闻之，此三字与上“吾闻之也”相应。君子见人之厄则矜之，小人见人之厄则幸之[7]。吾见子之君子也，是以告情于子也。”此句伏后不欺之案。此一段叙华元为子反原以实情相告之故。司马子反曰：“诺，勉之矣！吾军亦有七日之粮尔，尽此不胜，将去而归尔。”此三句应篇首。揖而去之。此一段言子反亦以实情告华元。

反于庄王[8]，缴上“使”字。庄王曰：“何如？”并下“何如”应上“何如”。司马子反曰：“惫矣！”应前“惫矣”。曰：“何如？”曰：“易子而食之，析骸而炊之。”庄王曰：“嘻！甚矣，惫！虽然，吾今取此，然后而归尔！”此二句从首段末反转来，应“归”字作波。此一段叙子反复命而庄王欲乘宋惫以取。司马子反曰：“不可。臣已告之矣，军有七日之粮尔。”“军有七日”句又应。此数句叙子反述告敌之词于君。庄王怒曰：“吾使子往视之，子曷为告之[9]？”司马子反曰：“以区区之宋[10]，犹有不欺人之臣，“犹有不”三字从情字生出。可以楚而无乎？暗藏一转。是以告之也。”此一段叙庄王怒而子反原以实情告敌之故。庄王曰：“诺，舍而止[11]！虽然，吾犹取此，然后归尔。”此二句应“吾今取此”一句，此数句言庄王仍有攻宋之意。司马子反曰："然则君请处于此，臣请归尔。"庄王曰："子去我而归，吾孰与处于此？吾亦从子而归尔。"引师而去之。结"归"字，此一段言子反请归而庄王亦与俱归。处处用复笔，或一字不改，或增减一二字，或转换一二字，但见其应不见其复，故妙。

故君子大其平乎己也。此以复笔收束通篇。此皆大夫也，其称人何？贬。曷为贬？平者在下也。结出贬意，此一段以贬其专意作结，不漏。

［**诚评**］通体都在"平"字上做文章，以"情"字立定一篇之骨，"不欺人"三字即从"情"字生出，章法一线穿成。末从两"情"字上结出贬意，有波澜，有结构，至纯用复笔取致，尤属公羊专门长技也。

荀息篇语意含蓄，此篇则层层发透，却能各极其妙。

注释：

①外：别国。此指鲁国以外的国家。　平：讲和，和平。　外平不书：别的国家互相之间的讲和是不记载的。因

《春秋》是鲁史。只记载鲁国与别国的媾和。 此：指“宋人及楚人平”这件事。

②大：赞扬，重视。 平乎己：讲和是自行决定的。指华元、子反主动讲和。

③庄王：楚庄王。 尔：了，句末语气词。

④司马子反：楚大夫，公子侧。 乘：登。 堙：小土山。 窥：观察，窥探。 华元：宋国大夫。

⑤易：交换。 子：孩子。 析骸：拆散骨头。

⑥“围者柑马而秣之”两句：用木头塞在马嘴里，不让它吃草，让人看见满槽的粮食，人虽因饮食匮乏，见客人也必须找出胖的人，以见饱足。 情：实情。

⑦厄：危难，困难。 矜：怜悯。 幸：幸灾乐祸。

⑧反：同“返”。

⑨曷：为什么。

⑩区区：小小，很小。

⑪舍：盖房屋，有“不去”意。

《穀梁传》

《穀梁传》也称《春秋穀梁传》。与《左传》《公羊传》合称《春秋三传》。专门阐释《春秋》。相传为孔子弟子穀梁赤所作。

虞师晋师灭夏阳（僖公二年）

本文是对《春秋》经文“虞师晋师灭夏阳”的解说。

夏阳本为虢国的一个边界要塞。晋国为了灭掉虢国，借道虞国。虞王为贪晋国的名马、美玉，拒不听宫之奇谏，结果晋灭虢国后又灭了虞国。孔子将虞师放在晋师之前，寓意虞虽未出兵打虢国，但却是灭虢国的元凶。

非国而曰灭，重夏阳也①。此句疏“灭”字义。虞无师，其曰师，何也②？以其先晋，不可以不言师也。此二句疏“师”字义。其先晋何也？为主乎灭夏阳也③。此句疏首书虞师义，通篇主意，以上三疏解《春秋》书法已毕。夏阳者，虞、虢之塞邑也④。灭夏阳而虞、虢举矣。此三句言夏阳者之所以当重，“灭夏阳”句一语断定。此一段论断经书虞师先于晋师之义。

虞之为主乎灭夏阳，何也？晋献公欲伐虢，荀息曰：“君何不以屈产之乘、垂棘之璧，而借道乎虞也[5]？”此三句写出荀息诡谋。公曰：“此晋国之宝也。如受吾币，而不借吾道，则如之何？”借献公之语作波。荀息曰：“此小国之所以事大国也。暗藏一转在内。是此一段眼目。彼不借吾道，必不敢受吾币；此二句是衬一层。如受吾币，而借吾道，则是我取之中府，而藏之外府[6]；此二句指璧。取之中厩，而置之外厩也[7]。”此二句指马。暂寄之虞终为晋有，布算周到，极言其谋之可用。此一段叙晋君臣谋欲假道于虞以伐虢。公曰：“宫之奇存焉，必不使受之也。”此二句逆知其必谏，亦是借献公作波。荀息曰：“宫之奇之为人也，达心而懦，又少长于君[8]。达心则其言略，懦则不能强谏，少长于君则君轻之。此六句正答必不使受之，料其臣。且夫玩好在耳目之前，而患在一国之后，利近害远，似难觉悟。此中知以上乃能虑之[9]；臣料虞君中知以下也。”以上四句并言虞君之必受，料其君。此一段言荀息料虞之君臣。

公遂借道而伐虢。宫之奇谏曰：“晋国之使者，其辞卑而币重，必不便于虞。”此论敌情。虞公弗听，遂受其币，而借之道。叙奇叙公恰如荀息所料。宫之奇又谏曰：“语曰：‘唇亡则齿寒’，此论国势。其斯之谓与！”奇两谏果言略，不能强谏，遂受币，公果轻奇之言。挈其妻子以奔曹[10]。此一段叙虞君不听宫之奇之谏。

献公亡虢，五年，“五年”二字，伏下“马齿加长”句。而后举虞。“举”字与“虞虢举矣”之“举”相应。荀息牵马操璧而前曰：

“璧则犹是也，而马齿加长矣[11]！”“璧则”二语点缀趣甚，所以实其“藏外府，置外厩”之言耳，以此收结全文，韵绝。此一段以荀息之谋果验作结。

［诚评］宫之奇深谋远虑不稍逊于荀息，然而荀息能为晋开辟土地，而宫之奇不能救虞灭亡者，以其君之听与不听有分也。吴越之申胥、范蠡非其尤著者欤？借使虞公肯听宫之奇之谏，而不贪璧与马，荀息虽有诡谋，将安用之夫何？昏庸而又迷惑于货贿，遂致君臣皆不出荀息所料，而得以施其巧计，是助晋灭兄弟之国而因以自灭其国矣。咎非虞公，谁与归经之首？书虞师旨深哉。

穀梁体经旨作传，故通体以“为主乎灭夏阳”作主。其前半叙荀息献谋及料虞君臣处，早已写透虞公贪利不纳谏；后半叙宫之奇谏不行，挈妻子奔曹，及荀息戏谑之词，是写虞公堕其术中不自知。篇中写献公、写荀息、写宫之奇，无非为虞公也。知此然后许读此文。

注释：

①夏阳：虢地名，在今山西平陆北。

②虞：春秋小国。今山西平陆北。　无师：没有军队。

③晋：春秋诸侯国，五霸之一。　主：主谋。

④虢：春秋小国。分东、西、北三地。北虢在今山西平陆北。　塞：要塞，边界险要的地方。

⑤荀息：晋大夫。　屈：屈地，晋国邑名。　乘：马。　垂棘：晋国邑名。　璧：宝玉。

⑥中府：内库，宫内藏财宝的仓库。　外府：宫外的仓库。

⑦中厩（jiù）：宫内马房。　外厩：宫外马房。

⑧宫之奇：虞国大夫。　达心：心里明白。　懦：软弱；懦弱。　长：长大。

⑨玩好：可供欣赏的玩物。　中知：中等智力。

⑩挈：带领。　曹：春秋小国。

⑪马齿加长：马的牙齿增长了。比喻时间的变化。

公会齐侯于夹谷（定公十年）

孔子在中国历史上是一位非常著名的思想家，也是一位政治活动家。此文记述了孔子在定公十年做鲁相时，跟随鲁公会齐侯于夹谷的一段史实。文中描绘了孔子有谋有勇，将一场危险的会面扭转成齐侯道歉并归还鲁国土地的平等盟会。

本文题目设定非常有趣。鲁公会齐侯于齐地（夹谷），这本身就是一次不平等的会面。而文一开始，连用四个“危”字，更突出了剑拔弩张的紧张气氛。

离会不致。何为致也？危之也。危之，则以地致[1]，解经“致”字。何也？为危之也。解经自夹谷。此一段先解经义。其危奈何？

曰：夹谷之会，四字起。孔子相焉[2]。承接得老。两君就坛[3]，以“就坛”写两相识。两相相揖，写两相以鼓谍如画。齐人鼓噪而起[4]，危甚。欲以执鲁君。写齐人。孔子历阶而上[5]，从容。不尽一等，而视归乎齐侯曰："两君合好，入细。夷狄之民[6]，何为来焉？"写孔子，直觉字句少而情态多。极简练，括尽左氏许多话。命司马止之[7]。五字最宜着眼，有武备之妙。齐侯逡巡[8]，馁矣。而谢曰："寡人之过也。"写圣人感化之速。此一段叙孔子退齐兵而齐人谢过。退而属其二三大夫曰[9]："夫人率其君[10]，与之行古人之道，二三子独率我入夷狄之俗，应上"夷狄之民"。何为？"此一段叙齐侯嘱其大夫以束上，亦是写圣人感化之速。罢会，齐人使优施舞于鲁君之幕下[11]。孔子曰："笑君者[12]，罪当死！"使司马行法焉，六字最宜着眼，有武备之妙。首足异门而出[13]。写行法处。齐人来归郓、讙、龟阴之田者[14]，亦是圣人感化之速。盖为此也。此一段叙孔子诛优施而齐人归田。

因是以见：虽有文事，必有武备。"武备"二字结出一篇主意，是倒装文法，与《史记》文法平列者不同。孔子于夹谷之会，见之矣。此一段归在有武备上作结，以夹谷之会结，章法入妙，结得有神韵。

［诚评］当危地而无武备，则危者真危矣。定公之至，自夹谷而克，全无憾者，非有武备不为功。穀梁以"危"字起，中间两用"司马"，末倒结出有武备。暗自起伏照应，而绝无痕迹。手笔极高，至摹写入细处，诸色人情态具从楮墨间活现出来。

"武备"二字《左传》中未见，《史记》从孔子语中顺叙于前，此则倒找于后。诸家各具炉锤，而此为尤胜。

注释：

①离会：相对盟会而言。盟会是指正式的结好形式。离会是指带有欺骗、欺诈性质的照会。常常是一方强加另一方，以达到某种目的。离，是非纷错。　致：指对事物有一个正规的宗教仪式。　地：夹谷。

②夹谷：齐国地名。　相：宰相。

③两君：鲁公和齐侯。　就坛：举行盟事的礼仪。

④谋：同噪，嘈杂声。指群呼。

⑤历阶：走上台阶。拾级而上。

⑥夷狄：古代中国两个偏僻落后的民族。

⑦司马：带兵的官。

⑧逡巡：害怕地巡视，心虚地巡视。

⑨属：同“嘱”，语。

⑩夫：哪个，代词。

⑪优施：名字叫施的优人。　幕下：帐前。

⑫笑：耻笑。

⑬首足异门：指头从一门扔出，脚从另一门扔出。

⑭郓（yùn）、讙（huān）、龟阴：鲁国三个地方。

《檀弓》

《檀弓》又称《礼记》，也称《礼记·檀弓》，是儒家经典之一。记述了战国、秦、汉间儒家关于礼制方面的言论。

晋献公杀世子申生（檀弓上）

本文写晋献公听信宠妃骊姬谗言，逼迫世子申生自尽。重耳劝申生，申生不听，最终以死尽孝的故事。

晋献公将杀其世子申生①，“将杀”中“将”字伏下“谓”字，“辞”字地步。公子重耳谓之曰：“子盖言子之志于公乎②？”劝其诉于公。世子曰：“不可。君安骊姬，一“安”字伤公之心。是我伤公之心也③。”一“伤”字，宁就死也不伤亲心。此一段言申生之不肯谏。曰：“然则盖行乎？”“然则”二字从上转下。“行乎”句是劝其出奔。世子曰：“不可。君谓我欲弑君也④。天下岂有无父之国哉？含冤莫诉，无地可容。吾何行如之？”此一段言申生不肯亡。

使人辞于狐突曰：“申生有罪，“有罪”二字出自无罪之人，极可怜。不念伯氏之言也，以至于死⑤。申生不敢爱其死！“不敢爱其死”五字，读之令人垂泪。“弑君”之名惟有死之一着。此一段叙申生辞狐突而先自言其必亡。虽然，一转音节俱惨。吾君老矣，以下以君国大事属望他人，字字心酸。子少⑥，国家多难。伯氏不出而图吾君，伯氏苟出而图吾君，申生受赐而死。”身后不忘君国，一字一泪。此一段言死后望孤突为君安国之计。再拜稽首，乃卒。死得何等从容。是以为恭世子也⑦。“恭世子”三字结得通体精神出。此一段以申生不愧于谥作结。

[诚评] 谗言深惑君心，固不可谏；恶名误传邻国又不可。亡事已无可奈何，百计莫如一死，独其惓惓身后不忘君国，叮咛嘱托，然后捐生。是诚忠孝纯全、从容就义者矣！然非得此妙笔，断不能传写得出。

注释：

①晋献公：晋国国君，名诡诸。　世子：古代天子、诸侯的嫡长子，君位继承人。申生是献公夫人齐姜所生，是献公长子。

②重耳：献公之子，申生异母弟。即后晋文公。　“子盖言子之志于公乎”：你为什么不替自己在父亲面前辩解呢？重

耳劝申生揭露骊姬的阴谋。

③骊姬：晋献公的宠妾。君安骊姬，国君的心全在骊姬身上。　是：指代词。这件事，指揭发骊姬阴谋。

④弑（shì）：古代臣杀君、子杀父称弑。

⑤狐突：姓狐名突，字伯，申生的老师。　念：听从。

⑥子：奚齐，骊姬之子。

⑦恭世子：恭是申生死后的谥号。

曾子易箦（檀弓上）

本文记述了曾子临终不忘守礼的故事。

曾子寝疾，“寝”字伏下“箦”字。病[①]。病者，疾之亟，伏下病革。乐正子春坐于床下，“床下”二字亦衬“箦”字。曾元、曾申坐于足，童子隅坐而执烛[②]。“执烛”二字，妙。下文俱从此生出。此段叙曾子之病并陪坐诸人，为下伏案。

童子曰：“华而睆！大夫之箦与[③]？”先华睆后言箦，是烛光中瞥见之状。子春曰：“止！”是文家顿挫。曾子闻之，是转笔。瞿然曰：“呼[④]！”此一段叙曾子闻童子之言而瞿然动问。曰：“华而睆！大夫之箦与？”曾子曰：“然。斯季孙之赐也，我未之能易也[⑤]。元，起易箦！”此一段叙曾子听童子之言而命元易箦，欲得正而毙。曾元曰：“夫子之病革矣，不可以变[⑥]。幸而至于旦，请敬易之。”曾元之言惟幸其亲之生，何尝非爱，但曾子平日仁以为己任，一息尚存，此志不容稍懈，自不肯苟安而不为也。曾子曰：“尔之爱我也，不如彼[⑦]。是欲其速易也。君子之爱人也以德，细人之爱人也以姑息[⑧]。千古名言，正申明不如意。吾何求哉？吾得正而毙焉，此曾子一生学问。斯已矣[⑨]。”举扶而易之，反席未安而没[⑩]。此以易箦即没作结。此一段叙曾子闻曾元之言，而晓之以当易之故。

［**诚评**］易箦即以得正，小中见大，一生德行于此完全无憾。而行文之妙，则针线细密，神情宛肖，简老之中，恣态横生。

注释：

①曾子：名参，孔子的弟子。　寝疾：因病卧床。　病：重病。

②乐（yuè）正子春：曾子弟子。乐正，宫中乐官。　曾元、曾申：曾子的儿子。　童子：未成年的小孩，童仆。

③华：华丽，有文采。　睆（huàn）：光滑平洁。　箦（zé）：竹席。

④瞿然：受惊动。　呼：想要发问声音。

⑤斯：这，指席子。　季孙：鲁国大夫。　易：换。

⑥革：危险，危急。　变：动。

⑦尔：你。　彼：童子。

⑧细人：心胸狭窄、见识短浅的人。　姑息：纵容，宽容。

⑨毙：死。　斯：就。

⑩举：全。　没（mò）：通“殁”，死。

有子之言似夫子（檀弓上）

礼是封建社会衡量人的准绳。但礼不是绝对的，合不合“礼”要遵循具体事物具体分析的原则。

有子问于曾子曰：“问丧于夫子乎①？”所问者一。曰：“闻之矣。‘丧欲速贫，死欲速朽’。”此二句是通篇之纲，所答者二。上面只问丧，此处却带出“死”字作对。此一段叙曾子并举所闻以告有子。有子曰：“是非君子之言也！”通体以“言”字作线，是一驳。曾子曰：“参也闻诸夫子也。”是再述所闻之真。有子又曰：“是非君子之言也。”第二驳。曾子曰：“参也与子游闻之②。”三述所闻之最真，二“闻”字应前。有子曰：“然。然则夫子有为言之也③。”然则句是三驳。此段叙有子极辨“两言”之可疑，结上生下。

曾子以斯言告于子游。子游曰：“甚哉，有子之言似夫子也！乃平日门人之言，故因曾子之言而叹其甚。昔者，夫子居于宋，见桓司马自为石椁，三年而不成[④]。夫子曰：'若是其靡也，死不如速朽之愈也[⑤]。'以其靡也，若非靡如石椁，必无速朽之言矣。死之欲速朽，为两"为"字应前。桓司马言之也。南宫敬叔反，必载宝而朝[⑥]。夫子曰：'若是其货也，丧不如速贫之愈也。'以其货也，若非行赂求售，必无速贫之言矣。丧之欲速贫，为敬叔言之也。"此一段子游实指夫子"两言"之所为。

曾子以子游之言告于有子。有子曰："然。吾固曰非夫子之言也。"应前两"是非君子之言"。此从子游缴归有子，束上。曾子曰："子何以知之？"有子曰："夫子制于中都[⑦]；"制中都"两证结出，所以说"非君子之言"之故。四寸之棺，五寸之椁，以斯知不欲速朽也。昔者，夫子失鲁司寇，将之荆，盖先之以子夏，又申之以冉有，以斯知不欲速贫也[⑧]。"两"知"字应前。此段叙有子以夫子行事证夫子之言作结。

［诚评］"丧欲速贫"二语是一篇之纲。以下层层发明，有波澜，有节奏，文情跌宕，笔致松灵。复往流连，机神一片。

通篇以"言"字作线，前二段以"闻"字作波，次段拖出"有为"二字，生第三段。第三段紧应"为"字，末一段又以"知"字作波。层层呼应，而通篇又一气呼应。昔人谓其有武夷九曲之胜，良然。

注释：

①有子：名若，孔子弟子。　曾子：曾参，孔子弟子。　夫子：孔子。　问丧：听说革职之事。

②子游：吴国人，孔子弟子。

③有为：有目的，有所指。

④宋：春秋小国。　桓司马：宋大夫。司马是官名。　椁（guǒ）：棺材外套的大棺材。

⑤靡：浪费，奢侈。　朽：腐烂。　愈：快。

⑥南宫敬叔：仲孙阅，鲁大夫。　反：通“返”。革职后又返回鲁国。　载宝而朝：带着许多财宝，朝见君主行贿。

⑦制：制定礼法，规定制度。　中都：鲁邑名。

⑧鲁：春秋诸侯国名，今山东西南部。　司寇：掌管刑法的官。　之：到。　荆：古代楚国别称。　子夏：孔子弟子。　冉有：孔子弟子。

公子重耳对秦客（檀弓下）

本文记述了重耳听从舅犯的话，以“礼”对秦客，骗取了秦穆公的好感，为其后回国夺取君位取得了穆公的支持。

晋献公之丧，秦穆公使人吊公子重耳①，“吊公子重耳”下用“且曰”二字说人，劝谋反国意见，是吊后又劝。且曰：“寡人闻之：‘亡国恒于斯，得国恒于斯②。’“亡国”“得国”两意并举，而却只是一意。虽吾子俨然在忧服之中，丧亦不可久也③，时亦不可失也，一意分作二意，“虽”字、“亦”字说来曲折跌宕。孺子其图之④！”引起下两孺子，笔意潇洒出尘，此段叙穆公吊重耳而以归国为劝。以告舅犯，舅犯曰：“孺子其辞焉⑤！丧人无宝，仁亲以为宝，“仁亲”二字，一篇之骨，下重耳答客之辞本此，穆公“仁夫”之赞亦由此。“仁亲”一语装点得甚是好听。父死之谓何？又因以为利，而天下其孰能说之？孺子其辞焉！”又用一“孺子其辞”作复笔束住，自为章法。此段叙舅犯教重耳辞秦使之劝。

公子重耳对客曰："君惠吊亡臣重耳，身丧父死，不得与于哭泣之哀，词意婉切悲痛，悚然动听。以为君忧。此四句谢其吊。父死之谓何？或敢有他志⑥，"他志"二字更浑更严。以辱君义！""父死"三句辞其劝，"君义"二字从上"君忧"生出。稽颡而不拜⑦，哭而起，谢其吊。起而不私。辞其劝。此三句不言其所以然，是留下地步，叙重耳对客之礼。此段叙重耳辞秦使之劝。

子显以致命于穆公⑧。子显，是使者之名，此处点出名字与前"使人"及"客"字相应作章法，而又无相应之迹，此种笔法妙煞。穆公曰："仁夫，"仁"字应上"仁亲"中"仁"字。公子重耳！夫稽颡而不拜，则未为后也，故不成拜⑨。哭而起，则爱父也。起而不私，则远利也。""夫稽颡"三句分疏作结，妙绝。细思此处若不得穆公如此分疏，重耳口中又不使自解，如何结得上文，即以发明重耳之所以"仁"。此段叙穆公之赞重耳作结。

[诚评] 重耳岂真能仁亲者，舅犯岂真能以仁亲勖重耳者，即秦穆亦岂真能以仁亲为重，而以仁赞之者。一时情事大都是五伯之假耳。然秦穆词旨太浅显，不如舅犯语意深挚，说来外面好听，重耳得其指授以对秦使，而又举止皆有深意，秦穆自不容已于赞矣。结构精严，神气疏荡兼而有之。

注释：

①秦穆公：春秋五霸之一。　吊：慰问，吊丧。　重耳：晋献公之子。此时避难于狄。

②寡人：谦词。　恒：常常。

③俨然：矜持庄重的样子。　忧服：丧服，指丧期。　丧：失位。重耳原可做晋国太子，如今避难在外，所以说失位。

④孺子：后生，指重耳。　图：考虑。

⑤舅犯：狐偃，字子犯。重耳的舅父。随重耳流亡在外一十九年，后助重耳回国即位。　辞：辞谢。

⑥他志：别的想法，指谋取君位。

⑦稽颡：古时居丧答拜宾客，以表示极度悲痛和感谢的一种跪拜礼，下拜时，以额触地。　不拜：不拜谢。

⑧子显：公子絷（zhì），秦大夫，穆公之子。

⑨成拜：因重耳不是晋国君位继承人，不能主丧，所以不行成拜礼。成拜即拜谢。

杜蒉扬觯（檀弓下）

本文写厨师杜蒉以礼进谏，以衬晋平公、乐师、进臣不守礼。

知悼子卒，未葬，二字有不当饮酒作乐意。平公饮酒，饮酒，是一当罚者。师旷、李调侍，先平公，次师旷，次李调，首从分明，此段叙平公疾日饮酒作乐。鼓钟[①]。更当罚。杜蒉自外来，闻钟声，曰："安在[②]？"惊怪之词，饮酒未能遽见，故接钟声引入。曰："在寝[③]。"杜蒉入寝，伏下"出"字。历阶而升[④]，伏下"降"字。酌曰："旷，饮斯！"又酌曰："调，饮斯！"又酌，堂上北面坐，饮之，降，趋而出[⑤]。"降"字、"出"字应上"升"字、"入"字，杜蒉经入、经升、经罚、经走，绝不明言，令人猜疑，情景极妙，然须知是为下文留地步处。平公呼而进之，曰："蒉，曩者尔心或开予，是以不与尔言[⑥]。尔饮旷，何也？"曰："子、卯不乐[⑦]！知悼子在堂[⑧]，斯其为子、卯也大矣！旷也，太师也。不以诏[⑨]，三字是师旷当罚处。是以饮之也。”此叙太师知乐，故单就乐边说。此一段叙杜蒉之行罚。“尔饮调，何也？”曰：“调也，君之亵臣也[⑩]。为一饮一食，忘君之疾，是李调当罚处，两人身份丝毫不爽。是以饮之也！”此段叙李调之当罚，单就饮酒一边说。“尔饮，何也？”曰：“蒉也，宰夫也。非刀匕是共，又敢与知防[⑪]，此十字亦自呈得清白，亦自罚得有理，妙妙。是以饮之也！”此段叙杜蒉自己之当罚。以上数语遂一问遂一答。详详细细，始知前此不言之妙。平公曰：“寡人亦有过焉，酌而饮寡人。”写平公勇于受谏，正是写杜蒉作用之妙。杜蒉洗而扬觯[⑫]。至此杜蒉快心矣，形容如出。公谓侍者曰：“如我死，则必毋废斯爵也[⑬]！”感之者深矣，亦是写杜蒉作用之妙，莫只认写平公也，须知“侍者”二字应篇首“侍”字，章法大妙，写平公愿受罚，永著为戒。至于今，既毕献[⑭]，斯扬觯，谓之“杜举”。此四字见一时之偶遭，遂作千秋之佳话，快心无比，此一段以“爵”果不废作结。

[诚评] 通篇是写杜蒉之能谏平公，却不遽及平公，先只罚两侍宴者，并自己，又不言所以罚之故，径自趋出，迨平公唤回，随问随答，而平公之过不言自见，安得不自愿受罚，永著为戒。此杜蒉作用之妙，亦即《檀弓》结构之妙也。

注释：

①知悼子：晋大夫，荀盈。　葬：下葬。　平公：晋平公，晋国国君。　师旷：晋国乐师。　李调：平公宠臣。　鼓：敲打。　钟：古代乐器。

②杜蒉（kuì）：平公的厨师。　安：哪里。

③寝：内堂。

④历阶：一步跨上两个台阶。　升：上。

⑤北面：面向南。古代君主面南而坐。　趋：快步走。

⑥曩（nǎng）：以往，以前。

⑦子、卯不乐：相传夏桀在乙卯日放逐死亡，商纣于甲子日死亡。以后甲子、乙卯两日为忌日，不可用乐。

⑧在堂：指停灵未葬。

⑨不以诏：不把这个道理告诉您。

⑩亵臣：近臣。

⑪匕（bǐ）：古代取食物用的工具。刀匕，代指厨房。　共：供给。　与：参与。　知防：了解和阻止不是自己职分内之事。

⑫扬：举。　觯（zhì）：古代酒器。

⑬爵：古代酒器，指觯。

⑭献：敬酒。

苛政猛于虎（檀弓下）

本文记述了“苛政猛于虎”的历史事实。虽寥寥数语，故事情节非常生动，是一篇著名的论说文。

孔子过泰山侧，有妇人哭于墓者而哀①，一“哀”字便伏下“重”“忧”二字及三“死”字。夫子式而听之②。此一段以妇人哭之哀引起。使子路问之曰：“子之哭也，壹似重有忧者③？”从“哀”字生来。而曰：“然。此三字新而有致，此“而”字与上“而哀”之“而”用得活甚。昔者吾舅死于虎，吾夫又死焉。此二句是旧忧。今吾子又死焉④。”是新忧。三句答“重有忧”，即以见虎之猛，然虑之猛如是，则苛政之猛自令人不敢深想。夫子曰：“何为不去也？”此一问是文家一波。曰：“无苛政。”三字惊人。妙在只三字更不多言，而苛政之猛遂不可当矣，惟虎之猛写得透，故苛政之猛于虎，不言见矣，答出人意表。夫子曰：“小人识之，苛政猛于虎也⑤！”此一段通篇结穴。写尽千古酷吏。

［**诚评**］三世死于虎，虎之猛亦甚矣！岂不可哀，及询其所以不去之故，而知其因：无苛政，则苛政之猛，岂复可以言语形容？而被之者其可哀又当何苦也？故用“苛政猛于虎”五字结出本意。此等文字，意在笔先，神周象外，若徒于字句间求之，便不能得其微旨。

文字不满百字，其中有山、有墓、有哭者、有听者、有虎之猛、有苛政之更猛，无数景物，无数情态，洵简练之至。

注释：

①孔子：孔丘。春秋战国鲁国人。　泰山：山名。在今山东省中部。　墓：坟墓。

②夫子：对孔子的尊称。　式：同“轼”，古代车厢前用作扶手的横木。

③子路：孔子的学生。　子：您。　壹：大概。　忧：伤心。

④焉：“于之”合音。之代虎。

⑤识：明白。　于：比。

不食嗟来之食（檀弓下）

本文记述了不食“嗟来”者的节志。语言精练生动。

齐大饥[①]。三字中便足见饿者不止一人矣。黔敖为食于路，以待饥者而食之[②]。有饿者，三字紧接上“饥者”，接法妙。蒙袂辑屦，蒙袂者，以袂蒙面；辑屦者，辑敛其足，四字写出困惫行蹇之状。贸贸然来[③]。“不食嗟来”已寓。贸贸，目不明貌，即陈仲目无见意，又能伏下“扬其目”。八字入画。黔敖左捧食，右执饮[④]，写黔敖亦如画。曰：“嗟，来食！”扬其目而视之曰：“予唯不食嗟来之食，以至于斯也[⑤]！”“至于斯”三字即“蒙袂”八字情态。从而谢焉。终不食而死。

曾子闻之曰：“微与其嗟也可去，其谢也可食。”玩曾子“可食”中的“可”字。言外有难其不食意。

［诚评］“嗟来”不食，恶无礼也。曾子之言似酌其平，

然正叹其志之坚，节之苦耳。文妙在简净不烦，摹写入细。

注释：

①饥：饥荒，灾荒。

②黔敖：人姓名。　食（sì）：供养，给……吃。　饥者：饥饿者。　食：吃。

③蒙袂：用袖子蒙住脸，意思是不愿见人。　辑屦：趿拉着鞋不使其脱落。蒙袂辑屦，形容十分困乏。　贸贸：目不明之貌。

④食：食物。　饮：指盛水的器皿。

⑤嗟来之食：表示带有侮辱性的施舍。　斯：这样。

晋献文子成室（檀弓下）

本文记述了晋献文子居安思危的思想。

晋献文子成室，晋大夫发焉[1]。此一段从室成而人贺叙起。“发焉”五字，当日贺者原不止张老一人。张老曰：“美哉，轮焉[2]！美哉，奂焉[3]！轮、奂二句颂室之美。歌于斯，哭于斯，此三字用得甚是惊人，故下文子之祷即从此着眼。聚国族于斯[4]！”歌哭三句颂居室之安，语意原自三平。此一段叙张老之善颂。文子曰：“武也，得歌于斯，加一“得”字重述一番，妙妙。哭于斯，聚国族于斯，文子语意从“哭”字生来，然单述“哭于斯”一句未免痕迹，妙只将前词平述一遍，而接以下句，自有无穷之味。是全要领以从先大夫于九京也[5]！”此句单顶“哭”说，此一段叙文子之善祷。北面再拜稽首。谢其颂。君子谓之善颂善祷[6]。一笔结两人，高绝，一语结两段。

［**诚评**］由生而死，而世世相传，居室如斯，何其全美！此颂之所以善也。歌聚事极寻常，乃筑室初成而言及于哭，俗情宁不厌听，文字以此着眼，而以“全要领”句发明“得哭于斯”之妙，此祷之所以善也。分叙两人语毕，即用四字双收，简老无敌。

文止八十余字，却自有起、有结、有案、有断，波澜意趣无不天成，较之左盲（左丘明）殊更简峭。

注释：

①献文子：即赵武，晋大夫。　成：动词，制造，盖成。　发：送礼祝贺。

②张老：晋大夫，名字不详。　轮：高大。

③奂：壮丽。

④歌于斯：在这屋里祭祀歌唱。　哭于斯：在这屋里居丧哭泣。　聚国族于斯：在这屋里招待使臣，聚会宗族，举行宴会。

⑤全要领：保全腰和脖子，不犯杀头之罪。腰斩和杀头是古代两种刑法。要，通“腰”，领，脖项。　先大夫：先祖父。　九京：晋国卿大夫的墓地。

⑥颂：祝颂祈福。　祷：祷告免祸。

《战国策》

《战国策》亦称《国策》，记载了战国时期到秦灭六国二百四十余年诸侯各国政治、军事、外交等方面的重大事件及谋臣策士的言论和行动，由西汉末年刘向整理校订而定名，所记史实采取分国记事体例，共三十三篇，分为东周、西周、秦、齐、楚、赵、魏、韩、燕、宋、卫、中山十二策。

邹忌讽齐王纳谏（齐策）

本篇写齐相邹忌劝谏齐王除蔽励治的故事。寓意深刻，发人深省。

邹忌修八尺有余，而形貌昳丽[①]。讽齐王纳谏，忽从自己形貌说起，奇。朝服衣冠，窥镜，是首段生情处，描写如生。谓其妻曰："我孰与城北徐公美[②]？"初问，答详。其妻曰："君美甚，徐公何能及君也！"宛然画出私我意来。此段邹忌自叙私我者之蔽我。城北徐公，齐国之美丽者也。此一段点清徐公来历。安顿甚妙，与公羊《荀息传》中"骊姬国色"句同法。忌不自信，四字接妻答语，遥接法，亦隐含"欲去蔽"意。而复问其妾曰："吾孰与徐公美？"省却"城北"二字。妾曰："徐公何能及君也！"省却"君美甚"三字。此段邹忌自叙畏我者之蔽我，再问，答略，亦确是畏我意。旦日[③]，客从外来，与坐谈[④]，与客问答，生情处。问之："吾与徐公孰美？"问客，语亦从省，却又变换。客曰："徐公不若君之美也！"客答语亦变换。宛然是有求者，语意细玩自见。此段自叙有求于我者蔽我。明日，徐公来。孰视之⑤，自以为不如。此二句见知人之明。窥镜而自视，又用"窥镜"与起处若有意，若无意，妙，妙。又弗如远甚。此两句是自知之明。暮，寝而思之，"寝而思之"摹写入妙。曰："吾妻之美我者，私我也⑥；妾之美我者，畏我也；客之美我者，欲有求于我也。"以上五段借形貌叙起，点出私、畏、有求等字，引入齐王为讽纳谏作张本。此一段发出妻、妾与客所以美之之故，将人情历历勘破。

于是入朝见威王⑦，与前文绝不相蒙，陡接老横。曰："臣诚知不如徐公美；臣之妻私臣，臣之妾畏臣，臣之客欲有求于臣，皆以美于徐公⑧。以上私臣、畏臣等句说自己蔽甚。妙在先用"臣诚知不如徐公美"前，便见有不为所蔽意。今齐地方千里，入齐奇快。百二十城，宫妇左右莫不私王，朝廷之臣莫不畏王，四境之内莫不求于王。此数语便捷轻利，读此方悟前文之妙。由此观之，王之蔽甚矣⑨！"住的妙，一篇主意此一段正讽齐王纳谏处。即从前文处生出，更妙在说到"蔽甚"便住。含蕴有味，耐人寻味。王曰："善。"乃下令："群臣吏民能面刺寡人之过者⑩，受上赏；上书谏寡人者，受中赏；能谤议于市朝⑪，闻寡人之耳者，受下赏。"分三叠应上作章法。自"群臣吏民"至此皆下令之词。此一段叙齐王求去蔽之术。令初下，群臣进谏，门庭若市；数月之后，时时而间进⑫；期年之后⑬，亦变。

虽欲言，无可进者。燕、赵、韩、魏闻之，皆朝于齐。此所谓战胜于朝廷⑭。用断语作结，落句如铁，结得劲。此一段详言去蔽之效。

[诚评] 此文大有惜墨如金之意。前五段不过是引入讽齐王伏笔。“王曰：‘善’”以下，又皆写齐王之能受善。其讽王处，惟在“臣诚知不如徐公美”数语，即此数语中亦并无讽王纳谏字句，只轻轻说个“王之蔽甚矣”便住，何等蕴藉，何等简峭，至其通体文法，每一层俱用三叠，变而不变，不变而变，更如武夷九曲，步步引人入胜。

注释：

①邹忌：齐威王相。　修：长。　昳丽：即逸丽，气度潇洒，漂亮不凡。

②孰：谁。我孰与城北徐公美，是“吾与徐公孰美”变式，意思一样。

③旦日：明日。

④与坐谈：“与”后省一“之”（客）。

⑤孰视：仔细看，孰，熟的本字。

⑥美我：以我为美。美，形容词，用作动词。　私我：偏爱于我。

⑦威王：齐威王，桓公的儿子，在位三十六年（公元前356—前320年）。

⑧皆以美于徐公：都认为我比徐公美。以：以为。　于：比。

⑨蔽：蒙蔽。

⑩面刺：当面举出过失。

⑪谤议于市朝：在公共场所议论指出过失。谤（bàng）：言其过失。

⑫时时而间进：断断续续的，间或有人进谏。

⑬期年：一周年。

⑭战胜于朝廷：身居朝廷而战胜敌国。意谓政治修明，不必用兵，就能使敌国畏服。

赵良说商君（秦策）

商鞅变法是中国历史上著名的变法革新。他两次变法，使秦奠定了富强的基础。但他的变法也招致了权贵阶层深深的忌恨。

本文记述了战国另一著名活动家赵良劝说商鞅及早退身，施德于民，以防积怨过深，为其带来祸事。言词恳切，是秦文中一篇不可多得的文章。

商君相秦十年，宗室贵戚多怨望者①。开首十四字是全篇来历，下文“积怨”“蓄祸”等语痛发此意。此一段提出“宗室贵戚怨望”作案。赵良见商君②，五字写出赵良一段故旧深情。商君曰：“鞅之得见也，从孟兰皋。原其始。今鞅请得交可乎③？”欲用之，是要其终。赵良曰：“仆弗敢愿也④。”辞其用，斩截得妙。此一段叙赵良、商君两人相见之情。商君曰：“子不说我治秦与？从上“弗敢愿”生来。子观我治秦也，孰与五羖大夫贤⑤？”提出“五羖大夫”便引起下文许多对话，是全篇发议处。此一段叙因良弗愿与之交而以“治秦”为问。赵良曰：“千羊之皮，不如一狐之腋，二句是客，是诗中兴体。千人之诺诺，不如一士之谔谔，二句是主。仆请终日正言而无诛[6]，真足见故旧情深。恐有触犯取罪，委婉又刚直，措词自妙。可乎？”此一段叙良以进请。商君曰：“语有之矣，貌言华也，至言实也，苦言药也，甘言疾也[7]。至理名言，不意商鞅竟能述及，句法亦最简峭，甚古。夫子果肯终日正言，顶上，极清。鞅之乐也。四字亦入趣。鞅将事子，应上“视交”更进一层。子又何辞焉[8]？”笔意更极跳脱。此一段叙鞅乐于纳言。赵良曰：“夫五羖大夫，荆之鄙人也[9]。闻秦穆公之贤，而愿望见。行而无资，先言五羖之困穷。自鬻于秦客，被褐食牛[10]。期年，穆公知之，举之牛口之下，而加之百姓之上，次言五羖之贵显。此所以为名处。秦国莫敢望焉。见进身非由近臣意。相秦六七年，而东伐郑，三置晋国之君，一救荆国之祸[11]。见国中以百姓为事意，此所以为功处。发教封内，而巴人致贡[12]；施德诸侯，而八戎来服[13]。见国中不以峻刑驱民从己意，此所以为教处。繇余闻之，款关请见[14]。见国中无杜门不出之人意，此所以得人处。此一段言五羖大夫治秦始末。五羖大夫之相秦也，再提喝一笔，妙。劳不坐乘，暑不张盖[15]，行于国中，不从车乘，不操干戈，功名藏于府库[16]，语锋对下文。德行施于后世。此七句见为相无积怨蓄祸意。五羖大夫死，秦国男女流涕，童子不歌谣，舂者不相杵[17]，见生前无危亡之患意，此所以为寿处。此五羖大夫之德也。结笔有力。此一段言五羖大夫之德，感人者深。今君之见秦王也，与上“五羖大夫之相秦”紧呼应。嬖人景监以为主，言出身不正，不足以塞民望。非所以为名也[18]；对穆公“知之”等句。相秦不以百姓为事，而大筑冀阙[19]，非所以为功也；对五羖大夫“相秦六七年”等句。刑黥太子之师傅，残伤民以骏刑[20]，总论其残酷之害，下文分发之，对“施德诸侯”二句。是积怨蓄祸也。教之化民也，深于命民之效上也[21]，二语接得陡健，笔力最为振拔。捷于令，今君又左建外易，此上四语跟上“残伤民”一句。非所以为教也[22]。对“发教封内”一句。君又南面而称寡人，曰：‘绳秦之贵公子[23]。’诗曰：‘相鼠有礼，人而无礼；人而无礼，胡不遄死[24]？’以诗观之，非所以为寿也。对“男女流涕”三句。公子虔杜门不出已八年矣，怨恨之极。君又杀祝欢而黥公孙贾[25]。诗曰：‘得人者兴，失人者崩。’“南面”与“杜门”两层俱跟“刑黥太子之师”。此数事者，非所以得人也。此二句对“繇余闻之”二句。此一段痛斥商君之治秦。君之出也，后车千乘，从车载甲[26]，多力而骈胁者为骖乘[27]，持矛而操阘戟者旁车而趋[28]。“君之出也”至此对“劳不坐乘”五句。此一物不具，君固不出。防积怨蓄祸者之变。书曰：‘恃德者昌，恃力者亡[29]。’君之危，若朝露[30]，见怨望者总不能忘情，非有备之可恃。尚将欲延年益寿乎？足此一语结住。以下是说以全身免祸之方。则何不归十五都，灌园于鄙[31]；劝秦王显岩穴之士[32]，养老存孤，敬父兄，序有功，尊有德，可以少安[33]。此七句是进说本旨，以退身让贤，施德于民，为商君画善后之策，告之以利。君尚将贪商於之富，若舍不得富贵。宠秦国之政[34]，蓄百姓之怨，仍结前怨不休。秦王一旦捐宾客而不立朝，秦国之所以收君者，此三句言商君所恃者惟秦王一人，秦王若死，则举国皆仇，告之以害，为商君车裂伏案。岂其微哉[35]？亡可翘足而待[36]。”说得真危甚，应前“君之危，若朝露”。此一段极言商君之危，并进保身之策。商君弗从，亦知怨毒丛积已久，一旦失柄，祸将立至，所谓骑虎难下，势则有然耳。非不知良之言之善也。后五月而难作[37]。结出赵良之言果验意。此二句以商君不听良言而及于难作结。

［**诚评**］开首以“宗室贵戚多怨望”作案；次以“孰与五羖大夫贤”作波入；后将五羖大夫与商君两两相形，语语对针，悉皆确切；末幅指陈利害，说以让贤归田，更极警策动人。昔有评此文者云：叙事有体，变换有法，句调简易，关锁紧严，秦汉文亦不多得者。信非诬哉！

注释：

①商君：商鞅的封号。其为战国时卫国人，亦称卫鞅。初

为魏相公叔痤家臣，后入秦进说秦孝公。秦孝公六年，实行变法。十二年，又进一步变法。因战功封商（今陕西商县东南）十五邑，号商君。他两次变法，奠定了秦富强的基础。孝公死后，被贵族诬害，车裂而死。 相（xiàng）：辅助，帮助。此指辅助君主掌管国事的最高官吏。 秦：此指秦孝公。 宗室：同一祖宗的贵族，指国君或皇帝的宗族。 戚：亲，亲属。 望：埋怨，责怪。

②赵良：商鞅之友。战国著名活动家。

③见：相见。 从：自。 孟兰皋（gāo）：人名。 得交：指进一步交往。

④愿：希望。

⑤子：您。对人的敬称。 说：同“悦”，高兴。 五羖大夫：即春秋时虞国大夫百里奚。虞亡后，被晋俘去，作为陪嫁之臣送入秦国，后出走到楚，为楚人所执，又被秦穆公以五张牡黑羊皮赎回，用作大夫，称为五羖大夫。羖（gǔ），黑色的公羊。

⑥诺诺：连声答应，表示服从。 谔谔：直言进谏。 诛：责问，谴责。

⑦语有之矣：即“有之语矣”，有这样的古语，或有这样的话。 貌：动词，描绘，巧饰。 华：浮华。 至言：诚实

的言论。 实：真实。 苦言：苦口婆心的话。 甘言：甜言蜜语。

⑧事子：侍奉您。此指商鞅欲与良进一步交往。 辞：推辞。

⑨荆之鄙：百里奚是南阳宛人，属楚国境内。楚又名荆。鄙，边远的地方，此对秦而言。

⑩自鬻于秦客：自己卖身于秦人。 被褐食牛：穿着粗布短衣喂牛。被，同“披”。

⑪三置晋国之君：晋惠公、晋怀公、晋文公俱是以公子身份避难于秦。百里奚做秦相后，用武力使他们回国分别登上君位。 一救荆国之祸：周襄王弟弟叔带勾结楚国的狄兵，发动叛乱。百里奚会同晋文公一同灭了叔带，挽救了楚王室，安定了荆楚人民。

⑫发教：传播教化。 巴：古国名，今四川一带。

⑬八戎：指西戎诸国。

⑭繇余：西戎的贤臣。 款：叩，敲。 关：关塞。

⑮乘（shèng）：古时一车四马叫乘。此指车。 盖：车篷，车盖。

⑯府库：脏腑。

⑰舂（chōng）：把谷类的皮捣掉，捣米。 杵（chǔ）：舂米用的木棒，此指捣米的声音。

⑱嬖（bì）人：受宠的人。一般指国君身边的近臣。　景监：人名。秦孝公宠幸的近臣，商鞅因他推荐而被孝公任用。　以为主：替孝公做的主。　非所以为名：并不是因为您有贤德的名声所致。

⑲冀阙：古时宫廷外的门阙。按张守节正义，“刘伯庄云：‘冀，犹记事，阙，即象魏也。’”冀阙，即魏阙。冀，记，出列教令，当记于此门阙。象魏，古代宫门外的一对高的建筑物。

⑳刑黥太子之师傅：太子，即秦惠王，商鞅变法，太子首先违犯法令，应受黥刑。但太子不可加刑，所以行刑于太子老师公孙贾。　黥（qíng），古代在犯人脸上刺刻涂墨的刑罚，也叫墨刑。　骏：通“峻”，严厉。

㉑教：指商君之令。　命：指秦王之命令。

㉒左建外易：指在内假意顺从君王，以建立自己的威信，取得权力，在外篡改君命，实施自己的政策。左，孔颖达疏：“人有左右，右便而左不便，故以所助者为右，不助者为左。”　教：政教。

㉓绳：按一定的标准去衡量，纠正。此指惩罚。

㉔诗曰：见《诗经·大雅·鄘风》篇。　遄（chuán）：快，迅速。

㉕公子虔杜门不出：公子虔家人犯法，商鞅以绳之。虔怨恨之极，八年闭门不出。　祝欢：与公孙贾皆为太子老师。

㉖后车：侍从者所乘的车子。　乘：量词。　从车：跟随的车。　甲：披甲的士兵。

㉗骈胁：一种生理畸形，肋骨紧密相接。此指身强力壮的卫兵并肩而靠，以防人袭击。　骖（cān）乘：又作“参乘”。指在车右边陪乘的人。

㉘阘（xī）戟：一种古兵器。　旁：同“傍”。　趋：趋向，此指跟随着。

㉙力：武力。

㉚朝露：早上的露水。

㉛十五都：商鞅受封的十五座城邑。　灌园于鄙：在远离国都、边远的地方过着隐居的田园生活。灌园，指输水浇土，灌溉田园。此为赵良劝商鞅及早引退，以免结怨太多，将来祸及于身。

㉜岩穴之士：指隐居的高士。

㉝序：按功勋或才能的高低评定。　少：同“稍”。

㉞商於（wū）：商鞅的封地。　宠：贪图。

㉟捐宾客：古代君主死，臣子不敢直言，故云。　立朝：主持朝政。　收君者：指怨恨商鞅，企图日后加害商鞅的

人。　微：少。

㊱亡：灭亡之日。　翘足：举足，举起脚来。形容时间短暂。

㊲后五月而难（nàn）作：公元前338年五月，秦孝公死，秦惠王继位。公子虔之流告发商鞅欲谋反，惠王下令逮捕商鞅，商鞅未能逃脱，身受车裂之刑而亡。

苏秦以连横说秦（秦策）

本篇记载了苏秦连横的主张。苏秦本想帮助秦国打败六国，但秦惠王不接受他的意见，于是转而主张约纵，造成六国联合、共同抗秦的局面。文中表现了他在政治上的才能，也表现了他追求名利的心理和炎凉的世态。

苏秦始将连横说秦惠王①，“始将”二字是追叙之法，亦以见合纵非其本意也。曰：“大王之国，西有巴、蜀、汉中之利②，北有胡貉、代马之用③，南有巫山、黔中之限④，东有殽、函之固⑤。西、北、南、东四句言四面地利。田肥美，民殷富，此二句言食足。战车万乘，奋击百万⑥，此二句言兵强。沃野千里，膏腴广。蓄积饶多，仓库盈。地势形便⑦。合天下大势论，盖关中扼天下之吭而拊其背，洵所谓战守两利者也。此所谓天府，天下之雄国也。总束一笔，以下诱之使战。以大王之贤，士民之众，车骑之用，有战之资。兵法之教⑧，秦着眼此句。可以并诸侯，吞天下，称帝而治[9]。战之效。愿大王少留意，臣请奏其效。”此一段先言秦据强盛之资企图吞并六国而称帝。

秦王曰：“寡人闻之：毛羽不丰满者，不可以高飞；此设喻起下。文章不成者，不可以诛罚；此四句就行之敌国言，以下四句就行之本国言。道德不厚者，不可以使民；政教不顺者，不可以烦大臣。援引成语，大概说。今先生俨然不远千里而庭教之，愿以异日[10]。”婉言显拒之。此一段叙惠王不能自信以用人。

苏秦曰：“臣固疑大王之不能用也。昔者神农伐补遂，黄帝伐涿鹿而禽蚩尤[11]，尧伐驩兜，舜伐三苗，禹伐共工[12]，汤伐有夏，文王伐崇，武王伐纣[13]，齐桓任战而霸天下。由此观之，恶有不战者乎[14]？此一段言苏秦历引帝王与霸，以明有天下之必出于战也。古者使车毂击驰[15]，以下是用韵文字。言语相结，天下为一。约从连横，兵革不藏，文士并饬[16]，诸侯乱惑，万端俱起，不可胜理。科条既备[17]，民多伪态。书策稠浊[18]，百姓不足。上下相愁，民无所聊[19]。明言章理[20]，兵甲愈起。辩言伟服，战攻不息。繁称文辞，天下不治。舌敝耳聋，不见成功。行义约信，天下不亲。于是乃废文任武，厚养死士；缀甲厉兵[21]，效胜于战场。此一段历数说士划策之弊，以明不可不战之故。夫徒处而致利[22]，安坐而广地。虽古五帝、三王、五霸，明主贤君，常欲坐而致之，其势不能，故以战续之。宽则两军相攻，迫则杖戟相撞[23]，然后可建大功。用韵文字止。是故兵胜于外，义强于内；威立于上，民服于下。今欲并天下，凌万乘[24]，诎敌国[25]，制海内，子元元[26]，臣诸侯，非兵不可[27]。今之嗣主，忽于至道，皆惛于教[28]，乱于治，此二句破“道德政教”四字。迷于言，惑于语，沉于辩，溺于辞。此四句破“文章”二字。以此论之，王固不能行也。”此一段再行言其不可不战。开首自此大意只言当用兵，不过数语可了。乃玩其行文重复拖沓，生疏杂乱，且有许多不成语处，何也？盖重复拖沓之病在于不简，生疏杂乱之病在于不练，作者故意撰出此等文字，为举子场中落卷写照。不然下文简练，以为揣摩句，无着落矣。他处妙在佳，此处妙在不佳，千古传神奇笔，伧父何常梦见。

说秦王书十上而说不行。此句为省文，是特笔。省文者，书十想必皆与上昔者等论一样，手笔也。特笔者，特著此一语，以见在秦守候之久，为金尽裘敝之因也。一以见秦王拒绝已甚，与下文皆决于秦之策句作反衬对看语，分外精神也。黑貂之裘敝[29]，黄金百斤尽，资用乏绝。客秦苦况状。去秦而归。羸縢履蹻[30]，负书担囊，形容枯槁，面目黧黑[31]，状有愧色。妙，枯槁黧黑皆由愧至。极写落魄光景，正为后文得意处作映照之案也。归至家，妻不下纴[32]，嫂不为炊，父母不与言。合家之人似不曾见有苏秦到家，妙绝。苏秦喟然叹曰：“妻不以我为夫，嫂不以我为叔，父母不以我为子，是皆秦之罪也。”愤极。此段胜于痛哭。乃以未尝学问取困自责也，是下面发愤之根。乃夜发书，陈箧数十[33]，当玩。据《史记》“出其书遍观之”句，则数十箧俱阅过，想出由博反约道理，不事空陈也。得太公《阴符》之谋，伏而诵之，简练以为揣摩。简之，使精练之，使熟，揣量度摩研究。以我所学之精熟者，揣摩时务之切，而用之世主之情而中之，此游说之妙诀也，是苏秦本领得力处。读书欲睡，引锥自刺其股，血流至足。倦而自罚。曰：“安有说人主不能出其金玉锦绣，取卿相之尊者乎？”此句是主意。盖引说秦不合为戒惩，前此说横之疏也。或愤，或激，或羡，或快，顿挫入妙。期年，揣摩成，曰：“此真可以说当世之君矣。”自此乃自信。此一段叙苏秦说不行而归，困苦发愤，以为下说行得意之案也。

于是乃摩燕乌集阙，见说赵王于华屋之下，抵掌而谈。紧对前“说秦王书十上而说不行”。揣摩成见于此。赵王大说，封为武安君，受相印。应前“取卿相”。革车百乘，锦绣千纯，白璧百双，黄金万镒，应前“出其金玉锦绣”并反照“裘敝”“金尽”。以随其后。约从散横，此四字是从“简练揣摩”中得来者。以抑强秦。而此八字是苏秦说六国主脑。故苏秦相于赵，而关不通。一句收得斩绝，足见散横之效。当此之时，又振一笔形起。天下之大，万民之众，王侯之威，谋臣之权，皆欲决于苏秦之策。反照前。此一句侈言苏秦约纵之功。不费斗粮，未烦一兵，未战一士，未绝一弦，未折一矢，诸侯相亲，贤于兄弟。自“天下”至此，是叙事。夫贤人在而天下服，一人用而天下从。故曰：“式于政，不式于勇；式于廊庙之内，不式于四境之外。”自“夫贤人”至此，以议论入叙事。此一段言苏秦见用于赵而拒强秦。当秦之隆，再复振一笔形起，又是叙事。黄金万镒为用，转毂连骑，炫熿于道[34]。山东之国，从风而服，描写其势焰威赫。使赵大重。特表其能。当秦强赵弱之日，公然驰币约信，不顾秦忌，使赵重于天下也。此一段极叙其于难立功处能立功。且夫苏秦，特穷巷掘门[35]，桑户棬枢之士耳[36]！伏轼撙衔，横历天下，廷说诸侯之主，杜左右之口，天下莫之能伉[37]。此一段极叙其难发迹处能发迹。反跌起文势如涌。从苏秦相赵开始，叙事一段，议论一段，复推言其反弱为强一段，化贱为贵一段，得未曾有总形容其得力于揣摩，立大功于天下，当得富贵之意，文势无限波折。

将说楚王，路过洛阳。父母闻之，清宫除道，张乐设饮，郊迎三十里。妻侧目而视，侧耳而听，嫂蛇行匍伏，以下撇开父母，就嫂口中讨消息，恶绝，趣绝。四拜自跪而谢。极力描写以应前照。苏秦曰：“嫂！何前倨[38]而后卑也？”唤一声妙，真话。嫂曰：“以季子位尊而多金。”“位尊”应前“卿相”，生下“贵”字。“多金”应前“锦绣”“金玉”，生下“富”字。苏秦问意重在“前倨”，嫂只答“后卑”，痴绝、憨绝。此一段叙苏秦得志之后较未得志之前大相悬绝，以见势力之起于家庭也。苏秦曰：“嗟乎！贫穷则父母不子，富贵则亲戚畏惧，人生世上，势位富厚，盖可以忽乎哉？”此一段以苏秦自叹之词作结，说尽世情。极快意语，却以感慨出之，甚有余味。一篇结构通局皆灵。

［诚评］约纵连横，以抑强秦，苏秦之简练以为揣摩者在此。盖简练揣摩是苏秦贫穷富贵转关处，其未简练揣摩之先，则“书虽十上说终不行”，而贫穷之不堪如彼；其简练揣摩之后，则“抵掌一谈”，立取卿相，而富贵之莫比若此。简练揣摩之所系，岂浅鲜哉！至其通体反复相形，起结相应，议论叙事相间，参差错落，慷慨激昂，无不极其妙。

绳以圣贤之道，则季子之人品殊不足道，然其文不可没，读者但取其文，可也。

注释：

①苏秦：字季子，战国时洛阳人。　连横：东西曰纵，南北曰横。随从强国去进攻其他弱国，称为连横，也叫合横。战国时代，秦与齐、楚等国个别联合以打击其他国家，称为连横，齐、楚、燕、赵、韩、魏六国联合以抗秦，称为约纵。苏秦以约纵得名，但最初是主张连横。　说（shuì）：劝说，游说。

②巴：今四川省东部。　蜀：今四川省西部。　汉中：今

陕西省秦岭以南地。巴、蜀、汉中虽当时未属秦，但往来频繁，故言“西有其利。”

③胡貉（hé）：指匈奴所居地区，其地产貉，形似狐，毛皮可以为裘。 代：今河北、山西二省北部，其地以产马闻名。

④巫山：山名，今四川巫山县东。 黔中：地名，今湖南省沅陵县西。 限：界限，边境。此指屏障。

⑤殽：山名，河南省洛宁县西北。 函：函谷关，在今河南殽山。常连称殽函。

⑥奋击：指奋力作战的战士。

⑦形便：得天然形势，指便利。

⑧教：教育、学习。

⑨帝：本义是神，又称天帝。战国时代，诸侯并立，最高统治者都称王。因此较强的国家，开始有自称帝号，实现统一的企图。

⑩俨然：很庄重的样子。 庭：同“廷”。 愿以异日：请以后再说，有推辞之意。

⑪神农：传说中的远古帝皇，善农垦。 补遂：古国名。 黄帝：传说中的古代帝王。 涿鹿：地名，今河北涿鹿县南。 蚩尤：传说中的九黎族首领。

⑫驩（huān）兜（dōu）：尧时乱臣。 三苗：古国名。

亦称苗，有苗。今湖北武昌、湖南岳阳、江西九江一带。　共工：禹时诸侯。

⑬汤伐有夏：商汤伐夏桀。　有：无义。　崇：国名，今陕西省户县东。　纣：商纣。

⑭恶（wù）：疑问代词。哪里，怎么。

⑮毂（gǔ）：车轮中心的圆木，周围与车辐的一端相接，中有圆孔，可以插轴。此句言车多行急。

⑯文士：辩士。　饬：即饰字。修饰文辞，以游说。

⑰科条：规章制度。

⑱书策稠浊：各种条文记录繁冗而混乱。

⑲聊：依赖。

⑳章：同“彰”。显著。

㉑缀甲：古代武士之甲，都是用金属片连缀的。　厉兵：将兵器磨得锋利。

㉒徒处：无所事事地坐着。

㉓杖戟：拿着戟。戟，古时一种兵器。　撞：冲刺。

㉔凌：凌驾之上。　乘：兵车。

㉕诎：同“屈”。使……屈服。

㉖子：以……为子。　元元：泛指人民。

㉗兵：战争。

㉘惛：不明。

㉙敝：破烂。

㉚羸縢（téng）履蹻（jué）：羸縢：足裹行縢，行縢，绑腿。履蹻，穿着草鞋。形容一个人远途跋涉后狼狈不堪的样子。

㉛黧（lí）：黑色。

㉜纴（rèn）：织布帛的丝缕。

㉝箧（qiè）：小箱子。

㉞炫熿：耀眼夺目。

㉟掘（jué）：此作“窟”讲。

㊱棬枢之士：棬（quān），曲木制成的盂；枢，门户的转轴。意指苏秦只不过是制作木制器具的小工匠出身。

㊲伉（kàng）：对等，匹敌。

㊳倨：傲慢。

苏秦以合纵说赵（赵策）

苏秦说秦失败后，来到赵国，游说赵王联合六国共同抗秦。此文具体记述了苏秦的“合纵论”。与前篇连横有异曲同工之妙。

史载，苏秦的六国合纵，使秦不敢窥函谷关一十五年。

苏秦从燕之赵，始合纵。此三字是纲。说赵王曰：“天下之卿相人臣，乃至布衣之士，莫不高贤大王之行义①，先颂。皆愿奉教陈忠于前之日久矣。此四句叙事议论俱自高致。内隐含苏秦前曾至赵意。虽然，开。奉阳君妒，赵王恶奉阳君，故初见即短之。大王不得任事②，是以外宾客游谈之士，无敢尽忠于前者。“虽然”自此，含奉阳君不悦，苏秦未得见而去之意。曲折。今奉阳君捐馆舍③，合。大王乃今然后得与士民相亲，“乃今然后”四字，足见奉阳专擅而王懦。臣故敢进其愚忠。此一段提清纲领，叙所以得进说之由。为大王计，以下入事。莫若安民无事，“安民无事”是一篇骨子。请无庸有为也[4]。已伏“排摈横人”意。安民之本，在于择交，择交而得，则民安；择交不得，则民终身不得安。请言外患，齐、秦为两敌，而民不得安；不择交之害。倚秦攻齐，而民不得安；倚齐攻秦，而民不得安。此四句言择交不得之害。此上六句，浑括一篇大旨。连用“安”字作句，不觉其复。故夫谋人之主，指横人。伐人之国，常若出辞断绝人之交，提出横人之术，为下排摈占地。愿大王慎无出于口也。”此段虚写安民，大意以择交为本，不宜为横人之言所惑。观“慎无出于口”已是排摈之意。

请屏左右，曰：“言所以异，阴阳而已矣。大王诚能听臣，燕必致毡裘狗马之地，齐必致海隅鱼盐之地，楚必致桔柚云梦之地[5]，韩、魏皆可使致封地汤沐之邑，贵戚父兄，皆可以受封侯。诱之以利，应上文“得则民安”。夫割地效实，五霸之所以覆军擒将而求也[6]；封侯贵戚，汤武之所以放杀而争也。文气排宕。今大王垂拱而两有之[7]，是臣之所以为大王愿也。极力歆动肃侯，锁束严谨。此段虚写阴阳之计，成则五国皆事赵，其功利如此。

“大王与秦，则秦必弱韩、魏，与齐必弱楚、魏。魏弱则割河外，韩弱则效宜阳，宜阳效则上郡绝[8]，河外割则道不通，楚弱则无援，阳之以害，应上“交不得则民不安”言，极力恐惧肃侯。此三策者，不可不熟计也。此段申上文倚秦倚齐有害，二国即以为害，赵故民不得安也。夫秦下轵道则南阳动[9]；劫韩包周则赵自销铄[10]；据卫取淇则齐必入朝[11]。秦欲已得行于山东，则必举甲而向赵[12]。秦甲涉河踰漳，据番吾，则兵必战于邯郸之下矣[13]。此臣之所以为大王患也。束“交不得”意，亦是极力恐惧肃侯处。此段又申上文，言倚齐而齐不恃，倚秦则秦得志后必加兵于赵，以启下摈畔秦及合五国意。当今之时，山东之建国，莫如赵强。先言赵之强。赵地方三千里，带甲数十万，车千乘，骑万匹，粟支十年[14]。西有常山，南有河漳，东有清河，北有燕国。燕固弱国，不足畏也。跌宕。且秦之所畏害于天下者，莫如赵。然而秦不敢举兵甲而伐赵者，何也？此一句最激切。畏韩、魏之议其后也。归到赵有韩、魏则安。然则韩、魏，赵之南蔽也[15]。秦之攻韩、魏也，转。则不然，无有名山大川之限，稍稍蚕食之，傅之国都而止矣[16]。韩、魏不能支秦，必入臣于秦[17]。秦无韩、魏之隔，祸必中于赵矣，赵无韩、魏则危，总言宜合纵之故，又束“交不得”意。此臣之所以为大王患也。从“熟计”生出，亦锁束严谨。此段言韩、魏与赵有唇齿之势，不当使之入臣于秦，是择交第一着。

“臣闻尧无三夫之分[18]，舜无咫尺之地以有天下[19]；禹无百人之聚以王诸侯；汤武之卒不过三千人，车不过三百乘，而为天子，诚得其道也。引古，略作宽势。是故，明主外料其敌国之强弱，内度其士卒之众寡、贤与不肖。不待两军相当，而胜败存亡之机节，固已见于胸中矣。欲其审度利害而决之之意。岂掩于众人之言，而以冥冥决事哉[20]。笑尽庸主。此段援引古人，欲王审度利害以决之。臣窃以天下地图，按之诸侯之地[21]，五倍于秦，料诸侯之卒十倍于秦，六国并力为一，西面而攻秦，秦必破矣。统论六国之强，以见当合纵意。今西面而事之，见臣于秦。转出事秦。夫破人之，与破于人也[22]；臣人之，与臣于人也，岂可同日而语之哉？极言连横之害，以反形合纵之利。又作顿挫，以警惕之。夫横人者[23]，破横。皆欲割诸侯之地，以与秦成，与秦成，则高台榭，美宫室，听竽笙琴瑟之音，察五味之和。前有轩辕[24]，后有长庭，美人巧笑，卒有秦患，而不与其忧。言横人原只图以声色自娱，未尝关心于诸侯利害也。是故横人日夜务以秦权，恐吓诸侯，以求割地，愿大王之熟计之也。此段言六国大势本不得事秦，而恒为横人恐吓。必屏绝其说，方可以定大计。

"臣闻明王绝疑去谗，屏流言之迹，塞朋党之门[25]，故尊主广地强兵之术，臣得陈忠于前矣。结上起下。故窃为大王计，莫如一韩、魏、齐、楚、燕、赵六国，纵亲以摈畔秦[26]。前面指陈利害，反复详尽，至此方说出主意，井井有条。令天下之将相，相与会于洹水之上[27]，通质刑白马以盟之[28]，约曰：秦攻楚，齐、魏各出锐师以佐之，韩绝食道，赵涉河漳，燕守常山之北[29]；秦攻韩、魏，则楚绝其后，齐出锐师以佐之，赵涉河漳，燕守云中[30]；

秦攻齐，则楚绝其后，韩守成皋，魏塞午道[31]，赵涉河漳、博关[32]，燕出锐师以佐之；秦攻燕，则赵守常山，楚军武关[33]，齐涉渤海，韩、魏出锐师以佐之；秦攻赵，则韩军宜阳，楚军武关，魏军河外，齐涉渤海，燕出锐师以佐之。说六国各相救援。如常山之蛇，击首则尾应，击尾则首应，击中则首尾皆应。季子可谓知兵矣！诸侯有先背约者，五国共伐之。周到细密，经画天下如博弈，布子置路历历在前。六国纵亲以摈秦，秦必不敢出兵于函谷关[34]，以害山东矣，此明主意见合纵之效。如是，则霸业成矣。”赵为盟主，故曰霸业成，暗与择交安民意结。此段详言合纵之计，以见择交安民之实。

赵王曰：“寡人年少，莅国之日浅[35]，未尝得闻社稷之长计。今上客有意存天下，安诸侯，寡人敬以国从。”乃封苏秦为武安君，饰车百乘，黄金万镒，白璧百双，锦绣千纯[36]，以约诸侯。此段以苏秦之说行于赵作结。照应起处，结得老横。

［诚评］主意只在“一韩、魏、齐、楚、燕、赵六国，纵亲以摈畔秦”十五字，而六国之中，尤莫要于下韩、魏。韩、魏存，而赵有所恃，斯得以成其合纵之谋。然妙在先用数语略叙寒暄，表过进说之因。劈空提出安民在于择交，虚揭大旨，随以择交之得、不得，两路双铃，浑括通篇议论，并带言连横之非，以为后破横地。“言所以异”一段，诱之以利；“大王

与秦”二段，惕之以害；“当今之时”一段，极言韩、魏之与赵相关；“臣闻尧”一段，束上生下；“窃以天下”一段，力诋横人；“一韩、魏”一段，分疏合纵实际；末段叙赵王语，隐与起首数语相应，有步骤，有关锁，有结构，妙文，妙文！

注释：

①赵王：赵肃侯。　卿相人臣：统称有职位的官。　布衣之士：代指百姓。　行义：此指品德。

②奉阳君：赵王弟弟，拜为赵相，号奉阳君。　不得任事：指奉阳君嫉贤妒能擅权，忠臣不被任用。

③捐馆舍：捐弃所居之馆舍。旧时为死亡的讳辞。

④莫若：如果，若。　无庸有为：丢弃庸碌，有所作为。

⑤毡裘狗马、海隅鱼盐、桔柚云梦：皆为宝贝的意思。利诱之词。

⑥效实：提供所产物品。　五霸：指燕、齐、楚、韩、魏五国。

⑦垂拱：垂衣拱手，古代形容太平无事，可无为而治。

⑧河外、宜阳、上郡：地名。

⑨轵（zhǐ）道：古道路名。为豫北平原进入山西高原的孔道，为兵家要道。 南阳：韩地名。

⑩销铄：熔化、消除。此指灭亡。

⑪淇：卫地。

⑫举甲：武装。甲，兵器。

⑬踰：同“逾”，越过。 漳：河名。 番吾：城堡名。 邯郸：地名，属赵地。

⑭支：管状或分枝的计量单位。 粟支：指粮食数量。

⑮蔽：屏障。

⑯傅：同“附”，增益。

⑰支：抵抗，支撑。 臣于秦：向秦称臣，臣服于秦。

⑱三夫之分：古时一夫田一百亩。

⑲有：拥有。

⑳冥：愚昧。

㉑按：审察，研求。

㉒破于人：被人攻破。

㉓横人：主张连横的人。

㉔轩辕：星官名，亦称“权”。属星宿，共十七星，此指宫中美人所居处所。

㉕朋党：为私利而互相勾结的人。

㉖摈（bìn）：同“摒”，排斥，弃绝。 畔：回避。 摈畔：抵抗。

㉗洹水：赵地内一条河名。

㉘通：“同”，共同。 质：“锧”，古代杀人用的椹垫。此指杀，与后面“刑”互补。

㉙食道、常山：地名。

㉚云中：地名。

㉛成皋、午道：地名。

㉜博关：地名。

㉝武关：地名。

㉞渤海、函谷关：地名。

㉟莅国：执掌王位。

㊱纯（tún）：即纯束，包裹。

颜斶说齐王（齐策）

本文通过颜斶与齐王论述“士贵”与否，表现颜斶不畏权势、不慕名利的高尚品德。

齐宣王见颜斶曰：“斶前[①]！”写宣王骄倨，真写得出。斶亦曰：“王前！”写颜斶高贵，亦真写得出。宣王不说[②]。此一段叙颜斶、宣王应对，为下伏案。左右曰：“王，人君也[③]；借左右作波。斶，人臣也。王曰‘斶前’，斶亦曰‘王前’，可乎？”左右之言就君臣之礼上立论。“斶前”“王前”句法亦奇峭。斶对曰：“夫斶前为慕势；王前为趋士[④]。“慕势”“趋士”一篇主意。士慕势则失，所以为士，王趋士则成，所以为王，一转换间便觉彼此两得。与使斶为慕势，不如使王为趋士。”且解且讽，笔法最妙。此一段叙士慕势不如令王趋士。王忿然作色曰：“王者贵乎[⑤]？士贵乎？”较前不悦更甚。就“势”上立论。对曰：“士贵耳，王者不贵！”斶意就“德”上立论。

此一段言士贵如于王之实。王曰："有说乎[6]？"斶曰："有。昔者秦攻齐，令曰：'有敢去柳下季垄五十步而樵采者，死不赦[7]！'证士贵。令曰：'有能得齐王头者，封万户侯，赐金千镒[8]。'证王者不贵。由是观之，生王之头，曾不若死士之垄也[9]。"此一段证士贵于王之实。秦攻齐和齐王言，即用齐事，妙，妙。更妙在说王不如士处，又把生来对死，头来对垄字，字字险足，以令人失惊。

宣王曰："嗟乎，君子焉可侮哉！寡人自取病耳[10]。愿请受为弟子[11]。此三句结前半篇。且颜先生与寡人游，以下起后篇，以"且"字领起。食必太牢[12]，出必乘车，妻子衣服丽都[13]。"利诱也，宜斶辞去。未免富贵骄人语气，此一段叙宣王改容而愿尊荣颜斶。颜斶辞去，曰："夫玉生于山，以下是用韵文字。"玉生于山"四句是兴体。制则破焉[14]，非弗宝贵矣，然太璞不完[15]。失玉之本来。士生乎鄙野，推选则禄焉[16]，非不尊遂也，然而形神不全[17]。失士之本来。斶愿得归，不羡与游，对"寡人游"，下伏"再拜辞去"。晚食以当肉，不羡大牢。安步以当车[18]，无罪以当贵，不羡乘车，应上"尊遂"。清净贞正以自娱[19]。"应上"形神"句。此四句字字针锋相对。妙绝。则再拜而辞去。绝不慕势。摹写毅然，不屈之意如画。此一段叙斶辞王不受爵禄而归隐。

君子曰："斶知足矣，结"晚食"三句。归真反璞，结"清净"句。则终身不辱。"此一段以君子赞辞结后半篇。

［诚评］昔人云：文章最妙是逆折。战国之士，往往持此法以说诸侯，以强词夺理，适足以成其妙也。王欲"斶前"，斶偏欲"王前"；王"自贵不贵士"，斶偏"贵士，不贵王"；王欲荣以"大牢、乘车"，斶偏不喜"大牢、乘车"，真是逆折得妙。此评用"逆折"二字，将文之所以意新、机警、节短、势畅、气雄、词练处拈出示人。洵善评也。读者当细玩之。

注释：

①齐宣王：名辟疆，齐威王的儿子。公元前319年至前301年在位。　颜斶（chù）：齐国的一位隐士。　前：向前。此指命令人到自己跟前来。

②说（yuè）：通"悦"。高兴，喜悦。

③左右：指侍候在宣王左右的侍者或近臣。　人君：君主。

④慕势：贪慕权势。　趋士：指礼贤下士。趋，走近。

⑤贵：尊贵。

⑥说：依据，道理。

⑦去：距离。　柳下季：即柳下惠，春秋时鲁国大夫。姓展，名禽，字季。食邑在柳下。谥惠。以善于讲究贵族礼节著称。　垄：坟墓。　樵：打柴。

⑧万户侯：食邑万户的侯。泛指高官。　镒（yì）：古代重量单位，二十两为一镒。

⑨由是观之：由此看来。是，此，这。　曾：竟然，简直。表示事实出人意料。

⑩自取病：自讨没趣。　耳：用在句末，相当于“而已”“罢了”。

⑪受：接受。　弟子：学生。

⑫游：交往。　太牢：牛羊猪齐全者，称作“太牢”。牢，盛牲的食器。此泛指美味佳肴。

⑬丽都：华美。

⑭制：割裁。　破：破损，损伤。

⑮非弗宝贵：并不是不宝贵。　太璞（pú）：非经雕琢的玉石。比喻人的天真状态。

⑯鄙野：偏僻的乡野。　推选则禄焉：推荐选拔出来就可以做官食禄。

⑰遂：显达。　形神：指身体和精神。　不全：得不到保全。

⑱晚食以当肉：饭吃得晚些，肚子饿了，吃什么都像肉一

样是香的。　安步：安闲地步行。

⑲无罪以当贵：不做官不容易犯罪，这也就是富贵了。　清净：指远离世俗，不受外界的干扰。　贞正：节操贞洁正直。

避席择言（魏策）

本文是公元前395年鲁国国君共公在魏国国君梁王的宴会上讲述的一席话。共公援古论今，告诫梁王不要沉耽酒色，不要被太平景色所迷惑，要励精图治，巩固基业。言辞恳切而巧妙。

梁王魏婴觞诸侯于范台[①]，起首一句叙事简净。酒酣，梁王都大梁，僭称王国，大而强。鲁、卫、宋、郑诸小国皆来朝之，因此有此举，“酒酣”二字宜着眼，下面“避席择言”从此生出。请鲁君举觞[②]。鲁君兴，避席择言曰[③]：“择言”二字。便已伏后“善”字。“昔者，二字领下四事。帝女令仪狄作酒而美，进之禹[④]；禹饮而甘之，影照上“酣”字意。遂疏仪狄，禹知戒，笔力劲甚。绝旨酒[⑤]，曰：‘后世必有以酒亡其国者。’先立四柱，后段总应。此一段因举觞而先言美酒之证。齐桓公夜半不嗛[⑥]，易牙乃煎、熬、燔、炙、和调五味而进之[⑦]，桓公食之而饱，至旦不觉[⑧]，影照上“醉”字意，极其形容，下独不言疏易牙，盖桓公用易言乱国也。曰：‘后世必有以味亡其国者。’极其形容齐桓知戒。此一段引美味之证。晋文公得南之威[9]，三日不听朝，此五字亦是影照上“酣”字意。遂推南之威而远之，晋文知戒。曰：‘后世必有以色亡其国者。’不求奇而自奇，横绝一世。此一段引美色之证。楚王登强台而望崩山[10]，左江而右湖，以临彷徨，其乐忘死，此四字亦是影照上“酣”字。遂盟强台而弗登[11]，楚庄知戒。曰：‘后世必有以高台陂池亡其国者[12]。’说出四个后世，影射梁王。此一段引游观之证。以上四段似对似不对，亦参差亦整练。今主君之尊[13]，“今”紧对上“昔”字。仪狄之酒也；主君之味，易牙之调也；左白台而右闾须[14]，南威之美也；前夹林而后兰台[15]，强台之乐也。八句紧抱上四段。四事与前历历相应，章法极整极奇。有一于此，足以亡其国，今主君兼此四者，再借上四段作一跌宕，语简约而意警切。可无戒与？”戒者，戒其溺也，紧应“酒酣”意收。梁王称善相属[16]。紧应“择言”，以梁王服善作结，章法自妙。此一段总上四者以规谏梁王。

[诚评]因“酒酣举觞”而连类告诫。先立四柱，后作总应，直起直收，笔力异样，简练高老。

茅鹿门云：“骤读之，如一泻千里；细玩之，却句琢字雕，一毫增减不得。”评得最为精妙。

注释：

①梁王：梁惠王，名莹，魏国国君，也称魏婴。公元前369年至前319年在位。因为魏国从安邑（山西夏县西北）迁都大梁（今河南开封），故也称梁国。 觞（shāng）：古代喝酒用的器具。这里是设宴招待的意思。 诸侯：这里指公元前359年来朝见梁惠王的鲁共公、宋剔成、卫成侯和韩昭侯。

②酣：酒喝得畅快。 鲁君：即鲁共公。 举觞：即敬酒。

③兴：起来。 避席：古人席地而坐，离座起立，表示敬意。 择言：慎重地选择自己的言词。

④帝女：指夏禹的女儿。 仪狄：人名，相传夏禹时发明酿酒的人。 进：进献。

⑤旨：味美。

⑥齐桓公：姓姜，名小白。齐国国君，春秋五霸之一。公元前685年至前643年在位。 嗛（qiè）：满足。

⑦易牙：齐桓公宠幸的近臣，善逢迎，长于调味，相传曾烹其子为羹以献齐桓公。 燔（fán）：炙烤。 五味：酸、甜、苦、辣、咸五种味道。

⑧旦：天亮，早晨。 觉（jué）：睡醒。

⑨晋文公：晋献公的儿子，名重耳，晋国国君。春秋五霸之一。公元前636年至前628年在位。　南之威：美女名。

⑩楚王：即楚庄王。姓芈，名旅。楚国国君。公元前613年至前591年在位。　强台：即章华台，楚离宫名，在今湖北潜江西南。　崩山：京山，在今湖北武当山东南，汉水南岸。

⑪彷徨：留恋不舍。　盟：发誓。

⑫高台：指山。　陂（bēi）池：指水。

⑬主君：指梁惠王。　尊，通“樽”，酒器。

⑭白台、闾须：皆美女名。

⑮夹林：楚地名，游览胜地。　兰台：楚宫苑，在今湖北钟祥东。

⑯相属（zhǔ）：接连不断。

秦讲三国（秦策）

魏、齐、韩三国攻秦，已到了边塞函谷关。秦昭王为使三国退兵，想以割地求和。这本是退兵的良策，但秦王优柔寡断，先问秦相，后问公子池，两人机巧，不为秦王定计，却使秦王最后自决。

三国攻秦，直从三国起，起得老。入函谷①。三字当玩。盖已入内地，自然当讲矣。故此三字已伏当讲之案。秦王谓楼缓曰："三国之兵深矣，寡人欲割河东而讲②。"谓楼缓是当日实事，亦是文家妙波。此二句语意亦简净，点出"讲"字作线索，伏下两"悔"字。对曰："割河东，大费也；免于国患，大利也。"大费""大利"对仗工整。此父兄之任也。王何不召公子池而问焉③。"此二句生出下文，推诿得妙。此一段叙三国来历，以秦王与楼缓问答作波，引出公子池。

王召公子池而问之。对曰："讲亦悔，不讲亦悔。"忽举“两悔”，奇极，讲亦悔，不讲亦悔，是两扇体，似对似不对，亦参差亦整练。此上数句以两“悔”开启下文，是提纲，最有结局。王曰：“何也？”此四字又生一小波，承上以启下。对曰：“王割河东而讲，三国虽去，王必曰：‘悔矣，正疏“悔”字。三国且去，吾特以三城从之④。’此讲之悔也。王不讲，三国入函谷，咸阳必危⑤，王又曰：‘悔矣，又疏“悔”字。吾爱三城而不讲。’此又不讲之悔也。”应上束住。此一段发明不讲亦悔意。

王曰：“钧吾悔也⑥。宁亡三城而悔，无危咸阳而悔也。寡人决讲矣。”此一段以秦权衡两“悔”之间而决于讲作收。此见楼缓、公子池两人，不为王定计而能令王自决，而卒不出两人范围，以明其作用之妙。卒使公子池以三城讲于三国⑦，叙事亦简老。三国之兵乃退。仍归结三国，章法入妙。此一段回应起处作结。

［**诚评**］三国之兵已入函谷，非不当讲也，明矣。顾楼缓不措一词而诿之公子池，公子池又不置可否，而以两悔听王自决，两人机巧，已自迥异之，更觉简老之中，恣态横生。

注释：

①三国：指战国时的魏、齐、韩三国。 函谷：秦国的一个重要关口。

②秦王：指秦昭王，战国时秦国君，名稷，秦武王异母弟。公元前306年至前251年在位。 楼缓：秦国相。 河东：秦地名。 讲：求和。

③父兄：此指秦昭王的同族。

④三城：即河东所属的武遂、封陵、齐城三座城。

⑤咸阳：秦国都城。今陕西咸阳。

⑥钧：通“均”。都，全。

⑦以三城讲于三国：公子池代表秦王把武遂割给了韩国，把封陵割给了魏国，把齐城割给了齐国后，三国同意讲和。

报燕惠王书（燕策）

乐毅，战国著名的军事指挥家，燕昭王二十八年率韩、赵、魏联军大战齐军，攻齐城池七十余座，为燕立下了赫赫战功。昭王死，惠王立，惠王中齐反间计，乐毅出走赵国。

本文为乐毅离燕后写给惠王的信。抒发了他对燕国的忠心，答复了离燕而走的隐衷。

臣不佞，不能奉承王命以顺左右之心，“王命”即指召回之命。恐伤先王之明[①]，“先王”二字，一篇眼目。“先王”一见。有害足下之义，起首四句是不归燕而降赵之故。故遁逃走赵。先发走赵之故。今足下使人数之以罪，“罪”字为下数“无罪”生根。臣恐侍御者不察先王之所以畜幸臣之理[②]，“先王”二见。又不白臣之所以事先王之心，“先王”三见。此二句为通篇关锁处。故敢以书对[③]。此一段叙所以报书之由。

臣闻圣贤之君，不以禄私其亲，功多者赏之，其能当者处之[4]。故察能而授官者，成功之君也。论行而结交者，立名之士也。“成功”“立名”四字一篇骨子。此八句浑提一段，纲领下文，以议论冒起，叙事文有局势。臣窃观先王之举也，“先王”四见。见有高世主之心[5]，故假节于魏，以身得察于燕[6]。此四句跟上“论行而结交”句来，叙去魏事燕。先王过举，“先王”五见。厕之宾客之中，立之群臣之上[7]，不谋父兄，叙先王始遇之厚。以为亚卿[8]。此五句跟上“察能授官”句，是特蒙超擢。臣窃不自知，文法婉宕。自以为奉令承教，可幸无罪，“无罪”二字跟上“数之以罪”句。故受命而不辞[9]。此四句是量力受命。此一段叙所以得事先王之由。

先王命之曰：“先王”六见，“命”字跟上“奉令承教”句。“我有积怨深怒于齐，不量轻弱，而欲以齐为事[10]。”此三句是深谈肝膈语。因齐伐燕杀燕王哙。臣曰：“夫齐，霸国之余业，而最胜之遗事也[11]。练于兵甲，习于战攻[12]。此五句叙所以事先王处。王若欲伐之，必与天下图之。与天下图之，莫若结于赵。且又淮北、宋地，楚、魏之所欲也[13]。此六句叙胜齐甚为从容。赵若许约，四国攻之，齐可大破也。“王若伐之”至此是定谋结赵，老成练达之见。此一段叙与昭王谋伐齐之策。先王以为然，“先王”七见，“然”字是言听计从意。具符节，南使臣于赵[14]。受命使赵。顾反命，起兵击齐[15]，以天之道，先王之灵，“先王”八见，归功于天与先王，不矜不伐，有大臣之度。河北之地，随先王而举之济上[16]。“先王”九见。济上之军，受命击齐，大败齐人。轻卒锐兵，长驱至国。齐王遁而走莒，仅以身免[17]。此七句是大破齐国。珠玉财宝，车兵珍器，尽收入于燕。齐器设于宁台。大吕陈于元英[18]，故鼎反乎磨室；蓟邱之植，植于汶篁[19]。从“珠玉财宝”至此，尽有齐器，一路铺叙，感慨淋漓。自五伯以来，功未有及先王者也[20]。“先王”十见。此二句归结大功，绝不自己居功。妙，妙！此一段叙昭王用其谋成破齐之功。先王以为慊于志，“先王”十一见。故裂地而封之，使得比小国诸侯[21]。臣窃不自知，作复笔结上起下。自以为奉令承教，呼应有情，章法绝妙。可幸无罪，故受命而不辞。此四句是量功受命。此一段叙昭王之封己，陈叙慷慨淋漓。

臣闻贤圣之君，功立而不废，故著于《春秋》[22]；蚤知之士，成名而不毁，故称于后世[23]。六句提顿说起，却仍跟前功名来，前后一线到底。若先王之报怨雪耻，“先王”十二见。夷万乘之强国，收八百岁之蓄积[24]。此三句言先王功成，收束上意。及至弃群臣之日，余教未衰；执政任事之臣，修法令，慎庶孽，施及乎萌隶[25]，皆可以教后世。此七句言先王名立。反起下意，此一段叙己与昭王功成名立之意。

臣闻之，善作者不必善成，善始者不必善终[26]。此二句又提顿说起，叙事前每必冒以议论文气，自此以下意在惠王，却无一字道及，只轻轻借喻意影射立言，微婉妙绝。昔伍子胥说听于阖闾，此比己与先王。故吴王远迹至郢[27]。夫差弗是也，此比燕惠王。赐之鸱夷而浮之江[28]。吴王不寤先论之可以立功[29]，此暗指惠王。故沉子胥而不悔；子胥不蚤见主之不同量，此暗指己。是以至于入江而不化[30]。此一段暗指惠王不能用先王之功臣。

夫免身立功，煞"功"字。以明先王之迹，"先王"十三见。臣之上计也。离毁辱之诽谤，隳先王之名，"先王"十四见，煞"名"字。臣之所大恐也[31]。临不测之罪，以幸为利义之所，以事坦白。不敢出也[32]。此三句直揭惠王隐衷而剖明之。此段是答书正意，即去燕之由，仕赵之故，自明去燕不敢伐燕之意。

臣闻古之君子，交绝不出恶声；忠臣去国，不洁其名[33]。此四句又提顿说起，妙绝。臣虽不佞，数奉教于君子矣。恐侍御者之亲，左右之说，此二句结得遒紧。不察疏远之行，此三句回应篇首"臣恐"句。故敢献书以闻，唯君王之留意焉。此一段言己所以通书之意，与起处相应作结。

［**诚评**］刘辰翁曰：痛切中却作丽语点缀，此战国西京所以奇伟。若后人为之，不直迫则淡弱其情，亦遂索然无味矣。金圣叹曰：善读此文者，必能知其为诸葛出师之蓝本也。其起首结尾，比"出师"更自胜过数倍。穆文熙曰：乐毅始以昭王

之贤而事之，复以惠王之疑而去之。择主而事，全身远害，殆非战国之士，范蠡之流亚也。合观三评，望诸君属文之妙，保身之哲，胥可见矣。胡过商侯者，不详其文而忽妄议其人，殊不可解。

注释：

①臣：指乐毅，魏人，战国著名军事指挥家。燕昭王拜为上将，封昌国君。　不佞（nìng）：不才。自谦词。　奉承：接受的敬辞。　先王：指燕昭王。

②数（shǔ）：列举，列数。　侍御者：侍奉国君的人。此暗指燕惠王。　畜（xù）：养。此有任用之意。

③白：清楚，明了。　对：回答。

④其能当者处之：指依照才能的大小对人加以任用。能，能力。当，担任，胜任。

⑤高世主之心：比常人高的雄心。

⑥假节：借用符节。古代使者持节作为凭证，可以通过国境的关门。乐毅原在魏国做官，魏王派他出使燕国，他就此留在了燕国。因为乐毅是借外交使臣的身份由魏入燕而为燕臣

的，所以说：“假节于魏。” 身：自己。 得察：得到了解和赏识。

⑦过举：破格举用。 厕：通“册”。这里是提拔的意思。 立之群臣之上：指让乐毅担任高于群臣的官职。

⑧谋：商量。 父兄：指与燕王同姓的群臣。当时国君遇有重大措施，都要和同姓大臣商量。 亚卿：职位次于正卿的官员。

⑨教：此指王命。 幸：侥幸。 辞：推辞。

⑩不量轻弱：不考虑燕国力量的弱小。量，衡量。 以齐为事：指要与齐国拼。事，任务。

⑪霸国：称霸一时的国家。齐桓公曾经称霸诸侯，所以说齐国为霸国。 最胜：指势力最强。齐国曾处于诸侯之首。

⑫习：熟悉。 战攻：此指作战的谋略。

⑬淮北：淮河以北地区。 宋地：在今河南东部和山东、江苏、安徽之间的地区。公元前286年，齐、魏、楚灭宋，各得地三分之一。 楚、魏之所欲：意思是楚想得到齐的淮北之地，魏想占有原属宋的齐国领土。

⑭具：准备。 南使臣于赵：派我出使南面的赵国（赵国位于燕国的西南方）。

⑮顾：回头看。此指回来。 反命：复命。 起：发动。

⑯河北之地：指黄河以北的齐国土地。 举：攻下，占领。 济上：济水边上。

⑰走：逃跑。 莒（jǔ）：齐国的邑名。 仅以身免：只身脱逃。

⑱器：祭器。 宁台：燕国的台名，在今河北蓟县北。 大吕：齐国的钟名。 元英：燕国的宫殿名。

⑲故鼎：指曾被齐国掠夺去的燕鼎。 反：同“返”。 磨室：燕国的宫殿名。 蓟丘：燕都，在今北京城西南角。 植：此指所种的树木。 汶：汶水，在齐国境内。 篁（huáng）：竹林。此指种竹子的地方。

⑳五伯：即春秋五霸。指齐桓公、晋文公、秦穆公、楚庄王、宋襄公。

㉑慊（qiè）：满足，快意。 比小国诸侯：指比得上小国诸侯的地位。

㉒废：荒废。 《春秋》：此借指史册。

㉓蚤知：指有先见之明。蚤，通“早”。 毁：损坏。 称：称颂。

㉔夷：平定，平服。 乘（shèng）：古时一车四马叫“乘”。 八百岁：从公元前1066年武王封姜尚于齐，至公元前284年乐毅破齐共七百八十一年，这里的“八百”是约数。

㉕庶孽：指婢妾。 萌隶：指百姓。萌，通“氓”，民。隶，差役或奴隶。

㉖“善作者”二句：指有作为的人不一定就能取得成功，开始顺利的人不一定最终也顺利。 必：一定。

㉗伍子胥：春秋时吴国大夫。名员，字子胥。因破楚有功，被封于申，故又称申胥。 阖闾（hé lǘ）：春秋末年吴国国君。名光。公元前514年至前496年在位。他用专诸刺杀吴王僚而自立。后在槜李被越王勾践打败，重伤而死。 吴王：指阖闾。 郢（yǐng）：楚国国都。在今湖北江陵西北。这句指的是公元前505年吴国攻破楚国，一度占领楚都郢的事情。

㉘夫差：春秋末吴国国君，吴王阖闾的儿子。公元前495年至前473年在位。 弗是：指不听伍子胥的意见。 鸱（chī）夷：皮袋。 江：长江。此句指吴王夫差不听伍子胥拒绝和越国讲和的意见，并疏远了伍子胥。后来又赐剑命他自杀，尸首被装在皮囊里，沉到江中。

㉙寤：同“悟”。理解。 先论：预见。

㉚不同量：不同才量。此指阖闾和夫差两人是不一样的。 化：改变。

㉛离：通“罹”。遭受。 隳（huī）：毁坏。

㉜“临不测之罪”三句：指面临重罪的惩罚，还存侥幸免

罪的心理（去串通赵国暗算燕国），这样的事，我是不会做的。

㉝去：离开。此指离开燕国到赵国。　不洁其名：不肯自己来洗刷自己的罪名，即不表白自己无罪。

冯煖客孟尝君（齐策）

战国时代，养士成风。

冯煖是孟尝君手下的一名“无能”食客。但他却为孟尝君策划经营了“三窟”：焚券买义、重返相位、立庙于薛，使孟尝君的政治地位得以巩固。

本文刻画冯煖非常生动，故事情节亦极曲折。

齐人有冯煖者①，直起高老。贫乏不能自存，伏下“无家”等，反衬后为孟尝作三窟。“能”字是一篇之线，非从此句不能生根。使人属孟尝君②，愿寄食门下。紧跟上来，似仅为自存计，然作“三窟”全从此生根。孟尝君曰：“客何好？”通篇只一“能”字作线，却添一“好”字在先，文笔变化。曰：“客无好也。”曰：“客何能？”“何好”“何能”事所应有之问，文所应有之波。曰：“客无能也。”“无好”“无能”又从人口中问，写其痴呆无用，反衬后文。是一篇点睛之文。孟尝君笑而受之，“笑”字中有“贱之”之意。曰：“诺。”左右以君贱之也，插入左右作点染，凡五层。左右一见。食以草具[③]。此一段叙煖初寄食孟尝原委。

居有顷，倚柱弹其剑，描写入画。歌曰：“长铗归来乎！食无鱼[④]。”歌“无鱼”以试孟尝。左右以告。“左右”再见。孟尝君曰：“食之，比门下之客[⑤]。”居有顷，复弹其铗，以“铗”字换“剑”字，又去“倚柱”，一样写法。歌曰：“长铗归来乎，出无车。”再歌“无车”，以试孟尝。左右皆笑之，句法一变，左右三见。以告。“以告”上文加一句，文法变。孟尝君曰：“为之驾，比门下之车客。”于是乘其车，揭其剑，过其友曰：“孟尝君客我[⑥]。”后有顷，复弹其剑铗，视前又添“剑”字。又是一样写法，错综入妙。剑、铗二字三样写法。歌曰：“长铗归来乎，无以为家[⑦]！”再歌“无家”，以试孟尝。三歌皆豪宕，岂是真无能人。左右皆恶之，以为贪而不知足。句法又一变，“始贱”“次告”“次笑”“次恶”，曲写入情。孟尝君问：“冯公有亲乎？”对曰：“有老母。”孟尝君使人给其食用，无使乏。于是冯煖不复歌。三歌是全幅的线索。一句束住三歌。

后孟尝君出记，特起一峰。问门下诸客：“谁习计会？能为文收责于薛者乎[⑧]？”断未必想及冯煖。冯煖署曰：“能。”已自惊人。孟尝君怪之，文家妙波，莫误认呆看或乃谓煖久在门下，而孟尝尚不知其人，何啻说梦。曰：“此谁也？”生下“左右”二句。左右曰：

“乃歌夫‘长铗归来’者也。”又插“左右”，回顾“三歌”，妙，妙！“左右”五见，一见一回妙。孟尝君笑曰：“客果有能也，“能”字再应。吾负之⑨，未尝见也。”妙，观此二句，便知孟尝原来尚不知其人，特未礼之耳。请而见之，谢曰：“文倦于是，愦于忧⑩，而性懧愚，沉于国家之事，开罪于先生⑪。先生不羞，乃有意欲为收责于薛乎？”“谢曰”数语妙，收债一细事耳，而于能之者如此谦恭，似属可笑，然总是后文反衬。亦词令妙品。冯煖曰：“愿之！”答得浑涵。此一段叙煖概任收债之事。于是约车治装，载券契而行⑫。辞曰：“责毕收，以何市而反⑬？”问得巧，问得奇，便定焚券意。孟尝君曰：“视吾家所寡有者。”答得亦巧。此句为焚券关键，此是煖意中事，孟尝无心道出，意许其便宜行事矣。却勾出下文绝妙文字。驱而之薛，使吏召诸民当偿者，悉来合券⑭。券遍合，起矫命⑮，以责赐诸民，令人惊煞，伏“窃计”字。因烧其券，快绝。民称万岁。此一段叙煖矫命焚券市义，伏后“道迎终日”“长驱”二句，生下“疾”字。长驱到齐，晨而求见。孟尝君怪其疾也，衣冠而见之⑯，曰：“责毕收乎？来何疾也？”曰：“收毕矣。”三字妙。“以何市而反？”问得紧，与前相照。冯煖曰：“君云‘视吾家所寡有者。’紧跟孟尝语说，敏妙之极。臣窃计，君宫中积珍宝，狗马实外厩，美人充下陈⑰，历举其非寡有者。君家所寡有者以义耳！对“利”看。窃以为“君市义”点缀“寡有”二字，妙甚，“市义”二字新奇。孟尝君曰：

"市义奈何？"曰："今君有区区之薛，不拊爱子其民，因而贾利之[18]。名言正论，侃侃而谈。臣窃矫君命，以责赐诸民，因烧其券，民称万岁。乃臣所以为君市义也。"冯煖语发明所以市义之故。孟尝君不说，曰："诺！先生休矣[19]！""不说"，仍是反衬后文。此一段叙煖以"市义"唤醒孟尝。"市"字是中幅线索。

后期年，齐王谓孟尝君曰："寡人不敢以先王之臣为臣[20]。"突起一峰。"寡人"句写逐孟尝，只一语婉而妙。孟尝君就国于薛，未至百里[21]，民扶老携幼，迎君道中终日。"市义"之为利如此，描写"市义"入尽，实妙。孟尝君顾谓冯煖："先生所为文市义者，乃今日见之。"用回顾法了收债一案，反应前"不说"三句。此一段叙孟尝得"市义"之效。冯煖曰："狡兔有三窟，仅得免其死耳。伏下"无纤介之祸"。今有一窟，未得高枕而卧也。更进一层，最多远虑。请为君复凿二窟。"自是策士伎俩，"三窟"是后幅线索。孟尝君予车五十乘，金五百斤，西游于梁，此三句写游梁极其炫熿，反应篇首"不能自存"。谓梁王曰[22]："齐放其大臣孟尝君于诸侯，先迎之者，富而兵强[23]。"是诱词，借梁以激齐也。于是梁王虚上位，以故相为上将军[24]，铺叙得简。遣使者，黄金千斤，车百乘，往聘孟尝君。写梁王竟为煖用。冯煖先驱，诫孟尝君曰："千金，重币也；百乘，显使也。齐其闻之矣！"先著此句，则孟尝"固辞"，是冯煖教诫。此语写煖匆忙，写煖深心，伏末"计"字。梁使三反，孟尝君固辞不往也[25]。遵"先驱"之诫。此一段叙煖为孟尝游说以谋作窟。

齐王闻之，君臣恐惧，遣太傅赍黄金千斤，文车二驷，服剑一，封书谢孟尝君曰[26]："寡人不祥，被于宗庙之祟，沉于谄谀之臣[27]，开罪于君。寡人不足为也，愿君顾先王之宗庙，姑反国统万人乎[28]！"此段写齐复相孟尝，极详细。冯煖诫孟尝君曰："愿请先王之祭器，更是要著。立宗庙于薛[29]。"与前诫孟尝映，伏末"计"字，前烧券是煖一能，游梁又是煖一能，此请立庙又是一能，总是极写其能，与前不能自存等处反应。庙成，还报孟尝君曰："三窟已就，君姑高枕为乐矣。"应前段"狡兔"句收。此一段叙煖为孟尝终三窟之谋。孟尝君为相数十年，无纤介之祸者[30]，冯煖之计也。此段总结全篇作结，"计"字暗结"能"字。一句收尽，波澜万顷。

［诚评］此文之妙，全在立意之奇，令人读一段，想一段，真是有武夷九曲，步步引人入胜之致。前路写煖以不能自存之人寄食孟尝，三歌长铗，必欲厚其身以及其亲而后已。此时微，特左右轻贱，即孟尝亦何曾知其有能？至以收债慨任，已自微露其能，使孟尝改容而礼。然烧券、市义，虽极力发明其所以然，而孟尝君终不说，其不以为能可知。迨就国而迎者终日，孟尝始服其市义为能，而孰知其能正不止此耶！且能为之谋复相位；且能为之请立宗庙，以保其终身无纤芥之祸，此

岂仅习会计者所能？而从前轻贱之者，度皆无或敢望其肩背矣。反复相生，谋篇之妙，殊属奇绝，若其句调之变换，摹写之精工，顿挫跌宕，关锁照应，亦无不色色入神，变体快笔皆以为较《史记》更胜，学者取而参观，当信其非诬也。

注释：

①冯煖（xuān）：齐国孟尝君的门客。

②属：同“嘱”，嘱托，请托。孟尝君，姓田名文，袭于其父田婴的封爵，封于薛（今山东滕县南），称薛公，号孟尝君，以好养士闻名，门下食客常逾千人，与魏信陵君、赵平原君、楚春申君并称为战国四公子。

③食以草具：食（sì），给……吃，用作动词。草具，盛粗劣食物的食具。这句话说，给他吃粗劣的食物饭菜。

④居：经过的意思。　有顷：不多时，一会儿。　铗（jiá）：剑把，代剑。　来：助词，无意义。

⑤食（sì）之：即“使之食”。　比门下之客：比照门下一般客人。

⑥客我：以我为客。客，用作动词，是当……作客人的意思。

⑦无以为家：无以赡养家庭。为家，养家。

⑧谁习计会：谁熟悉会计的（工作）。计会，即今天的

“会计”。责，通债。

⑨负之：亏待了他。意谓平日忽视冯煖的才能。

⑩文：孟尝君姓田名文，这是他的自称。 倦于是：疲倦于繁忙的国事。 愦（kuì）：昏乱。 忧：忧患。

⑪懧（nuò）：同“懦”。懦弱。 开罪：得罪。

⑫约车：将马系在车辕，即准备车马。 券契：即契据。

⑬以何市而反：用收来的债款买什么东西回来。市，买。反：返。

⑭合券：合验契据。古代契据，写在竹木上，分成两半，旁边刻齿。借贷双方各执一半，对证时，即将两券合齿验证。

⑮矫命：假托命令。

⑯怪其疾：对他这么快就回来感到有些奇怪。 衣冠而见之：穿戴好了接见他。这是表示恭敬。

⑰下陈：指堂下。古代堂下陈放礼品，站列婢妾。

⑱拊爱：即抚爱。拊，同“抚”。 子其民：以民为子。 因而贾利之：用商贾的方法来向人民图利。贾（gǔ）：古代坐而取利为贾，行而取利为商。

⑲说：同“悦”。 休矣：算了吧。

⑳期（jī）年：一周年。 齐王：齐闵王。 寡人不敢以先王之臣为臣：这句话的意思是，你是先王的大臣，我是不配

用您的。这是撤换孟尝君的一种委婉说法。先王，指齐闵王的父亲齐宣王。

㉑就国：返回封地。　未至百里：离薛地还有一百里。

㉒梁：即魏国。魏原都安邑，魏惠王莹，即梁惠王，迁都大梁（今河南开封市），所以也叫梁。　梁王：梁惠王。

㉓放：放逐。　迎：迎接。指厚待。

㉔虚：让出，腾出。　上位：高位。此指相国的官位。　故相：原来的相国。

㉕三反：往返三次。　固：坚决。

㉖太傅：一种职位很高的官。　赍（jī）：以物送人。文车：饰有文采的车。　驷：四匹马拉的车。　服：佩带。　封书：封好了信。

㉗被：遭受。　宗庙：借指祖宗。　祟（suì）：鬼神给人的灾祸。　谄谀（chǎn yú）：巴结逢迎。

㉘不足为：不值得帮助。　宗庙：此指国家。　万人：指人民。

㉙祭器：古代宗庙祭祀所用的器物。古人非常重视宗庙，如薛邑建立起齐国先王的宗庙，齐王就不能取消薛邑，也就可以巩固孟尝君的政治地位。

㉚纤介：比喻极其微小。介，同“芥”，小草。

庄辛论幸臣（楚策）

楚怀王被秦劫，客死于秦，楚顷襄王立。但顷襄王不奋发图强，反而亲小人，远贤人，沉溺歌舞升平之中，致使秦连年征楚。

本文是忠臣庄辛的一篇谏文。它采取设喻方式，以物比人，十分生动。

臣闻鄙语曰："见兔而顾犬，未为晚也[①]；亡羊而补牢，以兔、犬、羊引起下"蜻蛉，黄雀"等。未为迟也[②]。"起首作"顾犬、补牢"两喻皆是失后补救意。"未晚""未迟"是一篇点睛处。臣闻昔汤、武以百里昌，桀、纣以天下亡[③]。以"汤""武""桀""纣"引起下"灵侯""君王"等，且慰且勉，词旨警切。今楚国虽小，绝长续短[④]，犹以数千里，见可以有为意。岂特百里哉。顷襄不用庄辛之谏，致失郢都，悔而征辛至楚。此三句暗承失郢都，细思此时，除劝慰之外，无可措词。

用譬喻引起，婉而多风，真善于立言者。此一段先以“未晚”“未迟”劝顷襄王改过。

王独不见夫蜻蛉乎[5]？远远从极细之物影射说起，真奇想天开。六足四翼，飞翔乎天地之间，一喻。俯啄蚊虻而食之[6]，仰承甘露而饮之，自以为无患，顿挫。与人无争也。此二句是祸机所伏。不知夫五尺童子，方将调饴胶丝[7]，写得细甚、危甚，祸机不测，游戏成文。加己乎四仞之上，而下为蝼蚁食也[8]。晚矣、迟矣、不可及矣。不知防患而得患者，此其一。此一段借蜻蛉喻祸机所伏。

夫蜻蛉其小者也，调古。脱卸妙绝。黄雀因是以[9]。有依类而推之意。由蜻蛉而至黄雀，次第妙绝。俯噣白粒[10]，仰栖茂树，鼓翅奋翼，二喻。俯仰在先，翅翼在后。视前先足翼，后俯仰，颇有变化错综之妙。自以为无患，与人无争也。仍与前同，不变，又奇，叠句顿挫。不知夫公子王孙，左挟弹，右摄丸[11]，将加己乎十仞之上，以其类为招[12]。倒句法。昼游乎茂树，夕调乎酸咸，“左挟弹”至此亦细甚、危甚。倏忽之间，坠于公子之手[13]。晚矣、迟矣、不可及矣。不知防患而得患者，此又其一。此一段借黄雀喻祸机所伏。

夫雀其小者也，步步紧说入。黄鹄因是以[14]。黄鹄又因黄雀类及，次第妙绝。游乎江海，淹乎大沼，三喻。俯噣鳝鲤，仰啮菱衡[15]，奋其六翮，而凌清风[16]，飘摇乎高翔，连作引喻，笔势凌空。“俯仰”等句与“黄雀”数语相类，但上下又加两三句，愈见变化错综。自以为无患，与人无争也。复仍前不变，妙绝。不知夫射者方将修其碆卢，治其矰缴[17]，将加己乎百仞之上，看他"四仞""十仞""百仞"，有分晓，见愈高愈危意。被磻，引微缴，折清风而抎矣[18]。更细甚、危甚。故昼游乎江湖，夕调乎鼎鼐[19]。晚矣、迟矣、不可及矣。不知患而得患者，此又其一。借黄鹄喻祸机所伏。以上三段或对或不对，一层深一层，何等超逸。

夫黄鹄其小者也，又层注而下。蔡灵侯之事因是以[20]。因物及人，次第更妙绝。南游乎高陂，北陵乎巫山[21]，饮茹溪之流，食湘波之鱼[22]。渐渐逼来。左抱幼妾，右拥嬖女，形起下州侯、夏侯等。与之驰骋乎高蔡之中[23]，而不以国家为事。即犹自以为无患意，然而直逼项襄矣。不知夫子发方受命乎灵王，系己以朱丝而见之也[24]。以朱丝亦细甚、危甚。晚矣、迟矣、不可及矣。不知防患而得患者，此又其一。此一段借蔡灵侯祸机之伏以引起正旨四喻。

蔡灵侯之事其小者也，又层注而下，至此已到顷襄。君王之事因是以。是主，前面尽是客。左州侯，右夏侯，辇从鄢陵君与寿陵君[25]，饭封禄之粟，而载方府之金，与之驰骋乎云梦之中[26]，"左右"至此，亦颠倒说，变化错综。亦有叠句作顿挫。而不以天下国家为事。此为通篇关键，比蔡灵侯加"天下"二字，大有分寸。而不知夫穰侯方受命乎秦王，填黾塞之内，而投己乎黾塞之外[27]。至此则迟、晚，今尚"未晚""未迟"，到此便住，不再措一语，妙绝。实亦细甚、危甚，不知防患而得患者。此一段叙顷襄之事。

按：秦伐楚拔郢事在周三十七年，至三十九年楚收秦所拔十五邑，庄幸之力也。

［**诚评**］起首数行以“未晚”“未迟”劝慰顷襄，已括一篇大旨。下乃宽宽借客相形，从小说到大，从物说到人，从人说到王，最有步骤。而物理人情又极透快，闻者哪得不猛省。顷襄色变，体战，授以执珪，而封为阳陵君，固其宜也。

注释：

①鄙语：俗语。　见兔而顾犬，未为晚也：看到兔子再回头去放犬捕捉，或许还有捕获的希望。

②亡：丢失。　牢：养牲畜的圈。

③汤、武以百里昌：意思是说，商汤和周武王起初不过是百里小国的诸侯，却能昌盛起来。　桀：夏代亡国之君。　纣：商代亡国之君。桀纣两人都是暴君。

④绝长续短：截长补短。指把楚国所有的土地拼凑在一起计算。

⑤蜻蛉：蜻蜓一类的昆虫。

⑥虻（méng）：似蝇而小的昆虫，口上有刺，喜叮牲畜。

⑦童子：少年儿童。古代尺度比现在短，所以儿童身材有五尺高。　调饴（yí）：调好糖稀。饴，用米麦做的糖稀。　胶丝：粘在丝上。

⑧加己：加在自己身上。　仞：八尺。　蝼：蝼蛄。　蚁：蚂蚁。

⑨其：其中的。指只图享乐，丧失警惕而招致不幸的事。　黄雀：小鸟。　因是以：更是如此。

⑩啁：同“啄”。　白粒：指米粒。

⑪公子王孙：指贵族的子孙。　挟（xié）：挟持。　弹：弹弓。　摄：引持。

⑫招：招引，引诱。

⑬酸咸：指调味的佐料。　倏（shū）忽：顷刻。

⑭黄鹄（hú）：天鹅。

⑮淹：休息。　鳝鲤：鳝鱼和鲤鱼。　蔆：同“菱”，菱角。　衡：通“蘅”，水草。

⑯六翮（hé）：指翅膀。鸟翅一般有六根大羽毛。翮，鸟羽的茎。　凌：乘，驾。

⑰修：整治。　碆（bō）：射鸟用的石制箭头。　卢：黑

色的弓。　缯缴（zēng zhuó）：猎取飞鸟的射具。缯，系有丝线的短箭。缴，系箭的丝线。

⑱被：遭受。　剡（jiān）：锋利，锐利。　磻（bō）：同“碆”。　引：拖着。　抎（yǔn）：同“陨”，坠落。

⑲鼎：古代烹调的器具。　鼐（nài）：大型的鼎。

⑳蔡灵侯：春秋时蔡国国君，名般。弑父而自立。鲁昭公十一年为楚灵王诱杀于申。

㉑陂（bēi）：山坡。　陵：登。　巫山：山名，在今四川巫山县。

㉒饮：饮马。　茹溪：水名，在四川巫山县。　流：此指水。　湘波：即湘水。在今湖南省。

㉓嬖（bì）：宠爱，宠幸。　高蔡：地名，在今河南上蔡县。

㉔子发：楚国大夫。　灵王：楚灵王，名围。　己：指蔡灵侯。　朱丝：红绳。

㉕左、右：指近在身边的。　辇：人推挽的车子。　州侯、夏侯、鄢陵君和寿陵君：四人皆是顷襄王的宠臣。

㉖饭：用作动词，吃饭。　封禄之粟：从封地取得作为俸给的谷物。　方府之金：四方贡入府库的金银。　云梦：云梦泽。在今湖北省安陆县南。

㉗穰侯：秦昭王母宣太后的弟弟。姓魏，名冉，受封于穰（今河南邓县东南）。 秦王：秦昭王。 黾（méng）塞：即黾阨塞，古隘道名。在今河南省武胜关一带。 内：秦将白起破楚，兵入黾塞而南破鄢郢。鄢郢在黾塞之南，所以说“内”。 外：这里的“内”“外”，都是就楚国境而言的。

范雎说秦王（秦策）

秦昭王掌权初期，其母及皇亲辅政。范雎入秦后，上奏秦王应摆脱皇亲国戚的控制，以免受专权危害。秦昭王四十一年，范雎做相，实施了一系列新政，为秦统一六国打下了坚实的基础。

范雎至，三字须知不是雎自来，乃昭王使人持车召。秦王屏左右①，正为下深言地，亦因雎前书云“语之至者，不敢载之于书”故也。宫中虚无人。秦王跽而请曰②：“先生何以幸教寡人？”范雎曰：“唯唯③。”妙，妙，写雎之欲言不言，昭王之情入画。有间④，秦王复跽而请曰：“先生何以幸教寡人？”二请。范雎曰：“唯唯。”描写尽态。若是者三。省句法。三跪三请写昭王之欲闻至语，亦入画。秦王跽曰：“先生卒不幸教寡人耶？”三问不对，不得不有是问。此一段叙雎初见秦王。全为下“交疏”“言深”立案，妙，妙！

范雎曰："非敢然也[5]。此句结上生下。臣闻昔者吕尚之遇文王也，身为渔父，而钓于渭滨耳[6]。此以吕尚比自己，以文王比秦昭，占步极高。若是者，交疏也[7]。"交疏"作半句写。已说而立为太师，载于俱归者，其言深也[8]。"言深"又作半句写。"交疏、言深"四字一篇关键。故文王遂收功于吕尚，而卒王天下。"交疏、言深"之利。乡使文王疏吕尚[9]，而不与深言，是周无天子之德，而文、武无与成其王业也。反掉回锋作态，是笔下宾句，却是宾中主句。此一段引古人交疏、言深者以自比，顿挫摇曳，舌锋亦极犀利。今臣，紧接出自己。羁旅之臣也[10]，交疏于王，承上交疏引入，婉贴之甚。而所愿陈者，"愿陈"二字，言深意隐耀。皆匡君臣之事，处人骨肉之间[11]。指太后、穰侯，微露其意。愿效愚忠，而未知王之心也。是所以三问不对之故。此所以王三问而不敢对者也。作一结束。此一段发明所以三问不对之故。

"臣非有畏而不敢言也。忽然扬开，生出后文，文笔横甚。臣知今日言之于前，明日伏诛于后，此二句是下忧、患、耻之纲。然臣不敢避也。应上"不畏"。此三句文势翻腾曲折。大王信行臣之言，死不足以为臣患，亡不足以为臣忧[12]；漆身为厉，被发为狂[13]，不足以为臣耻。又忽立三峰，历历分应，开文家多少法门。三"不足"句，文势排奡纵横。此一段从不敢推言之，而以患、忧、耻立文之纲。且以五帝之圣焉而死，"且以"二字接法入妙。三王之仁焉而死[14]，五伯之贤焉而死，乌获、任鄙之力焉而死[15]，成荆、孟贲、庆忌、夏育之勇焉而死[16]。上段叠用三“不足”，此段连五个“死”字，势如贯珠，而句法有长有短，绝妙机杼。死者，人之所以必不免也。处必然之势可少补于秦，此臣之所以大愿也，磊落嵚险，奇气溢出，以束笔跌起下句。臣又何患哉？此一段称引无数之人证“死”字，妙绝，以申明死不足以为臣患。

“伍子胥橐载而出昭关，夜行昼伏，至于陵水，无以糊其口[17]，膝行蒲伏，稽首肉袒，鼓腹吹篪，乞食于吴市[18]。此数语叙事有法，是“亡”字实证。卒兴吴国，阖闾为伯[19]。此二句是“说行”影字。使臣得尽谋如伍子胥，加之以幽囚，此二句语意较前“处必然之势”二句更为深挚，语语逼人，舌峰有剑。终身不复见，是臣之说行也，跌得更爽快。臣又何忧？应上“忧”字。“伍子胥”句至此证“亡”字，只引一人，妙绝。此段申明亡不足以为臣忧。箕子、接舆漆身为厉，被发为狂，说得简净。无益于主[20]。反应下“有补”句。假使臣得同行于箕子、接舆，“使臣得”较前“使臣得尽谋”三句意更为深挚之至。可以有补所贤之主，归重此句。是臣之大荣也，亦跌一句，应上“耻”字。臣又何耻？又引二人作证，此段申明亡不足以为臣耻，变化莫测。

“臣之所恐者，独恐臣死之后，天下见臣之尽忠而身死，深足令人生感然。要知口中说死，意中正是求生，此说士常态也。因以是杜口裹足[21]，莫肯向秦耳。足下上畏太后之严，此方说出实事，应前

“处人骨肉之间”。下惑奸臣之态，居深宫之中，不离阿保之手[22]，终身迷惑，无与昭奸。大者宗庙灭覆，小者身以孤危，悚以大害。此臣之所恐耳。应“恐”字束住。若夫穷辱之事[23]，死亡之患，臣不敢畏也。转收上三意，并应前“畏”字，妙，妙。臣死而秦治，是臣死贤于生[24]。”再找一笔，精神百倍。此段以危言耸动秦王，是感动秦王处。

秦王跽曰：“先生，是何言也！夫秦国僻远，寡人愚不肖，先生乃幸辱至于此，是天以寡人慁先生[25]，而存先王之宗庙也。应上“宗庙灭覆”句。寡人得受命于先生，是天所以幸先王，而不弃其孤也[26]。应上“身孤危”句。先生奈何而言若是？又应“是何言也”句，七“先生”、五“寡人”，多而不复，妙，妙。事无大小，上及太后，下至大臣，应上“太后、奸臣”二句。愿先生悉以教寡人，应篇首三“幸教”意。无疑寡人也！”此二句结得首尾一线，好章法。此一段以秦王愿听教于睢作结。

［诚评］此文用笔如生龙活虎，夭矫跳脱，不可端倪。顿挫、跌落、结构处都是一片奇气，往来后生家笔下滞弱、平庸者，正当药以此种。至其切中时事以立言，则是游说家一定要术。苏季子所谓揣摩者也，似可置之，勿论国策。原本前后尚有许多文字，《史记》更多，而《国策》字句之间有未纯者，今从《史记》改本。

注释：

①范雎（jū）：字叔，战国时魏国人。曾随从魏大夫须贾出使齐国，齐襄王听说范雎贤能，便赐给他丰厚的礼物。须贾怀疑他将魏国的机密泄露给了齐国，回来向魏相魏齐报告了这件事，魏齐发怒鞭笞范雎。范雎装死被扔到厕中。后在魏人郑安平与秦国谒者王稽帮助下逃到秦国游说秦昭王，驱逐专权的秦相、宣太后的弟弟魏冉。　秦王：秦昭王，名稷，公元前306年至前251年在位。初，其母宣太后当权，任用魏冉为相，白起为将，先后战胜晋、齐、楚等国。秦昭王四十一年（公元前266年），改用范雎为相，又在长平（今山西省高平西北）大胜赵军，奠定了后来秦统一中国的基础。　屏（bǐng）：屏退。　左右：近侍。

②跽（jì）：双膝着地，上身挺直。

③唯唯：唯，应诺的声音。比“诺”更恭敬。重叠使用，表示连声答应。这是一种表示恭敬的应答之词，不表示可否，只表示听到了。

④有间（jiàn）：有顷，隔一会儿。

⑤非敢然也：不敢这样。

⑥吕尚：即姜子牙。西周初年官至太师，辅佐武王灭商有功，封于齐，是齐国的始祖。　渭：渭水。在今陕西省岐县。　滨：水边。

⑦交疏：交情淡薄。

⑧已：不久。　太师：军队的最高统帅。　其言深也：指言辞中含有深刻的治世道理。

⑨乡使：乡，同“向”。假如。

⑩羁（jī）旅：作客。

⑪匡：纠正。　骨肉：喻至亲。这里指秦昭王和宣太后及穰侯。太后和昭王是母子，太后和穰侯是姐弟，都是极近的亲属关系。范雎对他们之间的事情是不便进言的。

⑫亡：放逐，流亡。

⑬漆身为厉，被发为狂：用漆涂身，使皮肤肿癞，改变形貌，披头散发装疯子。厉，通“癞”。被，通“披”，散。

⑭五帝：指黄帝、颛顼（zhuān xū）、帝喾（kù）、尧、舜。　三王：指夏禹、商汤、周代的文王、武王。

⑮五伯：即五霸。指春秋时先后称霸的齐桓公、晋文公、楚庄王、吴王阖闾、越王勾践。　乌获、任鄙：皆古代力士名。

⑯成荆：古代勇将。　孟贲（bēn）：卫国勇士。　庆忌：吴王僚之子。　夏育：也是卫国的勇士。

⑰伍子胥：名员。春秋时吴国大夫。楚大夫伍奢的次子。楚平王七年（公元前522年），伍奢被杀，伍子胥从楚国逃奔吴国，躲在口袋里才得以混出昭关，故称“橐载”。橐（tuó）：缀有托底的口袋。　陵水：今江苏省溧阳县的溧水。　糊：粥类，此作动词，食、喂的意思。

⑱蒲伏：同“匍匐”，爬行。　篪（chí）：古代的一种竹管乐器，像笛子，有八孔。　乞食：讨饭。

⑲阖闾：春秋时吴国国君。

⑳箕子：商纣王的叔父，名胥馀，官太师，封于箕（今山西太谷东北）。纣无道，箕子劝谏不听，佯狂为奴。　接舆：春秋时楚国的隐士，姓陆，名通，字接舆。昭王政令无常，他就躬耕以食，佯狂不仕。

㉑杜口：闭口不言。

㉒阿保：保姆。此指左右近臣。

㉓若夫：至于。

㉔治：太平。　贤：胜过。

㉕慁（hùn）：打扰。

㉖幸先王：照顾先王。先王，此指宗庙社稷。　孤：遗孤。指秦昭王自己。

触詟说赵太后（赵策）

赵孝成王的母亲赵太后，不愿让其子为赵国出质齐国。大臣纷纷上谏，均被太后骂回。左师触詟却于家长里短中使赵太后允诺，展示了触詟进谏的艺术才能。

赵太后新用事，秦急攻之[①]。赵氏求救于齐。叙得简括。齐曰："必以长安君为质[②]，兵乃出。"此句是一篇文字生根处。太后不肯，大臣强谏。是事之所应有，亦文之所应有。反衬左师公作用之妙。太后明谓左右："有复言令长安君为质者，谁复敢言。老妇必唾其面。"紧甚，下文殊难转身，然上不紧不足以见下文转身之妙。此一段叙太后不许长安君质齐，以为下左师公说张本。

左师触詟愿见[③]。突如其来，接法甚奇。太后盛气而揖之[④]。跟上"唾面"来。入而徐趋，装点老态，生下病足。至而自谢[⑤]，曰："老臣病足，曾不能疾走，不得见久矣，窃自恕，先自谢，不提长安君。恐太后玉体之有所郄也，故愿望见[6]。”次请安，亦不提长安君。太后曰：“老妇恃辇而行[7]。”随意问答，出之无心，言亦病足。此一段叙左师公见太后而交述其老年行步之难。曰：“日食饮得无衰乎[8]？”一问，亦不提长安君。曰：“恃鬻耳[9]！”随意问答，出之无心。曰：“老臣今者殊不欲食，乃自强步[10]，“强步”二字炤上“病足”，并不提长安君。日三四里，少益嗜食，和于身[11]。”并不提长安君。曰：“老妇不能。”随意问答，出之无心。太后之色少解[12]。应“盛气”句，顿住作结。此一段叙左师公与太后交述其老年饮食之艰。数次开口绝不提长安君，此太后之色所以少解也，然非少解。要知淡淡叙起，虽似不为长安君来，却自语语有意。

左师公曰：“老臣贱息舒祺，最少，不肖[13]。字字有意，然未尝一字提及长安君，“最少”“不肖”，影射长安君。而臣衰，窃爱怜之。影射太后。愿令补黑衣之数，射质齐。以卫王宫，没死以闻[14]。”目前割爱，使离左右，欲令有以自托，伏下长安君自托于赵。太后曰：“敬诺[15]。年几何矣？”亦皆出之无心。对曰：“十五岁矣。虽少，答语有意。愿及未填沟壑而托之[16]。”未死代谋，伏下“及今令有功”。此一段叙左师请以少子卫王宫，作说太后发端。太后曰：“丈夫亦爱怜其少子乎？”亦是无心，而已堕入左师公术中矣。对曰：“甚于妇人！”故意倒跌，妙。太后曰：“妇人异甚[17]！”仍是无心，此时太后还未解左师公意。此一段叙左师公使太后自露本情。对曰：“老臣窃以为媪之爱燕后，借“燕后”进说“长安君”。贤于长安君[18]。”馨倒矣。轻轻带出“长安君”三字。曰：“君过矣！不若长安君之甚。”仍是无心，终未解来意。

左师公曰：“父母之爱子，则为之计深远。“为之计”为进说本旨。媪之送燕后也，持其踵为之泣[19]，念悲其远也，句法顿挫。亦哀之矣。计深远，却在燕后身上点出。已行，非弗思也，再顿挫。祭祀必祝之，祝曰：‘必勿使反[20]。’只就燕后提醒，妙。岂非计久长，有子孙相继为王也哉！”“继”字伏下“其继有在”句。太后曰：“然。”此一段叙左师公乘机借燕后进说，虽口言燕后，意注长安君。

左师公曰：“今三世以前，至于赵之为赵，赵王之子孙侯者，其继有在者乎[21]？”泛讲赵。曰：“无有。”曰：“微独赵[22]，诸侯有在者乎？”又推到诸侯，然口中言赵、言诸侯，意中只注长安君。曰：“老妇不闻也。”“此其近者祸及身，此语及下为左师公对。远者及其子孙。岂人主之子孙，顿挫。则必不善哉！位尊而无功，奉厚而无劳，此二语正见当树功劳于国。而挟重器多也[23]。今媪尊长安之位，应“位尊”。以下趋势进言。而封以膏腴之地，应“奉厚”。多予之重器，应“挟多”。而不及今令有功于国。应“无功劳”。一旦山陵崩[24]，意深而语峻。长安君何以自托于赵？应前“托”字。老臣以媪为长安君计短也，应“计久长”。故以为其爱不若燕后。”仍找到燕后上，妙甚。以上左师对语妙在为长安君计，非为赵计，所以劝得太后。又借赵与诸侯之子孙无功劳者以为说。太后曰："诺。恣君之所使之㉕。"足见左师公作用之妙，立有奇验，又应前"不肯"等句。于是为长安君约车百乘㉖，质于齐，齐兵乃出。此一段叙太后许长安君为质齐，而赵以救。

子义闻之㉗，曰："人主之子也，骨肉之亲也，犹不能恃无功之尊，无劳之奉，以守金玉之重也，而况人臣乎！"此段以子义赞语作结，收结全篇。通篇琐碎，于此作曼声收之，文章相救法也，感慨遥深，文情超逸。又推开一句，另是一种笔法，妙绝。

[诚评] 字字机警，笔笔针锋，目送手挥，旁敲远击，绝不使直笔，绝不犯正面，而未言之隐，自能令人首肯，真是异样出色。近日举业家有"文似不著题，而题义已透彻无遗蕴"者，此其似之。

左师公意中是欲使长安君质齐，口中未尝道及只字，而太后欣然许之者，由其作用之妙，而不恃强谏也。须知前路宽宽引入，纯是左师有意，太后无心，故闲散之笔，皆关紧要。读此文者，一句一字，尤当细心领略，不可忽略过也。

注释：

①赵太后：赵惠文王的妻子，赵孝成王的母亲赵威后。 新用事：指刚开始执政。当时惠文王刚死，他的儿子孝成王新立，因年少，国政大权由威后掌握。 秦急攻之：指秦国趁赵国更换新君之际攻打赵国。

②长安君：赵太后最小儿子的封号。 质：抵押。先秦时，诸侯间结盟，常以国君的弟兄或儿子居于盟国，作为执行盟约的保证，实际上是一种人身抵押。

③左师：官名。 触詟（zhé）：人名，赵国的左师。

④揖：指接待。

⑤徐：慢。 趋：快步走。古代臣见君应该快步走，表示尊敬。触詟托言足有疾，不能急行，只做出“趋”的姿态表示礼节。 谢：谢罪。

⑥窃自恕：私自宽恕自己。 郄（xì）：疲劳。此指因操劳过度而不舒适。 望见：望，有仰望的意思，是探望的尊敬说法。

⑦恃：凭借，依靠。 辇：国君乘的车。

⑧衰：减少。

⑨鬻（zhōu）：通“粥”。

⑩今者：近来。 强步：勉强走走。

⑪少（shāo）：稍许。 益：增加。 嗜（shì）：喜爱。 和于身：使身体舒适。

⑫色：脸色。 少解：稍微有些和缓。

⑬贱息：对人谦称自己的儿子。息，儿子。 舒祺：触龙子之名。 不肖：子不似父，不能继承父业。引申为不成材，没出息。

⑭补黑衣之数：指补进侍卫的队伍中，当一名卫士。黑衣，王宫卫士的代称。当时王宫卫士皆穿黑衣。 没死以闻：冒着死罪把事情告诉您。

⑮敬诺：好吧。敬，表示客气的词。

⑯填沟壑：谦称自己的死。 托：托付。

⑰妇人异甚：妇女（爱得）特别厉害。

⑱媪（ǎo）：老太太。对年老妇女的尊称。 燕后：赵太后的女儿。嫁在燕国做燕王的妻子。 贤：胜。

⑲持其踵为之泣：指太后和女儿难舍难分。持，握。踵，脚后跟。

⑳必勿使反：一定不要让她回来。反，同“返”。古时诸侯的女儿嫁到别国后，只有被废或亡国才返回母家，因此赵太后祝告女儿“勿反”。

㉑今三世以前：从今往前推到第三代之前。三世，三代，

指赵武灵王、赵惠文王、赵孝成王。父子相继为一世，三世以前当指赵肃侯（公元前349年至前326年）时。 赵之为赵：赵国开始建国的时候。赵烈侯原是晋国的大夫，后来和韩、魏共分晋国，于公元前403年由周天子封韩、赵、魏为诸侯，正式建立赵国。 继：继承者。

㉒微独：不仅，非但。

㉓奉：通“俸”，俸禄。 挟：拥有。 重器：指诸侯所持有的贵重宝物，如钟、鼎、圭、璧之类。

㉔山陵：比喻国君。此指赵太后。 崩：古代称帝王死为“崩”。

㉕恣：纵，听任。

㉖约：备办。

㉗子义：人名，赵国的贤士。

赵威后问齐使（齐策）

本文通过赵威后问齐使，表现了威后关心人民、关心百姓的民本思想。

齐王使使者问赵威后①。“使使者问”叙事，亦邻国往来之常耳。书未发②，要着眼看，盖书中所问不过是太后安否，若已开，则不便问“岁与民”。威后问使者曰：“岁亦无恙耶③？民亦无恙耶？“民”字一篇骨子。王亦无恙耶？”岁、民、王三字次第大有深意，一片新奇文字。篇中数“无恙”与“耶”字点缀有态。此一段叙威后发问，故意颠倒以启使者之问。使者不说，曰：“臣奉使使威后，今不问王，而先问岁与民，岂先贱而后尊贵者乎？”威后故意颠倒，以启使者之问。威后曰：“不然。苟无岁，何有民④？峭甚炼甚。苟无民，何有君？故有问舍本而问末者耶！”以“本末”破他贵贱。此一段因使者不悦而发明所以先岁与民而后君之义。

乃进而问之曰：以下于民之外又问士，问其有益于民者也。“齐有处士曰钟离子[5]，无恙耶？是其为人也，有粮者亦食，无粮者亦食[6]；有衣者亦衣，无衣者亦衣[7]。是助王养其民者也，顾上“民”字，妙绝。何以至今不业也[8]？此一段叙以处士之能助王养民者为问。叶阳子无恙乎[9]？是其为人，哀鳏寡，恤孤独，振困穷，补不足。是助王息其民者也，又顾上“民”字，妙绝。何以至今不业也？此一段叙以处士之能助王息民者为问。北宫之女婴儿子无恙耶[10]？于二士外又问及女子，亦问其有益于民者也。彻其环瑱[11]，至老不嫁，以养父母。此独省“为人”句，以女子不嫁养亲出于人事之外，亦特笔也。以太后而问及女子，神吻酷肖。是其率民而出于孝情者也，又顾上“民”字，妙绝。胡为至今不朝也[12]？此一段叙以女子之能以孝化民者为问。此二士弗业，一女不朝，何以王齐国，子万民乎？以女子之能以孝化民者为问。此总束上文，关锁有法，笔力遒劲。见王当急行爵赏。於陵子仲尚存乎[13]？“尚存”二字要玩，上面许多无恙，此处独言尚存，盖不以其存为幸也。是其为人也，上不臣于王，下不治其家，中不索交诸侯[14]。于有益于民者之外又问及有损于民者，无非重民之意。此率民而出于无用者[15]，又顾上“民”字，妙绝。何为至今不杀乎？”不结亦结，不收而收，另是一种篇法。此一段又以率民无用者为问，见王当亟加刑罚。

[诚评] 注定“民”上作主，先故意颠倒以启使者之问。

入后步步归重在民，其问二士一女以及於陵子仲，无一非为“民”起见，盖民为邦本，民必得休养生息，趋于善而勿流为无用，王方可以无恙。然则威后之重民，非正以重王耶？至行文之妙，纯是一片灵机缭绕，飞舞团结而成。故笔调之参差，局阵之严整，气韵之萧疏，丰神之超逸，迥异寻常，其殆入化境矣。

注释：

①齐王：齐襄王的儿子。田氏，名建。公元前264年至前221年在位。　问：聘问，当时诸侯之间往来的礼节。　赵威后：赵惠文王之妻。惠文王死后，立太子丹，号孝成王，年幼，由太后执政。

②发：启封。

③岁：指一年的收成。　恙：灾害，忧患。

④苟：连词，表示假设，如果。

⑤进而：接着，进一步。　处士：隐居的贤人。　钟离子：齐国的处士。钟离是复姓，子是对男子的美称。

⑥是：这人。指钟离子。　食（sì）：动词，给食物吃。

⑦“有衣者亦衣”二句：有衣服的人能穿上衣服，无衣服的人也有衣服穿。每句中都有两“衣”字。前一个“衣”是名词，指衣服；后一个“衣”是动词，指穿。

⑧业：成就。此指给予重用。

⑨叶（shè）阳子：齐国的处士，复姓叶阳。

⑩北宫：复姓。　婴儿子：姓北宫的女子的名字。齐国有名的孝女。

⑪彻：通“撤”，除去。　环瑱（zhèn）：泛指女子的饰物。环，耳环或臂环。瑱，一种玉制的饰物。

⑫胡：疑问代词，为什么。　不朝：不上朝。此指不给予封号。因为古代只有有封号的命妇才能上朝。

⑬於（wū）陵：齐邑名。在今山东长山县西南。　子仲：齐国的隐士。

⑭索交：寻求交往。索，求。

⑮无用：没有作用。此指不与统治者合作。

遗燕将书（齐策）

燕平王五年，燕将攻克聊城并占之。后齐田单大将攻打聊城，久攻不下。齐高士鲁仲连写下此书，束之箭头，射入聊城。为燕将指出两条路：弃聊回燕、投降齐国。燕将接书后，泣三日犹豫不决，回燕怕燕王诛他（燕将攻克聊城后，潜于燕王），投降齐国又怕受辱，终于自杀。后田单趁乱屠城。

此书文辞恳切，入情入理。

吾闻之，智者不倍时而弃利[①]，勇士不怯死而灭名，忠臣不先身而后君。此三句起得突兀雄健，为一篇主意，提“忠”字在前。三句中侧重首一句。今公行一朝之忿，不顾燕王之无臣，非忠也[②]；杀身亡聊城，而威不信于齐[③]，非勇也；功废名灭，“功名”二字，一篇眼目。后世无称，非智也。此上承智、勇、忠说入，最为灵动。疏“智”字在后。故智者不再计，勇士不怯死，专重智，带言勇，遗却忠。字中有微意。今死生荣辱，尊卑贵贱，八字混含下意而未露，自是一篇虚冒。此其一时也，愿公之详计，“详计”二字起下。而无与俗同也[④]。此一段是劝燕将因时趋利。总冒通篇，以极其顺逆详略变化之妙。

且楚攻南阳，魏攻平陆[⑤]。齐无南面之心，以为亡南阳之害，不若得济北之利，齐原意在聊城。故定计而坚守之[⑥]。用“计”字作眼目。今秦人下兵，魏不敢东面[⑦]；横秦之势合，则楚国之形危[⑧]。且弃南阳，断右壤、此二句极言齐意之坚。存济北，计必为之[⑨]。再顿“计”字。此四句申上“楚攻南阳”六句。今楚魏交合，燕救不至[⑩]。齐无天下之规，此三句申上“秦人下兵”四句。与聊城共据期年之敝[⑪]。即臣见，公之不能得也[⑫]，惕之以害。齐必决之于聊城，言此以绝其望。公无再计。应前束住。此一段告以聊城有必拔之势。彼燕国大乱，君臣过计，上下迷惑，栗腹误以十万之众，五折于外，万乘之国，被围于赵，壤削主困，此数语极言燕乱。有许多意思。危使内顾，以懈其守，一也；聊城士兵家在燕都者或因恐动，莫更用命，二也；国法不振，失地无计，归路甚宽，三也；故国无政，不足更入，当乘乱东游，四也。为天下戮笑[⑬]。公闻之乎？今燕王方寒心独立，大臣不足恃，国敝祸多，民无所归心[⑭]。此四句极言燕乱，见自顾不暇，何暇救聊城。应上“燕王无臣”句。自“彼燕国”至此是从燕起议，上一段是从齐起议。今公又以聊城之民，距全齐之兵，期年不解，是墨翟之守也[⑮]；扬一笔。食人炊骨，士无反北之心，是孙膑、吴起之兵也，又扬一笔。能已见于天下矣[16]。总赞一笔束住。自“今公”以下至此又从燕将起议。此一段言燕乱，救兵不发，守孤城经年，弃之不为罪。故为公计，四字直贯下二段。不如罢兵休士，全甲车归报燕王，劝其归燕是客意。燕王必喜，士民见公，如见父母，交游攘臂而议于世，功业可明矣[17]。应上“功名”。上奉孤主以制群臣，下养百姓以资说士，矫国革俗于天下，功名可立也[18]。再应“功名”。自“燕王必喜”至此是诱燕将之词，叙归燕的许多利处。意者，接法妙。亦捐燕弃世东游于齐乎，劝其降齐是主。先劝归燕，次劝降齐，极有次第。请立地定封，富比陶卫[19]，世世称寡，于齐久存，劝之以利。此亦一计也。二者显名厚实也，愿公熟计而审处一也。此二句总束一笔。此一段言归燕降齐，可得生荣尊贵之利。

且我闻，效小节者，不能行大威；此二句提得精神，是后半篇纲领。恶小耻者，不能立荣名[20]。昔管仲射桓公中钩，篡也[21]；此是一降他国者。遗公子纠而不能死，怯也；束缚桎梏，辱身也。“篡”“怯”“辱”反应前“智”“勇”“忠”三字。此三行者，乡里不道也，世主不臣也。使管仲终穷抑幽囚而不出[22]，好顿跌。惭耻而不见，穷年没寿，则亦名不免为辱人贱行矣。作身死而不反于齐。臧获且羞与之同名矣，反醒名字。况世俗乎[23]？故管子不耻身在缧绁之中，而耻天下之不治[24]；不耻不死公子纠，而耻威之不信于诸侯。故兼三行之过，而为五霸首，名高天下，光烛邻国。看他一路历历以名字歆动之。此一段借管仲之因败为功以劝燕将降齐。曹子为鲁将，三战三北，而亡地五百里，乡使曹子计不反顾，议不旋踵，刎颈而死，则亦名不免为败军擒将矣[25]。又反醒名字。曹子弃三北之耻，而退与鲁君计。归本国者。桓公朝天子，会诸侯，曹子以一剑之任，劫桓公于坛坫之上，颜色不变，辞气不悖[26]。三战之所亡，一朝而复之，天下震动，诸侯惊骇，威加吴越。此以“威”字束住。此一段又借曹沫之因败为功以劝燕将归燕，仍是两端并举应前。若此二士者，非不能行小节死小耻也，以为杀身亡躯，绝世灭后，功名不立，非智也。单结“智”字。故去感愤之耻，立终身之名；弃忿悁之节，定累世之功，神注燕将。是以业与三王争流，而名与天壤相敝也[27]。收足“功名”二字。愿公择一而行之。妙，终不下断语。此一段总赞上二士而望燕将择处其一。

按：燕将见书泣三日，犹豫不决，欲归燕，既有隙；欲降齐，恐既降而后见辱。喟然叹曰：“与人刃我，宁我自刃。”乃自杀。聊城乱，田单遂屠聊城。

[诚评]通篇大意总是欲燕将乘时立功名，而不可呆守聊城。起首一段浑括大旨，自“且楚攻南阳”至“愿公熟计而审处一也”，先言聊之必不可守，次欲其不归燕即降齐，虽意在降齐，而两端并举听其自择。备陈利害，劝燕将意已尽，然终恐燕将以守聊城为节，而以弃之为耻，故又特引两古人之因败

为功者，以歆动之。议论详明，指陈恺切。或有以燕将见书自杀，为仲连咎者，其亦未读书中“计不反顾，议不旋踵，刎颈而死”数语耶？

注释：

①倍：同“背”。违背。

②一朝之忿：一时的怨恨。忿，同“愤”，怨恨。

③信：同“伸”。达到。

④此其一时也：现正是决断的关键时刻。　无与俗同：不要苟同于世俗之见。

⑤南阳、平陆：皆为齐国地名，位于齐国之南。

⑥齐无南面之心：意为齐国并不关心楚、魏对南阳、平陆的进攻。南面，指前句的“南阳、平陆”。　亡：除去。　不若：不如。　济北：即聊城。　故定计而坚守之：指齐国决定只坚守南阳、平陆，并不派兵前去救援。表明齐必取聊城之决心。

⑦秦人下兵：指秦王出兵攻魏救齐。

⑧此句大意为：如果齐国与秦国之间的联合之势一旦形成，那楚国的形势就危险了。

⑨右壤：指平陆。　存济北：一心一意攻打聊城。存，诚心，决心。　计必为之：这些都是齐国已决定了的策略。

⑩楚魏交合：指楚魏迫于齐秦之间的联盟，罢兵南阳、平陆与齐讲和。　燕救不至：燕王已放弃聊城，并不派兵前来救助。

⑪齐无天下之规：齐国再无其他计虑。规，计虑。　敝：围困。

⑫不能得：达不到守住聊城的目的。

⑬君臣过计：君臣之间没有好的决策。过，失误，过失。　栗腹：燕国大将。他率兵攻打赵国，五战五败。后来赵名将廉颇率兵围攻燕国，并拒绝了燕国求和的请求。

⑭独立：指得不到其他国家的援助。　敝：破败。

⑮墨翟：即墨子，名翟（公元前468年至前376年）。春秋战国时期的思想家、政治家，以善于守御著名。

⑯反北：背叛。北，同“背”。　孙膑、吴起：皆战国名将。以善于用兵著称。　能已见于天之矣：你的用兵才能天下人都已知道了。

⑰交游攘臂：比喻人多。

⑱矫：匡正，纠正。

⑲意者：如果有意。　陶卫：指陶邑魏冉和卫国商鞅。他们都是因在秦国建立了功业而得到非常丰厚的土地封赏。

⑳恶（wù）：憎恨、讨嫌。

㉑管仲射桓公中钩：管仲追随公子纠逃亡鲁国，被公子小白（后来的齐桓公）追赶，管仲朝齐桓公射了一箭，正中桓公的带钩。管仲后来被齐桓公任命为卿，尊称“仲父”，在他的帮助下，齐桓公得以成为春秋第一霸主。

㉒使：假使。

㉓臧获：古代对奴婢的贱称。

㉔缧绁（léi xiè）：拘系犯人的绳索。

㉕曹子：即曹刿。春秋时鲁国武士，长勺之战曾为庄公出谋大败齐军。后为鲁国大将。相传齐桓公与鲁君在柯（今山东阳谷东）相会，他持剑相从，挟持桓公订立盟约，收回失地。

㉖坛坫：古代诸侯盟会的场所。　悖：惑乱。

㉗名与天壤相敝：功名与天地一般不朽。

说难（秦策）

战国时代群雄争霸。各诸侯为了巩固自己的诸侯国，吞并他国，以期达到统一的霸主地位，纷纷聘请策士谋士。韩非是战国著名的谋士之一。

此文是韩非一篇著名的文章。它讲述了策士游说（shuì）的种种难处。

凡说之难，四字直提说难。非吾知之，“非”字贯下作一气读。主识言。有以说之难也①；又非吾辩之难，主才言。能明吾意之难也②；又非吾敢横失能尽之难也③。主敢言。三者皆近取诸身可以自主，故犹“非难”。是撇去数层，然后入正义，便警。此一段先言说之难不在此数端，以起下文。凡说之难，四字又提一笔说起。在知所说之心，可以吾说④。此二句是通篇扼要，以后俱从此生出。“所说”指人主，此其权在人不可自主，故难。当之所说出于为名高者也，而说之以厚利，则见下节而遇卑贱，必弃远矣[⑤]；此四句是不可以当“所说之心”者，其一难。所说出于厚利者，看他省一“为”字。而说之以名高，则见无心而远事情，必不收矣[⑥]；此四句是不可以当“所说之心”者，其二难。所说实为厚利而显为名高者也，此一种人比前两种更难与言。而说之以名高，则阳收其身而实疏之[⑦]，若说之以厚利，则阴用其言而显弃其身[⑧]。此五句是不可以当“所说之心”者，其三难。此之不可不知也。结一笔。此一段以人主之心难当，见求合之难。

夫事以密成，语以泄败。未必其身泄之也，而语及所匿之事，如是者身危[⑨]；此五句以无心而犯其忌上见说之难，一难。贵人有过端，而说者明言善议，以推其恶者，则身危[⑩]；此四句是以有心而暴其短见说之难，二难。周泽未渥也而语极知[⑪]，说行而有功则德亡，说不行而有败则见疑，如是者身危；此七句是以交浅言深不能见功适以取罪，见说之难，三难。夫贵人得计，而欲自以为功，说者与知焉，则身危；此四句是以嫌于夺人之功见说之难，四难。彼显有所出事，乃自以为也，故说者与知焉，则身危[⑫]；此四句是以嫌于破人之私上见说之难，五难。强之以其所必不为，止之以其所不能已者，身危[⑬]。此三句以劝阻大拂人意而取怒，见说之难，六难。此一段以偶有触犯而难于避害见说之难，以“身危”明说之难，意更深一层。六个“身危”作注脚，天花乱坠，又参差亦整齐，五个“则”字有落红依草之势。故曰：紧接。与之论大人，则以为闲己；是以涉于离间亲信上见说之难，一难。与之论细人，则以为鬻权⑭；是以嫌于阴卖官爵上见说之难，二难。论其所爱，则以为借资⑮；是以疑其借资求用上见说之难，三难。论其所憎，则以为尝己⑯；是以疑其有窥探意上见说之难，四难。径省其辞，则不知而屈之⑰；是以揭其过之上见说之难，五难。泛滥博文，则多而久之⑱；是以厌其过详上见说之难，六难。顺事陈意，则曰怯懦而不尽；是以鄙其过恭上见说之难，七难。虑事广肆，则曰草野而倨侮⑲。是以病其过纵上见说之难，八难。八"则"字亦如落红依草。句调极错综变化。此一段以两不相投而难于见信见说之难。此说之难，不可不知也。此二句一笔结两段，总言。论说难处极精细，意更深。

凡说之务，四字又提一笔说起。在知饰所说之所敬，而灭其所丑⑳。跟上"所说之心"义分析之。彼自知其计，则无以其失穷之㉑；见有失，则不为智。自勇其断，则无以其敌怒之㉒；见有敌，则不为勇。自多其力，则无以其难概之㉓。见有所难，则不为多力。此三"自"皆"饰敬""灭丑"之实。规异事与同计，誉异人与同行者，则以饰之无伤也㉔；此三句是并所同者。亦饰其"所敬"。有与同失者，则明饰其无失也㉕。此二句是并所同者，亦"灭其所丑"。此五句又进一层说。大忠无所拂辞，悟言无所击排，乃后申其辩知焉㉖。承上"吾知吾辩"三句来，言非吾知吾辩之难，以有所申其辩知为难也。此所以亲近不疑。知尽之难也，"尽"字承篇首"横失能尽"句。言非敢于横失能尽之难，必得其所以当尽之时为难也。此就信用后言。此一段以无所拂而后言，可见当说之难。得旷日持久，而周泽既渥，深计而不疑，交争而不罪㉗。乃明计利害，以致其功；直指是非，以饰其身。以此相持，此说之成也。总结前文，后特引证。伊尹为庖，百里奚为虏，借古圣以为言，是说士常谈。皆所由于其上也㉘。行说之意。故此二子者，皆圣人也，犹不能无役身而涉世，如此其污也，则非能士之所耻也㉙。辞气仍是战国，但益之以炼核，更觉沉雄有骨力。此一段以宽其期而后可尽见说之难。宋有富人，天雨墙坏，其子曰："不筑，且有盗㉚。"其邻人之父亦云，是为进说。暮而果大亡其财，其家甚智其子，见衬得妙。而疑邻人之父㉛。见处知之难。证"故曰"数语。昔者郑武公欲伐胡，乃以其子妻之㉜。因问群臣曰："吾欲用兵，谁可伐者？"关其思曰："胡可伐㉝。"乃戮关其思，见处知之难。曰："胡，兄弟之国也，子言伐之，何也？"胡君闻之，以郑为亲己而不备郑。郑人袭胡，取之。"关其思"一喻为进说，而犯人之忌，证"身危"数语。此二说者，其知皆当矣㉞。总结上二事，关锁有法。然而甚者为戮，结关其思。薄者见疑，结邻人。非知之难也，处知则难矣㉟。此一段又作两引以证上"不知所说之心"，明迎合之难。

昔者弥子瑕见爱于卫君㊱。居然书法。卫国之法，窃驾君车者，罪至刖㊲。叙事有法。既而弥子之母病，人闻，夜往告之，弥子矫驾君车而出㊳。君闻之，而贤之曰："孝哉！为母之故而犯刖罪。”与君游果园，弥子食桃而甘，不尽而奉君[39]。君曰：“爱我哉！忘其口而念我。”“弥子之母”至此是为进说而遇所爱之主者证。及弥子色衰而爱弛，得罪于君，君曰：“是尝矫驾我车，又尝食我以余桃。”“弥子色衰”至此是为进说而遇所憎之主者证。故弥子之行未变于初也，前见贤而后获罪者，爱憎之至变也。咏难数句逼出“爱憎至变”四字，以入正意。故有爱于主，则知当而加亲，结“弥子母病”至“念我”。见憎于主，则罪当而加疏[40]。结“弥子色衰”至“食我余桃”。跟上，写“爱憎之至变”见臣主相遇之难。故谏说之士，不可不察爱憎之主，此是说难大旨。而后说之矣。点出正意来，此一段又援引以证上文“灭其所”。夫龙之为虫也，可扰狎而骑也，然其喉下有逆鳞径尺，“逆鳞”一喻见人主之心不可逆。人有婴之，则必杀人[41]。总是极言其难。人主亦有逆鳞，说之者能无婴人主之逆鳞，则几矣[42]。结归“知所说心”及“饰敬灭丑”。真能结得全篇。此一段以婴鳞为戒，收结说难之意。

[**诚评**] 世情极透，文笔亦古，说士不传之秘尽行发泄。其结构之紧，变换之妙，顿挫关锁之精神，可为操觚家宝箓。

注释：

①说（shuì）：游说，劝说。　吾：此指进行游说的

人。　知：明白，理解。　之：指代游说的对象。　有以说：指对方有可以游说的事情。

②辩：申辩。这里有能说会辩、有口才的意思。　明：明白。

③横失：大胆放肆。　尽：把要说的话说完。

④所说：游说的对象。　可以吾说：适合进行游说；可以接纳游说。

⑤见下节：显得节操不高。　遇：待之。　弃远：疏远。

⑥远事情：脱离实际。　不收：不采纳。

⑦显：表面上。　阳收其身而实疏之：表面上礼待他，而实际并不采纳他的建议。

⑧阴用其言而显弃其身：暗中采用他的进言，但明着又不用他这个人。

⑨所匿之事：隐藏的不愿让人知道的事情。　身危：有生命危险。

⑩推：说明，证明。　恶：危害。

⑪周泽未渥：指君臣关系未深厚。周，亲密；泽，恩惠；渥，沾湿。　极知：重要机密的事情。

⑫出事：决策，行动。

⑬强：逼迫。　止：阻止。

⑭大人：德行高尚的人。　细人：地位卑微的人。　鬻

（yù）：卖。此指篡夺。

⑮爱：喜好的人或事。　借资：有意投其所好。

⑯憎：厌恶的人或事。　尝：讨好。

⑰径省其辞：简明扼要。　屈：委屈，贬低。

⑱泛滥博文：把一切都解释得极为详尽。　久：耽误。

⑲广肆：阔大无边。　草野：放肆，不礼貌。

⑳饰：粉饰，颂扬。　灭：掩盖。

㉑失：失误。　穷：责怪。

㉒断：决断。　敌：敌对，此指不利的事情。

㉓自多其力：自以为完全有能力干好某事。　难：困难。　概：系念。

㉔规异事与同计：拿与这件事的计策相同的另一件事来说明计策的得失。　誉异人与同行者：用称赞另一个人的办法来称赞同行者。

㉕此句大意为：借明饰与其同失者无失，以达到掩饰被游说之人过失的目的。

㉖拂辞：难听的话。　悟言：使人感悟的语言。　击排：强烈的措辞。

㉗交争：激烈地争论。

㉘伊尹：商初大臣。名伊，尹是官名。传说他为家奴出

身，原为有莘氏女的陪嫁之臣，曾做过厨子。　百里奚：春秋时秦国大夫。原为虞大夫，虞亡时被晋俘去，作为陪嫁之臣送入秦国。　由于：迫于，有求于。

㉙耻：感到羞耻。

㉚筑：修补。

㉛亡：丢失。　智其子：称赞其子聪明。

㉜以其子妻之：把自己的女儿嫁给胡国国君为妻。子，女儿；妻，嫁人作妻。

㉝关其思：郑武公的大臣。

㉞当：符合事实，有道理。

㉟处知：如何处理所知道的事情。

㊱弥子瑕：卫灵公的侍臣。　卫君：卫灵公。

㊲刖（yuè）：断足。古代的一种酷刑。

㊳既而：不久的意思。　矫：假托，诈称。

㊴不尽而奉君：把没吃完的甜桃奉送给卫灵公。

㊵罪当而加疏：虽然错得有道理，却遭至过分的责怪。

㊶扰狎：随意戏弄。　逆鳞：倒生的鳞片。　婴：通“撄”。触犯。

㊷则几矣：实在是太少了。几，少有。

唐雎不辱使命（魏策）

秦灭韩、魏后，企图吞掉魏的附属小国——安陵。安陵君派唐雎出使秦国，机智勇敢、针锋相对地与秦王进行了一场维护祖国领土的舌战，唐雎不辱使命，使秦终于放弃了吞并的阴谋。

秦王使人谓安陵君曰："寡人欲以五百里之地易安陵，五百里岂无地名，则虚指之词，可知又是以商於六百里诳楚故智。安陵君其许寡人①。"语傲。此叙秦王之欲行诈于安陵。安陵君曰："大王加惠，以大易小，甚善。先安抚他一层。虽然，急转出不易来。受地于先王，语婉。愿终守之，弗敢易。"安陵识破秦诈，故如此对。秦王不悦。四字生下。安陵君因使唐雎使于秦②。此叙安陵不从易地之请，使使修好也。

秦王谓唐雎曰："寡人以五百里之地易安陵，安陵君不听寡人，何也？虚揭一层。且秦灭韩亡魏③，语骄。而君以五十里之地存者，以君为长者，语慢。故不错意也[4]。今吾以十倍之地，请广于君[5]；细说一层。而君逆寡人者，另是一样笔势。轻寡人与[6]？”以反语作问词。此一段叙秦王向雎深责安陵之不易地。唐雎对曰：“否，是一字，又撇。非若是也。又是轻撇。安陵君受地于先王而守之，虽千里不敢易也，语伉。岂值五百里哉？”此一段叙唐雎告秦王以安陵不易地之义，咎秦语，词意刚劲。

秦王怫然怒[7]，较前“不悦”又甚。谓唐雎曰：“公亦尝闻天子之怒乎？”从上“怒”字生来，语莽。唐雎对曰：“臣未尝闻也。”语淡，妙。秦王曰：“天子之怒，伏尸百万，流血千里。”语骄。言欲灭安陵。此一段秦王以天子之怒语唐雎。唐雎曰：“大王尝闻布衣之怒乎[8]？”雎问语奇。妙，即以秦王问语反跌问之。秦王曰：“布衣之怒，亦免冠徒跣，以头抢地耳[9]！”语骄。怒后之言，不觉轻薄他人至此。唐雎曰：“此庸夫之怒也，非士之怒也。驳去“免冠”八字。庸夫、非士分别得清。夫专诸之刺王僚也，彗星袭月[10]；举一骇人事。聂政之刺韩傀也，白虹贯日[11]；再举一骇人事。要离之刺庆忌也，苍鹰击于殿上[12]。再举一骇人事。“刺”字三见。此三子，皆布衣之士也。应上“布衣”字。怀怒未发，休祲降于天，且上动天文又不止于百万千里。与臣而将四矣[13]！点出现前怀怒人来。疾接，骇杀人。若士必怒，伏尸二人，流血五步，天下缟素[14]，将“伏尸、流血”二句翻作一笑，加天下句，骇杀人。“二人”“五步”妙在说得小，“天下缟素”妙在说得大。今日是也！”挺剑而起！此一段言唐雎以布衣之怒恐吓秦王。

秦王色挠，长跪而谢之⑮，是天子之怒，反免冠徒跣，以头抢地矣，可笑。曰：“先生坐！应“起”字。何至于此！妙活写。寡人谕矣⑯。夫韩、魏灭亡，回顾。而安陵以五十里之地存者，徒以有先生也！”此一段以秦王谢罪结住，仍用前语归重“有先生”作章法，妙绝。活写。

［诚评］以吕政之暴横，而雎“仗剑”数语，至使竦惧谢罪，妙人、妙事、妙文。

按：《通鉴》：始皇十七年灭韩，二十二年灭魏，篇中有灭韩亡魏等语，唐雎之使自应在二十二年之后，其事之有无，殊不可考，或曰：此辩士之寓言。

注释：

①秦王：秦始皇嬴政。因当时还未称帝，故称秦王。 安陵君：战国魏襄王封其弟为安陵君。 安陵：魏地，在今河南鄢陵西北。 易：交换。 其：语气助词。

②唐雎（jū）：安陵君的臣子。

③秦灭韩亡魏：秦灭韩在始皇十七年，即公元前230年；秦灭魏在始皇二十二年，即公元前225年。

④故不错意也：所以不放在心上。错，通“措”。错意，介意。

⑤请广于君：给安陵君扩大领土。广，扩大。

⑥轻：轻视，小瞧。　与：通“欤”，表示询问语气。

⑦怫（fú）然：愤怒的样子。

⑧布衣：平民。古代平民穿麻布衣服，后来就以“布衣”为平民的代称。

⑨免冠：脱掉帽子。　徒跣（xiǎn）：赤脚行走。跣，赤脚。　以头抢地：以头碰地。抢，碰，撞。

⑩专诸之刺王僚：吴国公子光（后来的吴王阖闾）是吴王诸樊之子，为了争夺王位，派刺客专诸，藏短剑于鱼腹中，借向吴王僚献食之机，刺死王僚，自己也被杀死。专诸，春秋时吴国堂邑（今江苏六合西北）人。　彗星：古代称它为“扫帚星”，认为其出现预示着灾祸就要降临。古人迷信，以为天变和人事相应，把彗星袭月看成是上天为专诸刺死王僚一事显示的先兆。

⑪聂政：战国韩国轵（今河南济源东南）人。韩烈侯时，

严遂和相国韩傀（即侠累）争权结怨，求其代为报仇，他入相府刺杀韩傀，后自杀身死。　贯：穿过。

⑫要（yāo）离：春秋末年吴国人。相传他由伍子胥推荐给吴王，谋刺在卫的公子庆忌。他请吴王断其右手，杀其妻子，假装得罪出走，及到卫国，又假意向庆忌献破吴之策，谋求亲近庆忌。当同舟渡江时，庆忌被他刺死。他亦自杀。　庆忌：吴王僚的儿子。　“苍鹰”句：这里也是作为事变的征兆。

⑬休祲（jìn）：祸福的征兆。休，美善，吉祥。此指吉兆。祲，阴阳相侵之气。此指凶兆。　与臣而将四矣：指专诸、聂政、要离三人加上我，将成为四个人了。意思是说，我将效法专诸、聂政、要离，刺杀你秦王。

⑭天下缟素：指唐雎表示要杀死秦王。因为如果秦王死了，天下臣民都将为他穿孝服。缟素，白色的丝织品。此借指丧服。

⑮挠：屈服。　长跪：形容挺直身子跪着的样子。古时人们席地而坐，坐时两膝据地，臀部靠在脚跟上。跪时要伸直腰股，以示庄重。　谢：道歉。

⑯谕：知道，明白。

《楚辞》

“楚辞”是战国时期产生于楚国的一种新的诗歌体裁。以屈原为代表作家。这种形式的特点是大量引用楚地风土物产和方言词汇，富有浓郁的楚国地方色彩。内容恢宏，形式自由，句法参差，充满浪漫主义的色彩。

卜居　屈原

屈原（公元前340年至前227年），名平，字原。是楚国同姓贵族。他是我国文学史上伟大的诗人，作品堪称“诗史”。

本文是他在被放逐中写的一篇文章，自设问答中真情流露。

后人有以此为伪作。

屈原既放，三年不得复见①。此二句是叙事直起。竭智尽忠，而蔽障于谗②。此二句是推原已往。盖惟竭智尽忠而被谗，故三年不得复见，以致下“心烦”，不知所从。心烦虑乱，不知所从。此二句是直指现今。“竭智”四语，一篇之纲，直冒全篇。此一段叙卜居之由。乃往见太卜郑詹尹曰：凭空杜撰，莫呆看认真。“余有所疑，愿因先生决之③。”是借疑问以开端，非实有所疑也。詹尹乃端筴拂龟，将欲代为筮卜意，摹写如画。曰：“君将何以教之④？”此一段叙原往卜及詹尹之诘问。

屈原曰：“吾宁悃悃款款朴以忠乎？是言尽心于君国意。将送往劳来斯无穷乎[5]？言役情于世俗意。宁诛锄草茅以力耕乎！言归隐于田亩意。将游大人以成名乎[6]？言曳裾于朱门意。宁正言不讳以危身乎？言直谏以取祸意？将从俗富贵以偷生乎[7]？言违义以苟免意。此上六句，二句一对。宁超然高举以保真乎？言出世以全性意。将哫訾栗斯，喔咿嚅唲，以事妇人乎[8]？言强颜以为便嬖意。宁廉洁正直以自清乎？言自植己节意。将突梯滑稽，如脂如韦。以洁楹乎[9]？是言曲顺人情意，此四句一对。此上十句用反正两意实说。宁昂昂，若千里之驹乎？言不匿其才以自屈意。将泛泛若水中之凫，与波上下，偷以全吾躯乎[10]？言不露其能以免忌意。此上两句参差不齐。宁与骐骥亢轭乎？言上希圣贤意。将随驽马之迹乎[11]？言下比愚劣意。宁与黄鹄比翼乎？言与高士同辟网罗意。将与鸡鹜争食乎[12]？言与小人共受爵禄意。此上六句兼用譬喻。此十六句，一句一意，细看无一句重复。此孰吉孰凶？何去何从[13]？束住上文，点出请卜意，应篇首“从”字。此一段叙原请卜之词，“宁”“将”二字，一篇运法，正是卜处。“宁”字皆原所从也。“将”字皆原所去也，盖八“宁”字皆屈原本色，八“将”字皆世俗之波靡，十六“乎”字正是不知所从处。世混浊而不清，以正意领起下喻意。蝉翼为重，千钧为轻[14]，喻是非不清。黄钟毁弃，瓦釜雷鸣[15]，喻用舍不当。谗人高张，贤士无名[16]。是正意。应篇首“竭智尽忠”二句。吁嗟默默兮，谁知吾之廉贞[17]？”似要卜似不要卜，慨叹无已，妙妙。此一段感慨而言所以求卜之故。

詹尹乃释策而谢曰：释筴应前端筴。“夫尺有所短，寸有所长；引鄙语起下，语自隽妙。物有所不足，智有所不明；暗指龟言。数有所不逮，神有所不通[18]。暗指筴言。用君之心，行君之意，总结上文而令其自择也，原之本意在此二句。龟筴诚不能知此事[19]！”说出谢意，结应篇首“不知”。此一段以詹尹谢词作结。盖詹尹之意，以人世之所谓吉凶、去从、不足以烦屈子之听，故以龟策不能知为谢也。此与渔父“莞尔而笑，鼓枻而歌，沧浪不复与”言意同。

[诚评] 宋文公曰：屈原哀悯当世之人习安邪佞，违背正直，故阳为不知二者之是非可否，而将假蓍龟以决之。遂为此辞发其取舍之端，以警世俗。说者谓原实不能无疑于此，而始问卜于人，误矣。黄维章曰：连用十六“乎”字，以为章法，前数“乎”字用正言，后数“乎”字用取譬。看他变处，一“宁”一“将”，每段自为整对，“宁超然”“宁廉洁”“呢訾栗斯”“喔咿嚅唲”“以事妇人”“突梯滑稽”“如脂如韦”“以洁楹”，则合两段为整对。看他又变处，段段句法匀停，却与“水凫”之下，特多“与波媮全”一句，破整齐为参差。看他三变处，取譬叠对，段段分峙不相同。却于“骐骥”“驽马”一段复上“千里驹”，相连相承，又一整齐中之参差也。看他四变处，正言不继以喻，则理易腐，整段不继以

散，则体易板。作者调剂转换，极费苦心。“蝉翼”“千钧”数语，再用取譬，“尺长寸短”二语，又从詹尹口中再出取譬。譬愈多而后峰愈奇，味愈厚也。两譬与前譬，皆与正言相杂相映，又是章法内参差之整齐，就中各具变幻。前譬在正言后，后两譬在正言先，又一调剂转换处。后人赋手拖沓不变，纵填塞多料，以字法、句法，矜其古奥，然章法未能造幻，体势终归钝直，岂解如此短篇，乃具百变作用耶？按朱评得原立词真情，黄评得原行文妙用。读者兼读两评，自可毫发无憾矣！余评纷纷，举可置之，勿论予复何言。故特录二评，而不多赘，愿读者细玩之。

注释：

①既：已经。　放：放逐。　三年不得复见：三年不能再见楚怀王。指公元前304年至前302年被放逐湖北之事。

②蔽：蒙蔽。　障：遮隔。

③太卜：主管占卜的官。　郑詹尹：太卜的姓名。　疑：疑惑，疑虑。　因：通过。　决：决断。

④端策拂龟：摆正蓍草，拂去龟甲上的尘土，准备好占

卜。筴，古代占卜用的蓍草。 何以：“以何”的倒装。

⑤悃悃（kǔn kǔn）：诚实，诚心。 送往劳来：指频繁的应酬交际活动。

⑥诛：剪除。 草茅：杂草。 游大人：同达官贵人交往。

⑦正言：正直的话，坦诚的话。 讳：隐瞒。 危身：使自身受到危害。 从俗：近合世俗。 偷生：苟且贪生。

⑧超然高举：毫不在乎远走高飞。 保真：保全节操。 哫訾（zú zī）：阿谀奉承。訾，诋毁。 栗斯：献媚。 喔咿嚅唲：故作顺从、小心谨慎的样子。 妇人：指楚怀王宠姬郑袖。郑袖和上官大夫、令尹子兰共同勾结起来，向怀王进谗言加害屈原。

⑨突梯滑（gǔ）稽：左右逢源，处世圆滑。 如脂如韦：像光滑的油脂，柔软的熟牛皮。指善于应付四周发生的事情。 洁楹（xié yíng）：将平的、方的变成圆的。洁，测量物体的周长。楹，屋的柱子。比喻同流合污，阿谀奉承。

⑩昂昂：气宇轩昂，正直。 泛泛：飘浮无定的样子。 凫（fú）：野鸭。 偷：苟且。

⑪骐骥（jì）：两种良马名。 亢：举。 轭（è）：驾车时搁在牛颈上的曲木。 迹：足迹。

⑫黄鹄（hú）：天鹅。 鹜（wù）：鸭。

⑬去：去除。　从：追随。

⑭钧：三十斤为一钧。

⑮黄钟：古乐十二律中第一律，声音洪亮。　瓦釜（fǔ）：古代一种用陶土做的锅。

⑯谗人：说别人坏话，巧言自我的人。　高张：趾高气扬，位居显赫。　贤士：有才有德的人。

⑰吁嗟：唉，表叹息声。　默默：默不作声，沉默的样子。

⑱数：卦数。　逮：到，及。　通：明白。

⑲诚：确实。

渔父辞　屈原

本篇为屈原投江自杀前苦闷心情的表露。亦采用设问形式，与前文有异曲同工之妙。其“举世皆浊，我独清；众人皆醉，我独醒”真实再现了屈原对当时楚国的忧虑。

屈原既放，四字为发议之原，故篇首特揭出。游于江潭①，为渔父立案。行吟泽畔，颜色憔悴，形容枯槁②。描写尽致。此段叙屈原被放逐，忧思憔悴之状。

渔父见而问之曰：“子非三闾大夫与③？何故至于斯？”“斯”字指“颜色”二句。《史记》记作“何故而至此”。此一段设为渔父之问以起通篇之意。屈原曰：“举世皆浊，我独清；此二句《史记》作“举世混浊，而我独清”。下面“我独醒”前有“而”。众人皆醉，我独醒。“举世”“众人”暗指楚君、臣。是以见放④。”此一段言见放之由。渔父曰：“圣人不凝滞于物，“圣人”二字，《史记》记作“夫圣人者”。而能与世推移[5]。世人皆浊，《史记》仍作“世人混浊”。何不淈其泥而扬其波[6]。“淈其泥”《史记》作“随其流”。众人皆醉，何不哺其糟而啜其醨[7]？即本上“清”浊”“醉”“醒”，翻出一层作波，妙妙。何故深思高举，“深思高举”《史记》作“怀瑾握玉”。自令放为[8]？”此一段引渔父讽己当随众人，举圣人作一榜样。此一段是翻衬，是波澜，深于文者自知之。屈原曰：“吾闻之，新沐者必弹冠，新浴者必振衣[9]，安能以身之察察，“安能”《史记》作“人又记能”。受物之汶汶者乎[10]？宁赴湘流[11]，“湘”《史记》作“常”。葬于江鱼之腹中，此句《史记》作“而葬乎江鱼腹中耳”。此感慨语亦激烈语。又安能以皓皓之白，不肯丧清醒之体，直言大旨，“宁赴湘流”数语，屈子一生结局已定。而蒙世之温蠖乎[12]？”此一段自明其清真绝俗，以答渔父。

渔父莞尔而笑，鼓枻而去[13]。乃歌曰：“沧浪之水清兮，可以濯吾缨[14]；沧浪之水浊兮，仍是不凝滞意。可以濯吾足。”与上“清、浊、醉、醒”似应似不应，错综变化，不拘常法。遂去，不复与言。言见其之贞，无人能挠动意，如此结法结得文境愈高，结得文心愈苦。各成其是。此一段以渔父之歌作结，见原之志终不屈也。

［**诚评**］此与前篇皆屈子托言，以发明己意，莫呆认作实事看，评者多呆看、误矣。然又须知此与前篇语意有浅深。前篇之语，一正一反，双行到底，意虽决而仍若未定；此则直

言，“宁赴湘流，葬于江鱼之腹中”，且渔父劝讽，而终之不改，语意岂不较前更深，足使忠贞之志千载若揭。读者辨之。

林西仲评有云：“原借渔父问答，发明己意。”不肯呆看，殊为得解，至谓“原自言其志，渔父不以为然，长歌而去，此时举世总无一可语之人。虽欲不自沉汨罗，不可得矣”，此则呆看，便非屈子知己。后来者复从而和之，读者尚何缘识屈子真面目。须知屈子之死，全为被放之后，楚国将亡，无从救援，而身以宗族，不忍亲见之也，故惟有一死耳。说到“无可语之人，而不得不死”，奚啻差以千里。此等评语，皆缘笔滑心粗，求深反浅，恐误后学不小，愿高明洞察之。

注释：

①江潭：江边。

②憔悴：脸色黄瘦。　枯槁：干瘪，憔悴。

③三闾大夫：官名。闾，家族。楚有宗室昭氏、屈氏、景氏。屈原掌此三家宗法爵禄之事。所以称为三闾大夫。

④见：被。　放：放逐。

⑤凝滞：此指“局限”意。　与世推移：随着世间万物变

化而变化。

⑥淈（gǔ）：搅浑，扰乱。

⑦哺：吃。　糟：做酒剩下的渣子。　啜：喝。　醨（lí）：薄酒。

⑧令：任。

⑨沐：洗头。　弹（dàn）：用手指轻敲。　冠：帽子。　浴：洗澡。　振：抖。

⑩察察：洁白的。　汶汶：玷辱。

⑪湘：湘江，今湖南境内。

⑫皓皓：洁白的样子。　温蠖（huò）：肮脏。蠖，蛾类的幼虫。

⑬莞：慢，缓。　枻（yì）：桨。

⑭濯：洗。

《南华经》

《南华经》，简称《南华》，指《庄子》一书。道家经典之一。唐天宝元年二月敕封庄子为“南华真人”，于是称其所著《庄子》一书为《南华真经》，简名《南华经》。

养生主 庄子

庄子（公元前369年至前286年），战国著名的哲学家。其著作多以寓言形式，借用动物或神话中的神灵，表现作者独特的哲学思想。其“著书十万余言，大抵寓言，人物土地，皆空言无事实，而其文则汪洋辟阖，仪态万方，晚周诸子之作，莫能先也”。（鲁迅语）

本文为庄子的名作之一。有称“庖丁解牛”。

吾生也有涯，而知也无涯[①]；此二句说理。以有涯随无涯，殆已[②]！顿宕，更自妙绝。已而为知者，殆而已矣。“以有涯”至此是说弊，言不养者，其殆如此。此一段言生之有尽以见当养之意。为善无近名，为恶无近刑[③]；此二句是说工夫。缘督以为经[④]。紧对上“随无涯”。为通篇主意。此一段正言养生之道。可以保身，可以全生，可以养亲，可以尽年。此一段是说效验。皆所以免于殆者。著养生主之效。以上三段正论已毕，下皆从引喻中发透正意。

庖丁为文惠君解牛[5]。突接，奇峰飞来。引解牛情状及问答皆发明上“缘督以为经”意。手之所触，肩之所倚，足之所履，膝之所踦[6]，砉然响然，奏刀騞然，莫不中音[7]。以上数语形容宰夫情状如画，分明画出一个善解牛的形象。合于桑林之舞，顶手、足、肩、膝句。乃中经首之会[8]。顶“砉然”“騞然”句。此上引庖丁解牛以见纯任自然意。文惠君曰：“嘻，善哉！技盖至此乎[9]？”顿宕入神。此一段先赞其技之善。

庖丁释刀对曰：“臣之所好者，道也，便见大本领。进乎技矣[10]。技与道合，所以为善。此一段言因其自然而不见解牛之难。始臣之解牛之时，所见无非牛者[11]。此二句衬一层。三年之后，未尝见全牛也[12]。此二句又衬一层，妙语。方今之时，臣以神遇而不以目视，官知止而神欲行[13]。正言“进乎技”之妙。较未见全牛更进一层。依乎天理，纯任自然，应“缘督”句。批大郤，道大窾，因其固然[14]。此数语言不用人力。喻能行无所事，则常变顺逆，事事皆得意。技经肯綮之未尝，而况大軱乎[15]！此一段喻世事之难易，皆有自然之理，但当顺而行之也。言宰技亦必以渐而精。良庖岁更刀，割也[16]；良庖乃“技经肯綮”者，故曰割。族庖月更刀，折也[17]。族庖乃“技经大軱”者，故刀易折。良庖、族庖，喻世之不善养者，亦为文家波澜。今臣之刀十九年矣，所解数千牛矣，而刀刃若新发于硎[18]。彼节者有闲，而刀刃者无厚[19]；以无厚入有闲，精警。恢恢乎其于游刃必有余地矣[20]！此便是行所无事。是以十九年而刀刃若新发于硎。此便是能得所养。“彼节者”五句申言上“今臣”三句意。此一段见庖丁之善于养刀。言心游象外不役役于纷扰，是以能得所养。虽然，每至于族[21]，又作一转，转出下一层，更为刻入精透。吾见其难为，“难为”是非可批导者。怵然为戒，属心。视为止，属目。行为迟[22]。属手。形容详审之意，情态具现于楮墨间。动刀甚微，謋然已解[23]，如土委地。读此上数语，愈知庄子之学。提刀而立，为之四顾，为之踌躇满志；从容得意之状亦写煞。是无人不自得之景。善刀而藏之[24]。”收尽前“奏刀”“释刀”“动刀”“提刀”，如许“刀”字，亦见针线之细。此一段见有难解者究亦易解也。喻处世岂得皆顺，亦有逆境，但顺以应之，便是养生之法，无他巧妙也。

文惠君曰：“善哉！吾闻庖丁之言，得养生焉。”[25]从文惠君口中点出“养生”二字作结，笔法变幻，不是寻常照应。此一段以文惠君之善庖丁作结。

[诚评] 全部《南华》，皆寓言也。故此一篇之内，喻言多而正言少。洵所谓，凭空结撰，超超元著者也。尤妙在喻言中尽情发透，正言不烦，更为诠解其命意。遣词立格，铸局亦自有“进乎技矣”之致。至于正言，处处精奥，极简峭，极纵横，极排宕，喻言处，极醒豁，极疏畅，极流利，极曲折，则又变化错综，而不可端倪。然须知通篇大旨，总是谓“养”，

其有生之主，惟在行无所事。起首正言六十余字，既详且尽，下面滔滔三四百言，只申明“缘督为经”之意，而却无非一片灵气酝酿而成，真绝世奇文，真绝世奇文！

注释：

①吾生：我的（我们的）一生。此泛指人生。　涯：尽，边际。　知：知识。

②殆：危险。

③善：善德。　名：名誉。　恶：势利。　刑：刑罚。

④缘：循。　督：中，中间。比喻凡事有自然之理，如下所说“有间是以”。　经：常。

⑤庖丁：姓丁的厨师。　文惠君：梁惠王。　解牛：宰牛。

⑥踦（qī）：支撑。意思为宰牛时抬起一条腿，用膝盖抵住牛。

⑦砉（xū）然：皮骨分离的声音。　奏：进。　騞（huō）然：比砉然更响的破裂声。　中音：合乎音律。

⑧桑林：商汤时乐曲名。　经首：传说中尧时乐曲《咸池》乐章名。　会：节奏。

⑨盖（hé）：同“盍”，何。

⑩进：超过。

⑪无非牛者：同一般人所见的一样。

⑫未尝见全牛：对牛的全身结构摸清了，不把牛当作牛，而把它看成可以拆卸的东西。

⑬神遇：指精神上去看。　官知：耳眼等器官的感觉，此指视觉。　神欲：精神活动。

⑭天理：牛生理上的天然结构。　批：击。　郤（xì）：同“隙”。缝隙。　道：同“导”，顺着。　窾（kuǎn）：空，此指骨节间的空处。　固然：牛身体的本来结构。

⑮技：当为“枝”，指支脉。　经：指经脉。技经，脉络相连的地方。　肯：骨间的肉。　綮（qǐ）：筋肉相结处。肯綮，筋骨结合的地方。　尝：试，此指用刀接触。此句指用刀高明。　軱（gū）：大骨。

⑯更：换。　割：割肉，指不顺天理的强割。

⑰族庖：一般的厨师。族，众。　折：断，指用刀砍断骨头。

⑱硎（xíng）：磨刀石。新发于硎，刚从磨刀石上磨出来的。

⑲节：牛骨节。　闲：缝隙。　无厚：没有厚度。形容刀口薄而锋利。

⑳恢恢乎：宽大，宽绰的样子。　游：运转。

㉑族：筋骨交错聚结的地方。

㉒视为止：目光停留于一点。　行为迟：徐徐动手。

㉓謋（huò）：骨肉分离的声音。形容很快。

㉔踌躇满志：悠然自得，心满意足。　善：同“缮”，有“擦”的意思。

㉕养生：养生之道。

秦文

公元前221年，秦始皇统一了中国，消灭了割据称雄的六国，建立了中国历史上第一个统一的中央集权的封建国家。

从秦王政（始皇）罢吕不韦开始至统一中国，此间古文著作统称秦文，亦称先秦文。

谏逐客书　李斯

李斯（公元前？年至前208年），战国时楚上蔡（今河南上蔡县）人。同韩非同受业于荀子。

本篇谏书发生在始皇十年（公元前237年），韩国使者郑国到秦做客，劝说秦修筑灌溉渠。渠成，秦人发觉此渠给秦进兵韩造成了障碍。于是宗室大臣纷纷进言秦王，“诸侯人来秦者，大抵为其主游说于秦耳”，主张逐客。李斯亦在被逐之中。乃上此谏，陈逐客之失。

臣闻吏议逐客，“吏议”，不敢直斥始皇也。窃以为过矣①。二句劈口喝破题面，辣甚，冒下上文。得此故下面全用反发。“过矣”二字，轻轻揭开，语又婉甚。

昔者，二字领下四段。缪公求士②，顺接得老。西取由余于戎③，东得百里奚于宛④；迎蹇叔于宋⑤，求丕豹、公叔支于晋⑥。连用四“于”字作句法。见穆公求士之多。下三段只各举一人，笔亦变换有法。此五子者，不产于秦，是紧要语。而穆公用之，并国二十，遂霸西戎。此说出不逐客而用客本意。下三段更不复出。此一段言穆公取贤才于四方，赖客以成霸。举穆公见秦之先用客成功者一。孝公用商鞅之法⑦，移风易俗，民以殷盛，国以富彊⑧，连用二“以”字，变调。百姓乐用，诸侯亲服，获楚、魏之师，举地千里⑨，只带一句，视前段之仅用“并国二十”一句，见五子之功者，笔法又一变。至今治彊。此一段言孝公不逐而用客，见商鞅不负秦。叙鞅之功在“易俗、殷盛、百姓、诸侯”上见。举孝公见秦之先用客成功者二。惠王用张仪之计⑩，拔三川之地⑪，西并巴蜀，北收上郡，南取汉中⑫，包九夷，制鄢、郢⑬，间二句，补出下“东”字，合上西南北，变调。东据成皋之险⑭，割膏腴之壤，遂散六国之从⑮，使之西面事秦，功施到今⑯。结句又变。此一段言惠王不逐客而用客，见张仪不负秦。叙仪之功又专就辟地上铺张，末只用“遂散”二句一总。举惠王见秦之先用客成功者三。昭王得范雎，废穰侯，逐华阳⑰，强公室，杜私门⑱，蚕食诸侯⑲，使秦成帝业。此一段言昭王不逐客而用客，见范雎不负秦。叙雎之功又在“废”“逐”等上讲，笔法又变。纯用三字句，末二句是四字，调亦一变。举昭王见秦之先用客成功者四。此四君者，皆以客之功。由此观之，客何负于秦哉⑳！此一句笔力斩截，便是见逐客之非。此四句是总上正收。向使四君却客而不内，疏士而不用㉑，是使国无富利之实，而秦无强大之名也。此四句再总上反跌，更见痛快。与范雎《说秦王》篇同一腔调，同一手法，写已往神注当前。此一段一正一反，总结上文以起下文。自起首至此总作一大段，中分四小段，以“过矣”二字起，以“四君者”一段收。

今陛下致昆山之玉，“令陛下”三字与“昔者，穆公”等句相应。秦王性好侈大，故此下历举纷华进御声色之美，以启其心，善说之术也。有随、和之宝[22]，垂明月之珠，服太阿之剑[23]，乘纤离之马，建翠凤之旗，树灵鼍之鼓[24]。此七句举宝玩相形，俱是题之客面，皆意外之想目前之事，连用七“之”字作句法，笔端淋漓酣畅。此数宝者，秦不生一焉，此二句与“此五子者，不产于秦”相应。而陛下悦之[25]，何也？二字诘问得妙。此一段言宝不产于秦而王悦之，以见士不生于秦，亦不可逐意。必秦国之所生然后可，转接矫健。则是夜光之璧不饰朝廷，犀象之器不为玩好[26]，郑、卫之女不充后宫[27]，此三句就上翻转，复说上，是顺笔。而骏马𫘝𫘧不实外厩[28]，一“而”字流利。江南金锡不为用，西蜀丹青不为采[29]。此上数语连用六个“不”字作句法。此一段将上宝不产于秦而王悦之，再证一层。所以饰后宫、充下陈[30]、娱心意、悦耳目者，此数句忽再作一转，倒说顿跌。一意二喻不厌重复是古文中最奇特处。必出于秦然后可。则是宛珠之簪，傅玑之珥，阿缟之衣[31]，锦绣之饰不进于前，又用四“之”字、一“不”字作句法。而随俗雅化[32]、佳冶窈窕赵女不立于侧也[33]。前二段中伏下“珠玉”，此一段伏下“色”字，又专就美色反证一层，是单承上“赵国之女”一句来。落落自写大意却文采烂然，音节铿然。夫击瓮叩缶，“夫”字接法又变。弹筝搏髀，而歌呼呜呜[34]，快耳目者，真秦之声也。郑、卫桑间，韶虞、武象者[35]，异国之乐也。连用二“者”二“也”字作句法。今弃击瓮而就郑卫[36]，退弹筝而取韶虞，此两句紧紧与逐客相对。若是者何也？与前一“何也”遥应。快意当前适观而已矣[37]。此二句一笔直断，力重千钧。此结本段，兼结上三段，伏下“乐”字。此一段又将“乐”用异国而不必于秦作证。今取人则不然，方入人。正文却是虚接。不问可否，不论曲直[38]，非秦者去，为客者逐。此四句说得秦人逐客无理之甚。然则是所重者在乎色乐珠玉，“色乐珠玉”四字总括上文，作一收束。而所轻者在乎人民也。此二句总上四节，断得醒透。此非所以跨海内制诸侯之术也[39]。咏叹有神。此一段将人与物相较，所以痛言逐客之不明重轻，大为失计。自“致昆山之玉”至此，虽层层翻跌，却自成一大段。

臣闻地广者粟多，国大者人众，兵强则士勇。此三句喻士多有益于国。是以太山不让土壤[40]，故能成其大；河海不择细流[41]，故能就其深，此四句皆是衬，皆是喻，即皆是宾。王者不却众庶，故能明其德。此二句是主。是以地无四方，民无异国，四时充美，鬼神降福，此五帝、三王之所以无敌也。此数语总见古帝王得兼收之益，才是跨海内制诸侯之术。今乃弃黔首以资敌国，却宾客以业诸侯[42]，至此二句，方说出逐客之弊。使天下之士退而不敢西向，裹足不入秦，袭范雎语，恐吓之甚。此所谓藉寇兵而赍盗粮者也[43]。此一段言古帝王能广收众益而秦不然。见逐客非秦之利，取证奇，造语警。

夫物不产于秦，可宝者多；此二句结“今陛下”五段。士不产于秦，而愿忠者众。此二句结缪公五段，“愿忠”二字释所以为主游说之疑。今逐客以资敌国，损民以益仇[44]，内自虚而外树怨于诸侯，结“地广”一段。求国之无危，不可得也。结意警绝。言逐客则国且危，尚何敢言跨海内制诸侯。此一段以逐客适为秦害作结。

［**诚评**］李斯既亦在逐中，若开口便直斥逐客之非，宁不适以触人主之怒？而滋之令转甚耶，妙在绝不为客谋，而通体专为秦谋。语意由浅入深，一步紧一步，此便是游说秘诀。看他起首只用一笔揭开题面，随即就秦言秦，艳称秦之历代，极力歆动一番。其曰求，曰取，曰得，曰迎，曰来，皆与逐字针对，至于商鞅、张仪皆曰用，于范雎独曰得，或变或不变，用意亦在即离间。此四段平铺顺衍，惟至“此四君”段方略作一反。次以秦宝异国诸物，而独不用异国一人，极力辩驳一番，则忽正忽反，忽倒忽复，忽转忽结，变幻不拘，莫可端倪。视前平铺顺叙，笔法迥乎不同。“臣闻地广”以下，复陈帝王不逐客之盛以相形，后言秦逐客之非利，然后言秦逐客之致害，不过数语，且兼收拾全文，绌然而止，已极尽恐吓之意。意最真挚，笔最曲折，语最委婉，而段落承接、词调字句，更无不

各具其妙。昔人谓不以人废言。洵哉！千古有数之文，不可以人而废之也。

注释：

①窃：私下，暗地。

②缪公：秦穆公，春秋五霸之一。

③由余：其祖先为晋人，逃亡于戎。穆公多次派人请他入秦，以客礼待之。后用由余之计，开地千里，称霸西戎。　戎：我国古代西部少数民族的统称。

④百里奚：虞国大夫。晋灭虞后，百里奚作为晋献公女儿陪嫁的奴隶入秦。后从秦国逃到楚国，被楚边境人所捕。穆公闻其贤能，以五羖羊皮赎回秦国，任其为相。　宛（yuān）：楚地，今河南省南阳市。

⑤蹇（jiǎn）叔：百里奚之友。百里奚对穆公说："臣不及臣友蹇叔，蹇叔贤而世莫知。"于是穆公使人厚币迎蹇叔以为上大夫。　宋：国名。

⑥丕豹：丕郑之子。郑被杀后，豹自晋奔秦，穆公任为将。　公孙支：秦人，游晋，后归秦，穆公用为大夫。

⑦孝公：秦孝公。　商鞅：卫公子。也称卫鞅。西入秦，佐孝公变法图强。后来孝公以商于之地（今陕西省商县）封鞅，号称商君。

⑧彊：同“强”。

⑨举：占领，攻克。

⑩惠王：秦惠王。　张仪：魏国人。惠王时任其为相，为秦筹划连横计策。

⑪三川：韩地。今河南省黄河以南，灵宝以东地带。

⑫巴蜀：古国名。巴，今四川省东部。蜀，今四川省西部。　上郡：魏地，今陕西省榆林地区。　汉中：楚地，今陕西汉中地区。

⑬九夷：楚的部族。　鄢（yān）：楚地邑名。今湖北省宜城县。　郢（yǐng）：楚都。今湖北省江陵县。

⑭成皋（gāo）：又名虎牢，为古代著名军事要塞。今河南省荥阳县境内。

⑮六国：韩、魏、燕、赵、齐、楚。　从：同“纵”。合纵，除秦以外，东方六国结成联合战线，抵抗秦国的一种策略。

⑯西面：向西。秦在西面。　事：侍奉。　施（yì）：延续。

⑰昭王：秦昭王。　范雎（jū）：魏人。　穰（ráng）侯、华阳：秦昭王母亲宣太后的两个弟弟。昭王听取范雎建议，将

擅权的穰侯、华阳免权，并逐出关。

⑱公室：王室。　杜：杜绝，限制。　私门：指卿大夫、贵族私家的权力。

⑲蚕食：向蚕一样慢慢侵吞。此指逐步瓦解各诸侯国，攻取他们的领土。

⑳负：辜负，对不起。

㉑却：拒绝。　内：同“纳”。　疏：同“疏”，疏远外来之士。

㉒昆山：昆仑山。　随：西周春秋时的小国名。此指随珠。相传随侯曾遇见一条受伤的大蛇，于是派人给它涂药治疗，不久，大蛇衔明珠以报，因号“随珠”。　和：指和氏璧。相传楚人卞和得璞玉于山中，敬献楚厉王。王以为卞和说谎，砍掉了他的左脚；武王即位后，卞和又将璞玉献了上去，武王以为卞和说谎，砍掉了他的右脚。等到文王即位，卞和抱着璞玉在荆山下哭泣，文王派人剖璞加工，果然得到玉，于是称之为“和氏之璧”。以后秦始皇将其传为“国玺”。

㉓明月之珠：夜光珠。　太阿（ē）：宝剑名。相传吴国干将做宝剑三把，其一名“太阿”。

㉔纤离：骏马名。　翠凤之旗：像凤形四周饰满翠羽的旗帜。　灵鼍（tuó）之鼓：用扬子鳄皮做成的鼓。

㉕说：同“悦”。

㉖犀（xī）：犀牛角。 象：象牙。

㉗郑、卫：古人认为郑、卫之地多美女。

㉘駃（jué）騠（tí）：宝马名。 外厩（jiù）：马房。

㉙丹青：颜料。丹，丹砂。青，靛青。 采：色彩。

㉚下陈：犹后列。

㉛宛珠：宛地的珠。 宛珠之簪：用宛珠装饰的簪子。 傅：通“附”。 玑（jī）：不圆的珠子。 珥（ěr）：用珠子或玉石做的耳环一类的耳饰。 傅玑之珥：缀有珠子的耳饰。 阿（ē）缟：齐国东阿所产的白色绢。东阿，今属山东省。

㉜随俗雅化：随着流行的式样打扮自己。

㉝赵女：古代赵国以出美女著名。

㉞瓮（wèng）：盛水的瓦器。 缶（fǒu）：瓦器。 筝：乐器名。 搏，击。 髀（bì）：大腿。 呜呜：秦国乐歌声。

㉟郑、卫：此指郑、卫二国民间音乐，以悦耳著称。 桑间：卫地名。卫国男女欢歌会唱的地方。 韶虞：舜时乐名。 武象：周时乐名。

㊱就：附就，跟随。

㊲适观：舒舒服服地欣赏。

㊳曲直：是非。

㊴跨：统一。

㊵太山：泰山，今山东省境内。　不让：排斥，排除。

㊶择：舍弃。

㊷黔首：百姓。　资：帮助。　业：成就其业。

㊸藉：借给。　兵：兵器。　赍（jī）：给予。

㊹损民：减少人口。　仇：敌国人力。

名典名选丛书

古文释义

（下册）

普及类古籍整理图书专项资助项目

[清] 余诚 编
吕莺 校注

北京出版集团公司
北京出版社

西汉文

公元前202年，刘邦灭秦建立汉朝。公元8年，外戚王莽代汉称帝，改国号新。公元25年，汉宗室刘秀重建汉朝，缘此，公元前202年至公元8年，中国历史将此称为西汉。此间的古文著作统称西汉文。

入关告谕　高帝

高帝，即汉高祖刘邦（公元前256年至前195年）。字季，沛（今江苏沛县）人。西汉王朝的建立者。

本文写于公元前206年，是刘邦与项羽领导的起义军推翻秦朝统治后，刘邦入关时的“约法三章”。旨在废除秦的严刑苛法，安抚民众。

父老苦秦苛法久矣！父老一句直冒下文。此句开口便说着痛处。诽谤者，族[①]；偶语者，弃市[②]。此二句举秦苛法之最甚者。此一段言民苦秦苛法，以见其当除。吾与诸侯约：先入关者，王之[③]。吾当王关中。此三句言所以得除秦苛法之故。与父老约法三章耳：简尽。杀人者，死；伤人及盗，抵罪[④]。此二句亦是秦法，不可去者。余悉除去秦法，高帝得人心处在此，说得坦荡。吏民皆安堵如故[⑤]。此一段言与秦民相关切，而三章之外苛法悉除，以安吏民。凡吾所以来，为父兄除害，结上除秦法。非有所侵暴，结上“安堵”。毋恐。此一段表入关之意以收上文。且吾所以军霸上，以下兼及还军霸上意，更觉周详婉曲。待诸侯至而定要束耳⑥。此一段更表还军霸上意，作结。

［诚评］当民生迫促之时，而使之游于宽厚之宇，人心哪得不归向耶！况又字字剖心沥胆，语语刺骨入情，复具言有尽而意无穷之致。允堪与古帝王《典谟训诰》并峙天壤。唐荆川谓此不但四百年帝业所基，实一代文章之本，良然。

注释：

①诽谤：指责别人的过错或短处。诽，指背地里议论、嘀咕；谤，一般指公开地指责。　族：灭族。古代的一种刑罚，一人有罪，灭三族或九族。

②偶语：相对私语。　弃市：斩首于市。

③王之：称王。

④抵罪：抵偿罪过。按情节轻重处罚。

⑤安堵：此指让人民像平时那样安居。　故：过去。

⑥定：商定。　要：盟约。

求贤诏　高帝

本文为汉高祖开国之初，在全国范围内征求贤才的一道诏令。发于高祖十一年。

盖闻王者莫高于周文，伯者莫高于齐桓[①]，此二句起得古雅。皆待贤人而成名。重看贤人。今天下贤者智能，高招贤士于古人之上，眼界笔力壁立千仞。岂特古之人乎[②]？三句三折。患在人主不交故也，士奚由进[③]？单责人主妙，顿挫绝佳。此一段言王伯皆待贤人以成名，而贤人非求不至。今吾以天之灵，先归功于天，自不可少。贤士大夫定有天下，以为一家[④]。此二句极力归功贤人。欲其长久，即下"安利"意。世世奉宗庙亡绝也[⑤]。贤人已与吾共平之矣，又作跌宕，承上启下。而不与我共安利之，可乎？归功贤人，略带反诘，妙。此句是本意。长久奉宗庙所以为"安利"。贤士大夫，有肯从我游者，吾能尊显之[⑥]。亦所以成贤人之名，质实。上言"交"，此言"游"，有屈己友士口角，不言能富贵而言尊显者，以见贤人非富贵所能动也，妙绝。**布告天下，使明知朕意**。此一段是诏贤者之词。**御史大夫昌下相国，相国酂侯下诸侯王，御史中执法下郡守**[7]。"御史大夫"至"郡守"是布告次序。**其有意称明德者**，"意称明德"四字是贤字实际。**必身劝为之驾**[8]，勉之。**遣诣相国府，署行义年**[9]。**有而弗言**，戒之，**觉免**[10]。二字简劲无敌。**年老癃病，勿遣**[11]。更于珍重中见体恤意，周详。此一段是诏令颁行次第及诏郡守之词。

[**诚评**] 初入关，除苛法以收拾人心，既平治，求遗贤以培植国本。两事俱极切要，两诏俱极真恳。而此诏期望殷勤，法制详细，且能流丽端庄，跌宕劲峭兼而有之。高帝之雄气伟略，始具足见矣。

首段引王、伯起，开局正大，次段归功贤人，立言有体。其曰"共安利"，是所以求贤之故；其曰"尊显"，是安利贤者处。末段复于郡守，详加勉戒，一片做人至意，千载如见。

注释：

①莫：没有什么人。　周文：周文王。　伯：霸，春秋战国诸侯的盟主。　齐桓：齐桓公。春秋五霸之一。

②岂特：难道只是。

③奚由：从哪里。奚，哪里。

④以为一家：统一天下，好像一家。

⑤宗庙：此指国家。　亡绝：永远。亡，无。

⑥游：共事。治理朝政。　尊显：使……尊贵显达。

⑦御史大夫：汉行政高级长官，协助丞相处理国事。　昌：周昌，高祖功臣。　下：传达。　相国：丞相。　酂侯：萧何。　御史中执法：次于御史大夫的官吏。　郡守：郡的行政长官。

⑧其：假使。　意：美名。　明德：美德。　为之驾：指出来做官。

⑨署：写。　行：事迹。　义：仪表容貌。　年：年龄。

⑩觉免：发觉后免去职务。

⑪癃（lóng）：泛指残疾。　遣：送。

恤民诏　文帝

文帝（公元前202年至前157年），高祖之子，即刘桓。吕后死后，周勃等平定诸吕之乱，刘桓以代王入为皇帝。

本文是汉文帝为解决因战乱造成的民食匮乏而下的一道诏令。此为元年三月诏书。

诏，诏书，皇帝的命令或文告。

方春和时[1]，是感时。草木群生之物，“群生”反照下“鳏寡孤独”等字，妙绝。皆有以自乐。此二句是触物。季春发诏即借季春时物反形民说起，最有情致。而吾百姓鳏寡孤独穷困之人，“鳏寡孤独”下复着“穷困”二字，包括一切。或阽于死亡[2]，折顿深警。而莫之省忧，深沉痛切。为民父母将何如？词婉而义严，含蓄蕴藉。其议所以振贷之[3]。是后世屡为蠲租贷粟之基，结明主意。通篇俱是发明所以要恤之故，恤字正面只于结尾一点便住。

[诚评] 不过五十余字，而爱民无已之意昭然可睹，所谓仁义之人，其言蔼如者也。有君若此，何疑于蠲租贷粟，岁不绝书耶。至其命意选词尤有温柔和厚之致溢于言表，令人读之不忍释手。

此诏定振穷之令也。是年春，复有定养老之令一诏，与此并举，其诏词亦极简切。振穷养老皆仁政之大者，文帝即位而并举之，洵知急务矣。

注释：

①方：正是。

②阽（diàn）：靠近边缘欲坠的样子。

③振贷：赈济施舍。振同“赈”。贷，施舍。

赐南粤王赵佗书　文帝

南粤王赵佗（公元前？年至前137年），真定（今河北正定）人。秦时为南海郡龙川县令，后为南海尉，秦末兼并桂林、南海和象三郡，建立南粤国。汉高祖十一年（公元前196年）受封为南粤王，吕后时自称南粤武帝，发兵攻长沙边邑。文帝立二年，欲使南粤王削去帝号，称臣于汉，于是写下了此文。

本文写得谦恭得体，含危不露。

皇帝谨问南粤王，自称曰“皇帝”，称佗曰“南粤王”，便已削去“南武帝”三字。甚苦心劳意。此二句是存问，亦是微词。此一段先略叙寒温起。朕高皇帝侧室之子[①]，叙所自生。极真极直，见非吕后子，以便下言诛诸吕。弃外奉北藩于代[②]，是叙所分封。道理辽远，壅蔽朴愚[③]，此二句是自谦。问讯后即以自谦。未尝致书。是叙疏阔。此一段叙代邸向未通问之故。高皇帝弃群臣，孝惠帝即世，提过二帝不费词。高后自临事[④]，不幸有疾，是为高后回护。日进不衰，以故诗乱乎治[⑤]。托言有疾以致诗暴，为佗之见绝于汉自高后始也。出脱佗攻击长沙之罪。诸吕为变[⑥]，故乱法不能独制，详叙家难。及取他姓子，为孝惠皇帝嗣[⑦]。以取他姓子之罪归诸吕，不斥言高后也。赖宗庙之灵，功臣之力，诛之已毕[⑧]。含诸吕和少帝在内，叙次简净。朕以王侯吏不释之故，不得不立[⑨]。以辞让不得凛然，谦而弥光。此一段叙即皇帝位来历，便有与天下更始意，周旋吕后。

今即位，三字见君臣之分已定。乃者闻王遗将军隆虑侯书[⑩]，“乃者”紧接上“今”字说。“闻”字妙，不着迹。求亲昆弟，请罢长沙两将军[⑪]。此二句是赵佗书中语。朕以王书，此四字最关情，便见意中有王。曰“王遗”、曰“王书”，口口声声呼王，总是欲去其帝号也。罢将军博阳侯，是允其书中所请者一。亲昆弟在真定者[⑫]，已遣人存问，二句是允其书中所请者二。修治先人冢[⑬]。是书中所未及者，亦无不曲体而加意。得此三事，便非以虚词文饰矣，字字有深意，此一段叙待佗之恩至厚。前者闻王发兵于边[⑭]，“前者”二字是追叙语气，又用“闻”字，妙甚。为寇灾不止，当其时长沙苦之，南郡尤甚。虽王之国，庸独利乎？二句词婉意深。必多杀士卒，伤良将、吏，寡人之妻，孤人之子，独人父母[⑮]，得一亡十，念及此上数语，所以不忍加诛，伏下“使贾驰谕”意。朕不忍为也。仁人之言。此一段叙佗寇边之失。朕欲定地，控驭之意自在。犬牙相入者以问吏[16]，吏曰："高皇帝所以介长沙土也[17]。"吏言一。朕不得擅变焉。以义论之，祖制既不可更。吏曰："得王之地，不足以为大；得王之财，不足以为富，服领以南王自治之[18]。"吏言二。以理言之，粤王又不足重，此一段两引吏言，既出脱他人，又自占地步。松缓中却有严重，从吏言审度加处粤之方。虽然，一转，方入正义。王之号为帝，"号为帝"三字是题眼。两帝并立，亡一乘之使[19]，以通其道，是争也；争而不让，应前"不得而立"。仁者不为也。"两帝"数语不直斥佗，大有含蓄。此一段叙出令去帝号本意，不直令只说争不可为，妙。愿与王分弃前患，回顾前"高后谗暴、赵佗发兵为寇灾"。终今以来[20]，通使如故。回顾前"高帝、惠帝"。故使贾驰谕[21]，点出使者之名来。告王朕意，王亦受之，言下毅然难犯。毋为寇灾矣。回应前者处。此一段叙所以遣使赐书之故。上褚五十衣，中褚三十衣，下褚二十衣遗王[22]，愿王听乐娱忧，应"苦心劳意"。存问邻国[23]。应"寇长沙"。此一段叙及所赐之物并照应通篇作线。

［诚评］遣使赐书，无非欲南粤王削去帝号，而通篇未尝实写一"欲去"字面，即"帝号"二字，亦只于后幅仅仅一见。然细玩通篇，却无一字一句不是欲去帝号意，妙在含而不露，吞吐间耐人寻味；更妙在立言有体，和婉中自具笔挟风霜之义，能使人不得不心悦诚服。较之兴兵诛讨，尤有甚焉者。

词令之善，莫此为最，尹起莘曰：“一纸贤于十万师远矣。”洵不诬哉。

文帝之所以服佗者，非仅在于辞令也。其为佗亲塚在真定者置守邑，岁时奉祀，召其昆弟厚赐之，实能以德怀柔。而此书又复推诚相与，谦卑逊顺，略无矜夸纲鉴。佗恐，下令国中曰：“两雄不俱立，两贤不并世，汉皇帝，贤天子也，今去帝制，愿长为藩臣奉贡职。”其感化讵不深欤？

注释：

①高帝：汉高祖刘邦。　侧室之子：文帝自称。因其为高帝宠妃薄妃生，故云。

②弃外：封之于外。　北藩：代地在北，故曰北藩。高祖十一年冬，文帝破陈豨，自称代王。

③道理：道路。　壅蔽：同“雍蔽”，交通堵塞，地理位置偏僻。　愚：自称谦词。

④弃：此指丢下。　孝惠帝：刘盈。　高后：吕雉，惠帝之母，刘邦之妻。　临事：掌握朝政。

⑤誖乱：混乱。誖同“悖”。

⑥诸吕：吕后死后，吕家其他亲戚子弟谋反夺政。

⑦他姓子：指少帝。当时吕后命张皇后领他人之子喂养，

而杀其母，使之做太子。等到惠帝死，即使之即位。张皇后，惠帝的皇后。 嗣：后代，子嗣。

⑧功臣：指周勃等人。 诛之已毕：平定诸吕之乱。

⑨王侯吏不释：诸吕叛乱平息后，周勃等人迎代王于代，代王三让而登天子位。

⑩遣：派。 隆虑侯：吕后派去杀赵佗，后归顺赵佗。

⑪昆：兄。 罢：罢免。 长沙：地名。

⑫博阳侯：将军名。 真定：地名，赵佗老家。

⑬存问：慰问。 冢：高大的坟墓。

⑭发兵于边：攻打边境，此指高后五年事。

⑮寡：老而无夫的人。此指“使……而寡”。 孤、独均在此用作使动动词。

⑯犬牙相入：指强弱相间，此暗指欲与南粤交战。

⑰介：划出界限。

⑱服领：指大庾岭。长沙南面的界限。

⑲亡：同“无”。 一乘之使：此指统一的局面。

⑳终今：结束过去，从今开始。

㉑贾：陆贾，文帝时太中大夫。

㉒褚：丝棉，分上、中、下三等。

㉓邻国：指汉。

报文帝改帝号书　赵佗

此篇文紧接前文。汉文帝赐南粤王赵佗书后，赵佗恐慌，忙修下此书表示愿称汉臣奉纳岁贡，去帝制，削帝号。故书开首以“蛮彝大长、老夫臣佗昧死再拜，上书皇帝陛下”，为自己称帝极力开脱辩解。

蛮彝大长、老夫臣佗昧死再拜[①]，上书皇帝陛下：此十八字与文帝书“皇帝谨问”十二字声口相应。老夫自谦。故粤吏也[②]。此二句与前文帝书“朕高皇帝，侧室之子”声口相应。高皇帝幸赐臣佗玺，颂高皇帝。以为南粤王，实叙中带文饰。使为外臣，时内贡职[③]。此四句是实事，是妙文。读者须辨。当日南粤称王，非自高帝赐玺，如今以归之高帝，便自文饰其始王之非。此是自为出脱处，却叙得不着迹。故妙。孝惠皇帝即位，义不忍绝，颂孝惠皇帝有分寸，俱反照高后。所以赐老夫者甚厚。此句苍劲。此一段叙所以事汉之由。高后自临用事，近细士[④]，信谗臣，此三句极有次第。“信谗臣”三字伏下“长沙”。别异蛮夷[5]，“别异”二字与上“使为”及“不忍绝”相反。出令曰：毋予蛮夷外粤金铁、田器、马牛羊，增“田器”二字，妙，金铁固可为战具，亦即可为田器也。今特另提明田器者，以有妨耕农甚，高后之虐也。即予，予牡毋予牝[6]。”两“毋予”与上两“赐”字相反。老夫处僻，马牛羊齿已长，又单顶“毋子牝”生发出大议论来。自以祭祀不脩[7]，有死罪。此四句又从马牛羊想出祭祀来，以开罪鬼神甚，高后之虐也。使内史藩、中尉高、御史平，凡三辈[8]，上书谢过，皆不反[9]。“使内史”数句自是实叙。又风闻老夫父母坟墓已坏削，“风闻”二字，无中生有。兄弟宗族已诛论。“坏削”“诛论”皆莫须有。故曰“风闻”。此一段叙所以不得事汉之由。自“别异”至此，叙汉之虐南粤，一层深一层。此段句句罪汉，与文帝书“闻王发兵”段相应。吏相与议曰：与文帝书“与吏”声口相应。“今内不得振于汉，外无以自高异。故更号为帝[10]。”见更号为帝出于不得已意。自帝其国[11]，非敢有害于天下也。急忙中表白心迹，见称帝亦无罪于汉意。此一段叙所以称帝之故。高皇后闻之大怒，削去南粤之籍，使使不通[12]。老夫窃疑长沙王谗臣，“谗”字应前“信谗臣”。故敢发兵以伐其边[13]。“高皇后闻之”至此，妙。南粤之反在先，此只叙在称帝后，亦文饰以为自出脱也。此“故敢”紧应上“非敢”。此一段申明上“非有害于天下”，且答来书“为寇灾不止”。且南方卑湿蛮夷中，西有西瓯，其众半羸，南面称王[14]；东有闽粤[15]，其众数千人，以“半羸”“数千人”等字陪衬下“数千万里”及“百万余众”。亦称王；西北有长沙，其半蛮彝[16]，亦称王。历数称王者。老夫故敢妄窃帝号[17]，此“南方”一段，以数“王”字陪衬一“帝”字。重以“故敢”二字重叠入，妙。聊以自娱。此一段申明上“外无以自高异”意。

老夫身定百邑之地[18]，东西南北数千万里，带甲百万有余，此三句与文帝书“得王之地”等语相应。此自占地步。然北面而臣事汉，何也？不敢背先人之故。又用“不敢”二字。此一段追叙高、惠时，事汉之以本心，且答来书“修治先人塚，存问亲昆弟”。老夫处粤四十九年，于今抱孙焉。情真语趣。然夙兴夜寐，寝不安席，食不甘味，目不视靡曼之色[19]，耳不听钟鼓之音者，此数语与文帝书“苦心劳意”及“听乐娱忧”相应。以不得事汉也。住法亦同前段而调自变。此一段追叙高后时不得事汉之故，以起下文。今陛下幸哀怜，复故号，通使汉如故。老夫死骨不腐，改号不敢为帝矣。则帝号去矣，复用“不敢”二字。此一段是报改帝号正文。谨北面因使者，献白璧一双、翠鸟千、犀牛角十、紫贝五百、桂蠹一器[20]、生翠四十双、孔雀二只。“献白璧”等则贡职纳矣。昧死再拜，以闻皇帝陛下。此一段乃叙所纳之物以作结。细玩通篇语意，一气贯注，归重感文帝恩上，实是诚服，彼议其恃强而非诚服者，殊不可解。

[**诚评**] 此书处处与帝书针锋相对，立意深稳，措词斟

酌，既不失己亦不失人，一字一句俱非苟下者。评者乃谓佗非心悦诚服，而以叙高、惠两朝为外臣，绝不作一句感恩语；叙吕后见绝而称帝犯边，绝不作一句认罪语为词。以予观之，叙高、惠处曰“幸赐”，曰“厚甚”，未始非感恩也；至于称帝犯边，细思此罪如何认得。况帝书中意是欲佗去帝号，纲鉴明载，佗恐，下令国中去帝制，愿长为藩臣奉贡职矣；帝书中词是欲佗毋为寇灾，则嗣后鉴书诸王反者，不一而足，而佗卒未尝有其事，安见其非心悦诚服耶？篇末“陛下幸哀怜”数语，情真语激，实是剖心沥胆，略无一丝虚伪。至文中一二文饰牵曳处，或欲占地步，或欲自出脱，不得不尔。读者亦不可不知。

注释：

①蛮夷：泛指南方少数民族。　大长：首领。赵佗自谦。

②粤吏：指出任南海尉。

③内：同“纳”。

④细士：指小人。

⑤别异蛮夷：将南方看成汉外一员，同汉广大地区区别对待。

⑥毋：不要，不许。 予：给。 牡：雄性牲畜。 牝（pìn）：雌性牲畜。

⑦齿已长：指“老了”。 脩（xiū）：治理，引申为保证，保障。

⑧内史、中尉、御史：皆为官名。 藩、高、平：皆为人名。 辈：放在数字后面，表示同类的人或物的多数。此指同类人的多数。

⑨反：同“返”。

⑩振：收。 自高异：与……无突出差异。 更：改。

⑪帝：动词，称帝。

⑫使使：派使臣。

⑬发兵以伐其边：见前篇。高后临朝五年戊午春，赵佗疑长沙王用计灭南粤，以合并南粤称王，于是自称南越武帝。并攻打长沙，败数县。

⑭南方：泛指长沙以南广大地区。 卑：地势低。 湿：潮湿。 西瓯：蛮彝中的一支。 羸：弱。

⑮闽粤：诸彝中的一支。

⑯半：指人口的半数。

⑰窃：私下。

⑱百邑之地：此指拥有众多地区。此句指赵佗自以为是南

方诸蛮彝中的领袖。

⑲靡曼：淫靡。

⑳桂蠹（dù）：南方的一种特产。专门咬桂树的一种虫子。因此虫食桂，淹之密封，然后食，味美。是汉朝的一种祭品。

过秦论（上） 贾谊

贾谊（公元前200年至前168年），西汉洛阳人。年十八以“能诵诗书属文闻于郡中”，二十岁被文帝授予博士。一年后擢升为太中大夫。

本文为贾谊一篇著名政论文。原分为上、中、下三部分，首议始皇，次议二世，三议子婴。此为其中首篇。故曰上。篇中就各方面分析秦所犯的错误，故题为《过秦》。借“过秦”以讽汉。

论，论说文的一种。

秦孝公据崤函之固，拥雍州之地①，君臣固守，以窥周室②，开首自孝公叙起，有根源。纲鉴载：周显王七年，孝公立，以楚魏与秦接界，皆以夷狄遇秦、摈秦，不得与中国会盟，于是发愤布德修政，欲以强秦，故叙秦强之始首孝公。有席卷天下、包举宇内、囊括四海之意③，并吞八荒之心[4]。此四句总是一句，然不如此却衬不起。连下句法从《左传》周陈交质篇“涧溪沼沚”四句格法化来。当是时也，商君佐之[5]，内立法度，务耕织，修守战之具，外连衡而斗诸侯[6]。此上数语言富国强兵。此四句长短参差相偶，变换有法。于是秦人拱手而取西河之外[7]。作一小束。此一段叙孝公之强是秦强之始。欲论始皇之过，却先叙其积强之所由，始以为发端。

孝公既没，惠文、武、昭蒙故业，“蒙故业”三字总承，顶上孝公来。因遗策[8]，南取汉中，西举巴蜀，东割膏腴之地，收要害之郡[9]。先正言惠、武之强。此言四诸侯皆受秦害，为下“恐惧”占地。诸侯恐惧，此又为下谋弱秦占地。会盟而谋弱秦，不爱珍器重宝肥饶之地，谋弱秦又为下攻秦占地，一意相生。以致天下之士[10]，合从缔交，此句总领下文。相与为一[11]。此四句是谋弱秦之实。自“诸侯恐惧”至此，以诸侯作反衬，就谋弱秦上见秦之强。当此之时，又提。齐有孟尝，赵有平原，楚有春申，魏有信陵[12]。此四君者，皆明智而忠信，宽厚而爱人，尊贤而重士，此四句不是赞四君，是说如此四君会无所加于秦。约从离衡，自“齐有孟尝”至此言有弱秦之贤相。兼韩、魏、燕、赵、宋、卫、中山之众[13]。此句言有弱秦之兵士，伏下“九国之师”。自“齐有”至此亦皆写谋弱秦。于是，六国之士，有宁越、徐尚、苏秦、杜赫之属为之谋[14]；此二句是共定弱秦之计。齐明、周最、陈轸、召滑、楼缓、翟景、苏厉、乐毅之徒通其意[15]；此一句是申弱秦之约。吴起、孙膑、带佗、倪良、王廖、田忌、廉颇、赵奢之伦制其兵⑯。此一句是谏弱秦之军。自“于是”至此，是承写上“不爱”二句。须知此不是赞六国之士，是说如此多士，曾无所加于秦。三小段皆以三字住。皆写谋弱秦以衬出秦之强来，笔势纵横。尝以十倍之地，百万之众，叩关而攻秦⑰。此三句一总，更觉精神百倍，极力铺张，衬出秦之强来。秦人开关而延敌，九国之师，只极言诸侯兵士之多，以应上“兼韩、魏”句，况是总叙惠、武二代。逡巡而不敢进⑱。秦无亡矢遗镞之费⑲，而天下诸侯已困矣。一语将前面如许极力铺张处尽说得雪淡，妙绝。上写诸侯何等忙，此写秦人何等闲，极形秦强，正以反跌下文，束笔节短势险。于是从散约解，此一句是衬法，应前初点连衡，次点合纵，三叙约纵离横数层。此叙从散约解，段落井然。争割地而事秦，亦应前数层。因惧秦乃谋弱秦，欲弱秦，乃共攻秦，攻秦之后，转而事秦，写九国曲尽，正是写秦强曲尽。秦有余力而制其弊⑳。承上正写一笔。此段正写秦强，凡三笔，作三层，“蒙故业”六句一笔，是一层，“秦人开关”句，一笔，是二层，此“秦有余力”句，一笔，是三层。一层深一层，余俱是衬写法。追亡逐北，伏尸百万，流血漂橹㉑。此三句正是制其弊处。愈加从容，愈加强盛。因利乘便，宰割天下，分裂河山。此三句正是“争割地事秦”。强国请服，弱国入朝㉒。又一束。此上数语须知不是笑诸侯，总只是说秦之强。此一段叙惠王、武王之强是秦强之渐。

施及孝文王、庄襄王㉓，享国之日浅，国家无事。此一段略叙孝文、庄襄，不言其强，只作一顿，过下，前段细述极详尽，此略带，极简括，笔调变化，局阵参差，繁简浓淡，相间法也。承上启下。及至始皇，四字落得郑重。奋六世之余烈㉔，统承前文。振长策而御宇内，吞二周而亡诸侯㉕，履至尊而制六合，执敲扑以鞭笞天下㉖，威振四海。此五句是说中国，只用浑举，伏始皇之强。“威振”句收一笔。南取百越之地，以为桂林、象郡㉗。百越之君，俯首系颈，委命下吏㉘。此五句是说中国之外，极南之国亦服其强。写强著南北处，俱用实叙。乃使蒙恬北筑长城而守藩篱，句法、字法一变，又用虚字“乃使”转下。却匈奴七百余里㉙，胡人不敢南下而牧马，此三句是说六国之外极北之国亦服其强。士不敢弯弓而报怨。又言六国之中凡有怨秦者亦皆服其强。文虽实叙，神气自此又自为一束。自“孝公”至此，俱是论攻。于是废先王之道，燔百家之言㉚，此二句是正论秦之过。以愚黔首。隳名城㉛，杀豪俊，收天下之兵㉜，此四句使永不能谋秦抗秦。逐层细细摹写，以为后文作势。聚之咸阳，销锋鍉㉝，铸以为金人十二，以弱天下之民。“以愚”“以弱”一小段是夺人所持，为“仁义不施”张本。然后践华为城，因河为池㉞；据亿丈之城，临不测之溪以为固㉟。有可守之地。良将劲弩，守要害之处，信臣精卒，陈利兵而谁何㊱。“以为固”“而谁何”二小段是坚己所守。有可守之将士、兵器。天下已定，始皇之心，自以为关中之固，“自以为”三字写秦愚绝。金城千里㊲，子孙帝王万世之业也。顿挫跌宕，束上起下，姿态横生。此一段叙始皇之强是秦强之极，过秦处即在此段中。

始皇既没，余威震于殊俗[38]。此句作大转，却再衬一笔，妙绝。然而陈涉，此四字特作一大转，乃通篇枢纽。瓮牖绳枢之子，氓隶之人，而迁徙之徒也[39]；才能不及中庸，非有仲尼、墨翟之贤，陶朱、猗顿之富[40]。蹑足行伍之间，倔起阡陌之中，此上数语极写陈涉至微贱，至愚庸，与前诸侯合纵处反映，亦正，即逆起后文亡秦之速。率罢弊之卒[41]，将数百之众，转而攻秦。斩木为兵，揭竿为旗，天下云集而响应，赢粮而景从[42]，此上数语叙陈涉亡秦如此易。前写诸侯攻秦如此难。山东豪俊，遂并起而亡秦族矣。此上数语节短势险，亦与前叙合纵处同法。此一段叙秦亡之速。自“于是废先王之道”至“亡秦族矣”是论守。

且夫天下非小弱也，“且夫”二字是逆转。雍州之地，崤函之固，此二句应篇首。自若也；陈涉之位，不尊于齐、楚、燕、赵、韩、魏、宋、卫、中山之君也；此二句应上“诸侯”。锄耰棘矜，不铦于钩戟长铩也[43]；谪戍之众，非抗于九国之师也[44]；此两句应上“百万之众”。深谋远虑，行军用兵之道，非及曩时之士也[45]。此两句应上“六国之士”。自“天下非小弱”至此，总承上文，两两比较，笔力精锐，连上六“也”字，文法亦奇。反上句法，逐句变换。然而成败异变，“然而”二字轻顿，作不了语，留下文余地，妙妙。功业相反也。虚作一束。试使山东之国，又总笔扬开。与陈涉度长絜大[46]，比权量力，则不可同年而语矣。致极悠扬。然秦以区区之地，致万乘之权，招八州而朝同列[47]，百有余年矣。此四句收前半篇。然后以六合为家，崤函为宫。自“然而”二字又转“试使”二字，又转“然秦”、又转“然”字。一夫作难，而七庙隳[48]，身死人手，为天下笑者[49]，此六句收后半篇。自“然秦”至此，是一论之按。何也？仁义不施，是一论之断，全篇结穴在此。而攻守之势异也[50]。此一段推秦兴亡不常之势而原其故，以结之。

［诚评］通篇俱是写“仁义不施，而功守之势异”。细玩评语，自明其文。平铺直叙中，自具纵横驰骤，向背往来。“且夫”以上是叙事，“且夫”以下是议论。其实叙事内原带有议论，议论内亦兼有叙事。变化错综，不可端倪。至段落之长短相间，承接之虚实相生，句调之整齐参差，相杂，更觉笔墨到处，皆妙难尽述。读者当一一细心领略。

篇内“当是时”，凡两见，“于是”，凡四见，“然后”“然而”，亦各两见，似复非复，亦足见文家老横，细心人当自辨之。

注释：

①崤函：指秦函谷关，今河南省灵宝县西南。关在西崤山谷中，深险如函，故名叫崤函。秦据崤函，大约在秦孝公十四年至二十三年间。　雍州：古代九州之一。属今陕西省部分及甘肃省。雍州四面有河山之阻，为形势险恶的军事要地。

②窥：伺机夺取。　周室：东周王朝。

③席卷：像席子一样全部卷了去。　包举：像打包袱一样全部装裹。　宇内：上下四方，天下。　囊括：像装口袋一样全部装了进去。囊，口袋。

④八荒：八方。

⑤商君：商鞅。

⑥连衡：也写作“连横”。是一种分散六国，使它们各自同秦联合，从而各个击破的一种策略。

⑦拱手：两手相合，形容毫不费力，很轻易的样子。　西河之外：指魏在黄河以西的广大土地。

⑧惠文、武、昭：指惠文王、武王、昭襄王。分别为孝公之子，惠文王之子，武王的异母弟弟。　蒙：继承。　因：遵循，袭。　遗策：留下的策略。

⑨膏腴之地，要害之郡：指秦武王时，攻取韩国宜阳（今河南省宜阳县西）。昭襄王二十年，魏献其河东之故都安邑。

魏、韩、赵皆割地求和。

⑩不爱：不吝惜。　致：招致。

⑪合从：即“合纵”。六国联合共同对付秦国的一种策略。　缔交：缔结盟约。　相与为一：互相援助，成为一体。

⑫孟尝：姓田名文。　春申：姓黄名歇。　平原：姓赵名胜。　信陵：姓魏名无忌。四君皆以招致宾客出名，都是仅次于本国国君的当权者。

⑬约从：“约纵”。使六国合纵，共同对付秦国的一种策略。　离衡：破坏秦国连衡政策。　兼：联合。

⑭宁越：赵人。　徐尚：宋人。　苏秦：洛阳人，是当时“合纵长”。　杜赫：周人。　谋：谋划，筹划。

⑮齐明：东周臣。　周最：东周君的儿子。　陈轸：楚人。　召滑：楚臣。　楼缓：魏相。　翟景：魏人。　苏厉：苏秦的弟弟。　乐毅：燕将。　通其意：沟通意见。

⑯吴起：魏将。后入楚。　孙膑：齐将。　带佗：楚将。　倪良、王寥：当时的兵家。　田忌：齐将。　廉颇、赵奢：赵将。　制：掌握。

⑰叩关：攻打函谷关。叩，击、攻。

⑱延敌：打开函谷关，诱他们进来。　九国：指上文的韩、魏、燕、楚、齐、赵、宋、卫、中山。　逡巡（qūn xún）：有

所顾虑而徘徊，或者不敢继续前进。

⑲镞：箭头。

⑳制其弊：针对他们自身的弱点，控制并利用。

㉑北：败走的军队。 伏尸百万：形容、夸张之词。 橹：盾牌。

㉒强国请服二句：公元前302年后，魏朝朝秦，自比于藩臣之列。此后各国争先割地，皆服于秦。

㉓孝文王：昭襄王之子。在位只有三天就死了。 庄襄王：孝文王之子。在位三年。

㉔始皇：秦始皇。 六世：指孝公、惠文王、武王、昭襄王、孝文王、庄襄王六朝。 余烈：留下的功业。

㉕振：举起。 策：马鞭子。此指武力。 御：驾驭，统治。 二周：东周、西周。 亡诸侯：指六国皆亡，即始皇二十六年（公元前223年）。

㉖履：足登其位叫履。 至尊：皇帝，因其地位之高无法比拟，叫至尊。 六合：天下。 敲扑：刑具。短的叫“敲”，长的叫“扑”。 鞭笞：此指统治。

㉗百越：古代越族居住在江、浙、闽、粤等地，各部落各有名称。而统称百越，也叫百粤。 桂林、象郡：秦扩展开置的新郡。今广西壮族自治区境内。

㉘俯首：低头，表示服从，投降。 系颈：颈上系绳，表

示降服。　下吏：秦下级官吏。

㉙蒙恬：秦将。　藩篱：篱笆。指边疆上的屏障。　却：击退。　匈奴：古代北方的少数民族。

㉚燔：焚烧。　百家之言：各派书籍。

㉛隳（huī）：毁坏。

㉜兵：兵器。

㉝咸阳：秦时都郡。今陕西省咸阳市。　销：毁。　锋：兵器。　镝：箭头。

㉞践华：据守并凭着华山之险。　因河为池：以黄河作为帝都的护城河。

㉟亿丈之城：指华山。　不测之溪：指黄河。

㊱信臣：忠臣。　而谁何：古词汇成语。指缉查盘问之意。

㊲金城：坚固的城池。

㊳殊俗：不同的风俗，指边远不同部落。

㊴陈涉：名胜。阳城人（今属河南省登封县）。　瓮牖（yǒu）绳枢：以破瓮作窗户，以草绳系户枢，形容家贫。牖，窗户。　氓：种田之民。　隶：贱民之称。　迁徙之徒：征发边远地区戍守的人。

㊵仲尼：孔子字。　陶朱：范蠡。曾经商于陶（今属山东省），号陶朱公。善于经营，后人常以“陶朱”喻为富

人。　猗顿：春秋鲁国人。

㊶蹑足：用脚踏地。此指“出身于”。　行伍：行和伍均为当时军队下级组织名称。　倔起：倡导起义。　阡陌：本为田间小道，此指田野。　罢：同“疲”。

㊷嬴粮：担着粮食。　景：同“影”。

㊸锄：锄。　耰（yōu）：打土用的木棒。　棘矜：用棘木做的杖。此句意为农民军的武器，只有农具和木棍。　铦（xiān）：锋利。　钩戟：有钩的戟。　铩（shā）：长矛类兵器。

㊹谪戍：指征发戍守边疆。　抗：高、强。

㊺曩时：早先，从前。　士：谋士。

㊻絜：衡量物的粗细。　度长絜大：较量长短大小。

㊼区区：小。指雍州较之天小，只为区区地方。　万乘：古时周制，天子辖地方千里，出兵车万乘。诸侯辖地方百里，出兵车千乘。后世就将“天子”称为万乘。　八州：指雍州以外的八州，兖州、冀州、青州、徐州、豫州、荆州、扬州、梁州。古代中国天下分九州。秦据雍州。其余六国分居八州。　朝同列：东方六国本来和秦都是平等同列的诸侯国，后皆入朝于秦称臣。

㊽一夫：指陈涉。　七庙：天子的宗庙，喻国家。

㊾身死人手：指秦王子婴为项羽所杀。　笑：耻笑。

㊿攻守之势异也：攻和守的形势不同。专对秦言。攻，秦始皇和秦以前兼并六国，处于攻势，然统一天下后，需要施行仁义，守住天下。守，二世、子婴时不施仁义，兵力弱而困守关中。

治安策序　贾谊

西汉开国之初，汉朝廷直接统治的郡仅十五个。其余都封给同姓或异姓诸侯王。国内割据现象严重。诸侯占地大，势力强，纷纷同朝廷对立，乃致图谋叛变。贾谊看到这种情况后，写下了《治安策》六篇，本文冠于六篇之首，犹书的序。

臣窃惟事势，“事势”二字伏下治乱之体意。可为痛哭者一，可为流涕者二，可为长太息者六[①]，开口以三“可”为自著其名目，令人一见骇煞。若其他背理而伤道者，又宕开一笔，妙。难偏以疏举[②]。此一段立全策之案，挈领提纲，有建瓴之势。进言者皆曰：“进言者”三字陡接，正是陈策的根源。天下已安已治矣。此句是此段发议处。臣独以为未也。一语断定，直翻时论，不作婉曲之笔。曰安且治者，非愚则谀[③]，此先驳倒时论，四字骂尽世人。皆非事实，“皆非”二字直贯下读。知治乱之体者也[④]。趁势从反面点出一篇骨子，四句承“天下”句来。夫抱火厝之积薪之下[5]，而寝其上，火未及燃，因谓之安。此四句喻国势溺于治安而酿成祸基而罔察，意喻得新奇。分点“安”字，设喻醒快无比。方今之势，何以异此！此六句见势全未安。本末舛逆，首尾衡决[6]，国制抢攘，非甚有纪，胡可为治[7]？此五句见事全未治，进言者不知而反以为治安，此所以“可为痛哭、流涕，长太息者”也。自“夫抱火”至此是发明今日事势，为陈策之由。此分点“治”字。陛下何不一令臣，得熟数之于前[8]，因陈治安之策，正叙到“陈策”顿住。试详择焉？此一段驳倒持论而叙其陈策之由，是警惕文帝也。

夫射猎之娱与安危之机，此句接法甚奇，上方举正意，此忽接入“射猎”，岂非奇笔。孰急[9]？此二句作一正呼，今其自择。使为治[10]，劳智虑、苦身体，乏钟鼓之乐，此四句又用反跌文笔，灵警。勿为可也。顿住。乐与今同，正转。而加之诸侯轨道[11]，“而加之”三字直贯至下“与汉无极”。兵革不动，民保首领，匈奴宾服，四方向风[12]，百姓素朴，狱讼衰息[13]。以上为策内所言治效，隐隐提出。大数既得[14]，则天下顺治。此数语一层治效。海内之气，清和咸理[15]，生为明帝，死为明神，名誉之美，垂于无穷。此数语二层治效。“无穷”指“万世”言。礼祖有功而宗有德，使顾成之庙称为太宗[16]，上配太祖，与汉无极[17]。此数语又一层治效。“无极”指“汉祚”言。此三层历言治效，先天下，次名誉，次配太祖，一步深一步，三层中文法参差错落。建久安之势，成长治之业。以承祖庙，以奉六条[18]，至孝也；“至孝”见为治者德在祖宗意。以育天下，以育群生，至仁也；“至仁”见为治者德被天下意。立纲承纪，轻重同德，后可以为万世法程[19]，虽有愚幼不肖之嗣，犹得蒙业而安[20]，至明也。“至明”见为治者德及后世意。此三层又从上“有德”二字分出，言其所以能“与汉无极”者也。三层中文法亦参差错落，惟柱脚相同。以陛下之明达，此颂上。因使少知治体者，此自许。得佐下风[21]，致此非难也。此一歆动语。其具可素陈于前[22]，愿幸无忽。收束住。此一段借射猎引入而极言治安之效及致治安之非难。是歆动文帝也。

臣谨稽之天地，验之往古[23]，按之当今之务，此三句俱见学问本领。日夜念此至熟也[24]。虽使舜禹复生，压倒时辈万重。为陛下计，亡以易此[25]。此三句暗对进言者，四应作结。此一段是承上“无忽”而犹恐其或忽，言其策之至当不易，望帝之嘉纳而无忽也。故特高自期许，以耸其听耳。

［**诚评**］起首直揭全策名目，及中间照全策发议处，俱有剑匣帷灯之妙的是序体。首段从进言者说起，三段借射猎引起，一刺同朝，一讽君上，亦皆善于发端。而气势疏越，结构高古，更何待言。

篇内“治安”二字或分或合，或反或正，变化错综，靡不入妙，读者亦烦留意。

注释：

①太息：叹息。

②疏：指分条说明。

③谀（yú）：谄媚，奉承。

④体：事物的本身或全体。此指事物的本体。

⑤厝（cuò）：安置。　薪：柴火。积薪，聚集柴草。

⑥舛（chuǎn）：错乱。　衡：同“横”。　决：绝。

⑦抢攘：此指混乱。　纪：法度。　胡：怎么。

⑧熟数：详细列举。数，点数。

⑨娱：快乐，娱乐。　孰：哪一个。

⑩使：假使。

⑪乐：享乐。　轨道：纳入法制。

⑫宾服：服从，归顺。　四方向风：四面八方都崇尚汉朝良好的风气。

⑬衰息：减少甚至中断。

⑭大数：治本大计或主要方面。

⑮咸理：全都合乎于自然之理。

⑯礼祖有功而宗有德：此句意思为“使你的祖先备受尊

敬，宗族的美德得到发扬光大”。　礼：尊敬、礼貌。　顾成之庙：指庙制造得低矮简朴，易成。传说文帝即位四年，造了一座庙，叫“顾成”庙。此庙没有大兴土木、浪费民力，造得简朴。后来文帝在此做祭祀。

⑰太祖：高祖刘邦。　极：极点，引申为“到极点”。无极，永存。

⑱六亲：指父、母、兄、弟、妻、子。

⑲程：式。

⑳蒙业：承袭已创下的事业。

㉑佐下风：指臣子在下辅佐皇帝。

㉒其具：此指所述“治安策”。　素：预备。

㉓天地：此指自然之理。　往古：过去了的事。

㉔当今之务：当今要做的事。　日夜念此至熟：指并不是一时得出的结论。

㉕易此：改变接受治安策。

治安策一　贾谊

本文为《治安策》第一篇。是为保证中央集权的集中与统一，保证天下治安而献的一篇策论。

治安策共六篇。第一篇论诸侯王僭拟过制，第二篇论匈奴游猎，第三篇论正民俗、察大体、定经制，第四篇论前教太子，第五篇论崇尚德教，第六篇论尊礼大臣。

夫树国固，必相疑之势[①]。此二句开口便揭一篇大旨。下数被其殃，上数爽其忧，正申上意。甚非所以安上而全下也[②]。一语道尽，作一收束。此一段泛记天下大势，作全策总旨。今或亲弟谋为东帝，亲兄之子西乡而击，今吴又见告矣[③]。此四句俱是实事，却用虚笔领起。三事三样叙法。天子春秋鼎盛[④]，行义未过，德泽有加焉，颂上语，为文帝高占地步，立言最为有体。犹尚如是，折笔甚捷。况莫大诸侯，权力且十此者乎[⑤]？此二句应上“树国固”三字，预知有必反之势。此一段先言诸侯僭拟之由。然而天下少安，“然而”一转，说人情事吃紧。何也？大国之王，幼弱未壮，此二句是一意。汉之所置傅相，方握其事。此二句又一意。此四句正序中所谓“火未及燃”之事势也。数年之后，此四字具见深谋远虑。“数年”以上是目前所以不即反之故，以下是日后所以必反之故。诸侯之王，大抵皆冠⑥，血气方刚，此三句紧顶前“大国之王”二句。汉之傅相称病而赐罢，彼自丞尉以上，遍置私人，如此有异淮南济北之为邪⑦？此四句紧顶“汉之所置傅相”二句。“如此有异”句借上段事说出必反意，又含蓄不尽，借势轻便，句调亦极警捷。此时而欲为治安，反剔“治安”。虽尧舜不治。此二句下得斩截。此一段言目前幸可少安，若数年后则欲求治安不能。黄帝曰：“日中必熭，操刀必割⑧。”引黄帝语，见时之不可失也。今令此道顺而全安，甚易⑨。应前“甚非所以安上而全下”句，为长句。不肯早为，已乃堕骨肉之属而抗刭之，危言。岂有异秦之季世乎⑩？此三句真是刺骨语，笔带痛哭之声。此一段言当早为之，而不可蹈秦之覆辙。

夫以天子之位，乘今之时，因天之助，尚惮以危为安，“惮”字跟上“不肯”二字来。以乱为治⑪。“尚惮”二句又一提，摄翻起下“不能”数段。假设陛下居齐桓之处，“假设”二字反接妙，一见。将不合诸侯而匡天下乎⑫？此二句反应“天子之位”。臣又知陛下有所必不能矣。一设难，煞住。“陛下居齐桓”三句是深一层难法是客意，此一段言事势可为而不为，则天下无能为之事。假设天下如曩时，“假设”二见。淮阴侯尚王楚，“尚”字贯下七句。黥布王淮南，彭越王梁，韩信王韩，张敖王赵，贯高为相，卢绾王燕，陈豨在代，事实又俱用虚叙。令此六七公者皆亡恙，当是时而陛下即天子位，反应“乘今之时”。文字妙处全在“令此”语。能自安乎[13]？臣有以知陛下之不能也。二设难。此一段承上言文帝自处昔日英雄群起之时，必不能有为。此段言异姓英雄之多，仍是客意。天下殽乱，四字总卷上文。高皇帝与诸公并起，非有仄室之势以豫席之也[14]。文势最为跌宕。诸公幸者乃为中涓，其次廑得舍人，材之不逮至远也[15]。伏下“角材”句。高皇帝以明圣威武即天子位，长句耸势。割膏腴之地，以王诸公[16]，多者百余城，少者乃三四十县，伏下“非身封王”。德至渥也[17]。“至远”“至渥”两层见其不应反也，得此下“然”字方转得有力。然其后七年之间[18]，反者九起，此二句言其反之速且众也。陛下之与诸公，非亲角材而臣之也，应“与诸公并起”句。又非身封王之也[19]。应“割膏腴”句。自高皇帝不能以是一岁为安，故臣知陛下之不能也。总缴上文。此一段申明上段不能意。

然尚有可诿者，曰疏，臣请试言其亲者[20]。此二句是过峡，玩此，宾主分明矣。“亲疏”二字为下“疏者”二句伏根。假令悼惠王王齐，“假令”亦与下两“假设”同，而却易以“令”字，似变似不变，妙在有意无意间。上两“假设”而此一“假令”，皆如山峦水波，陡然唤起，真空灵变化之笔。此一“假令”方是主意。元王王楚，中子王赵，幽王王淮阳，共王王梁，灵王王燕，厉王王淮南，六七贵人皆亡恙，亦用虚叙，波澜层叠。当是时陛下即位，能为治乎[21]？上分点“安”字，此分点“治”字。臣又知陛下之不能也。三设难。此一段乃言亲王分封太大，不可不虑。上三段及此一段皆以“不能”煞住句调，参差不齐，其义亦彼此个别，细心人可尽会之。反复说难，讽文帝以有为也，然连谓帝为不能，自然是三代遗直。若此诸王，名虽为臣，实皆有布衣昆弟之心，虑亡不帝制而天下自为者[22]。“名虽为臣”三句，洞见诸王肺腑不轨，写出诸王心事。擅爵人，赦死罪，甚者或戴黄屋[23]，三事是举其大。汉法令非行也。虽行，不轨如厉王者[24]，暗应篇首，情危而语紧。令之不肯听，不服教。召之安可致乎？不应召。幸而来至，法安可得加？动一亲戚，天下圜视而起[25]。即应召亦不敢加罪。陛下之臣，虽有悍如冯敬者[26]，适启其口，匕首已陷其胸矣。臣不敢言。二句语甚危悚，异日袁盎适符其言矣。陛下虽贤，吾不得闻。谁与领此[27]？顿住。此一段又申明上段不能意。每一意必折出数层，文笔极婉曲，此段尤甚。故疏者必危，亲者必乱，“疏”字、“亲”字应“然尚有可诿”二句，“危”“乱”字应“尚惮”二句。已然之效也[28]。此三句总收上文。其异姓负强而动者，指韩彭等。汉已幸胜之矣，跟上“因天之助”句。又不易其所以然。追前。同姓袭是迹而动，指淮南。既有征矣，其势又尽复然[29]。“其异姓”六句，主意在分亲王之力，而故将异姓层叠较量，真得宾主之法，用两“然”字作住脚，亦甚矫健有势。殃祸之变，未知所移，明帝处之，尚不能以安，后世将如之何！住得仍是含蓄不尽，此一段总束上文以起下意。

屠牛坦一朝解十二牛，以下忽引喻，奇妙绝伦。而芒刃不顿者，所排击剥割，皆众理解也[30]。至于髋髀之所，非斤则斧[31]。夫仁义恩厚，跟上“行义未过，德泽有加”二句，此分剖绝好，以下是正喻夹写法。人主之芒刃也；权势法制，人主之斤斧也。今诸侯王皆众髋髀也，释斤斧之用，而欲婴以芒刃[32]，臣以为不缺则折。正喻夹写，笔笔峭劲，新颖。胡不用之淮南、济北？自难自解。此句暗应篇首。势不可也。收束住。此一段以屠牛为喻，见不可徒恃仁义恩厚。

臣窃迹前事[33]，遥接前“假设天下曩时处”。大抵强者先反。以一“强”字领起下七句。淮阴王楚最强，则最先反；一则最先反。韩信倚胡一，则又反；贯高因赵资，则又反；陈豨兵精，则又反；彭越用梁，则又反；黥布用淮南，则又反；五则又反。卢绾最弱，最后反。连点“反”字，住脚如飞花乱落，大有逸致。此上数语或对或不对，变化错综，字字天然。长沙乃在二万五千户耳[34]，功少而最完，势疏而最忠，非独性异人也，少此一顿不得。亦形势然也。此上“长沙”数语最关紧要，特举一力少国小者作榜。曩令樊、郦、绛、灌据数十城而王[35]，以下用反言洗发正意，笔情逸冷。今虽已残亡可也。令信、越之伦列为彻侯而居[36]，虽至今存，可也。此一段又历引异姓之恃强，而反以隐形同姓之王当弱也。正写异姓，神注同姓，读者不可不知。

然则天下之大计可知已。接得爽捷。欲诸王之忠附，则莫若令如长沙王；欲臣子之勿菹醢[37]，则莫若令如樊、郦等。此上四句承上段咏叹，以起下“欲天下”一句。欲天下之治安，莫若众建诸侯而少其力。到此方一句，说出主意，为一篇纲要，后来“主父偃之计”，实本于此。自“欲诸王”至此三叠，侧重末段。力少则易使以义，国小则亡邪心[38]。此二句承上“众建”句，领起下五段。起伏段落，痕迹俱化，皆言“众建”之效。此一段言“众建诸侯而少其力”为治安之要。令海内之势，“令”字接得有藕断丝连之妙。如身之使臂，臂之使指，莫不制从[39]。此三句明用譬喻。诸侯之君，不敢有异心，辐凑并进，此又暗用譬喻，一段中连用两喻。而归命天子[40]。虽在细民，且知其安，此二句叠势跌宕。故天下咸知陛下之明。此句并下“廉”“仁”“义”“圣”铺张扬厉，称颂有体，而文字规模亦极宏整堂皇之至。一业附。此一段言海内可安，以见其明。割地定制[41]，自是良策，使汉文帝用其言，何至不再世，而有七国之祸耶。令齐、赵、楚各为若干国，使悼惠王、幽王、元王之子孙，毕以次各受祖之分地[42]，地尽而止。此正是众建诸侯而少其力，妙著。及燕、梁他国皆然。其分地众而子孙少者，建以为国，空而置之，须其子孙生者，举使君之[43]。此正是国大而子孙少者处置。诸侯之地，其削颇入汉者，为徙其侯国[44]及封其子孙也，所以数偿之。又为既绝诸侯处置。一寸之地，一人之众，天子之所利焉，诚以定治而已。服人心处全在此。故天下咸知陛下之廉。二业附。自“令齐赵楚”至此，凡三层曲折详尽，处置得宜觉斤斧皆芒刃矣。此一段言分地定治，以见其廉。区画周到，是贾生真实经济。地制一定，宗室子孙莫虑不王，下无倍畔之心[45]，此四句承上段来，亦有藕断丝连之妙。上无诛伐之志，见此正是“仁义恩厚”也。故天下咸知陛下之仁。三业附。此一段言安定宗室以见其仁。法立而不犯，令行而不逆，此二句亦暗顶上段文义来。贯高、利几之谋不生，柴奇、开章之计不萌[46]，细民乡善，大臣致顺，故天下咸知陛下之义。四业附。此一段言法立令行，能消未萌之祸，以见其义。以上廉、明、仁、义四段，住脚一样。卧赤子天下之上而安，分点“安”字。植遗腹，朝委裘[47]，而天下不乱。当时大治，此句分点“治”字。妙绪触手分批。后世诵圣。五业附。又另作一样住脚，不与前四段同。此一段言能安及后世。五段随笔成文，繁简错综，无一重复处，令人无从测其踪迹，体制变化莫论。一动而五业附[48]，一句总收上五段，笔力简劲。陛下谁惮而久不为此？“惮”字应前“惮之”，“久不为此”应前“不肯早为”。“一动”句下再如此收束，愈见警醒。此一段总收上五段。

天下之势，方病大瘇[49]；此二句忽用引喻，意境飘逸。一胫之大几如要[50]，一指之大几如股，平居而不可屈信，一二指搐，身虑亡聊[51]。此喻从上“臂指”意生来。词气激切总是痛哭口吻。失今不治，四字是要语，“后虽”二句正是足此意。见当及时。必为锢疾，后虽有扁鹊[52]，不能为已。见后虽有能臣，亦难措手。此一段喻及今不为变计，后必有难除之患。在喻意上引出正意来，又另是一样笔调。病非徒瘇也，承上，撇一笔，妙甚。又苦跖盭[53]。递下一笔，更妙。因喻入喻，一喻翻出两喻，笔情恣肆。上段“病瘇”喻疏者制大权，此段“跖盭”，喻亲者无分地。元王之子，以下忽入正意。帝之从弟也，今之王者，从弟之子也。惠王之子，亲兄子也，今之王者，兄子之子也。亲者或亡分地以安天下，疏者或制大权以逼天子[54]。此处亲疏单就同姓中分别，与上以同姓、异姓分别者不同。臣故曰：非徒病瘇也，又苦跖盭。此二句收本段。可痛哭者，此病是也。此二句收通篇，收得细密。应序文起首、结处。此一段以同姓亲疏不拘之可痛哭作结。

［**诚评**］主意又在“众建诸侯”，而“少其力”是处置同姓，妙著。细玩通体，文意自明。前面许多议论，皆为此而发，后幅“五业之附”，则极陈“治”“安”之要，以歆动之。末归到“痛哭”上作结，词旨本自可晓。而其文势苍莽，笔力纵横，非细心人，竟莫窥其旨意之微妙及其界划之分明矣。

注释：

①树国：建立诸侯国。　固：力量强大，势力坚固。　相

疑：互相猜疑。

②数：多次。　上：此指朝廷。　爽：差错，此指担心，担忧。　忧：忧患。　安、全：使……平安，使……安全。

③亲弟谋为东帝：汉文帝异母弟淮南厉王刘长，企图阴谋叛乱，称帝。事发被拘，后因不食而死。因淮南（今安徽淮河以南）在西汉首都长安东面，故称“谋为东帝”。　亲兄之子：指济北王刘兴居，文帝兄刘肥之子。他曾企图袭取荥阳，后失败自杀。　乡：向。　吴又见告矣：指吴王刘濞（bì）在封国内铸钱，煮盐，招纳天下人，扩张势力，准备谋反，后被告发。

④春秋：指年龄。　鼎盛：年富力强。

⑤莫大：最大。　十此：十倍。

⑥冠：古代一种礼仪。男子二十岁举行冠礼。表示成年。

⑦丞尉：县丞和县尉。汉代两级官员。　置：安插。　私人：自己的人。　淮南济北：上文所说的刘长、刘兴居。　邪：耶。

⑧黄帝：传说中的我国古代帝王。　熭（wèi）：暴晒。　日中必熭两句：喻机不可失，时不再来。

⑨道顺：按着道理去做。

⑩乃：就。　堕（huī）：毁坏。　抗刭：杀头。　季世：

末世。国家将亡的时候。

⑪因：依仗。　以危为安：转危为安。　以：用。

⑫居：处于。　齐桓：春秋齐国的国君。乘周室衰微，天下大乱，纠合诸侯，成就霸业。　匡：整顿。

⑬曩时：指高祖即位之时。　淮阴侯：指韩信。　黥布：英布。　彭越：汉初被封为梁王。　韩信：战国时韩襄王的后代。汉初封为韩王。　张敖：汉赵王张耳的儿子，高祖女婿。张耳死后，继立为赵王。　贯高：赵王张敖的国相。因谋杀高祖被捕，自杀。　卢绾（wǎn）：汉初封为燕王。　陈豨：汉高祖时封为阳夏侯，镇守赵、代两地。　淮南、梁、韩、赵、燕、代：均为以上各诸侯王的封地。　王：动词，称王。　亡恙（wú yàng）：没有疾病、灾祸等忧虑的事情。　安：安全。

⑭殽（xiáo）乱：混乱。　仄室：即侧室，庶子。此指宗族的势力。　豫：同“预”，事先准备。　席：凭借，依靠。

⑮幸者：侥幸者。　中涓（juān）：皇帝左右官员。　廑（jǐn）：仅。　舍人：低于中涓的官员。　材：才能。　逮：及。

⑯以王诸公：分封诸公为各诸侯王。

⑰渥（wò）：深厚。

⑱七年：指高祖五年至十一年。

⑲角：较量。　臣：使臣服。称臣。　身：亲身。

⑳诿（wéi）：推托，推辞。　疏：指疏远异姓诸侯王。　亲者：指同姓诸侯王。

㉑悼惠王：刘肥，高祖长子。汉封为齐王。　元王：刘交，高祖之弟，封为楚王。　中子：高祖第三子刘如意，封为赵王。　幽王：刘友，高祖之子，原为淮阳王，后封为赵王。　共（gōng）王：刘恢，高祖之子，原为梁王，后封为赵王。　灵王：刘建，高祖之子，封为燕王。　厉王：刘长，高祖之子，封为淮南王。　治：治理。此指从容执政。

㉒布衣：平民。　昆弟：兄弟。　帝：称帝。　虑亡不帝制而天下自为者：没有一个不想称帝主宰天下。可见诸王心术不正。

㉓擅：自作主张。　爵人：封爵于人。　赦：赦免。　黄屋：古代帝王的车。

㉔不轨：不守法令制度。轨，法制。

㉕圜（yuán）视：怒目而视。

㉖冯敬：汉文帝御史大夫。曾揭发淮南王不轨之事。

㉗谁与：“与谁”。　领此：率领，此有“治理”之意。

㉘效：效验，证明。

㉙袭：沿袭。　是：这。　迹：踪迹。　征：征兆。　复然：重新出现过去叛乱局面。

㉚屠牛坦：古代一位善于宰牛的人。名坦。　朝：早晨。　芒刃：锋利的刀刃。　顿：钝。　排击剥割：宰牛时的各种动作。　理：肌肉的纹理。

㉛髋髀（kuān bǐ）：牛的大骨头。　斤、斧：砍刀类的工具。

㉜婴：触动。碰。

㉝迹：推究，考察。

㉞长沙：长沙王吴芮。　乃：只。　在：才。

㉟樊：樊哙。汉初封舞阳侯，后任左丞相。　郦：郦商。汉初封为曲周侯，后任右丞相。　绛（jiàng）：绛侯周勃。文帝时为右丞相。　灌：灌婴。

㊱伦：类。　彻侯：只有封爵没有封地。

㊲菹醢（zū hǎi）：古代一种酷刑，把人剁成肉酱。

㊳义：道义。　邪：邪念，此指叛乱之心。

㊴制从：服从。

㊵辐辏：辐条聚集于轮轴。指地方归顺中央，不有二心。　天子：皇帝，此指朝廷。

㊶定制：制定法律制度。

㊷毕：全。　以：按。　次：次序。　分地：指诸侯王的封地。分，名分，职分。

㊸须：等待。　举：全部。　君之：使之为君。

㊹削：削弱，此指“收回”。　颇：大量。　徙：迁移。此指“调换”。

㊺倍畔：背叛。

㊻利几：原为项羽部下将领，降汉后被封为颍川侯，后来因为叛乱被杀。　谋：阴谋。　柴奇、开章：淮南王刘长的谋士，设计谋反。

㊼赤子：指幼君。　卧：躺在。此指“立”。　天下之上：指即位。　植：立。　遗腹：遗腹子。　委裘：先帝的遗衣。此指按照先帝遗留下的规章制度。

㊽一动：指上文“众建诸侯而少其力”。　五业：指明、廉、仁、义、圣。

㊾瘇（zhǒng）：脚肿病。

㊿胫（jìng）：小腿。　要：同“腰”。

(51)平居：平常。　屈：弯曲。　信：伸直。　搐（chù）：牵动。　亡聊：无聊，无所依靠，此指“无法忍受”。

(52)锢疾：不治之症。　扁鹊：战国时著名医生，传说有起死回生之术。

(53)跖盭（zhí lì）：脚掌反面弯曲。

(54)或：有的。　制：控制。

劝农诏　文帝

本文为文帝十二年下的一道诏文。针对农民赋税沉重，文帝倡导减租，并劝导农民以“农”为本，勤于农事。

道民之路，在于务本[①]。二句揭出主意，已含责吏之意。此一段浑发劝农大意。朕亲率天下农，十年于今，而野不加辟，岁一不登[②]，民有饥色，是从事焉尚寡[③]，词调婉丽。而吏未加务也。是一责吏。此一段以躬劝农事无效责吏之不加务。吾诏书数下，岁劝民种树而功未兴[④]，是吏奉吾诏不勤，而劝民不明也[⑤]。“不勤”“不明”是二责吏。此一段又以屡诏劝农无效责吏之“不勤”“不明”。且吾农民甚苦，而吏莫之省[⑥]，“莫之省””是三责吏。此三层意思一层深一层。将何以劝焉？其赐农民今年租税之半[⑦]。此句是以省赋轻徭为群吏先也。正恤农实意。此一段言农民甚苦，责吏之不加恤。

按：文帝二年赐天下本年田租之半，复行之十三年，遂永除也。

［诚评］郦生曰：王者以民为天，民以食为天。则农之为本务也，明矣。夫农本者，民也；而道之务本者，则责在君。然君能躬亲率之，诏书数下皆未见效，此其责不尤在吏耶？故诏内于吏三加责焉，而劝民深意亦即隐隐寓于其中。

注释：

①道：同“导”。引导。　务本：致力根本。

②辟：开垦。　岁一不登：一年之中粮食还有收成不好的时候。

③焉：“之于”合称，指在农业方面的人。　寡：少。

④数：多。　种树：种植。　树，植。

⑤明：明了。

⑥省：察。

⑦租税之半：指免人民赋税的一半。

令二千石修职诏　景帝

汉景帝刘启（公元前188年至前141年）。西汉皇帝。文帝之子，在位十六年。推行“与民生息”政策，与文帝并称贤君。曾三次改元，此文为后二年夏四月诏。目的为了整顿吏治。

雕文刻镂，言居室器用之奢侈。伤农事者也[1]；锦绣纂组，言服饰之奢侈。害女红者也[2]。此四语先言奢侈之弊。农事伤，则饥之本也；女红害，则寒之原也。此四语从上推出一层，见关系不小。夫饥寒并至，而能亡为非者[3]，寡矣。又推出一层，关系更不小。此一段以不勤俭之弊引起下文，言为此所以躬自勤俭，为天下倡。朕亲耕，后亲桑，以奉宗庙粢盛祭服[4]，为天下先。此四句是自言其勤，却兼及后。不受献，减太官，省繇赋[5]，此三句是自言其俭，“省繇赋”更兼恤民意。欲天下务农桑，素有蓄积，以备灾害。诏全为此二句而发。强毋攘弱，众毋暴寡，语气自健。老耆以寿终，幼孤得遂长[6]。此即“有蓄积，备灾害”意。此七句三层相因。此一段言身先勤俭以为民求“富庶”。“勤俭”自是文帝家法。今岁或不登，民食颇寡，其咎安在[7]？或诈伪为吏，吏以货赂为市[8]，渔夺百姓，侵牟万民[9]。此四句是推原民食颇寡之故。县丞，长吏也，奸法与盗盗[10]，字法。甚无谓也。此四句是实指“咎之所在”。其令二千石各修其职[11]。不事官职，耗乱者，指“奸法”“盗盗”。丞相以闻，请其罪[12]。此四句是明言各修其职之实。盖长吏事官职不耗乱，众吏自不敢夺民财，而民有蓄积备灾害矣。布告天下，使明知朕意。此二句以晓吏民作结。此一段归咎长吏而令二千石修职。

[诚评]令二千石修职，其实归也咎县丞，以儆众吏，俾民有蓄积，备灾害。意极曲折，笔极古朴，可与高文诸诏媲美。

注释：

①雕文刻镂：在玉石、金属器物上雕琢刻纹。文，纹。　伤：损害。

②锦绣纂组：织锦编结。纂，编结。组，丝带组合。古代

用作佩玉或佩印的绶带。　女红：女工。指纺织、刺绣、缝纫等类事。

③亡：同“无”。

④后：指皇后。　粢盛（zī chéng）：供祭祀用的谷物类。

⑤献：汉的一种赋税。指给皇帝交的献费。　太官：掌管宫廷膳食的官。此指皇帝膳食费用。　繇：劳役。

⑥毋：不。　攘：夺，拿。　暴：欺凌，损害。　耆（qí）：老年人。　遂：成。

⑦岁：年成。　登：谷物成熟。此指丰收。　咎：错，过失。

⑧货赂：财物。　市：买卖。

⑨侵牟（móu）：侵夺，掠夺。牟，是一种食稻根的害虫。

⑩县丞：辅佐县令的官吏。　长吏：县吏之长。　奸法：知法犯法。　盗盗：帮助盗贼去偷盗。

⑪二千石：汉代国相和郡守的通称，因其俸禄为二千石，故称。　修其职：整顿各自管辖的吏制。

⑫不事官职：不尽职守。　耗（mào）乱：昏庸不明。　闻：上报。　请：查究。

谏猎疏　司马相如

司马相如（公元前179年至前117年），字长卿，蜀郡成都（今四川成都）人。西汉著名辞赋家。武帝时诏为郎，升为孝文园令。

汉武帝喜欢田猎，常常御车马驰逐野兽。建元三年，司马相如见武帝终日沉溺于围猎之中，便作了此文规谏。

臣闻物有同类而殊能者，“物”字，该人兽在内。“殊能”尤宜着眼，下“乌获”等是人之殊能者。故力称乌获，捷言庆忌，勇期贲、育[①]。臣之愚，先借人作衬笔。窃以为人诚有之，兽亦宜然。从人跌出兽来，爽快无比。此一段言猛兽中亦当有尤猛者。起得纡徐而不急迫，便已得进言之术矣。今陛下好陵阻险[②]，射猛兽，此二句直接人所不谏之事。卒然遇逸材之兽，“逸材”二字，即所谓“殊能”也。骇不存之地，犯属车之清尘[③]，此二句属兽言，不敢斥言乘舆。舆不及还辕，人不暇施巧，摹写"卒然"一层，又加下"虽有"句，句调错综，词意酣足，总言其祸之近，且速也。虽有乌获、逢蒙之技不得用，上"不及""不暇""不得"等字，俱从"卒然"二字生出。枯木朽株尽为难矣④。"阻险"中有无限塞道之物。是胡、越起于毂下，而羌、夷接轸也，岂不殆哉⑤？此三句再足一层警绝，喻祸近且速，以见天子不宜自临。此一段言不宜射猛兽于阻险之地。虽万全而无患，承上作转递。然本非天子之所宜近也⑥。意更大体。且夫清道而后行，中路而驰，犹时有衔橛之变⑦。而况涉乎蓬蒿，驰乎丘墟，前有利兽之乐，而内无存变之意⑧。此句紧对上"清道"三句。其为害也不难矣！"且夫"数语正发明"然本非"句意。夫轻万乘之重⑨，不以为安，乐出万有一危之涂以为娱，跟上"万全"句来。臣窃为陛下不取。此四句又承上作咏叹，以束之，一篇主意在此。此一段言即不遇猛兽亦不宜轻万乘之尊以临危地，从天子体统一衬出临阻险之患来，转入正面，说得悚然可畏。盖明者远见于未萌，而知者避危于无形⑩，祸固多藏于隐微，而发于人之所忽者也。此四句又推开一层，讲得规谏之体，虽似泛论，实是切言，亦即收束全篇。故鄙谚曰："家累千金，坐不垂堂⑪。"引喻恰中款要，接得若断若连。此言虽小，可以喻大⑫。竟含蓄有味。此一段泛论切喻，以劝帝之自重。

[诚评] 段段各自发议，而实一气贯注。章法浑成，无

起伏照应痕迹，高古绝伦。至极危悚语，皆出之以纡齐而不急迫，故慷慨纵谈，内正有一片忠诚和厚之意存乎其间，足动人主之听。作奏疏者，当以此为程式。

注释：

①乌获：战国时秦国的勇士，力大无比。 庆忌：春秋吴王僚之子，善跑。 期：一定，必。 贲（bēn）：孟贲，战国时秦国勇士。传说能生拔牛角。 育：夏育，战国时勇士。传说能力举千钧。

②陵：越过。 阻险：艰险，危险，有阻碍的地方。

③卒：同"猝"，突然。 逸材：才能超群。此指凶狠异常的野兽。 骇：受惊。 不存：无法存身。 犯：冒犯，冲撞。 属车：皇帝侍从的车子。此指皇上车子。 清尘：车后扬起的尘埃。此指皇帝。

④还辕：掉转车头。 施巧：施展本领、技巧。 逢蒙：夏代善于射箭的人。 为难：设难。

⑤胡：古代北方少数民族。 越：指南方少数民族。 毂（gǔ）下：皇帝车驾之下。比喻近在身边，很危险。 羌：古代泛

指西方少数民族。　夷：指东方少数民族。　接轸（zhěn）：车辆一辆跟着一辆。轸，古代车后的横木。此指车。　殆：危险。

⑥宜：应该。　近：接近。

⑦清道：古代帝王或大官出门，为保证安全，先要清除道路，让行人回避，便于卫士搜查警戒。　中路：路的中间。　衔橛（jué）：马嚼子横在马口里，作勒马用的铁制马具。

⑧驰：骑马奔驰。　利兽：以获猎野兽为利。　内：内心。　存变：预防祸患产生或变故。

⑨轻：忽视。　万乘：指皇帝。　重：尊贵。

⑩明：明智。　未萌：此指危险没有发生之前。　知：同“智”，有智慧。　无形：尚未显露。

⑪鄙谚：俗语，谚语。　累：积累。　垂堂：指屋檐处。因那里瓦容易落下伤人。比喻危险的地方。

⑫喻：使人明白。

难蜀父老　司马相如

汉武帝元光五年，西南地区邛、筰国君长听说唐蒙通使夜郎国，南夷得到汉大量赏赐，于是向汉表示愿意归附。中郎将司马相如奉命出使西南夷，蜀郡父老缙绅纷纷阻拦，叙说不便出使理由。为此相如便作了此文，宣扬汉德，使民众皆知通使意义。

汉兴七十有八载，从汉先世叙起。德茂存乎六世①，包下"威武、湛恩"，直贯通篇。威武纷纭，是武德之茂。湛恩汪涉，是文德之茂。群生沾濡，先称汉威德。洋溢乎方外②。注射西夷。于是乃命使西征，转入时事。随流而攘，风之所被，罔不披靡③。此四句即指通西夷。坊本谓唐蒙通夜郎言，误。《纲鉴》以通夜郎为通南夷，"西征"二句绝非指蒙。因朝冉、从駹、定筰、存邛、略斯榆、举苞蒲④。此六句实叙通西夷事。结轨还辕，东乡将报，至于蜀都⑤。上"随流"三句写使者西征之去，此"结轨"三句写西征之还，文气一直贯注。点出"蜀"

来。此一段叙汉恩威及西征还辕，为通篇立案。

耆老大夫、缙绅先生之徒[6]，二十有七人，此十五字点出父老来。俨然造焉[7]，形容矜庄之貌，如画。辞毕进曰：“盖闻天子之于彝狄也，其义羁縻勿绝而已[8]。此二句是一层。从常法发议。今罢三郡之士，通夜郎之涂[9]，此备唐蒙通夜郎作衬。三年于兹，而功不竟[10]。士卒老倦，万民不赡。今又接以西夷，接入通西夷，正言其非。百姓力屈，恐不能卒业[11]。此亦使者之累也，窃为左右患之。不直斥天子，但坐使者立言，亦有体。“今罢”至此是一层，从民发议。且夫卬筰西僰之人，与中国并也[12]，历年兹多，不可记已。仁者不以德来，强者不以力并，此二句兼文武言，暗应篇首。意者殆不可乎[13]？今割齐民以附彝狄，弊所恃以事无用[14]，正是所谓不可处。鄙人固陋，不识所谓[15]。”二句顶前，即作问语。“且夫”至此因前代之不通西夷，形出今驱民，劳民财力以通之之不可解。此一段叙蜀父老难之之词。层层设难，语意一层深一层。

使者曰：“乌，惊怪声也。谓此乎！三字犹言大夫伊然，乃谓此耶。必若所云，则是蜀不变服，此二句以巴蜀相形作证，笔最灵警。巴蜀古亦不通中国。而巴不化俗也[16]。仆尚恶闻若说，“难蜀”即以巴蜀为词，敏妙。然斯事体大，四字虚括大意。固非观者之所觏也[17]。余之行急，应上“东乡将报”句。其详不可得闻，先撇一笔。已请为大夫，虚领一笔。粗陈其略。此一段先折耆老之非，以为发端。

“盖世必有非常之人，然后有非常之事；有非常之事，然后有非常之功。非常者，固常人之所异也。此句直刺父老。此上数语隐隐谓非常人之所为非常事。功不可以前代拘。句句难他后一段，下面文字皆从此发出。故曰：非常之原，黎民惧焉，及臻厥成，天下晏如也[18]。此一段泛言“非常”，以为下文主意之纲。昔者洪水沸出，泛滥衍溢，民人登降，移徙崎岖而不安[19]。夏后氏戚之，非常人。乃堙洪水[20]，决江疏河，非常事。洒沉澹灾[21]，东归之于海，而天下永宁。非常功。当斯之勤，岂惟民哉？不但民劳。心烦于虑，而身亲其劳，躬腠胝无胈[22]，肤不生毛。备极其劳。故休烈显乎无穷，从上“永”字。声称浃乎来兹[23]。咏叹作收束。此一段引禹治水以证非常之事功原难惮劳。且夫贤君之践位也，其特委琐龌龊[24]，拘文牵俗，循踊习传，当世取说云耳哉[25]？此上数语常有也。先翻开。必将崇论宏议[26]，则不拘文而诵所传。创业垂统，则不牵俗而循所习。为万世规[27]。则“不为当世取悦”一一对照。以上数语言非常事也。故驰骛乎兼容并包，而勤思乎参天贰地[28]。以上时事发论最为英伟。所谓斯事体大者也。且诗不云乎：‘普天之下，莫非王土；率土之滨，莫非王臣[29]。’偏有引证恰合。是以六合之内，八方之外，此即从“驰骛”二句推出。浸淫衍溢[30]。怀生之物[31]，有不浸润于泽者，贤君耻之。仍就贤君束收。此一段言贤君本非常之人，必措意于非常之事功，此段亦是虚发大意。

“今封疆之内，冠带之伦，咸获嘉祉[32]，靡有阙遗矣。此四句直接入汉。先将中国之政教流风作一顿。而彝狄殊俗之国，转出西夷。辽绝异党之域[33]，周车不通，人迹罕至，政教未加，流风犹微[34]。内之则犯义侵礼于边境，外之则邪行横作[35]，放弑其上[36]，君臣易位，尊卑失序，父兄不辜，幼孤为奴虏，系累号泣[37]。如此怨慕，安忍置之度外。内乡而怨曰：‘盖闻中国有至仁焉，德洋恩普，物靡不得其所，今独曷为遗已[38]！’从《尚书》“奚我后”意脱化出来。举踵思慕[39]，若枯旱之望雨，盭夫为之垂涕[40]，此句故作跌宕，文笔跳脱。况乎上圣？又乌能已[41]。此句束上起下，此一段言远人背逆怨慕，不得不开边之故。故北出师以讨强胡，南驰使以诮劲越[42]。四面风德，二方之君鳞集仰流，愿得受号者以亿计[43]。“故北出师”至此是数已开之边。故乃关沫若，徼牂牁[44]，镂灵山，梁孙原，数今开之边。创道德之涂[45]。垂仁义之统，将博恩广施，政教加说得阔大。远抚长驾，使疏逖不闭，“流风”不微。曶爽闇昧[46]，得耀乎光明。“故乃关”至此是事功之非常者也。实笔正叙亦简古，玩此愈明，是通西夷后言。以偃甲兵于此，而息诛伐于彼[47]，一劳永逸。遐迩一体，中外禔福[48]，不亦康乎？“以偃甲兵”至此言臻、厥成而天下偃如矣。夫拯民于沉溺，奉至尊之休德，反衰世之陵夷，继周氏之绝业[49]，天子之急务也，百姓虽劳，又乌可以已哉？“夫拯民”数语，总作一顿，以收足不得不劳民之意。此一段言出兵西征原为永久息兵，出于必不得已，以难他前段“劳倦、力屈”等语。

“且夫王者固未有不始于忧勤，而终于佚乐者也。此二句又承上，又起下文，推开又转入，运笔之妙，不可思议。然则受命之符[50]，合在于此。方将增泰山之封，加梁父之事[51]，鸣和鸾，扬乐颂，上咸五，下登三[52]。观者未睹指，听者未闻音，直斥议者。犹鷦鹏已翔乎寥廓，而罗者犹视乎薮泽[53]，譬意峭拔。悲夫！”此一段又极言非常之事功，又加一倍法，正以衬足本意，难他前段不能“卒业”等语及申明上文非观者之所覯之意。

于是诸大夫茫然丧其所怀来，“茫然”及下“喟然”应前“俨然”。而失厥所以进。“怀来”以存于心者言所以，“进”以出于口者言。“进”字应前“进曰”。喟然并称曰：“允哉汉德[54]！”四字收尽全篇。“汉德”应篇首“德茂”。此鄙人所愿闻也。百姓虽怠，请以身先之[55]。此二句四应百姓“力屈”二句。敞罔靡徙，迁延而辞避[56]。此二句应前“造访”。此一段言父老闻言，愿以身先百姓而从事作结。

按：相如初别妻卓氏文君于成都万里桥，题其柱曰：“大丈夫不乘驷马车，不复过此桥。”至是奉使回里，郡县之吏清涂洒道，县令负弩前驱，太守以下郊迎，果如其志，蜀人以为宠还。报天子，大悦，恩赏最厚。

［诚评］首段提清事之原委，次段述父老之言，皆为下作难地也。难词开口数语，现前指点，不待烦言，早已驳倒。

入后用“非常”数语揭明主意，随以禹之治水引起；“且夫贤君”一段，言贤君本意如此；“今封疆”一段言西夷之怨望又如此，段末逼出欲通之之意；“故北出”一段正言通西夷为非常事功；“王者”一段极言非常之功，以衬足本意，末段向应首二段，收束全篇作结，结构浑成，文气古茂。或从《史记》谓长卿借以讽天子，抑知西夷既通，何用讽为！

注释：

①六世：指历高帝、惠帝、吕后、文帝、武帝、景帝六代。

②湛：深。　汪涉（huò）：水深广的样子。　沾濡：浸湿，浸润。　方外：古指中国之外的异域。

③攘：停留，止。　风之所被：此指汉恩德所泽被的地方。　披靡：原指草木随风倒伏，此指异域之族纷纷臣服归顺。

④因：于是。　朝：来朝见。　冉、駹（máng）、筰、卬（áng）、斯榆、苞蒲：此皆为古代域外西部少数民族国家的名称。从、定、存、略、举：皆为“服从、臣服”的意思。

⑤结轨还辕：完成使命，沿着归途回来。轨，一定的路线。辕，指辕门，借指衙署。　东乡：指天子所在之处。　蜀

都：今四川成都。

⑥耆（qí）：老。　缙（jìn）绅：古代有官职或做过官的人的代称。　徒：人。

⑦俨然：很恭敬、很庄重的样子。　造：访问。

⑧彝狄：古代汉人对少数民族的蔑称。　义：意义，意思。　羁縻：限制，拘束。

⑨罢：同“疲”。此用作“使……疲劳”。　三郡：蜀中三郡。　夜郎：南方古国名。　涂：同“途”，道路。

⑩三年于兹：《史记》记唐蒙通使夜郎。发巴、蜀、广、汉兵士数万人整修道路。二年，道路仍没完工，花费巨大。　功：功效，成绩。　竟：成。

⑪屈：尽，竭。　卒：最后。　业：用作动词，完成事业。

⑫西僰（bó）：我国古代西南部的一个民族。　并：并立。

⑬意：同“抑”，表示选择，“还是”的意思。

⑭割：舍弃。　齐民：泛指中国之人。　弊：坏，破。　事：奉事，为……服务。

⑮识：明白、清楚。　所谓：道理。

⑯蜀、巴：古时皆为汉臣服的民族。

⑰体大：关系重大。　观者：旁观者，指蜀中父老。　觏（gòu）：见，看见。

⑱臻（zhēn）：达到。　厥（jué）：代词，那个。此指事业。　晏如：太平，安定的样子。如，形容词词尾，……样子。

⑲衍（yǎn）溢：蔓延，扩展。溢，水浸出。　登：爬到高处。　降：下到低处。　移徙：转移迁徙。

⑳夏后氏：大禹。　戚：悲哀，忧愁。　堙（yīn）：填塞。

㉑洒：使水分散地落下。此指疏导。　沉：使……下落。此指水势湍急。　澹：迂回的水。

㉒腠（còu）：皮肤的纹理。　胝（zhī）：皮肤起茧。　胈（bá）：汗毛。

㉓浃（jiā）：普及。　兹：现在。

㉔践位：指天子登基。　特：只。　委琐：细碎，烦琐。

㉕拘文牵俗：拘于文辞，受制于世俗。　循：沿。　踊：跃，向上。　说：悦。

㉖崇：高。

㉗规：此指楷模。

㉘驰骛（wù）：纵横奔驰。比喻心胸宽广。　贰：副词。

㉙“普天之下”四句：出自《诗经·小雅·北山》。　率：带领，率领。此指“治理”。　滨：边远地区。

㉚八方：指东、西、南、北、东南、西南、东北、西北。

㉛怀生：赖以为生。

㉜祉：福。

㉝辽：远。　绝：绝域。

㉞流风犹微：传过去汉的恩德还很微弱。

㉟内之：指接近中国边境的少数民族。　外之：处在遥远地区的少数民族，彝狄之人。

㊱放：流放。　弑（shì）：古代称臣杀君为弑。　上：此指君王。

㊲系累号泣：用绳索捆绑着号啕哭诉。累（lěi），绳索。

㊳曷（hé）：怎么。　遗：遗落。

㊴举踵：抬起脚后跟。比喻"渴望"。

㊵盭（lì）夫：心狠的人。盭，乖戾。

㊶又乌能已：又怎么能这样呢？指怎么能不开边境往来之事。

㊷北出师以讨强胡：指卫青讨伐匈奴而言。　南驰使以诮劲越：指王恢攻打闽越、杨朴攻打南越两事。诮（qiào），谴责。此指"攻打"。

㊸四面风德：四方少数民族没有不受汉德而转化。　二方之君：指强胡、劲越的君主。　鳞集：像鱼上的鳞，一片一片咬合着。此指前后挨着。　仰流：接受汉化，表示臣服归顺。　受号者：听从汉天子之命令。

㊹关沫若：以沫水、若水为关。沫若，两水名。沫水从

蜀出。若水出自广平。 徼：边界，要塞。 牂（zāng）牁（gē）：古郡名。

㊺镂：凿。 灵山：山名。 梁孙原：造桥梁以疏通孙原的水。梁，动词，造桥梁。孙原，水名。 道德：指汉德。

㊻曶（hū）爽：黎明。 闇（àn）昧：昏暗无光。

㊼偃：停止。 诛伐：杀戮征伐。

㊽遐迩：远近。 禔（tí）福：安福。

㊾陵夷：衰微。 周氏绝业：继承周王的大业。周氏，指周王室。

㊿受命之符：古代儒家、方士宣扬的君主“受命于天”的一种“祥瑞”征兆。是一种歌功颂德之语。

(51)泰山之封：古代帝王在泰山筑坛祭天的一种活动，借以表示自己功德无量。 加梁父：一种祭祀活动。

(52)上咸五，下登三：指具有五帝之德、三王之功。

(53)鷦（jiāo）鹏：大鸟。 廖廓：广远。 罗者：张网罗捕者。 薮（sǒu）泽：深的沼泽。

(54)允哉：伟大呀！

(55)请以身先之：从我们开始做起。

(56)敞罔：互相惊异地注视着。 靡徙：脚没有动。 迁延而辞避：过了许久，才告辞出门。

议不举孝廉者罪诏　武帝

本诏为西汉武帝刘彻于元朔元年冬十一月所作。汉朝取士，主要通过明经、孝廉、贤良、茂材四科。除了明经设于学校，其余三科均由地方郡国推举考察。孝廉、贤良，始于文帝，武帝设科茂材、明经。四科一直到汉末不变。而公卿大夫多由此四科选拔。在此诏中，武帝责令各级官吏兴廉举孝，选拔人才，以不举孝廉者为罪。

公卿大夫指御史大夫、相国、诸侯王等皆与议大臣。读高帝《求贤诏》便知。所使总方略、壹统类、广教化、美风俗也[①]。此二句是一篇主意。此一段先提与议大臣，为下文议罪张本。振呼下文，起得局势最好。夫本仁祖义、褒德录贤[②]、劝善刑暴，此三句是教化之事。五帝三王，先援帝王为下生根。所由昌也[③]。此二句是风俗之效。此五句又作振笔。朕夙兴夜寐，落到自己，郑重有体。嘉与宇内之士臻于斯路[④]。是欲以

“五帝三王”自期也，虚接上文。故旅耆老、复孝敬[5]、选豪俊、讲文学、稽参政事、祈进民心[6]。此六句是自己“广教化”之方略，正所谓夙兴夜寐图之者，然却是衬一层引起。深诏执事[7]，兴廉举孝，此二句是通行广教化之方略。庶几成风，绍休圣绪[8]。此二句是期美风俗以追五帝三王之流。此四句方是正文。此一段言举孝廉本旨。应上虚歇住。夫十室之邑，必有忠信；三人并行，厥有我师。此四句见不应不举。顿宕作转，见不以地小无人，不以人少无贤。今或至阖郡而不荐一人[9]，“今”字挥入不举，浑成。重落不举。是化不下究，见教化不广，故无可荐。而积行之君子，壅于上闻也[10]。此二句见即有可见，亦不以之广教化。此一段言不举孝廉之弊。二千石官长，纪纲人伦，此二句又开展一笔，愈宽愈紧。将何以佐朕[11]，“将何以”之字直贯至“哉”字方住。烛幽隐、劝元元、厉蒸庶、崇乡党之训哉[12]？此四句为一层，更从不举上推其弊，收“广教化、美风俗”意。此一段紧就不举上见其弊。且进贤受上赏，蔽贤蒙显戮，此二句撇开“教化、风俗”，另将赏罚并提，故用“且”字转下。古之道也[13]。其与中二千石礼官博士，议不举孝廉者罪[14]。此句为结穴。此一段诏公卿大夫议罪之词。

按：诏下有司奏，不举孝廉、不奉诏，当以不敬论；不察廉、不胜任，当免。奏可。

［诚评］从广教化、美风俗立论，见孝廉之关系重大。即

以见举不举之关系重大，故首段开口便喝破；次段原原委委叙其当举；三段详言不举之弊。总归到教化风俗上，则不举之罪自己难逭，然犹恐其诿为非所职任，有可逃避，特再引“进贤受赏、蔽贤蒙戮”之古道以足之。意严峻而笔婉折、气雄杰而词裔皇，直觉求贤之权术作用，千古常昭。

注释：

①公卿大夫：三公九卿士大夫，泛指古代朝廷中的高级官员。太师、太傅、太保为三公，卿列在公之下、大夫之上。　总：统领。　方略：方向谋略。　壹：划一，整齐。　统类：古代所辖曰“统”。同辈、同类的人曰“类”。　广：推广。　教化：政教风化，也指教育感化。教，自上倡导；化，行于下。

②褒：赞扬，表扬。　录贤：选拔录用贤人。

③昌：同“倡”，倡导。

④嘉与：嘉奖而授予（或给予）。此有选拔之意。　宇内：国内，天下。　臻：达到。　斯路：这条路，指上文“五帝三王，所由昌也”。

⑤旅：敬之如宾。　耆：古代六十岁曰耆，此指老人。　复：此指免除徭役。

⑥文学：官名。汉代在州郡及王国设置文学。即后世教官的由来。　稽：考，考查。　参：查验。　政事：指兴贤育德之事。　祈：祈祷。

⑦执事：汉代州郡官员的名称，即下“二千石”官长。

⑧绍：继。　休：美，美好。　绪：事业。此指上文“五帝三王，所由昌”之事业。

⑨阖（hé）：全。　至：甚至于。

⑩化：教化。　究：推行。　积行之君子：积累了美好品行的人。此指德才兼备的人。　壅：阻塞。

⑪二千石：即守尉。　官长：即县令。　纪纲：整饬，管理。　佐：辅佐。

⑫烛幽隐：查找隐居的人。烛，照。　元元：百姓。　厉：磨砥，磨炼。　蒸庶：众人。　崇乡党：使王道顺利推行到民间去。

⑬进贤：推贤进德。　蔽贤：隐瞒不报贤德的。　显戮：斩首之罪。　道：法。

⑭中：满。　孝廉：汉代选拔官吏的科目之一。始于董仲舒的奏请。与“贤良”同由各郡国在所属吏民中荐举。被举孝廉者任为“郎”。东汉时成为仕进者必由之路。

求茂材异等诏　武帝

本文为汉武帝元封五年（公元前106年）的诏书。当时初置十三郡，需要大量人才。茂材，即秀才。后避光武帝刘秀之讳，改秀才为茂材。

盖有非常之功，必待非常之人[①]。"非常"二字是眼目。非常之功，即所谓将相及使绝国也，非常之人即所谓茂材异等也。此一段先提明求茂材异等意。故马或奔踶而致千里，"故"字入喻陪讲，有奇气。士或有负俗之累而立功名[②]。二"或"字活甚，言非必尽奔踶、负俗累也，间有如此，亦自不妨。夫泛驾之马，"夫"字双承双转。跅弛之士，亦在御之而已[③]。"御"字气概不凡，有取短取长作用在内，只此一字便见武帝本领。此一段借马之非常形容士之非常而言其"御之"在我。其令州郡察吏民有茂材异等，玩一"察"字，盖以非常人不易得也，故不言举而只言察。可为将相及使绝国者[④]。此一段下令州郡求贤之名目。真非常人，真非常人。

［诚评］“非常”二字，固足见武帝一片雄心，更可见武帝不拘成格。所以士虽或负俗累，而但能立功名，断不肯弃。后归到一“御”字，揭出自己本领，英君气概，千载如生。至其行文之妙，则起笔严谨，能括全诏。“马、士”二语，纵横排奡，亦整齐，亦参差，亦紧炼，亦疎散；“泛驾”“跅弛”二句，双承双转，对偶之中，饶有机神流利。“御”字一结，不分宾主，而正喻究自分明。末以“茂才异等”点出非常人，“将相”“使绝国”，点出非常功，不应而应，不顾而顾，章法高绝。

注释：

①非常：异乎寻常。

②奔踶（chí）：奔驰。踶，同“驰”。 负俗之累：受着世人讥讽嘲笑的重叠包袱。

③泛驾之马：能颠覆车子的马。 跅弛（tuò chí）：放荡，无拘束。 御：驾驭。

④州：汉朝除京师外，将全国划分为十三州。　郡：地方行政区，次州一等。　茂材：秀才。　异等：才华出众，不同凡俗。　绝国：指异域。

报任少卿书　司马迁

司马迁，字子长，夏阳人（今陕西省韩城县）人。生于公元前145年（汉景帝中元五年），卒年不详。武帝元封三年（公元前108年），承其父志，继任太史令。太初元年（公元前104年）着手编写《史记》。天汉二年（公元前99年），李陵战败投降匈奴，司马迁因替陵辩解，推言其功，触怒武帝，下狱，被处宫刑。太始元年（公元前96年）被赦，出任中书令，执掌宫中机要事务。《报任少卿书》即是在此时而作。

任少卿，名安。司马迁故友。曾写信于迁，叫他利用中书令地位“推贤进士”。此文便是司马迁的回书。

太史公，三字著其官也。牛马走，三字谦其贱也。司马迁，三字具其姓名也。再拜言①。即此已见史笔。

少卿足下②：曩者辱赐书，从叙来书直起。教以慎于接物，推贤进士为务[3]。此二句是述书中之词。“推贤进士”四字是一篇之纲。意气勤勤恳恳，若望仆不相师，而用流俗人之言[4]。此二句是推书中之意。仆非敢如此也。轻辩一句，下文即从此生出。仆虽罢驽，亦尝侧闻长者之遗风矣[5]。此二句总承上书，词意作一顿，起下，是开笔，故下用“顾”字转合。顾自以为身残处秽，动而见尤[6]，欲益反损，是以独抑郁，此四句皆是所以不相师之故。而抑郁暗照腐刑。而谁与语？浑发数语不惟引起下文，亦且直冒全旨。所以不能推贤进士，即此已见，此段叙明任安来书之意，而先答所以不相师之故。谚曰：“谁为为之？孰令听之[7]？”盖钟子期死，伯牙终身不复鼓琴[8]，一意相承，一气流贯。何则？士为知己者用，特重知己。女为悦己者容[9]。“士为”句申上引古意，即以起下自叙意，却妙用“女为”句，相形说。引古及此言有知己者，然后不虚所自勉意。若仆，大质已亏缺矣，应上“身残”三句。虽才怀随和，行若由夷[10]，纡徐曲折，渐引入情。终不可以为荣，“荣”反映“辱”字。适足以见笑而自点耳[11]。应上“谁与语”句。自“若仆”至此，数语言世无知者，虽欲自勉，终如上文所云“欲益反损”耳。总是浑括后面全文，以立言。书辞宜答，一句领起全段。会东从上来，向所以未答一层。又迫贱事，相见日浅[12]，此二句是向所以未答二层。卒卒无须臾之间，得竭志意[13]。此二句是承上二层，正说出向未答来。今少卿抱不测之罪，涉旬月，迫季冬[14]，此三句是今所以要答一层。叙事古拙简净。仆又薄从上雍，此一句是今所以要答二层。恐卒然不可为讳，是仆终已不得舒愤懑以晓左右[15]，此二句总承上二层，反说出今要答来。前段是虚笼下意，此段有反逼下意。则长逝者魂魄私恨无穷[16]。是今所以不得不答之故。请略陈固陋。今答。阙然久不报，前不答。幸勿为过[17]。此一段言向未答书及今不得不答之故。

仆闻之：修身者，智之符也[18]；以处己言。爱施者，仁之端也[19]；以及人言。取予者，义之表也[20]；以己之交言。耻辱者，勇之决也；以处困言。立名者，行之极也[21]。以垂后言。细玩五者平列，不但"耻辱""立名"两项为下"忍死著书"伏脉，自占地步，即李陵"为人，自守奇士，得人死力，临财廉"等与"修身""爱施""取予"三项相应。此段当是太史公大着精神处。士有此五者，然后可以托于世[22]，而列于君子之林矣。此三句反激起下受刑受辱意。此一段提出全人之行以起下文自辨之端，是一篇发议总旨。故祸莫憯于欲利[23]，悲莫痛于伤心，行莫丑于辱先，诟莫大于宫刑[24]。此四句俱暗切己被刑言。与上五句相反。刑余之人，无所比数[25]，非一世也，所从来远矣[26]。束上起下。此一段泛言被刑之人不可入于士林也。昔卫灵公与雍渠同载，孔子适陈[27]；商鞅因景监见，赵良寒心[28]；同子参乘，袁丝变色[29]，此六句三引古人，总是刑余人之无所比数，而士必耻为所荐意。自古而耻之。此一句总承上六句，应前段"非一世也"。夫中材之人，事有关于宦竖[30]，莫不伤气，而况于慷慨之士乎？此四句正言士耻为所荐意，却妙以跌宕顿挫出之，先补一层。如今朝廷虽乏人，奈何令刀锯之余荐天下之豪俊哉[31]？此三句紧对少卿书中"推贤进士"而发。把举朝公卿、士大夫尽情骂杀，笔有锋刃。此一段言士耻为刑余所荐也。仆赖先人绪业，提先人说起，已见无所短长之意。得待罪辇毂下[32]，二十余年矣。所以自惟：四字一句虚喝起下四段。上之，不能纳忠效信，有奇策材力之誉，自结明主[33]；同德交孚是第一等。次之，又不能拾遗补阙，招贤进能，显岩穴之士[34]；匡君德，举贤能是第二等。外之，不能备行伍，攻城野战，有斩将搴旗之功[35]；从戎立功，别是一等。下之，不能积日累劳，取尊官厚禄，以为宗族交游光宠。循级历阶，自是下等。上次、次之、外之、下之四段，四意层列，文致错落。四者无一遂，苟合取容，无所短长之效[36]，平日原无自致功名本领。可见于此矣。此四句总承上四段，作顿挫。引咎自责，须知正是他含愤处。此一层以借形而见其无以自立。向者仆亦尝厕下大夫之列，"向者"二字又重振起，紧对下"今"字。陪奉外廷末议[37]，不以此时引纲维[38]，尽思虑，此四句固属实叙，然却是衬笔。此一层以实叙而见其素不能言。虽当可言之时亦不能言如此。今已亏形，为扫除之隶，在阘茸之中[39]，此三句切言腐刑，如恨如悔。胸中郁勃不堪之况尽情倾露。乃欲仰首伸眉，论列是非，不亦轻朝廷羞当世之士邪？嗟乎嗟乎！此四句缴归不能荐士意。前段从腐刑着笔，此段从自己身上着笔。如仆尚何言哉？尚何言哉？重作慨叹以收束住。此一段言未被刑之先，不能自立，既被刑之后，岂能荐士，以申上段意。自"昔卫灵公"至此皆答推贤进士之语。

且事本末，重发笔起，直贯到“受辱著书”与下“未易一二为俗人言”相应，“且”字亦转入有力。未易明也。仆少负不羁之才，长无乡曲之誉[40]。主上幸以先人之故，此句应前段“仆赖先人绪业”。使得奏薄伎，出入周卫之中[41]。仆以为戴盆何以望天[42]，此句喻无所见识意，以起下“惟务营职求亲媚”。故绝宾客之知，忘室家之业，日夜思竭其不肖之才力，务一心营职，以求亲媚于主上，此五句见原只期尽分内，未敢旁涉他意，皆是反照后面称陵取祸。而事乃有大谬不然者[43]！此句旋转有力。此一段则自明初意与下称陵取祸为反照。故末一句急转作收。此段乃是文家开笔，莫呆认作实叙，观末以“不然”句收合便知。

夫仆与李陵，俱居门下[44]，素非能相善也。悬空发论，急辩一笔。趣舍异路，是“素非相善”一层。未尝衔杯酒[45]、接殷勤之余欢。此二句是“素非相善”又一层。此三句正申此意，明于陵无旧好。观此则已可见救陵非为陵游说矣。然仆观其为人自守奇士，此二句又作虚冒。事亲孝，与士信，临财廉，取与义，分别有让，恭俭下人，常思奋不顾身，以殉国家之急。此八句正历指其奇之实。先大节，次细行，叙得极有法，而句调亦错综变化。另抽出言之更见分晓。其素所蓄积也，总承上八句作一束。仆以为有国士之风[46]。明于陵有独赏。应上“奇士”。夫人臣出万死不顾一生之计，振拓跌落，峰峦耸突。赴公家之难，斯已奇矣。此三句单顶“常思”二句，落入战匈奴。今举事一不当，而全躯保妻子之臣，骂世痛刻。随而媒蘖其短[47]，字字愤激。仆诚私心痛之！略作一小束。此四句说得真可痛惜，侠气人何堪多读。此一段言陵之素行。先略叙，下更详叙。且李陵提步卒不满五千，又振起。此下为陵伸冤。深践戎马之地，紧对上“步卒”句。足历王庭，垂饵虎口，横挑强胡㊽。仰亿万之师㊾，紧对上“不满五千”。与单于连战十有余日，所杀过当，虏救死扶伤不给㊿。“陵提步卒”至此是一层，叙陵胜处。旃裘之君长咸震怖，乃悉征其左右贤王[51]，举引弓之人，一国共攻而围之。战斗千里，矢尽道穷。此八字便已为陵出脱。救兵不至，士卒死伤如积。“旃裘”至此又是一层，叙陵败处。此两层一路叙陵胜败，曲折周详，初看是顺笔铺去，细玩却是有数转，笔力简老，故平衍中皆横绝。然陵一呼劳军，极力描写。士无不起，躬自流涕，沫血饮泣，更张空弮，冒白刃，北向争死敌者。自“然陵”至此又是一层，叙陵败后更欲振兴处。此数语何等生色，叙到得意处，且可使陵不死，妙在如此便住，不叙下去。陵未没时，使有来报，汉公卿王侯，皆奉觞上寿[52]。此数语故意写出公卿王侯丑态。“未没时”，他人为主上上寿。以下“败书闻，他人忧惧不知所出”，正是极力写陵处，妙妙。后数日，陵败书闻，主上为之食不甘味，听朝不怡[53]，大臣忧惧，不知所出。此数语故意写出全躯保妻子之臣丑态。用“未没时”“败书闻”两路双叙，移向他人身上衬托以为收束，皆是为陵出脱，为陵回护。行文之妙，不可思议。此一段详叙陵之战功。与班固《李陵传》参看，一简一详，俱有生气。仆窃不自料其卑贱，应前“待罪辇毂”及“奏薄伎”等处。见主上惨怆怛悼，紧顶“食不甘味”二句，并应前“求亲媚”句。诚欲效其款款之愚[54]。以为李陵素与士大夫绝甘分少，与上“素所蓄积”相对。能得人之死力，虽古之名将，不能过也。此四句言陵本领。身虽陷败，彼观其意，且欲得其当而报于汉[55]。此三句推陵志愿。事已无可奈何，“以为”至此乃救陵之词，书中不便插入，看他此处用“以为”二字提明。下面只用“此指”两句括尽。其所摧败，功亦足以暴于天下矣。此三句称陵战功，写得曲折。此数语括尽前段许多详叙。仆怀欲陈之，而未有路，此二句正叙救陵。适会召问，言非无因。即以此指，推言陵之功[56]。欲以广主上之意，对“惨怆”。塞睚眦之辞[57]。此二句是所以救陵之故，对“媒蘖”句。未能尽明，明主不晓，以为仆沮贰师[58]，迁之得祸以此。而为李陵游说，遂下于理[59]。迁之抱冤亦如此。拳拳之忠，终不能自列[60]。因为诬上，卒从吏议[61]。“未能”自此是所以被刑之故。家贫，财赂不足以自赎[62]，以“忘室家之业”故。交游莫救视，以“绝宾客之知”故。左右亲近[63]，不为一言。此五句又推究一层。身非木石，独与法吏为伍，深幽囹圄之中[64]，谁可告诉者！此四句叙将被刑时苦。以上详叙自己顾盼，有情致。此真少卿所亲见，仆行事岂不然乎？此二句略作顿挫。李陵既生降，颓其家声，而仆又佴之蚕室[65]，重为天下观笑。陵与己合写一笔。悲夫悲夫！事未易一二为俗人言也[66]。此六句言陵降己祸，皆有隐衷，不能见谅于俗。应上“本末未易明”句，结尽上许多详叙之文。以上四段自“且事本末”至此是因少卿推贤进士之教，自叙为此得祸，正所谓舒愤懑以晓左右者也。而“仆少负”段，从自己着笔，“李陵”段及“提步卒”段皆从陵着笔，此段又从自己着笔，连用“事”字，唤应悲切。

仆之先，顶前“仆赖”及“主上幸以”等处。非有剖符、丹书之功[67]，文史星历，近乎卜祝之间[68]，固主上所戏弄，倡优所畜[69]，流俗之所轻也。自“仆之先”至此，非自谦，乃再发笔起明所以不自引决之故。假令仆伏法受诛，若九牛之一毛，与蝼蚁何以异[70]？此三句以反笔言死之甚轻。所以不自引决一层。而世俗又不能与死节者次比[71]，所以不自引决二层。特以为智穷罪极，不自引决三层。不能自免，卒就死耳。此三句亦是推原俗见。何也？素所自树立使然也[72]。此一句兜转“仆之先”六句，并暗因前“上之，次之”四段，归到所处卑贱。此一段言己所处卑贱，死不足为重轻。人固有一死，死或重于泰山，或轻于鸿毛，用之所趣异也[73]。此四句承上启下，生出“辱”“不辱”之别。太上不辱先，其次不辱身，其次不辱理色[74]，其次不辱辞令；此四句连用“不辱”，是不辱等次。跟前“行莫丑于辱先”句来，笔法变换。其次诎体受辱，其次易服受辱[75]；其次关木索，被棰楚受辱[76]；其次剔毛发，婴金铁受辱[77]；其次毁肌肤，断肢体受辱，最下，腐刑极矣[78]！“其次”六句是受辱等次。见已被辱为甚。跟前“诟莫大于宫刑”句来。传曰：“刑不上大夫[79]。”此言士节不可不勉励也。此二句语含讥讽，伏下“引节”句。此一段叙不辱与辱等次，以见腐刑为受辱之甚。猛虎在深山，百兽震恐，及在槛阱之中，摇尾而求食，积威约之渐也[80]。此五句喻言辱意，无奈至此。故士有画地为牢，势不可入，削木为吏，议不可对，定计于鲜也[81]。此数语先言引决而不受辱，以明士节，勉励如此。今交手足，受木索，暴肌肤，受榜棰，幽于圜墙之中。"今交手足"至此系自叙。当此之时，见狱吏则头抢地，视徒隶则心惕息[83]。太史公作《周勃世家》，凡两叙狱吏，俱悲酸，即此意。何者？积威约之势也。亦是无奈至此。及以至是，言不辱者，所谓强颜耳[84]，曷足贵乎？此时节欲引决亦无及。此一段自叙自辱而终不引决意。且西伯，伯也，拘于羑里[85]；李斯，相也，具于五刑[86]；淮阴，王也，受械于陈[87]；此"淮阴"，叙法略变。彭越、张敖，再变。南面称孤，系狱抵罪[88]；绛侯诛诸吕，权倾五伯，三变。囚于请室[89]；魏其，大将也，衣赭衣，四变。关三木[90]；季布为朱家钳奴[91]；五变。灌夫受辱于居室[92]。六变。自"西伯"至此，叙得错综简古。此人皆身至王侯将相，与上"文史星历"对看。声闻邻国，及罪至罔加，不能引决自裁[93]，在尘埃之中，此五句总承上作咏叹。古今一体，安在其不辱也？此二句便附自己在内。俯仰激昂，字字酸楚。此一段历引古人被辱者以自证。由此言之，勇怯，势也；强弱，形也。审矣，何足怪乎？夫人不能早自裁绳墨之外，以稍陵迟[94]，至于鞭棰之间，乃欲引节[95]，斯不亦远乎！沉郁顿挫，痛快淋漓。古人所以重施刑于大夫者，殆为此也。"夫人"

至此自具遥情胜致。此一段承上二段，反复咏叹，回应引传收束。以上三段皆言不必引决意，下方说引决乃有说为。夫人情莫不贪生恶死，念父母，顾妻子。此三句又另一意起，乃衬起法。至激于义理者不然，乃有所不得已也。此虚论数语。今仆不幸，早失父母，无兄弟之亲，独身孤立，少卿视仆于妻子何如哉？此数语应上“念父母，顾妻子”，却又补出“无兄弟”，错综入妙。且勇者不必死节，怯夫慕义，何处不勉焉？此三句亦衬法。顶上“激于义理”，重振起。仆虽怯懦，欲苟活，亦颇识去就之分矣，应上“激于义理”句。何至自沉溺缧绁之辱哉[96]？且夫臧获婢妾[97]，犹能引决，此二句亦衬法。况仆之不得已乎？应上“有所不得已”句。所以隐忍苟活，重落得有力。得前面数层顿宕，至此重落，故有力。幽于粪土之中而不辞者，恨私心有所不尽[98]，鄙陋没世，而文采不表于后世也[99]。“所以”数语说出作《史记》一段意思。此一段言受辱不自引决，实为著书之故。

古者富贵而名磨灭，不可胜记，唯倜傥非常之人称焉[100]。此三句先虚提，亦衬起法。盖文王拘而演《周易》[101]；仲尼厄而作《春秋》[102]；屈原放逐，变。乃赋《离骚》[103]；左丘失明，厥有《国语》[104]；孙子膑脚，再变。兵法修列[105]；不韦迁蜀，三变。世传《吕览》[106]；韩非囚秦，《说难》《孤愤》[107]；自“文王”至此，叙得又错综简古。皆倜傥非常之人。《诗》三百篇，又浑括一笔。大抵贤圣发愤之所为作也[108]。此句总结上诸人。太史公自序中亦着此数语，可见抑郁无聊，借此数子以自解慰耳，以发作书之意，故而津津置喙。此人皆意有所郁结，不得通其道，此暗指拘、厄、放逐、迁四者。故述往事，思来者[109]。乃如左丘无目，孙子断足，此二句明举膑脚、失明者，以见其废疾与己刑余无异。终不可用，退而论书策以舒其愤，思垂空文以自见。自“此人”至此，见咏叹出数子著书之意。分作两层。先拘、厄、放逐、迁者，后失明、膑脚者，亦有层次。此一段历引古人被辱著书者以自比。

仆窃不逊，方说自己。近自托于无能之辞，网罗天下放失旧闻[110]，略考其事，综其终始，先叙《史记》来历。稽其成败兴坏之纪[111]，上计轩辕，下至于兹[112]，为十表，本纪十二，书八章，世家三十，列传七十，凡百三十篇。次揭《史记》纲领。亦欲以究天人之际[113]，“亦”字隐隐接前数字。通古今之变，成一家之言。再次括《史记》义蕴。自“近自托”至此叙得亦错综简古。草创未成，会遭此祸，惜其不成，是以就极刑而无愠色[114]。说出所以不自引决本心。仆诚已著此书，藏之名山，传之其人，通邑大都[115]，到此方透快直截。开千古文人自命气概。自“草创”至此，一反一正，皆应前所以“隐忍”四句。则仆偿前辱之责，收拾无数“辱”字。虽万被戮，岂有悔哉！快意，语言之自豪。然此可为智者道，再加一句，骂尽世人。难为俗人言也。此二句回应前文，关锁紧密。此一段言己《史记》成，可以传后，补出被刑之辱。

且负下未易居，下流多谤议[116]。仆以口语遇遭此祸，重为乡党所戮笑，以污辱先人。应前“辱先”。亦何面目复上父母之丘墓乎？以自前言。虽累百世，垢弥甚耳！以身后言。是以肠一日而九回，居则忽忽若有所亡[117]，出则不知其所往。此三句极力写出身心无所聊赖苦况。每念斯耻，汗未尝不发背沾衣也。再醒一笔，蹴起下文。身为闺阁之臣，宁得自引深藏岩穴邪[118]？此一层仍是翻驳语。故且从俗浮沉，与时俯仰，以通其狂惑[119]。苍苍茫茫中，具无数转折。以上是答“用流俗”句。今少卿乃教以推贤进士，首尾呼应，有结构。无乃与仆私心刺谬乎[120]？此三句是找足不能推贤进士。此一段答书中“用流俗人之言”，并找足“不能推贤进士”。自“仆之先”至此是言受辱被刑不死，只为著书垂后，复安能推贤进士。今虽欲自雕琢曼辞以自饰，无益，于俗不信，“俗”字收拾前许多“辱”字。适足取辱耳。“辱”字再收拾前许多“辱”字。俗、辱是一篇眼。故到底照应完密。然须知此处俗、辱二字与通体俗、辱有微别。要之，死日然后是非乃定。此二句自信者深，“死日”无流俗人与处自有定论。此番之“死”则重于泰山矣。住得遒劲。书不能悉意，略陈固陋。谨再拜。应前收煞。此一段收束全文并以复书意作结。

按：太史公卒于武帝末年，《史记》藏于其家，宣帝时太史公外孙平通侯杨恽上其书于朝，诏付史馆。哀帝时诏封迁裔孙为史通子，世掌史氏。

［诚评］大意不过谓刑余之人难以荐士，况当日原为荐

士受刑。其所以不死者，只为要著书以偿前辱，故且隐忍苟活耳，尚何能荐士？以复少卿书中“推贤进士”之语。但胸中一段不平之气，触之而动，遂不觉言之长矣。而行文亦极纵横驰骤之至。

迁为陵受刑，《纲目本》削而不书“得当报汉”，洵迁强为分疏。或援别苏武时语，以为之辨。窃恐庶几曹柯，未可轻信。或又谓武帝因宠李夫人，欲贰师立功以贵之，不知广利太初四年早已侯矣。或又谓上欲诛陵母、妻，迁特救之，则篇中早有“适会召问”四字，岂侯之读耶。况族陵之家事在天汉四年下，迁腐刑固二年也，此皆考核之未详。至于文字段落解释，坊本尤多错误，难以枚举，今皆一一改正，读者当细心考究。

注释：

①太史公：司马迁所任职。太史令官的通称。　牛马走：像牛马般奔走的仆人。表示地位卑贱。　再拜言：再拜陈言。

②少卿：任安字。　足下：古人向人表示尊敬的一种称呼。

③曩者：从前。　辱赐书：承蒙您给我写信不以为辱。　慎：顺，遵循。　务：事务。

④意：来信的用意。　气：信中的语气。　望：抱怨。　相师：效仿他人，听从意见。　流俗之言：随着一般人的意见而改变自己的主张。

⑤罢驽（nú）：疲弱的劣马。　长者：指品德高尚、为人敬重的人。

⑥身残：指遭受宫刑。　秽：肮脏。　尤：过错。

⑦谁为："为谁"，为什么。　为之：做这种事。　孰令听之：教谁去听这话。

⑧钟子期、伯牙：皆为春秋时楚国人。他们同游学。互引为知音。子期先死，伯牙听说后毁琴，发誓终身不再鼓琴。

⑨悦：喜欢。

⑩质：本。指身体。　随和：指随珠和和氏璧，是战国时贵重的宝物。喻才能。　由夷：许由，伯夷。均为古代有高尚品德的人。

⑪点：玷污。自点，自取污辱。

⑫上：指汉武帝。　会东从上来，适逢我随皇帝从东方归来。　迫：急。　贱事：烦琐的杂事。　浅：少。

⑬卒卒（cù cù）：仓促，匆忙。　须臾：片刻。　竭志意：详尽说明自己内心想法。

⑭不测：未料后果。　旬月：满一个月。　季冬：冬末。

⑮薄：迫。 从：此指“随”。 雍：地名，春秋时秦故郡。汉代在此设有祭天神的五畤。 不可讳：死的委婉说法，当时任安正坐罪预备处死。 晓：明白告诉。 左右：指任安。

⑯长逝者：死者。 魂魄：此指精神。 私恨：遗恨，抱恨。

⑰阙然：相隔很久。此信是任安在未犯罪之前写给司马迁的。 过：责怪，责备。

⑱符：财物所聚之处为符。

⑲端：首。

⑳表：凭证。

㉑极：最高目标。

㉒托：寄托生存。

㉓憯（cǎn）：同“惨”，痛，悲痛。 欲利：贪欲私利。

㉔诟：耻辱。 宫刑：古代阉割男子生殖器的一种刑罚。

㉕余：剩下的。 无所比数：并不被计算在同辈之中。含受轻视之意。

㉖非一世：这样的事不仅是一两个例子。 所从来远矣：受轻视在历史上由来已久。

㉗卫灵公：春秋战国时卫国的君主。 雍渠：是个宦者。 载：乘车。据《文选》注，孔子居卫，灵公与夫人同车出，令雍渠参乘，孔子次乘。孔子耻之。离卫适陈。

㉘景监：秦国嬖人（宠幸之臣）。商鞅到秦，首先投靠于他，然后靠他推荐，做了秦相。参过《说商君》。　寒心：此有“因为不光彩之事，让人觉得看不起”意。

㉙同子：指赵谈，汉文帝时宦官。　袁丝：即袁盎。文帝时郎中官。　变色：发怒。文帝时，一次，袁丝看见赵谈骖乘，便对文帝说：“臣闻天子所与共六尺舆者，皆天下豪英，今汉虽乏人，奈何与刀锯之余共载？”于是文帝让赵下车。此见《汉书》。

㉚竖：宫中小臣。

㉛刀锯之余：指宦官。

㉜绪业：前人留下的事业。指司马迁承其父志，任太史令职。　辇毂（gǔ）：皇帝车驾左右。指皇帝身边。

㉝自惟：自思。　效信：贡献诚信。　自结：靠自己所为取得信赖。

㉞拾遗补阙：捡起遗落的，弥补欠缺的事情。　岩穴之士：隐居的有用人才的泛称。

㉟行伍：军队。　搴（qiān）旗：在战斗中，勇敢地拔掉敌人的旗子，插上自己的旗子。搴，拔取。

㊱遂：成。　苟合：凑合，勉强。　无所：无有。　短长：大大小小。　效：贡献。

㊲厕（cì）：杂于其中。　下大夫：指太史令职。是大夫中最下一级。　外廷：汉代遇疑难杂事，由群臣在外廷讨论。　末议：谦指自己发表议论。

㊳纲维：国家的法令。

㊴扫除之隶：从事打扫的差役。喻地位低下。　阘（tà）茸：卑贱，低劣。

㊵负：恃，依仗。　不羁：不受约束。　乡曲：乡里。

㊶薄伎：指下文中的“文史星历”。　周卫：宫廷。

㊷戴盆望天：戴着盆子望天，二者不可兼得。喻忙于职守，未曾顾及他事。

㊸亲媚：接近讨好。　大谬：大错，大乱。　不然：不像自己所想的那样。

㊹李陵：汉代名将，李广之孙。　门下：官名。司马迁与李陵俱官“侍中”，同居“侍中曹”（官署名）内。

㊺趣舍：趣向舍弃。　衔杯酒：在一起喝酒。喻交往。

㊻蓄积：言行志向。　国士：国内所推重的人才。

㊼媒糵：酿酒用的酵母。媒糵其短：像酵母发酵一样，把李陵罪状数说得愈加夸张。

㊽王庭：指匈奴单于所居之处。　垂饵：指李陵诱敌之计。　横挑：气壮如山地挑战。　胡：对匈奴的蔑称。

㊾仰：压制。

㊿当：相等。　不给：匈奴对死伤的人来不及担运。

51旃（zhān）裘：毛织的衣服。　左右贤王：匈奴中最高官位。

52未没：未覆亡时。　奉觞上寿：捧着酒杯向皇帝祝贺进军胜利。

53书闻：报告边塞李陵战败消息。　怡：乐。

54怛：痛。　效：献。　款款：恳切忠实。

55陷败：指李陵降，陷身匈奴中。　彼：匈奴。　当：合适时候。

56指：意。此指李陵投降这件事的意思。　推：举。

57广主上之意：宽皇帝的胸怀。　睚（yá）眦（zì）：怒目相视。塞睚眦之辞，想堵住那些怀恨李陵的人说他的坏话。

58沮：毁坏。　贰师：指贰师将军李广利，汉武帝宠妃李夫人之兄。本来李广利是出征的主力，而李陵和另外一个将军是偏师。协助贰师征讨匈奴主力。结果李广利并未立功。而司马迁为李陵说话，无意中贬低了李广利，引起了武帝的不满，认为他是有意中伤贰师。

59理：古代司法官的名称。下于理，是说把司马迁交到法庭审理。

⑥0拳拳：忠诚，赤诚。　列：陈述。

⑥1诬上：欺骗皇帝。　吏议：法官的判决。

⑥2财赂：财货。

⑥3左右亲近：皇帝身边的亲近大臣。

⑥4囹（líng）圄（yǔ）：监狱。

⑥5颓（tuí）：败坏。　佴（èr）：停留。此指推置其中。　蚕室：受宫刑后所居的温室。

⑥6一二：罗列叙说的情状。

⑥7剖符：剖开用竹做的契约。上写文字，分成两片，君臣各执一片，作为凭证。是汉代对于有功大臣的特殊待遇。　丹书：用铁制成的券契，上面用朱砂写上誓词，作为后世子孙赦免罪过的凭证。

⑥8文史星历：属太史令掌管的事。文，文献。史，史籍。星，天文。历，历法。　乎：于。　卜祝：主持占卜祭祀的人。

⑥9倡优：乐工伶人。　所畜：所豢养。

⑦0伏法受诛：指司马迁原被判为死刑一事。　蝼：蝼蛄，一种对农作物有害的昆虫。

⑦1死节者：守节操而死者。　次比：相提并列。

⑦2素所自树立使然：此句是说自己的工作和职业本来为人所轻视的缘故。

⑦3用：因。　之：死。　所趣：趋向的目标。

⑦4太上：第一，最上。　理色：脸色。

⑦5诎体：身体被捆绑。诎同“屈”。　易服：换上罪人的赭色衣服。

⑦6木索：木枷和绳索。关木索，戴上刑具。　棰（chuí）楚：用来打犯人的杖和荆条。

⑦7剔毛发：剃去头发。所谓的髡（kūn）刑。　婴：环绕。婴金铁，所谓钳刑，颈上戴着铁链做工。

⑦8腐刑：即宫刑。　极矣：坏到极点了。

⑦9刑不上大夫：《礼记·曲礼》篇中的话。大夫以上官员犯法，可以不受刑法。

⑧0槛：关兽的笼子。　阱：捕兽的陷阱。　积威约之渐：长期的威力约制，渐渐把虎豹驯服下来了。

⑧1议：罪。　定计于鲜：打定主意在受刑前自尽。鲜，自杀的态度鲜明爽朗。

⑧2暴肌肤：暴露肌肤以受刑。　榜：鞭打。　棰：鞭打，此处作动词用。　圜墙：监狱。

⑧3抢地：触地叩头。　徒隶：狱卒。　惕息：胆战心惊。

⑧4强颜：厚着脸皮。

⑧5西伯：西周时的文王为西方诸侯之长。　羑（yǒu）里：

文王被纣王囚过的地方，今河南省汤阴县内。

⑧⑥李斯：秦相。　具五刑：受遍五刑，即黥面、割鼻、宫刑、断趾、死刑。

⑧⑦淮阴：汉高祖时大将淮阴侯韩信。　王：受封为楚王。　械：拘束手足的刑具。

⑧⑧彭越：汉高祖开国功臣。　张傲：高祖功臣，赵王张耳之子，高祖之婿。　孤：称王。　系狱：入狱。

⑧⑨绛侯：周勃。　诸吕：吕太后家族吕禄、吕产之类。　伯：霸。五伯，指春秋五霸。　请室：汉代囚禁待罪官吏的牢狱。

⑨⓪魏其：景帝大将军窦婴。　衣：穿。　赭衣：古代囚犯穿的赤赭色罪人服。　三木：加在头、手、足三处的刑具。

⑨①季布：项羽的将领。项羽败后，高祖通缉季布，季布剃发变服，卖身给鲁国的游侠朱家为奴。后来得到赦免，任河东太守。

⑨②灌夫：汉武帝时为太仆，因为得罪丞相，被拘禁在居室。　居室：犯人的住所。

⑨③罔加：法网加身。　引决自裁：自杀。

⑨④绳墨之外：法制施用之前。　陵迟：衰颓。

⑨⑤引节：自杀殉节。

⑯去就：舍生就义。　沉溺：陷身其中，不能自拔。　缧绁（léi xiè）：捆犯人的绳索。引申为囚禁。

⑰臧获：古人对奴婢的称呼。

⑱粪土：指上文“尘埃之中”，即监狱。　辞：辞别人世。　私心：指后文的“著书”。　不尽：没有完成。

⑲没世：告别人世。　文采：指“著书”。

⑳倜傥：卓越突出，才气豪迈洒脱。

(101)《周易》：周文王拘于羑里，推演八卦为六十四卦。著成《周易》。　演：推演。

(102)厄：困厄。　《春秋》：孔子周游列国，受尽了各种围攻、绝粮的折磨，回到鲁国，写成《春秋》一书。

(103)《离骚》：楚怀王听信谗言，流放屈原，于是《离骚》创作出来。

(104)左丘：左丘明。春秋时鲁国史官。传说失明后他曾著《国语》。

(105)孙子：指孙膑。战国军事家。　膑脚：古代断足之刑。　兵法：兵书。　修列：编成。

(106)不韦：吕不韦，秦始皇的丞相。始皇十年，令其迁蜀，在途中自杀。　《吕览》：传说吕不韦召集门客所作。

(107)韩非：战国末期哲学家，法家代表人。　囚秦：被李斯谗言所害，下狱而死。　《说难》《孤愤》：是《韩非子》一书中的篇名。

⑩⑧《诗》：《诗经》，中国最早的诗歌总集。　大抵：大概。

⑩⑨通其道：实现自己的理想。　思来者：以书使后人见其志向。

⑪⓪放失：散失。

⑪⑪稽：考察。　纪：规律。

⑪⑫轩辕：传说中远古帝王。　兹：指汉武帝时代。

⑪⑬天人之际：从宇宙到人生，从自然到社会。

⑪⑭极刑：指宫刑。　愠色：愤恨之色。

⑪⑮其人：传书之人。　通邑：流传大都。

⑪⑯负下：负罪之下。　未易居：不容易处。　下流：处在受污辱的地位。

⑪⑰肠一日而九回：指痛苦翻来覆去折磨自己。　忽忽：神思恍惚。　亡：丢掉。

⑪⑱闺阁之臣：指受刑后为宦者。闺、阁，均为宫中小门。　自引：引身而退。

⑪⑲浮沉：随波逐流。　俯仰：随机应变。　通：抒发。　狂惑：内心的悲愤和矛盾。

⑫⓪刺谬：相违背。

答苏武书　李陵

李陵（公元前？年至前74年），西汉陇西成纪（今甘肃秦安北）人，名将李广的孙子。汉武帝天汉二年，率步兵五千人进攻匈奴，后因寡不敌众，投降匈奴。苏武羁留匈奴十九年，与李陵有十余年的交往。后回国接到李陵信，苏武便回了一信劝李陵回汉。此文为李陵再答苏武的回信。

子卿足下①：

勤宣令德，策名清时，荣问休畅②，幸甚，幸甚！此五句先叙子卿归汉立朝之荣。远托异国，昔人所悲，望风怀想，能不依依③！此四句叙己留外，思慕之切，酸楚非复寻常寒暄语。昔者不遗，远辱还答④，慰诲勤勤，有逾骨肉。慰其远羁，诲归汉。陵虽不敏，能不慨然⑤！此六句叙子卿答书用意之厚。情词并美。此一段先劳子卿，次诉己情，末谢遗书，以为答书开端。

自从初降，以至今日，此二句浑括一笔，叙起有头脑。身之穷困，独坐愁苦。此二句虚写一笔，冒下，有提缀。终日无睹，但见异类⑥。韦韝毳幕⑦，以御风雨；居服异。膻肉酪浆⑧，以充饥渴。饮食异。举目言笑，到眼皆景。谁与为欢？自“终日”至此，叙所见之可悲，一字一泪。胡地玄冰，边土惨裂⑨，但闻悲风萧条之声。上以“无睹”激出“但见”，此以“但闻”，生下“远听”字，叙得文法变化。凉秋九月，塞外草衰⑩，夜不能寐，侧耳远听，胡笳互动⑪，牧马悲鸣，到耳皆是苦音。吟啸成群，边声四起⑫。晨坐听之，不觉泪下。自“胡地”至此，叙所闻之可悲。情况逼真，语语动人。嗟乎子卿！呼应情切。陵独何心，能不悲哉！此三句总收上见闻。此一段极言身处异域之悲，以见其初非心安于外，而不思归汉意。

与子别后，另提出别后一层，有波澜，有次第。益复无聊⑬。承上启下。上念老母，临年被戮⑭；妻子无辜，并为鲸鲵⑮。此四句自是实叙，乃陵极悲愤处。《左传》取“鲸鲵”以为“大戮”句。身负国恩，为世所悲。子归受荣，应篇首“荣”字。我留受辱⑯，“辱”在下文。命也何如！作顿挫，生下。身出礼义之乡，而入无知之俗⑰；此二句以风士论“为辱”。违弃君亲之恩，长为蛮夷之域⑱。此二句以大义论“为辱”。伤已！命之可伤，又作顿挫。令先君之嗣，更成戎狄之族，此二句以家世辱论“为辱”。又自悲矣⑲！而又可悲。顿挫。此一段言别后，叙出无限悲愤而归之于命。功大罪小，功大以战功言，罪小以降虏言。不蒙明察，以族全家言。孤负陵心区区之意[20]。“陵心”即下所云“区区之心，欲报恩国主者也”。此三句正叙汉绝陵处，一篇立言在此。昔人评云：降虏何功？罪亦不小，盖知其为强词也。故驳得妙。每一念至，忽然忘生[21]。此二句言欲死。陵不难刺心以自明，刎颈以见志[22]，此二句踌躇于死与不死之间。欲死以表前，此降非惜死。顾国家于我已矣，决意不死。顶“上念”四句及“不蒙”句，顿挫作转语。杀身无益，适足增羞，故每攘臂忍辱，辄复苟活[23]。所以不死之故。强词亦复酸楚。以上叙所以不自引决之故。左右之人[24]，见陵如此，苟活。以为不入耳之欢[25]，来相劝勉。异方之乐，只令人悲，增忉怛耳[26]！此七句叙不死后，人劝勉更增悲痛。伤心惨目，实有此情，语意益为深挚。此一段叙见绝于汉，不自引决而遇乐，益悲之意。

嗟乎子卿！四字再呼。人之相知，贵相知心[27]。伏下报恩国主意。前书仓卒，未尽所怀，故复略而言之。此句振领提纲，虚喝下意。此下重叙战败身降事，段段精神。昔先帝授陵步卒五千，见兵少。出征绝域，见道远。五将失道，见少援。陵独遇战。而裹万里之粮，见饷艰，“而”字领下八“之”字。帅徒步之师，出天汉之外[28]，此二句见行难。入强胡之域，见客主不如。以五千之众，对十万之军，此二句见众寡不如。策疲乏之兵，当新羁之马[29]。此二句见劳逸不敌。以上数语极力铺写，总见初战之难以立功，而文亦绝，纵横之至。然犹斩将搴旗，“然犹”二字转下有力。追奔逐北[30]，灭迹扫尘，斩其枭帅[31]。此四句叙战功之见于彼者。三军之士，视死如归。此二句叙战功之见于我者。自叙战功处，气势赫濯。陵也不才，希当大任，意谓此时功难堪矣[32]。此三句总上束住，宛转飞舞。此一段叙初战之功。匈奴既败，脱卸有法。前段从自己叙起，此从匈奴详叙。举国兴师，更练精兵[33]，强逾十万，单于临阵，亲自合围[34]。此五句就彼见再战之更难立功。客主之形，既不相如，步马之势，又甚悬绝[35]。疲兵再战，一以当千。此六句就我见再战之难立功。又括前段意，反复说，亦以见再战之难立功。"一以当千"见必败。然犹扶乘创痛，又用"然犹"二字转下。决命争首[36]。"扶乘"八字虽简却精神，恰是再战情形。此一段叙再战之功。死伤积野，余不满百，而皆扶病，不任干戈[37]。此四句写得不堪，又从自己详叙起。然陵振臂一呼，又用"然"字转下。创痛皆起，举刃指虏，胡马奔走。此四句见士卒将尽，而且方战。写余勇可贾处犹觉忠毅之气，凛凛难犯。兵尽矢穷，人无寸铁，此八字更不堪之至，须知俱是欲衬托出陵之功来，是实事，尤是妙文。犹复徒首奋呼，又用"犹复"二字转下。争为先登[38]，"徒首"八字见兵器既尽而且力战。此一段叙连战之功。自叙功大处，只"斩将"段尚见实功，余俱是于无功处装点出功来。此段独作两层写，文法更变。当此时也，总承上文。天地为陵震怒，战士为陵饮血。此二句极言其竭尽心力，能感神人，苦战精诚，气势乃自壮烈。单于谓陵不可复得，便欲引还[39]。精细处。而贼臣教之，着眼。是洗冤，却是实事。遂使复战[40]，故陵不免耳。"陵不免"三字妙。前叙胜处如此其详，此叙败处如此其略，故妙，只一句轻撇去。此一段叙败降之因。昔高皇帝以三十万众，紧照“五千”。困于平城[41]。当此之时，猛将如云，谋臣如雨，此二句言不当困。然犹七日不食，亦用“然犹”二字转下，与上两“然犹”、一“然”、一“犹复”相对照。此句举困之实。仅乃得免[42]。况当陵者，岂易为力哉？此二句收束上数段。此一段引高皇帝以为自解。此段正是自写精神之极。而执事者云云，苟怨陵以不死[43]。此言汉臣皆责其不死而降。三段辩论从此生出。然陵不死，罪也。转折顿挫。以下慷慨悲激，如闻变征之声。子卿视陵，岂偷生之士而惜死之人哉？就本身上辩一笔。宁有背君亲，捐妻子[44]，而反为利者乎？又就常情上辩“不死”一笔。然陵不死，有所为也[45]。正意顿挫出之。故欲如前书之言，报恩于国主耳。正是所为处。诚以虚死不如立节，灭名不如报德也[46]。此四句又发明所以不死而欲报恩国主意，实系强词说来，正自激切。昔范蠡不殉会稽之耻，曹沫不死三败之辱[47]，引二“不死”图报之士作证。卒复勾践之仇，报鲁国之羞。区区之心，窃慕此耳。所以“不死者”为此。何图志未立而怨已成，计未从而骨肉受刑[48]。此二句写出多少怨恨。自“昔先帝”至此，由战而败，由败而降，层层细叙，痛发前“功大罪小”三句，所谓“孤负陵心也”。此陵所以仰天椎心而泣血也[49]！情词呜咽。此一段发明所以不死之故。

足下又云：“汉与功臣不薄[50]。”此句以下三段，皆从此生出。子为汉臣，有眼。安得不云尔乎[51]？驳得轻快，句中正含愤恨。昔萧、樊囚絷，韩、彭菹醢[52]；晁错受戮，周、魏见辜[53]；“薄”字第一层。其余佐命立功之士，浑括一笔，收住有力。贾谊、亚夫之徒[54]，皆信命世之才，并及有才。抱将相之具[55]，而受小人之谗，并受祸败之辱，加此句所以诋汉议己之臣。卒使怀才受谤，能不得展[56]。为他人悲适自为悲耳。彼二子之遐举[57]，谁不为之痛心哉！回顾前段，藕断丝连。此一段适摘武书“不薄”二字，而历叙汉待功臣之薄以验之，此段泛论众人。陵先将军，功略盖天地[58]，义勇冠三军，徒失贵臣之意，“薄”字第二层。“贵臣”指卫青。到身绝域之表[59]。此功臣义士，所以负戟而长叹者也！此二句写得饮恨无极，亦以诋汉议己之臣。何谓不薄哉！又打照“不薄”。此一段以先将军验汉之薄。专言李广事。且足下昔以单车之使，适万乘之虏[60]，遭时不遇，“薄”字第三层。至于伏剑不顾，流离辛苦，几死朔北之野[61]。丁年奉使，皓首而归[62]，老母终堂，生妻去帷[63]。前“萧、樊”等仅道姓名，李广亦浑举，此独详叙，繁简得宜。此天下所希闻，古今所未有也。此二句极力称扬。蛮貊之人，尚犹嘉子之节，此二句为衬，跌笔快，笔笔翻应。况为天下之主乎[64]？陵谓足下当享茅土之荐，受千乘之赏[65]。此二句又用反击，妙，妙！闻子之归，赐不过二百万，位不过典属国，无尺土之封加子之勤[66]。此数语甚言待武之薄，却是实叙。而妨功害能之臣，尽为万户侯[67]；亲戚贪佞之类，悉为廊庙宰[68]。又如此四句，把汉执事议己者极口丑诋，以泄宿愤。“亲戚”二句另添伴说，倍觉可恨。子尚如此，陵复何望哉？此二句打转自己作收束。此一段复以汉之待武验其薄。此段专言武事。以上三段先众人、次广、次武，极有次第。且汉厚诛陵以不死，顶上“而执事者”一段。薄赏子以守节[69]，顶上“且足下”一段，此二句厚、薄二字下得巧妙。欲使远听之臣，望风驰命，此实难矣。此三句暗照自己。所以每顾而不悔者也。怨恨之极。此一段言汉赏罚不明，故不复以不得归为恨，以束上起下。陵虽孤恩，汉亦负德。此二句收束全篇，全文一篇关键，说得恩断义绝。昔人有言：“虽忠不烈，视死如归[70]。”陵诚能安，就目前言。而主岂复能眷眷乎[71]？暗跟上“薄待功臣”之意。男儿生以不成命，死则葬蛮夷中，就己计故不归。谁复能屈身稽颡，还向北阙[72]，就人计更不归。此上两意却是一串。使刀笔之吏，弄其文墨耶[73]？以不见汉之议己者为幸，愤恨殊不可言。此上数句言之涕零，而词气豪爽，颇足见英雄本色。愿足下勿复望陵。此一段言己决意不归以答武慰诲之意。

嗟乎子卿！三呼。夫复何言！相去万里，人绝路殊[74]，生为别世之人，死为异域之鬼，长与足下，生死辞矣[75]！此数句是结正文意。伤心酸鼻，愤绝，惨绝。幸谢故人，勉事圣君[76]。指霍光、上官桀等。足下胤子无恙[77]，勿以为念，以胤子慰武。努力自爱。以自爱勉武。时因北风，复惠德音[78]。以再寄望武。“幸谢”“足下”“时因”等各二句一项，“努力”句独一句一项。亦错综。此七句是余意。宜在“幸谢”“足下”上。李陵顿首。此一段以永不再会故人，告胤子及望后书作结，余情惓惓。

［**诚评**］陵之降虏，罪当族矣。汉误族陵家，虽未免过当，然正未可谓为负陵也。盖既已降虏，陵已负汉，汉之诛陵母妻，罪状纵或不实，要非妄加无罪人可比。况陵所云“报恩国主”，不但势所难能，亦恐原无此意。书中洗冤处，尽属强词，然说来生气勃勃。兼之行文有法度，最足以启发后学性灵，故录之。或曰：六朝人拟作。

注释：

①子卿：苏武字。苏武，西汉杜陵（今陕西西安东南）人。武帝时官为郎，天汉元年，奉命出使匈奴，在此羁旅共一十九年。昭帝始元六年，获释回朝，封为典属国，后赐爵关内侯。

②勤：不懈，努力。　宣：发扬。　令（lìng）：善，美好。　策名：古代士人做官，把姓名登记在官府的简策上，称为策名。此指做官。　清时：太平盛世。　问：同“闻”。　休：美、善。　畅：没有阻碍地畅达，畅行。

③托：寄寓。 悲：悲伤。 风：风度神采。 依依：留恋。

④不遗：不嫌弃。 辱：古代谦词。

⑤慨然：感慨。

⑥异类：古代对少数民族的蔑称，此指塞外匈奴。

⑦韦鞲（gōu）：皮的袖套。此用作动词，指穿着皮的袖套。 毳（cuì）幕：毡的帐幕。此指住在毡的帐幕中。

⑧膻肉：有膻气的肉。 酪（lào）浆：乳酪。酪，用牛、羊、马等乳汁做成的半凝固食品。

⑨玄：黑色。 边：边疆，仍指“胡地”。

⑩塞外：古代划长城以外为塞外。

⑪胡笳（jiā）：古代胡人吹奏的管乐器。汉时流行于塞北和西域一带。

⑫边声：边塞的声音。指胡笳声和牧马嘶鸣声。

⑬无聊：指精神空虚，思想上无寄托。

⑭临年：到一定的年纪，指老年。 戮：杀。

⑮鲸鲵（ní）：鲸鱼。雄性为“鲸”，雌性为“鲵”。《左传·宣公十二年》：“古者明王伐不敬，取其鲸鲵而封之，以为大戮。”此用作动词，比喻杀戮。

⑯受：前一个“受”，指享受，后一个“受”，指蒙受。

⑰礼义：符合封建道德规范。 无知：无知识，愚

昧。 俗：风俗。

⑱君亲：指皇帝和自己的父母。古代将此并称，视为人生最重要的大事。 长：永远的。 蛮夷：古代对居住在南方、东方少数民族的蔑称。

⑲戎狄：古代对居住在西方、北方少数民族的蔑称。 又：更。

⑳孤负：辜负。 区区：诚挚的样子。

㉑忽然：立刻。 忘生：不想活下去。

㉒刺心：剖出心。 刎颈：割颈自杀。

㉓适足：正好。 羞：羞辱。 攘臂：捋衣出臂，比喻振奋精神。 辄：就。 苟活：苟且生存。

㉔左右：侍候李陵的人。

㉕入耳：中听。

㉖忉怛（dāo dá）：忧伤，愁苦。

㉗知心：互相了解。

㉘帅：率领。 天汉：指汉王朝统治区。

㉙策：鞭打，此指“指挥”。 羁：马笼头。

㉚搴（qiān）：拔取。 奔、北：逃兵，战败者。

㉛枭（xiāo）帅：骁勇的将领。

㉜希：很少。 堪：胜。能承当。

㉝举：全。　兴：发动。　练：同“拣”，挑选。

㉞单于：匈奴君长的称号。　合围：指挥包围。

㉟悬绝：相差极远。

㊱创：伤。　争首：争先。

㊲扶病：带着伤病。　干戈：兵器。

㊳先登：向上冲。

㊴引：退兵。

㊵贼臣：指李陵手下一个叛将。他先逃入匈奴军中，将实情泄露过去。　遂：于是。

㊶高皇帝：汉高祖刘邦。　困于平城：汉高祖七年，韩王信与匈奴勾结谋反，高祖率兵讨伐，到了平城，被匈奴围了七天。平城，古县名。今山西大同市东。

㊷仅：只。　免：免于全军覆没。

㊸执事者：指位于汉朝廷的高官们。　云云：议论纷纷。　苟怨：不分青红皂白地责备。苟，不合正义的。

㊹捐：捐弃。

㊺有所为：有原因的，有所图谋的。

㊻诚：果真。　虚：白白地。　灭：毫无生息地磨灭，埋没。

㊼范蠡：春秋越国大夫。吴越交战，吴王攻破越国，越王勾践退守会稽（今浙江绍兴南），范蠡用计，使越与吴讲和，

积聚力量，最后把吴国灭掉。　曹沫（mèi）：曹刿。春秋时鲁国武士。齐鲁交战，鲁三次被打败，失去了许多土地。后来曹沫随从鲁君，与齐桓公订立盟约，收回失地。

㊽图：想到。　从：实施。　骨肉：指李陵母与妻子。

㊾椎（chuí）：敲打，捶打。

㊿与：对待。

51安：怎么。　得：能。　云尔：这样说。

52萧、樊：萧何、樊哙。汉高祖时的功臣。　囚絷：拘禁。　韩、彭：韩信、彭越。汉高祖时的功臣。　菹醢（zū hǎi）：古代一种酷刑，把人剁成酱。

53晁错：汉景帝的谋臣。　周、魏：周勃和魏其侯窦婴。前者为汉初功臣，后者为景帝时大将军。　辜：罪。

54佐命：辅佐帝王创业的人。　贾谊：西汉政论家和文学家。　亚夫：周亚夫，西汉名将。

55信：确实。　命世：闻名于世。　具：才能。

56展：施展。

57二子：指贾谊和周亚夫。　遐举：去世。

58先将军：指李陵祖父李广。李广，西汉名将。　功略：功绩谋略。

59意：欢心。不合贵臣之意。　刭（jǐng）：用刀割脖子。 表：外。

⑥⓪单车之使：指苏武出使匈奴从行人员极少。 适：到……去。 虏：对匈奴的蔑称。

⑥①伏剑：指苏武奉命赴匈奴时，被扣。汉副使张胜与匈奴内部暴乱案有联系，单于令审讯苏武，苏武不受屈辱，拔刀自杀，经抢救才得活。 流离：转徙离散。 朔北之野：指塞外匈奴之地。

⑥②丁年：壮年。 皓首：白头，年老。

⑥③终堂：寿终而死。 去帷：离开帐子，此指改嫁。

⑥④蛮貊（mò）：泛指四方少数民族。此指匈奴。 嘉：赞美。 节：节操。 天下之主：指汉朝廷的皇帝。

⑥⑤茅土：古代分封诸侯采用分茅裂土的一种仪式。古代天子用五色土建成社祭的坛，东方青，南方赤，西方白，北方黑，中央黄。分封诸侯时，取其中一种颜色的土用茅草包好。授给受封者，作为分得土地的象征。此用来指苏武应受爵。 千乘：古时一车四马为一乘，诸侯大国，地方百里，出兵车千乘。此指诸侯国。

⑥⑥典属国：掌管少数民族事务的官。始于秦，西汉沿置。 加：施于，用于。 勤：功劳。

⑥⑦妨：损害。 害：损害，伤害。 万户侯：食邑万户的

侯。

⑱廊庙：指朝廷。　宰：辅佐君主统治国家的最高官吏。此指高官。

⑲厚：重。　诛：诛戮。　以：因。　薄：少，微弱。

⑳烈：壮烈，激烈。此指死节。

㉑眷眷：怀念。

㉒稽颡（qǐ sǎng）：古时一种最恭敬的礼节，下拜时以额触地。　北阙：古代宫殿北门的门楼，是大臣等候朝见或上书奏事的地方。此指朝廷。

㉓刀笔之吏：主办文案的官吏，指狱吏。　文墨：指责之言。

㉔绝、殊：都是“断绝”的意思。

㉕辞：告别。

㉖故人：指旧友大将军霍光、左将军上官桀等人，他们曾多次劝李陵回汉。　勉事：努力事奉。

㉗胤（yìn）子：儿子。苏武在匈奴生的儿子。

㉘时：经常，时常。　因：凭借。　惠：赐。　德音：此指来信。

报孙会宗书　杨恽

杨恽（公元前？年至公元前54年），西汉华阴（今陕西华阴）人。司马迁外孙，封平通侯，后因过失免为庶人。此文便是他被贬后写给友人孙会宗的信，表示对政局不满。

恽材朽行秽，文质无所底，此二句自谦。幸赖先人余业，得备宿卫①。此二句叙家世。遭遇时变，以获爵位②。此二句叙得爵位之故。终非其任，又是自谦。卒与祸会③。言失位。此数语自谦家世、官爵遭遇始末，毕具简老之极。足下哀其愚，蒙赐书，先致谢。教督以所不及，殷勤甚厚。此四句浑提来书意，为通篇议论生根。然窃恨足下不深惟其终始，“不深惟”是恨之一层。而猥随俗之毁誉也④。“随俗”是恨之又一层。此二句随手即折辨一笔。言鄙陋之愚心，顿挫。若逆指而文过⑤；此二句见似拒饰。默而息乎，恐违孔氏‘各言尔志’之义⑥。此二句见不言不可，语自有致。此四语俱是顿挫。故敢略陈其愚，惟君子察焉[7]。此二句又以正笔虚括全篇。此一段先叙所以当报书之意。

恽家方隆盛时，乘朱轮者十人，位在列卿，爵为通侯，总领从官，与闻政事[8]。曾不能以此时有所建明[9]，以宣德化，作两层。波澜重叠。方摹外祖父《报任少卿书》，得其神髓矣。又不能与群僚同心并力，陪辅朝廷之遗忘，已负窃位素餐之责久矣[10]。自“恽家”至此言其始封侯时事，应上“获爵位”句。怀禄贪势，承上再顿，方下叙来，极为曲折。不能自退，遭遇变故，横被口语，含愤。身幽北阙，妻子满狱[11]。实叙自简。自“怀禄”至此言其终得罪时事。应上“卒与祸会”句。当此之时，又紧顶上作宕。自以夷灭不足以塞责，岂意得全首领，复奉先人之丘墓乎[12]？此三句收束段，语正自含愤。此一段言受禄得祸之由而幸其获免于罪也。以起下文。伏惟圣主之恩，不可胜量。此二句言不死之身，获自望外，起下“全躯忘罪”等语。君子游道，乐以忘忧；宾。小人全躯，说以忘罪[13]。主。窃自私念，过已大矣，暗顶上段，顿挫出引过归农意。行已亏矣，长为农夫以没世矣[14]！此三句连用三“矣”字，清词慷慨。是故身率妻子，戮力耕桑，灌园治产，以给公上[15]。此四句已见无可讥议处，实叙亦简甚。不意当复用此为讥议也[16]。一束。此一段言引过归，可以无责意。

夫人情所不能止者，圣人弗禁。故君父至尊亲，送其终也[17]，有时而既。“故君父”三句起下“得罪已三年”二句。此三句借喻不伦，固宜其为祸胎也。臣之得罪，已三年矣。此二句暗顶“遭变故”段来。田家作苦，暗顶“身率妻子”段。先点“苦”字转入“乐”字。岁时伏腊，由“田家”来。烹羊炰羔，斗酒自劳⑱。此二句是田家可乐时。前三段夹叙夹议，已自矫健。此下叙事皆以议论出之，更觉笔墨悉化烟云矣。家本秦也，能为秦声⑲，此二句叙自己。妇赵女也，雅善鼓瑟⑳，此二句叙妻孥。奴婢歌者数人。叙侍从。此五句俱就声音上讲，引起下文。酒后耳热，“酒后”二字顶“烹羊”二句。“耳热”二字顶“妇赵女”三句。仰天拊缶，而呼乌乌㉑。正见能为秦声处。田家乐二。写得情态激昂。其诗曰：忽述诗歌，极奇变。“田彼南山，芜秽不治㉒，种一顷豆，落而为萁㉓。此四句或以为喻朝廷荒乱，已见沦弃，或以为喻国遇民乱，效忠无获。玩其词大抵是不平之意。人生行乐耳，须富贵何时㉔？”此二句点“行乐”二字，收束上“岁时伏腊”等语。逗出“富贵”二字，益见讥讪，更是祸媒。自是愤恨语，莫认作旷达。是日也，拂衣而喜，“喜”字跟上“乐”字。奋袖低昂，顿足起舞，诚淫荒无度，不知其不可也。此二句又作一束。放言纵论，皆是取祸之阶。此一段叙归农行乐，以破其阖门惶惧之说。恽幸有余禄，方籴贱贩贵，逐什一之利㉕。此贾竖之事，污辱之处，恽亲行之。自“恽幸”至此，以力田之难又复为贾，破其治产业之说。下流之人，众毁所归，不寒而栗。虽雅知恽者，犹随风而靡，尚何称誉之有㉖？自“下流”至此，破其有称誉之说。明明讥刺会宗，应首段“随俗毁誉”。董生不云乎：“明明求仁义，常恐不能化民者，卿大夫意也；明明求财利，尚恐困乏者，庶人之事也。”[27]忽就引据，分出卿大夫、庶人来，笔矫异。故“道不同，不相为谋”。承上，直拒之。今子尚安得以卿大夫之制而责仆哉[28]？又作一束，束得浅深变化有法。自“董生”至此破其“大臣废”其说。“大臣废”三字是会宗书提头，故次第叙来，说至此便锁住。此一段叙逐利增谤，自甘庶人，以破其“治产业”“有称誉”及“大臣废”等语。自“恽家方隆”至此详叙终始，语语俱含怨望。

夫西河魏土，文侯所兴[29]，有段干木、田子方之遗风，漂然皆有节概，知去就之分[30]。赞孙旧土。顷者，足下离旧土，临安定[31]。安定山谷之间，昆戎旧壤[32]，子弟贪鄙，讥孙有迁。岂习俗之移人哉？好怒骂都是祸根。于今乃睹子之志矣！又束。此一段就会宗居处上见其志之贪鄙。而不知去就之分，以明书中“大臣废”等语之非，亦以发首段“随俗毁誉”意。方当盛汉之隆，愿勉旃[33]，毋多谈。结句更出人意表。到底无一语不愤恨。此一段以勉会宗作结。

［**诚评**］满腹牢骚，触之倾吐，虽极蕴藉处，皆极愤懑。所谓诚中、形外不能揜遏者也。篇中有怨君王语，有恨会宗语，皆足取祸。虽子幼之死，必由会宗出其书以致其罪，会宗自不免为小人，而正可以为“言之不慎”者警。

纲目载：恽，性刻害，好发人阴私，由是多怨。按此数语，恽取祸者，未必仅在此书。而此书又适可见罪，虽死，非其幸，而恽正自有取死之道矣。至行文之法，字字翻腾，段段收束。平直处，皆曲折；疏散处，皆紧练，则酷肖其外祖。

注释：

①文：文采。　质：品质。　无所底：没有什么成就。　先人：其父杨敞，曾官至丞相。　备：充数。　宿卫：宫中警卫。

②时变：时局变故，指告发霍氏谋反，任中郎将。　以：而。

③终：究竟。　任：胜任。　会：遭遇。

④恨：遗憾。　惟：思考，谋虑。　终始：事情首尾。　猥：随便，轻易。

⑤逆指：违反，违背。　文过：信中的指责之文。

⑥孔氏：孔子。　各言尔志：引自《论语》。各说各的志愿。

⑦惟：希望。　焉：“之”，这件事。

⑧朱轮：高官所乘的车子，因用朱红漆成车轮，故名。按汉制，二千石以上的公侯列卿享有这种特权。　列卿：九卿之内。　通侯：汉封异姓功臣的侯爵。原称彻侯，因避武帝讳，改为通侯。　从官：皇帝的侍从官。杨恽曾任此官。　与闻：参与。

⑨曾：仍。　以：在。

⑩已：已经。 负：遭受。 窃位：窃取官位。指靠不正当手段谋取官位。 素餐：无功受禄，不劳而食。 责：指责。

⑪横被：意外遭受。 口语：诋毁，诽谤。 幽：囚禁。 北阙：古代宫殿北面的门楼。是大臣朝见或上书奏事的地方。 满：全。

⑫夷灭：杀戮。 塞责：堵塞指责。 意：意外。 丘墓：坟墓。

⑬说：同“悦”，喜悦。

⑭过：过失，罪过。 行：品行。 亏：欠缺。 长：永久，永远。 以没世：了结余生。

⑮戮力：同心协力。 耕桑：种地养蚕，泛指农事。 灌园：从事田园劳动。 公上：给公家纳税。

⑯不意：没想到。 复：又。 此：指回乡务农这件事。

⑰君父：君主和父母。 送其终：守孝居丧。

⑱伏腊：夏祭为伏，冬祭为腊，都是节日。 炰（páo）羔：烤乳羊肉。 劳：慰劳。

⑲秦声：秦地的歌声。杨恽是华阴人，华阴属秦地。

⑳雅：很，甚。 瑟：古代赵国的一种乐器。

㉑缶（fǒu）：秦国一种瓦制乐器，唱歌时按节奏打击。呼乌乌：秦缶发出的声音。

㉒田：耕田。　荒秽：荒芜，荒废。

㉓顷：一百亩。　萁（qí）：豆茎。“种一顷豆”二句比喻贤人被放逐。

㉔须：等待。

㉕籴（dí）：买进。　籴贱贩贵：低价买进，高价卖出。　逐：追逐。　什一：十分之一。

㉖靡：披靡。倒。　称誉：好名声。

㉗董生：董仲舒，西汉哲学家。　“明明求仁义”六句：引自董仲舒所作《对贤良策》。　明明：努力。　化：感化。　困乏：贫困缺乏。　庶人：老百姓，平民。

㉘子：您。　安得：怎么能。　制：标准。

㉙西河魏土：指战国时魏地西河，此代指孙会宗家乡。　文侯：魏文侯。

㉚段干木：战国高士，和田子方同为魏文侯的老师。　漂然：志向高远。　节概：志节气概。　去就：辞官和出仕。　分：道理。

㉛顷者：近来。　临：到。　安定：安定郡。

㉜昆戎：西戎，古代西部少数民族。　旧壤：旧地。

㉝愿：希望。　旃（zhān）：“之焉”的合音。之，指孙会宗。焉，吧。

《史记》

《史记》，原名《太史公书》。西汉司马迁撰，共一百三十篇，是我国第一部纪传体通史。写于元狩六年，成于天汉二年。全书起于黄帝，止于汉武帝，时间跨度三千年。共分“本纪”“世家”“列传”“书”“表”五部分。

五帝本纪赞

《五帝本纪》列《史记·本纪》首篇。此篇赞则附于其后，讲述作《五帝本纪》原意。

学者多称五帝，尚矣①，此二句直提五帝，作一顿言，似可信也。然《尚书》独载尧以来，急转，以圣人弗录见，未可信意。此三语是一层。而百家言黄帝②，忽又起，见又似可信意。其文不雅驯，伏下“后择其言”句。荐绅先生难言之③。此二句见似又不可信意，是第二层。孔子所传宰予，问《五帝德》及《帝系姓》，此二句见可信意。儒者或不传④。又见无可考实意。此三句是第三层。此一段言五帝之说疑信相参，未敢遽以百家为实。学者、荐绅先生、儒者是一类，《尚书》百家、孔子所传是一类。而运用错综，看他三层变换何等筒峭。余尝西至空峒，北过涿鹿⑤，东渐于海，南浮江淮矣⑥。此四句又提。至长老皆各往往称黄帝、尧、舜之处，与上段“学者”等映。殊觉历历有据。风教固殊焉。总之，不离古文者近是[7]。应《尚书》。以上著其事。此一段言以平日游历见闻与古相合而不得，概以百家为疑。予观《春秋》《国语》，其发明《五帝德》《帝系姓》章矣[8]。此四句应“所传”。顾弟弗深考，应“不传”。其所表见皆不虚[9]。应“长老”。《书》缺有间矣，其轶乃时时见于他说[10]。应“百家”。此一段言《春秋》《国语》所发明外，百家正未可湮没，而采择有所难已也。非好学深思，心知其意，“好学”八字是太史公作史本领。固难为浅见寡闻道也。荐绅、儒者皆骂煞。以上断其义。此一段言采择之难。余并论次[11]，择其言尤雅者，应“雅训”。故著为本纪书首。此一段结言所以作《五帝本纪》之意。

[**诚评**] 通体俱是发明所以作《五帝本纪》之意。首段以书之有详有略，人之有言有不言，反复顿挫，次以游历得诸长老者为证，再次以考之《春秋》《国语》及他说者为据，而总归之于“好学深思，心知其意”作收束。见非此则疑者，终不能信，惟此乃能信而择之也，故末段点明“择其言尤雅”作结。文仅二百余字，而转折之多，承接之妙，音节之古，结构之精，有难以悉举者，要在善读之士，一一静会之。

注释：

①五帝：指黄帝、颛顼（zhuān xū）、帝喾（kù）、尧、舜

五位远古帝王。　尚：通“上”，很久远。

②《尚书》：亦称《书》《书经》，儒家经典之一。是中国上古历史文件和部分追述古代事迹著作的汇编。　百家：指先秦诸子创作的思想学术篇章。

③雅：正确。　驯：同“训”。引以为训。　荐绅：指缙绅。　言：说明。

④宰予：春秋时鲁人，孔子弟子。　《五帝德》《帝系姓》：《礼记》和《孔子家语》中两篇。　儒者：儒生，学习儒家学说的人。

⑤空峒：山名。传说黄帝在这里向广成子问道。　涿鹿：山名。今河北涿鹿县。相传此地为黄帝大战蚩尤处。

⑥渐：到，临。　浮：渡。

⑦古文：指《尚书》。　近：接近，迫切。　是：事实。

⑧《春秋》：鲁国编年体史书。相传为孔子所作。　《国语》：传说为左丘明所作。记载春秋战国列国事迹。　章：同“彰”，明显。

⑨顾弟：不过。　见：同“现”。

⑩间（jiàn）：脱漏。　轶：散失。　他说：指其他著述。

⑪论次：依次论述。

秦楚之际月表

此文为《史记》表之四。

《史记》中表，是用表格形式来表述历史人物和历史事件。共十篇，或以世纪，或以年纪。此篇独为“月表”，是因楚秦时天下未定，参错变异。不可以年纪，所以月纪其事。

秦，指秦二世胡亥。楚指西楚霸王项羽。

太史公读秦楚之际①，直起得妙，一篇含蓄。曰：

初作难，发于陈涉②；叙首乱天下者，言简字峭，号令一。虐戾灭秦自项氏③；句调一变，号令二。拨乱诛暴，平定海内，卒践帝祚，此三句兼秦、陈、项言。三嬗皆用倒装法，文笔便不平芜。成于汉家④。此四句句调又变，号令三。五年之间，亟。号令三嬗⑤，此二句总一笔，点明，起下“亟”字。自生民以来，未始有受命若斯之亟也⑥！伏下“夏、汤、武”在内，提出“亟”字，生下论断，一篇大意。“受命”二字与下“受命而帝”句相呼应。此一段言受命之速，为末段张本。

昔虞、夏之兴，积善累功数十年，德洽百姓，摄行政事⑦，考之于天，伏末“天”字。然后在位。自“昔虞夏”至此，言虞夏受命之难。汤、武之王，乃由契、后稷⑧，修仁行义十余世，不期而会孟津八百诸侯⑨，犹以为未可，其后乃放弑⑩。自“汤、武”至此言汤、武受命之难。“不期”三句单指武王，以见汤也。秦起襄公，章于文、缪⑪，献、孝之后，稍以蚕食六国⑫，百有余载，至始皇乃能并冠带之伦⑬。自“秦起”至此言秦受命之难。三段句调亦三变，皆用顺衍法，文笔更见老朴。“数十年”“十余世”“百有余载”皆紧对上“五年三嬗”，以实字见其难。“然后”“犹以为”“其后乃”等字又以虚字见其难，须玩。以德若彼，用力如此⑭，盖一统若斯之难也！此三句亦总一笔，束虞夏汤武，束秦，反应“亟”字。此一段承上“自生民”句，历引帝王受命之难，以反振下意。

秦既称帝，单承秦言。患兵革不休，以有诸侯也，顶“患兵革”来。于是无尺土之封，堕坏名城，销锋镝，锄豪杰，维万世之安。此五句又顶“以有诸侯”来，数句总为废分封起见。然王迹之兴，起于闾巷，高祖起于亭长，原不待为诸侯。合从讨伐，轶于三代⑮。乡秦之禁，适足以资贤者为驱除难耳⑯。与群雄并力攻秦，尤易于汤武，打合一片。此一段言秦之暴戾自失其道，足以资助汉受命之亟。故愤发其所为天下雄，安在无土不王？自“王迹”至此皆言汉兴之易。此乃传之所谓大圣乎[17]？岂非天哉？岂非天哉？重言咏叹，悠然而味，归之于天，是一篇骨子。非大圣孰能当此受命而帝者乎？更结得颂扬有体。“受命”二字虽应首段，然须知首段“受命”兼历代，此处方专言汉。此一段言汉兴之易而归诸大圣，独膺天眷作结。

[诚评] 首段以汉兴，陈项并举，而宾主要自秩然。次段证上振下，文法妙与首段相称。三段言秦之失道，正见汉所以受命之亟之故。末段归之天，又归之大圣。颂扬固为有体，而立言尤有把握，文笔至此，一句一转，兴会淋漓。

注释：

①太史公：司马迁自称。　秦楚之际：指秦二世胡亥至项羽杀子婴，汉未立之间。

②作难（nàn）：造反，作乱。　陈涉：名胜，秦末农民起义领袖。

③虐戾：凶狠残暴。　项氏：指西楚霸王项羽。

④践：登上。　祚（zuò）：帝位。　汉家：指汉高祖统一天下。

⑤三嬗：三次更替。指陈涉、项羽、汉高祖三次起义。

⑥斯：这，这样。　亟（jí）：速，快。

⑦洽：和谐，融洽。　摄行：代理。

⑧汤：商汤。　武：周武王。　契：帝喾之子，为商朝的始祖。　后稷：虞舜时农官名。为周朝的始祖。

⑨孟津：地名。今河南省孟县南。周武王曾在这里会集八百诸侯。

⑩放弑：指商汤放逐夏桀，周武王诛杀商纣。

⑪襄公：秦襄公。　文、缪：秦文公、秦穆公。缪同“穆”。

⑫献、孝：秦献公、秦孝公。　蚕食：慢慢吞并。

⑬始皇：秦始皇。　并：兼并，吞并。　冠带之伦：指六国诸侯。

⑭彼：指虞、夏、商、周。　此：指秦。

⑮王迹：指汉高祖发迹时。　闾巷：里巷。比喻地位低下。　合从：合纵，纠合各路人马。　轶：胜过。　三代：夏、商、周。

⑯乡：以前。　驱：除去。

⑰此乃：这就是。

孔子世家赞

本篇为《史记·世家》第十七篇之赞。

《史记》十“表”后，又继以八“书”后，列“世家”，共三十篇。世家皆为诸侯传记。孔子本非诸侯，而汉武帝之初，又尚未有封号。太史公推崇其能，预知其后必有褒封，故特将其列为“世家”之中。

《诗》有之：“高山仰止，景行行止[1]。”虽不能至，然心乡往之[2]。先引诗作一顿挫，引起下文，笔态便已淋漓无限。“心乡往之”是一篇主意。余读孔氏书[3]，想见其为人。读其书而向往。适鲁，观仲尼庙堂、车服、礼器，诸生以时习礼其家，上大概说，此数语则详举备，极虚实之妙。余低回留之，不能去云[4]。指其居而向往。此一段引《诗》而自言其向往之诚。先读书，次适鲁，有次第。天下君王，至于贤人众矣，当时则荣，没则已焉。此四句是反衬。“当时”二句言无可向往也。孔子布衣，对“君王”。传十余世，学者宗之。此二句对“当时”二句。自天子王侯，中国言六艺者，折中于夫子[5]，“传十世”至此是横说，莫不向往。可谓至圣矣！对“贤人”。此一语以“至圣”断结，是千古特识。此一段言孔子超轶古今。

［诚评］前以“乡往”起，后以“至圣”结。中间前半以读书、“适鲁”历之，自己乡往之实，后半以“学者宗之”“六艺折中”，极赞孔子之超轶古今。其实，“学者宗之”，即从前段“诸生”句生出，“六艺折中”，即从前段“读书”生出，上下原自一片，至通体绝未尝在孔子身上著一语，而却能合孔子全身毕现。妙手空空，则洵有如昔人所云：避实击虚法也。

注释：

①《诗》：《诗经》，我国第一部诗歌总集。 “高山仰止”两句：见于《诗经·小雅·车牵》。 景行（háng）：大道。 止：语助词。

②乡：向往。

③孔氏书：记录孔子及其弟子言行的《论语》。

④低回：指徘徊不前。　留之：留恋于此。　去：离。

⑤六艺：六经，《诗》《书》《易》《礼》《乐》《春秋》。　折中：判断正确与否。　夫子：对孔子的尊称。

萧相国世家赞

此篇为《史记·世家》第二十三篇之赞。记汉开国丞相萧何之事。

萧相国何，于秦时为刀笔吏，“刀笔吏”三字，自是实录，非贬语也。录录未有奇节[①]。略带抑意，正其妙用。此一段叙酂侯一生本领。及汉兴，依日月之末光，何谨守管籥[②]，因民之疾，奉法顺流，与之更始。此三句皆其以“日月末光”处。此一段叙酂侯相汉之功。淮阴、黥布等皆以诛灭，此九字是波澜，是陪衬，深于文者自知之。而何之勋烂焉[③]。位冠群臣，声施后世，与闳夭、散宜生等争烈矣[④]。引古之无奇节者比喻，作扬笔结，恰合酂侯身份，且能暗应首段“录录”句。文律之细，罕有其匹。此一段言皆诛灭者，用形以见其能全身保后意。

［诚评］浑括全篇大意以作赞，与《孔子世家》赞篇文

笔不同。然《史记》诸赞，多类此开首。从“刀笔吏”揭出未有“奇节”，为赞鄼侯主意。叙相汉功业处，曰依，曰谨，曰因，曰奉，曰顺，俱见未有“奇节”也。“淮阴”九字又以有“奇节”而“诛灭”者作陪衬。“而何”三句，正言其未有“奇节”之享受，与“闳夭”句仍暗应“未有奇节”意比方作结。其赞鄼侯，字字恰合，一字移向他人不得，真确切之至。评者谓“淮阴”等语非赞何，乃为淮阴等痛哭。“与闳散”句，言外见汉高于开国诸臣止容得闳散，不能容得周召太公。二说尚不失腐。迁借题抒写，感慨系之之意。然已未免稍昧。文家宾主之法至谓不满，“相国”末句，扬中带抑，细读世家全文，殊无此意，直是庸人自扰矣。

注释：

①萧相国何：指相国萧何。汉十一年被封为相国。　刀笔吏：指办理文书的小吏。刀笔，古代时用笔在竹简上写字，有误，则用刀刮去重写，故写书的人一般都刀笔随身携带。　录录（lù lù）：同“碌碌”，平庸无能。　奇节：不同寻常。

②日月之末光：指萧何于汉十一年封相之事，此已为高祖

晚年。 管籥：钥匙。籥通“钥”。此指掌管着国家粮储府库的重任。

③淮阴、黥布：指韩信、英布。汉开国功臣。 勋烂：功劳卓著，为人称道。

④冠（guàn）：位居第一。 施：传。 闳夭、散宜生：周武王时贤臣。 争烈：争光。

伯夷列传

本篇为《史记·列传》第一篇。

列传是《史记》的一种体例，共七十篇。有的一人一传，有的按人物类型性质，数人合为一传。一般先叙事，最后用赞语作结。

伯夷以让贤著称于世，所以太史公在“列传”首推其人。

夫学者载籍极博，犹考信于六艺[①]。此二句劈空说起，却虚含全篇。“载籍”二字括篇中“说者曰”“其传曰”，及“或曰”等。“六艺”，括下引“尧舜让位”及“孔子曰”等。《诗》《书》虽缺，顿挫有致。然虞、夏之文可知也[②]。起下“尧将逊位”至“授政”等语。此一段虚论凡人立言当考信六艺，以起下意。尧将逊位[③]，让于虞舜，舜、禹之间，岳牧咸荐[④]，乃试之于位，典职数十年[⑤]，功用既兴，然后授政，自“尧将逊位”至此撮举虞夏书辞。示天下重器。王者大统[⑥]，传天下若斯之难也。此三句就上而原其意。手写尧舜事，自注许由等，实神趋伯夷也。此数语即尧舜禅让之郑重，已足见让于许由等之可疑。而说者曰：三字见其为“载籍”所传而非“六艺”也，亦是文家波折。“尧让天下于许由，许由不受，耻之逃隐[7]。此用明叙。及夏之时，有卞随、务光者[8]。”此只浑举。自“尧让”至此两事分叙。视上之舜禹总叙者，笔法一变。此何以称焉[9]？轻驳一笔。兼上二项。此一段引尧舜之禅让而原其意。复引世所称许由、随、光等而疑其说，俱是为伯夷作陪衬。此段两“让”字是眼目。太史公曰：余登箕山，其上盖有许由冢云[10]。此二句即许由以概随、光。此一段因冢而疑其人之有。孔子序列古之仁圣贤人，起下“孔子曰”。如吴太伯、伯夷之伦详矣[11]。此句方说出伯夷。点伯夷乃以吴太伯并言，隐隐见“列传”首伯夷，与“世家”首泰伯同例。余以所闻，由、光义至高，“义至高”三字应上“让”字。自篇首至此，言引传以首伯夷之意。其文辞不少概见，此三句略将由光等撇开，已有为之惋惜意。何哉[12]？此一段言古人，以经孔子论断为有据，以见列传所为首伯夷，而圣言无征者难以立传。

孔子曰：三字对上“说者曰”，应上孔子。“伯夷、叔齐，不念旧恶，正论伯夷却兼叔齐说。怨是用希[13]。”“怨”字牵引未合。“求仁得仁，又何怨乎[14]？”余悲伯夷之意，“余悲”二字又随作一波，趋下。睹轶诗可异焉[15]。此一段引孔子言为论断之据，而自言悲夷以起下段，波澜老成。其传曰：伯夷、叔齐，孤竹君之二子也[16]。父欲立叔齐，及父卒，叔齐让伯夷。“让”字应前。伯夷曰：“父命也。”遂逃去。叔齐亦不肯立而逃之，此句正皆“求仁得仁”处。国人立其中子。自“伯夷”至此，详言让国之事。于是伯夷、叔齐闻西伯昌善养老，“盍往归焉[17]”！此二句承上“逃”字，详言归周之事。及至，西伯卒，武王载木主[18]，号为文王，东伐纣。伯夷、叔齐叩马而谏曰：细甚。“父死不葬，爰及干戈，可谓孝乎[19]？以臣弑君，可谓仁乎？”古今少此一谏不得。左右欲兵之。太公曰：“此义人也[20]。”扶而去之。自“及至”至此，详言谏武之事。武王已平殷乱，天下宗周，而伯夷、叔齐耻之，“耻”字最有关系，古今惟此一字，长留天地间。义不食周粟，隐于首阳山，采薇而食之[21]。及饿且死，作歌，其辞曰：“登彼西山兮，采其薇矣。以暴易暴兮，不知其非矣[21]。神农、虞、夏忽焉没兮[22]，放下殷不说，妙。我安适归矣？于嗟徂兮[23]，命之衰矣！”此歌当是《离骚》之祖。“命之衰”句究亦只怨命。遂饿死于首阳山。传词止此。自“武王”至此详死之事。由此观之，怨邪非邪？此二句就诗见其有怨意，言外疑旧传所传未必真。应上“可异”句。此一段引旧传之词而于《诗》有怨意，见其与圣言不合，以申上“可异”意。以上二段三“怨”字是眼目。

或曰：二字又起一波。此后上下千古无限悲歌感慨之情。“天道无亲，常与善人。”轻重二语。若伯夷、叔齐，可谓善人者。非邪？“非邪”二字不说煞，含悲愤。积仁洁行，如此而饿死。自“若伯夷”至此是正文。且七十子之徒，仲尼独荐颜渊为好学㉔。颜渊是伯夷正证。然回也屡空，糟糠不厌，而卒蚤夭㉕。天之报施善人，其何如哉？自“且七十”至此，证天报善之爽。盗跖日杀不辜，盗跖是伯夷反证。肝人之肉㉖，暴戾恣睢，聚党数千人，横行天下，竟以寿终，是遵何德哉？自“盗跖”至此，证天报不善之爽。此其尤大彰明较著者也。总束一笔，含情无限，总顶上二段。若至近世，操行不轨，事犯忌讳，而终身逸乐，富厚累世不绝。为恶反得善报，不但寿终而已。或择地而蹈之㉗，时然后出言，行不由径，非公正不发愤㉘，而遇祸灾者，自寓为李陵遭祸，见为善反得恶报。不可胜数也。自“若至”至此，较上意更深一层。余甚惑焉，倘所谓天道，是邪非邪？此三句总见天道难恃。此一段言天道本不可恃，见伯夷修善必不责报而有怨，以起下文轻重二段。此段二“天道”、一“天”字、三“善人”是眼目。

子曰：“道不同，不相为谋㉙。”以下不用转脉而意自转。亦各从其志也。故曰：“富贵如可求，虽执鞭之士，吾亦为之。如不可求，从吾所好㉚。”“岁寒，然后知松柏之后凋㉛。”此上杂引经传，跌宕淋漓。举世混浊，清士乃见。岂以其重若彼，其轻若此哉㉜？此二句是知轻重，则知天道而无怨意，分明是励世，又分明是自解。“轻、重”二字是此段眼目。此一段言士各有志，为善岂以不获报而改节。见伯夷必饿死不怨，自当以夫子之言为断也。“君子疾没世而名不称焉[33]。”贾子曰：“贪夫徇财，烈士徇名，夸者死权，众庶冯生[34]。”此四句中重“徇名”。自“君子”至此是一层，是人要立名。同明相照，同类相求。“云从龙，风从虎，圣人作而万物睹[35]。”自“同明”至此，又是一层。见气类相感，自必见称意。伯夷、叔齐虽贤，得夫子而名益彰；此二句，一篇主意。颜渊虽笃学，附骥尾而行益显[36]。带说应前，笔法精密。岩穴之士，以下两层推开说，结意深远。趋舍有时，若此类名堙灭而不称[37]，悲夫！此数句就上推说以结篇首，凭吊由、光意。闾巷之人，欲砥行立名者，非附青云之士，又推开说一层，慨立名之难，正为伯夷幸。恶能施于后世哉[38]！此一段节明为伯夷立传意，而复推言奇慨以见自寓。“立名”是眼目，更妙能与篇首“何以称”遥应作章法。末一句烟波无尽。

［诚评］以夫子之言为断，是其立传本意。通篇合传、赞为一篇，结构最精。前幅先引孔子之言，虚论一段，次引旧传之词，备详其实，篇中止此是伯夷正传，却又兼叔齐在内。至其屡用活笔，然不肯说煞，人多赏其文情缥缈，不知即其含愤处也。后幅引回、跖等证天道，及末段推说，固是发明传意。回抱前文，究无非是慨也，读者须善会。

注释：

①载籍：书籍。　六艺：《诗》《书》《易》《礼》《乐》《春秋》六经。

②《诗》：指《诗经》。　书：指《尚书》。　虞、夏之文：指《尚书》中的《尧典》《舜典》《大禹谟》，记载了尧、舜禅让的传说。

③逊位：退位。

④岳：相传为尧、舜时四方部落首领。　牧：九州十二牧的行政长官。　荐：推荐。

⑤典：主持。

⑥重器：贵重的宝器。指即位。　大统：最高统治者。

⑦说者：指诸子杂记。　许由：尧时隐士。尧将天下让给许由，许由不受，逃至箕水颍水隐居起来。

⑧卞随：传说为夏隐士。商汤放逐了夏桀，把天下让给卞随。卞随不受，投水而死。　务光：也是夏隐士。商汤又让天下于务光，务光不受而逃隐。

⑨何：什么。　以：用来。　称：说明。

⑩冢（zhǒng）：坟墓。　云：有“据说如此”之意。

⑪序列：依次论述。　吴太伯：周太王的长子，让位给弟弟，逃到吴地。　伯夷：商末孤竹君长子。孤竹君以次子叔齐

为继承人，孤竹君死后，叔齐让位伯夷，不受。二人一同投奔于周，后不食而死。

⑫其文辞：记录他们（许由、务光等）的文字。　不少概见：见不到，很少。　何：为什么。

⑬“伯夷”三句：引自《论语》。　是用：因此。　希：少。

⑭“求仁得仁”二句：引自《论语》。　仁：仁义。

⑮轶诗：散失的诗篇，指下文夷齐所作“采薇歌”。

⑯孤竹：商时国名。传为商汤所封。今河北部分、辽宁部分。

⑰西伯昌：西方诸侯之长周文王。　昌，姬昌，周文王。　盍：同“何”，何不。

⑱武王：名发，文王之子。　木主：死者的牌位。

⑲叩马：拉住马缰。　爰：竟。　孝：孝道。

⑳太公：姜太公。辅周灭商，功封于齐地。　义：仁义。

㉑首阳山：即下文“西山”。今山西永济县南。　薇：一种可食野菜。

㉑暴：此指战争。　非：对与不对。

㉒神农：传说中古帝王，以倡农事著称。　忽：快，一瞬间。

㉓于嗟（xū jiē）：唉呀。感叹词。　徂（cù）：死。

㉔七十子：指孔子著名弟子七十二人。　仲尼：孔子字。　颜渊：名回，孔子得意门生。

㉕屡空（kòng）：经常陷于贫困之中。 厌：满足，够。 蚤夭：早死。蚤，同“早”。

㉖盗跖：传说为春秋时期反抗贵族统治的领袖。盗是历代统治者对他的蔑称。 不辜：无罪的人。 肝人之肉：把人肝当肉吃。

㉗或：有的人。 蹈：涉足。

㉘行不由径：不走小路，指操行符合正道。

㉙“道不同”二句：引自《论语》。 道：处世之道。 谋：商量。

㉚“富贵如可求”五句：引自《论语》。

㉛“岁寒”二句：引自《论语》。 凋：凋零。

㉜彼：指上文“操行不轨”之人。 此：指上文“择地而蹈”之人。

㉝君子疾没世而名不称焉：引自《论语》。 疾：痛恨。 没世：死后。 称：传。

㉞贾子：西汉贾谊。 “贪夫徇财”四句：引自贾谊所著《鹏鸟赋》。 徇：为之可以牺牲生命。 冯（píng）：依仗。 生：生存。

㉟“云从龙”三句：引自《易经》。 作：及时兴起。

㊱附骥尾：比喻追随贤者之后而名声显著。

㊲岩穴之士：指隐居之人。　趋舍：指出仕和隐居。　有时：凭着时运或机遇。　堙（yīn）灭：埋没。

㊳砥（dǐ）：磨刀石。此为动词“磨炼”。　青云之士：声名地位显赫之人。　恶：怎么。

管晏列传赞

此篇为《史记·列传》中第二篇赞文。是管仲、晏婴两人的合传。

吾读管氏《牧民》《山高》《乘马》《轻重》《九府》，“牧民”等于管氏书备详其篇目。及《晏子春秋》，只四字用笔变化。详哉其言之也[1]。见传可略。既见其著书，欲观其行事，故次其传。此三句是所以为立传之故。至其书，三字即传中危言、危行、顺命、衡命作用也。世多有之，一笔撇开。是以不论，论其轶事[2]。此二句发明传意。此一段先总赞管晏。管仲世所谓贤臣，然孔子小之[3]。岂以为周道衰微，桓公既贤，而不勉之至王，乃称霸哉？要如此是千古定论，抑语。语曰：“将顺其美，匡救其恶，故上下能相亲也[4]。”岂管仲之谓乎？扬语。此一段乃分赞管仲。方晏子伏庄公尸哭之，成礼然后去，岂所谓“见义不为，无勇”者邪[5]？补传所未及，抑语。至其谏说，犯君之颜，此所谓“进思尽忠，退思补过”者哉[⑥]！扬语。假令晏子而在，余虽为之执鞭，所忻慕焉[⑦]。此二句跟传中“仆御来”，太史公自悼被刑时贫无以赎，交游不为一言，而晏子有赎贤、荐贤二事，故独加欣慕。寓意深远，竟住亦好。此一段乃分赞晏子。

［诚评］先合后分，格自高老。其分处，皆先抑后扬，笔亦曲折。至末兴怀，“执鞭”，措词巧矣，而感慨更觉低徊无尽。

注释：

①管氏：管仲。　《牧民》《山高》《乘马》《轻重》《九府》：都是《管子》一书的篇名，分别言治民之政事、列国之形势、国家财物、铸币等事。　《晏子春秋》：后人记录晏子言行的一部书。　详哉其言：“其言详哉”的倒装。

②轶事：佚事，遗闻逸事。

③小之：轻视他，看不起他。

④“将顺”三句：引自《孝经》。

⑤成礼然后去：尽了君臣之礼然后离开。事见《晏子不为君难》一文。　岂……邪：难道……吗？　见义不为：出自

《论语》。

⑥“进思”二句：引自《孝经》。

⑦执鞭：为人驾驭车马，意喻给他人服役。 忻慕：很高兴敬仰。忻，同“欣”。

平原君虞卿列传赞

此篇为《史记·列传》第十六篇赞文。也属合传性质。记叙了平原君、虞卿两人的生平事迹。

平原君，翩翩浊世之佳公子也①，言其行事如鸟高举出于污浊之上，非纨绔可比，言外亦见在浊世则佳耳。褒中微寓贬意，扬语。然未睹大体。抑语。鄙语曰："利令智昏。"平原君贪冯亭邪说，使赵陷长平兵四十余万众，邯郸几亡②。此数语两意一串。补传所未及，亦正是他"利令智昏"，"未睹大体"处。此一段赞平原君。虞卿料事揣情，为赵画策，何其工也③！扬语。及不忍魏齐，卒困于大梁④，庸夫且知其不可，况贤人乎？抑语。自"虞卿"至此，一扬一抑，文意已尽。然虞卿非穷愁⑤，"然"字一转，匪夷所思，又扬。亦不能著书以自见于后世云。掉一笔以竟己意。《史记》原以幽愤而作，故处处不能忘我也，此一段赞虞卿，正以自慨。

［**诚评**］于平原君，先扬后抑，不满其人，自可无疑。虞卿，则扬而抑，抑而扬，反复致意。以其“穷愁”著书，与已同况也。

注释：

①平原君：指赵胜。战国时赵相，四君子之一。　翩翩：形容风度风采的优美。

②“平原君贪冯亭邪说”三句：是说秦朝打败韩，将冯亭这块地送给赵王。平原君为利所诱惑，劝赵王接受。第二年，秦伐赵，赵以赵括做大将，结果还是被秦所败。收降四十万人。国都邯郸被围，几乎导致灭亡。　长平：赵地名。

③虞卿：有作虞庆、吴庆。战国时人。因进说赵孝成王，被任为上卿。　料事揣情：实事求是地分析事情。　为赵画策：指“长平之战”后，反对割地给秦，力主联魏楚合纵之事。　何其工也：指筹划得周密。

④魏齐：魏相。因为过去与秦相范雎有仇，秦到魏通缉他。魏王不敢救，齐投奔赵，赵王也害怕秦，不敢接纳他。虞

卿劝说赵王收下齐，无效，于是弃相印，与齐一块逃到梁国投靠信陵君。然而信陵君认为他们可疑，不信任他们。齐自杀。虞卿也陷于穷困之中。

⑤穷愁：指困在梁国。　著书：指虞卿所著《虞民春秋》。

范雎蔡泽列传赞

此篇为《史记·列传》第十九篇赞文，属合传。记叙了范雎、蔡泽两人平生事迹。

韩子称“长袖善舞，多钱善贾”，信哉是言也[1]！此三句见人必有所藉以行其才意。盖本以长袖、多财喻强国，细玩便明。范雎、蔡泽世所谓一切辩士，有其才矣。然游说诸侯至白首无所遇者[2]，照传中二人未入秦时。非计策之拙，所为说力少也。反应喻意，无所藉耳。及二人羁旅入秦，继踵取卿相[3]，垂功于天下者，此三句照传中二人已入秦时。固强弱之势异也。正应喻意，归到有所藉。此一段言才必有所藉而后行。然士亦有偶合，贤者多如此二子，不得尽意，此三句皆泛讲。岂可胜道哉！感悼无限。然二子不困厄，又从上转出一言作结。恶能激乎[4]？此二句言非困厄而激，何以得所藉以行其才。见亦偶合意。此一段言士有偶合而二子亦然。

［**诚评**］照传作赞，通体讲不用分说，而后段更借“二子”以寄慨，尺幅之中，自觉烟波无际，读者哪不得叹绝。

注释：

①韩子：指韩非子。 “长袖善舞”二句：指舞伎和买卖人。 贾（gǔ），商人。 信：确实。

②范雎：战国时魏人。后为秦相。 蔡泽：燕人，后因范雎推荐，也为秦相。 游说（shuì）：用话劝说使人听从自己的意见。

③羁旅：做客他乡。羁，寄。旅，客。 继踵：相继。

④困厄：指范雎在魏时因事被人所诬，魏相魏齐派人笞击折肋一事；蔡泽游说赵，被驱逐一事。 恶：怎么。

酷吏列传序

此篇为《史记·列传》第六十二篇序文。

“序”在“传”前，不同于“赞”在“传”之后。

酷吏，指用严刑峻法来残害和虐待人民的官吏。

孔子曰：“道之以政，齐之以刑，民免而无耻；道之以德，齐之以礼，有耻且格[①]。”引证一。老氏称：“上德不德，是以有德。下德不失德，是以无德[②]。”引证二。“法令滋章，盗贼多有[③]。”上“民免”句及此两句是酷吏全案。太史公曰：信哉是言也。总断二引证语，慨叹之至。此一段太史公愤酷吏之惨刻，因伪作传而先之以序。此引孔、老之言而以己意断之。法令者，治之具，此一句是全篇关键，酷吏便已一笔扫倒。而非制治清浊之源也[④]。此一句便得大纲。昔天下之网尝密矣，指秦时言，“密”字中藏“酷”字意。然奸伪萌起[⑤]，其极也，上下相遁[⑥]，至于不振。此四句正说，极言其害。当是之时，吏治若救火扬沸⑦；此就“酷”形容一笔。非武健严酷，恶能胜其任而愉快乎？反说，又推开一层。言道德者，溺其职矣⑧。再反作一笔。故曰：“听讼吾犹人也，必也使无讼乎⑨！”又引孔、老言为应，证胜任原非难事。“下士闻道，证“道德溺职”之说。大笑之⑩。”非虚言也。此二句又总断孔、老语，亦应前，此一段言秦用酷吏之失。汉兴，破觚而为圜，斲雕而为朴⑪，此二句喻除去秦苛政，尚宽简意。网漏于吞舟之鱼，而吏治蒸蒸⑫，不至于奸，此二句言吏，下句言民，句调错综。黎民艾安⑬。此四句紧与上段“昔天下”数语反对，“网漏”“吏治”及“奸”字俱应前。由是观之，总顶前文。在彼不在此⑭。此一句明示人以取舍，结意正自悠然。彼指道德，此指酷吏，在道德不在酷意。如此结法，实能收束全篇。此一段言汉初崇尚宽简之得。

［**诚评**］通体以“法令者”二句作骨子，而先引孔、老之言立案，继言秦法繁苛，继言汉初宽简，末以示人去取作结。就文解之，不过如此，其实传中所列十人，俱属汉臣，如何反咎秦而颂汉？盖缘于用意甚厚，而立言得体，故其有字句处，旨尚浅，而无字句处，旨弥深也。若仅于字句间尽其旨，则失之远矣。

注释：

①“道之以政”六句：引自孔子《论语》。 道：导。引导，诱导。 齐：统一，划一。 免：赦免罪。 格：正。此指正路。

②老氏：指老子。道家学派创始人老聃。 “上德不德”四句：引自《老子》一书。 上德：最有德的人。 不德：不表现为有德性。 下德：无德的人。

③“法令滋章”两句：引自《老子》一书。 滋：更加。 章：彰。严酷。

④制治：治理。 清浊：太平。

⑤网：密如罗网的法令。 萌起：向草木初生一样蓬勃生长。

⑥遁：逃避。

⑦救火：抱着柴去救火。 扬沸：拿着沸水去浇沸腾的水。救火扬沸，指无益于事。

⑧溺职：失职。

⑨“听讼吾犹人也”二句：引自《论语》。 听讼：审理案件。

⑩“下士闻道”二句：引自《老子》一书。

⑪觚（gū）：棱角，棱形。比喻严刑酷法。 圜：宽厚的刑法。 斲（zhuó）：削。 雕：镂刻花纹。比喻烦琐的法令条

文。 朴：质朴。

⑫吞舟之鱼：鱼可吞舟，鱼之至大。比喻奸人。 蒸蒸（zhēng zhēng）：兴盛、美好的样子。

⑬艾安：平安。

⑭彼：道德。 此：刑法。

东汉文

公元25年景帝之孙刘秀诛王莽，兴复汉室，建立东汉。东汉共历十四帝，一百九十六年。因国都洛阳在西汉国都长安（今陕西西安）的东面，故称东汉。此期间古文著作统称东汉文。

与子陵书　光武帝

汉光武帝刘秀（公元前5年至公元57年），字文叔，南阳蔡阳（今湖北枣阳西南）人，西汉皇族。建武元年（公元25年）建立东汉。

子陵，严光字。曾与光武帝同游学。后光武帝建立霸权，寻找子陵，子陵隐姓埋名不见，光武帝多次访察，三聘而不受。

此书写于光武帝建武五年。

古大有为之君，必有不召之臣①。此二句起得雄伟。朕何敢臣子陵哉②！以推重之意作一开笔，自不可少，语妙。此一段先言不敢，臣以致推重之意。惟此鸿业，急转。若涉春冰③；言言战兢。辟之疮痏，须杖而行④。此二句言相需意。若绮里不少高皇，奈何子陵少朕也⑤！借古之高人为喻，以诱其仕。此一段极言相需之情，而以“绮里”之归高皇为例，自待不轻。箕山颍水之风，非朕之所敢望⑥。此二句招隐妙词，主神亦自隽绝。此一段更言不愿其隐，以足上意。

[**诚评**] 欲臣子陵，却先说“何敢臣子陵”。乃说到欲臣子陵处，只以“绮里不少高皇”为喻，而以“奈何子陵少朕”点醒。绝不一字道及欲臣子陵，而欲臣子陵之意早已透快。极灵便、极和婉、极遒紧、极摆脱，词意巧妙极伦。末以“箕山颍水”二句作结，笔力尤为雅健；而起处以“不召之臣”为子陵占地步，却先以“大有为之君”为自己占地步，中间以绮里比子陵，却即以高皇比自己。由其立意之高，故能内不失己，外不失人，而立言有体也。读者亦不可不知。

注释：

①不召之臣：指古代帝王，德性高尚，下属愿为效劳之人纷纷来辅佐他。召同“招”，招引，招致。

②臣子陵：使子陵为臣。子陵，严光字。曾与刘秀同学。刘秀即位后，他改名隐居，后被召到京师做官，终不受。

③鸿业：宏业。　春冰：春天到来时，湖面的冰已经很薄，踩在上面容易落水。比喻建国之初，危机四伏。

④辟：同“譬”，譬喻。 疮痏（wěi）：伤痕，疤瘢。 杖：动词。拄手杖。

⑤绮里：指汉代绮里季，高士。 少：看轻，轻视。 高皇：汉高祖刘邦。 奈何：那么为什么。

⑥箕山颍水：相传唐尧时的隐士许由，住在“颍山之阳，箕山之下”。后以“箕颍”代指隐居。 风：风气。 望：企望，盼望。

绝域请还疏　班超

班超（公元32年至102年），字仲升，扶风安陵（今陕西咸阳东北）人。东汉名将，班固弟。永元三年，任西域都护，后封定远侯。永元十二年自以久在绝域，于是上疏年老乞归。

疏，古代奏章的一种。

臣闻太公封齐，五世葬周[①]；此二句以人衬一层。狐死首丘，代马依风[②]。此二句以物衬一层。夫周、齐同在中土，千里之间，况于远处绝域，此三句顶“太公”二句，折出绝域。小臣能无依风首丘之思哉[③]？映合“狐死”二句，见还自属人情。此一段借端引超归之意。蛮夷之俗，畏壮侮老。将“老”字从“蛮夷”点出，奇妙。臣超犬马齿歼，常恐年衰，奄忽僵仆，孤魂弃捐[④]。言之酸楚，此一段以身年老不可久处西域，乞归。昔苏武留匈奴中，尚十九年。此二句与下“臣不敢”二句正言归有不容稍缓之意。今臣幸得奉节，带金银，护西域[⑤]。

非武可比。如自以寿终屯部、诚无所恨，然恐后世或名臣为没西域。此以为恐，总是为国心肠，妙，妙。情至之语酸楚动人。臣不敢望到酒泉郡，但愿生入玉门关⑥。此一段以身死恐后人灰心乞归。段中顿挫自不可少。臣老病衰困、冒死瞽言，此二句发明“遣子”二句意。谨遣子勇⑦，随献物入塞，及臣生在，令勇目见中土。此一段以遣子献物入塞结，结得愈觉酸楚。

[**诚评**]先略表其绝域思归之意；次以蛮夷侮老为言，恐变生不测，致损威名；再次言即寿终西域，恐人以超不得生还为戒，而灭立功异域之心。总见此请关系国家不少，然妙在意旨含蓄。至末二语，几自料不能生还矣，噫！

注释：

①太公：姜太公。　封齐：因姜太公辅周灭商，功封于齐地。　五世葬周：五代葬在周地。

②狐死首丘：传说狐狸死时，头仍朝着巢穴。比喻怀念故乡。首，头向着。丘，狐穴所在之土丘。　代：指幽州郡，其地出马。　依风：依恋旧地风俗。

③况：比较。　思：思恋。

④歼：尽。　奄（yǎn）忽：突然，快。　僵：向后倒下。　仆：向前倒下。　僵仆：指死去。　捐：舍弃。

⑤奉节：出使的符节。奉，捧。节，用来做凭证的东西。　金银：印。　西域：汉以后对玉门关（今甘肃敦煌西北）以西地区的总称。　护：指设在西域的都护府。

⑥酒泉：汉的郡。今甘肃酒泉。　玉门关：在敦煌的边上。敦煌在酒泉的西边。

⑦瞽言：瞎说，胡说。瞽（gǔ），瞎子。　子勇：班超在西域的孩子。

为兄上书　班昭

班昭（约公元49年至约120年），曹寿妻，班超之妹。东汉著名史学家。班固著《汉书》未就而死，和帝诏昭续撰，并任皇后和妃嫔教师，被称为曹大家。著有《女诫》等七篇。

此文是班超在永元十二年上疏请还后，皇帝久久不批，于是十四年，昭为其兄再上书于帝。

妾同产兄、西域都护、定远侯超[①]，幸得以微功特蒙重赏，“微功”“重赏”下字妥。爵列通侯，位二千石[②]。此二句正是重赏处。天恩殊绝，诚非小臣所当被蒙[③]。此二句略作顿挫。欲代为请，先代为谢。此一段先叙超受国恩之隆。

超之始出，志捐躯命，冀立微功，“微功”二字应前。以自陈效[④]。此四句叙超欲立功初志。提明始志捐躯已伏后为国家边计意。会陈睦之变，道路隔绝[⑤]。此二句浑括事势，笔力简老。超以一身转侧绝域，晓譬诸国[⑥]。此正捐躯立功处。因其兵众，每有攻战[⑦]，辄为先登，应上“立功”。身披金夷，不避死亡[⑧]。应上“捐躯”。此上七句极言捐躯立功，补叙详尽。玩“身披”二句已见乞归非畏死规避之意。赖蒙陛下神灵，立言有体。且得延命沙漠[⑨]。束上生下。当归意亦隐然。此一段叙超捐躯立功之实。至今积三十年，紧接有法。骨肉生离，不复相识。此二句言其久，八字惨绝。所与相随时人士众，皆已物故[⑩]。此二句见从者年少皆死西域，为超作衬笔，亦是事实。超年最长，此句妙，能起下。今且七十，且照出相随皆年少来。“最长”“且七十”俱见当归意。衰老被病，从“今且”句生出。头发无黑，言衰老。两手不仁[⑪]，耳目不聪明，扶杖乃能行。此三句言“被病”。此数语极言老病不可留西域，情态正伏下“旦暮入地”及“气力不能从心”等句，归到“老病”住。虽欲竭尽其力，以报塞天恩，此二句固不可少，次一层亦是文家开宕之笔。迫于暮岁，犬马齿索[⑫]。此二句见留西域无益，是合笔。此一段言以老病留西域，无益于国。蛮夷之性，悖逆侮老，此二句又从西域发议。而超旦暮入地，久不见代[⑬]，此四字将请还意对面一照。恐开奸宄之源，生逆乱之心[⑭]。此二句下已可直接“如有”句，却转“卿大夫”二句，关照后文。而卿大夫咸怀一切，莫肯远虑[⑮]。但责卿大夫，不直斥朝廷，得体。遥接“开奸宄”句。如有卒暴，超之气力不能从心[⑯]，应上“老病”。便为上捐国家累世之功，下弃忠臣竭力之用，见关系之大如此，此所谓远虑也。诚可痛也！兼上下，言所痛者大。束住。此一段言西域非老病所可留，而极言在朝不为代请之弊，从边计起见，见超留边不惟无益，且恐有损。

故超万里归诚，“故”字紧顶上文。自陈苦急，延颈逾望⑰，三年于今，未蒙省录⑱。此数句叙超自请还未报。妾窃闻古者十五受兵，六十还之⑲，以闻古休息老人之例，见当为上书。亦有休息不任职也。此八字作一句读。缘陛下以至孝理天下，此以主上孝治天下，见当为上书。得万国之欢心，不遗小国之臣⑳，况超得备侯伯之位。此一层亦不可少。故敢触死为超求哀，“故”字顶上三层。丐超余年一得生还，点出上书正意。复见阙廷㉑。此一段自叙所以为超上书之故。使国家无劳远之虑，西域无仓卒之忧，此二句以国家边计言。超得长蒙文王葬骨之恩，子方哀老之惠㉒。此二句以超归计言。此四句以公私两全，正收前。诗云：“民亦劳止，汔可小康。惠此中国，以绥四方㉓。”引诗固见劳者当息，亦见息者蒙惠意。作收束，文气老横。此一段言允所请之得，而引诗以见劳者当息。超有书与妾生诀，此一句叙出兄妹之情。恐不复相见。妾诚伤超以壮年竭忠孝于沙漠，疲劳则便捐死于旷野，诚可哀怜。此数语就超言之，不觉其词之悲，所哀怜者切。如不蒙救护，超后有一旦之变，就国家言之，不觉其词之危。冀幸超家，得蒙赵母、卫姬先请之贷㉔。冀宥超家，意更凄。此一段又以反笔双收，章法完整而词意亦周密之至。言不允所请，有变更，冀宥超家。

按：书上，帝感其言，乃征超还，八月至洛阳，九月卒。

［**诚评**］自起首至诚可痛也！先叙超受恩之隆；次叙超立功之实；再次叙超老病留边无益；再次叙西域非老病可留，而极言在朝不为代请之弊。字字警切，为超请还实义已尽。究竟是据事直言，未尝一字道及为兄上书之情，就令他人为超请还，亦当如此说也。“故超”以下乃承上言，朝廷既久不遣人代超，卿大夫又莫肯远虑而为超请还，超自请还，复三年未蒙省录，因考古六十还之之制而已过，幸今孝理天下之君而可求，所以慨然起而为兄上书也。后乃一正一反收足上意，其正笔以幸庆感激语为歆动，其反笔以凄怆危险语为悚惕，且其间叙兄妹生诀及冀贷超家，皆非徒叙私情，正是逼紧请还意。通体词旨真切，阅者哪得不首肯；而坊评偏多欠分晓，或且界划皆未清楚，殊为可叹。

注释：

①妾：指班昭。古代女子表示谦卑，自称为妾。 同产兄：同胞兄弟，指班超。 西域都护：官名。西汉神爵二年所置行政管辖机构官长。班超于永元三年任西域都护。 定远

侯：班超的封号。

②通侯：爵位名。秦二十等爵的最高一级，汉沿用，亦称彻侯、列侯。　二千石：汉代对郡守的通称。俸禄为二千石。

③蒙：承蒙。

④冀：希望。　陈：贡献。　效：效力，效劳。

⑤陈睦之变：西域都护陈睦被人所杀后，汉章帝恐班超孤立，曾召之回廷。但西域诸国的诸侯苦留班超，于是班超代陈睦为西域都护。次年，又降伏了西域五十余国。　道路隔绝：指当时西域内各诸侯纷争四起，交通十分不便。

⑥一身转侧绝域：指班超辗转西域各国。　晓譬：晓谕。即说服西域反叛之邦臣服于汉。

⑦因其兵众：率领着已臣服的兵马。　攻战：指遇有攻伐之时。

⑧辄：就。　金夷：指刀、箭等兵器。　避：躲避。

⑨延命沙漠：指班超任西域都护三十年。

⑩物故：殁，死亡。

⑪不仁：不灵敏。

⑫犬马：古代臣下对君主的自喻，表示忠诚；甘愿服劳奔走。　索：尽。

⑬代：代替。此指接任班超的人。

⑭奸宄（guǐ）：指犯法作乱的人。　逆乱：叛乱。

⑮一切：指谋虑大事。　莫：没有一个人。

⑯卒暴：突然发生了暴乱。　从心：顺从心愿。此指不能平乱。

⑰陈：陈述。　苦：苦衷。　延颈：翘首等待，指急迫。　逾望：更加盼望。逾同“愈”。

⑱省：察看。　录：采纳。

⑲十五受兵，六十还之：指古代退休制度，是周制。

⑳缘：依照。　得万国之欢心，不遗小国之臣：出于《孝经》。遗：遗落。

㉑触死：冒死。　丐：乞求。　阙廷：朝廷。

㉒长：常。

㉓诗云：指《诗经·大雅·民劳》。　汔（qì）：庶几，差不多。　绥（suí）：安，安抚。

㉔一旦之变：指班超守边一旦失事败丧。　冀幸超家：希望开脱班超家人，免使家人受灭族之灾。　赵母、卫姬先请之贷：赵母，指战国大将赵括之母先言其子如战事失败，乞免同诛戮。后赵括果战败而死，赵王按其母之言善待并赏赐赵母。卫姬，指齐桓公欲伐卫，其妃卫姬预先请罪，桓公便消除了此念。班昭以此二事乞求皇帝，如若不批班超回朝，一旦有变，希望开脱自己和班超家人。

遗黄琼书　李固

李固（公元94年至147年），东汉汉中南郑（今属山东）人，字曼成。

黄琼（公元86年至164年），江夏安陆（今属湖北）人，字世英。初因父为太子舍人，多次称病不仕。

顺帝永建二年，黄琼因公卿累荐，被朝廷征辟。李固素仰慕黄琼，于是写下此文，勉励他出仕。后官至太尉、司空。

闻已度伊洛，近在万岁亭①。此二句据事直起，是一篇发论之根。岂即事有渐，将顺王命呼②？此二句就上推原一笔。作一顿挫。盖君子谓伯夷隘，柳下惠不恭③，此二句引夷、惠意就不受诸侯辞命及援止而止，二事在出处上言，劈空发论，期望自高。故传曰：不夷不惠，不否不间，盖圣贤居身之所珍也④。此三句就出处浑讲。是欲琼早决去就，不宜依违两可，以起下意。诚遂欲枕山栖谷，拟迹巢、由⑤，撇开"不仕”一层。斯则可矣；此三句言处是客意。顿挫绝佳。若当辅政济民，今其时也。此二句言出是主意，即仕当乘时。自生民以来，善政少而乱俗多，此二句承上“今其时”句，反复言之而劝其仕。必待尧舜之君，此为志士，终无时矣。此三句反掉出劝之仕意。收应上“时”字。此一段劝琼乘时应命，而不宜有待意。常闻语曰：峣峣者易缺，皎皎者易污⑥；此二句是比体。阳春之曲，和者必寡⑦；此二句是兴体，是宾。盛名之下，其实难副。此二句是赋体，是主。宾主四语冒下。语词甚古，似铭似箴。近鲁阳樊君被征，初至，朝廷设坛席，犹待神明⑧；此四句缘声名太盛所致。虽无大异，而言行所守，亦无所缺，而毁谤布流，应时折减者⑨。自“近鲁阳”至此为琼举一鉴。是一无奇策深谋，而失人望者。岂非观听望深，声名太盛乎？此二句发明折减意，应“难副”。自顷征聘之士，胡元安、薛孟尝、朱仲昭、顾季鸿等，诸公又在樊君之下。其功业皆无所采，自“自顷”至此又为琼备举数鉴。此一层勉琼意愈紧一层。是故俗论皆言处士纯盗虚声⑩。此句刺骨语，能令人奋起。因出者并嗤处者。愿先生宏此远谟，且颂且规。令众人叹服，对上“毁谤”二句及“无所采”。一篇结穴。一雪此言耳⑪。应“俗论”句。此一段劝琼勉力建功以副人望。

［诚评］世英以公卿屡荐而起，自必由声名所致；其伫足中途，必有且前且却之意。子坚睹破，故特以此书逆遗，劝琼

应命建功。其实以出处两端，令琼自决耳。但处可无论，出则必干一番大事业，方不坠平日声名。尚如樊君之言行无缺，已自不可；若下等胡、薛一辈，岂不更增俗议。读至俗论数语，令人顿生愤激，盖子坚信世英有素，因其意有未决，用是为之激发也。其书超逸古雅，丰神秀拔，应推东汉之最。

注释：

①度：渡。　伊洛：伊水、洛水。　近：迫。　万岁亭：地名。

②即事：即受事。指接受朝廷的任命。　渐：眉目。　顺王命：听从皇帝的征召。

③伯夷：商末孤竹君长子。事迹见《伯夷列传赞》。　隘：狭小，狭窄。　柳下惠：即展禽。春秋时鲁大夫。食邑柳下，谥惠。以善于讲究贵族礼节著称。

④不夷不惠：不能像伯夷，也不能像柳下惠，只专一面，做事极端。　不否不闻：此指中庸。　居身：处事。

⑤枕山栖谷：指隐居。　拟迹：追踪着痕迹。　巢、由：唐尧时代的巢父、许由二隐士。巢父因巢居树上而得名。尧将君位让与他，不受，于是尧又让许由，巢父教许由隐居。

⑥峣峣（yáo yáo）：高的样子。　皎皎（jiǎo jiǎo）：清白的样子。

⑦阳春：琴曲名。古代较高级的音乐。泛指高深的、不通俗的文学艺术作品。　寡：少。

⑧鲁阳：古地名，春秋战国楚邑。　樊君：名英，南阳人。少因学、行名著海内，后隐于壶山。永建二年，皇帝多次以礼征召，后应聘于朝廷。然而因其平时言行极有分寸，应对无奇谋警策，故谈者都觉得很失望。　坛席：讲学的场所，是一种尊崇之礼。　神明：旧指神祇，也指人或物的精灵怪异。

⑨毁谤：诽谤和指责。　布：流传。　应时折减者：使本来的名声受到损害。

⑩是故：因此。　纯盗虚声：欺世盗名。

⑪谟（mó）：计谋，谋略。　令：使。　雪：洗。

前出师表　诸葛亮

诸葛亮（公元181年至234年），字孔明，琅琊阳都（今山东沂南县）人。三国蜀汉政治家、军事家。东汉末年，隐居隆中（今湖北襄阳），世称“卧龙”。建安十二年，经刘备三顾茅庐，出佐刘备，被拜为军师，后建立蜀汉政权，被拜为丞相。建兴元年，后帝刘禅继位，诸葛亮被封为武乡侯。五年，率师伐魏，临行前写此表给刘禅。

表，古代向帝王上书言事的一种文体。

自昭烈辛丑至后帝癸未为后汉，其间所著均为后汉文。

先帝创业未半，开口便提“先帝”二字。“先帝”第一见。而中道崩殂①。此二句叙先帝，简括而语极伤痛。今天下三分，益州疲弊，此诚危急存亡之秋也②！此三句从“未半”句生出。然侍卫之臣，急转。不懈于内；伏下“宫中”句。忠志之士，伏下“府中”句。忘身于外者，盖追先帝之殊遇，先帝二见。欲报之于陛下也[③]。此二句见后帝关系者重，以起下意。自“创业”至此，从“未半”生“危急”，从“危急”急转诸臣，从诸臣起“陛下”，具无数转折。诚宜开张圣听，以光先帝遗德，“先帝”三见。恢宏志士之气[④]，此三句是正讲上表本意。不宜妄自菲薄，引喻失义，以塞忠谏之路也[⑤]。此三句反讲，切中后主病根。“宜”“不宜”二句冒起全篇，文法亦婉转尽致。此一段谏后帝当自治，以为内外诸臣图报之地。在君德上讲。宫中、府中，俱为一体，四字自平明。陟罚臧否，不宜异同[⑥]，此二句虚冒一层。若有作奸犯科[⑦]，“否”也。及为忠善者，“藏”也。宜付有司[⑧]，论其刑赏，“陟罚”也。以昭陛下平明之治，自“宫中”至此，以一“体”生“不异同”，以“不异”生“平明”，一意贯下。不宜偏私，使内外异法也[⑨]。此二句以“偏私”反“平明”，以“内外”应“宫府”，以“异法”应“不宜异同”，收足上意。此一段言刑赏不可偏用，为内外诸臣劝惩之术。在治体上讲。曰“不宜”，曰“宜”，又曰“不宜”，祝祝正论，与前段文法亦似复非复。

侍中、侍郎郭攸之、费祎、董允等，此皆良实，志虑忠纯，是以先帝简拔以遗陛下[⑩]。是于先帝有殊遇者。先帝四见。愚以为宫中之事，应上“宫中”。事无大小，浑括。悉以咨之，然后施行，此所谓开张圣听也。必能裨补阙漏[⑪]，有所广益。“裨补”八字亦浑括。此一段言宫中之事宜开张圣听。将军向宠，性行淑均，晓畅军事[⑫]，试用于昔日，先帝称之曰“能”，“先帝”五见。是以众议举宠以为督⑬。亦是于先帝有殊遇者。向调变。愚以为营中之事，应上“府中”。事无大小，悉以咨之，此所谓开张圣听也。必能使行阵和穆，优劣得所也⑭。“行阵”八字更切当。此一段言府中之事宜开张圣听。此两段似对似不对，错综入古。亲贤臣，远小人，此先汉所以兴隆也⑮。亲小人，远贤臣，此后汉所以倾颓也⑯。此六句千古格言，得此文气亦振耸。先帝在时，“先帝”六见。每与臣论此事，未尝不叹息痛恨于桓、灵也⑰。此承“后汉”三句，追忆与先帝共论，情文兼到，见前车可鉴，是警惕后帝。此一段总承上文，言用舍之当否，关系国家兴亡，以见不可不慎意。侍中、尚书、长史、参军，此悉贞良死节之臣也⑱，愿陛下亲之信之，此句言“亲”言“信”，不特“咨之”以事，专言贤臣，不及小人，此亲彼自远也。则汉室之隆，可计日而待也。对面着想，立言有体。此二句是歆动后帝。此一段承上“先汉”三句，言能亲贤臣，则汉室兴隆不难。

臣本布衣，躬耕于南阳⑲，苟全性命于乱世，不求闻达于诸侯⑳。此三句是就武侯自叙一。先帝不以臣卑鄙，“先帝”七见。猥自枉屈㉑，三顾臣于草庐之中，叙述知遇，古今美谈。咨臣以当世之事。所以有“隆中之对”。由是感激，遂许先帝以驱驰㉒。见其出处不苟。自“先帝”至此，自叙二。“先帝”八见。后值倾覆㉓，受任于败军之际，叙遭际不幸。奉命于危难之间，尔来二十有一年矣㉔。此句已束住。下文另笔特表。先帝知臣谨慎，“先帝”九见。“谨慎”二字是孔明一生本领。故临崩寄臣以大事也㉕。“后值”至此，自叙三。此一段追叙先帝亲信之殊遇，以起下文出师图报之意。受命以来，紧顶“临崩”句。夙夜忧叹，恐托付不效，以伤先帝之明。“先帝”十见。故五月渡泸，深入不毛㉖。此句指南征孟获。自“受命”至此，自叙四。今南方已定，兵甲已足，当奖帅三军，北定中原㉗。此大事也。庶竭驽钝，攘除奸凶，兴复汉室，“奖帅”二句虚说，此三军更是实叙。还于旧都㉘。自“今南方”至此，自叙五。自叙凡五层，至此一层方是时事。五层自叙原委分明，情词悲切。此臣所以报先帝而忠陛下之职分也。“先帝”十一见。应“临崩”句并应前“追先帝”二句。至于斟酌损益，进尽忠言，则攸之、祎、允之任也。此三句方是荐人，自代正文。前面只是论其事理。此一段叙今日之出师而以兴德之任托攸之、祎、允等。愿陛下托臣以讨贼兴复之效；不效则治臣之罪，此二句收自己。以告先帝之灵，如是方见“平明”。若无兴德之言，则责攸之、祎、允等之咎，此收攸之等。以彰其慢。前言裨补之效，此虚补出责咎陟罚之义，方全。陛下亦宜自谋，以咨诹善道㉙，察纳雅言，此三句应前“开张圣听”。深追先帝遗诏，“先帝”十三见。一见一触目一警心。此四句结归君德，应前。章法高老，通篇结穴。臣不胜受恩感激㉚！遗诏即永安所敕。今当远离，临表涕泣，不知所云。深情缱绻，无限酸楚。此一段总结全文作结。

[**诚评**] 出屯汉中，以图中原，此番大事，固所难已。而后帝资禀昏懦，比昵嬖倖，关系不小，又难远离，计惟荐人自代，上匡主德，下昭平明，一片忠心，千古如见。其文笔之古茂，亦且突过西京。昔人谓：诸葛君，真名士也。自是定评。

注释：

①先帝：去世的皇帝，此指刘备。　崩殂（cú）：古代帝王死亡称崩、称殂。

②三分：指当时天下分成魏、蜀、吴三国鼎立的局面。　益州：蜀国的城邑，今四川的大部，云南、贵州的部分地区。　疲敝：穷困贫乏。　秋：紧要时刻、时期。

③陛下：指后主刘禅。

④开张圣听：皇帝要广泛听取群臣的意见。开张，扩大。听，听闻，意见。　光：光大。　恢宏：发扬。

⑤妄自菲薄：毫无根据地看轻自己，自轻自贱。　引喻失义：随便言谈，失去大义。　塞：堵塞。

⑥陟（zhì）罚：提升，惩罚。　臧否（pǐ）：善恶，此指

表扬、批评。 异同：不同，差异。

⑦科：条文，法令。

⑧有司：专管某种事情的部门或官吏。司，掌管部门。

⑨平明：公平，公正。 偏私：偏见和私心。 内外：指宫中、府中。

⑩侍中：侍从皇帝左右，出入宫廷，掌管内务的官吏。 侍郎：皇帝宫廷的近侍。 郭攸之：字演长，南阳人，今属河南境内。 费祎（yī）：字文伟，江夏人，今属湖北省。郭、费两人当时均任侍中。 董允：字休昭，枝江人，今属湖北省。任侍郎。 良实：善良忠实。 忠纯：忠诚正直。 简拔：选拔。简，同“柬”，挑选。

⑪裨补阙漏：弥补疏漏。裨（bēi）：补益。

⑫向宠：字巨违，襄阳宜城人。今属湖北宜城。刘禅时，封亭侯，任中部督，掌管禁兵。 淑均：善良公正。 晓畅：通晓，通达。

⑬督：指任中部督。

⑭行阵：军队。 和穆：和睦。穆，同“睦”。 优劣：指能力大小。 得所：得当，各得其用。此指会用人。

⑮先汉：指西汉。

⑯后汉：指东汉。 倾颓：倒塌。此指灭亡。

⑰桓、灵：此指东汉末年的桓帝刘志、灵帝刘宏。他们宠用宦官和外戚，致使朝政最后走向灭亡。

⑱尚书：协助皇帝处理朝政的官员，指陈震。　长史：辅佐丞相及三公处理政务的官员，指张裔。　参军：丞相及诸王府的重要幕僚，此指蒋琬。　贞良：坚贞可靠。　死节：忠心报国，以死殉国。

⑲躬耕：耕田种地。　南阳：地名，今河南南阳市。

⑳闻达：显达，此指做官。　诸侯：指当时各地军阀混战，割据一方。

㉑以：认为。　卑鄙：出身低微，见识鄙陋。　猥（wěi）：委曲。　枉屈：屈尊，屈就。

㉒驱驰：奔走效劳。

㉓倾覆：指刘备于公元208年在当阳长坂（今湖北当阳）被曹操军队大败之事。

㉔尔来：算来，从那时以来。　有：又。

㉕大事：公元223年，刘备在白帝城（今四川奉节），临终托付诸葛亮辅助后主刘禅之事，“若嗣子可辅，辅之；如其不才，君可自取”。同时对刘禅嘱以“汝与丞相从事，事之如父”。

㉖泸：泸水，即金沙江。　不毛：不生草木、庄稼的地方。形容荒凉贫瘠。

㉗奖帅：奖励率领。　三军：全军。　中原：指黄河以北流域，即曹操所在的魏国地区。

㉘旧都：指两汉的首都长安和洛阳。

㉙谋：考虑。　咨诹（zōu）：征询，问求。

㉚不胜：不尽。

后出师表　诸葛亮

建兴六年，吴国派鄱阳太守周鲂引诱扬州都督曹休，欲以郡降。曹休率步骑十万前来应战，结果被吴国陆逊打败而还。蜀国丞相诸葛亮闻曹休大败，想乘势击魏。朝中群臣纷纷反对，于是诸葛亮便上书《后出师表》给刘禅。此表紧接《前出师表》而言。

先帝虑汉、贼不两立[①]，开口便提“先帝”，是痛心切骨处。此句以天下大势言。王业不偏安，故托臣以讨贼也[②]。“两立”则偏安，是一串说，玩下文便知。以先帝之明，量臣之才，此二句又作推原。固知臣伐贼，才弱敌强也。忽用一跌。然不伐贼，王业亦亡，此二句见偏安亦不能久。此应“汉、贼不两立”句。惟坐而待亡，孰与伐之[③]？此二句转合出师。此数语大旨了然。此以西蜀利害言。是故托臣而弗疑也[④]。紧应一句束住。此一段特举先帝托以讨贼为出师张本。臣受命之日，暗顶上段来。寝不安席，食不甘味，思惟北征，宜先入南[5]。故五月渡泸，深入不毛，并日而食[6]。臣非不自惜也，此句又作一折。顾王业不可偏安于蜀都，此应“王业不偏安”句。故冒危难以奉先帝之遗意。“冒危难”三字，一篇之纲。自“寝不安席”至此，是自己情形。而议者谓为非计[7]。此句当着眼，通篇论说俱从此出。盖此表专为“议者绝其烦言也”。今贼适疲于西，备蜀。又务于东[8]，伐吴。兵法乘老，此进趋之时也[9]。总领一笔。此四句是敌人情形。两层俱是出师根由。谨陈其事如左：虚揭下六“未解”。此一段备言人己情形，为出师根由。

高帝明并日月，谋臣渊深[10]，然涉险被创[11]，危难后安。此四句举一不能坐定者作榜样。今陛下未及高帝，对“高帝”句。谋臣不如良、平[12]，对“渊深”句。而欲以长策取胜，坐定天下，此二句对“涉险”二句。以上数句字字称量而出。此臣之未解一也。作一束。未解“议者”奈何以不战为长策。此一段言成王业者无坐定之理。

刘繇、王朗[13]，各据州郡，此句见有狃于偏安意。论安言计，动引圣人，此二句见其议论之非。群疑满腹，众难塞胸，此二句暗喻所议之惑乱人心。今岁不战，明年不征，使孙策坐大，遂并江东[14]，此四句言繇、朗之长策，正所以自亡。此臣之未解二也。又作一小束。未解失时不战者而坐而待亡。此一段言失时不战，必至以国资敌。应上“坐而待亡”句。

曹操智计，殊绝于人，其用兵也，仿佛孙、吴[15]。此四句极力抬高他人，正是自占地步。“智计”二句是一层，“用兵”二句是一层，此是扬笔。然困于南阳，险于乌巢[16]，危于祁连，逼于黎阳[17]，几败北山，殆死潼关，然后伪定一时尔[18]。自“困于”至此是抑笔。玩“伪定一时”四字，见非实定久远也，总言成功之难。有智计、善用兵者尚如此。况臣才弱，对“曹操”四句。而欲以不危而定之，对“然困”至“时尔”句。此臣之未解三也。三作束笔。未解战不能保其不危。此一段言不冒危不能定王业。

曹操五攻昌霸不下，四越巢湖不成[19]，任用李服而李服图之，委任夏侯而夏侯败亡[20]。先帝每称操能，此句是扬。犹有此失。此六句是叙事。“犹有”句是抑。况臣驽下，应上“犹有”句。何能必胜？此臣之未解四也。四作束笔。未解一战之败，一用人之失，何可噎而废饭。此一段言用兵胜不可必，此亦用操作翻衬，而顿挫抑扬之法又一变。

自臣到汉中，中间期年耳，此二句中“期年”二字，见为时甚暂。然丧赵云、阳群、马玉、阎芝、丁立、白寿、刘郃、邓铜等，有名有姓作一层叙。及曲长、又作一层叙。屯将七十余人，突将无前[21]，賨叟青羌[22]，散骑武骑，一千余人。此五句又另作一层叙。自“然丧”直贯至此方住，叙法错综。此皆数十年之内，“数十年”三字及下“若复”句中的“数年”二字俱紧对上“期年”二字。此句总顶上文。所纠合四方之精锐[23]，叹息已往。非一州之所有。若复数年，则损三分之二也，忧虑将来。当何以图敌？此臣之未解五也。五作束笔。未解不战将卒老死。此一段言不乘时出师，至精锐既尽，将难图敌。

今民穷兵疲，而事不可息。其策安在。事不可息，则住与行，劳费正等[24]。此二句可见出师大意未为不明，何谓非计。“住行、劳费相等”是一意。而不及早图之，欲以一州之地，与贼持久，“一州、与贼持久”又是一意，中间用“不及早图之”句贯串联络，妙无痕迹。此臣之未解六也。六作東笔。未解不图中原，何以自守。此一段言战守劳费相同，而一嵎不能持久。六東，文局最整。

夫难平者，事也[25]。顿一笔起下。昔先帝败军于楚，是汉之败钝。当此时，曹操拊手[26]，此二句顿挫入妙。谓天下已定。然后先帝东连吴、越。西取巴、蜀[27]，举兵北征，夏侯授首。此四句是汉之成利，一难料。此操之失计，而汉事将成也。此二句東上生下，无一笔平芜。然后吴更违盟，关羽毁败[28]，秭归蹉跌，曹丕称帝[29]。此四句又是汉之败钝，二难料。凡事如是，难可逆料。此二句应“难平”作收束，以起下。臣鞠躬尽瘁，死而后已。此二句自表忠诚，可贯天日。痛心切骨，其言如鉴。至于成败利钝，非臣之明所能逆睹也[30]。此二句应上“难可逆料”，收结通篇。自己说明正以塞议者之口。此一段历举往事之难料以例出师，而自揭平生忠尽本怀作结。

按：亮引兵出散关，围陈仓，陈仓有备，不能克，粮尽而退。魏将王双追之，亮击杀双。

[诚评] 出师大意，首段数语已尽。然此表特为“众议”

纷纭而上，故次段既揭出“议者谓为非计”，作全表发端语。入后六段，每段但作诘问，绝不用一煞笔，而段末均以“未解”束住局势，整炼中气自疏越。盖逐段皆以发明首段之意，亦即逐段皆以辩难议者之所谓非，或借端发议，或直抒己见，顿挫抑扬，反复辩论，似是平列，而文义实由浅入深，一气贯注。末段以但知“尽忠”，而不能“逆料”成败利钝作结。结得理足，众议可以毕息矣。“鞠躬”八字，且能暗顾次段，“受命”以下数语，章法笔力尤为两绝。

“前出师”为内顾忧，“后出师”为外患虑，内而正君，外而讨贼，亮以一身担当，安得不“鞠躬尽瘁，死而后已”？至论者多疑“冒危难”三字，似与前表“谨慎”二字不合。不知“谨慎”者，其心；“冒危难”者，其势，惟“谨慎”之人，自不妨“冒危难”也。此旧评中，固有见及之者，妙能参互发明，故附识之。

注释：

①汉：是蜀汉。　贼：指曹魏。　不两立：不能并存。立，存在。

②王业：帝王的事业。此指兴复汉室、统一全国的事业。　偏安：偏据一方以自安。此指蜀汉偏安益州，未能统一全国。　托：托付。

③惟：只。　孰与：倒不如。

④是故：因此。　弗：不。

⑤北征：北上讨伐曹魏。　南：指益州南部诸郡，当时为少数民族所居之地。　入南：此指平定南部少数民族。

⑥并日而食：两天只能吃一天的饭。

⑦议者：指朝廷中反对北征的大臣。　非计：不是上策。

⑧疲于西：指建兴六年春，诸葛亮伐魏，魏明帝只得派兵西镇长安。　务于东：同年秋天，魏将曹休攻打吴国，被吴打败。

⑨乘劳：趁着敌人疲劳时候。　进趋：进攻。

⑩高帝：指汉高祖刘邦。　并：同，如。　渊深：深谋远见，洞察一切。

⑪涉险：经历危险。　被创：受过创伤。

⑫良、平：指高祖的两个谋臣留侯张良、曲逆侯陈平。

⑬刘繇（yóu）：东汉末扬州（今安徽合肥）刺史。　王朗：东汉末会稽郡（今浙江绍兴）太守。

⑭孙策：字伯符，孙权之兄。吞并了刘繇、王朗，平定了江东。　坐大：自然强大。　并：兼并。

⑮殊绝：超出。 孙、吴：孙膑、吴起。战国时期著名的军事家。

⑯困于南阳：指建安二年，曹操在宛城（今河南南阳）与张绣交战失败，中了暗箭，曹操长子曹昂等战死。 险于乌巢：建安五年，曹操与袁绍在官渡（今河南中牟东北）相持，当时曹军一度绝粮，形势十分危险。后来夜袭乌巢（今河南延津东南），烧毁袁军屯粮，击败官渡袁军，转危为安。

⑰祁连：祁连山。在今甘肃境内。 黎阳：建安八年，曹操攻伐黎阳（今河南浚县东）不胜。

⑱几败北山：建安二十四年，刘备斩了留守汉中的魏将夏侯渊。曹操为了夺汉中，运了大批粮食从北山（今山西榆次）经过，被赵云袭击，损失惨重。 殆死潼关：建安十六年，曹操西征马超等，在潼关（今陕西潼关）被马超军万余人追赶，箭如雨下，几乎被射死。 伪：指曹操建立的政权。蜀汉刘备自称汉家血统，故称曹为“伪”。

⑲昌霸：东汉末东海郡太守，属今江苏省。曹操多次派人攻打，多次不胜。 巢湖：曹操多次从巢湖（今安徽合肥）进攻孙权，却未能越过。

⑳李服：为汉献帝的将军。 图之：曾想和刘备等谋杀曹操。 夏侯：夏侯渊，魏大将，留守汉中，后被刘备斩。

㉑赵云：字子龙，蜀汉名将。　阳群、马玉等人：均为蜀将。　曲长、屯将：军队里曲、屯的长官。曲、屯，都是军队的编制。　突将：指骁勇的将士。

㉒賨（cóng）叟青羌：賨、叟、青羌是古代西南地区三个少数民族的名称。此指蜀汉军中少数民族将领。

㉓纠合：联合。

㉔事不可息：指战争没有停止。　住：守。　行：战。　劳费：劳力的消耗和费用的消耗。

㉕难平者，事也：难以预测的就是战争的胜负。平，预测，预料。

㉖败军于楚：建安十三年，刘备在当阳长坂被曹操大败。当阳为古代楚地。　拊手：得意。

㉗吴、越：指江东孙吴统治地区。包括古吴、越两国。　巴、蜀：指刘璋统治的益州地区。包括古代巴、蜀古国。

㉘更：又。　关羽：字云长。蜀汉名将。　毁败：建安二十四年，孙权派人袭取荆州，击杀关羽。

㉙秭归：湖北秭归。　蹉跌：失败。刘备为报关羽之仇，兴兵伐吴。后被吴所败，逃到秭归。　曹丕：曹操之子。汉献帝延康元年，曹操死，曹丕废汉献帝，自立为帝。

㉚利钝：顺利或受挫折。　逆睹：预见。

晋文

自公元265年武帝司马炎改国号泰始始，至恭帝司马德文元熙止，共一百五十余年，中国历史称为晋代。其间武帝至愍帝五十一年为西晋，元帝至恭帝一百零四年为东晋。在此期间的古文著作，通称晋文。

陈情表　李密

李密（公元224年至287年），字令伯。犍为武阳（今四川彭山县）人。年幼父亡母嫁，由祖母刘氏抚养成人。初仕蜀汉，为尚书郎。蜀亡，入晋，晋武帝司马炎封他为太子洗马。李密为此写了此表，以祖母年迈病弱、无人奉养为由，拒绝入仕。后其祖母终，李密出仕，官至汉中太守。

表是一种文体，属奏疏一类。陈情表，即地位低下的人向地位高的人陈述情况。

臣以险衅，夙遭闵凶①。起笔酸楚，冒下数句。生孩六月，慈父见背②。叙父死。行年四岁，舅夺母志③。叙母嫁，“舅夺母志”四字说来有体。祖母刘，愍臣孤弱④，躬亲抚养。叙抚育之恩，一篇眼目。臣少多疾病，又添多疾病一层，妙。九岁不行，零丁孤苦，至于成立⑤。见其抚育之难，画出凄凉光景。此一段备述孤苦，见祖母抚育之恩不可忘。伏下“臣无祖母”二句。既无叔伯，终鲜兄弟。门衰祚薄，晚有儿息[6]。此四字见儿晚则幼，不足任供养意。外无期功强近之亲[7]，顶“既无叔伯”二句。内无应门五尺之童，顶“晚有儿息”句。茕茕孑立[8]，形影相吊。摹写入妙，且应前“零丁孤苦”，语语沉痛。而刘夙婴疾病，常在床蓐[9]。祖母常病，又是眼目，如此安得不躬养。臣侍汤药，未尝废离。此一段言家无次丁，祖母久病，又缺侍养，不自今始，伏下“祖母无臣”两句，叙出刻不能离情事。

逮奉圣朝，沐浴清化[10]。前太守臣逵，察臣孝廉[11]；后刺史臣荣，举臣秀才[12]。举过两次。臣以供养无主，实情，最着力，虽说从前，目下可知。辞不赴命。辞过两次。诏书特下，拜臣郎中[13]。寻蒙国恩，除臣洗马[14]。自“逮奉”至此，叙朝廷征召之殷。“察臣”“举臣”“拜臣”“除臣”，错综入妙。猥以微贱，当侍东宫，非臣陨首所能上报[15]。臣具以表闻，生下“诏书”六句，并伏“再具表意”。辞不就职。又辞过一次。诏书切峻，责臣逋慢[16]；上不允辞。郡县逼迫，催臣上道；郡县不允辞。州司临门，急于星火[17]。州司不允辞。“责臣”“催臣”亦错综。臣欲奉诏奔驰，则以刘病日笃；情不能赴。欲苟顺私情，则告诉不许[18]。势不能已，情辞迫切。臣之进退，实为狼狈。此一段叙朝廷征召之殷而自己进退之难。

伏惟圣朝以孝治天下，颂圣之体。凡在故老，犹蒙矜育[19]，衬得好。况臣孤苦，特为尤甚，跌得紧。且臣少事伪朝，历职郎署[20]，本图宦达，辞命亦善。不矜名节。又逼进一层。今臣亡国贱俘，至微至陋，过蒙拔擢，宠命优渥[21]，岂敢盘桓，有所希冀？此一段言不就职之故，实非高尚名节，过望厚禄，以起下文。“况臣”“且臣”“今臣”更错综，顿宜得体。但以刘日薄西山，承上说入本意，“日薄”言其甚老。气息奄奄，言其病。人命危浅，朝不虑夕。总顶上两句，写其迫切。臣无祖母，无以至今日；祖母无臣，无以终余年。此四句情真语切，迫切陈情，堪为流涕。母孙二人，更相为命，足上，更真切。是以区区不能废远。语语痛心，读之使人酸鼻。此一段言不能相离之故。是陈情本意。应上“未尝废离”，下起“愿乞终养”，仍虚住。臣密今年四十有四，祖母刘今年九十有六。应前“至于成立”。是臣尽节于陛下之日长，报刘之日短也。乌鸟私情[22]，愿乞终养。此一段以年寿较见“终养”之后是不碍其报国，而直以“终养”为请。

臣之辛苦，非独蜀之人士及二州牧伯所见明知[23]，皇天后土，以天地衬起陛下，妙妙。实所共鉴。愿陛下矜愍愚诚，听臣微志，庶刘侥幸，卒保余年。终养之心，于此乃遂。臣生当陨首，死当结草[24]。既得终养，自有厚报。臣不胜犬马怖惧之情，谨拜表以闻[25]。此一段望帝哀怜准奏，而以他日厚报作结。

［**诚评**］层次说来，无一语不委婉动人，固是至性至情之文。而通体局势浑成，步骤安雅，更极尽结构之妙。读者须细

玩其词旨及其转落承接，方不辜负作者苦心，而得此文之益。若徒随人道好，何以读为？

通体俱是陈情，而前两段是陈其已往之情，三段是陈其现今之情，末段是陈其日后之情也。文字曲折委婉，所以可传。尤妙在不急出题，层层次次，直说得情理透足，方才点出题面煞住。末段文字，余情惓惓，亦觉哀音堪听，真是千古绝调。

注释：

①险衅（xìn）：灾难，命运不好。　夙（sù）：早。此文指幼年。　闵凶：忧患。闵，指可忧的事。凶，不幸的事，特指下文父丧母嫁。

②见背：离去。指亲人去世。

③行年：将近，到了。　舅夺母志：舅舅强迫母亲改变守节的志向。夺，改变。

④愍（mǐn）：哀怜，可怜。

⑤不行：不会走路。　至于：到了，直到。　成立：成人自立，指成年。

⑥门衰祚薄两句：门庭衰败，福分浅薄，晚年才有了儿

子。祚（zuò），福分。 儿息，儿子，引申儿女。

⑦期（jī）功：古代以亲属关系的远近制定丧服时间的长短。期，期服，时间一年。功，功服，分大功和小功。大功守丧九个月，小功守丧五个月。期、功都是古代丧服的名称。 强（qiǎng）近：比较亲近。

⑧茕茕（qióng qióng）：孤单、孤独。 孑立：孤独地生活。

⑨婴：被……缠绕。 蓐（rù）：同“褥”，此指草席。

⑩逮：到。 奉：敬词。 沐浴清化：亲身浸润在清明的教化之中。

⑪太守：西汉官名。 察：考察、选拔。 孝廉：汉代令郡国每年向中央推举孝顺父母、品行清廉的当地人物，魏晋沿袭这个制度。这句和下文的“举臣”“拜臣”“除臣”后面省了个“为”字。

⑫刺史：官名。 举：推举、举荐。 秀才：科目名。汉代每年命州举秀才，和后世经过考试的秀才不同。

⑬诏书：皇帝的御令。 郎中：官名，在朝廷服役的官。

⑭寻：随即，不久。 除：任命，拜官授职。 洗（xiǎn）马：太子官属。

⑮东宫：古代太子居东宫，因而以“东宫”代称太

子。 陨首：掉头，比喻杀身图报。 上报：向上报答恩典。

⑯切峻：急切严厉。 逋（bū）慢：回避，怠慢。

⑰州司：州官，指地方官。 于：比。

⑱告诉：申诉，申请。 许：许可。此有“批准”之意。

⑲矜育：哀怜抚育。

⑳少事：年轻的时候。 伪朝：指蜀汉。 郎署：汉制，郎官初在尚书台任职，称尚书郎中。满一年称尚书郎。李密由郎中升任尚书郎，故称历职。

㉑优渥：恩泽深厚，优厚。

㉒乌鸟私情：相传乌鸦能反哺于母，是孝鸟。此喻人之孝养父母。

㉓辛苦：指处境艰难，苦衷。 二州：梁州、益州。 牧伯：指刺史荣、太守逵。

㉔结草：据《左传·宣公十五年》载，晋大夫魏武子有一宠妾，魏武子临死时，嘱其子将爱妾杀掉陪葬。但其子没有照办，而是将其妾出嫁。后来其子与秦将作战时，见一老人结草把秦将绊倒，使之被俘获。夜里老人梦中乃告，他为再嫁之妾的父亲，特来报答没有杀其女的恩德。后将结草喻为受恩深重，至死不忘报答。

㉕胜：尽。 犬马：旧时臣子对君主的自卑之称。 闻：使闻。

兰亭集序　王羲之

王羲之（公元321年至379年），字逸少，会稽（今浙江绍兴县）人。曾做过右军参军、会稽内史，世称王右军。是我国历史上著名的书法家。

此文写于晋永和九年（公元363年）。是年三月三日，王羲之与诸名士在兰亭（今绍兴县南）聚会。题为“兰亭集序”，意思是为兰亭诗集作的序。

永和九年，岁在癸丑①，暮春之初，叙所会之时。会于会稽山阴之兰亭，叙所会之地。修禊事也②。叙所会之故。叙事直起，起得简老。群贤毕至，少长咸集③。叙人之众。此地有崇山峻岭，茂林修竹，又有清流激湍，映带左右，叙地之胜，妙。作两层，叙后一层恰好说饮酒。引以为流觞曲水④。从会地叙出饮酒。列坐其次，虽无丝竹管弦之盛，此句跌入赋诗。一觞一咏，亦足以畅叙幽情。从饮酒叙出赋诗，此一段叙所会人之众，地之胜及饮酒、赋诗之乐。是日也，天朗气清，为下“俯仰观察”伏笔。惠风和畅。叙所会之日风景之佳。仰观宇宙之大，俯察品类之盛⑤，点出“俯仰”，以此立论推出此生不可长保之意，转入兴怀正旨。所以游目骋怀，正是可乐处。足以极视听之娱，信可乐也。兰亭会事至此写毕。此一段叙所会之日有风景之佳，而会为可乐意。以“乐”字结，却为下“感慨”“痛”“悼”等字伏脉。

夫人之相与，俯仰一世，或取诸怀抱，悟言一室之内；是舍躁趣静一流人。或因寄所托，放浪形骸之外⑥。是舍静趣躁一流人。虽取舍万殊⑦，静躁不同，承上二项。当其欣于所遇，暂得于己，怏然自足，“欣”字、“怏”字俱跟上“乐”字来。不知老之将至。乐处写得尽致。及其所之既倦，情随事迁，上下文关键。感慨系之矣。兴尽悲来，必至之情。向之所欣，俯仰之间，应前。已为陈迹，犹不能不以之兴怀。申解上感慨意，即以转入下死生之可痛。况修短随化，终期于尽⑧。此是一篇正文。古人云：“死生亦大矣⑨。”岂不痛哉！“痛”字从上“乐”字转出。此一段叙借会意发泄胸中感慨之情，纵情快论，跌宕多姿。

每览昔人兴感之由，若合一契⑩，未尝不临文嗟悼，不能喻之于怀。固知一死生为虚诞，齐彭殇为妄作⑪。力斥当时从风而靡之辈。“固知”二字，可知其意有所注。后之视今，亦犹今之视昔，接得劲甚。悲夫！“悲”从上“痛”字生出。故列叙时人，应“群贤二句”，“故”字承上接下，前后一片。录其所述。虽世殊事异，映“觞咏句”。所以兴怀，应“昔人句”。其致一也。后之览者，接得劲甚。亦将有感于斯文。应上“临文嗟悼”及“后之视今”等句，此一段因感慨而叙人，录同游所作以结一篇之意。

［**诚评**］因游宴之乐，写人生死之可悲。则兰亭一会，固未可等诸寻常小集。而排斥当日竞尚清淡，倾惑朝廷者之意亦寓言下。林西仲谓古人游览之文，亦不苟作如此。信，非诬也。至其文情之高旷，文致之轻松，更难备述。

注释：

①永和：晋穆帝年号。　九年：公元353年。　癸丑：这年用天干地支纪年属癸丑年。

②暮春：农历三月。　会稽（kuài jī）：郡名。今浙江省北部和江苏省东南部一带。　山阴：县名，今浙江绍兴县。　兰亭：今绍兴西南。　修禊（xì）：古代的一种风俗，临水为祭，以消灾免祸。

③毕：全。　少长（zhǎng）：年轻的和年老的。

④流觞：修禊时一种活动。将盛酒的杯子从水的上游放出，流到某处，某处的人就取而饮之。　曲水：引水环曲为渠，用以流酒杯。

⑤品类：物类，此指万物。

⑥形骸：人的形体。人体。

⑦万殊：很多样。万，泛指，极言其多。

⑧修短随化：寿命长短，听凭造化。造化，指自然。　终期于尽：最终仍归于消亡。

⑨死生亦大矣：《庄子·德符篇》语。死生是大事。

⑩若合一契：像符契一样相合。意思为大家都一样。

⑪齐彭殇：看成相等。　彭：彭祖，传说长寿之人，寿八百岁，代长寿。　殇：短命的。

归去来辞　陶潜

陶潜（公元365年至427年），又名渊明。字元亮，浔阳柴桑（今江西九江）人。东晋著名的诗人。做过祭酒、参军等地方小吏。

东晋义熙元年（公元405年），陶渊明为彭泽县令。因不愿冠带整齐迎接督邮（督察官吏），发出“岂能为五斗米折腰向乡里小儿”的叹声，辞官归隐。在回家时，写下了此文。

归去来兮，就彭泽言谓之归去，就本村言谓之来，篇中思归以至到家，步步叙明，故合言“归去来”。田园将芜，提起“田园”二字，所以为归之地。胡不归①！既自以心为形役，“田园”“心”“形”四字，一篇纲领，为归去之由。奚惆怅而独悲②！悟已往之不谏，知来者之可追③，实迷途其未远，觉今是而昨非④。“悟”“知”“觉”字下得极为次第，一气相生。“觉”对上“迷”字。此一段叙在官定归计之始。

舟摇摇以轻扬，风飘飘而吹衣。叙归而舟行的景况。问征夫以前路，恐入歧途。恨晨光之熹微⑤。行之早，叙归而陆行的景况。此一段分叙归途水陆之行。乃瞻衡宇，载欣载奔⑥。叙望见家而欲速到景况。僮仆欢迎，稚子候门，叙到家及门景况。三径就荒⑦，松菊犹存。叙入门景况。"就荒"二字应篇首"将芜"。携幼入室，叙入室之乐。有酒盈樽。引壶觞以自酌，叙室中饮酒之乐。眄庭柯以怡颜⑧。倚南窗以寄傲，审容膝之易安⑨。叙室中居处之乐。看他一路，字字都是庆幸意，便已透起篇末"乐"字矣。园日涉以成趣，门虽设而常关。应篇首"园中"。策扶老以流憩，时矫首而遐观⑩。身在园中，目及园外，何等自在。云无心以出岫⑪，鸟倦飞而知还。只就现前所见。说有万物，静观皆自得之妙。景翳翳以将入，承上游观，说园中将暮之景。抚孤松而盘桓⑫。"松"字跟上松菊来，菊不可抚而松可抚也，具乐之无尽。此一段言既归而有园中之乐。

归去来兮，重申决绝。请息交以绝游⑬。世与我而相违，复驾言兮焉求⑭？"息交""绝游"，凡世人往来交际、送迎、问遗，皆是不必。指定当路贵人说。悦亲戚之情话，不谈世故。乐琴书以消忧。悲悯可泯。农人告余以春及，将有事于西畴⑮。应篇首"田"字。或命巾车，或棹孤舟⑯，分写向西畴。既窈窕以寻壑，舟行所历。亦崎岖而经丘⑰。车行所历。木欣欣以向荣，车行所见。"欣欣"两字，说得木似有情，奇甚。泉涓涓而始流，舟行所见。此二句皆从"春及"二字生来。

羡万物之得时，此句束上。感吾生之行休。此句起下。此一段言既归而有田中之乐。

已矣乎！顶上“感”字来。寓形宇内复几时，曷不委心任去留[18]？“形”“心”字应篇首“心”“形”，极灵紧、极浑成，结构高绝。胡为遑遑欲何之[19]？富贵非吾愿，无心出仕。帝乡不可期[20]。不能登仙。怀良辰以孤往，或植杖而耘耔[21]。四句正是委心处，亦即收拾前文“田园”“琴书”等项。登东皋以舒啸[22]，临清流而赋诗。聊乘化以归尽，正是任去留。乐夫天命复奚疑[23]？“乐夫天命”是一篇结穴。盖能如此，方可委心任去留，而“不为形役”。“复奚疑”三字足见归来一着见得明，拿得定，放得下。此生至死之日无烦再计意。与篇首“悟知觉”三字遥作应，章法妙绝。此一段明所以归之意以作结。

［**诚评**］玩“乐夫天命”一语，渊明身份尽高，出处大节谅所素稔。从前或不久，或不就，固皆不苟于仕进之意。后来不复出仕，则以刘宋兴，而非复晋故也，渊明岂是偏于隐遁者？论者每泥其辞，而视若巢许一流，甚非确评。且如此番之归，亦必有所大不得已，而后乃借“不肯折腰”以去也，若徒认作一个傲人，便失渊明本来真面目矣。

开首以“田园”句，挈全篇要领，而下面尽本此抒写，是顺提文法；结处以“乐天”句，作全篇结穴，而上面尽照此发挥，是倒装文法。然其笔力高超，故无痕迹可寻，读者当细绎之。

注释：

①兮：表音节停顿和语气舒缓作用。多用于诗赋中，相当于现代汉语中的“啊”“呀”。　胡：何，为什么。

②心为形役：意志被身体所驱使。　奚：为什么。　惆怅：失意、悲伤。

③悟已往之不谏二句：本自《论语·微子》。　谏：改正、更正。　追：补救挽回。

④今：指弃官归隐。　昨：指出外做官。

⑤征夫：行人。　熹（xī）微：早上光线微弱，指天刚亮。

⑥衡宇：横木作门的房屋。　载：且。

⑦三径：园中三条路。　就：迫，近。

⑧眄（miǎn）：看。　柯：树枝。　怡颜：喜悦的神色。怡，怡然自得。

⑨寄傲：寄托傲然自得心情。　审：审视。　容膝：容纳双膝，比喻小的意思。

⑩策：杖。此作动词，扶着，拄着。　扶老：拐杖的别

称。憩：休息。矫首：抬头。

⑪岫（xiù）：山之有洞叫岫。

⑫景：影。此指太阳光。翳翳（yì yì）：光线昏暗。盘桓：逗留，徘徊。

⑬息交、绝游：断绝交往。此为互见法。

⑭驾言：出游。出自《诗经·邶风·泉水》："驾言出游，以写我忧。"焉：什么。

⑮及：到。事：农事。畴：田。

⑯巾车：有帷幕的车子。棹（zhào）：划船的桨。此作动词"划"。

⑰窈窕：曲深幽长的样子。壑：此指涧水。崎岖：高低不平。

⑱宇内：天地之间。曷：为什么。委心：听任本心。去留：即生死意。

⑲胡为：为胡，为什么。遑遑：匆匆忙忙的样子。之：往。

⑳帝乡：上帝所居，即仙宫。期：希望，要求。

㉑怀：想。孤：自己。耘耔：除草。

㉒皋（gāo）：高地。

㉓聊：姑且，权且。化：自然运转。归尽：死。奚疑：疑奚，怀疑什么。

唐文

公元617年太原留守李渊攻克长安（今陕西西安），次年隋亡，李渊称帝，国号唐，从此拉开了中国历史上唐代的序幕。至907年朱温灭唐，二百九十年期间，我国古典文学的发展进入了繁荣向上的高峰。其间所有的古文著作，通称唐文。

滕王阁序　王勃

王勃（公元650年至676年），字子长，绛州龙门（今山西河津）人。早年登第，与杨炯、卢照邻、骆宾王并称“初唐四杰”。

滕王阁为唐高祖李渊之子元婴任洪州（今江西南昌）都督时所建，元婴后封滕王，故名滕王阁。高宗上元二年九月九日，都督阎公在阁上设宴，王勃碰巧路过洪州，参加了宴会，于是写下了这篇不朽之文。

南昌故郡，洪都新府[1]；从建阁之地说起。星分翼轸，地接衡庐[2]；叙分野。襟三江而带五湖，叙形势。控蛮荆而引瓯越[3]。言洪州分野形势之广远。物华天宝，龙光射斗牛之墟[4]；洪州物之奇。人杰地灵，徐孺下陈蕃之榻[5]。洪州人之奇。雄州雾列，连接大郡之多。俊彩星驰[6]。往来君子之多。台隍枕夷夏之交[7]，跟上“雄州”句，言地处胜区。宾主尽东南之美。接“俊彩”句，言会多名流。此一段以建阁之地叙起，言洪州钟灵胜迹，向为人物所聚。都督阎公之雅望，叙主。棨戟遥临[8]；叙阎公致客之多并己与会之由。宇文新州之懿范。叙宾。襜帷暂驻[9]。十旬休暇[10]，胜友如云；款洽殷勤。千里逢迎，高朋满座，致客之多，招致广远。腾蛟起凤，孟学士之词宗[11]；紫电清霜，王将军之武库[12]。此四句言客中文字之美，才学之优。孟、王自是借喻，不为穿凿，若云当日会中有此二人。故总赞后又特叙出，转说下去。妙与作序关合，既衬起下文，且伏后“所望群公”。家君作宰，路出名区[13]；童子何知，躬逢胜饯[14]。此四句叙己与会之由，紧对上“腾蛟起凤”四句。此一段承上“宾主”句叙阎公致客之多并己与会之由。

时维九月，序属三秋[15]；叙时。潦水尽而寒潭清，烟光凝而暮山紫。恰是秋景。俨骖騑于上路，叙携客行路。访风景于崇阿[16]；叙沿途揽胜。临帝子之长洲，叙至建阁之地。得仙人之旧馆[17]。叙入阁。此一段叙九月同会，到阁之涉历。叙次工练安雅，词气一笔贯注。层峦耸翠，上出重霄；叙阁之当山。飞阁流丹，下临无地[18]。叙阁之临水。鹤汀凫渚，文中有画。穷岛屿之萦回；增水之胜。桂殿兰宫，列冈峦之体势。增山之胜。此一段叙阁在山水之间，极其壮观。言阁中之景。披绣闼，俯雕甍[19]，山原旷其盈视，言见山之大。川泽盱其骇瞩[20]。言见水之奇。闾阎扑地，钟鸣鼎食之家[21]；言“盈视”中观宫室之大。描写至此，更难写画得出矣。舸舰迷津，青雀黄龙之轴[22]。言

"骇瞩"中观舟楫之大。此一段叙阁外所见之实景。虹销雨霁，彩彻云衢；落霞与孤鹜齐飞，秋水共长天一色。叙阁外当秋所见之奇景。渔舟唱晚，响穷彭蠡之滨[23]；雁阵惊寒，声断衡阳之浦[24]。叙阁外当秋所闻之奇声，四句尤妙。能衬起下"歌吟"，真生香不断。遥吟俯畅，逸兴遄飞；叙情生于景处。爽籁发而清风生，叙天时凉气之佳。纤歌凝而白云遏[25]。叙侍宴歌声之妙。睢园绿竹，气凌彭泽之樽[26]；叙会中之美德而善饮者。邺水朱华，光照临川之笔[27]。叙会中之能文而善书者。又开合作叙，妙不着迹。四美具，二难并[28]。总括一笔，见凡游宴所当有者，兹会中无不全。此一段叙在阁之会，歌饮文词诸乐，无所不备。穷睇眄于中天，言尽观览之所至也。极娱游于暇日。言尽欢乐之所至也。天高地迥，觉宇宙之无穷[29]，承"穷睇眄"见其可壮，收前叙"景物"。兴尽悲来，识盈虚之有数[30]。承"极娱游"见其可悲，生后"感慨命运"四语，是一篇枢纽。望长安于日下，指吴会于云间[31]，地势极而南溟深，天柱高而北辰远[32]。申明"天高地迥"二句意。关山难越，谁悲失路之人？萍水相逢，尽是他乡之客。是日会中人必有怀才不遇与己相同者，此等人亦不可遗，但苦无处安顿，故趣笔总叙在此，妙妙。怀帝阍而不见，奉宣室以何年[33]？申明"兴尽悲来"二句意。此一段叙乐极之后感慨系之，以起下文正意。

呜呼？时运不齐，命途多舛，跟上"怀帝阍"二句。冯唐易老，李广难封[34]。见才不可恃。屈贾谊于长沙[35]，非无圣主；窜梁鸿于海曲[36]，岂乏明时？见盛世亦不可恃。此一段正见时命不犹处，所谓“兴尽之悲”即悲此耳，立言亦有体。所赖君子安贫，达人知命。老当益壮，宁知白首之心[37]；穷且益坚，不坠青云之志[38]。酌贪泉而觉爽，处涸辙以犹欢[39]。此八句言当安时命，勿以处污下而拙心志。北海虽赊，扶摇可接[40]；言事不可畏难，但当为之而已。东隅已逝，桑榆非晚[41]。言前此虽未成，何妨奋之异日。孟尝高洁，空余报国之心[42]。言有其心而无其遇，当付之命。阮籍猖狂，岂效穷途之哭[43]？言当穷途而遂悲伤断不可学。此一段为在会不得志之客作慰藉之词，言士当处困时愈宜立志，以待将来之遇合，虽抚景而悲，还当自壮。上由壮转入悲，此由悲挽到壮，笔如转环，若认作自叙，下文如何接得住。

勃，三尺微命[44]，一介书生。无路请缨，等终军之弱冠[45]；有怀投笔，慕宗悫之长风[46]。自叙不遇而志不衰。舍簪笏于百龄，奉晨昏于万里[47]；舍富贵以省亲，款款曲曲，情词俱妙。非谢家之宝树，自谦。接孟氏之芳邻[48]。言得兴会。他日趋庭，叨陪鲤对[49]；以将来言，是宾。今晨捧袂，喜托龙门[50]。以现在言，是主。杨意不逢，抚凌云而自惜[51]；无遇合而自怜，是宾。钟期既遇，奏流水以何惭[52]？值知己而作序，是主。此一段自叙以省父无遇，客与钟陵之会，不敢详作会叙之故。

呜呼！胜地不常，盛筵难再；兰亭已矣，梓泽丘墟[53]。此四句是盛衰不常意。临别赠言，幸承恩于伟饯；叙自己作序。应“躬逢盛饯”。登高作赋，是所望于群公。为他人回护。为同会诸公留地步。敢竭鄙诚，恭疏短引；叙作序。一言均赋[54]，四韵俱成。又言作诗。此一段以盛衰不常之理作余波。

滕王高阁临江渚，佩玉鸣鸾罢歌舞[55]。言当年歌舞今已歇。画栋朝飞南浦云，朱帘暮卷西山雨[56]。言此阁朝夕之景甚佳。闲云潭影日悠悠，物换星移几度秋[57]？就云物等慨阁历年之久，以起下。阁中帝子今何在？槛外长江空自流[58]！写吊古之意，补序中所未及者。

［诚评］对众挥毫，珠玑络绎，固可想见旁若无人之概；而字句属对极工，词旨转折一气，结构浑成，竟似无缝天衣。纵使出自从容雕琢，亦不得不叹为神奇，况乃以仓猝立就，尤属绝无而仅有矣！

分阅之，首叙地，次叙人，次叙时，次叙阁中景、阁外景及当秋景，再次叙在阁之会，再次叙乐后生出感慨，再次为凡不遇者悲，再次为凡不遇者慰，再次自叙，再次叹盛衰不常，及以诗寓吊古意作结，段段各有实义；合读之，从地说到人，从宾主引入自己，从时叙出阁，从阁中而及阁外，从秋景而及在阁之会，从壮生出悲而为他人慨，复从悲说转壮而为他人慰，从自叙处困不挫而及以作序为快，从慨叹胜衰不常而因以诗吊古为结，步步一气相生，且其间转折承接，脱卸收束开合，宾主起伏照应，俱于实处自具虚神，读者当细为寻绎。

此文是序体非赋体，赋必有韵，文未尝用韵。彼以赋体讥此文者，非惟不知文，亦未知赋矣。至谓篇中自叙太多者，盖以关山难越之下，尽误认作自叹语耳！细读自知其非，此等题文不外“情景”两字，即如此，篇前半自写景，后半是言情，明眼人自能辨之。

注释：

①南昌故郡，洪都新府：南昌，即洪都。一作“豫章”。汉时设豫章郡，隋时改为洪州。不久又恢复原名。唐时又作洪州，设都督府，所以称为故郡、新府。

②星分翼轸（zhěn）：古时人们把星空的划分和地面的区域联系起来，地面的每一区域都划在某一星空的范围之内，称为分野，叫作“某星在某地之分野”。翼、轸都是二十八星宿之一。　衡：衡山。　庐：庐山。

③襟：以……为襟。　三江：太湖的三条支流。　五湖：一般指太湖。　蛮荆：古楚地。　瓯（ōu）越：古时越地。

④物华天宝：物有光华，天有珍宝。泛指万物精华，自

然珍宝。 龙光：宝剑的光芒。相传豫章出现过宝剑，一名龙泉，一名太阿。此前天上斗、牛间常现紫气。剑出现后，紫气也就消失了。剑后来被投入水中，化成了龙。 斗牛：二星宿名。 墟：所居之处。指星座。

⑤人杰地灵：人有英杰，地有灵秀之气。 徐孺：东汉豫章南昌人。隐居不仕，德行为人仰慕。豫章太守陈蕃只有徐来时，才设一榻，走后悬榻不用。本为徐孺子。作者为了对仗需要，略去一字。下文杨得意为“杨意”，钟子期为“钟期”，均出于此因。

⑥雄州：泛指洪府所辖的州。 俊彩：人才。

⑦台隍：城池。台，亭台。隍，护城河，有水叫池，无水为隍。 枕：临，据。 夷：荆楚地区。 夏：中国，指扬州。

⑧都督：官名。 阎公：唐高宗永徽中任洪州都督兼刺史。 棨（qǐ）：有衣套的戟。棨戟，都督的仪仗。

⑨宇文：人名，名字和事迹不详。 新州：州名，今广东新兴县。 懿范：美好的典型。 襜（chān）帷：车帷。代车马。

⑩十旬：十天为一旬。

⑪腾蛟起凤：比喻文章才华横溢。 孟学士：姓孟的学士。可能为晋孟泉，学士为唐所设官名。掌管著述。 词宗：词章的宗师。

⑫紫电：宝剑名。相传孙权有六宝剑，其二为紫电。　清霜：锋利。　王将军：姓王的将军。　武库：收藏武器的库。此指韬略。

⑬家君：家父。　宰：县令。　名区：指南昌。

⑭童子：指王勃，当时其为年十四。　胜饯（jiàn）：盛大的饯行宴会。

⑮维：是。　序：时序，季节。　三秋：七、八、九三月，分别为孟秋、仲秋、季秋。

⑯俨：整齐样子。　骖騑（cān fēi）：驾车的马。中央两马夹辕者名"服马"，两边名"騑马"，亦曰"骖马"。　崇阿：大的丘陵。

⑰帝子：指滕王。与下"仙人"一样。　长洲：指滕王阁建阁地。与"旧馆"为互见法。

⑱飞阁：架在高空的阁道。　无地：看不见地。

⑲披：开。　俯：俯视。　甍（méng）：屋脊。

⑳盈视：完全看到。　盱（yū）：张目。　骇瞩（zhǔ）：望而惊异。

㉑闾阎：里门。指屋舍。　扑：满，有"到处出现"之意。　钟鸣鼎食：古代贵族鸣钟列鼎而食。

㉒舸舰：船。　津：渡口。　青雀黄龙之轴：船头作鸟头

形、龙头形。

㉓唱晚：傍晚时的歌声。　彭蠡：鄱阳湖。

㉔惊寒：雁是候鸟，天寒了就从北向南飞。　衡阳：现湖南衡阳县。　浦：岸。相传大雁飞至衡阳就不再南飞。待春暖便北归。衡山有回雁峰。

㉕爽：参差不齐。　爽籁（lài）：爽朗明快的箫声。　纤歌：柔细的歌声。　凝：歌声悠远。　遏：停止，不动。

㉖睢园：梁园，西汉梁孝王的睢阳兔园。　彭泽：指东晋诗人陶渊明。曾做过彭泽令。　樽：酒樽，此指饮酒。

㉗邺水朱华，光照临川之笔：借诗人曹植、谢灵运来比拟参与宴会的文士。邺，现在河北省，是曹魏兴起之地。曹植有“朱华冒绿池”之句。朱华，指芙蓉。谢灵运曾任临川（今山西省临川县）内史。

㉘四美：良辰、美景、赏心、乐事。　二难：贤主、嘉宾。

㉙宇宙：《庄子》：“天地四方曰‘宇’，往古来今曰‘宙’。”

㉚盈虚：月的圆缺。此指遭遇或好或坏。　数：运数。命运。

㉛长安：唐朝京城。　日下：指京都。　吴会（kuài）：吴郡。今江苏省苏州市。　云间：地名，古属吴郡。此借以抒发怀君思父的感情。

㉜南溟：指南海。暗指交趾。　天柱高而北辰远：《山海

经·神异经》："昆仑之山有桐柱焉，其高入天，所谓天柱也。"《尔雅·释天》："北极谓之北辰。"这里均指朝廷。

㉝帝阍（hūn）：宫门。帝，天帝；阍，主门者也。这里指朝廷。　宣室：汉未央宫正殿，这里指帝王。

㉞舛（chuǎn）：相违背，错乱。　冯唐：西汉人。文帝时，唐已经很老了，任中郎署长，车骑都尉。武帝时求贤良，有人推荐他，其时他已九十多岁了，不能再做官了。　李广：汉武帝时名将，多次出击匈奴。虽屡建奇功，但终身未被封侯。

㉟贾谊：汉文帝因听信谗言，任他为长沙王吴差的太傅。

㊱窜：逃窜。　梁鸿：东汉人。因作《五噫歌》嘲讽政事，章帝派人追寻他，于是改名换姓，避居齐鲁一带。　海曲：沿海偏僻的地方。

㊲老当益壮，宁知白首之心：东汉马援"丈夫为志，穷当益坚，老当益壮"。年纪虽老，志气应当更旺盛，难道头发白了还要改变心节。

㊳青云：《论语·述而》，子曰："不义而富且贵，于我如浮云。"比喻志气高。

㊴贪泉：相传晋朝吴隐之赴广州刺史，未至州二十里，有水名贪泉。据说喝了此水，人就会变得贪得无厌。吴喝了此水，并赋诗："古人饮此水，一歃（shà）怀千金，试使夷齐

饮，终当不易心。”　涸辙：先前有积水后干涸的车印。比喻穷困处境。取自《庄子》寓言。

㊵北海：北溟。取自《庄子·逍遥游》。　赊：长，远。　扶摇：上行的风。见《庄子·逍遥游》。

㊶东隅：日出处，表示早。　桑榆：日落处，表示晚。

㊷孟尝：字伯周，会稽上虞人。品行高洁。汉桓帝时，尚书杨乔上书推荐，终未被任用，老死家中。　空：白白地。

㊸阮籍：魏晋人。“竹林七贤”之一。有时驾车出行，遇到走不通的路，便痛哭而返。　穷：尽。

㊹三尺：束在礼服上的大带的下垂部分。　微命：小官。

㊺请缨：请求上阵杀敌。缨，驾车时套在马颈上的绳子。　等：同。　终军：汉朝时人。　弱冠：古代二十岁男子的通称。终军请缨时才二十来岁。

㊻投笔：引用班超投笔从戎的故事。《后汉书·班超传》：“家贫，常为官佣书以供养，久劳苦，尝辍业，投笔叹曰：‘大夫夫无它志路，犹当效傅介子、张骞立功异域，以取封侯。安能久事笔砚间乎！’”　宗悫：字元干，南朝宋南阳人。少年时，叔父曾问其志，他说：“愿乘长风，破万里浪。”

㊼簪笏（zān hù）：古代人做官用的冠簪、手版。这里指官职。　百龄：一生。　奉：侍奉。　晨昏：晨昏定省。《礼

记·曲礼上》："凡为人子者，昏定而晨省。"

㊽谢家：东晋谢玄。　宝树：玉树。旧时常与芝兰相连，"芝兰玉树"喻贵家子弟，这里指秀美而有文才的人。　孟氏之芳邻：孟母三迁，以求芳邻。这里指宴会中的佳宾。

㊾趋庭：在庭院中快步走过。趋是古代下对上一种礼节。　鲤对：孔子儿子孔鲤有一次走过庭前，孔子问他学诗没有？鲤答没有。孔子说："不学诗，无以言。"还有一次，孔子问鲤学礼没有，鲤答没有。孔子说："不学礼，无以立。"从此孔鲤就学诗学礼。

㊿捧袂（mèi）：举起双袖，表进谒恭敬的样子。　托龙门：比喻得到荣显。龙门，地名，今山西省稷山县西北，陕西韩城县东北。传说为大禹开凿。水险流急，河里的大鱼聚集龙门下边上不去，传说如果上得去，就可化为龙。

51杨意：杨得意的省略，西汉人，他推荐司马相如做了官。　凌云：指司马相如《大人赋》。汉武帝读后，十分高兴，深感"飘飘然有凌云之气"。

52钟期：钟子期的省略，春秋楚国人。　流水：传说伯牙善鼓琴，志在高山，……志在流水，子期曰："善哉！洋洋兮若江河。"子期死后，伯牙碎琴断弦，终身不再鼓琴。以后人们常用"高山流水"，比喻知己难得。这里以奏流水比喻自己写这篇文章。

㊸兰亭：今浙江省绍兴县南。地名兰诸，亦名兰上里，有亭曰兰亭。晋穆帝永和九年三月三日，王羲之曾与当时名士谢安等人宴集于此。　梓泽：地名。晋石崇的金谷园。今河南洛阳市西北。石崇与宾客曾以此地为饮酒赋诗地。　丘墟：废墟。

㊹一言：指诗一首。　均赋：指每人都写。

㊺佩玉：古人佩戴在腰间的玉饰，随走动相撞发出响声。　鸣鸾：安在车上的铃，车行则铃响。此指宴会结束，客人散去。

㊻画栋：雕有花纹的栋梁。　南浦：地名，在南昌西南。　西山：山名，南昌西北，又称南昌山。

㊼秋：春秋的省称。指年月。

㊽槛：栏杆，栏板。　长江：赣江为长江的支流。这里用长江代赣江，并且代江水。

为徐敬业讨武氏檄　骆宾王

骆宾王（约公元640年至？年），婺州义乌（今浙江义乌）人。为“初唐四杰”之一。公元684年随徐敬业起兵声讨武则天。本文是骆宾王替徐敬业写下的一篇讨伐檄文。

檄文，古代一种文体，用于晓喻、征召和申讨等方面，多用于军事上。武则天因在中宗嗣圣六年后自名曌（zhào），而骆宾王作檄文时尚未有此名，故标题“武氏”。

伪临朝武氏者，“伪临朝”，坊本作“伪周”。谓敬业起兵在光宅元年，其后改国号曰周。性非和顺，地实寒微①。昔充太宗下陈，为才人。曾以更衣入侍②。侍太宗十三年。洎乎晚节，秽乱春宫③。言其淫。潜隐先帝之私，“潜隐”，为高宗出脱，立言有体，指为尼，掩才人。阴图后房之嬖④。王侯劝纳后宫。此一段言武氏入宫之不正。入门见嫉，蛾眉不肯让人⑤，掩袖工谗，狐媚偏能惑主⑥。由王侯进。践元后于翚翟，诬害王后，王后废即夺其位。陷吾君于聚麀[7]。“陷”字妙，又为高宗出脱，此一段言武氏册立之不正。加以虺蜴为心，“加以”二字是字法。豺狼成性，近狎邪僻[8]，淫溺。残害忠良，斥逐。杀姊屠兄，弑君鸩母[9]。人神之所同嫉，天地之所不容。此二句作一顿，然后再叙，文字便有波澜。犹复包藏祸心，“犹复”二字亦是字法。窥窃神器[10]。思篡唐位。君之爱子，幽之于别宫[11]；废中宗为庐陵王，幽之别所。贼之宗盟，委之以重任[12]。诸武用事。此一段历数武氏垂帘诸罪。呜呼！霍子孟之不作，朱虚侯之已亡[13]！此二句言朝内无人主持，正呼起敬业。燕啄皇孙，知汉祚之将尽[14]；比之飞燕祸汉。龙漦帝后，识夏庭之遽衰[15]。比褒姒覆周。此一段言内无人主持，唐室将倾。

敬业皇唐旧臣，“敬业”二字紧接得势。公侯冢子[16]。奉先君之成业，顶“冢子”。荷本朝之厚恩[17]。顶旧臣，见不可不讨贼意。宋微子之兴悲，譬冢子。良有以也[18]。袁君山之流涕，譬旧臣。岂徒然哉[19]！此四句是言敬业欲致讨之意。是用气愤风云，言其盛也。志安社稷。关系大。因天下之失望，庐陵见幽。顺宇内之推心，民心怀唐，师出有名。爰举义旗[20]，点明致讨。以清妖孽。此一段言敬业义应致讨，说得忠义凛凛。南连百越，北尽三河[21]，言联络之广。铁骑成群，言马之盛。玉轴相接[22]。言车之多。海陵红粟，仓储之积靡穷[23]；言粮之充足。江浦黄旗，匡复之功何远[24]！言兵之众。班声动而北风起，剑气冲而南斗平[25]。喑呜则山岳崩颓，叱咤则风云变色[26]。言声之威。以此制敌，何敌不摧！以此图功，何功不克！言成功之易。此一段叙其富强，极言军容之盛强，以壮三军之气。

公等或居汉地，指异姓。或叶周亲[27]，指同姓。或膺重寄于话言，指分符于外。或受顾命于宣室[28]。指受托于朝。言犹在耳，忠岂忘心？此数语号召诸臣，足以激动忠义之心。一抔之土未干，高宗葬未久。六尺之孤何托[29]！中宗幽废。此一段言内外诸臣俱应从匡复之举，字字动人。倘能转祸为福，送往事居[30]，此二句是传檄本意。共立勤王之勋，无废大君之命[31]，凡诸爵赏，同指山河。有歆动人意。此一段言从己匡复有功，必赏。若其眷恋穷城，徘徊歧路，坐昧先几之兆，必贻后至之诛[32]。有恐吓人意，此一段言违己者有罪，必诛。请看今日之域中，"请看"二字见得立功即在眼前，诸臣勿以武氏安然改元立庙而有二心也。竟是谁家天下[33]！结得冷然，笔势飞舞之甚。足见冀望同心讨贼之殷。此一段结言将来天下必归唐家。

［诚评］按鉴载：眉州刺史英公李敬业及弟敬猷、唐之奇、骆宾王、杜求仁、魏思温各坐事遭贬，皆会于扬州，各自以失职怨望，乃谋作乱。以匡复庐陵王为辞，是敬业、宾王本以失职怨望，乃尔非真有讨乱之心也。然此檄辞严义正，最为得体，而行文又复极有条理，自是千古不磨。

注释：

①伪临朝：非法窃据的国家和政权。　武氏：即武则天。名曌（zhào）。十四岁入宫为太宗李世民才人，后被高宗立为后，中宗时临朝称制，不久自称帝，改国号为周。　地：地位，门第。

②太宗：唐皇李世民庙号。　下陈：才人位列女官级中之下，古代统治者堂下陈列礼品、站立姬妾的地方。武氏系荆州都督武士彟之女，贞观十一年，太宗闻其美，召为才人，时年十四岁。　更衣：换衣。此处借用汉武帝刘彻皇后卫子夫因侍候武帝更衣得到宠幸的故事。

③洎（jì）乎：到，至。　晚节：指晚年时的武则天。　秽乱春宫：史载高宗为太子时，一次探问太宗病，见武氏，悦之。故如此说。　春宫：东宫，太子住的宫。代指高宗李治。

④潜隐：隐瞒。　先帝之私：与太宗一段情。　嬖（bì）：宠爱，宠爱的人。

⑤门：宫门。　蛾眉：指美女。

⑥掩袖：用衣袖捂住鼻子。借用《韩非子·内储说下》一篇故事。魏王送楚怀王一个美女，怀王妃郑袖怕美人夺大王对

她的宠爱，就骗美人说："大王喜欢您的容貌，不喜欢您的鼻子，如果再去见大王，一定要捂住鼻子。"美人做了。怀王问郑袖，郑袖挑拨说："可能是讨厌您嘴里的臭味。"于是怀王大怒，命人割掉美女的鼻子。 工谗：善于挑拨离间。谗，谗言。 狐媚：狐性善媚。此指武氏迷人的容貌。

⑦元后：皇后。 翚翟（huī dí）：长有五彩羽毛的野鸡。唐朝皇后的车子和服装有翚翟图形，故此指皇后车服。 聚：共。 麀（yōu）：母鹿。聚麀，《礼记·曲记上》："夫惟禽兽无礼，故父子聚麀。"武氏是太宗的才人，后为高宗的皇后。故如此说。

⑧虺（huǐ）：毒蛇。 蜴（yì）：蜥蜴，俗称四脚蛇。 邪僻：奸邪的人。

⑨弑君：指高宗病后，御医欲以针砭头。武氏大怒，曰"帝头可刺血耶"，高宗不治而死。 鸩（zhèn）母：指王皇后被武氏置鸩酒，中毒而死。鸩：鸟名。羽毛有毒，放入酒中，喝了就死。 弑君鸩母：史书并无记载。

⑩窥窃：阴谋盗窃。 神器：天下政权，帝位。

⑪君之爱子：指中宗庐陵王，被武氏废黜，囚禁在房州。 幽：拘禁，囚禁。

⑫贼之宗盟：指武氏称帝后，封武氏宗亲为王。 之，他

们。指宗盟。

⑬霍子孟：霍光。字子孟。辅佐汉宣帝，安定了汉王朝。 朱虚侯：汉高祖刘邦孙子刘章的封号。吕后死后，诸吕篡权，刘章同陈平等合谋诛诸吕，立文帝，安定了刘家政权。

⑭燕啄皇孙：汉成帝皇后赵飞燕，性情毒辣，因为自己没有儿子，于是杀了许多皇子。当时有童谣："燕飞来，啄皇孙，皇孙死，燕啄矢。"武氏曾先后废掉、流放和杀死太子李忠、李弘、李贤等。 祚（zuò）：政权。

⑮龙漦（chí）帝后：相传夏朝末年有两条龙下降于宫廷，口说人言，吐下涎沫。夏帝将龙涎装入匣中收藏。到周厉王时，打开观看，龙涎流入后宫，一少年宫女感而怀孕，生下一女，就是褒姒。后来褒姒做了幽王的皇后，招致了西周的灭亡。 漦：涎沫。

⑯敬业：徐敬业。祖父徐世勣是唐开国功臣，封英国公，赐姓李。敬业是徐世勣长孙。袭爵位。公元684年起兵声讨武则天，失败而死。 皇唐：大唐。 冢（zhǒng）子：最大的儿子。

⑰奉：继承。 荷：承受。

⑱宋微子：殷纣王庶兄。殷之后，他接受周封，建国于宋地。后来微子去朝见周王，路过殷都，触景伤怀，作《麦秀

歌》，以示悲悼。 良：确实，实在。 以：有道理。

⑲袁君山：指袁安。东汉光武帝时因上疏议论朝政，被贬，忧愤而死。 徒：白白地。

⑳爰：于是。

㉑百越：指南方各少数民族地区。 三河：指汉代所设河南、河东、河内三郡。此指北方中原地区。

㉒玉轴：战车。

㉓海陵：今江苏泰县。汉吴王濞曾在这里置仓积粟。 红粟：颜色发红的米。 靡：无，没有。

㉔江浦：今江苏省境内。和“海陵”为徐敬业起兵讨武氏的根据地。 匡复：光复，恢复。

㉕班声：班马的声音。班马，载人离去之马。 剑气：宝剑闪耀的光。 南斗：星宿名。

㉖喑（yīn）呜：发怒。 叱咤：怒喝。

㉗或：有的，有的人。 汉地：指唐代的封地。 叶（xié）：同“协”，合，共同。 周亲：至亲。

㉘顾命：皇帝的遗命。 宣室：指宫廷。

㉙一抔之土：坟墓。 六尺之孤：年幼的君主。

㉚往：已死的高宗。 居：现存的中宗。

㉛勤王：古时君主有急难，臣民起兵救援，叫“勤王”。 大

君：高宗。

㉜坐：白白地，徒然。　昧：不明白，不清楚。　贻：招致。　后至之诛：违命后到者要受到惩罚。传说禹会诸侯于涂山，防风氏后至，禹诛之。

㉝域中：天下。　竟：到底，究竟。

与韩荆州书　李白

李白，唐代著名的大诗人，有“诗仙”之称。其文章亦功力老到，文采飞扬。

本文是一封李白写给荆州刺史韩朝宗的自荐书。他们本不相识，但文章起笔不凡，开宗明义，然后娓娓道来，令人耳目一新。

白闻天下谈士相聚而言曰：“生不用封万户侯，但愿一识韩荆州①。”妙。本不相识，安得不借人引起。何令人之景慕，呼起下文。一至于此②！落笔便自生动。此一段借人言引起，以慨想韩荆州之令人景慕，起笔便豪举。岂不以有周公之风，“岂不以”三字承接甚紧。躬吐握之事③，使海内豪俊，奔走而归之，一登龙门④，则声价十倍。所以龙蟠凤逸之士，“所以”与前“何”字应。“豪俊”“龙蟠凤逸”等字自占地步。皆欲收名定价于君侯⑤。“周公”至此，言荆州所以令人景慕之故。君侯不以富贵而骄之，寒贱而忽之，已必优礼乃至。则三千之中有毛遂[6]，使白得颖脱而出，伏下"急难敢效微躯"。即其人焉。此一段言荆州所以令人景慕之故，并已欲邀其礼遇意，脍炙人口。

白，陇西布衣，流落楚汉[7]。十五好剑术，遍干诸侯[8]；三十成文章，历抵卿相[9]。虽长不满七尺，而心雄万夫[10]。此九句自叙得简括，而笔调复错落入古。英雄本色。皆王公大夫许与气义。此句便神注荆州。此畴曩心迹，安敢不尽于君侯哉[11]！兜住上文，收束一笔。此一段承上"毛遂脱颖"句，自叙平日所学及交游，意气之盛异于他士。

君侯制作侔神明[12]，德行动天地，笔参造化，学究天人[13]。颂荆州本领。幸愿开张心颜，不以长揖见拒[14]。应前"不以富贵"二句，求荆州接见。必若接之以高宴，纵之以清谈[15]，礼遇加厚。请日试万言，倚马可待[16]。言接见之后若肯亲近，尤可自展所长，自见亦异。今天下以君侯为文章之司命[17]，人物之权衡，再颂荆州。前颂本领，此颂品望。一经品题[18]，便作佳士。颂荆州亦即是自负。应前"一登龙门"二句。而君侯何惜阶前盈尺之地，豪放之气自在。不使白扬眉吐气，激昂青云耶？仍是从"日试万言"之意而反足之。此一段叙荆州既为众望所归，必不使己不能自见。

昔王子师为豫州[19]，未下车，即辟荀慈明[20]，既下车，又辟孔文举[21]。一引古人接引后进者。山涛作冀州，甄拔三十余人，或为侍中、尚书，再引古人接引后进者。前用明举，此只浑括，笔法变换。

此两引是衬笔。先代所美㉒。双顶王、山二公。而君侯亦一荐严协律，入为秘书郎㉓；叙荆州荐之于朝者。中间崔宗之、房习祖、黎昕、许莹之徒㉔，或以才名见知，或以清白见赏。叙荆州收之门下者。此处分作两层叙，皆用明举，而笔法又自变换。白每观其衔恩抚躬，忠义奋发㉕。二语妙。以他人感恩奋发衬起自己，不然何从“感激”。白以此感激，指上“衔恩抚躬，忠义奋发”八字。知君侯推赤心于诸贤之腹中，归重荆州能至诚待士。应前“周公”一句。所以不归他人，以不归他人衬起归荆州。而愿委身国士㉖。傥急难有用，敢效微躯㉗。随后申明委身之实，束住。此一段言荆州曾接引后进者不异古人，故愿托门下以自效。

且人非尧舜㉘，谁能尽善；见人无全能。白谟猷筹画，安能自矜㉙？撇开一层。至于制作，积成卷轴，则欲尘秽视听㉚，此方是叙所以激昂青云处。恐雕虫小技，不合大人。不敢遽投意。略作跌宕。若赐观刍荛㉛，请给纸笔，兼之书人。然后退扫闲轩㉜，缮写呈上。自陈著作以求见纳。庶青萍、结绿，终是自占地步。长价于薛、卞之门㉝。荆州身份亦抬得高，收盈声价十倍。幸推下流，大开奖饰㉞。唯君侯图之㉟！此以冀望见纳意作结。结得大雅。到底无一卑乞语。此一段言欲献所著于荆州，冀藉以表见。

［诚评］起首从景慕荆州平日能得士，透出自荐意，作一篇之旨；次自叙畴曩心迹，卖弄一番；再次称颂荆州本领、

品望，反复请试，以见待价而沽之意。然后两引古人，历举所拔，因以自愿委身，曲叙出所以自荐之故；末归到自陈著作上，冀其品题。通篇顿挫跌宕之奇，起伏照应之妙，非其笔力之豪迈，何从而得？至于语语自占地步，虽逊亦夸，昔人固尝有言及者矣？

太白与荆州本不相识，最难着笔，后学当看其从难着笔处着笔。

注释：

①白：李白，唐朝大诗人。 万户侯：封侯小者，食邑不过三四百户，万户则是侯之大者。 识：见。 韩荆州：韩朝宗，唐玄宗开元年间任荆州大都督府长史，喜欢提携后进，为当时读书人所景慕。

②一：竟，居然。

③周公：周文王之子。辅佐哥哥武王伐纣，建立周王朝。武王死后，又辅佐成王。相传他礼贤下士，很会选拔人才。 吐握：周公戒伯禽曰：我一沐三握发，一饭三吐哺，犹恐失天下之贤人。形容周公抓紧时间接待求见之人。

④登龙门：后汉《李膺传》：人有被其容接者，谓之登龙门。比喻读书人得到有力者赏识，提高了身价。

⑤龙蟠凤逸：比喻怀才不遇，伺机而动。　君侯：指韩荆州。

⑥毛遂：战国时，秦攻赵国都邯郸，赵使平原君到楚国求救。临行，平原君从手下选随从，有个叫毛遂的自我推荐，平原君不同意，认为他在门下三年没有突出表现，并说："贤士处世，譬锥处囊中……"毛遂回答："臣乃今日请处囊中耳，使遂颖（锥尖）脱而出……"于是平原君允许他同行。由于他在与楚王会谈时，不怕威吓，陈说利害，致使谈判获得成功。　三千：相传平原君门下有三千食客。

⑦陇西：今甘肃秦安县。李白的祖籍。　布衣：平民，也指没有做官的读书人。　楚汉：春秋战国，楚国的中心在汉水流域，即今湖北一带。

⑧干：求取。此指拜见、谒见之意。

⑨历：尽。　抵：拜会，拜见。　卿相：朝廷高级官吏。

⑩七尺：古时长度单位。十寸为一尺。　万夫：很多人。

⑪畴曩（nǎng）：以前，过去。　尽：全。　于：向，对。

⑫制作：所建的功业。　侔（móu）：相等，等同。

⑬参：阐述。　造化：自然。　究：推求原委。　天人：天道人事。

⑭长揖：旧时有气节的士人见公卿长揖不拜。即拱手高举的礼节。

⑮必若：如果，假如。　高宴：盛大的宴会。　纵：放任，放纵。　清谈：毫无顾忌的言谈。

⑯倚马可待：比喻文思敏捷，一挥而就。晋大将军桓温北征，命袁宏倚在马前起草公告，一会儿，文成七页纸，文词极好，人叹奇才。

⑰司命：星名，也名“文昌星”。传说文昌星主管人们的文运。此指韩荆州为文章的权威。

⑱品题：品评。

⑲王子师：王允，东汉人。

⑳下车：旧时称官吏到任为“下车”。　辟（bì）：征聘，招聘。

㉑孔文举：孔融，孔子二十世孙。

㉒山涛：字巨源，晋河内怀人。他任冀州刺史时，曾提拔隐士，访求贤才。　甄（zhēn）拔：鉴别、选拔人才，并举荐他们。　美：称颂。

㉓协律：掌管音乐的官。　秘书郎：官名。掌管图书经籍，或称秘书郎中。

㉔崔宗之：唐宰相崔日用之子，好学能文，同李白、杜甫

以文相知。　房习祖：不详。　黎昕：曾官拾遗，王维有《黎拾遗昕见过》诗。

㉕衔恩：感恩。　抚躬：扪心自问。

㉖国士：一国中杰出的人物。此指韩朝宗。

㉗敢效微躯：愿献出自己的生命。敢，谦词。

㉘尧、舜：皆为古代传说中的贤君。

㉙谟猷（mó yóu）：计谋，打算。　筹画：计划。　自矜：自夸。

㉚卷轴：指书籍。古代文章都裱成长卷，有轴可以舒卷，故名。　尘秽：作动词用，玷污。　视听：指耳目。

㉛刍荛（chú ráo）：割草砍柴的人。源自《诗经·大雅·板》。后多用以指草野之人。这里是谦称自己的文章。

㉜闲轩：安静的小屋，静室。

㉝青萍：宝剑名。　结绿：美玉名。　薛：薛烛，春秋时越国人，以善于鉴别剑而闻名。　卞：卞和，春秋时楚国人，以善于识别玉闻名。见《韩非子·和氏》。

㉞推：推荐。　下流：地位卑贱的人。　奖饰：奖励表扬。

㉟图：考虑。　之：代词，指作者的意见。

春夜宴桃李园序　李白

桃李园，唐代长安（今陕西西安）的一座名园。本文记叙了在桃李盛开之时，李白与诸公名士夜宴游玩的情景。

本文采用骈文体，文辞清丽，亦文亦诗。

夫天地者，万物之逆旅[①]；光阴者，百代之过客[②]。起首四句潇洒出尘，见盛时之难再。而浮生若梦，为欢几何[③]？见行乐之日少，言不长久意。古人秉烛夜游，引古着眼，点出题中“夜”字。良有以也[④]。此一段言当及时行乐。况阳春召我以烟景，“况”字转出下一层，“阳春”点出“春”字。大块假我以文章[⑤]。“召我”“假我”妙。会桃李之芳园，未言宴先言“会”，点出宴所，语有次第。叙天伦之乐事[⑥]。点出宴中人。群季俊秀，皆为惠连[⑦]；美诸弟之才。吾人咏歌，合赋诗意。独惭康乐[⑧]。谦言己之拙。幽赏未已，“幽”字下得细贴。高谈转清[⑨]。言宴之乐。开琼筵以坐花，此方叙入宴，切“桃李园”。飞羽觞而醉月[10]。切“春夜”，字法奇艳。不有佳作，何伸雅怀[11]？借酒赋诗。如诗不成，罚依金谷酒数[12]。借诗酬酒，妙妙。结得高雅。此一段备述宴桃园情事。

[**诚评**]通篇着意在一“夜”字。开首从天地、光阴迅速，及人生短暂说起，见及时行乐者不妨夜游。发论极其高旷，却已紧照题中“夜宴”意，是无时不可“夜宴”矣。下紧以“况”字转出春来，而春有烟景之召，大块之假，夜宴更何容已耶！于是叙地、叙人、叙宴之乐，而以诗酒作结，妙无一字不细贴，无一字不新隽，自是锦心绣口之文。

注释：

①夫：用在句首，表示阐发议论的语气。　者：用在主语后，表示语音及语气上的停顿。　逆旅：逆，迎接的意思；逆旅，就是迎接宾客的地方，指旅馆。

②过客：过往的旅客。

③而：连接上文，表示顺应关系。　浮生：指人生短促，飘忽不定。　几何：多少。

④秉烛夜游：比喻及时行乐。秉，执。李白在《古诗十九首》之十五中曾写道：“人生不满百，常怀百岁忧。昼短苦夜长，何不秉烛游。” 良，实在，确实。 以：原因，道理。

⑤阳春：温暖的春天。 烟景：美丽的景色。 大块：大自然。成玄英疏：“大块者，造物之名，自然之称。” 文章：美丽的色彩或花纹，此处比喻美好的自然景色。

⑥芳园：即花园。 天伦：指父子、兄弟等天然的亲情关系。

⑦群季：诸位弟弟。古人兄弟按年龄排列，称伯、仲、叔、季。 惠连：南朝宋文学家谢惠连，作者借以喻诸弟才华出众。

⑧吾人：即我。独惭：独自感到惭愧。 康乐：即谢灵运。因他在晋时被封为康乐公，故又被人们称作谢康乐。他是南朝宋的著名诗人，善作山水诗。

⑨幽：安闲沉静。 清：清淡高雅。

⑩琼筵：珍美的筵席。 坐花：坐在花间。 飞：形容举杯饮酒频频不断。 羽觞：古人喝酒用两边有耳的杯子。 醉月：喝醉在月下。

⑪伸：抒发。 雅怀：高雅的情怀。

⑫依：依照，根据。 金谷酒数：泛指宴会上罚酒的杯数。晋朝富豪石崇家有一园，名为金谷园。石崇常在园中与宾客饮宴，并即席赋诗，作不出诗的要罚酒三杯。

吊古战场文　李华

李华（约公元715年至约774年），字遐叔，赵州赞皇（今河北元氏县）人。唐玄宗开元二十三年进士。官至监察御史、右补阙。擅写古文。

本文为其目睹古战场死亡之地，悲而为文。

浩浩乎！平沙无垠，夐不见人①。写古战场地界。河水萦带，群山纠纷②。写古战场山水，既不见人，只见山水。黯兮惨悴，风悲日曛③。写古战场风日暗淡。蓬断草枯，凛若霜晨。写古战场草木不盛。鸟飞不下，兽铤亡群④。写古战场鸟兽不栖，古战场是古来战斗死亡之处，原无定名，开首突写一番，不是争胜，是取势，入题妙绝。至此劈空摹写，宛然在目。亭长告余曰："此古战场也，借亭长言出"古战场"，有态。尝覆三军⑤。为"吊"字生根，四字一篇之纲。往往鬼哭，天阴则闻。"说来亦惨。亭长言止此。伤心哉！秦欤？汉欤？将近代欤？三"欤"字连作问词，总吊。正为"古"字传神。此一段叙起古战场，以为下吊之地。

吾闻夫齐魏徭戍，"吾闻"二字结得妙。此一"吾闻"就中国言，观下紧接齐魏荆韩便见。荆韩召募[6]。万里奔走，途之远。连年暴露[7]。见时之久。沙草晨牧，河冰夜渡。不计早暮寒暑。地阔天长，不知归路。见家不可归，字字刺骨，句句堕泪。寄身锋刃，腷臆谁诉[8]？见身不可保，情事更惨。此一段言秦汉之先，列国争战，虽在中原，其可悲已如此。秦汉而还，多事四夷[9]。四字是所以"尝覆三军"之故。中州耗斁，无世无之[10]。此四句总言秦汉以后事边战之苦。古称戎夏，不抗王师[11]。天子之师，有征无战。文教失宣，武臣用奇[12]。又是所以"多事四夷"之故。奇兵有异于仁义，喜其效之甚速。王道迂阔而莫为[13]。正所以信用武臣处，是所以"失宣""用奇"之故。呜呼！噫嘻！此一段言所以边战之由。

吾想夫北风振漠，胡兵伺便[14]。就事边时言，敌人得入，军已必覆。主将骄敌，期门受战[15]。见临事不慎，应变无策，军无不覆之理，伏下"任人"句。野竖旄旗，川回组练[16]。军非不整。法重心骇，威尊命贱[17]。军令非不严。此四句言其方阵，未战。利镞穿骨，惊沙入面[18]。正是受战处。主客相搏，山川震眩[19]。声析江河，势崩雷电[20]。绘形绘声。此六句言其交战，未覆。此一段言三军之出阵交战，骄敌，便是主将之罪。至若穷阴凝闭，凛冽海隅[21]。积雪没胫，坚冰在须[22]。鸷鸟休巢，征马踟蹰。忽插此二句，可悟纵笔作衬之法。缯纩无温，堕指裂肤㉓。当此苦寒，“苦寒”二字总顶上八句。天假强胡㉔。正言敌人。凭陵杀气，以相翦屠㉕。言被“翦屠”之苦。至此言边地苦寒，难以战胜。径截辎重，横攻士卒㉖。都尉新降，将军覆没㉗。尸填巨港之岸，血满长城之窟。此二句正言三军之覆。无贵无贱，同为枯骨，可胜言哉！总作慨叹，令人酸鼻。此数语言三军战败而覆。鼓衰兮力尽，矢竭兮弦绝，白刃交兮宝刀折，两军蹙兮生死决㉘。此句承上三句，言战既无具，生死定在呼吸，以起下。降矣哉？终身夷狄。战矣哉？骨暴沙砾。此四句正是自决生死。此一段从三军覆之后，追言交战之时相持力竭，无可奈何。鸟无声兮山寂寂，夜正长兮风淅淅㉙。魂魄结兮天沉沉，神鬼聚兮云幂幂㉚。日光寒兮草短，月色苦兮霜白。曲尽战败情事，一字一泪，不忍多读，写战败后满是凄凉景色，所以覆没相继也。伤心惨目，有如是耶？一点倍觉难堪。作者补此数语，方见历代战士不是坐以受杀，则有事边方，总非计之得也。极力描写，言外有警戒事边意。

吾闻之：牧用赵卒，又用“吾闻”，就赵汉说。大破林胡㉛；开地千里，遁逃匈奴。言赵之得。汉倾天下，财殚力痡㉜。言汉之失。任人而已，与上任李牧对应。其在多乎？遣将不可不慎。此一段言赵、汉用兵得失，归到人，语有把握。周逐猃狁，北至太原㉝，既城朔方，全师而还㉞。绝不穷追。饮至策勋，和乐且闲㉟，穆穆棣棣，君臣之间[36]。有修“文教”意在内。此一段言不抗王师景象，言周之得。秦起长城，竟海为关，荼毒生灵，万里朱殷。惨极，言秦之失。汉击匈奴，虽得阴山[37]，枕骸遍野，惨极。功不补患。对“得阴山”。此一段言秦、汉之失。

苍苍蒸民，谁无父母[38]？提携捧负，畏其不寿。谁无兄弟？如足如手。谁无夫妇？如宾如友。此八句将人生至情摹写一遍，语语真挚。生也何恩，杀之何咎？正言战死者皆无罪之民，痛切入骨。其存其没，家莫闻知；“家”字包父母、兄弟、夫妇。人或有言，将信将疑。悁悁心目，寝寐见之[39]。布奠倾觞，哭望天涯[40]。写家人之悲伤之意，情真语真，读之酸楚难堪，紧言“蒸民”八句，摹写覆军后疑信、布奠情事，愈觉惨绝。天地为愁，草木凄悲。回应前“黯兮”四句。吊祭不至，精魂何依[41]？必有凶年，人其流离[42]。言孤鬼为厉，灾祸叠至。至此好事边功者益当知戒。呜呼！噫嘻！时耶命耶？从古如斯[43]。总结秦汉、近代。为之奈何？守在四夷[44]。结出发言本旨“文教宜宣”。此一段叙驱无罪之民于战场，而死伤惨之至，流祸无已。

[**诚评**] 开首劈空画出一幅古战场图，能于景中含情，因借亭长点题，而以“尝覆三军”引出吊意，起得甚好。“秦汉、近代”数语，领一篇之局，随撇开中国战争，而以“多事四夷”推出“尝覆三军”之故，随又撇开古昔盛时，而以“文

教”数语推出“多事四夷”之故，语有本原，论极精确。于是由阵而战，由战而覆，就边地时势上摹写一番，以见其可吊。复从“既覆”后追交战时，就士卒意境中摹写一番，以见其可吊。词意俱极悲切，继乃以赵、汉、周、秦之事边，互较得失，而归重于用人；继又以生民至情之真挚，见驱无罪而死于战场之惨不可言，流祸无已；末以“守在四夷”作结，结出“文教宜宣”意，是于可吊中更想出可贺处来，极奇警，复极正大。观牧之所著《罪言战论》等篇，自知此文之寄意深切矣。

注释：

①敻（xiòng）：通“迥”。遥远。

②河水：黄河的水。古人单称“河”时，多指黄河。　纠纷：纷乱的样子。

③黯（àn）：深黑。此指暗淡无光。　惨悴（cuì）：凄惨。　曛（xūn）：昏暗。

④铤（tǐng）：快走的样子。

⑤亭长：战国时开始在国与国之间的邻接地方设亭，置亭长，以防御敌人。唐时在尚书省各部衙门设亭长，负责省门开

关和通传等事务，职务和战国时的亭长不同。这里指职务和战国时亭长相似的地方上的小官吏。　三军：周制，诸侯大国设左、中、右三军。这里是军队的通称。

⑥齐魏：齐国和魏国，战国时的两个国家。　徭戍：劳役和守边。　荆韩：楚国和韩国，战国时的两个国名。楚国因建国在荆山下，故又被称为“荆国”或“荆楚”。　召募：召募兵丁。

⑦暴（pù）露：指置身于露天，受日晒雨淋。暴，日晒。

⑧锋刃：泛指锋利的兵器。　腷臆（bì yì）：郁闷，气不舒。

⑨多事：指战争接连不断。　四夷：指夷、狄、戎、蛮四方外族，是古代对少数民族的蔑称。

⑩中州：中原，也指中国。　耗斁（dù）：损耗破坏。　无世无之：没有一个朝代不是如此。之，指上文的“耗斁”。

⑪戎：外族人民。　夏：中国，中原人民。　王师：帝王的军队。

⑫文教：指古代统治天下的典章制度。　奇：奇谋，奇计。

⑬奇兵：出其不意进行突袭的军队。　王道：指仁义、礼乐等古代统治天下的方法。

⑭漠：沙漠的简称。　胡：古时对西方、北方少数民族的通称。　伺便：指寻找便于进攻的机会。

⑮期门：军营的大门。

⑯旄（máo）旗：用旄牛尾装饰的旗子。这里泛指军旗。 川：河。 回：来回奔跑。 组练：两种战袍，这里借指战士。

⑰法重心骇：严厉的军法使人心恐惧。重，严厉。 威尊：指将领的威严不可冒犯。 命贱：指兵士的命卑贱，不重要。

⑱镞（zú）：箭头。 入：扑向。

⑲主客：指战斗的双方。 眩：眼发花。这里指激烈的战斗场面使人眼花缭乱。

⑳析：分开，分裂。 崩：倒塌。这里是说战斗的声势浩大。

㉑至若：至于。 穷阴：天阴得很厉害。 凝闭：指浓云密布。 海隅：海边。这里指边境地方。

㉒胫（jīng）：小腿。

㉓缯纩（zēng kuàng）：泛指棉衣服。缯，丝织品。纩，粗丝棉。

㉔假：帮助，给予方便。

㉕凭陵：凭借。 翦屠：抢劫屠杀。

㉖径：直。 截：截击。 辎（zī）重：军用物资。

㉗都尉：武官名。

㉘蹙（cù）：迫近。

㉙淅淅（xī xī）：风声。

㉚魂魄：旧指人的精神灵气。　结：凝聚。　沉沉：昏暗的样子。　幂幂：阴森的样子。

㉛牧：李牧，战国时赵国名将。　林胡：古族名。战国时分布在今山西朔县北至内蒙古自治区内。从事畜牧，精骑射。战国末，为赵将李牧击败，归附于赵。

㉜汉倾天下：汉武帝时，发起三次大规模抗击匈奴的战争，用尽全国的财力。　殚（dàn）：竭尽。　痡（pù）：过度疲劳。

㉝猃狁（xiǎn yǔn）：周朝时北方少数民族，即秦汉时的匈奴。周宣王时，猃狁入侵，宣王派尹吉甫出兵，把他们驱逐至太原（今甘肃固原县北）。《诗经·小雅·六月》："薄伐猃狁，至于太原。"

㉞既：已经。　城：用作动词，筑城。　朔方：北方。

㉟饮至：古代诸侯朝觐会盟后回国或军队凯旋，要到宗庙祭告，并饮酒庆祝，叫作"饮至"。　策勋：把功劳记在簿册上。《左传·桓公二年》："凡公行，告于宗庙；反行，饮至、舍爵，策勋焉，礼也。"

㊱穆穆：端庄的样子。《礼记·曲礼下》："天子穆穆。"　棣棣（dì dì）：闲雅安详的样子。《诗经·邶风·柏舟》："威仪

棣棣，不可选也。”

㊲阴山：山名，起于河套西北，东北与内兴安岭相连。

㊳苍苍：众多的样子。　蒸民：众民。

㊴悁悁（juān juān）：忧闷的样子。　寝寐：指睡梦中。

㊵布奠：摆设祭品。　觞（shāng）：酒杯。

㊶吊祭：祭奠。　精魂：灵魂。

㊷凶年：荒年。《老子》：“大军之后，必有凶年。”　其：将要。

㊸如斯：犹如此。

㊹为之奈何：对上述情况能够怎么样。之，指代上述情况。　守在四夷：谓实行王道，使四夷归顺，各自替天子守卫边境，就没有战祸了。《左传·昭公二十三年》：“古者天子，守在四夷。”

陋室铭　刘禹锡

刘禹锡（公元772年至842年），字梦得，洛阳（今河南洛阳）人。唐德宗贞元九年进士。官至太子宾客，加检校礼部尚书。是唐代著名的文学家，与柳宗元、白居易交谊甚笃，人称“刘柳”“刘白”。

本文通过对其自居简陋的房屋的描写，表达了高洁雅致的胸怀。铭，是古代一种文体，本是刻在器物或碑版上，拿来称颂功德。此用以文中，有劝申鉴戒，兼有自勉之意。

山不在高，有仙则名；水不在深，有龙则灵。开首以山水引起，是诗之兴体。斯是陋室，通篇骨子。惟吾德馨[①]。最重有德，自可忘室之陋。此言以山、水兴“室”，以不高、不深兴“陋”，以仙、龙兴“德”，以名、灵兴“馨”。苔痕上阶绿，草色入帘青。此二句为陋中佳景。如画，见景不陋。谈笑有鸿儒，往来无白丁[②]。见人不陋。此二句是言陋中良友。可以调素琴，阅金经；陋中雅趣。无丝竹之乱耳，跟“调素琴”。无案牍之劳形[3]。跟上“阅金经”。此四句见事不陋。南阳诸葛庐，西蜀子云亭[4]。比于古之名室。孔子云：“何陋之有[5]？”引“何陋”作结，应上“德馨”句，隐藏君子居之在内。若全引便着迹，反少趣味矣。

[诚评] 起首四句兴起，室以“德”重意。“惟吾德馨”一语，道尽陋室增光处，最为简要。以下皆言“吾德”能使陋室馨也，是故苔痕、草色，无非“吾德”生意；谈笑、往来，无非“吾德”应酬。调琴，无丝竹之乱耳；阅金经，无案牍之劳形，愈不问而知为“吾德”举动矣，“吾德”之能使陋室馨者如是。虽以是室比诸葛草庐，子云玄亭，无多让焉。末引“何陋”作结，而诵法孔子，其德又何可量耶？室虽陋，亦不陋矣。至其词调之清丽，结构之浑成，则文虽不满百字，自具大观。

注释：

①斯：这。　惟：同“唯”。不过，但。　馨（xīn）：散布

很远的香气，这里比喻德行美好。

②鸿儒：指大儒，旧时也泛指博学的学者。　白丁：没有功名的人，平民。这里指没文化的人。

③丝竹：弦乐和管乐。这里泛指乐器声。　案牍（dú）：公文，文书。

④南阳诸葛庐：指诸葛亮在南阳住的草庐。　西蜀子云亭：指四川成都扬雄的草玄堂。因后人常称它为“扬子宅”，此处为押韵写作“子云亭”。

⑤何陋之有：即“有何陋”。《论语·子罕》：“子曰：‘君子居之，何陋之有？’”此处引用此句，含有“君子居之”的意思。

阿房宫赋　杜牧

杜牧（公元803年至853年），字牧之，京兆万年（今陕西长安）人。唐文宗太和年间进士。官至中书舍人。是晚唐著名的诗人。

本文明写秦皇阿房宫，实暗讽唐敬宗时，大起宫室，广于声色的骄靡风气。是一篇非常有名的文章。

赋是古代文体的一种，讲究铺陈、对偶、押韵。

六王毕，三字便伏后“灭六国”等句。四海一①；蜀山兀，阿房出②。此段赋造宫之始，句法、字法都妙。覆压三百余里，言广。隔离天日③。言高。骊山北构而西折，直走咸阳④。二川溶溶，流入宫墙⑤。此四句皆言远。以一段总写其大，下乃细写。赋宫之高广而远。五步一楼，十步一阁；廊腰缦回，檐牙高啄⑥；此二句兼楼阁二义。各抱地势，钩心斗角⑦。“腰”“檐”“心”“角”等字新甚。此二句兼“廊腰”“檐牙”。盘盘焉，囷囷焉[8]，蜂房水涡，矗不知其几千万落[9]。亦言其多而字句更峭，以上数语赋宫中楼阁之盛。长桥卧波，未云何龙[10]？复道行空，不霁何虹[11]？四句奇警。高低冥迷，兼“长桥”“复道”。不知西东[12]。上“五步”一段既言楼阁之多，若无此“长桥”一段，几不知宫中更有如许空澜处矣。赋宫中桥梁道路之丽。歌台暖响，春光融融；舞殿冷袖，风雨凄凄。极写。一日之内，兼“歌”“舞”。一宫之间，而气候不齐。此一段叙宫中歌舞之众。

妃嫔媵嫱，王子皇孙[13]，辞楼下殿，辇来于秦[14]。朝歌夜弦，为秦宫人。此六句承上“歌舞”来，生下文之意。明星荧荧，开妆镜也[15]；绿云扰扰，梳晓鬟也[16]；渭流涨腻，弃脂水也；烟斜雾横，焚椒兰也[17]；雷霆乍惊，宫车过也；篇中多用引喻，前“未云”“春光”等处皆顺下，此处变而用倒装，更觉奇妙，可悟文家转换之法。辘辘远听，杳不知其所之也[18]。整齐中有参差，文笔变动不拘。一肌一容，尽态极妍；描写美人心曲如见当年。缦立远视，而望幸焉[19]。总见其多，然亦可慨矣。有不得见者三十六年[20]。妙甚。始皇在位三十六年，若说终身不得见，便呆了。此一段叙宫中美人之多。

燕、赵之收藏，韩、魏之经营，齐、楚之精英，三句横写六国珍宝。几世几年，取掠其人，倚叠如山[21]。三句竖写六国珍宝。一旦不能有，输来其间。伏下“取之尽锱铢”句。鼎铛玉石，金块珠砾[22]，弃掷逦迤，亦见其多，而“纷奢”已见。秦人视之，亦不甚惜。伏下“用之如泥沙”句。此一段叙宫中珍宝之充积。

嗟乎！二字一叹，作转。一人之心，暗指秦皇。千万人之心也。指天下。秦爱纷奢[23]，人亦念其家。二句言人情大抵相同，已含“不敢言”等句意。奈何取之尽锱铢[24]，用之如泥沙！二语说尽秦皇病根。使负栋之柱，以“使”字贯下六“多于”。多于南亩之农夫[25]；一“多”。架梁之椽，多于机上之工女；二“多”。钉头磷磷，多于在庾之粟粒[26]；三“多”。瓦缝参差，多于周身之帛缕；四“多”。直栏横槛，多于九土之城郭；五“多”。管弦呕哑[27]，多于市人之言语。言奢侈之弊。以“农夫”“工女”“粟粒”等对照形容，视上“明星”等语，尤为奇绝壮丽，句句配合恰切，读之令人魄动心惊。使天下之人，不敢言而敢怒。祸乱之根，秦皇之暴虐，天下之积根，一语道尽。独夫之心，四字诛心。日益骄固[28]。阿房既已筑怨，又加以心益骄固，岂非速之败亡。戍卒叫，陈涉。函谷举[29]；高祖。楚人一炬，项羽。可怜焦土[30]。一篇巨丽，四字了之。此一段叹言宫之高大皆致诸民所为之，所以人怒而致族灭。

呜呼！灭六国者，六国也，非秦也；族秦者，秦也，非天下也[31]。叹六国与秦之亡皆由暴民以自取。嗟夫！使六国各爱其人，则足以拒秦。秦复爱六国之人，则递三世可至万世而为君[32]，谁得而族灭也！复解上文。上既正断，此复反言，总欲为后世戒耳。秦人不暇自哀，而后人哀之[33]；后人哀之而不鉴之，亦使后人而复哀后人也[34]。寓垂戒后世意。此一段反复叹六国与秦之自取祸败以垂戒后世，结出作阿房宫赋之大旨，结义味悠然无尽。

［诚评］开首直起，以下层层铺叙，赋体自应尔尔。其佳处全在造句新奇，措词流丽，运笔变换，故能使阿房始末与宫中情景一一宛然在目。然不得“嗟呼”以下议论，亦仅以描写声调见长耳，有何意味？文妙将“柱椽”“钉头”“瓦缝”“栏槛”“管弦”等项收拾前幅，而以“可怜焦土”了结之，大发感慨。末因垂戒后世，殊觉言有尽而意无穷矣。至波澜之壮阔，结构之精严，亦难多遘宜乎。昔人有“唐文至此大振”之褒也。

注释：

①六王：指齐、楚、燕、赵、韩、魏六国的国君。　毕：完结。这里是灭亡的意思。　四海：指全中国。古人认为中国四面都有海，故称国内为海内，称国外为海外，称全国为四海。　一：统一。

②兀（wù）：光秃。　阿房：阿房宫，秦朝宫名。故址

在今陕西西安市西北。《史记·秦始皇本纪》："三十五年，始皇以为咸阳人多，先王之宫廷小……乃营作朝宫渭南上林苑中，先作前殿阿房，东西五百步，南北五十丈，上可以坐万人，下可以建五丈旗。" 出：出现。这里是建成的意思。

③覆压：覆盖，压住。

④骊山：山名，在今陕西临潼县东南。 北构：向北建造。 西折：折向西面。 咸阳：秦的都城，在今陕西咸阳市西北。

⑤二川：渭川和樊川。 溶溶：水流动状。

⑥廊腰：游廊的曲折处。 缦回：像丝带一样回环萦绕。 檐牙：房屋的滴水瓦排列起像牙齿似的，故称为"檐牙"。 高啄：如同鸟在高空啄物。

⑦抱：守住不离开。这里指建筑物紧随地势起伏走向。钩心：廊腰联属之处，纡曲如钩。 斗角：檐牙彼此相向，如螭龙斗角。

⑧盘盘：盘旋。 囷囷（jūn jūn）：曲折回旋。

⑨蜂房：蜂窝。比喻楼阁多而密。 水涡：水流的旋涡。比喻建筑物迂回曲折。 矗（chù）：高耸。

⑩波：指渭水。阿房宫横跨渭水，建有长桥。

⑪复道：空中楼阁之间的通道。 霁（jì）：雨止云散，

天气放晴。

⑫冥迷：指迷离。

⑬妃嫔（pín）：帝王的妾侍。妃，地位次于后；嫔，宫中女官名。　媵（yìng）：古代诸侯女儿出嫁时随嫁或陪嫁的人。　嫱（qiáng）：古代宫中的女官。这里的“妃嫔媵嫱”泛指六国的宫妃。　王子皇孙：指六国公族。

⑭辇（niǎn）：人推挽的车。秦汉以后特指帝王或皇后所乘的车子。这里作动词用，是乘车的意思。

⑮荧荧（yíng yíng）：光亮闪动的样子，多作星月之光或烛光。

⑯扰扰：纷乱的样子。　鬟（huán）：古代妇女的环形发结。

⑰椒、兰：两种香料。

⑱杳（yǎo）：深远。

⑲缦立：宽宽地排列着久久等待。　幸：皇帝驾临。

⑳三十六年：指秦始皇在位年数。秦始皇在位三十七年，但他在三十七年的七月里就死了，所以这里只说“三十六年”。

㉑人：即“民”。唐人避太宗李世民讳，改民为人。　倚叠：堆叠、堆积。

㉒鼎：古代用青铜制成的炊器。也用作立国的重器。　铛

（chēng）：锅一类的东西。 石：石头。 块：土块。 砾（lì）：碎石。 鼎铛玉石，金块珠砾：指秦人不爱惜六国的财宝，把鼎当成锅，玉视为石头，金看成土块，珠当成碎石。

㉓纷奢：豪华奢侈。

㉔锱铢（zī zhū）：古代很小的两个重量单位，连用，比喻极微小的数量。

㉕南亩：古代田亩多向南开辟，因为南面向阳，有利于农作物生长。后因用以泛指农田。

㉖磷磷（lìn lìn）：这里指显露的样子。 庾（yǔ）：露天积谷处。

㉗呕哑（ōu yā）：杂乱的音乐声。

㉘独夫：众叛亲离的统治者。这里指秦始皇。

㉙戍卒叫：指陈胜、吴广起义。戍卒，戍守边疆的兵。 函谷：关名，战国时秦国修建，在今河南灵宝县西南。公元前207年，刘邦从武关攻入咸阳，又派兵守函谷关。 举：攻占。

㉚楚人一炬，可怜焦土：公元前206年，项羽入咸阳，焚烧秦国宫殿，大火三月不灭。项羽是楚将项燕的后代，所以称为“楚人”。

㉛族：灭族。此处作动词用，灭掉秦国。

㉜则递三世可至万世而为君：《汉书·贾山传》，贾山作

《至言》，其辞曰：“秦始皇帝曰：‘死而以谥法，是父子名号有时相袭也。以一至万，则世世不相复也。’故死而号曰‘始皇帝’，其次曰‘二世皇帝’者，欲以一至万也。”递，递传，顺次传下去。

㉝不暇：来不及。　后人：指后代的统治者。

㉞后人而复哀后人也：这里两个“后人”意思不一样，前一个“后人”是指更后的人。

韩文

韩文，古代对韩愈文章的尊称。亦属唐文。

在中国文学史上，韩愈是文坛一位举足轻重的人物。他倡导的唐代古文运动，为中国古典散文的艺术生命注入了新鲜血液。他的文章政论、史论、杂记、小品均自成一家，在唐文中尤为超轶，故别名“韩文”。以下九篇均为韩文中精品，从各个方面展示了韩文的不同凡响。

原道

韩愈（公元768年至824年），字退之，河内河阳（今河南孟县）人。自谓郡望昌黎，世称“韩昌黎”。唐德宗贞元年间进士。累官至刑部侍郎。是唐代古文运动的倡导者。列唐宋八大家之首。

本文是韩愈鉴于世人对儒家的仁义之道不明而推其原。故名《原道》。

博爱之谓仁，行而宜之之谓义[①]，诠仁、义俱主，为一边说。由是而之焉之谓道，与佛老对看，“由是”二字顶仁义，贯下“道德”二句。足乎己无待于外之谓德。先提清“仁”“义”“道”“德”四项。四句四样句法，便觉文势变化不测。仁与义为定名，又侧言之以启下。道与德为虚位[②]。妙，因老子有《道德经》，故云。故道有君子小人，而德有凶有吉[③]。申解“虚位”。此一段揭开“吾道”大旨。老子之小仁义④，非毁之也，其见者小也。指出老子病源。坐井而观天，忽著此譬，忙处得闲。曰天小者，非天小也。此“老子”数句是一篇之律，以老子在孔子前时，佛法未入中国，而老子又有《道德经》，故文公据此立论以辟之。彼以煦煦为仁，错认博爱。孑孑为义⑤，错认“行而宜之”，此为老子之诠仁义。其小之也则宜。略束。非所谓道，道其所道，非吾所谓道也⑥。如云道可道，非常道，异“由是而之”之说。其所谓德，德其所德，非吾所谓德也。如云上德不德，异“足乎己”之说。凡吾所谓道德云者，顶“博爱”段。合仁与义言之也，天下之公言也。二句是主。括尽通篇。盖合仁义言之，则位之虚者实。老子之所谓道德云者，顶“煦煦”“孑孑”及“道其所道”“德其所德”。去仁与义言之也，一人之私言也。此一段言老子所见与“吾道”异。自篇首至此。“吾道”与“老子之说”相较一番，分出是非作案，非空言也。

周道衰，孔子没，“孔子没”三字当着眼。“吾道”不明全因乎此。火于秦⑦，黄老于汉，佛于晋、魏、梁、隋之间⑧。点出佛。长短句有法。其言道德仁义者，不入于杨，则入于墨⑨；指周秦说，是客。不入于老，则入于佛。指后汉说，是主，一所谓好怪处。入于彼，必出于此。泛言其学。入者主之，出者奴之；入者附之，出者污之⑩。四语推学者之心。主、奴、附、污字法妙，二所谓好怪处。噫！后之人其欲闻仁义道德之说，孰从而听之？一小束作顿挫。此一段言弃儒从老、佛者之害道。老者曰：“孔子，吾师之弟子也⑪。”三所谓好怪处。佛者曰：“孔子，吾师之弟子也⑫。”佛者之害道。四所谓好怪处。为孔子者，习闻其说，乐其诞而自小也，将老、佛两段翻作波澜。宕笔自妙，指出人从异端病源。亦曰：“吾师亦尝师之”云尔⑬。五所谓好怪处。不惟举之于其口，而又笔之于其书。语语姿态横生。噫！后之人虽欲闻仁义道德之说，其孰从而求之？又作顿挫，似复非复。上文言“入彼出此”，圣人之道犹存，此地圣人都混入老佛去了，虽欲求亦无处求矣。此一段言后儒语意较前倍紧。自“周道衰”至此，言有老、佛则“吾道”愈衰矣。甚矣，人之好怪也！跟“乐其诞”句来。不求其端，不讯其末，惟怪之欲闻。此四句为上下枢纽，其上“求端”，其下“讯末”，而以“怪”字为眼。此一段叹人无识见，为异端所惑，以束上起下。

古之为民者四，今之为民者六⑭；提缀下“农之家”数语。古之教者处其一，今之教者处其三⑮。提缀“古之时”数语。此四语为六段提纲。农之家一，而食粟之家六；工之家一，而用器之家六；贾之家一，而资焉之家六⑯。专顶上“古之为民者四”二句。奈之何民不穷且盗也！冷语，甚言二氏之害。此一段言老佛甚有碍于民生。锁一笔。古之时，人之害多矣。有圣人者立，然后教之以相生相养之道。为之君，为之师，此顶上“古之教”二句来。驱其虫蛇禽兽而处之中土⑰。连上两“为之”作句法，变句法。寒然后为之衣，饥然后为之食；木处而颠，土处而病也⑱，又变句法。然后为之宫室，为之工以赡其器用⑲，句法又变。为之贾以通其有无，句法又变。为之医药以济其夭死[20]，句法又变。为之葬埋祭祀以长其恩爱，又变句法。为之礼以次其先后，又变句法。为之乐以宣其湮郁[21]，为之政以率其怠倦，为之刑以锄其强梗[22]。“赡”“通”“济”“长”“次”“宣”“率”“锄”等字下得稳当，不可移易。相欺也，为之符玺、斗斛、权衡以信之[23]；又变句法。相夺也，为之城郭、甲兵以守之。句法又变。害至而为之备，又变句法，参差入古。患生而为之防。连下十七“为之”，变化出十样句法，起伏顿挫，如层峰叠峦，如惊涛巨浪，真奇观也。今其言曰：“圣人不死，大盗不止。剖斗折衡，而民不争[24]。”引李氏之言而驳其怪诞。呜呼！其亦不思而已矣？一语唤醒。如古之无圣人，人之类灭久矣。反掉愈醒豁。此处“古”字与上“古之时”中的“古”字相应。何也？无羽毛鳞介以居寒热也，无爪牙以争食也。应上“人之害多”作收束。此一段言“吾道”之大有功。天下后世非异端所及知，此顶“古之教”二句来。

是故君者，“是故”二字承“有圣人者立”数语。出令者也；臣者，行君之令而致之民者也；此句与“出令者也”“出粟米麻丝”三句，句法由短而长。民者，出粟米麻丝，作器皿，通货财以事其上者也；亦顶“古之教者”二句，此段“古”字不明提。君不出令，则失其所以为君；臣不行君之令而致之民，则失其所以为臣；上“君者”二段是正讲，此又反说一番，总见君臣之相维而不容于弃去也。民不出粟米麻丝，作器皿，通货财以事其上，则诛。“则失其所以为君”“为臣”与此句，句法又由长而短，何等错综变化。今其法曰：“必弃而君臣，应本段。去而父子，禁而相生相养之道，应上段。以求其所谓清静寂灭者[25]。”此四句又是所谓怪处，此句起下。“清静”指老，“寂灭”指佛。呜呼！以感慨作慢调为收束。其亦幸而出于三代之后，不见黜于禹、汤、文、武、周公、孔子也[26]。其罪可绝。其亦不幸而出于三代之前，又一层，更见接引异端归儒之婆心。不见正于禹、汤、文、武、周公、孔子也。其迷又可哀。此四句收束甚紧。此段言人有常伦，而老佛弃去，以求清静寂灭，必不容于三代之世。

帝之与王，以帝、王代“古”字。其号虽殊，其所以为圣一也[27]。夏葛而冬裘，渴饮而饥食[28]，其事虽殊，其所以为智一也。喻用各有时。今其言曰：“曷不为太古之无事[29]？”是老氏之说，又是所谓怪处。是亦责冬之裘者曰：“曷不为葛之之易也？”责饥之食者曰：“曷不为饮之之易也？”就上喻意作收。以见老子不因乎时，似行不去。此一段言帝王因时治天下，不可以太古之治治之也。传曰[30]：“古之欲明明德于天下者，又明点“古”字起。先治其国；欲治其国者，先齐其家；欲齐其家者，先修其身；欲修其身者，先正其心；欲正其心者，先诚其意。”老氏清静亦以治心，有似于吾儒正心诚意，故引传作证，归重有为。以上起下。然则古之所谓正心而诚意者，将以有为也。“有为”二字紧对上“无事”。今也欲治其心，而外天下国家，灭其天常㉛。此即所谓太古之无常事也。子焉而不父其父，臣焉而不君其君，民焉而不事其事。又所谓怪处，不住而住，不断而断。段落痕迹俱化。此上专辟老氏。引孔子之言以申明太古无事之不可。孔子之作《春秋》也㉜，又以孔子代“古”字。诸侯用夷礼则夷之；进于中国则中国之。经曰：“夷狄之有君，不如诸夏之亡㉝。”《诗》曰：“戎狄是膺，荆舒是惩㉞。”历引经传文笔。今也举夷狄之法，而加之先王之教之上，又是所谓怪处。此句已入下段。几何其不胥而为夷也㉟？收束有姿态。言佛法出夷狄而当不从。专辟佛并责从佛者。而从老者亦不待言，以上六段是腹，以下是尾。以上辟异端，以下方是“原道”入题。

夫所谓先王之教者，承上启下，健甚。何也？博爱之谓仁，行而宜之之谓义，由是而之焉之谓道，足乎己无待于外之谓德。重述一番回应起首，妙，妙。其文《诗》《书》《易》《春秋》㊱，不必丹经梵典。其法礼乐刑政，不必受戒持戒。其民士农工贾，不必出家。其位君臣、父子、师友、宾主、昆弟、夫妇㊲，不必弃人伦。其服麻丝，不必缁黄。其居宫室，不必寺观。其食粟米果蔬鱼肉。不必断荤腥。此七句为“吾道”之实。其为道易明，而其为教易行也。“二易”字对上“怪诞”看。此二句紧就上七句，以“易行”断一笔。是故以之为己，总断。则顺而祥；以之为人，则爱而公；以之为心，则和而平；隐隐看见“博爱之仁”。以之为天下国家，无所处而不当。隐隐见“行而宜之义”。此一段连下四个“以之”作章法，此八句又从“其用”上断一层。是故生则得其情，死则尽其常；总断日用之事。郊焉而天神假，总断丧葬之礼。庙焉而人鬼飨[38]。总断祭祀之福。此四句又就上推论出一层作断，总见其尽善尽美，与老佛之道大异。曰：“斯道也，何道也？”再提再收，应前“非吾所谓道”句，文有收拾，有关锁。曰：“斯吾所谓道也，非向所谓老与佛之道也。”包括德在内，此作收束。此段为“原道”本旨，即尽善尽美。先把先王之教平平叙出，次由内推到外，由生推到死，无不尽善，备极周到。尧以是传之舜，舜以是传之禹，禹以是传之汤，汤以是传之文、武、周公，文、武、周公传之孔子，孔子传之孟轲[39]；连用六个“传”，上四句连用“以是”二字，末二句独不用，亦斟酌亦变化。轲之死，不得其传焉。六个“传”之一，直写来，忽一笔拦住，所以作“原道”之故。荀与扬也，择焉而不精，语焉而不详[40]。算不得个传，又是一层，所以作“原道”之故，三句带出荀、扬，即撇开荀、扬。由周公而上，上而为君，故其事行；收上尧、舜、汤、文、武之行道。由周公而下，收上。下而为臣，故其说长。周公、孔孟之明道。此一段历叙道统之传，以收束全篇。然则如之何而可也[41]？一转，有万钧笔力，不如此斡旋，如何收拾得。曰：“不塞不流，不止不行。势不两立，此八字为文公胜本论处。人其人，火其书，正是“塞之”，“止之”。庐其居，明先王之道以道之[42]。此句乃是“流之”“行之”。鳏寡孤独废疾者有养也[43]。补此句方处置无弊。其亦庶乎其可也[44]！”与上“可”字应。此一段以商卫道之策作法，即言“吾道”之行，必须除去老、佛之法。

[**诚评**]昔唐书称以“奥衍宏深，佐佑《六经》”，茅鹿门谓“辟老佛是退之一生命脉，故此文是退之集中命根，具文源远流深，最难鉴定。兼之其笔下变化诡谲，足以眩人。若一下打破，分明如时论中一冒一承六腹一尾”。又一评云：“前段推究本原——仁义道德之说，以求其端，后六段指斥其‘诞妄斁弃’，为生民之害，以‘讯其末’，却暗藏枢轴于中间，此等处极不易识。”三评皆确当，而后两评尤为金针度世。予则极爱其文之细针密线，重裹叠包全以大气盘旋，能使辟老佛以原道之意，曲折条畅，后学洵不可不读，而尤不可浪读。

玩“轲之死，不得传”数语，分明是以道统之传自任，关系不小，故此文亦与两孟并峙天壤，永垂不朽。

注释：

①宜之：适合客观实际。

②“仁与义为定名”二句：意思是说，仁义的内容是确定

的，即只能是好的，不能是坏的；道德的内容是不确定的，可以是好的，也可以是坏的。定名，确定的名称，即固定的有具体内容的称号。　虚位，空虚的位子，即假定的没有实际内容的称号。

③“道有君子小人”二句：道有君子之道和小人之道，德有凶的德和吉的德。意思是说，儒家正统派所讲的道德是君子之道和吉利的德，佛家所讲的道德是小人之道和凶恶的德；道家所讲的道德，是道其所道，德其所德。

④老子：姓李，名耳，字聃，春秋时著名的思想家。　小：用作动词，小看，轻视。

⑤煦煦（xǔ xǔ）：慈爱的样子，这里是施行小恩小惠的意思。　孑孑（jié jié）：微小的样子，这里是说谨小慎微。

⑥道其所道：前一个“道”是动词，后一个“道”是名词。意思是：他说的是他认为的道。下一句“德其所德”同。

⑦周：指周朝。　孔子：名丘，字仲尼。春秋时著名的思想家、教育家，儒家学派的创始人。　火于秦：指李斯奏请秦始皇焚烧《诗》《书》及诸子百家的书。火，作动词用，用火烧。

⑧黄老于汉：黄，黄帝。老，老子。汉文帝时，曹参荐盖公善治黄帝、老子之言，以清静为主。文帝很推崇，从此称道家之学为黄老之学。此处“黄老”作动词用，指提倡黄老之

学。佛于晋、魏、梁、隋之间：佛教至后汉明帝时开始传入我国，至晋、南北朝时盛行。魏，指南北朝的北魏。佛，作动词用，盛行佛教。

⑨杨：杨朱，战国时思想家。主张“为我”，不肯拔一毛以利天下，与墨翟的“兼爱”相对立。　墨：墨翟，战国时思想家。主张“兼爱”“非攻”“薄葬”。因二者都不同于儒家学说，皆被儒家斥为异端邪说。

⑩“入者主之”四句：意思是说，赞成某一家，就以那一家为主，而加以附和；反对某一家，就以那一家为奴，而加以诋毁。

⑪“老者曰”句：见《庄子·天运》：“孔子行年五十有一而不闻道，乃南之沛见老聃。”

⑫“佛者曰”句：唐释法琳《破邪论》说：孔子、颜回和老子是佛的三个弟子。佛家称孔子为儒童菩萨。

⑬吾师亦尝师之：指孔子曾问礼于老子这件事。《礼记·曾子问》记载，孔子对曾子说过“吾闻诸老聃”这句话，也就是承认老聃做过孔子的老师。

⑭古之为民者四：指士、农、工、商。　今之为民者六：指士、农、工、商及僧、道。

⑮古之教者处其一：指儒家之教。　今之教者处其三：指

儒、佛、道三教。

⑯贾（gǔ）：经商，做生意。　资：依赖。

⑰中土：指中原地区。

⑱木处：指巢居。上古人构木为巢，在树上居住。　颠：跌落下来。　土处：指穴居。

⑲赡（shàn）：供应，供给。

⑳济：救济，挽救。

㉑宣：抒发，排解。　湮（yīn）郁：堵塞，郁闷。

㉒率（lǜ）：通“律”，约束，督促。　锄：铲除。　强梗：此指强徒。

㉓符：符节，古代用作凭证的东西，双方各执一半，用时相合为证。　玺：印章。秦汉以后为皇帝印信的专称。　斗斛（hú）：两种计量粮食的量器。　权衡：秤。

㉔“圣人不死”二句：见《庄子·胠箧》。

㉕清静：即“无为而治”，是道家的主张。　寂灭：即“不生不灭”，是佛家的主张。

㉖三代：指夏、商、周三个朝代。　禹、汤、文、武：指夏禹、商汤、周文王及周武王。　周公：姓姬，名旦，周文王的儿子。他帮助武王灭殷，建立周王朝，并设制礼乐，被儒家尊为圣人。

㉗帝：指唐尧和虞舜的称号，他们也被称为“帝尧”“帝舜”。 王：指禹、汤、文、武的称号，他们也称三王（文、武算作一个朝代）。

㉘葛：葛布衣服。 裘：皮衣。

㉙曷不：为什么不，何不。 太古：指黄帝、尧、舜以前的远古时代。

㉚传（zhuàn）：这里指《礼记·大学》。

㉛外：作动词用，丢弃、抛开的意思。 天常：天的常道。这里指“天伦”，即君臣、父子等封建伦理关系。

㉜《春秋》：孔子根据鲁国史书修订的编年体史书。

㉝经：此指《论语》，引文见《论语·八佾》。

㉞《诗》：即《诗经》，是我国最早的一部诗歌总集。 戎狄是膺：“膺戎狄”的倒装。膺，讨伐。 荆：楚国。 舒：周时南方小国。荆舒，这里泛指古代南部地区的民族。

㉟几何：多少。这里相当于“几乎”。 胥：都，全。《方言》第七：“胥，皆也。东齐曰胥。”

㊱《书》：即《书经》。 《易》：即《易经》。

㊲昆：哥哥。 昆弟：即兄弟。

㊳郊：祭天的礼。《中庸》：“郊社之礼，所以事上帝也。” 假（gé）：通“格”。来到，降临。 庙：宗庙。此

用作动词，指祭祖。 飨（xiǎng）：通“享”。享用。

㊴孟轲：字子舆，战国时邹（今山东邹县）人。在儒家中地位仅次于孔子。

㊵荀：荀况，战国时期的思想家、教育家。 扬：扬雄，字子云，西汉哲学家、文学家、语言学家。蜀郡成都人。

㊶如之何：怎么办。

㊷人其人：前一个“人”是动词，使其成为在家的人，即让他们还俗。 火：动词，用火烧。 庐：用作动词，把它改成民房。 庐其居：就是把僧道居住的寺庙观院等改作民房。明先王之道以道之：后一个“道”通“导”，即教导的意思。

㊸鳏（guān）寡孤独：指四种没有依靠的人。《孟子·梁惠王下》：“老而无妻曰鳏，老而无夫曰寡，老而无子曰独，幼而无父曰孤。”

㊹庶乎：差不多。

获麟解

麟，麒麟，中国古代传说中的一种动物。多作吉祥的象征。

获麟，源于《春秋·哀公十四年》一节记载："春，西狩获麟。"

本文是韩愈因怀才不遇，以麒麟自喻，希望明君赏识的一段隐情。

麟之为灵，昭昭也[①]，起得超卓，"灵"字生下"祥"字，伏后"德"字。咏于《诗》，书于《春秋》，杂出于传记百家之书[②]。正证上"昭昭"意。此三句句法长短入妙。虽妇人小子，此五字文笔曲折，原可直接"人皆知其为祥"。皆知其为祥也。自是束上生下。此一段言麟之祥人所皆知。"知"字、"祥"字是一篇线索。麟祥是正意也是客意。

然麟之为物，"然"字转的捷。不畜于家，不可知一层。不恒有于天下[③]；是不可知二层。其为形也不类，是不可知又一层。三句句法变化。非若马、牛、犬、豕、豺、狼、麋鹿然[④]。单承"其为"句。然则虽有麟，不可知其为麟也。束上生下。此句已起下“谓之不祥”句。角者吾知其为牛，鬣者吾知其为马[5]，犬、豕、豺、狼、麋鹿吾知其为犬、豕、豺、狼、麋鹿，此皆畜于家，恒有于天下，其为形人所熟睹，故可知。从孔子“鸟吾知其能飞”数句脱胎变化，句法更觉新奇。文有波澜而意始灵。惟麟也不可知。此上四句是纵笔。不可知，重作顿挫。则其谓之不祥也亦宜[6]。紧在“不可知”上说，以“不祥”收束住。此一段言麟以不可知而谓之不祥。

虽然，上止说麟，下方说“获麟”，二字又作转笔。麟之出，必有圣人在乎位[7]，麟为圣人出也。圣人者，必知麟。“知”字应上文，是麟原非不可知之物。麟之果不为不祥也。故作翻弄。此一段言圣人知麟，而麟断非不祥之物。

又曰：又作转笔。麟之所以为麟者，以德不以形。“形”字应前。若麟之出不待圣人，则谓之不祥也亦宜。以复句结，词同而意不重。见出不可苟结得，感慨无尽。此一段言麟出非其时，则“不祥”之名终不可辞。

[诚评] 本《左传》“不祥”二字立论，却由祥说入不祥，层层翻剥，抑扬开合，变化无端。故文虽不满二百字，而波澜真若万丈有余，真绝世奇文。

麟祥乃是正论。文据《左传》，而以“不祥”为主，反复辩论，归到不祥，固属翻案之文。玩两“亦宜”，“亦”字活甚，言外毕竟还以麟祥为正意也。

首段曰“皆知”，次段曰“不可知”，三段曰“圣人者，必知”，分明是谓“不祥”之说由于“不知”。妙在第二段“不可知”，在麟之形上说，已为不知者出脱一层，至末段“麟之出不待圣人”，则意谓麟之德亦有不可知者，似直把“不祥”硬坐在麟身上，论愈刻，情愈苦矣。其寄慨宁可胜道耶！

文通篇凡四转。而每段中又各自为转，或一转，或再三转，有转无竭，所以曲折顿宕，议论不穷。

注释：

①麟：麒麟的简称。古代传说中的一种动物。形状像鹿但比鹿大，狼额、牛尾、马蹄，长有一个肉角，背毛呈五彩，腹毛黄。说它不履生草，不食生物，为毛虫之长。多做吉祥的象征。　灵：《礼记·礼运》：“麟凤龟龙，谓之四灵。”　昭昭：明明白白。

②咏于《诗》：指《诗经》中有《麟趾篇》。　书于《春秋》：据《春秋·哀公十四年》载：“春，西狩获麟。”　百

家：诸子百家。

③恒：常，永远。

④类：相似。 豕（shǐ）：猪。 麋（mí）鹿：兽名，指大的鹿。

⑤鬣（liè）：马颈上的长毛。

⑥不祥：据《左传·哀公十四年》载：“春，西狩于大野，叔孙氏之车子钼商获麟，以为不祥，以赐虞人。仲尼观之，曰：‘麟也。’然后取之。”

⑦圣人：指有德而居天子之位的人。

答李翊书

本文为韩愈解答李翊如何作古文。按文中“学之二十余年”句，此番答书应在唐德宗十八年李翊登进士之前。

愈白李生足下[①]：

生之书辞甚高，而其问何下而恭也[②]！是一篇书词发源处，言有才而能下人。能如是，谁不欲告生以其道[③]？道德之归也有日矣，先推言一层。然后折落“文”字。况其外之文乎[④]？赞誉李生，文乃道德所发，道德是作文本领，故开口即提出。抑愈所谓望孔子之门墙，而不入于其宫者，谦言己不能深入于道德。焉足以知是且非邪[⑤]？不足以知文是非。虽然，不可不为生言之。从自谦转下，虚领一笔，应“谁不欲”句虚住。此段言李生所问当答。

生所谓立言者是也[⑥]；“立言”二字是一篇骨子。生所为者与所期者，甚似而几矣[⑦]。再扬李生一笔，以生下意。抑不知生之志，蕲胜于人而取于人邪[8]？将蕲至于古之立言者邪？就其所问，翻出两条路来。提一语，以开出下有局势。蕲胜于人而取于人，则固胜于人而可取于人矣[9]；撇开一路，此是客。将蕲至于古之立言者，此是主。则无望其速成，无诱于势利。养其根而俟其实，加其膏而希其光[10]。伏养气。是用功。根之茂者其实遂，膏之沃者其光晔[11]。是取效。此数句是古之作文者一条平坦道路。仁义之人，其言蔼如也[12]。“仁义”是言本领。此一段言欲至于古之立言，其用功取效当如此。

抑又有难者，愈之所为，不自知其至犹未也。伏后“其敢”句。虽然，学之二十余年矣。伏下两“亦有年”。承上转入自己所学。始者，从始说起。非三代、两汉之书不敢观，非圣人之志不敢存[13]，处若忘，行若遗[14]，俨乎其若思，茫乎其若迷[15]。仰赞瞻忽神情。皆用心之专一处。当其取于心而注于手也，惟陈言之务去，是第一层关键。戛戛乎其难哉[16]。此时落笔最难，俗眼必嗤。其观于人，不知其非笑之为非笑也[17]。此段记第一层之功。如是者亦有年，关联过渡入妙。犹不改[18]，极有力，盖功仍照前用也。然后识古书之正伪，与虽正而不至焉者，昭昭然白黑分矣[19]。是不改之效。三代、两汉书中亦有正伪不同，前止是观，到此才分别得出。而务去之，较前“陈言务去”更细。乃徐有得也[20]。上跟“识古书”三句，下涵“汩汩然”句。当其取于心而注于手也，汩汩然来矣[21]。前落笔止是“务去”，至此觉有来路，比前稍易，是第二层关键。其观于人也，笑之则以为喜，誉之则以为忧，以其犹有人之说者存也㉒。顶前文束住，以人之笑为喜，誉为忧者，恐时调未尽去也。此段记第二层之功。如是者亦有年，又以复笔蝉联过渡。然后浩乎其沛然矣㉓。是第三层关键，记第三层之功。吾又惧其杂也，迎而距之，正求其醇。平心而察之㉔，其皆醇也，然后肆焉㉕。此二句为第四层关键。言落笔太易，恐杂而不醇，却又以难心出之。记第四层之功。虽然，不可以不养也㉖。又作一折。行之乎仁义之途，游之乎诗书之源，无迷其途，无绝其源，此四句为第五层关键。终吾身而已矣。"终"字应前"始"，作一大收束。此段记第五层之功。

气，水也；言，浮物也㉗。跟上"养"字来，突入喻，横绝。水大而物之浮者，大小毕浮。气之于言犹是也㉘。即孟子知言养气工夫，谁能说到此？气盛，则言之长短，与声之高下者皆宜。此三句就养成言。自言学古立言之取效，应上"根之茂者"句，有左右逢源之乐矣。此段承上言养成者之妙。应上处错综繁简变化之极。虽如是，其敢自谓几于成乎㉙？虽几于成，其用于人也奚取焉㉚？无往而不适于用。虽然，待用于人者，先跟上养成折入用。其肖于器耶㉛？用与舍，属之人㉜。又用譬喻，反衬一笔。君子则不然，转正。处心有道，行己有方。用则施诸人，舍则传诸其徒，垂诸文而为后世法㉝。正言无往不适于用，紧对上"待用于人"言。如是者，其亦足乐乎。其无足乐也。顿宕作收，神致盎然。此段言养成古之立言。有志乎古者希矣，反衬李生。志乎古必遗乎今，吾诚乐而悲之[34]。又从乐兼说出悲。亟称其人，所以劝之[35]。四字收尽全篇。非敢褒其可褒，而贬其可贬也。二句足上四字。此段言古文无用于今，劝同志自成所志。问者愈多矣，念生之言，不志乎利，到底以"志"字结。聊相为言之[36]。此段结出所以答书之意，与起处相应。

[诚评]"生所谓"一段，借李生"立言"二字，而以"蕲至古之立言"数语纲领全篇。以下七段，现身说法，层层次次论文功效，最为详尽。"有志"一段，从乐说到悲，以为观正，所以坚李生之志也。前后叙所以答书之意，亦极曲折周匝。

注释：

①白：陈述。　李生：指李翊。唐散文家，唐德宗（李适［kuò］）贞元十八年进士，曾从韩愈学古文。生，古时对读书人的称呼。

②书辞：书信的文辞。　下而恭：指态度谦卑恭敬。

③如是：如此。

④道德：此指美好的德行。　其外之文：其，指道德。意

思为文以载道，文章是一个人道德的外在形式。

⑤抑：连词。表示轻微的转折。　宫：比喻孔子博大精深的学问。　邪（yé）：疑问语气词，同“耶”。

⑥立言：此指作文章的方法。

⑦为者：致力做的事。　期：希望。　几：接近。

⑧蕲（qí）：求。　取于人：指吸取他人的精华。

⑨固：本来。

⑩俟（sì）：等待。　膏：此指营养，精华。

⑪遂：成就，顺利地做到。此处意为自然得到。　晔（yè）：明亮。

⑫蔼如：“如蔼”的倒装。蔼，果实繁盛貌。此指人的博学。

⑬三代：指夏、商、周三个朝代。　两汉：指西汉和东汉。　存：怀有。

⑭“处若忘”二句：指小心翼翼，生怕处世为人时忘了自己的志向。若，好像。遗，遗忘。

⑮俨：庄重，恭敬。　其：代指上文的“三代、两汉之书”与“圣人之志”。　思：指值得让人深思的东西。　茫：迷茫。　迷：指使人感到迷惑的地方。

⑯取于心而注于手：指动手写文章来表达自己的思想感情。　惟：仅仅。　陈言：指古文中不适应当代的一些言辞。　戛

戛（jiá jiá）：形容困难貌。

⑰其观于人：指拿文章让人观阅。其，指所作的文章。 非笑：讥笑。

⑱犹不改：指不因他人的讥笑而改变自己的初衷。

⑲至：最，完善。 昭昭：明明白白。 白黑：指正伪。

⑳务去之：指舍弃掉那些不合乎时宜的东西。 得：收获。

㉑汩汩（gǔ gǔ）：水流动的声音。此处借喻文思如泉，汩汩不断。

㉒说：此指挑毛病。 存：存在发展。

㉓浩：浩大。 沛：盛大，旺盛。

㉔迎而距之：指竭力压抑住内心汹涌的文思。 距，同“拒”。 察：省察，体察。

㉕醇：通“纯”。纯粹。 肆：随心所欲。

㉖养：保持，保养。

㉗气，水也：指把气质比作水。气，人的内在气质。 言，浮物也：意思是，如果把一个人内在的气质比作水，则人的言辞就像水面上的浮物。

㉘气之于言犹是：人的内在气质和所用的言辞之间的关系，更是如此。

㉙几：接近。 成：成功。

㉚奚：疑问代词。 取：采纳。

㉛待：等待。 肖（xiào）：像。 器：器用。此指大的用途。

㉜属之人：取决于别人。

㉝施：给予恩惠。 诸：之于。 垂：传。 文：此指著书立说。 法：学习，效法。

㉞希：稀少。 遗乎今：指丢掉了今人的长处。 诚：确实，实在。

㉟亟（qì）：屡次。 称：称赞。

㊱念：顾念。 不志乎利：不专心于功利。 聊：暂且，姑且。

与于襄阳书

于襄阳，名頔（dí），河南（今河南洛阳）人。唐德宗贞元十四年由工部尚书任山南东道节度使。因其做过襄阳（今湖北襄阳）大都督，故名。贞元十六年，韩愈任国子监四门博士，写下了此文，恳请加以引荐。

士之能享大名、显当世者，莫不有先达之士，负天下之望者为之前焉①。隐隐射着于公，此意轻。士之能垂休光，照后世者，亦莫不有后进之士，负天下之望者为后焉②。隐隐射着自己，此意重。“士之”两起本孟子“贵之尊贤”其义也。语平而意侧，此是正起。莫为之前，虽美而不彰；翻前扇。莫为之后，虽盛而不传。翻后扇，此四句是反承。是二人者，未始不相须也③。一笔收束。然而千百载乃一相遇焉。转得波澜萦回，曲折有致。岂上之人无可援，下之人无可推欤④？此二句是一折，折笔自佳。何其相须之殷，而相遇之疏也⑤？

又作顿挫。其故在下之人负其能，原遇疏之故。不肯谄其上[6]，上之人负其位，不肯顾其下[7]。故高材多戚戚之穷[8]，不能享大名，显当世。盛位无赫赫之光。不能垂休光照后世。此六句推原一层，指出遇疏之弊，反应起首“享大名”等句。是二人者之所为，皆过也[9]。断一笔。未尝干之，不可谓上无其人；明其过一，非无可援。未尝求之，不可谓下无其人。非无可推，两“其人”双住。此一段就后进先达之相须反复详论，以起下文。以上各句或整或散，或对或不对，只是闲中议论，此下方是正文。

愈之诵此言久矣，未尝敢以闻于人。承上，引入“侧闻”至“人哉”，先扬。侧闻阁下抱不世之才，接入于公。特立而独行[10]，道方而事实，卷舒不随乎时[11]，文武唯其所用，颂语确切，非襄阳不可移向他人身上去。岂愈所谓其人哉！含应得后进意，多设疑词，宛曲有味。抑未闻后进之士，有遇知于左右，获礼于门下者。言其未曾得后进之士。岂求之而未得邪？将志存乎立功，而事专乎报主，虽遇其人，未暇礼邪？此五句推原二层，或未尝求。何其宜闻而久不闻也！以问似讽，语从《史记·项羽赞》脱出。收束摇曳生姿。此一段言襄阳应得后进之士。

愈虽不材，入己，先抑。其自处不敢后于恒人[12]。后扬。阁下将求之而未得欤？古人有言：“请自隗始[13]。”主意全在此。愈今者惟朝夕刍米仆赁之资是急，所望于于公者，原止此耳。不过费阁下一朝之享而足也[14]。以得之无难意束住。此六句应上"岂求"三句。如曰："吾志存乎立功，掉转有力。而事专乎报主，虽遇其人，未暇礼焉。"则非愈之所敢知也。语重而意不复。与前"将志存"五句呼应一气。是负其位不肯顾其下也。此一段言己易为襄阳所得。世之龊龊者，既不足以语之[15]；二句是宾。磊落奇伟之人，又不能听焉。二句是主。则信乎命之穷也！感慨殊深。应前"戚戚"句。通篇皆婉语，至此出以急迫，益见凄切。此一段以虑其不能听作收束。谨献旧所为文一十八者，如赐览观，亦足知其志之所存。此三句正是自荐，妙能结应其人。此一段言己之人品可以文见作结。

[**诚评**] 玩"朝夕刍米"一语，不过是仕途穷窘，聊为求助。然妙能自占地步，故为立言有体。前半两两双行，后半层层缴应，以五个"其人"绾结成文，章法亦极超异。

抑扬顿挫，婉转曲折，凄切之中自饶高骞之致。

注释：

①先达：有德行学问而贤达的前辈。　前：前导，这里是

为后进做先导、开路的意思。

②垂：流传。　休光：指功名和荣誉。　后：后继，这里指继承前辈的事业。

③未始：未尝。　相须：互相等待。

④援：攀附，攀援。　推：推举，推荐。

⑤殷：殷切。　疏：稀少。

⑥负：倚仗，凭借。　谄：奉承。这里指请求他人举荐自己。

⑦顾：关心，照料。

⑧戚戚：忧愁的样子。　穷：困窘，不得志。

⑨过：过失，错误。

⑩侧闻：从旁听到，谦词。　特立而独行：指观点和行为不同于世俗。

⑪卷舒：这里比喻处世的进与退。

⑫恒人：常人，平凡的人。

⑬请自隗（kuí）始：请从我开始。隗，郭隗，战国时燕人。燕昭王欲报齐仇，打算招徕贤士，向郭隗问计。郭隗说："今王欲致士，先从隗始，隗且见事，况贤于隗者乎？"燕昭王就为他筑宫并敬以为师，一时间士人争相来到燕国，乐毅、剧辛相继而至，昭王任乐毅为亚卿士，后来打败了齐国。此处

是以郭隗暗喻自己。

⑭刍（chú）：牲口吃的草。　仆赁（lìn）：雇用仆人。　一朝之享：指一顿早餐的花费，比喻所需不多。

⑮龊龊（chuò chuò）：器量局狭，拘谨于小节。

送董邵南序

董邵南，唐代寿州安丰人。韩愈在江南任职时与其有过交往。安史之乱后，河北地方的藩镇割据势力又开始抬头，纷纷招揽人才。董邵南因仕途不得意，欲往河北谋职。临别时韩愈写下这篇序。文多隐讽。

序是古代一种文体。多用于赠言。

燕、赵古称多感慨悲歌之士①。起得突兀奇横。董生举进士，此从燕赵之士说到董生。连不得志于有司②，怀抱利器，游河北之故。郁郁适兹土③。正叙游河北，回挽燕赵。吾知其必有合也④。“吾知其”三字妙。董生勉乎哉！此就董生勉其行。此一段言董生之行必与燕赵不得志有合。

夫以子之不遇时，苟慕义强仁者，将“仁义”两字硬嵌在董生身上，何等劝勉。皆爱惜焉⑤。矧燕、赵之士，出乎其性者哉⑥！此一段复就感慨悲歌之士决其必合，从董生说到燕赵之士。然吾尝闻风俗与化移易，此句为上下过脉，暗照“诸镇拒命”。吾恶知其今不异于古所云邪[7]？“吾恶知其”四字妙。聊以吾子之行卜之也[8]。董生勉乎哉！此就河北勉其行。此一段言河北之风俗止在董生之合不合上，可见其改不改。

吾因之有所感矣。为我吊望诸君之墓，以其去燕之赵，犹不忘燕。微意。而观于其市，复有昔时屠狗者乎[9]？为我谢曰：“明天子在上，提出此五字，名义凛然。可以出而仕矣[10]！”此五句劝燕赵之不得志者来仕，则董生不宜行可知。此一段令董生吊古人而劝今人来仕，正欲其知自处意。

［**诚评**］河北诸镇久不奉命，朝廷自非可往求用之地。然既作序以送之，此意殊难明言。文妙将董生求用之意绝不提，止言其与燕赵不得志之士，当必有合。而原其必合之故，则以燕赵之士仁义出于性生，但恐习俗移人以致今异于古。然正可以董生之合不合卜之。末忽嘱以吊古劝今，虽亦是送词，而微讽以不必往矣。通篇大略如此，而言外实借燕赵之士讥诸镇之不臣。故用“古今”二字作呼应，以曲致其吞吐。卒复寓招徕之意，足见公之为文，一字不苟。却又妙在笔意曲折浑涵，绝不轻露。昔茅鹿门称为“昌黎序中第一”。信，非诬也。

注释：

①燕、赵：战国时期的两个国家。燕国在今河北、辽宁等地，赵国在今河北南部和山西北部。这里指河北一带地方。　感慨悲歌之士：指荆轲、高渐离、乐毅一类豪侠人物。

②董生：即董邵南。　举进士：应乡里推举，参加进士科目考试。　不得志：指没有被录取。　有司：官吏。此指主考官员。

③利器：指非凡的才能。　适：往、去。　兹土：这个地方。这里指河北地区。

④合：适意的机遇，指得到赏识，被重用。

⑤子：古代对男子的美称或尊称。　苟：如果，假使。　强（qiǎng）：尽力做到。

⑥矧（shěn）：何况。

⑦与：跟，随着。　化：教化，指政治教育的力量。　恶（wū）：怎么。　邪（yé）：同“耶”。

⑧卜：检验，测验。

⑨吊：凭吊。　望诸君：战国时燕国名将乐（yuè）毅的封号。其墓在今河北邯郸市西南。　屠狗者：指高渐离，战国末

期燕国人。《史记》上记载："荆轲至燕，爱燕之屠狗者高渐离。轲嗜饮，日与屠狗饮于燕市，酒酣以往，歌于市中，已而相泣，旁若无人。"荆轲死后，高渐离替他报仇，也失败被杀。

⑩明天子：英明的皇帝。　仕：做官。

送孟东野序

孟东野，唐代著名诗人。年五十方中进士，任溧阳县尉。同韩愈交谊甚厚。本文为作者在孟东野即将赴任时写下的。以“鸣”字为线索，寓意深刻。

大凡物不得平则鸣①。劈空发笔，立一篇主意。草木之无声，风挠之鸣②。水之无声，风荡之鸣③。其跃也或激之，其趋也或梗之，其沸也或炙之④。于“水”独添三句，错综入妙。金石之无声，为下“乐”字伏脉。或击之鸣⑤。以上数语言凡物之鸣，皆有使之者。以起下“人言”正意。人之于言也亦然，随手转合，点出“人言”。说到人止说言，未说到文辞，仍是客意。有不得已者而后言，即是不。其歌也有思，其哭也有怀⑥。歌哭皆有声。凡出乎口而为声者，紧顶上两句。其皆有弗平者乎？应起首句作一束。此段先以草木、水、金石之鸣兴起人言。乐也者，忽说到乐，转开。从上“歌、哭”转入乐，为下诗歌伏脉。郁于中而泄于外者也，“郁于中”三字亦即“不得其平”意。择其善鸣者而假之鸣⑦。从乐生出“善”“假”字，为下“天假人之鸣而择其善”伏脉。金、石、丝、竹、匏、土、革、木八者⑧，物之善鸣者也。作一小束。维天之于时也亦然，忽跌到“天”，奇而宕。“天”字是一篇纲领，句法与上“人之于言”句似对非对。择其善鸣者而假之鸣。用复笔领起下四字，老横。是故以鸟鸣春，以雷鸣夏，以虫鸣秋，以风鸣冬。四“以”字即“假”字意。四时之相推夺⑨，从人推原到此，四时有声皆天所假，以起下“天假文辞”正意。其必有不得其平者乎？又应起句，一小束。此一段又以乐与天时之善鸣兴起人言之精者。

其于人也亦然。收转人来，又与上“维天”句似对非对。此处方正合处。而下“唐虞”又大开。人声之精者为言，文辞之于言，承上“言”字，点出文辞，方是正意。又其精也，尤择其善鸣者而假之鸣。“又”字、“尤”字是开关血脉处。其在唐、虞，领起下文。咎陶、禹，其善鸣者也⑩，而假以鸣。此三句为第一变。夔弗能以文辞鸣，奇论。又自假于《韶》以鸣⑪。应上“乐”字，“鸣”字发其无数议论。此为第二变。夏之时，五子以其歌鸣⑫。第三变。伊尹鸣殷。周公鸣周⑬。第四变。凡载于《诗》《书》六艺，皆鸣之善者也⑭。浑括作一小束。以上皆天和其声使鸣国家之盛者。周之衰，孔子之徒鸣之，其声大而远。善之极。传曰：“天将以夫子为木铎⑮。”引《论语》证天假确甚。其弗信矣乎？顿挫入古，第五变。其末也，庄周以其荒唐之辞鸣[16]。别是一种鸣，第六变。楚，大国也，其亡也，以屈原鸣[17]。天使自鸣其不幸者。第七变。臧孙辰、孟轲、荀卿，以道鸣者也[18]。其人不论是公、学问、偏驳处，第八变。杨朱、墨翟、管夷吾、晏婴、老聃、申不害、韩非、慎到、田骈、邹衍、尸佼、孙武、张仪、苏秦之属，诸人鸣虽不同，乃天运所必趋，犹四时之相推夺故，亦可谓之善。皆以其术鸣[19]。“术”字包得尽。第九变。秦之兴，李斯鸣之[20]。第十变。汉之时，司马迁、相如、扬雄，最其善鸣者也[21]。就司马诸人束住，第十一变。以上历叙善鸣者皆天假之鸣。其下魏、晋氏，鸣者不及于古[22]，此一句抹倒二朝。然亦未尝绝也。顿挫绝佳。就其善者，其声清以浮，其节数以急[23]，其辞淫以哀，其志弛以肆[24]，其为言也，此用贬词，固是实录，亦有意纡折以激动下文。乱杂而无章。此六句言即当日称为善鸣者亦不成其善鸣如此，第十二变。将天丑其德莫之顾邪[25]？又将“天丑”一束得此，如江河之有堤障，否则倾泻无收拾。何为乎不鸣其善鸣者也？此段历叙唐虞、商周、秦汉、晋魏皆是陪唐，历叙皋陶、夔等一切人，皆是陪孟东野，然诸人犹是前代陪客，此下“唐之”句方说入本朝。

唐之有天下，陈子昂、苏源明、元结、李白、杜甫、李观，是东野本朝陪客。皆以其所能鸣[26]。第十三变。其存而在下者，孟郊东野始以其诗鸣。点出主人。其高出魏、晋，收上晋、魏。不懈而及于古，“及于古”三字与上“不及于古”相应。收唐虞三代。其他浸淫乎汉氏矣㉗。收汉。收尽前文。从吾游者，李翺、张籍其尤也㉘。虽借二人陪讲，却连自己亦藏其中，何等报负。三子者之鸣信善鸣矣。“善鸣”二字于此方结。抑不知天将和其声，而使鸣国家之盛邪？在上。抑将穷饿其身，思愁其心肠，而使自鸣其不幸邪？在下。“鸣”字自此毕。三子者之命则悬乎天矣。鸣国家之盛与自鸣不幸皆出于情不能已，总谓不平，前面许多铺叙亦兼有此意。其在上也，奚以喜？其在下也，奚以悲㉙？归之于天，欲以释其“不释”二句。此一段言东野与李、张之善鸣者皆缘天假，而人世得失可以勿问。东野之役于江南也，有若不释然者，故吾道其命于天者以解之㉚。此一段应起首“不得其平”意收结。“天”应前五“天”字，言所以作序之意。

[**诚评**]凭空结撰。除“其存而在下”及“东野之役于江南”一二语外，未尝粘定东野。究之言物、言人、言乐、言天时、言历代、言本朝善鸣者，及言李、言张，无非为东野发议。自首至尾，不肯使一直笔，顿挫抑扬，离合缓急，无法不备，而又变化诡谲，不可端倪，哪得不横绝古今。谢叠山谓：篇中“鸣”字四十变化，出二十九样句法。读者亦须细心寻绎。

注释：

①平：平静。 鸣：物体不平静时发出的响声。这里借喻人们心中不平静时会有所抒发和表示。

②挠（náo）：搅动。《易经·说卦》："挠万物者，莫疾乎风。"

③荡：激荡，吹动。

④跃：跳动。 激：冲激。 趋：水流迅速。 梗：堵塞。 炙（zhì）：用火烤。

⑤金石：指金石类乐器，如钟、磬等。

⑥思：思念。 怀：怀想。

⑦郁：郁结。 泄：发泄、抒发。 假：凭借。

⑧金、石、丝、竹、匏（páo）、土、革、木：古代的八种做乐器的材料。这八种材料都能发音，也叫"八音"。常用来泛指各类乐器。匏，一种管乐器。

⑨推夺：推移变化。

⑩唐、虞：指唐尧和虞舜的时代。 咎陶（gāo yáo）：也作"皋陶"。相传是虞舜时的狱官，曾制定法律。

⑪夔（kuí）：相传是虞舜时的乐官。 《韶》：传说为虞舜时的乐曲。

⑫五子：夏朝君主太康的五个弟弟。太康游乐无度，被有

穷后羿所废，五子怨太康失国，作歌以讽之。

⑬伊尹：名挚，商初的贤相。曾辅助商汤灭夏建国。相传他作过《伊训》《太甲》《咸有一德》等。　周公：姓姬名旦，周文王的儿子，辅助武王灭商，建立周王朝。相传他曾作过《金縢》《大诰》《立政》等文章。据传《周礼》《仪礼》也是由他亲自所定。

⑭六艺：即六经，指《诗》《书》《礼》《乐》《易》《春秋》。

⑮传：指《论语》。　天将以夫子为木铎（duó）：语出《论语·八佾》。木铎，中有木舌的大铃。古代宣布政教法令或有战事时，就摇动木铎召集百姓。这里是说孔子不被诸侯所用，将要退而著书，传于弟子，其力量如同帝王发布政策与政令。

⑯庄周：字子休，战国时宋国蒙人。他是战国时期著名的哲学家、文学家。著有《庄子》一书，文章想象丰富，文笔汪洋恣肆。　荒唐：广大无边。和现在所说的荒唐意义不同。

⑰屈原：名平，楚国大夫，著有《离骚》。

⑱臧孙辰：字文仲，鲁国大夫。　荀卿：即荀况，战国时思想家，赵国人，是韩非、李斯的老师，著有《荀子》。

⑲杨朱：字子居，卫国人，主张“轻物重生”，“为我”。　墨翟（dí）：鲁国人，著有《墨子》。　管夷吾：即

管仲，春秋时政治家，著有《管子》。 晏婴：即晏子，著有《晏子春秋》。 老聃（dān）：即老子，著有《老子》。 申不害：法家的创始人，著有《申子》。 韩非：战国末期韩人，法家思想的代表人物，著有《韩非子》。 慎到：战国时赵人，著有《慎子》。 田骈（pián）：齐国人，齐宣王时做过上大夫，著有《田子》。 邹衍：战国末期齐人，阴阳家。 尸佼（jiǎo）：战国时鲁人。杂家，著有《尸子》。 孙武：字长卿，春秋时齐国军事家，著有《孙子兵法》十三篇。 张仪：战国时魏人，纵横家，著有《张子》十篇。 苏秦：字季子，战国时东周洛阳人，纵横家。曾任六国的相，倡合纵之说。著有《苏子》三十一篇。 术：指政治主张、军事策略等。

⑳李斯：战国时楚国上蔡人。后为秦始皇的丞相，辅助秦始皇建立中央集权统治。

㉑司马迁：字云长，西汉夏阳人。著有《史记》，是我国古代伟大的史学家、文学家和思想家。 相如：即司马相如，字长卿，蜀郡成都人，是汉初著名的词赋家。 扬雄：字子云，西汉蜀郡成都人。他是西汉文学家、哲学家和语言学家。

㉒魏、晋氏：指三国魏和晋两个朝代。

㉓浮：浮夸。 节：节奏、节拍。 数（shuò）：密，频繁。

㉔淫：放荡。　弛：松弛，倦怠。

㉕丑：作动词用，这里是“以为丑恶”的意思。

㉖陈子昂：字伯玉，唐代梓州射洪人，是初唐文学家，唐代诗歌革新的先驱者。　苏源明：字弱夫，唐代诗人。　元结：字次山，唐代文学家。　李观：字元宾，唐代文学家。

㉗不懈：谓作品无懈可击。　浸淫：渐渐接近。　汉氏：汉朝。这里指汉朝的诗歌。

㉘李翱：陇西成纪人，唐代散文家、哲学家。　张籍：字文昌，吴郡人，唐代诗人。

㉙在下：指不得志。　奚以：即“以奚”，为什么。

㉚役：服役。此指出仕。　不释：心有疑虑。　解：安慰。

送李愿归盘谷序

本文写于唐德宗贞元十七年（公元801年）。适时，韩愈来到京城，听候朝廷调选。在此时其友人李愿准备返回盘谷隐居，韩愈特写了此序为其送行。

太行之阳有盘谷[1]。起得奇绝，叙盘古出处。盘谷之间，泉甘而土肥，草木丛茂，居民鲜少。此四句叙地之佳。先叙盘谷之美，伏后一段及歌中语。或曰：谓其环两山之间，故曰盘。就谷外地势名盘之一说。在“盘”字上生出波澜。或曰：是谷也，宅幽而势阻，隐者之所盘旋[2]。是谷中居人名盘之又一说。二说虽双提，却侧重后一说，以起下文。友人李愿居之。点清李愿。叙愿归盘古，题面至此句已毕，妙。

愿之言曰：四字幻甚，以下文字皆从此生出。“人之称大丈夫者，总喝起，是下文纲领。我知之矣。述愿之言“大丈夫”以开下二段。利泽施于人，写立功名。名声昭于时[3]。写名成。因下言富贵，故先提出功名，不然则“鄙夫行径”，非大丈夫矣。坐于庙朝，进退百官，而佐天子出令④。写在朝威权。其在外，则树旗旄，罗弓矢⑤，武夫前呵，从者塞途，供给之人，各执其物，夹道而疾驰。此八句写在外仪卫。喜有赏，怒有刑。写威令。才畯满前⑥，道古今而誉盛德，入耳而不烦。写门客。曲眉丰颊，清声而便体，秀外而惠中⑦，飘轻裾，翳长袖，五句写近侍。粉白黛绿者⑧，列屋而闲居，妒宠而负恃，争妍而取怜⑨。四句写姬妾。以上数语俱是形容得意处。大丈夫之遇知于天子，用力于当世者之所为也⑩。此二句锁住上面若许之说。吾非恶此而逃之，转到自己，妙在著此句方不是隐逸矫语。是有命焉，不可幸而致也⑪。束上起下。此一段言得志者之事，非可幸获，惟安于命。穷居而野处，升高而望远⑫，坐茂树以终日，应前“草木丛茂”。濯清泉以自洁⑬。应前泉甘，此四句写居处之幽。采于山，美可茹⑭；应前“土肥”。钓于水，鲜可食⑮。此四句写饮食之便。起居无时，惟适之安。写晨昏之逸。与其有誉于前，孰若无毁于其后⑯；与其有乐于身，孰若无忧于其心。此四句写无得亦无丧之意，以毁誉晏乐分别轻重，煞有见地。车服不维，刀锯不加⑰，言刑赏不相及。理乱不知，黜陟不闻⑱。言与朝政不相关。“与其”至此，上对“利泽”数语。下对“伺候”数语，正是为愿归盘谷占地步处。大丈夫不遇于时者之所为也，我则行之。四字转到自己身上。住得简峭之极，言不得志之事，自我行之，不待再计而决。伺候于公卿之门，奔走于形势之途，足将进而趑趄⑲。欲行又不敢行。口将言而嗫嚅，欲言又不敢言。处污秽而不羞，不择地而蹈。触刑辟而诛戮⑳，犯刑戮而不顾。侥幸于万一，老死而后止者，极言此二句。以上俱是形容乞怜处。其于为人贤不肖何如也？”妙不断煞，结有神力，有含蓄，一语万钧。此等人之贤、不肖当有定论，却只用“何如”二字敲开，冷隽有味。此一段言不得志而求得志之人形象。

昌黎韩愈闻其言而壮之㉑。以“闻其言”三字顶愿语，以“壮之”二字作断语，一笔收拾全篇，一言万钧。与之酒，而为之歌曰：“盘之中，维子之宫㉒；盘之土，可以稼㉓；应前土肥。盘之泉，可濯可沿㉔；应前“甘”。盘之阻，谁争子所？应前“势阻”句。窈而深，廓其有容㉕；缭而曲，如往而复㉖。总承上“阻”字。以上言盘之形势。嗟盘之乐兮，提“乐”字承上启下。乐且无央㉗。虎豹远迹兮，蛟龙遁藏。无恶物之患。鬼神守护兮，呵禁不祥㉘。无魑魅之属，以见其地之善，暗应前“居民鲜少”句。饮且食兮寿而康，“寿而康”暗寓良规。无不足兮奚所望㉙？总言其可乐处。膏吾车兮秣吾马，从子于盘兮，送人归说到自己亦愿相从而往，妙绝。终吾生以徜徉㉚。”“终吾生”三字从上“奚所望”三字来。此一段作歌赞之以结送归之意。以相从意作结，方结得住。

［**诚评**］前以盘谷之可隐起，后以盘古之可乐结，中间

虽有一篇滔滔滚滚大文，其实皆是复述愿言。除“壮之”二字外，绝未尝置一语。既不叙愿为何许人，亦不叙愿为何故归。几于笔尖不肯着纸，须知是为愿以罪去职，归就故居。此等题目实难着笔，故不得不尔也。读者正须于造格上想见良工心苦处。宜坡仙：让为退之独步。

注释：

①太行：山名。汾河以东，碣石以西，长城、黄河之间诸山为太行山脉。　阳：南面。

②隐者：隐居的人。　盘旋：逗留。

③利泽：恩惠。　昭于时：显赫一时。

④庙朝：宗庙和朝堂。这里指掌握国家大权。　进退百官：掌握着百官升降、任免的权力。

⑤旄（máo）：用牦牛尾装饰旗杆的一种旗。　罗：罗列、布置。

⑥畯（jùn）：通“俊”。有才能的人。

⑦颊：面颊。　便体：体态优美。　惠：通“慧”，聪明。

⑧裾：衣服的前幅。　翳（yì）：遮盖。　粉白黛绿：形

容女子浓妆艳抹。黛，女子画眉的颜料。绿，青黑色。

⑨妒宠而负恃：指女子凭着姿色和技艺互相争宠，互相妒忌。恃：名词，指姿色和技艺。　取怜：赢得爱怜。

⑩遇知：即知遇。指受赏识而被重用。　用力：掌握权力。

⑪恶（wù）：讨厌。　幸：侥幸。　致：得到。

⑫穷居：住在偏僻之处。

⑬濯（zhuó）：洗。

⑭美：指新鲜甘美的果蔬。　茹：吃。

⑮鲜：新鲜的小鱼。

⑯孰若：倒不如。　毁：坏话，流言。

⑰车服不维：指没有官位可以自由自在地生活，不受任何约束。维：束缚。　刀锯不加：指不犯罪名，没有杀身之祸。刀锯：严酷的刑罚。古时有锯头、锯四肢的酷刑。

⑱黜（chù）：贬退。　陟（zhì）：提升。

⑲形势：指地位和权势。　趑趄（zī jū）：进退犹豫不决。

⑳嗫嚅（niè rú）：说话吞吞吐吐的样子。　刑辟：刑法。

㉑昌黎：古郡名。北朝时韩姓在昌黎郡是望族，所以韩愈常自称“昌黎韩愈”。

㉒维：是。　子：您。对李愿的尊称。

㉓稼：作动词用，指耕种庄稼。

㉔沿：沿着水边散步。

㉕廓其有容：广阔而能容纳。

㉖缭：环绕。

㉗嗟：赞叹词。　无央：没有穷尽。

㉘呵禁：呵斥，禁止。

㉙奚：什么。　望：期望。

㉚膏：作动词用，加油润滑。　秣（mò）：喂养。　徜徉（cháng yáng）：自由自在地来往。

祭鳄鱼文

唐宪宗元和十四年，韩愈因上书谏迎佛骨一事，被贬为潮州（今广东潮安县）刺史。上任后，目睹了鳄鱼肆虐，食民咬畜，民困财乏。于是写下了此文，痛数其罪，驱逐鳄鱼。

维元和十四年，四月二十四日，叙年月日见非乱世，乃唐天子圣明之时。潮州刺史韩愈①，叙潮州见非化外，乃唐天子职方之地。刺史韩愈非事外之人，乃唐天子特简命吏，字字有意。使军事衙推秦济，以羊一、猪一，投恶溪之潭水，以与鳄鱼食②，生物无致祭之理，食以猪、羊，乃饯送之意。而告之曰：昔先王既有天下，提先王作案，与下文"天子"对照。列山泽，罔绳擉刃③，以除虫蛇恶物为民害者，伏"选材技"数语，"民害"二字是一篇大题目。驱而出之四海之外④。不容杂处，隐隐见下"驱令""徙海"乃遵先王之政，非一己私意，"四海之外"为下"南徙于海"伏脉。此一段以先王不容害人之物告之。及后王德薄，不能远有，则江、汉之间，尚皆弃之以与蛮、夷、楚、越[5]。如周末吴越僭号之类皆是。况潮，岭海之间，去京师万里哉[6]？鳄鱼之涵淹卵育于此，欲擒故纵，绝妙笔法。亦固其所[7]。此一段言后王宽其既往，以起下文正意，既言声教不及之地，毋怪为鳄鱼所窃据，是先为回护一笔。今天子嗣唐位，提出天子，辞义凛然。神圣慈武，见德不薄。四海之外，六合之内，见能远有。皆抚而有之[8]。况禹迹所掩，提出"禹迹"，应上"先王""列山"句，"况"字直贯到"者哉"，计三十四字作一气读。扬州之近地[9]，刺史、县令之所治，出贡赋以供天地宗庙百神之祀之壤者哉[10]！插入此句以为竦动，见天谴难逃，极警切。鳄鱼其不可与刺史杂处此土也！接入"刺史"，露出主意，一篇眼目，束上生下。此一段言潮州乃声教所及之地，鳄鱼何可与命官杂处。

刺史受天子命，"刺史"二字紧紧接"杂处"句来，此句又提天子。守此土，治此民，串说重"治民"。而鳄鱼睅然不安溪潭[11]，据处食民畜、熊、豕、鹿、獐，伏下"为民物害"。以肥其身，以种其子孙，正是它涵淹卵育处。与刺史亢拒，争为长雄[12]。刺史虽驽弱，亦安肯为鳄鱼低首下心[13]，伈伈睍睍，为民吏羞，以偷活于此邪[14]？此五句语宽而意紧，笔亦极曲折，伏下与鳄鱼从事意，言必不肯听其杂处此土也。且承天子命以来为吏，语语婉转入情，三提天子，口口不脱天子，立言最为有体。固其势不得不与鳄鱼辩。此一段言以去路安顿之。

鳄鱼有知，与下"冥顽不灵"对看。其听刺史言：潮之州，大海在其南，使之知所。鲸鹏之大，虾蟹之细，无不容归，以生以食，鳄鱼朝发而夕至也[15]。今与鳄鱼约，尽三日，其率丑类南徙于海[16]，应前“驱而出之四海之外”。以避天子之命吏。避而且假之以时日，令他从容远去，处置得宜，洵可谓仁至义尽，鳄鱼有知安得不服，仍归到“天子”。三日不能，至五日；五日不能，至七日；七日不能，是终不肯徙也，是不有刺史听从其言也。以“率丑类”或难尽徙及宽其期，直顶上“知”作收束。不然，则是鳄鱼冥顽不灵[17]，转出无知。刺史虽有言，应上“鳄鱼有知”句。不闻不知也。“不然”至此一层，穷极其辩，鳄鱼尚何说之辞，总结有力。夫傲天子之命史，到底不脱“天子”二字，收“刺史受天命”及“且承”“以避”等句。不听其言，可杀一。不徙以避之，可杀二，收“是终不肯”句。与冥顽不灵，可杀三，收“不然”数句。而为民物害者皆可杀！可杀四，到此则恕不得了。此罪尤重，回应篇首“为民害”三字。刺史则选材技吏民，操强弓毒矢[18]，尤甚先王之罔绳擉刃。以与鳄鱼从事，必尽杀乃止。此五字足见忠勇之气，物莫能当。其无悔！此三字却令他自思自裁，情理无不兼尽。结尾似相如论《巴蜀檄》。此一段以尽杀决绝之。

［**诚评**］开首提“先王”作案，笼起全篇大旨。随接入“后王”以“宽其既往”放松一笔，跌宕取势。以下盛称唐家天子德威，切指刺史治民责任，总见鳄鱼不可杂处此土。其言

刺史处，语语亦仍归到天子，义最严重，势最堂皇，入后乃言及驱，至末并言及杀，次第位置，结构精神，直令一片精诚流溢楮墨间，任是强悍不训之物，应无不闻而屈服也。观鳄鱼远徙，知此文为功于民生者不小。

注释：

①维：用在句首，起加强时间观念的作用。 元和：唐宪宗（李纯）的年号。 潮州：唐潮州潮阳郡。今广东潮安县。 刺史：官名。唐时为一州的行政长官。

②军事衙推：军府之属官。唐制。节度使、观察使、团练使皆设有衙推，刺史领使亦置衙推。 秦济：人名。 恶溪：韩江在潮安县境内叫恶溪，又叫鳄溪，在潮安县东北。《寰宇记》：“梅州有恶水东流，至潮州出海。其水险恶，多损舟船。江水泛涨时，常有鳄鱼随水至州前。” 鳄鱼：指湾鳄，鳄类中最大的一种。

③先王：对前代帝王的称呼。 有：拥有，保有。 列：通“迾”，阻止。 罔：同“网”，张网捕捉。 擉（chuō）：同“戳”，刺。

④四海：指全国。

⑤江、汉：长江和汉水。　蛮：古代对南方少数民族的蔑称。　夷：古代对东方少数民族的蔑称。　楚：古代的一个诸侯国，被称为“荆蛮”。　越：古代南方的一个诸侯国，被称为“蛮夷之邦”。

⑥岭海之间：庾岭以南，南海以北。　京师：京城长安。

⑦涵淹：潜藏。　卵育：繁殖。

⑧六合：天地四方，也泛指天下。　抚：安抚。

⑨禹迹：大禹足迹到过的地方。相传禹治洪水，足迹遍及九州，所以称九州大地为“禹迹”。《左传·襄公四年》：“芒芒禹迹，画为九州。”　掩（yǎn）：覆盖。　扬州：夏禹所分的九州之一。潮州在古扬州境内。

⑩宗庙：古代天子、诸侯或大夫、士等祭祀祖先的祠堂。这里指皇帝的太庙。

⑪睅（hàn）然：形容凶恶的样子。睅，眼睛突出貌。

⑫亢：通“抗”，即抗拒。　长（zhǎng）雄：称雄、称霸。争为长雄，即一争高低。

⑬驽弱：缺才少力。驽，劣马。　低首下心：屈服，低声下气。

⑭讻讻：小心恐惧的样子。　睍睍（xiàn xiàn）：侧目而视

的样子。这里比喻怯懦。

⑮容归：容纳和归向。　以生以食：边生边食。

⑯尽三日：至多三日。　丑类：同类。　徙：迁移。

⑰冥顽不灵：愚钝无知。

⑱材技：才能和技术。

祭十二郎文

十二郎，是韩愈二哥之子，后过继给韩愈大哥。韩愈三岁丧父后，由大哥大嫂抚养，与十二郎生活在一起，叔侄感情深厚。十二郎因病死时，年不满四十岁。韩愈得知其去世消息后，悲痛欲绝，写下了这篇著名的祭文，被前人誉为“祭文中千年绝调”。

古代祭文，一般用骈体韵文形式。但此文却一反常套，采用散文形式来写。

年、月、日，季父愈闻汝丧之七日①，伏后“汝之书”段。乃能衔哀致诚，以所报日月不符，欲审其实，故迟迟如此，“乃能”二字可味。使建中远具时羞之奠，告汝十二郎之灵②。此一段总叙大概，乃一篇之冒。

呜呼！吾少孤，从自己说起。及长，不省所怙，惟兄嫂是依③。

叙出十二郎父母。中年，兄殁南方④，吾与汝俱幼，方叙入十二郎。从嫂归葬河阳⑤。从幼少艰辛之状一一写入，伤心惨目，叙事简洁。既又与汝就食江南⑥。零丁孤苦，未尝一日相离也。以未尝相离衬起下文“死”字。此一段叙早年相依最久。吾上有三兄，皆不幸早世。见家世无人。承先人后者，在孙惟汝，在子惟吾，对下“嫂尝抚汝指吾”而言，就少时说，是真语，又甚精妙。两世一身，形单影只。此五句见十二郎以一身承世代之单传，十二郎尤不可死。嫂尝抚汝指吾而言曰：“韩氏两世，惟此而已！”酸楚。汝时犹小，当不复记忆。上言俱幼，此又略分。吾时虽能记忆，亦未知其言之悲也！就嫂言顿折，最酸楚。此一段叙十二郎一身关系韩氏甚重，便已凄绝。吾年十九，始来京城⑦。其后四年，而归视汝。又四年，吾往河阳省坟墓，遇汝从嫂丧来葬⑧。离而再合。又二年，吾佐董丞相于汴州，汝来省吾⑨，离而再合。止一岁，请归取其孥⑩。明年，丞相薨，吾去汴州，汝不果来⑪。离不能复合。是年，吾佐戎徐州⑫，使取汝者始行，吾又罢去，汝又不果来。离又不能复合。从“吾年十九”至此，历叙两人生平离合不常，确是家人哭死情态，而笔法亦极变换之致。吾念汝从于东，东亦客也⑬，指徐州，下“西”字指河阳。不可以久，图久远者，莫如西归，意欲承合，不复再离。将成家而致汝⑭。此又自叙其情，以逼下“汝去吾而殁”。呜呼！孰谓汝遽去吾而殁乎⑮？点出“殁”字，“去吾”二字惨甚，竟是永离不复再合。吾与汝俱少年，以为虽暂相别，终当久相与处，原料离而可合。故舍汝而旅食京师，以求斗斛之禄[16]。情至自婉曲。诚知其如此，虽万乘之公相，追恨当日不能长合。吾不以一日辍汝而就也[17]！又将上文相离处追叙补发，悔不早图相聚之意。此一段言以年少必不计及当死，不然断无离家致不送死之理。以酸楚作一锁。数语酸人腑肺，曲折写尽，追悔无及、悲痛慈爱之意见于言表。

去年，伏下今年。孟东野往[18]，吾书与汝曰："吾年未四十，而视茫茫[19]，而发苍苍，而齿牙动摇。念诸父与诸兄[20]，应前"吾上有三兄"二句。皆康强而早世，如吾之衰者，其能久存乎？反写作波，是至情，是实话，却是妙文。吾不可去，汝不肯来，顶前面"汝不果来"。恐旦暮死，尽情展拓开去，正是自料。而汝抱无涯之戚也。"此又将上文"汝不果来"处追叙。前书言己之衰，恐死于外，使郎以不及送己为恨，反跌出下二句。孰谓少者殁而长者存，强者夭而病者全乎？转合到此二句，便含有不料郎之早死，不肯信意。此一段见方自料其死而不虑郎之死也。呜呼！其信然邪？其梦邪？其传之非其真邪？此三句开下。连用三"邪"字。信也，顶"其信然"句，作一波。吾兄之盛德而夭其嗣乎？一可疑。汝之纯明而不克蒙其泽乎[21]？二可疑。少者强者而夭殁，三可疑。长者衰者而存全乎？此数语写疑意，本以少长强病互较生出疑信二意，此却补出"盛德纯明"二语伴讲，为下文布置之地。未可以为信也。束住。梦也，传之非其真也，顶"梦邪"二句，又作一波。东野之书，耿兰之报[22]，证其非梦，是真，伏下"东野云”等语。何为而在吾侧也？呜呼！其信然矣！方实落到信。吾兄之盛德而夭其嗣矣，汝之纯明宜业其家者，不克蒙其泽矣㉓！止，就上文伸出“盛德”“纯明”二语洗发，却不提“少长强病”字样。所谓天者诚难测，而神者诚难明矣！所谓理者不可推，而寿者不可知矣！轻轻用“寿不可知”四字带过，变化错综之法备矣。而“难测”“难明”“不可推”“不可知”总是痛极无可告诉之意。上文从信转到疑，连用三“乎”字，而从疑转到信，连用五“矣”字，抑扬顿挫。虽然，又用笔折到自身。吾自今年来，“今年”二字应上“去年”二字。苍苍者或化而为白矣，动摇者或脱而落矣。回应上“吾书与汝”处，复上“矣”字，文澜最阔。毛血日益衰，志气日益微㉔，几何不从汝而死也。又将反作正写。跟上“如吾之衰者”二句。死而有知，其几何离；“离”应上“相离”，自“虽然”以下是闻讣以后情事，种种呜咽。其无知，悲不几时，而不悲者无穷期矣！说到死后不悲而生存之悲愈痛。此一段言己亦将死及死后之离合，愈见可悲。汝之子始十岁，吾之子始五岁㉕，双提彼此之子皆少，为下“教嫁”伏脉。少而强者不可保，应前“孰谓”二句及“少者强者”句。如此孩提者㉖，又可冀其成立邪？伤心言，何堪再读。呜呼哀哉！呜呼哀哉！既哭而息，束住。此一段又思到幼稚之难成，愈见可悲。

汝去年书云：“比得软脚病，往往而剧㉗。”吾曰：“是疾也，江南之人，常常有之。”又作一样曲折。未始以为忧也㉘。

鸣呼！其竟以此而殒其生乎[29]？写病不知时。抑别有疾而致斯乎？以上数语疑其死之病。汝之书，六月十七日也。东野云，汝殁以六月二日；又作一样曲折。耿兰之报无月日。盖东野之使者，不知问家人以月日；一解。如耿兰之报，不知当言月日。二解。东野与吾书，乃问使者，使者妄称以应之耳。三解。其然乎？其不然乎？写殁不知日月。此一段疑其死之日月。此一段重理悲绪，或诘其致病，或问其月日，或告以心事丛杂，整段俱作疑问之词，深痛往日不早图相聚，以伏下“汝病”二句。

今吾使建中祭汝，“使建中”三字应篇首。吊汝之孤与汝之乳母。彼有食可守以待终丧，则待终丧而取以来；如不能守以终丧，则遂取以来[30]。其余奴婢，并令守汝丧。命建中吊祭之，辞止此。吾力能改葬，迁其葬域。终葬汝于先人之兆，然后惟其所愿[31]。此一段以恤其遗孤、迁其葬域慰十二郎之心。

鸣呼！以下放声，直达其哀情，是通篇收束处。汝病吾不知时，收上“软脚病”一段。汝殁吾不知日，收上东野、耿兰一段。生不能相养以共居，以下收束“来京城”等语。殁不能抚汝以尽哀，敛不凭其棺，方殡。窆不临其穴[32]。方葬。吾行负神明，而使汝夭，不孝不慈，而不得与汝相养以生，相守以死。一在天之涯，一在地之角，痛责自己不当离去求禄，并致其夭死之罪都认在自己身上，乃恸极无可如何之词也。生而影不与吾形相依，死而魂不与吾梦相接，吾实为之，其又何尤[33]？恸绝"几不能分守"句，一连几个"吾"字是引咎自责处。彼苍者天，曷其有极[34]！情极呼天，惨不可言。自今以往，吾其无意于人世矣！再说到自己，以与"成家致汝"之心在也。当求数顷之田于伊颍之上，以待余年[35]。承上"无意人世"句，作安排后日计。教吾子与汝子，幸其成[36]；与前"零丁孤苦"相照。长吾女与汝女，待其嫁[37]，如此而已。子女教嫁不分彼此庶几，死者之心可安。此一段又重自引咎，而以子女教嫁慰十二郎之心。呜呼！言有穷而情不可终，包含无尽。汝其知也邪？其不知也邪？应上"有知、无知"作结。呜呼哀哉！尚飨[38]。此一段总结前文。

[诚评]自始至终，处处俱以自己伴讲。写叔侄之关切，无一语不从至性中流出，几令人不能辨其是文，是哭，是墨，是血。而其波澜之纵横变化，结构之严紧浑成，亦属千古绝调。

文章要诀无过"真切"二字，真切则确当，而不可移易，自为千古不朽之作。试读此文，有一语不真切否？后学悟此，则文章一道，思过半矣。至于脉络次第，细玩诸评语，自可明了，故不复赘。

公集中佳文极多。惜是编狭隘，未能多载，甚割爱。

注释：

①年、月、日：即某年某月某日。祭文一般都在祭奠前写好，把年月日的数字空着，到确定日期以后再填上。　季父：最小的叔父。　汝：即十二郎。名老成，“十二”是他在同辈中的排行。他是韩愈的二哥韩介所生，过继给大哥韩会为子。

②衔：含。　致诚：表达心意。　建中：韩愈派去祭十二郎的家人。　时羞：时鲜的美味。

③省（xǐng）：知道，认识。　所怙（hù）：所依靠的，指父亲。《诗经·小雅·蓼莪》有“无父何怙，无母何恃”的句子，后来就用“怙”“恃”作为父母的代称。

④中年：指四五十岁的年纪。韩会死时只有四十多岁。　南方：指韶州。

⑤河阳：今河南孟县，韩氏祖坟所在地。

⑥就食江南：到江南谋生。唐德宗建中二年，中原兵乱，韩愈随大嫂移居宣州（今安徽宣城）。

⑦始来京城：唐贞元二年，韩愈自宣州游京师长安。

⑧省（xǐng）：察看，此指祭扫。

⑨董丞相：即董晋，字混成。唐贞元十三年七月，他在汴

州提拔韩愈为节度推官。汴州：今河南开封。

⑩孥（nú）：妻和子女。

⑪薨（hōng）：周朝诸侯死叫薨，唐朝二品以上的官员死了都叫薨。果：实现。

⑫佐戎：佐理军务。韩愈离开汴州后，宁武节度使张建封聘任他做徐州节度推官。

⑬东：指徐州。

⑭西：指河阳。致：接取。

⑮遽（jù）：就，急迫。去：离开。

⑯斗斛（hú）之禄：形容微薄的俸禄。斗、斛，古量器名。

⑰万乘之公相：泛指高官。公相，公侯宰相。辍（chuò）：停止，舍去。就：就任。

⑱孟东野：名郊，唐湖州武康人，中唐著名诗人。与贾岛齐名，有“郊寒岛瘦”的称誉。

⑲茫茫：形容模糊不清。

⑳诸父：伯父和叔父一辈的统称。

㉑纯明：纯朴聪明。克：能够。

㉒耿兰：人名。十二郎的家人。

㉓宜业：应当继承。业，用作动词，继承。

㉔毛血：指体质。志气：指精神。

㉕汝之子：指韩湘。他在长庆三年考中进士。　吾之子：指韩昶。他在长庆四年考中进士。

㉖孩提：怀抱提携中的幼儿。这里泛指少年儿童。

㉗比：近来。　剧：加重。

㉘未始：未曾。

㉙殒（yǔn）：死亡，失去。

㉚终丧：结束丧期。旧时子女守父母之丧有一定的期限。　遂：立即，马上。

㉛兆：墓地。

㉜敛：通“殓”。给死者更衣称小敛，把死者装入棺中称大敛。　窆（biǎn）：下葬，安葬。

㉝吾实为之：“实吾为之”的倒装。意思是这一切都由我的错误造成的。　其又何尤：“其又尤何”的倒装。意思是又能埋怨谁呢？尤，过失，过错。这里作动词用。怨的意思。

㉞彼苍者天：那青青的天。《诗经·秦风·黄鸟》：“彼苍者天，歼我良人。”　曷（hé）其有极：什么时候才有尽头。《诗经·唐风·鸨羽》：“悠悠苍天，曷其有极。”曷，什么，何。

㉟顷：土地单位，相当于一百亩。　伊：水名，即伊河。出河南卢氏县东南，入洛河。　颍（yǐng）：即颍水。出河南

登封县西南，入淮河。

㊱幸：希望。

㊲长（zhǎng）：养育，抚养。《诗经·小雅·蓼莪》："长我育我。"

㊳尚飨（xiǎng）：意思是希望死者来享用祭品。语出《仪礼·士虞礼》。旧时祭文中常以此作结语。尚，表示希望的语气。飨，同"享"。

柳文

柳文是对唐代著名文学家柳宗元的古文著作的一种敬称。亦属唐文。柳宗元与韩愈共同倡导了唐代古文运动，并称韩柳，列唐宋八大家首位。其文“清莹秀澈，沁人心脾，精裁密切，璨若贝珠”。特别是游记散文在中国文学史上具有很高的地位，篇篇尽佳。

桐叶封弟辨

柳宗元（公元773年至819年），字子厚，河东（今山西运城县）人。世人称为柳河东。

本文取自周成王桐叶封弟的故事。传说周成王曾将桐叶削成珪（guī，古代诸侯所执的一种长形玉器）形，送给其弟叔虞，戏弄他将此作为封地的凭证。但《史记》《吕氏春秋》上说法不一。柳宗元在此加以辨伪。

古之传者有言[①]，成王以桐叶与小弱弟戏曰："以封汝[②]。"周公入贺。此数语运化古人，自成机杼。王曰："戏也。"自是叙次高手。周公曰："天子不可戏。"此句与"周公入贺"同是一篇生根处。乃封小弱弟于唐[③]。此一段引传言以立案，是叙事。叙得简老无敌。

吾意不然。紧接上文，作一断，虚领全篇之局。王之弟当封邪，周公宜以时言于王，安顿此句何妙，紧从。不待其戏而贺以成之也[④]。

此一段以“当封”作驳，是第一层。“贺”字置辨。不当封邪，周公乃成其不中之戏，“成”字紧接上段末句“成之也”来。“不中之戏”伏下“大中”。以地以人与小弱弟者为之主。其得为圣乎[5]？束住。此一段以“不当封”作驳，是第二层。“当封”“不当封”二段，两路夹击，已将“周公入贺”四字驳倒。此二段皆从“封”字发议。且周公以王之言，“且”字是更进一层语气。不可苟焉而已[6]，必从而成之邪？设有不幸，王以桐叶戏妇寺，此一驳更驳得倒。亦将举而从之乎[7]？此一段以戏非其人作驳，是第三层。三驳三样笔法，但此段是从“戏”字发议，却仍是辨“入贺”。凡王者之德，在行之何若[8]。设未得其当，此句应上“不中”。虽十易之不为病，要于其当[9]，不可使易也。以上数语驳得痛快淋漓。而况以其戏乎？跌落“戏”字，紧从。若戏而必行之，此一转更妙。是周公教王遂过也。结束，节短势长。此一段以“教王遂过”作驳，是第四层。俱从“天子不可戏”五字痛加翻驳，从“天子”发议。

吾意周公辅成王，承上“遂过”说出周公本领，见必不为此。宜以道，从容优乐，要归之大中而已，“大中”二字又应上“不中”。必不逢其失而为之辞[10]。此句应上“教王遂过”。此就“周公”身上驳。又不当束缚之，驰骤之，使若牛马然，急则败矣[11]。此应上“从容优乐”。此又就“君臣”职分上驳。且家人父子尚不能以此自克，此正为“君臣”作衬。况号为君臣者邪！跌出“君臣”束住。此一段以不当钳制其君作驳，是第五层。是特小丈夫䟤䟤者之事[12]，此句伏下段“史佚”。

非周公所宜用，收。应前“吾意不然”。故不可信。此一段收束全篇。以上六段，每段必呼“周公”，或于首，或于尾，或中间，错综变化。

或曰：封唐叔，史佚成之[13]。点出“史佚”正见非周公之事。此段另生一波作结，以“不了语”作结，高绝。

［诚评］此文之层层辩驳，一层紧一层，一层好一层，尽人所知也。然尤须知次段“周公宜以时言于王”，是从“贺”字对面看出；三段“以地以人”，是从“小弱”着眼；四段“妇寺”，又是从“弟”字上想出；五段“王者之德”数语，又是从“戏”字上想出；“辅成王”段，又是紧从周公看出，且段段皆着意周公。总妙在能于首段中字字勘出破绽，又能于破绽处发出正理。所以奇警惊人，可见精卓文字。只不过将题目勘得透彻耳，原无他谬巧也。后学悟此思过半矣。

注释：

①传（zhuàn）：书传，这里指《吕氏春秋》和《史记》。

②以封：即以之封，中间省去指代桐叶的“之”或“此”。

③乃：于是，就。　唐：古代诸侯国名，今山西翼城西。

④邪（yě）：同“耶”，表疑问语气。　以时：及时，按时。　而：表承接关系。　成之：使之成，促成。

⑤乃：居然，竟然。　不中（zhòng）：不合适，不合理。　其：难道，怎么。

⑥苟：随随便便，苟且。　焉：表停顿语气。

⑦妇寺：宫女，太监。　举：提出。

⑧何若：即“若何”，怎么样。

⑨要（yào）：要领，关键。

⑩道：指中庸之道，恰如其分。　从容：举止行动。　逢：逢迎，迎合。　辞：陈述，解说。

⑪束：束缚，限制。　驰骤：使忙碌不停。　使：使之……，后面省去指代成王的“之”。　若……然：像……的样子，表比喻。　矣：终了的意思，语气词。

⑫是：即此，指“桐叶封弟”这件事。　特：仅仅，不过。　缺缺（quē quē）：同“缺”，玩弄小聪明的样子。

⑬或：有的，有的书。　唐叔：指叔虞。　史佚：作“史逸”。

捕蛇者说

唐永贞元年（公元805年），柳宗元被贬为永州（今湖南零陵县）司马。此文便是他目睹永州有捕蛇当租岁赋之役，写下的一篇传记散文。文中处处用比，步步深入，蛇之毒与赋敛之毒相勘而成文。

永州之野产异蛇，叙出异蛇。黑质而白章①，描绘出异蛇形状。触草木尽死，总言其毒。以啮人，无御之者②。专就人言其毒。此三句极言蛇之毒，伏下“死于毒”意，方见赋是役者之不得已。然得而腊之以为饵③，可以已大风、挛踠、瘘、疠，去死肌，杀三虫④。极言蛇之有以于用，备药料，以立下“捕”字张本。伏下聚之可以当其租入。此一段先叙异蛇之毒而有用。其始，太医以王命聚之，叙出原由。“太医”二字承上，“王命”起下。岁赋其二⑤。募有能捕之者，当其租入⑥。四字是抵租原由。绝妙耸动。永之人争奔走焉⑦。以“争奔走”三字束上生下，随为蒋氏著一笔。此一段叙捕蛇之所由来。

有蒋氏者，方点出捕蛇之人。专其利三世矣[8]。“专”字、“三世”，紧对上“争奔走”三字。问之，则曰：“吾祖死于是，苦一世。吾父死于是，二世。今吾嗣为之十二年，几死者数矣[9]。”言之貌若甚戚者。此一段叙蒋氏捕蛇之苦。以起下文。句法全学《檀弓·泰山侧》妇人口吻，为篇末“苛政猛于虎”伏脉。余悲之，伏后“愈悲”。且曰：“若毒之乎[10]，伏后“又安敢毒”及“赋敛之毒”。余将告于莅事者，更若役，复若赋，则何如[11]？”是哀而生之之意。蒋氏大戚，明前苦，戚尤甚。汪然出涕曰：“君将哀而生之乎？紧接上，有神。则吾斯役之不幸，未若复吾赋不幸之甚也！提此二句，伏下“悍吏”一段。向吾不为斯役，提此句生下“自吾氏”一段。则久已病矣[12]。此上五句几乎一句一转。此一段言复役之惨更甚于捕蛇，以为下文提纲。自吾三世居是乡，先提一句起。积于今六十岁矣，而乡邻之生日蹙[13]。虚喝一笔。殚其地之出，竭其庐之入[14]，言以赋而穷。号呼而转徙，饥渴而顿踣[15]，言以穷而徙。触风雨，犯寒暑，呼嘘毒疠，往往而死者，四句言以徙而死。相藉也[16]。自“殚其地”至此，写乡邻之生日蹙处，作三层写，层层实相因。曩与吾祖居者，今其室十无一焉[17]；与吾父居者，今其室十无二三焉；与吾居十二年者，今其室十无四五焉。此六句写乡邻三世之死徙。应上文“吾祖死于是”一段，结构何等精密，赋敛之毒有甚于蛇几句道尽。非死则徙尔，而吾以捕蛇独存。二句收上转下，有力，并点出上三层所以“捕蛇”。此一段申明不为捕蛇之役则“久已病”之说。悍吏之来吾乡，叫嚣乎东西，隳突乎南北⑱，正是哗然而骇处，鸡狗不得宁处。哗然而骇者，虽鸡狗不得宁焉。鸡狗且烦挠而人可知。吾恂恂而起，视其缶⑲，而吾蛇尚存，则弛然而卧⑳。此得蛇后之乐。谨食之，时而献焉㉑。退而甘食其土之有，以尽吾齿㉒。此献蛇后之乐。盖一岁之犯死者二焉。其余则熙熙而乐，苦中得乐，言之可悲。岂若吾乡邻之旦旦有是哉㉓？自“吾恂恂”至此，字字与“悍吏”五句针锋相对。今虽死乎此，比吾乡邻之死则已后矣，回顾上“与吾居”句，再跌一层，愈乐愈悲。又安敢毒邪？”应前“余悲之”。前悲只悲蒋氏，此则乡邻俱在内。此一段申明捕蛇之不幸未若复赋不幸之甚，以见不敢求更是役之意。

余闻而愈悲。孔子曰：“苛政猛于虎也㉔。”此句为本篇文字脱胎处。吾尝疑乎是。故作顿挫。今以蒋氏观之，犹信。呜呼！孰知赋敛之毒有甚是蛇者乎！一篇结穴。“孰知”二字骂尽当时莅事人。紧应“苛政”句。“毒”字再应“若毒”句。故为之说，以俟夫观人风者得焉㉕。末句结出讽世忧时之意。此一段引孔子之言而断之，以结出作说之意，收尽上引述语。

［诚评］“永州”三段是言蛇之毒，“余悲”三段是言赋敛之毒甚是蛇。言蛇之毒处，说得十分惨，则言赋敛之毒甚是

蛇处，惨不可言。文妙在将蛇之毒及赋敛之毒甚是蛇，俱从捕蛇者口中说出，末只引孔子语作证，用“孰知”句点眼在作者口中，绝无多语。立言之巧，亦即结构之精焉，末说到“俟观人风者得焉”，足见此说关系不小。

注释：

①永州：地名，今湖南零陵县。　质：质地，底子。　章：花纹。

②啮（niè）：咬。　御：抵挡，这里是医治的意思。

③腊（xī）：干肉。此作动词用，是制成干肉的意思。　饵：指药物。

④已：止，治愈。　大风：麻风病。　挛踠（luán wǎn）：人足拳曲不能伸展的病。　瘘：脖子肿。　疠（lì）：同“癞”，恶疮。　死肌：坏死的肌肉。　三虫：几种致病的寄生虫。

⑤太医：皇家的御医。　聚：征集。　赋：征收。

⑥当（dàng）：抵充。　租入：应缴纳的租税。

⑦奔走：忙着做某事。

⑧专其利：独享这种好处。指仅以捕蛇为生。

⑨嗣：用作动词，继承。　几死者数矣：数次差一点儿死掉。

⑩若：你。　毒：怨恨。

⑪莅（lì）事者：主管此事的人，指地方官。　更：改换。役：差使。　复：恢复。　赋：租税。

⑫向：假如从前。　病：困苦不堪。

⑬蹙（cù）：困苦，窘迫。

⑭殚（dān）：尽，同“竭”。　出：出产。　庐：指家。　入：收入。

⑮顿踣（bó）：劳累倒下。踣，跌倒。

⑯呼嘘毒疠：呼吸瘟疫毒气。　相藉（jiè）：互相交叠。极言其多。

⑰曩（nǎng）：从前。

⑱悍：凶恶。　隳（huī）突：乱冲乱撞。

⑲恂恂（xún xún）：担心的样子。　缶（fǒu）：一种口小腹大的瓦罐。

⑳弛然：放心的样子。

㉑食（sì）：喂养。　时：按时。

㉒尽吾齿：过完我的余年。齿，指年龄。

㉓熙熙：和乐的样子。　旦旦：天天。　是：指死亡的威胁。

㉔苛政猛于虎：残酷的政令比凶猛的老虎还凶恶。详见本

书《檀弓·苛政猛于虎》篇。

㉕俟（sì）：等待。 人风：即民风。唐人避太宗李世民讳，故常把民改作“人”。

邕州马退山茅亭记

唐元和十年（公元815年），柳宗元改贬为柳州（今广西柳州市）刺史，十四年（公元819年）病逝于柳州，年四十七。后人因他做过柳州刺史，称他为“柳柳州”。

本文为柳宗元《柳州小记》中的一篇山水游记。记叙了邕（yōng）州（今广西南宁市及周围部分地区）马退山以及茅亭的秀丽景色。感叹如此“佳境”，如果“不书所作，使盛迹郁湮，是贻林涧之愧”的心情。

冬十月，点出作亭时月。作新亭于马退山之阳①。点出作亭地方。起得高老简洁。因高丘之阻以面势，写定亭基址。无欂栌节棁之华②，不斲椽，不剪茨，确是茅亭。不列墙③，以白云为藩篱，碧山为屏风。天然点缀。此六句正写茅亭之俭。昭其俭也④。以“俭”字总束一笔。此一段记茅亭之俭朴。是山崒然起于莽苍之中，形容山之耸拔。“是山”二字遥接前“马退山之阳”来。驰奔云矗，亘数十百里[5]。尾蟠荒陬，首注大溪[6]。此四句形容山之长远。诸山来朝，势若星拱，形容山之环绕。苍翠诡状，绮绾绣错[7]，形容山之景象。以上正是备极形容，直使马退山景色活现纸上，读者犹如亲历其境，快绝。盖天钟秀于是，不限于遐裔也[8]。归到“天”上，亦是总承一笔作收束。此一段记马退山形势之秀。然以壤接荒服，俗参夷徼[9]，伏下“僻介闽岭”。周王之马迹不至，谢公之屐齿不及[10]，伏下“佳境罕到”。此四句为下文作反衬。岩径萧条，登探者以为叹[11]。总承上四句，形容冷落情景。此一段言邕州之僻远。以反起下。

岁在辛卯，点出作亭之年来。时月点在篇首，年独点在此，亦可想见作者经营之妙。我仲兄以方伯之命，点出作亭之人。并作亭人官衔。试于是邦[12]。落到邕州。夫其德及，故信孚[13]；信孚，故人和；人和，故政多暇。以方伯游山，故必安顿此数语，见游不废业，此乃记中大关系，正是作亭原由，立言有体。由是尝徘徊此山，以寄胜概。落到马退山上。未言作亭，先言登眺，妙有次第。堪为茅亭生色。乃塈乃涂，作我攸宇，正写作亭。于是不崇朝而木工告成[14]。言成之速，正应前“俭”字。此一段记作亭原因。每风止雨收，烟霞澄鲜，辄角巾鹿裘[15]，写出风俗襟怀。率昆弟友生，冠者五六人，步山椒而登焉[16]。运化入妙。于是手挥丝桐[17]，目送远云。西山爽气，在我襟袖，以极万类，揽不盈掌[18]。必具此等意趣方不愧为茅亭中人。此一段记游览之胜，畅写作亭后事。夫美不自美，因人而彰[19]。兰亭也，不遭右军[20]，则清湍修竹，芜没于空山矣；以右军之序兰亭引证作记，绝妙。是亭也，僻介闽岭[21]，佳境罕到，应"壤接荒服"二句。不书所作，应周王、谢公二句。使盛迹郁湮[22]，是贻林涧之愧，说得此记所不可少，应"清湍"二句。故志之[23]。用反笔结，倍觉生色，此一段结出作记之意。

［**诚评**］首段先记茅亭，次记马退山，次记邕州，再次记作亭之人及作亭原委，再次记亭中游览，末以作记之意结。结构浑成，意致高淡，而笔力亦简古无敌。昔人称为柳州诸记中第一，良然。

《柳州小记》佳者最多，惜集隘不能多载，姑俟二编之选，公诸同好可也。

注释：

①马退山：山名，在今广西南宁县北。　阳：山的南面。

②因：根据，凭借。　阻：险峻。　面势：指方面形

势。 欂栌（bó lú）：柱上短木，即斗拱。 节：柱头斗拱。 棁（zhuó）：梁上的短柱。 华：华美。

③斲（zhuó）：砍、削。 茨（cí）：用芦苇、茅草盖的屋顶。 墙：此指围墙。

④藩篱：篱笆。 昭：明显，显著。此用作动词，表明的意思。

⑤是山：指马退山。是，这。 崒（zú）：形容山的险峻。 莽苍：此指原野。 驰奔：形容山势险峻似烈马奔驰。 云矗（chù）：形容山高，直插云霄。 亘（gèn）：连续不断。 数十百里：即一百几十里。

⑥蟠（pán）：曲折环绕。 荒陬（zōu）：偏僻的地方。陬，角落。

⑦诡状：形容山色富于变化。 绮（qǐ）：有花纹或图案的丝织品。 绾（wǎn）：盘绕打结。 绣错：如刺绣一样错落有致。

⑧于是：于此地。 限：局限。 遐裔：指他处的美景。

⑨壤：土地。 接：连着，挨着。 荒服：指九州之外少数民族居住的地方。 参：参杂。 夷徼（jiào）：边疆少数民族（的风俗）。徼，边界。

⑩：周王：周穆王（姬满）。曾乘八匹骏马远行天

下。 谢公：指南朝宋著名诗人谢灵运。据说他远游时常穿一种有齿木屐，上山时去掉前齿，下山时去掉后齿。

⑪叹：叹息。

⑫辛卯：唐宪宗（李纯）元和六年。 仲兄：柳宗元的二哥，名宽，字存谅。 方伯：官名，是一个地方的最高长官。 是邦：这里。

⑬及：普及于民众。 孚（fú）：使人信服。

⑭塈（jì）：涂屋顶。乃塈乃涂，指动手修建。 攸宇：对茅亭的美称。 不崇朝：不到一天。崇，终也。崇朝，一个早上。

⑮辄（zhé）：总是。 角巾：带棱角的方巾，古时隐士的装束。 鹿裘：鹿皮做的衣服。

⑯昆弟：兄弟。 生：古代对读书人的称呼。 冠者：年满二十岁的男子。冠（guàn）：古代的一种礼仪。男子二十岁举行冠礼，表示已经成年。 椒（jiāo）：山巅。

⑰丝桐：即琴。古代琴多由桐木制成，上安丝弦，故称为“丝桐”。

⑱以极万类：万种风光中最美好的。极，最。万类，此指各种美景。 盈：满。

⑲彰：显明。

⑳兰亭：在今浙江绍兴县西南二十七里。因王羲之的《兰

亭集序》而闻名。　右军：官名，此指王羲之。

㉑闽岭：今福建省。

㉒郁湮（yān）：埋没。

㉓贻（yí）：耽误。　愧：羞愧。　志：记。

宋文

公元960年赵匡胤起兵伐后周称帝，建国号宋，至赵昺皇帝止，共历一十八主，三百二十年。其间经历北宋、南宋两个时期。

此320年期间古文著作统称宋文。

待漏院记　王禹偁

王禹偁（公元954年至1001年），字元之，济州巨野（今山东巨野县）人。北宋初年的优秀作家，官至翰林学士。

待漏院，本为古时宰相及百官等候上朝休息的地方，每日宰相及百官要在宫门外等待漏壶漏尽，宫门开启时上朝。作者以此为题，欲戒国家重臣，于待漏之际，慎思其过，以相君勤政。

天道不言，而品物亨、岁功成者，何谓也[1]？四时之吏，五行之佐，宣其气矣[2]。起局堂皇，立议正大。此七句为下“圣人不言”七句陪笔，亦为下“法天”生根。圣人不言[3]，“不言”，伏下“逸”字意。而百姓亲，万邦宁者，何谓也？三公论道，照宰相。六卿分职，张其教矣[4]。此七句从君说到臣，正“君逸”二句之意。是知君逸于上，臣劳于下，法乎天也[5]。此三句总收上文。以“天道”列此。此一段从天道、圣人说起，而归重在臣，以“劳”字引起下文。古之善相天下者，自咎、夔至房、魏，点出待漏人来。可数也⑥。是不独有其德，撇开一层。亦皆务于勤耳⑦。撇开本领，正就“勤”字上立议，应上“劳”字，方与“待漏”意合。况夙兴夜寐，以事一人⑧，卿大夫犹然，又撇开一层。况宰相乎？此四句因上有“六卿”句，故有撇开卿大夫，重跌宰相，方好转入待漏院。朝廷自国初因旧制，设宰相待漏院于丹凤门之右，示勤政也⑨。此四句方入题，点清待漏院来历，应上“勤”字束住。此一段以宰相当勤政引出待漏院之说。乃若北阙向曙，东方未明⑩，相君启行，煌煌火城⑪。相君至止，哕哕鸾声⑫。此六句写相君趋朝。金门未辟。玉漏犹滴⑬。此二句写入朝尚早。撤盖下车，于焉以息⑭。此二句正写入院。以上十句写相君入院，忽用韵，趣甚。待漏之际，相君其有思乎？用一“思”字，摹写待漏时勤处，妙能恰合，此一段写宰相入院之景，生出“思”字起下。

其或兆民未安，“其或”二字下得活甚。思所泰之⑮；四夷未附，思所来之⑯；四句两“思”字紧跟上段“思”来。兵革未息，何以弭之⑰；田畴多荒，何以辟之⑱；此四句句法一变。贤人在野，我将进之⑲；佞人立朝，我将斥之⑳；句法再变。六气不和，灾眚荐至，愿避位以禳之㉑；句法再变。五刑未措，欺诈日生，请修德以厘之㉒。此上十八句言贤相所思之慎。首四句明用“思”字，下乃用“何以”“我将”“愿”“请”字暗代“思”字，最有变化。此是最慎思者榜样。

忧心忡忡，待旦而入。总一笔。九门既启，应上“金门未辟”。四聪甚迩[23]。相君言焉，时君纳焉[24]。带言一层。皇风于是乎清夷，苍生以之而富庶[25]。此慎思之切，伏下“万人之命”。若然，则总百官[26]，食万钱，此慎思之极。非幸也，有歆动意。宜也。此一段言贤相所思之慎而有获之理。

其或私仇未复，思所逐之；旧恩未报，思所荣之；此四句两“思”字亦顶“相君其有思”句来。子女玉帛，何以致之[27]；车马玩器，何以取之；奸人附势，我将陟之[28]；直士抗言，我将黜之；三时告灾，上有忧色，构巧词以悦之；群吏弄法，君闻怨言，进谄容以媚之。此十八句言奸相所思之不慎，字字与前言贤相十八句相反。摹写曲尽奸相情态，是不慎思的榜样。私心慆慆，假寐而坐[29]。“私”字括尽上文如许情事。九门既开，重瞳屡回[30]。相君言焉，时君惑焉。政柄于是乎隳哉，帝位以之而危矣[31]。伏下“一国之政”，此不慎思之害。若然，则死下狱，投远方，此不慎思之报。非不幸也，有悚惕意。亦宜也。此一段言奸相所思之不慎而有获谴之理。

是知一国之政，“是知”二字紧顶前。万人之命，悬于宰相，此三句见关系之重。可不慎欤？归重“慎”字。是一篇吃紧处，所谓“用规执政者”全在此一字上。此一段总收上两段，见宰相关系之重。复有无毁无誉，“复有”两字妙甚，分明另转出一层。旅进旅退[32]，窃位而苟禄，备员而全身者[33]，此四句是“苟禄全身”，曲尽庸相情态。思在此，勤亦在此。亦无所取焉。此句寓规意。此一段另言庸相之无足取。

棘寺小吏王禹偁为文[34]，“王禹偁”三字自书其名，“为文”及“请志院壁”，点清“记”字。请志院壁，用规于执政者。此一段为作记之意，结得词气严正。

［诚评］院曰“待漏”，本欲相君勤政，故开首以天道圣人并起，归重臣劳。随历数古相之皆务于勤，而又撇开卿大夫，重跌宰相，以转入题。然试思待漏时之勤，勤何在乎？亦惟在思而已矣。夫思之善者，有功，而获宠；思之不善者，有害，而获谴。可见非不勤之过，是不慎之过也。故极言宰相关系之重，而以“慎”字作收。故知此慎字，正是所谓规处。然又有一种庸相，苟禄为谋，几同贤相之享福，全身为计，更异奸相之罹刑。岂不似乎慎思而知所勤者？但一国之政，万人之命则空悬。于若曹之职如何也？算得个待漏之人，其曰“亦无所取”，则规之者愈警切矣。篇末自署其官以及姓名，亦见敬谨之意，而“用规”一语，尤觉一片婆心，千载如揭，宜昔人称为垂世立教之文。

注释：

①天道：指大自然。　品物：各种各样的东西，此指万物。　亨：通达。这里指自然地成长。　岁功：一年的收获。　成：成功。这里是获得的意思。

②四时之吏：指主管四季的四个神灵句芒、祝融、蓐收、玄冥。　五行：指金、木、水、火、土。古代阴阳家认为四时的变化是由五行相生相克造成的。　宣：疏通，疏导。

③圣人：指有德行的皇帝。

④三公：太师、太傅、太保。这里泛指辅佐皇帝主持国家大计的最高长官。　论道：讨论治国的大道。　六卿：冢宰、司徒、宗伯、司马、司寇、司空。这里指中央各部的长官。　张其教：宣扬教化。

⑤法乎天：遵从天道。法，作动词用，指以天道为法度。

⑥相：辅佐。　咎（gāo）：即皋陶，“咎”通“皋”。相传是虞舜时的贤臣。　夔（kuí）：后夔。也是虞舜时的贤臣。　房、魏：房玄龄和魏徵，都是唐朝的名相。

⑦务于勤：勤于职守。

⑧夙（sù）兴夜寐：早起晚睡。　一人：指皇帝。

⑨因旧制：沿袭唐朝的旧制。唐李肇《唐国史补》卷中：“旧百官早朝，必立马于望仙、建福门外，宰相于光宅车坊，

以避风雨。元和初，始制待漏院。” 待漏院：古时宰相及百官等候上早朝时休息的地方。漏，计时用的漏壶。 丹凤门：宋朝皇城的正南门。也叫朱雀门。

⑩北阙：指皇帝接见群臣议政的宫殿。阙，宫门前的望楼。 向：将要。

⑪相君：对宰相的敬称。 煌煌：光亮的样子。 火城：封建时代每次朝会，百官先集，宰相后到，列烛达数百炷，叫作火城。

⑫哕哕（huì huì）：形容铃声。 鸾声：铃声。

⑬金门：宫门。 玉漏犹滴：指夜还没有过去。漏壶中蓄水，从漏孔中滴出，以计时刻。

⑭盖：车篷。 于焉：在此。焉，指代待漏院。

⑮兆民：指百姓。 泰之：使之（百姓）安泰。

⑯四夷：四方的少数民族。 来：安抚、招徕。

⑰兵革：指战争。 弭（mǐ）：平息。

⑱田畴（chóu）：田地。 辟：开垦。

⑲在野：在民间。指没有出来做官的人。

⑳佞（nìng）人：善用巧言献媚的人，这里指奸臣。 斥：罢免。

㉑六气：指阴、阳、风、雨、晦、明六种自然现象。六气不和，指天时不正。 灾眚（shěng）：灾祸。 荐：接连、屡次。 禳（ráng）：古代以祭祷消灾的一种仪式。

㉒五刑：五种轻重不等的刑法。 厘：整理、矫正。

㉓九门：泛指宫门。 四聪：指能听到四面八方反映的人，这里指皇帝。 迩：近。

㉔时君：顺应天时的皇帝。 纳：接受。

㉕皇风：朝廷上的政治风气。 清夷：清明平静。 苍生：指百姓。

㉖总：统辖。

㉗致：获得。

㉘陟（zhì）：提升。

㉙慆慆（tāo tāo）：形容放纵无节制，没完没了。

㉚重瞳：相传虞舜的目中有两个瞳人。见《史记·项羽本纪》："吾闻之周生曰，舜目盖重瞳子，又闻项羽亦重瞳子，羽岂其苗裔邪？"后因以指皇帝或皇帝的眼睛。

㉛隳（huī）：毁坏，破坏。

㉜旅进旅退：随众人进退。

㉝窃位而苟禄：窃取高位，苟求厚禄。 备员而全身：虚充职位，保全自身。

㉞棘寺：大理寺的别称。旧时最高的司法机关。

黄冈竹楼记　王禹偁

本篇为王禹偁在宋真宗咸平二年（公元999年）被贬为黄州刺史时写的。虽写“竹楼”，却是于文中寓意自己谪居心情。

黄冈之地多竹。开首点出竹之来历。大者如椽[①]，竹工破之，刳去其节，用代陶瓦，此四句点出竹瓦，叙次精细简洁。比屋皆然[②]，见竹楼以竹瓦得名，因其土俗而非创造。以其价廉而工省也。此句见不高华意。断一笔束上生下。此一段以竹可为瓦引起。

子城西北隅，点出竹楼地界。雉堞圮毁，妙，惟雉堞圮毁，故城中小楼可吞城外山光，挹城外江濑，而且见及江山之外也。榛莽荒秽[③]。对下“华”字。因作小楼二间，点出竹楼，对下“高”字。与月波楼通[④]。带叙原旧之楼。亦叙得精细简洁。此一段记造竹楼之由。远吞山光，平挹江濑，幽阒辽夐[⑤]，不可具状。就楼外总写一层。在山川上言曰“吞”，曰“挹”，皆状楼形势也。“具状”又是浑括一笔。记竹楼外所见之景。夏宜急雨，有瀑布声；冬宜密雪，有碎玉声；二“宜”就天时上言。宜鼓琴，琴调和畅；宜咏诗，诗韵清绝；宜围棋，子声丁丁然⑥；宜投壶⑦，矢声铮铮然。四“宜”就人事上言。连下六“宜”字，纵横变化，就楼中细写一层，俱在声音上见。盖有声之物遇竹，相应其声倍佳。故独就此言，可以见竹楼之特异。皆竹楼之所助也。一笔点醒，归美竹楼束住。此一段记竹楼中所宜之事，确切竹楼不可移易他处。

公退之暇，四字极斟酌有体。被鹤氅衣，戴华阳巾，是竹楼中衣冠。手执《周易》一卷⑧，是竹楼中卷轴。焚香默坐，消遣世虑⑦。是竹楼中受用。此上五句，字字对下“贮妓女、藏歌舞”，从容自在，确是骚人之事。江山之外，第见风帆、沙鸟、烟云、竹树而已⑧。应前江山，再写出一层，宛然图画，世虑何有。待其酒力醒，又略作一顿宕。茶烟歇，送夕阳，迎素月，亦谪居之胜概也⑨。此七句从上“远吞”二句生出无数妙景，飘飘欲仙矣。此一段记竹楼登眺之乐。“谪居”二字生下“吾闻”数句。

彼齐云、落星⑩，高则高矣；井幹、丽谯⑪，华则华矣。止于贮妓女，藏歌舞，非骚人之事，此三句应上楼中所宜之事。吾所不取。此一段借四楼作衬以明竹楼韵致，绝不易得。

吾闻竹工云：“竹之为瓦，仅十稔⑫。若重覆之，得二十稔。”引竹工语。噫！吾以至道乙未岁，自翰林出滁上⑬，丙申移广陵，丁酉，又入西掖，戊戌岁除日，有齐安之命，己亥闰三月到郡[14]。历数近年迁移，皆以起明年何处之意。四年之间，再总一语起下。奔走不暇，未知明年又在何处，岂惧竹楼之易朽乎？虽达观人语，读之亦觉怆然。后之人与我同志，嗣而葺之[15]，庶斯楼之不朽也。此三句以斯楼不朽嘱望后人作结，结得妙绝。此一段从竹瓦发议，历数迁移，而以楼之朽、不朽作结。

［**诚评**］此记作于咸平二年八月十五日。大旨是借竹楼以写其谪居之意也。通体俱切定竹楼，抒写胜概。玩“亦谪居”句，则竹楼之景尽属谪居之乐矣！“吾以至道”数语，分明有由乐转入悲意，却妙在笔能含蓄不露。末以斯楼不朽结，到底还他个记体。“远吞”二段，是景中有人，“公退”一段是人中有景，读者亦须辨之。

注释：

①黄冈：现在湖北省黄冈县。 椽（chuán）：椽子，放在檩（lǐn）上架着屋顶的圆木条。

②比屋：家家户户。

③子城：城门外的套城。 雉堞（dié）：城上的矮

墙。　圮（pǐ）毁：塌坏。　榛（zhēn）莽：杂生的树木野草。　荒秽：荒凉肮脏。

④月波楼：黄州的一座城楼，为王禹偁修筑。

⑤阒（qù）：寂静。　夐（xiòng）：遥远。

⑥丁丁（zhēng zhēng）：象声词，形容棋子落在棋盘上的声音。

⑦投壶：古代的一种游戏。用箭状的筹棒去投长颈形的壶，按投中的次数来分胜负。

⑧退：办理完公务。　被：披。　鹤氅（chǎng）：用鸟羽制成的衣服。　华阳巾：古时道士所戴的头巾。　《周易》：指《易经》，古代一部著名哲学著作。

⑦世虑：世俗的想法。

⑧第：依次。

⑨胜概：佳境。

⑩齐云、落星：楼名。齐云楼在今江苏省苏州市，落星楼在南京。

⑪井幹、丽谯：楼名。井幹楼在长安，汉武帝所建。丽谯楼，曹操所建。

⑫十稔（rěn）：十年。稔，原意为谷熟，谷一年一熟，所以一稔为一年。

⑬至道乙未岁：宋太宗至道元年。　出：遭贬。

⑭丙申：宋太宗至道二年。　广陵：现扬州。　丁酉：至道三年。　西掖：中书省别称。　戊戌：宋真宗咸平元年。　岁除日：大年三十，除夕。　齐安：指黄州。　己亥：真宗咸平二年。

⑮同志：志同道合的人。　嗣（sì）：继续。　葺（qì）：修理，修葺。

严先生祠堂记 范仲淹

范仲淹（公元989年至1052年），字希文，苏州（今江苏吴县）人，宋朝文学家。谥号文正。

严先生，东汉高士严光。本文为范仲淹任严州（今浙江桐庐县）知州时，为祭奠严光特建祠堂作记。

先生，光武之故人也①。起得宾主分明，虽兼两人说起，毕竟赞先生居多，观上下文可悟。相尚以道②。就平素言，故下以“及”字、“既而”字接，一篇之纲。“道”字包下“节”字、“礼”字。此一段先作总赞。及帝握《赤符》，乘六龙，此二句总言为天子。得圣人之时③。“时”即指“为天子”。林西仲谓似用孔子“圣之时”，过泥。臣妾亿兆，天下孰加焉，好顿宕。惟先生以节高之④。以光武之时极形先生之节。好笔力。此一段言先生尚光武以道。既而动星象，“既而”二字，紧接“以节高之”，可见虽以光武对讲，而意实一串。归江湖，得圣人之清⑤。比之伯夷，为下

"贪夫"二句伏脉。泥涂轩冕[6]，天下孰加焉，惟光武以礼下之。以先生之节极形光武之量。此一段言光武尚先生以道。

在《蛊》之上九[7]，众方有为，而独不事王侯，高尚其事，先生以之。句法本《易》。此一段引《易》证先生之以节高。在《屯》之初九[8]，阳德方亨，而能以贵下贱，大得民也，光武以之。此一段引《易》证光武以礼下先生。四"之"字横绝。两引易卦以证其合道。盖先生之心，出乎日月之上；光武之量，包乎天地之外。此四句为分赞。上形其高，下形其大，是推其所以能相尚之由。微先生，不能成光武之大[9]；微光武，岂能遂先生之高哉？此又互赞以结相尚处，正所以相成。意侧重高边，归到本题，故以一正一反出之。而使贪夫廉，懦夫立，应前"得圣人之清"。是大有功于名教也[10]。归功于先生，束住，才见得当祀。此一段反复致赞以见当祀先生之意。

仲淹来守是邦，始构堂而奠焉[11]。正记祠堂。乃复为其后者四家，以奉祠事[12]。复立其子孙，正以崇其祀也。又从而歌曰："云山苍苍，江水泱泱[13]。先生之风，"风"字从"得圣人之清"生来。山高水长！"以歌作结，大有纵横俯仰之态。此一段记作祠堂，而以歌结，结得余韵悠然。

[**诚评**] 朱晦庵曰：胡文定父子最不轻下人。见文正此记，独为深服。谢叠山曰：字少意多，文简理详，大有关于世

教。金圣叹曰：题目是严先生，却以光武对讲，说得光武大，愈见先生高矣。此文家陪衬之法也。林西仲曰：首言其相尚，继言其相成，末言其有功名教，总以“道”字作线。持论不刊，千古杰作。合观诸评，可以洞悉此文之妙矣。

细玩通体神味，虽以光武对讲，而意实侧重先生，宾主原是分明。勿泥于对讲之迹而失其神味之轻重处也。至笔力之雄健而生动，结构之精严而自然，更觉直追秦汉。

立祠堂之意，本以风世。故首提“道”字说起，归到有功名教，见相尚以“道”处，尽有功名教处也。末以“风”字作结，则维世之意并见矣。《广舆》记载：公知严州建子陵祠，风起士习，则公立祠堂而作记之意，不从可识欤？

注释：

①先生：姓严名光，字子陵。会稽余姚（今浙江余姚县）人。本姓庄，后史臣避明帝（刘庄）讳，改为“严”。他年轻时曾和刘秀同学。刘秀即位后，他改换姓名躲了起来。刘秀派人找到他，召进京城，授他为谏议大夫，他不肯接受，回到富春山隐居，靠耕钓为生。　光武：东汉开国皇帝刘秀。

②尚：尊重。　以道：凭道义。

③握《赤符》：儒生强华从关中奉《赤符》献给刘秀，上有谶文说："刘秀发兵捕不道，四夷云集龙斗野，四七之际火为主。"大意是，刘秀起兵讨伐王莽，正好是恢复汉王朝的日子。刘秀遂称帝。　乘六龙：《易经·乾》卦象辞曰："时乘六龙以御天。"六龙，指《乾》卦的六爻。　圣人：指皇帝。

④臣妾：原指男女奴隶，这里指被统治的人民。　加：超出。　高：高出。

⑤动星象：惊动了天上的星象。据《后汉书·严光传》载：严光和刘秀同卧，严光把脚放在刘秀腹上。第二天，太史奏称：昨夜客星犯御座甚急。刘秀笑着说："我和老朋友严子陵同卧罢了。"　江湖：泛指乡间。　圣人之清：指像伯夷一样清高。伯夷在商朝灭亡后，拒食周粟，饿死在首阳山。所以孟子说："伯夷，圣之清者也。"

⑥泥涂轩冕：视官爵为泥土。轩冕，古代高官坐的车和戴的礼帽，这里借指高官厚禄。

⑦《蛊》：《易经》上的卦名。　上九：指《蛊》卦第六爻中的阳爻。

⑧《屯》：《易经》上的卦名。　初九：指《屯》卦的第一爻中的阳爻。

⑨微：如果没有，除了。

⑩名教：以正定名分为中心的封建礼教。

⑪守：官吏试职。　是邦：指严州。今浙江桐庐县。

⑫复：免除赋税或劳役。　祠事：祠堂内外的事务。

⑬泱泱（yāng yāng）：水流动的样子。

岳阳楼记　范仲淹

本文是范仲淹一篇非常著名的散文。它形象地描绘了岳阳楼（今湖南岳阳）的雄奇景色，抒发了“先天下之忧而忧，后天下之乐而乐”的宏伟抱负。当时正是宋仁宗庆历六年（公元1044年），作者因“庆历新政”变法失败，贬居湖南而作。

庆历四年春，滕子京谪守巴陵郡①。“谪守”，是一篇眼目。伏当忧君意。越明年，政通人和，百废俱兴。先着此二句，在题前点一层，方入修楼，立言得体，有步骤。乃重修岳阳楼，正记修楼。增其旧制②，胜前可知。刻唐贤今人诗赋于其上，伏下“前人之述”句。记重修之盛。属予作文以记之。点出作记来由。此一段叙出作记之由。

予观夫巴陵胜状，提笔放开。在洞庭一湖③。点出洞庭，下好生发。衔远山，吞长江，浩浩汤汤，横无际涯④。四语状湖面之大。朝晖夕阴，气象万千。此上六句写尽岳阳大观。“朝晖”二句言其景之常也。下文景之变、景之佳，皆从此生。此则岳阳楼之大观也，此一束方是记楼不是赞湖。前人之述备矣[5]。应前“刻唐贤”句。此一段先撇开岳阳楼之胜概。因岳阳大观已尽前人诗赋中，不必重述。人详我略，脱卸法也。然则北通巫峡，南极潇湘[6]，迁客骚人，多会于此[7]；此二句暗指“谪守”。览物之情，得无异乎？此二句开下文。此一段提出览物之情而以“异”字起下悲、喜二意。

若夫霪雨霏霏，连月不开[8]；总冒。阴风怒号，浊浪排空；日星隐曜，山岳潜形[9]；商旅不行，樯倾楫摧[10]；此六句是“朝晖”变景。薄暮冥冥，虎啸猿啼。此二句是“夕阴”变景。此十句从气象万千中先发出一段阴惨之景。登斯楼也，则有去国怀乡，忧谗畏讥[11]，点清子京心事。满目萧然，感极而悲者矣。非忧君民，是一种览物之情。此一段言览物而悲者，伏下“不以己悲”句，生出“忧”字。

至若春和景明，波澜不惊；亦是总冒。上下天光，一碧万顷；沙鸥翔集，锦鳞游泳[12]；岸芷汀兰，郁郁青青[13]。此六句是朝晖佳景。而或长烟一空，皓月千里；浮光耀金，静影沉璧[14]；渔歌互答，此乐何极？此六句是夕阴佳景。此上十四句从气象万千中再发出一段阳和之景。前十句总引起一“悲”字，此十四句总引起一“喜”字。登斯楼也，则有心旷神怡，宠辱皆忘，反敲子京。把酒临风，其喜洋洋者矣。不忧君民，又是一种览物之情。此一段言览物而喜者，伏下“不以物喜”句，生“乐”字。前此二段只借来为后文作翻，以下方是正旨。

嗟夫！予尝求古仁人之心。提古仁人，为子京箴规。或异二者之为，“异”字应前，更推出一层。何哉？不以物喜，不以己悲。紧对上两段意。居庙堂之高，则忧其民⑮；处江湖之远，则忧其君⑯。此四句是古仁人之心。对子京言，自当侧重江湖，然妙在语意浑融无迹。是进亦忧，退亦忧⑰。然则何时而乐耶？忧、乐是全篇关键。其必曰：“先天下之忧而忧，后天下之乐而乐乎⑱。”进退并举却重退，一齐揭出。噫！微斯人，吾谁与归⑲？并带前迁客骚人作结，笔力万钧，大有箴规子京意。此一段指出古仁人之心作结。

[诚评] 通体俱在“谪守”上着笔，确是子京重修岳阳楼记。一字不肯苟下，圣贤经济，才子文章，于此可兼得之矣。

注释：

①庆历四年：公元1004年。庆历，宋仁宗赵祯的年号。滕子京：名宗谅，因被人诬告，被贬为岳州知州。 巴陵：即岳州。

②岳阳楼：相传唐朝初年建筑。在今湖南省岳阳市城西，面对洞庭湖。 增：扩建。 旧制：旧有的规模。

③夫：语助词。　胜状：壮丽的景色。　洞庭湖：岳州巴陵县西北。

④远山：指洞庭湖中许多小山。　浩浩汤汤（shāng shāng）：水势浩大的样子。　涯：边际。

⑤前人之述：指上面说到的“唐贤今人诗赋”。　备：详尽。

⑥巫峡：长江三峡之一，在湖北省巴东县西。　潇湘：潇水和湘水，合流后，北入洞庭湖。

⑦迁客：指谪戍遭贬之人。　骚人：屈原曾作《离骚》，以后人称诗人为骚人。

⑧霪（yín）雨：过多的雨，连绵的雨。　霏：纷纷降落。　不开：不放晴。

⑨隐曜（yào）：隐没了光亮。　潜形：隐藏了形体。

⑩樯（qiáng）：船的桅杆。　倾：倒。　楫（jí）：船桨。　摧：断。

⑪去国：离开京城。　忧谗：担心受到诽谤。

⑫翔集：有时飞翔，有时停下聚集。　锦鳞：像织锦一样美丽的鱼。以鳞指鱼，以部分代全体。

⑬芷（zhǐ）：香草。　汀：水边平地。　郁郁：草木茂盛的样子。

⑭浮光耀金二句：浮动着的波光，像黄金那样耀眼，静静

的月影映在水中，犹如白玉沉在水底。

⑮庙堂：指朝廷。

⑯江湖：指民间。

⑰进：指在朝居官。　退：退隐民间。

⑱先天下之忧而忧二句：忧在天下人之先，乐在天下人之后。

⑲微：除了，没有。　归：同一趋向。

谏院题名记　司马光

司马光（公元1019年至1086年），字君实。陕州夏县（今山西夏县）人。宋仁宗进士，官至尚书左仆射（yè），封温国公。谥号文正。

本文记叙了古代设置谏院的重要性以及题名的由来。

古者谏无官，起得突兀。自公卿大夫至于工商，无不得谏者[①]。此三句高题一层发议。人人可谏言，路甚广。汉兴以来，始置官。叙谏官来历，任责之专。此一段原谏官所由，置之初。夫以天下之政，四海之众，得失利病，萃于一官使言之，其为任亦重矣[②]。郑重言之，正以见其任之重。"萃于"两句对上"自公卿"两句。此一段论谏官所关系之甚大。居是官者，当志其大，舍其细，先其急，后其缓。此四句尽谏职体要。专利国家，则知无不言。而不为身谋[③]。则言无顾忌，真大儒议论。彼汲汲于名者，犹汲汲于利也[④]。从"为身谋"上分出名利两种，推勘无遗。玩一“犹”字分明是侧在“名”上收。其间相去何远哉？此一段言谏官当尽言责，而不可怀利，亦不可沽名。

天禧初，真宗诏置谏官六员，责其职事⑤。一点谏院来历。庆历中，钱君始书其名于版⑥。二点题名来历，此正注题名句。光恐久而漫灭，嘉祐八年，刻著于石⑦。此三句自述改刻之由。后之人将历指其名而议之曰：某也忠，某也诈，某也直，某也曲。“其名”中“名”指姓名，与前“汲汲于名”之“名”不同，兼忠、诈、直、曲者在内，须辨。此为题名之意。呜呼！可不惧哉？结得危悚之极。此一段以题名之可惧为劝诫作结。

［诚评］开首从谏无官说到置官，次极言谏官任重，再次极言谏官当纯心忠直。三段俱在“谏”上讲，末段方在谏院题名上讲。层层次次，发出无限谠（正直的）论。究止一百六十余字，其可谓言简意赅。至于笔挟秋霜，尤令人起敬起畏。

注释：

①古者：古代，古时。　谏：下对上的规劝。

②萃（cuì）：聚，集中。

③谋：计划，打算。

④汲汲（jí jí）：心情急切的样子。

⑤天禧：宋真宗（赵恒）年号。

⑥庆历：宋仁宗（赵祯）年号。　钱君：可能是指司马光的好友钱公辅。　版：指木版。

⑦光：司马光自称。他在史学上的贡献很大，主持编辑了我国编年史巨著《资治通鉴》。　嘉祐：仁宗的第九个年号，也就是最后一个年号。

爱莲说　周敦颐

周敦颐（公元1017年至1073年），原名敦实，字茂叔。道州营道（今湖南省道县）人。因自号濂溪，世称濂溪先生。

本文题为“爱莲”，实借莲花以自为写照。

水陆草木之花，宽一笔起作冒。可爱者甚蕃[①]。晋陶渊明独爱菊[②]，是陪笔，菊陆而草本者，伏下“鲜有闻”意。自李唐来，世人甚爱牡丹[③]；牡丹陆而木本者，伏下“众”字意。予独爱莲之出淤泥而不染，方入题，莲水而草本者，伏下“同予者何人”意。濯清涟而不妖[④]，中通外直，不蔓不枝[⑤]，兼才德，统内外，该本末，包远近。香远益清，亭亭净植，可远观而不可亵玩焉[⑥]。此一段备极形容莲之可爱。字字为莲写照，却字字自己写照，写出一个君子来。

予谓菊，花之隐逸者也；牡丹，花之富贵者也；莲，花之君子者也。此一段辩花之品而以莲为君子，从“淤泥”七句断出。噫！

菊之爱，陶后鲜有闻；莲之爱，同予者何人？有勉人意。牡丹之爱，前面皆以菊、牡丹陪在莲前，此又将牡丹衬在莲后，亦变化错综。宜乎众矣！亦欲激之转而同爱也。此一段辩爱之品，而慨同爱莲者之寡。以勉人意结，结得义味深长。

［诚评］莲在众卉之内最为高品，幽同夫菊，而不傲艳；类牡丹，而不俗。故于“甚蕃”之中，而特举二者以为陪衬，又妙在不说坏了它。起处以“可爱”二字包罗在内，立言极有斟酌。玩“予谓”一段，以“隐逸”“富贵”陪衬出君子，分明是轻外重内之学。末段“同予者何人”，亦望世之契合君子也。至首段“予独爱莲”以下，则语语借莲自况，曰“出淤泥而不染”，不移于俗也；曰“濯清涟而不妖”，不媚于世也；曰“中通”，心不窒也；曰“外直”，行不邪也；曰“不蔓不枝”，主一而无适也；曰“香远益清”，令闻广誉，流播无穷也。呜呼！此其所以为莲花欤？此其所以为濂溪欤？谓之君子，谁曰不宜？

注释：

①蕃（fán）：繁多。

②陶渊明：名潜，晋朝大诗人。酷爱菊花。据《续晋阳秋》记载："陶潜尝九月九日无酒，于宅边东篱下摘菊盈把，俄见白衣人至，乃刺史王弘送酒，便就酣饮。"

③李唐：因唐朝皇帝姓李，故称唐朝为"李唐"。 世人甚爱牡丹：唐人爱牡丹，古书有不少记载。唐李肇的《唐国史补》记载："京城贵游尚牡丹。每春暮，车马若狂。"唐代诗人刘禹锡亦有诗记此盛况："惟有牡丹真国色，花开时节动京城。"

④濯（zhuó）：洗涤。 清涟（lián）：清澈的水。

⑤不蔓不枝：指莲梗不蔓延、不分枝。

⑥亵（xiè）：亲近而态度不庄重。

朋党论　欧阳修

欧阳修（公元1007年至1072年），字永叔，号醉翁，晚号六一居士。庐陵（今江西永州）人。宋仁宗八年进士，官至参知政事。谥号“文忠”。是北宋著名的文学家。其文称“欧阳文”。

本文写于宋仁宗庆历初年。当时政坛保守派夏竦、吕夷简等不甘心失势，攻击参与“庆历新政”变法的范仲淹、欧阳修等革新派人士为“朋党”。于是欧阳修写下了此篇政论，献给宋仁宗。

臣闻朋党之说，自古有之，从朋党直起。“自古”句伏后半篇。惟幸人君辨其君子小人而已①。着重人君。此一段言人君当辨朋之君子、小人，定一篇大旨。大凡君子与君子，以同道为朋②；小人与小人，以同利为朋。此自然之理也。先平讲一层，同道同利，此一层不可少。然臣谓小人无朋，惟君子则有之。侧重君子立论，妙甚。时方指君子为朋，公反云云，此等意思他人百想不到。其故何哉？此转警耸。通篇俱从此意发挥、喝下，此一段从君子、小人立论以起下文。小人所好者利禄也，所贪者货财也。当其同利之时，紧跟上“同利”说。暂相党引以为朋者，伪也[3]。以“暂”字、“伪”字羞为朋，足见其无朋。“伪”字断得好，直诛小人之心。及其见同利则争先，或利尽则交疏，甚者，反相贼害[4]；正见其无朋处。虽其兄弟亲戚，不能相保[5]。衬笔更妙。此六句描写小人情状曲至。故臣谓小人无朋，其暂为朋者，伪也。应上文。言同利算不得朋，所以谓之无。此一段承写小人无朋。君子则不然，所守者道义，所行者忠信，所惜者名节。对上“所好”“所贪”二句。以之修身，则同道而相益；以之事国，则同心而共济[6]，总跟“大凡”段“同道”说。同道对同心是古文中变化不拘处。终始如一，此君子之真朋也。对“小人”言。言同道方是真朋，所以谓之有。此一段承写君子有朋。故为人君者，但当退小人之伪朋，结“小人”段。用君子之真朋，结“君子”段。则天下治矣。此一段归到人君，结小人、君子之说。自篇首至此为一大段。言人君当辨人品为进退，不当以朋党为嫌疑，大意已尽，下乃历引兴亡治乱之迹以为证。

尧之时，小人共工、驩兜等四人为一朋[7]，同利。君子八元、八恺十六人为一朋[8]。同道。舜佐尧，退四凶小人之朋[9]，证退伪朋。而进元、恺君子之朋，证用真朋。尧之时天下大治。又应前“天下治”。此一段引尧舜以退伪朋进真朋之证。兼言尧舜，兼言君子、小人。及舜为天子，而皋、夔、稷、契等二十二人并立于朝，专言同道。更相称美[10]，凡二十二人为一朋，而舜皆用之，天下亦大治。又应前。此一段引舜以为不疑真朋之证，此专言舜，专言君子，变换有法。《书》曰：“纣有臣亿万，惟亿万心；周有臣三千，惟一心[11]。”总引《书》言。纣之时，亿万人各异心[12]，可谓不为朋矣，然纣以此亡国。此四句跟“纣有臣”二句，证无朋反亡。周武王之臣，三千人为一大朋，而周用以兴[13]。此三句跟“周有臣”二句，证多朋反兴。从“治”生出兴亡。此一段引纣与武王，无朋反亡、有朋反兴之证。后汉献帝时，“后”字作一读，承上文而言也。尽取天下名士囚禁之，目为党人[14]。及黄巾贼起，汉室大乱[15]，“乱”字亦从上“治”字生出。后方悔悟，尽解党人而释之，然已无救矣。言之悚然，文法亦变。此一段引献帝以害真朋为证，此专言“乱”。唐之晚年，渐起朋党之论[16]。及昭宗时，尽杀朝之名士，或投之黄河，曰：“此辈清流，可投浊流。”而唐遂亡矣[17]。此一段引唐以灭真朋为证，专言亡。以上历叙尧、舜、虞、商、周、汉、唐治乱兴亡之迹。文法逐一变换。

夫前世之主，以下总承上文，作倒卷之笔力为洗发。能使人人异心不为朋，莫如纣；先缴“纣”。能禁绝善人为朋，莫如汉献帝；次缴汉献帝。能诛戮清流之朋，莫如唐昭宗之世。再次缴唐昭宗。然皆乱亡其国。以“乱亡”煞住。此一段总缴上“乱亡”数段。更相称美、推让而不自疑，莫如舜之二十二臣，叠用“莫如”，又极错综。舜亦不疑而皆用之。然而后世不诮舜为二十二人朋党所欺[18]，一句顶上三段，好笔力。而称舜为聪明之圣者，以其能辨君子与小人也。归到人主能辨作收。原本专言君子，此句兼言小人。亦是古文中变化不拘处，亦是古文中补斡照应处，明眼人自辨。此一段缴上“舜治”段。周武之世，举其国之臣三千人共为一朋，自古为朋之多且大，“自古”二字应篇首起处。莫如周；然周用此以兴者，善人虽多而不厌也[19]。善朋多多益善。此一段缴上“周兴”一段。以上三段收缴，文法亦逐一变换。

嗟乎！治乱兴亡之迹，一语总收后半篇文字。为人君者可以鉴矣！结明所以历历引证之意。此段总缴“治乱兴亡”，而以可鉴作结。

[诚评] 此论原为倾陷君子而发，自不得不侧重君子立言。然妙在语似翻新出奇，而意实大中至正，故能感悟人主而为万世不磨之论。前半极言人君宜辨君子、小人；后半历引治乱兴亡之迹作证，以人君之不能辨君子、小人，多由未明治乱兴亡之迹也。前后本属一意贯注，而篇首以“自古”句伏后半篇；篇末以“以其能辨”句抱前半篇。起伏照应，尤见紧密。

注释：

①朋党：古代由于政治主张相同而结成的集团。此专指排斥异己的结党宗派。 幸：希望。

②同道为朋：在道义一致的基础上结成朋党。

③党引：勾结。

④贼害：伤害。

⑤亲戚：古指父母兄弟等。

⑥济：成功。

⑦尧：唐尧。古代贤君。 共（gōng）工：水官名。 驩兜（huān dōu）：人名。 四人：指共工、驩兜、三苗、鲧（guǎn）。即下文的四凶。

⑧八元：传说中上古高辛氏的八个儿子。即伯奋、仲堪、叔献、季仲、伯虎、仲熊、叔豹、季狸。元，善的意思。 八恺：传说中上古高阳氏的八个儿子。即苍舒、隤敳（tuí ái）、梼戭（táo yǎn）、大临、庞降（xiáng）、庭坚、仲容、叔达。恺，和的意思。

⑨舜：虞舜。古代贤君。

⑩皋（gāo）、夔（kuí）、稷（jì）、契（xiè）：皆舜时贤臣，分管刑法、音乐、农事和教育。 更相：互相，彼此。

⑪《书》：《尚书》，也称《书经》。下面引的四句是武

王伐纣，会师于孟津时发表的誓师词。

⑫纣：商朝亡国之君帝辛。

⑬周武王：周朝开国天子姬发。

⑭献帝：汉朝亡国之君刘协。　目：视为。

⑮黄巾贼：指东汉末的农民起义军。贼，是对农民军的蔑称。

⑯唐之晚年二句：指始于唐穆宗长庆初年，以牛僧孺为首和以李德裕为首两大官僚集团间的争斗。这次朋党之争一直延续到宣宗时代，历时近四十年，史称“牛李党争”。

⑰昭宗：唐朝亡国之君李晔（yè）。　“此辈清流”二句：这是昭宗天祐二年，李振唆使朱全忠诱杀当时士大夫裴枢等三十余人所说的话。原句为：“此辈常自谓清流，宜投入黄河，使为浊流。”

⑱诮（qiào）：责备。

⑲厌：感到满足。

昼锦堂记　欧阳修

《汉书·项籍传》上载，项羽曾说：“富贵不归故乡，如衣锦夜行。”后人便以衣锦还乡作为荣耀的事情。韩琦以武康军节度使身份兼任其故乡相州知州，取项羽的话改“夜”为“昼”命名厅堂，欧阳修为此特作此记。

仕宦而至将相，富贵而归故乡，此人情之所荣，以“荣”字立通篇之案。而今昔之所同也。古人云富贵不归故乡，如衣锦绣夜行。故以富贵归故乡为昼锦。此四句从人情说起作一篇之旨。言富贵是人所同以为荣的。盖士方穷时，困厄闾里①，伏后“非闾里之荣”句。庸人孺子，皆得易而侮之②。若季子不礼于其嫂，买臣见弃于其妻③。一旦高车驷马，旗旄导前④，伏后“高牙大纛”句。而骑卒拥后，夹道之人，相与骈肩累迹，瞻望咨嗟⑤；借苏秦、买臣事影出昼锦，最工。妙将人情所荣处极力摹写，淋漓尽致。而所谓庸夫愚妇者，奔走骇汗⑥，羞愧俯伏，应上“皆得易”句，伏下“不意”句。以自悔罪于车尘马足之间。自“庸人”至此叙述世态炎凉，何等痛切。此一介之士，束得精神。得志于当时，“志”字是一篇之骨。而意气之盛，昔人比之衣锦之荣者也。叙出昼锦。“昔”字应前“而今昔之所同”句。此一段承上，言昼锦之所以为荣，由于久穷而忽得志，反击下意。

惟大丞相魏国公则不然[7]。转入韩公。公，相人也。见相州为公故乡意。世有令德，先叙公先世。为时名卿。见非一介之士。自公少时，已擢高科，登显仕[8]。此三句见未受庸夫愚妇之侮。海内之士，闻下风而望余光者，盖亦有年矣[9]。读此自知季子、买臣辈恰好作公之反衬。所谓将相而富贵，应起首一句。皆公所宜素有。非如穷厄之人，应前“盖士”两句。侥幸得志于一时，应前“得志当时”。出于庸夫愚妇之不意，以惊骇而夸耀之也。此二句应前“而所谓”四句。然则高牙大纛，不足为公荣[10]；“荣”字再应。桓圭衮裳，不足为公贵[11]。以“贵”字对“荣”字，此前人变动不拘处。此一段言富贵皆公所固有，非穷而后通者可比。把世人所谓昼锦之荣一总撇开，方可倒入韩公所谓荣处。惟德被生民，而功施社稷[12]，见非一乡。勒之金石，播之声诗[13]，此二句伏下“刻诗于石”，“铭彝鼎被弦歌”等句。以耀后世，而垂无穷，此四句见非一时。此上六句正是公之志，公之所谓荣处。此公之志，“志”字再应。前两“志”字在他人身上，此一志方在公身上见。而士亦以此望于公也。岂止夸一时而荣一乡哉？又以“夸”字对“荣”

字，亦是不拘。“荣”字三应。此一段言公不以人情之所以荣者为荣，而自有其所以为荣者。

公在至和中，接入叙事。尝以武康之节，来治于相，乃作昼锦之堂于后圃⑭。点出本题。既又刻诗于石，以遗相人。在邦家不在闾里也。其言以快恩仇、矜名誉为可薄⑮，盖不以昔人所夸者为荣，回应篇首，“荣”字四应。而以为戒。于此见公之视富贵为何如，而其志岂易量哉！“志”字三应。自“既又”至此，就公诗中之词见其平日之志，不以富贵为荣。此上只言公志不在富贵而在功德。故能出入将相，勤劳王家，而夷险一节⑯。此方言其功德之实。至于临大事，决大议，垂绅正笏⑰，不动声色，而措天下于泰山之安，可谓社稷之臣矣。自“故能”至此，是其志之有成处。形容得最好，直道出公全副本领。此句应“功施社稷”。其丰功盛烈，所以铭彝鼎而被弦歌者⑱，此二句是公所谓荣处。乃邦家之光，此句非欧公不能为此言，非韩公不能当此言。非闾里之荣也。“荣”字五应。此一段正记公之作堂，不以富贵为荣，而其所谓荣者，在邦家不在闾里也。见功德在天下可以传后世，其荣原不在归不归乡。如此收束，方结得本题目，方称得韩公本领。余虽不获登公之堂，幸尝窃诵公之诗，应刻诗。乐公之志有成，“志”字四应。而喜为天下道也。于是乎书。此一段自叙所以作记之意，结得有体，结得婉曲周匝。

［**诚评**］从“昼锦”二字中想出个“荣”字来，从“荣”字上想出个“志”字来，于是以“志”字为经，以“荣”字为纬，写成一篇洋洋洒洒大文。却妙在从人情说起，推出“昼锦”之所以为荣处，为魏公反衬，且又不说坏，若辈不过只以富贵之荣，衬出公功德之荣来。然使一口竟尽，便索然无味。而文势亦不峥嵘，故前幅既作衬笔，而转入韩公后，仍多作顿宕。直至“公在”一段，方才实叙出公之功德，足以为荣。字字是韩公实录，毫无溢美之词，崇议闳论，堪传不朽。而结构亦极精密，此当是庐陵最用意之文，然非韩公之功德，正恐难当得此文也。

注释：

①穷：不得志。　困厄（è）：穷困。　闾（lǘ）里：乡里，家乡。闾，里巷的大门。

②庸人：平常人。　易：轻视。

③季子：苏秦的字。苏秦，战国时东周洛阳人，是战国时期有名的纵横家。　不礼于其嫂：指苏秦游说秦惠王不成，狼狈回家，嫂嫂不给他做饭吃。后来当苏秦做了六国的相，路

过家乡，嫂嫂跪着迎接他。请参阅《以连横说秦》。 买臣：朱买臣，汉会稽吴人。 见弃于其妻：指朱买臣因家贫靠打柴度日，妻子不甘清贫，离开他另嫁了别人。后来朱买臣做了会稽太守，其妻在衙门里与他相见时，因感到羞愧，自缢而死。事见《汉书·朱买臣传》。

④驷马：古代车子套四匹马是显贵的象征。 旗旄：泛指旗帜。

⑤骈（pián）肩累迹：肩并着肩，脚迹叠着脚迹。极言人多。 咨嗟（zī jiē）：叹息，赞叹。

⑥骇汗：惊恐得汗都出来了。

⑦魏国公：韩琦，字稚圭，宋相州安阳（今河南安阳）人。二十岁中进士，执政十年，封魏国公，死后谥号“忠献”。

⑧擢（zhuó）：选拔。 高科：科举中的高等科目。这里指进士科。

⑨有年：多年。

⑩高牙：将军用的大旗，因竿上有象牙装饰，故叫牙旗。大纛（dào）：古时军队或仪仗队的大旗。

⑪桓圭：古代公爵所执的礼器，用于朝聘、祭祀、丧葬等场合。 衮（gǔn）裳：古代皇帝和上公所穿的礼服。

⑫被：加，及。 社稷：古代王侯祭祀的土神和谷神。后

用作国家的代称。

⑬勒：刻。　声诗：乐章，乐歌。

⑭至和：宋仁宗（赵祯）第八个年号。　节：符节。　昼锦之堂：即“昼锦堂”。

⑮快：满足。　矜：自夸。　薄：鄙薄。

⑯夷：平。　一节：一致，一律。

⑰垂绅正笏（hù）：形容从容镇定，神色自若。绅，官袍外的大带。笏，大臣上朝时所带的记事用的手板，用玉、象牙或竹片制成。

⑱彝鼎：古代作为立国的重器，是国家的象征。

醉翁亭记　欧阳修

本文写于宋仁宗庆历五年。当时作者被贬为滁州刺史。

此记大量应用骈偶句，并夹有散句，形成似骈非骈、似散非散的风格；同时用说明句，连用二十一个“也”字。文字非常优美。

环滁皆山也[①]。自滁说到山。其西南诸峰，林壑尤美。望之蔚然而深秀者，琅琊也[②]。就山单表西南峰，为下文山间朝暮四时伏脉。山行六七里，渐闻水声潺潺，而泻出于两峰之间者，酿泉也[③]。就西南两峰单表酿泉。上记山，此记水，一路顺叙，为下文“溪深、泉香”等句伏脉。峰回路转，四字妙，见亭在山水间，可以游乐意。有亭翼然临于泉上者，方落到亭。醉翁亭也。点出亭名。此三句从泉说到亭。作亭者谁？山之僧智仙也。点出作亭人，陪得妙。名之者谁？太守自谓也。点出名亭人，留住姓名为结处地。太守与客来饮于此，接手自注，妙。饮少辄醉[4]，注醉。而年又最高，故自号曰“醉翁”也。此四句自释“醉翁”二字之义。醉翁之意不在酒，在乎山水之间也。接手又自破，破“不在酒”，应前面起处。山水之乐，一篇主脑。得之心而寓之酒也。破亦在酒。此四句又释所以醉之义。此一段叙亭得名之由。

若夫日出而林霏开，云归而岩穴暝[5]，晦明变化者，总承上二句。山水之朝暮也。此四句记亭之朝暮，以一日言。野芳发而幽香，春。佳木秀而繁阴[6]，夏。风霜高洁，秋。水落而石出者，冬。山间之四时也。此五句记亭之四时，以一年言。朝而往，暮而归，四时之景不同，而乐亦无穷也。此四句总承上朝暮、四时，总收到“乐”上，以见游者之乐非一端可尽。此一段叙亭外之景，单就山言。

至于负者歌于涂，行者休于树[7]，前者呼，后者应，伛偻提携[8]，往来而不绝者，滁人游也。此一段记游人之多，可以增山间佳景，而与民同乐之意隐然言外。临溪而渔，溪深而鱼肥；酿泉为酒，泉香而酒洌；此四句借鱼酒补写溪泉。前言山水之间，中单记山景，岂不遗水，此就太守宴内趁势补出，巧绝。山肴野蔌，杂然而前陈者，太守宴也[9]。应上“客来饮于此”句。此七句记宴中饮馔。宴酣之乐，非丝非竹[10]，射者中，弈者胜[11]，撇一笔写投壶、围棋。觥筹交错[12]，筹所以记罚，顶上二项。坐起而喧哗者，众宾欢也。此上七句记宴中排遣。苍颜白发，应“太守与客来饮”句。颓乎其中者，应“饮少辄醉，而年又最高”句。太守醉也[13]。此三句实还出一个“醉翁”来。此一段记亭中饮宴之乐。

已而夕阳在山，人影散乱，太守归而宾客从也。应前“朝往暮归”。树林阴翳，鸣声上下[14]，游人去而禽鸟乐也。应前“滁人游”，又补出禽鸟，妙。前以“乐”字唤起，后自当归到“乐”上结，此处却添出禽鸟乐来，借势一路卷去，落想奇绝。然而禽鸟知山林之乐，而不知人之乐；此二句是宾。人知从太守游而乐，而不知太守乐其乐也。此二句是主。应上“得之心而寓之酒”。此一段记醉归之乐，层层转入，太守乐其乐，正见“醉翁”之意不在酒，不在山水间，在与民同乐上。“乐其乐”一篇结穴。醉能同其乐，醒能述以文者，此二句收束通篇。太守也。太守谓谁？庐陵欧阳修也[15]。倒记姓名，省笔妙绝。此一段叙作记及自署姓名以结通篇。

［**诚评**］直记其事，一气呵成。自首至尾计用二十个“也”字。此法应从昌黎《潮州祭大湖神》文脱胎。风平浪静之中自具波澜潆洄之妙。笔歌墨舞纯乎化境，洵是传记中绝品。至记亭所以名“醉翁”及醉翁之所以“醉”处，俱隐然有乐民之乐意在，而却又未尝着迹，立言更极得体。彼谓似赋体者，固未足与言文，即目为一篇风月文章，亦终未窥见永叔底里。

注释：

①滁（chú）：滁州，今安徽滁县。

②蔚然：树木茂盛的样子。　琅琊：山名，在滁州的西南。

③酿泉：水清可以酿酒，故名。

④辄（zhé）：就。

⑤霏（fēi）：云雾气。　暝：昏暗。

⑥芳：花。　繁阴：繁密的树荫。

⑦涂：同“途”，道路。

⑧伛偻（yǔ lóu）：弯腰曲背，指老人。　提携：搀扶带领，指小孩。

⑨山肴：野味。　野蔌（sù）：野菜。

⑩丝、竹：弦乐或管乐。这里泛指音乐。

⑪射：指投壶。这是举行宴会时常玩的一种游戏，把短箭投向壶中，以投中为胜，负者要罚酒。　弈：下围棋。

⑫觥（gōng）：指酒杯。　筹：计饮酒数目的筹码。

⑬颓乎：摇摇晃晃要跌倒的样子。

⑭翳（yì）：遮盖。

⑮庐陵：郡名，就是吉州，今江西省吉安县。

秋声赋　欧阳修

本文写于宋仁宗嘉祐四年。

赋是一种以铺张排比为主要表现手段的诗体，讲究辞藻的华丽。发展到宋朝，逐渐走向散文化。本文语言生动形象，富于音乐美。

欧阳子方夜读书，开口即提清“夜”字，为后星月、垂头等句伏脉。闻有声自西南来者，先点出“声”字。秋初离夏未久，故声来自西南。悚然而听之①，曰：“异哉！”初淅沥以潇飒，是声之始起。忽奔腾而砰湃②，是声之方盛。如波涛夜惊，承“奔腾”句，一喻。风雨骤至。承“淅沥”句，二喻。此上四句对空际言，下方着物。其触于物也，先暗伏下“草木”。鏦鏦铮铮，金铁皆鸣③；三喻。又如赴敌之兵，衔枚疾走④，四喻。不闻号令，但闻人马之行声。极意描写秋声已尽此矣，笔亦参差入古。予谓童子：“此何声也？汝出视之。”

偕视，陪衬闻。童子曰：“星月皎洁，明河在天[5]，此二句紧对“波涛”二句。四无人声，紧对“金铁”五句。声在树间。”此四句以童子作波，画出秋夜。“声在”句伏下“草木”。予曰：“噫嘻悲哉！此秋声也，倒点出“秋”字来。束上生下，妙绝。胡为乎来哉？“来”字与上“西南来”应。此一段实赋秋声。旧评皆谓先赋声，独不思“淅沥”等句，非秋而能有是声乎？盖夫秋之为状也，其色惨淡，烟霏云敛[6]；其容清明，天高日晶[7]；其气栗冽，砭人肌骨[8]；其意萧条，山川寂寥。“其色”至此，正是秋之为状。故其为声也，“故”字紧接入声。凄凄切切，呼号奋发。应前“淅沥”等句，实赋秋声。丰草绿缛而争茂[9]，佳木葱茏而可悦；以秋声未至之先言。草拂之而色变，木遭之而叶脱；其所以摧败零落者，乃一气之余烈。“气”字承上“其气栗冽”句来。篇首数语从声说到秋，此一段从秋说到声。赋秋声之摧物。夫秋，刑官也，于时为阴[10]；又兵象也，于行为金[11]；是谓天地之义气[12]，常以肃杀而为心。自“夫秋”至此，是一层，“义气”的“气”字应上“一气”。天之于物，春生秋实。故其在乐也，此间暗藏转折，笔力老横绝伦。商声主西方之音，夷则为七月之律[13]。商，伤也，物既老而悲伤；夷，戮也，此七句是解上文命名之义。看他带赋带注又带赋，真笔无停机。物过盛而当杀。“杀”字应上“肃杀草木”四句，从物过到人。此一段承上“摧败零落”句，推言其所以然之故。旧评谓单赋秋，亦非。嗟夫！草木无情，有时飘零。人为动物，惟物之灵[14]，百忧感其心，万事劳其形，有动乎中，必摇其精[15]。而况思其力之所不及，此人所宜忧，万不能免者。忧其智之所不能，此人之不必忧而故自犯者。“百忧”至此六句是人心无形之秋声，正是自为戕贼处。宜其渥然丹者为槁木，黟然黑者为星星[16]。此二句是人之摧败零落处，应上“丰草”四句，此赋所作之由也。奈何以非金石之质，欲与草木而争荣？又应上“草木”。念谁为之戕贼，亦何恨乎秋声[17]？”唤醒世人无限。子夜钟声仍以“秋声”煞住。此一段从物之摧败落转入人身上，以发慨，是作赋本意。

童子莫对，垂头而睡，应前“余谓”处。但闻四壁虫声唧唧，如助予之叹息[18]。又于大声外添出一小声作临去秋波。此一段以秋夜寂寞之况应前作结，结得凄然欲绝，言有尽而意无穷。

[**诚评**] 借景言情。不徒以赋物为工，而感慨悲凉中，寓警悟意，洵堪令人猛省。通篇凡十四易韵。

注释：

①欧阳子：作者自称。　悚（sǒng）然：吃惊的样子。

②淅沥：雨声。这里是形容秋风落叶的声音。　潇飒：树

木被风吹后发出的声音。 砰湃：同“澎湃”。波涛声。

③鏦鏦铮铮（cōng cōng zhēng zhēng）：金属相击的声音。

④衔枚：古代行军时，命令士兵口里横衔一种筷形的小棒，使他们不能讲话，以保守行军的秘密。

⑤明河：天上的银河。

⑥霏（fēi）：飞散。 敛：收敛，消失。

⑦日晶：阳光灿烂。

⑧栗冽（lì liè）：寒冷。 砭（biān）：刺。

⑨缛（rù）：繁密，丰茂。

⑩夫秋，刑官也：周朝以天、地、春、夏、秋、冬命名官，掌管刑法的司寇为秋官。 于时为阴：古人以春夏为阳，秋冬为阴。《汉书·律历志上》：“春为阳中，万物以生；秋为阴中，万物以成。”

⑪兵象：古代战事多发生在秋季，所以这样说。 行：指金、木、水、火、土，五行。古人认为四季的变化是五行“相生”的结果，并把五行分配于四季，秋属金。

⑫义气：即肃杀之气。《礼记·乡饮酒义》：“天地严凝之气，始于西南，而盛于西北，此天地之尊严气也，此天地之义气也。”由西南方至西北方，正是秋的方位。

⑬商：五声［宫、商、角、徵（zhǐ）、羽］之一。五声

也分配于四时：角属春，徵属夏，商属秋，羽属冬，宫属中央。　西方：古人把东、南、西、北四方分属四季，秋季属西方。　夷则：十二律［黄钟、大吕、太簇、夹钟、姑洗、仲吕、蕤（ruì）宾、林钟、夷则、南吕、无射（yì）、应钟］之一。十二律应十二月，夷则应七月。《史记·律书》："七月也，律中夷则。夷则，言阴气之贼万物也。"

⑭惟物之灵：为万物之灵。

⑮精：精神。

⑯渥（wò）然丹者：指容貌的红润。比喻年轻力壮。　槁木：枯木。指衰老。　黟（yī）然黑者：指乌亮的头发。比喻健壮。　星星：喻白发。

⑰戕（qiāng）贼：伤害，残害。

⑱唧唧（jī jī）：虫声。

赠黎安二生序　曾巩

曾巩（公元1019年至1083年），字子固，宋建昌南丰（今江西南丰县）人。宋仁宗嘉祐二年进士，官至中书舍人。北宋著名散文家。

本文回答了黎、安二生在学习古文中产生的迷惑。

赵郡苏轼，予之同年友也①。自蜀以书至京师遗予②，二生来历便迥异。称蜀之士曰黎生、安生者。点二生。叙闻其人是知二生之始。既而黎生携其文数十万言，安生携其文亦数千言，先知其人，而后二生乃各以文来，叙得极有次第。辱以顾予③。读其文，诚闳壮隽伟，善反复驰骋，穷尽事理④，而其材力之放纵，若不可极者也。“既而”至此详叙其文，是知二生之深。含“魁奇特起”及苏君知人意，且与下“迂阔”二字紧相对照。上叙闻其人只用总笔，此叙见其人先分后总，笔法变化。二生固可谓魁奇特起之士，收“既而”以下。而苏君固可谓善知人者也。收“既而”以上。二句总作一顿以为收束，此一段叙得知黎、安二生来历，以为下文张本。

顷之，黎生补江陵府司法参军⑤，将行，请予言以为赠。单叙黎生，妙。予曰：“予之知生，既得之于心矣，承前文跌入。乃将以言相求于外邪？”“外”字对上“心”字。黎生曰：“生与安生之学于斯文，补出安生更妙，不然便是赠黎生一人矣。里之人皆笑，以为迂阔⑥。此句及“盖将解惑”句是下面文字生根处。“迂阔”二字是一篇眼目。今求子之言，笑因惑起，此是请解惑赠言之故。盖将解惑于里人。”解惑所以止笑。予闻之，自顾而笑。四字奇甚，对上“里人之笑”。夫世之迂阔，孰有甚于予乎？呼起一笔。知信乎古，而不知合乎世；知志乎道，而不知同乎俗⑦。此四句是他迂阔之实。信古志道方不妨迂阔，紧抱上“不知合世同俗”二句。此予所以困于今而不自知也。世之迂阔，孰有甚于予乎？撇一笔古气盎然。“夫世”至此，把“迂阔”二字自嘲一番，洗发出正意。今生之迂，接入黎生。特以文不近俗⑧，文进一层。迂之小者耳，患为笑于里之人。应“里之人皆笑”。若予之迂大矣，暗顶上文，应前“生与安生”句。使生持吾言而归，且重得罪，亦进一步法。庸讵止于笑乎⑨？应“皆笑”收。“今生”至此又把里人之笑自嘲一番，写出正意。此处单言迂，亦前人变动不拘处。此一段因黎生求言解里人之惑而痛发自己之迂阔以及其言难以质里人。然则若予之于生，转下。将何言哉？谓予之迂为善，则其患若此；

“患”字指上“困于今”。谓为不善，则有以合乎世，必违乎古，反应上段，纯用虚灵之笔。有以同乎俗，必离乎道矣。“谓予”至此两路开说，寓针砭黎生意。生其无急于解里人之惑，应上解惑，笔力千钧。则于是焉必能择而取之。到底用虚笔，妙。以“择取”合拢收住。遂书以赠二生，点明赠二生，应“请余言”句。并示苏君，以为何如也。找得完密而有情致，回顾篇首毫不渗漏。此一段以“迂”“不迂”两路总其自择作结。

[**诚评**] 因二生为文迂阔，而自笑立身行已之大。痛快淋漓中又复顿挫多姿，洵堪嗣续庐陵。至其命意之高超，立言之斟酌，补斡之精细，结构之浑成，更无不一一尽善。读者须潜心三复。

注释：

①赵郡：古郡名，今河北赵县。　苏轼：即苏东坡，北宋眉州眉山（今四川眉山县）人。因苏轼的祖先唐朝苏味道是赵郡栾城人，所以文中说“赵郡苏轼”。　同年：科举时代同榜考中的人称同年。作者和苏轼同中嘉祐二年进士。

②京师：宋朝京都汴梁（今河南开封市）。 遗（wèi）：给予，致。

③辱：自谦词。 顾：探望。

④闳（hóng）壮：宏伟壮大。 隽（juàn）伟：指意味深长且气势雄伟。 驰骋（chěng）：纵马疾驰。这里比喻文章奔放豪迈。 穷尽事理：记事论理透彻详尽。

⑤顷之：没多久。 补：补充缺额。 江陵府：今湖北江陵县。 司法参军：官名。

⑥里：乡里。 迂阔：不切实际。

⑦道：圣贤之道，即孔孟之道。 俗：世俗。

⑧特：只不过。

⑨庸讵：难道。

读孟尝君传 王安石

王安石（公元1021年至1086年），字介甫，号半山，抚州临川（今江西抚州）人。宋仁宗庆历二年进士，官至尚书左仆射兼门下侍郎，封荆国公。谥号“文”。北宋著名的政治家和文学家。

本文是一篇读后感。《孟尝君传》指《史记·孟尝君列传》一文。

世皆称孟尝君能得士，斗然而起。“世皆称”三字便寓不足之意，与龙门赞相表里，非翻案也。士以故归之[①]而卒赖其力，以脱于虎豹之秦[②]。此一段平叙起，而以能得士字作案，全赖鸡鸣狗盗之力。

嗟乎！孟尝君特鸡鸣狗盗之雄耳[③]，此句陡然而落。岂足以言得士？先紧接断定，然后再翻案。此一段以孟尝不足以得士作断。不然，二字陡然而转，一转翻驳有力。擅齐之强[④]，得一士焉，宜可以南面而制秦，此三句议论开展。尚取鸡鸣狗盗之力哉⑤？但言鸡鸣狗盗之无用，“力”字应首段。此一段言所得是士，用不着鸡鸣狗盗。

鸡鸣狗盗之出其门，此士之所以不至也。此二句再一转作结，警健绝伦。更言鸡鸣狗盗之有害。此一段言士不肯与鸡鸣狗盗为伍，理势方足。

［诚评］通篇只八十八字，而有四层段落。起承转合，无不毕具，洵简劲之至。然非此等生龙活虎之笔，寥寥数语中，何能得此转折，何能得此波澜。文与可画竹尺幅，而具寻丈之观，此其似之。至议论之正大，尤堪千载不磨。

注释：

①孟尝君：田文，战国时齐国贵族。他任齐相时间很长。历史上把他和魏国的信陵君公子无忌、赵国的平原君赵胜、楚国的春申君黄歇合称“四公子”。　能得士：《史记·孟尝君列传》记载：孟尝君在薛招致诸侯宾客以及有罪的亡命之徒，给他们很优厚的待遇，因此，投奔他的士人有数千名之多。　以故：因此。

②卒：终于。　虎豹之秦：像虎豹一样残暴的秦国。

③特：只不过。　鸡鸣狗盗：秦昭王原用孟尝君为国相，后听信谗言将他囚禁，要杀害他。孟尝君使人向秦昭王的宠姬求援。宠姬向孟尝君索一狐白裘。孟尝君原有一件已送秦昭王。孟尝君有个门客装扮成狗潜入秦的仓库，把狐白裘盗出，献给了那位宠姬。孟尝君获释后，急欲逃离秦国，跑到函谷关，正是半夜，按规定，每天早上鸡叫才能开城门。孟尝君的门客中有个人能学鸡叫，他一叫，引得附近的鸡都叫起来。守门人开了关门，孟尝君方得逃出。　雄：长，首领。

④擅：拥有。

⑤南面而制秦：使秦国向齐国朝拜称臣。南面，古代国君的座位坐北朝南，这里是称王的意思。制，制服。　尚：还。

辨奸论　苏洵

苏洵（公元1009年至1066年），字明允，号老泉。宋眉州眉山（今四川眉山县）人。是北宋著名的散文家，列为唐宋八大家之一。其文被称为老苏文。

本文据考证是一篇托名苏洵攻击王安石的伪作。

事有必至，理有固然①。惟天下之静者，“静者”二字与下“好恶”两句反衬。乃能见微而知著②。此四句领全篇大旨。“见微知著”四字，一篇纲领。月晕而风，础润而雨③，人人知之。三句以天地、阴阳之事，可见微知著者。“知”应上“知著”。人事之推移，理势之相因④，“事”“理”字应开首二句。其疏阔而难知，照下不近人情意。变化而不可测者，照下“造作言语”及“祸不可胜言”意。暗指安石必乱天下意。孰与天地阴阳之事⑤，借“月晕”三句顿跌。而贤者有不知。“不知”二字与上“人人知之”相呼应。其故何也？好恶乱其中，而利害夺其外也[6]。此二句见非静者，说出所以当知而不知之故，煞住。此一段隐言安石必乱天下而其奸未著。

昔者，山巨源见王衍曰："误天下苍生者，必此人也[7]！"引一"见微知著"者作证。郭汾阳见卢杞曰："此人得志，吾子孙无遗类矣[8]！"又引一"见微知著"者作证。以山巨源、郭汾阳两人自况，影射安石。自今而言之，其理固有可见者。应前"理"字。此一段借衍、杞暗比安石。以吾观之，此句下得最好，便能引起下"未必然"来。王衍之为人，容貌言语，固有以欺世而盗名者。然不忮不求，与物浮沉[9]，无卢杞之阴险。使晋无惠帝，仅得中主[10]，愿治之主。虽衍百千，何从而乱天下乎？衍未必用。卢杞之奸，固足以败国。然而不学无文，容貌不足以动人，言语不足以眩世，无王衍之虚名。非德宗之鄙暗[11]，非愿治之主。亦何从而用之？杞亦未必用。由是言之，"由是"二字顿上折下。二公之料二子，亦容有未必然也！反应"固然"意以起下。此一段放宽衍、杞以见安石之更甚。

今有人，暗指安石，此方入题。口诵孔、老之言[12]，身履夷、齐之行[13]，收召好名之士，不得志之人，相与造作言语，私立名字，以为颜渊、孟轲复出[14]，甚于王衍。而阴贼险狠，与人异趣。异于卢杞。是王衍、卢杞合而为一人也，其祸岂可胜言哉？二句断尽安石祸亦甚于衍、杞，当时人不能识亦不能道。抱上两段甚紧，此一段暗断安石之为人及异日得志祸乱更甚杞、衍。历举安石现在实事。夫面垢不忘洗，衣垢不忘浣，此人之至情也。此三句以至情引起。今也不然，衣臣虏之衣，食犬彘之食，囚首丧面[15]，四句正安石不近人情之实。而谈诗书，此岂其情也哉？二句非其本情，正见其奸。此六句从不近情处推见其奸，所谓“见微知著”。凡事之不近人情者，鲜不为大奸慝[16]，二句是立论主意，笔势是开，实一篇结穴。竖刁、易牙、开方是也[17]。又引不近人情之人作证。以盖世之名，而济其未形之患[18]。仍复切论安石。虽有愿治之主，反应惠帝。好贤之相，指司马光。犹将举而用之，则其为天下患，必然而无疑者，非特二子之比也。反应上文二句，“亦容有未必然”句煞住。又一样抱上两段笔法。此一段详论安石之奸，而以不近人情实指之。

孙子曰：“善用兵者，无赫赫之功[19]。”使斯人而不用也，则吾言为过，而斯之有不遇之叹，孰知祸之至于此哉？此四句以“吾言为过”，正应“无赫赫之功”。不然，天下将被其祸，而吾获知言之名，悲夫！此四句以“获知言之名”反应“无赫赫之功”，婉转有味，令人一唱三叹，低徊不已。此一段引孙子慨叹作结，有望君相不待其患之著而先弃之之意，深情无限，见微知著者少。段中两“知”、两“祸”字收拾全篇。

［**诚评**］从不近人情处推见其奸，所谓“见微知著”者全在此。其以王衍、卢杞合为一人断安石，及以竖刁、易牙、

开方比之，只借来预决安石必乱天下，正不必究其比拟之恰合否也。口诵“孔老之言”及“囚首丧面”等处，虽历举安石实事，通篇却未曾明说出安石，然安石生平已无不料定，卓识奇文自应一时无两。

“见微知著，人人知之。贤者不知，孰知祸之至于此？吾获知言之名”，“理有固然，理固有可见”，“容有未必然，必然而无疑”。笔笔照应，一丝不走，何等谨严。至起首二句，事理双提，只“人事”二句兼应事理。入后“孰与”句，单应“事”字，“其理”句单应“理”字，“未必然”句、“必然而无疑”句，单应“然”字，则又谨严中之变化不拘矣。读者须细心领会，方悟行文之妙。

注释：

①事有必至二句：出自《战国策》。意思是，事情有它发展的必然趋向，道理有它本来的出处。

②见微而知著：从微小的苗头看清事物的发展趋向和本质。汉班固《白虎通·情性节》：“智者知也，独见前闻，不惑于事，见微而知著也。”

③晕（yùn）：日光或月光通过云层中的冰晶时经折射而形成的光圈。　础：柱子下面的石墩。

④推移：变迁，发展变化。　相因：互为因果。

⑤孰与：哪能比得上。

⑥好恶（hào wù）：喜爱和憎恨。　中：内心，指人的思想。　外：和“中”相对，指人的外在行为。

⑦山巨源：名涛，字巨源。晋河内怀县（今河南武陟县西）人。“竹林七贤”之一。　王衍：字夷甫，晋琅玡临沂（今山东临沂县）人。《晋书》本传：王衍小时候去拜望山涛，山涛见他神清目秀，很赏识他。王衍辞去时，山涛用眼光送他，并感叹说：“什么样的老婆子，却生了一个这样的好儿子！但将来祸乱天下百姓的人，未必就不是他呀！”　苍生：指百姓。

⑧郭汾阳：即郭子仪，唐华州郑县（今陕西华县）人。因被封为汾阳郡王，故也被称作郭汾阳。　卢杞：《新唐书》本传：郭子仪病，官员们去探望，郭子仪一般不屏退婢妾。一次，卢杞去望病，郭子仪令婢妾回避。家里人奇怪，问他原委。他说：“卢杞外貌丑陋，内心险恶。婢妾看见他一定会发笑，他会怀恨在心，等他得志时就会报复，会把我合家杀光！”后来卢杞做了德宗皇帝的宰相，果然同忠贤人士为仇。

⑨不忮（zhì）不求：不忌恨，不苛求。　与物沉浮：指进

退随大流。

⑩惠帝：西晋的第二个皇帝司马衷，性痴呆。在位十六年，年号改了十次。　中主：中等才能的皇上。

⑪眩世：迷惑世人。　德宗：唐德宗李适（kuò）。

⑫孔、老之言：指孔子和老子书中的词句。

⑬夷、齐之行：伯夷和叔齐的德行。见本书《伯夷列传》篇。

⑭颜渊：名回，孔子的得意门生。　孟轲：字子舆，战国时思想家。

⑮臣虏：俘虏。　犬彘（zhì）：狗和猪。　囚首：像囚犯一样的头发。旧时犯人一年只理发一二次，平时头发脏乱不堪。　丧面：守丧一般的面孔。旧时父母死了要守孝，在一定时间内不能洗脸理发。

⑯鲜：很少。　奸慝（tè）：奸邪。

⑰竖刁、易牙、开方：三人都是春秋时齐桓公的近臣。竖刁自己阉割做太监，去接齐桓公。易牙杀了儿子做菜，拿去给齐桓公吃。开方背弃自己的父母及贵族地位，离开卫国到齐国做官。管仲说他们都是不近人情的人。后来这三人果然祸乱齐国。

⑱济：助成，帮助。

⑲孙子：名武，字长卿。春秋时齐人，善用兵，著有《孙子兵法》。

留侯记　苏轼

苏轼（公元1037年至1101年），字子瞻，苏洵长子。眉山（今四川眉山）人。宋仁宗嘉祐二年进士。历任翰林学士、礼部尚书。谥号“文忠”。是我国文学史上杰出的文学家，与父亲和弟弟苏辙合称“三苏”。其文后人称为“大苏文”。

本文根据汉代张良“圯上受书”的故事，层层展开，紧紧围绕着“忍”字发论。

古之所谓豪杰之士，必有过人之节[①]，此二句紧照全篇，“过人”伏下“能忍”，以下句句俱从此出。人情有所不能忍者。“忍”字是一篇骨子。匹夫见辱，伏“匹夫之力”“匹夫之刚”等句。拔剑而起，挺身而斗，以不能忍者作衬，画出不能忍来。此不足为勇也。岂能“过人”。天下有大勇者，喝出“能忍”意。卒然临之而不惊[②]，无故加之而不怒，“卒然”“无故”四字暗伏“取履”“纳履”事。此其所挟持者甚大，从“能忍”上断其为豪杰作束，正言能忍者。申“古之”二句。而其志甚远也。此一段虚冒全篇而起。

夫子房受书于圯上之老人也[3]，直接入子房，老甚。此句与下句为下面辩论之根。其事甚怪。然亦安知其非秦之世，有隐君子者出而试之。以老人为秦隐君子持论，甚正，须悟“然亦安知其非”六字不得活甚。观其所以微见其意者[4]，皆圣贤相与警戒之义。将无作有，足醒世人狂惑，暗指怒其后，期三往，乃授书。此句是正意，虚笼教之以“忍”意，而“圣贤”二字极力抬高老人，正见其为君子，下皆反说。而世不察[5]，以为鬼物，翻一层，妙。亦已过矣！此三句翻上“怪”字。且其意不在书。再翻一层，更妙，翻出“受书”。此一段论子房能忍渊源，而老人之事不涉渺茫，开下议论，文势亦大有悬崖崩石之致。当韩之亡，正人情有所不能忍处。秦之方盛也，便见当忍。以刀锯鼎镬待天下之士[6]。即所谓持法太急，就时事立论。其平居无事夷灭者，叙事浑括而简老，即所谓“其锋不可犯”。不可胜数[7]。虽有贲、育，无所获施[8]。此二句即所谓“势未可乘”，跟上“勇”字。夫持法太急者，其锋不可犯，而其势未可乘[9]。三句紧从上作顿挫以起下。子房不忍忿忿之心，又暗叙事。以匹夫之力，而逞于一击之间[10]，指以铁椎击始皇于博浪中。正说子房不能忍处。当此之时。子房之不死者，其间不能容发，指始皇大索天下，十日不获。盖亦已危矣！又以顿挫作收。此一段言子房向有不能忍之病。千金之子，不死于盗贼[11]。以喻引起，妙。何哉？其身可爱，而盗贼之不足以死也。子房以盖世之才，不为伊尹、太公之谋[12]，跟上“挟持甚大，而志甚远”。而恃出于荆轲、聂政之计[13]，跟上“匹夫”二句。以侥幸于不死。此圯上老人所为深惜者也。此一句引合，笔力千钧。是故倨傲鲜腆而深折之[14]。暗指受命以取履、纳履。彼其能有所忍也，然后可以就大事。就老人意中推出深折之意。一篇主意。故曰：“孺子可教也。”以许其可教收住。此一段言子房不能忍以爱身，而老人借取履纳履折其盛气。

楚庄王伐郑，郑伯肉袒牵羊以迎[15]，庄王曰：“其主能下人，必能信用其民矣。”遂舍之。此忍能保国者。勾践之困于会稽，而归臣妾于吴者，三年而不倦[16]。此忍能复仇者。且夫有报人之志，而不能下人者，应前拔剑、挺身，为古今英雄下针砭。是匹夫之刚也。再提前语以申明之。此三句妙，上面只言击秦，未尝言为韩报仇之志，此处补出“志”字，与篇首“志”甚远相应。夫老人者，以为子房才有余，至此方才透彻。而忧其度量之不足，应前段。故深折其少年刚锐之气，议前篇。使之忍小忿而就大谋。归宿处。何则？非有平生之素，卒然相遇于草野之间，紧接入老人、子房本不相识，应“卒然临之”句。而命以仆妾之役，油然而不怪者，应不惊不怒。此固秦皇之所不能惊，而项籍之所不能怒也[17]。万股飞流注在一处，至此正论已毕，下乃余勇成文。此一段两引能忍者作证，因推老人深折之意，以见子房之能忍。

观夫高祖之所以胜，项籍之所以败者，在能忍与不能忍之间而已矣。此三句借以引出子房能忍作用。“能忍”与“不能忍”是巨眼，借子房发此。项籍唯不能忍，是以百战百胜，而轻用其锋。高祖忍之，养其全锋而待其敝[18]，推到教高祖能忍，并见子房能忍。此子房教之也。收勒甚紧。此一段见子房以能忍佐高祖，而就大谋。当淮阴破齐而欲自王，高祖发怒，见于词色[19]。由是观之，犹有刚强不能忍之气，说到不能忍亦进一步法，应“子房教之”句。非子房其谁全之？此一段引淮阴之事以实证子房之教高祖，见子房得老人一点化，一生受用不尽。

太史公疑子房以为魁梧奇伟，而其状貌乃如妇人女子，不称其志气[20]。此二句含能忍意。呜呼！此其所以为子房欤！结得蕴藉。此一段引太史公语，咏叹作结，又借状貌以赞其能忍意。

［**诚评**］劈空提出个“忍”字，辟去俗论，翻却常解，立定主意，反反复复，到底总归一线，直如千丈游丝袅袅天际，绝不见有断绝处。此固由立意之高而亦缘运笔之妙，实事全以暗用，且不遽然说尽。全幅段段俱用轻逗浅挑，才说到本意却又放开手笔，另从他处远远写起，直至后幅方尽情发泄，故分前后观之，其前半运笔似蜻蜓点水，其后半运笔又似万壑朝宗。如此行文，自非胸有成竹、笔具炉锤者，那解辨来！

首段言人贵能“忍”，是全篇总冒；次段以“观其”二语，虚笼老人教子房以“忍”意；三段言老人所为，教子房以“忍”者，由子房向之不能忍也；四段言子房忘大谋而不忍小忿，故老人为之深惜而借端折之；五段连举两个能“忍”的榜样，因正言老人之教子房以“忍”，并见子房能忍；六段以高祖能忍而成大谋归功子房；七段又以高祖不能忍，实证子房之教，总以见子房能“忍”作用也；末段借史迁之言顿宕作结，到底归在“忍”字意上。通篇议论都是空中楼阁，然妙在虚而能实，若使不得实证，则意虽高而不确切，终少意味矣。

注释：

①节：度量，气节。

②卒然：同“猝然”。

③子房：张良的字。是刘邦的主要谋士，汉朝建立后，被封为留侯。　受书于圯上之老人：据《史记·留侯世家》载：张良在下邳（pī）的圯上散步，一个老人走近他，故意把一只鞋弄掉到桥下，并要张良下桥去拾。张良开始有些发愣，后来想打他，因看他年老，勉强忍住，下去替他把鞋拾了上来。老

人说："给我穿上！"张良心想，拾也拾了，就给他穿上吧。就跪在地上给老人穿好鞋子。老人笑笑走了，后又回来对张良说："孺子可教矣！"并且约张良五天后早上在桥上相会。张良接连去了两次，而且一次比一次早，但老人都比他先到，并责备他说："为什么和老年人约会还要晚来？"老人临走，又约五天后再见。这次张良不到半夜就去了，过了一会儿，老人才来，很高兴，拿出一卷书交给张良，说："读了这卷书，就可辅佐皇帝成就大业。你当在十年后发迹。再过十三年，你经过济北谷城山下，看见有黄石的地方，我就在那里。"说完，老人走了。从此，张良再没见过他。那卷书，相传叫《黄石公兵法》，老人也被称为"黄石老人"。圯（yí）：没有护栏的桥。

④微见其意：指老人并没有很直接地显露内心想法。 见（xiàn）：同"现"。

⑤世不察：世人不明白。

⑥刀锯鼎镬（huò）：指酷刑。刀，杀头用具；锯，截肢用具；鼎镬，烹煮用具。

⑦平居：平平常常地生活，不招惹是非。 夷灭：诛杀的意思。夷，削平。

⑧贲、育：孟贲（bēn）和夏育。都是传说中的古代勇士。

⑨乘：胜，战胜。

⑩一击：指张良曾求得一个勇士，用铁椎狙击秦始皇，结果误中副车。秦始皇大怒，命令全国搜捕，张良侥幸逃脱。

⑪千金之子：指富贵人家的子弟。

⑫伊尹：名挚，曾帮助汤建立商朝。　太公：姜太公吕尚，曾帮助武王灭殷，建立周朝。

⑬荆轲、聂政：皆战国时的刺客。

⑭倨傲：傲慢不恭。　鲜腆（tiǎn）：指态度不好。

⑮楚庄王：春秋五霸之一。　郑伯：郑襄公。　肉袒：指赤身露体。　楚庄王伐郑，事见《左传·宣公十二年》。

⑯勾践：越王勾践。事见《左传·哀公元年》《国语·越语下》及《吴越春秋》。

⑰秦皇：秦始皇的略称。　项籍：项羽的名。

⑱敝：疲惫，衰败。

⑲淮阴：指淮阴侯韩信。　《史记·淮阴侯列传》记载：韩信平定齐国后，派人向汉王刘邦说，他想做代理齐王。刘邦听了，非常恼火，破口大骂。张良赶忙踩刘邦的脚，附着刘邦的耳朵说："我们正在不利的时候，你能阻止韩信自立为王吗？倒不如趁机就封他为齐王，叫他守住齐地。否则，他会叛变的。"刘邦省悟，故意又大骂说："大丈夫征服一个国家，就

要做实在的王，干吗要代理！”于是，刘邦就派张良到韩信那里封他做齐王。　见：同“现”。

⑳太史公：即司马迁。　其状貌乃如妇人女子：《史记·留侯世家》：“余以为其人计魁梧奇伟，至见其图，状貌如妇人女子。”

范增论　苏轼

按《史记·陈丞相世家》一文，汉高祖刘邦的谋士陈平用离间计，使项羽疑心亚父范增，削夺其权，最后导致了楚军覆灭。

本文抓住“范增离开项羽太迟”这一点展开议论。

汉用陈平计，间疏楚君臣①。此二句叙事简括。“岂必待陈平”等句，皆从此生。项羽疑范增与汉有私，“疑”字是下面数“疑”字生根处。稍夺其权②。增大怒曰：“天下事大定矣，君王自为之，愿赐骸骨归卒伍③。”上疑下怒，君臣果为其所间疏矣。写出大怒声口，伏下面“去”字。归未至彭城，疽发背死④。伏下面“去之不早”意。此一段叙事立案，以为下发议张本。

苏子曰⑤：增之去善矣。先扬一笔起。不去，羽必杀增，二句正见去之善。独恨其不早耳。抑一笔作顿语，微露主意，冒起全篇，此一段先责增去之不早。然则当以何事去？增劝羽杀沛公，羽不听⑥，终以此失天下，当于是去耶？曰：否。增之欲杀沛公，人臣之分也[7]；羽之不杀，犹有君子之度也。不说增坏，亦不说羽坏，只重在“犹有”，见增不当于是去。增曷为以此去哉[8]？增当在不杀沛公时去，亦属正论，然苏独翻去成案以抒己特见。缴“当于是去耶”句，此上故设问答以为跌宕，是文章节奏处。《易》曰：“知几其神乎[9]！”《诗》曰：“相彼雨雪，先集维霰[10]。”不遽说增当去时，且引《易》《诗》，文势自不迫促，为下面说增不知机会张本。增之去，当于羽杀卿子冠军时也[11]。落一笔，是通篇关键。先据要害，下面复宽转说起，是文家操纵。此一段承上“不早”句转入发议，又即撇开而落出正意。

陈涉之得民也，以项燕、扶苏[12]。此二句借客形主。项氏之兴也，以立楚怀王孙心[13]；而诸侯叛之也，以弑义帝。此四句是义帝系楚盛衰矣。且义帝之立，增为谋主矣。又起一层议，说入义帝与增相关处，上语束上生下。义帝之存亡，岂独独为楚之盛衰，亦增之所与同祸福也。以斡转之笔写成，异样警策。未有义帝亡，是义帝与增同祸福处。而增独能久存者也。略断一语束住。此一段言义帝系楚所由以盛衰，增所与共祸福，为下论断。此段插得妙，若无此便接“羽子杀卿”句，不惟不曲折，亦且接不去。羽之杀卿子冠军也，遥接法。是弑义帝之兆也。其弑义帝，则疑增之本也。岂必待陈平哉？读此四句，方知安插前段之妙。“兆”“本”字与上“知几”二字应。物必先腐也，而后虫生之，人必先疑也，而后谗入之。又以喻意与正义对举，并行，文气老横无敌。“先疑”二字，扶出增与羽不合病根。陈平虽智，安能间无疑之主哉？找足“岂必待陈平”意，束住。此一段推原疑增之由，以申上“增之去当于杀卿子冠军时”句，翻笔跳脱。

吾尝论义帝，拓开说去，波澜壮阔。天下之贤主也。独遣沛公入关，不遣项羽；此二句又借客形主。识卿子冠军于稠人之中，而擢以为上将[14]。正见义帝贤处。不贤而能如是乎？又以反掉笔应上“贤”字。羽既矫杀卿子冠军，义帝必不能堪[15]。想当然耳。非羽弑帝，则帝杀羽，势不两立。上语正见羽必弑义帝。不待智者而后知也。“知”字应前“知几”。此一段推义帝之贤，以申上杀卿子冠军是弑义帝之兆意。增始劝项梁立义帝，诸侯以此服从。中道而弑之，非增之意也[16]。“增始劝”句至此，叙事略断一笔。夫岂独非其意，将必力争而不听也。又推出一层。不用其言，而杀其所立，羽之疑增，收到“疑增”束住。必自是始矣。此一段又推原义帝为增所劝立，而羽弑之，以申上弑义帝是疑增之本意。此与上段“义帝必不堪”俱是无中生有，并分发前“羽之杀”四句意，几用变化，几使人眩惑莫辨。

方羽杀卿子冠军，增与羽比肩而事义帝[17]，君臣之分未定也。便见可诛羽意。为增计者，力能诛羽则诛之，不能则去之。又设诛羽一策，跌宕纵横不可捉摸处，亦无中生有法也。岂不毅然大丈夫也哉！此句及下“陋矣”，反正两层皆收，应“知几上”。增年已七十，合则留，不合则去，不早去便是不知几。不以此时明去就之分，而欲依羽以成功名，陋矣[18]！以一“陋”字断增，收尽通篇。此一段又代为增计，即责增去之不早，以转应起处。

虽然，一转作结，妙甚，通体皆用拟笔，至此独一扬。增，高帝之所畏也。增不去，项羽不亡。呜呼！增亦人杰也哉！此一段以增才之过人作结，是史家平情之论，而余韵亦悠然，到底才思涌泼而百转无竭。

［诚评］李本宁谓此篇是坡翁谪居儋耳时作，词修而意远，深思极构之文也。与少年制举论策不同，乃知此翁节义愈老愈坚，文章愈老愈精。谢叠山谓此是东坡海外文章，一字一句增减不得，学者熟此一篇，则义理融明，音律谐和，下笔自然警世绝俗。按李评纪其所作时日，赞以“愈老愈精”；谢评切示学者熟读之效。而于词意字句间，则所见略同，大抵皆金针度与矣！学者当细心领取。（文中）大意只责增不早去，而以“羽杀卿子冠军时”句为主，入后层层议论，总是畅发此旨，然笔却极曲折变化，纵横离合，读者殊难遽寻其针线之密。

开口以“去之善”一扬，跌出“恨其不早”抑笔，人所易晓；至通篇俱用抑，而结处独扬，人几疑其自相矛盾矣！然须知通篇之抑，都是在“去就”一节上讲；结处之扬就“增为高帝所畏”说，是褒增之才，故自两无妨碍。

注释：

①汉用陈平计二句：指刘邦用陈平的反间计，离间项羽与其谋士范增的关系。详见《史记·项羽本纪》。陈平，汉初阳武（今河南阳原县东南）人，汉高祖刘邦的重要谋士，曾为刘邦六出奇计，封为曲逆侯。历任惠帝、吕后、文帝时丞相。 楚，西楚，项羽的国号。

②稍：渐渐。

③愿赐骸骨归卒伍：意思是说，请求允许辞官回去。骸骨，指身体，做官时以一身奉献给朝廷，故辞官叫赐骸骨。归卒伍，回去当一个有军籍的平民。

④彭城：项羽建都的地方，今江苏徐州市。 疽（jū）：毒疮。

⑤苏子：作者自称。

⑥增劝羽杀沛公，羽不听：指范增曾劝说项羽杀掉刘邦，并在鸿门宴会上举玉玦三次提醒项羽，而项羽却默然不应。详见《史记·项羽本纪》。沛公，指汉高祖刘邦。因他起兵于沛，故称沛公。

⑦分：本分，职责。

⑧曷：同“何”。

⑨《易》：《易经》。　几：微小。　其：大概。此句引自《易经·系辞》。

⑩《诗》：《诗经》。　雨：动词，落下。　维：是。　霰（xiàn）：小雪珠。

⑪卿子冠军：指楚国上将军宋义。卿子，尊称。冠军，上将。据《史记·项羽本纪》记载：因宋义准确地预言了项梁的失败，被义帝封为上将，项羽为次将，范增为末将，去救赵国。宋义按兵不动四十六日，并且不听项羽的劝说，于是项羽便假借义帝的名义，说宋义要谋反，而把他杀了，自立为大将，率军救赵，大破秦军。

⑫“陈涉之得民也”二句：项燕，即项羽之祖父，是楚国有名的大将，他非常爱护自己的士卒，楚国人很拥戴他。扶苏，秦始皇的长子，因劝阻秦始皇镇压儒生，被遣往上郡监大将蒙恬军。始皇死，宦官赵高、丞相李斯伪造始皇诏书，命他自杀。百姓听说他很贤能，但却不知道他已经死了。所以陈胜起义时，为了争得民心，便假托起义军是这二人的部队。见《史记·陈涉世家》。

⑬立楚怀王孙心：楚怀王入秦，无罪而被杀，楚国人很怀念他。南公说：“楚国就是剩下三户人家，灭秦的也一定是楚国人。”范增劝项梁（项羽的叔父）把楚怀王的孙子熊心从

民间找回来，以得到民众的支持。当时熊心正替别人牧羊，项梁找到他后，拥他为怀王。后来，因为怀王仅派沛公入关而不派项羽，项羽为此怀恨在心。秦灭后，项羽表面上尊怀王为义帝，但在义帝去长沙途中，却暗地里派人把他杀了。

⑭稠：指人的众多。　擢（zhuó）：选拔，提拔。

⑮矫：假托，伪称。　堪：忍受。

⑯中道：中途。

⑰比肩而事义帝：比肩，并肩。比喻声望和地位相当。因为救赵时项羽为次将，范增为末将，所以这么说。

⑱陋：浅薄。

喜雨亭记　苏轼

本文写于宋仁宗嘉祐七年。当时作者任凤翔府（今陕西凤翔县）签书判官，在扶风（凤翔府）官署造了一座亭。亭成，适逢降雨，于是以“喜”名亭，而作此记。

亭以雨名，志喜也①。开口直从题面说起，起得老。“亭”“雨”“喜”字写得错落，“名”字一篇眼目。古者有喜则以名物，示不忘也。从名出志，从志出不忘，一意相承。“不忘”是一篇主脑。周公得禾，以名其书②；汉武得鼎，以名其年③；汉武在叔孙前，亦可见古人不拘处。叔孙胜敌，以名其子④；此上数语解“志喜”意，“古者”二字含周公等三人。其喜之大小不齐，其示不忘一也。应“古者”二句，申明志喜之例作一小束。此一段因亭作记而表志喜之意。

予至扶风之明年⑤，点作亭之时。始治官舍，为亭于堂之北，点作亭之地。从治官舍入为亭，语有次第。而凿池其南，又添池一句，妙。引流种树，以为休息之所。“予至”至此是作亭之由。此见其始原与雨无关涉，以伏下遇雨亭成之脉。是岁之春，“是岁”二字承上明年来。雨麦于岐山之阳，“雨麦”之“雨”虽不与下数雨同，然正是下“不雨”“乃雨”等之根。其占为有年[⑥]。既而弥月不雨，此句便已伏后旱而赐雨意。民方以为忧[⑦]。用“忧”字击动下“喜”字。越三月，乙卯乃雨，甲子又雨，再顶一句，方有波折。民以为未足；此六句“不雨”“乃雨”“又雨”皆下“大雨三日”之衬，“雨”“民”字见与民同忧处。“民”字是一篇骨子，却又妙在轻带出来，不着痕迹，更为得体。丁卯大雨，三日乃止。“三日”二字写出异样雨来。官吏相与庆于庭，商贾相与歌于市，农夫相与忭于野[⑧]，庆、歌、忭三易字法。忧者以喜，此句写出异样喜来。病者以愈，而吾亭适成。此句接得有力而又浑成。自“是岁”至此是名亭之由。“是岁”十一句是记雨，“官吏”五句记喜，“吾”句乃接入亭。此一段是记作亭、名亭之由。

于是举酒于亭上以属客，以下正写雨之可喜，却以举酒属客作波。而告之曰[⑨]：“五日不雨可乎？”曰：“五日不雨则无麦。”“十日不雨可乎？”曰：“十日不雨则无禾。”“无麦无禾，岁且荐饥，狱讼繁兴，而盗贼滋炽[⑩]。此四句极言雨不可无。不雨之可忧，是反笔。则吾与二三子，虽欲优游以乐于此亭，挽合到亭上，与雨何等关系。其可得耶？今天不遗斯民，始旱而赐之以雨，揭出“天”字，为末“归之太空”伏脉。写得雨之可喜，是正笔。使吾与二三子得相与优游而乐于此亭者，皆雨之赐也。又挽合到亭上，说得雨与亭关系匪轻，妙绝，正收喜雨之意。其又可忘耶？”又反掉应前“不忘”。此一段反复写雨之喜不可忘意，故为问答，总为喜字作反衬。一篇大意至此已尽，下面自不得不撰出歌来作结。

既以名亭，又从而歌之，曰：“使天而雨珠，寒者不得以为襦⑪；使天而雨玉，饥者不得以为粟。笔墨飞舞，翻腾在歌中，最为流利。一雨三日，伊谁之力⑫？呼下数句。民曰太守，得体。太守不有；更得体。归之天子，天子曰不然。层叠而下。归之造物，造物不自以为功⑬，归之太空，太空冥冥，不可得而名。“民曰”至此将太守、天子、造物、太空连起来，可见民亦乐其乐矣。吾以名吾亭。”归到亭上，奇绝、幻绝。结得老，结应篇首“名”字。此一段借歌以畅发名亭之意作结。

[诚评] 以三“忘”字为经，以八“名”字为纬，以三“民”字为骨，就一座私亭写出绝大关系，俾忧乐同民之意隐然言外，又毫不着迹，立言最为有体。然非出笔潇洒，亦安能藏庄重于流丽如此也！彼于篇末以滑稽为讥者，殆未思民归功太守，太守推美于君，天子让善于天，天普美于无言，层层正自有至理。予评此记，时乾隆戊午七月十三日也。江宁正值亢旱，几有十日不雨则无禾之意，吟诵数遍，曷胜忻羡，

企望之至。

注释：

①志：记。

②“周公得禾”二句：相传周成王的弟弟唐叔得到一株形状特殊的禾，认为是吉利的象征，就献给成王。成王又把它转送给了周公，周公为纪念此事，于是就写一篇名为《嘉禾》的文章。周公，周成王的叔父姬旦。

③“汉武得鼎”二句：据《史记·孝武本纪》载，汉武帝元狩六年夏，得宝鼎于汾水上，改年号为元鼎元年。

④“叔孙胜敌”二句：据《左传·文公十一年》载，叔孙得臣在咸地打败了鄋瞒军队，俘获了鄋瞒的首领侨如。叔孙得臣为了纪念这次胜利，就给他的儿子起名“侨如”。

⑤扶风：古郡名。今陕西凤翔县等地。宋时称凤翔府。文中用的是旧称。

⑥雨麦：天降麦雨。　岐山：今陕山岐山县。　占：占卜。　有年：丰年。

⑦既而：后来。　弥月：经月，整月。

⑧商贾（gǔ）：泛指商人。 忭（biàn）：欢乐。

⑨属（zhǔ）：倾注，引申为劝酒。

⑩荐：通“洊”，再，屡次。 滋：更加。 炽：猖狂。

⑪使：如果，假使。 珠：珍珠。 襦（rú）：短衣。此指衣服。

⑫伊：是。

⑬造物：指创造万物的上天。

前赤壁赋　苏轼

本文写于宋神宗元丰五年（公元1082年），当时苏轼贬居于黄州（今湖北黄冈县）做团练副使。这年秋天，苏轼携友人游览黄冈赤壁（俗名赤鼻矶），吊古抒怀。

本文所叙赤壁，并非历史上孙曹交兵处的赤壁，三国赤壁在今湖北蒲圻县境内。东坡本借景吊古，自然不拘泥于具体地点。

壬戌之秋，七月既望①，从游之年、月、日赋起，确是敷陈其事而直言之之体。苏子与客泛舟游于赤壁之下②。赋客、赋舟、赋游赤壁，明点出游状，伏末“共适意”。以上四语题面点清，下面皆从此生出。清风徐来，水波不兴。举酒属客，二句写初登舟之景，点出风。诵《明月》之诗，歌《窈窕》之章③。此时月尚未出，舟尚未行。少焉，二字妙，恰是既望之月。月出于东山之上，点出月并点出山。风、月二字一篇张本。徘徊于斗牛之间④。“徘徊”二字属月，亦妙，见月之迟迟而出也。白露横江，点出江。水光接天。此八字恰是秋夜之景，读此等处当悟篇首着年、月之妙。纵一苇之所如，舟行矣。凌万顷之茫然[5]。一望无际。浩浩乎如冯虚御风，而不知其所止[6]；飘飘乎如遗世独立，羽化而登仙[7]。四句极状胜游以起下“乐”字。此一段赋初游赤壁情景，总写舟中所得情景。

于是饮酒乐甚，紧接上来。前“属客”句已点饮酒，此又借以生出“乐”字，伏后“悲”字。扣舷而歌之[8]。歌曰：“桂棹兮兰桨，歌所驾之舟。击空明兮溯流光[9]。歌舟行之景。渺渺兮予怀，歌因景兴怀。望美人兮天一方[10]。”歌所思之人。此四句从楚词脱化来。此一段赋自己乐而作歌。客有吹洞箫者，依歌而和之，其声呜呜然，此三句正写箫声。如怨如慕[11]，如泣如诉，余音袅袅，不绝如缕。五“如”句形容曲尽，此二句写声之余韵。舞幽壑之潜蛟，泣孤舟之嫠妇[12]。此二句写声感相通。此一段赋客和箫之悲，以起下愀然之问。

苏子愀然，正襟危坐而问客曰：“何为其然也？”借客作波，是实事，是妙文，会心人自能得之。客曰：“月明星稀，乌鹊南飞[14]，此非曹孟德之诗乎？诗即《短歌行》。触景生情却借客发出，立言最妙处。西望夏口，东望武昌[15]，山川相缪，郁乎苍苍[16]，此非孟德之困于周郎者乎[17]？又因赤壁再记古人之事。方其破荆州，下江陵，顺流而东也[18]，舳舻千里，旌旗蔽空，酾酒临江，横槊赋诗[19]，固一世之雄也，而今安在哉？自“月明”至此是悲之所由来，乃吊古意，悲尚浅，以下正言可悲处及伤今意，悲极深细。“旌旗”二字何等声势，“而今”二字写尽黯然。况吾与子渔樵于江渚之上，侣鱼虾而友麋鹿⑳。此二句对上“破荆州，下江陵，顺流而东”。驾一叶之扁舟，对上“舳舻”二句。举匏樽以相属㉑。对“酾酒”二句。寄蜉蝣于天地，渺沧海之一粟㉒。此二句对“一世之雄”。哀吾生之须臾，“哀”字收上意。羡长江之无穷。“羡”字起下意。挟飞仙以遨游，抱明月而长终。庶可长存人世而不可朽。知不可乎骤得，此正可悲处。托遗响于悲风㉓。”归到箫声之悲上收。此一段赋客发明箫声所以悲之故，因赤壁追记古人之诗。

苏子曰：“客亦知夫水与月乎？逝者如斯㉔，而未尝往也；说水。盈虚者如彼，而卒莫消长也㉕。说月。此四句“而”字上是客所知，“而”字下是客所未知。现前指点说出大道理来，奇绝。盖将自其变者而观之，则天地曾不能以一瞬；自其不变者而观之，则物与我皆无尽也。“盖将”至此皆客所未知。旧评以“变者”两句为客所知，终未思其为更推进一层也。东坡有此一段见解，借曹操事感发，此四句是一篇归宿处。而又何羡乎㉖？应上“羡”字收。此一段从水、月赋出正意以破客论。且夫天地之间，物各有主，又宕开一层。苟非吾之所有，虽一毫而莫取。说来最有身份，最有见地，既以自况又对赤壁，妙，妙。惟江上之清风，与山间之明月，此二句应风、月、江、山等句。耳得之而为声，顶“清风”句。目遇之而成色，顶“明月”句。取之无禁，用之不竭，是造物者之无尽藏也。而吾与子之所共适[27]。”此四句将“物我皆无尽”意发得透快之至。应上“况吾与子”收。此一段承上“物我皆无尽”句赋现在之可领取，以回应起处。

客喜而笑，收前“悲、乐”二层。洗盏更酌。肴核既尽，杯盘狼藉[28]。相与枕藉乎舟中，不知东方之既白[29]。此二句正是共适处。此一段更赋痛饮醉睡，终游赤壁情事作结，结得悠然。

［**诚评**］起首一段，就“风月”上写游赤壁情景，原自含共适之意；入后从“渺渺予怀”引出客箫，复从客箫借古吊意，发出“物我皆无尽”的大道理。在“江上”数语，回映起首，始终总是一个意思。游览一小事耳，发出这等大道理，遂堪不朽。若不是此篇妙赋，千载下谁知赤壁曾为苏子游耶?

注释：

①壬戌：宋神宗元丰五年。　既望：阴历每月十六日。既，过了。望，阴历每月十五日。

②苏子：作者自称。　泛舟：划着船。

③举酒属（zhǔ）客：举起酒杯，向客人敬酒。　《明月》

之诗、《窈窕》之章：指《诗经·陈风·月出》篇。因第一章有“月出皎兮，佼人僚兮，舒窈纠（jiǎo）兮，劳心悄兮”的句子，窈窕和窈纠音义相近，故这样说。

④少焉：一会儿。　斗牛：指二十八宿中的斗宿和牛宿。

⑤纵：听任。　一苇：指小船。　所如：所到之处。　凌：越过。　茫然：旷远的样子。

⑥冯虚御风：腾空驾风而行。冯（píng），同“凭”。

⑦遗世独立：抛开人世，了无牵挂。　羽化：成仙。传说成仙的人能够飞升。道家称之为“羽化”。

⑧扣舷：（按节拍）敲打船帮子。

⑨桂棹、兰桨：对棹和桨的美称。　棹（zhào）、桨皆为划船的工具，前推的叫桨，后推的叫棹。　击空明：指船桨击打着清澈的江水。空明，水清见底，月照水中宛如透明。　溯流光：指船在浮动着月光的水面上逆流而进。

⑩美人：古人常用来作为贤君圣主或美好理想的象征。

⑪呜呜然：形容箫声凄凉。　如怨如慕：既像哀怨，又像眷恋。

⑫舞：使舞。　泣：使哭泣。　嫠（lí）妇：寡妇。

⑬愀（qiǎo）然：忧愁变容的样子。

⑭月明星稀，乌鹊南飞：是曹操《短歌行》中的诗句。

⑮夏口：城名，故址在今武汉市的蛇山上。相传为孙权所建。　武昌：今湖北省鄂城。

⑯缪（liáo）：连接，环绕。　郁乎苍苍：指山川的一片苍翠之色。

⑰此：这个地方。　孟德：曹操的字。　周郎：指周瑜。周瑜做中郎将时年方二十四岁，当时人们称他“周郎”。后世沿用此称呼。

⑱破荆州：公元208年，曹操南击荆州，当时荆州刺史刘表已死，刘表的儿子刘琮投降曹操。　下江陵：刘琮降曹后，曹操又击败刘备于当阳之长坂，进兵江陵。

⑲舳舻（zhú lú）：指船头和船尾。　千里：极言其长。　酾（shī）酒：斟酒。　横槊赋诗：横着长矛吟诗。诗，指的就是《短歌行》。

⑳江渚：江中的小洲。　侣：做伴。　麋（mí）：鹿的一种。

㉑匏（páo）樽：葫芦制成的酒器。

㉒蜉蝣：一种生存期极短的小飞虫。古人说它朝生暮死。沧海：大海。

㉓骤得：轻而易举地实现。　托：假借。　遗响：余音，指箫声。　悲风：即秋风。

㉔逝者如斯：《论语·子罕》篇：子在川上曰："逝者如斯夫，不舍昼夜。"

㉕盈虚：满缺。 彼：指月。 消长（zhǎng）：减少或增多。

㉖无尽：永恒不尽。 羡：指上文的"羡长江之无穷"。

㉗造物者：此指自然界。 无尽藏（zàng）：出于佛家的"无尽藏海"。意即无尽的宝藏。 共适：一起来赏玩快意。

㉘肴核：菜肴和果品。 狼藉：杂乱。

㉙相与：互相。 枕藉（jiè）：枕叠着，紧挨着。藉，垫褥。此作动词用。 既白：天色已经发白。

后赤壁赋　苏轼

本篇所记重游赤壁，距前文记载仅三个月。一样风月，两种境界。前赋着色，此赋着景。神话色彩浓郁。

是岁十月之望，“是岁”二字遥接前篇“壬戌”二字来。此篇亦从年、月、日直起，总之赋体断无不直起者。步自雪堂，将归于临皋①。本赋游，此转从归起，无再游意，与前篇直从游起者不同。二客从予，过黄泥之坂②。亦先提出客来。霜露既降，木叶脱尽。恰是十月景。人影在地，仰见明月。恰是望日月。顾而乐之，行歌相答③。未游先乐、先歌，何有再游意。与前篇游而后乐、后歌亦异。此一段从始初无再见游赋起。

已而叹曰④：“有客无酒，有酒无肴⑤。“已而”二字妙，方渐转得到游上。“酒肴”从客生出，不似前篇点在游后，是其变换之巧。月白风清，如此良夜何⑥？”二句仍从“风月”上生情。客曰：“今者薄暮，举网得鱼⑦，巨口细鳞，状如松江之鲈⑧。顾安所得酒乎⑨？”肴自客出，见前此未思及肴，则未思及再游可知，客言止此。归而谋诸妇[10]。又作一波。妇曰："我有斗酒，藏之久矣，以待子不时之需。"酒自妇出，更妙，愈见前无再游意。

于是携酒与鱼，结过上文，以后不复再提，不似前篇三点饮酒，亦是变换之巧。复游于赤壁之下[11]。点出再游，引起下文。江流有声，断岸千尺[12]；山高月小，水落石出。此十六字恰是十月江山之景。曾日月之几何，而江山不可复识矣[13]！"复"字与"复游"相应。此一段赋再游情景，与前游不同处。回顾前游方确是后游文字，舍舟上岸，另开一游法。视前篇始终在舟，亦变换。予乃摄衣而上[14]，履巉岩，披蒙茸[15]，踞虎豹，登虬龙[16]，攀栖鹘之危巢，俯冯夷之幽宫[17]。此六句由登岩而山、而草、而石、而水、而高、而深，写游颇有次第。字句奇甚。盖二客不能从焉。借二客以起下文孤往不能久留之意。且视前番与客共游，到底又变换矣。一笔将长啸引出无限奇景来，妙甚。划然长啸[18]，草木震动，山鸣谷应，风起水涌。予亦悄然而悲[19]，"亦"字跟二客来。肃然而恐，凛乎其不可留也[20]。说到自己亦悲，恐难留，正所以为归舟地。反而登舟，放乎中流[21]，听其所止而休焉。大有任纯自然之意，而游止矣。此一段赋登临而还舟。

时夜将半，四顾寂寥。适有孤鹤，横江东来[22]。忽然说出鹤来，幻甚。昔人所谓凭空结撰，良非诬也。翅如车轮，玄裳缟衣，戛然长鸣，掠予舟而西也[23]。须臾客去，予亦就睡。主客俱离舟矣，又不复前番相与枕藉舟中矣。梦一道士，羽衣蹁跹[24]，忽又入梦，更属幻中之幻。过临皋之下，应前“将归”句。揖予而言曰[25]：“赤壁之游乐乎？”“赤壁”如此了结，出人意表。“乐”字应前“顾而”句。问其姓名，问得奇。俯而不答。更奇，俱是梦中幻境。“呜呼噫嘻[26]！我知之矣。畴昔之夜[27]，飞鸣而过我者，非子也耶？”夜曰“畴昔”。鹤化道士，幻绝，妙绝。道士顾笑，仍是不答意，却又复前篇“笑”字，但道士与客有异耳。予亦惊寤[28]。开户视之，不见其处。惊悟后“开户”，痴绝，然不如此亦结不得此梦，结得入化，须知是还他一个妙手空空，真文家绝顶意境。此一段赋触物而梦作结。

［诚评］前篇无从照管后篇，后篇必要照管前篇。此人所知也。然此赋与前赋有同处，有异处，有同而异处，有异而同处，尤不可不知。何谓同？两篇皆以客作波，风月生情，酒肴点缀，睡为归结，此同处也；前赋确切前游情景，后赋则又确切后游情景，种种各别，岂不迥异？至前赋，客用浑言，此明指二客；前赋“风月”首尾照应，此只一二处点染；前赋三及饮酒，此一入题便止；前赋与客枕藉舟中，此赋客去就睡屋内；笔法随处变换，故曰同而异也。究之两赋情景与两赋笔法虽皆异，而着想之奇同，措词之工同，见地之高同，结构之妙同，语语之皆仙，笔笔之入化，亦无一不同。

注释：

①是年：这年，即《前赤壁赋》说的壬戌年。　十月之望：农历的十月十五日。　雪堂：苏轼在黄州时建造的厅堂，因在大雪中建成，四壁都画雪景，故名“雪堂”。　临皋（gāo）：亭名，在今湖北黄冈县南的长江边上。

②黄泥之坂（bǎn）：即黄泥坂，山坡名。位于从雪堂到临皋亭的路上。

③乐之：以之为乐。之，代夜间景色。　行歌相答：边走边吟咏，互相酬答。

④已而：过了一会儿。

⑤肴（yáo）：菜肴。

⑥如此良夜何：怎么对待这个良夜呢？

⑦薄（bó）暮：傍晚。薄，接近。

⑧松江之鲈：松江（流经现在江苏省和上海市一带）盛产四鳃鲈，长仅五六寸，味甚鲜美。

⑨顾：不过。　安所：哪里，什么地方。

⑩谋诸妇：和妻子商量。诸，之于。

⑪复游：这年七月曾游过赤壁，这次是再去游览。

⑫断岸：陡峭的江岸。

⑬曾日月之几何：只不过隔了几天呀。曾（zēng），连……都。

⑭摄衣而上：撩起衣服登岸。

⑮履巉（chán）岩：踏着险峻的山岩。　披蒙茸（róng）：拨开稠密杂乱的野草。蒙茸，杂乱貌。此用作名词，指杂乱的野草。

⑯踞虎豹：蹲坐在像虎豹一样的山石上。虎豹，借指奇形怪状的石头。　登虬（qiú）龙：攀着像虬龙一样弯曲的树木。虬龙，传说中一种有角的小龙。这里借喻弯曲的树木。

⑰栖（qī）：宿息。　鹘（gǔ）：一种凶猛的鸟。　冯（píng）夷：传说中的水神名，即河伯。《文选·张衡〈思玄赋〉》引旧注："河伯，华阳潼乡人也。姓冯氏，名夷。浴于河中而溺死，是为河伯。"

⑱划然：长啸的声音。

⑲悄然：忧伤的样子。

⑳凛乎其不可留也：感到害怕，不敢停留。凛，害怕，恐惧。

㉑反：同"返"。　放乎中流：放船到江心。

㉒适：正好。

㉓玄：黑色。　裳：下裙。　缟（gǎo）：白色的丝织

品。　衣：上衣。这里指鹤的尾部羽毛是黑色，前面羽毛是白色。　戛（jiá）然：形容鹤叫的尖厉声。

㉔羽衣：道士是鹤化成的，所以仍穿“羽衣”。蹁跹（pián xiān）：飘然轻快的样子。

㉕揖（yī）予：向我拱手施礼。

㉖呜呼噫嘻：感叹词。

㉗畴昔之夜：这里指昨天夜里。畴昔，从前。畴，助词，无意义。

㉘寤（wù）：睡醒。

上枢密韩太尉书　苏辙

苏辙（公元1039年至1112年），字子由，眉山（今四川眉山县）人，苏洵之次子，苏轼之弟。“唐宋八大家”之一。

本文写于宋仁宗嘉祐二年。当时韩琦任枢密院（宋中央最高机关之一，掌军政大权）使，苏辙刚考中进士，在即将回乡时写下了此信，以求韩琦一见。

太尉，秦汉时所置全国最高军事长官。苏辙在这里用与枢密使官职相当的旧称称韩琦。书，古代一种文体，指信。

辙生好为文，直起自老。思之至深。生下数句。以为文者，气之所形，“气”字一篇之骨。然文不可以学而能，开一笔。气可以养而致。撇开学单讲养气。是一篇主意。旧评谓二语有胆气，信然。孟子曰：“我善养吾浩然之气①。”引一养气而能文者作证。今观其文章，宽厚宏博，充乎天地之间，称其气之小大②。“孟子曰”至此跟上“气可”句，只浑言一个养气，而后赞其文章之妙。太史公行天下[3]，又引一养气而能文者作证。周览四海名山大川，与燕、赵间豪俊交游[4]，故其文疏荡，颇有奇气。此先暗言养气，而于赞其文处方点出“气”字。此详举却不明言养气，固笔法之变换。此二子者，岂尝执笔学为如此之文哉？跟上文“不可以学而能”句作一宕。其气充乎其中而溢乎其貌，动乎其言而见乎其文，而不自知也。此三句归到“气”上作一断，以应上“文者气之所形”句收束住。此一段泛言文以养气为主作发端。

辙生年十有九矣。其居家所与游者，不过其邻里乡党之人[5]。此二句与“太史公交游燕赵间豪俊”对看。所见不过数百里之间，无高山大野可登览以自广。此三句与“太史公周览四海名山大川”对看。百氏之书[6]，虽无所不读，然皆古人之陈迹，不足以激发其志气。“激发”五字，一篇主导，却反点出，笔法变化。恐遂汩没，故决然舍去[7]，此六句只借以逼出“求天下”二句耳。求天下奇闻壮观，以知天地之广大。这一层更妙，即有可借以养气者，而取之往古终不若取之当今，逼拶一意方紧。此一段自言气无由养，而欲求天下奇闻壮观以为养气之资，字字顾前照后。此二段是下三段纲领，提挈得妙。过秦、汉之故都，恣观终南、嵩、华之高[8]，北顾黄河之奔流，慨然想见古之豪杰。得之奇闻壮观者一。至京师，上是途中所得，此到京师所得，两层俱是应上“数百里”三句。仰观天子宫阙之壮[9]，与仓廪、府库、城池、苑囿之富且大也[10]，而后知天下之巨丽。得之奇闻壮观者又其一。“秦汉”段皆言求激发志气之意以起下文。见翰林欧阳公[11]，听其议论之宏辨，观其容貌之秀伟，与其门人贤士大夫游，而后知天下之文章聚乎此也。此五句本是欲以欧阳公陪，却又以前两层陪欧阳公，最难措笔，妙能立言有体。应上“邻里乡党”一句，得之奇闻壮观者又其一。此一段历言奇闻壮观之已得者作陪衬，是宾。太尉以才略冠天下，接得无痕。天下之所恃以无忧，四夷之所惮以不敢发[12]，入则周公、召公，颂太尉相业。出则方叔、召虎[13]，颂太尉将业。而辙也未之见焉。所闻观犹有憾。此“太尉”一段，言奇闻壮观之未得者，以为下求教占地，是主。

且夫人之学也，不志其大，虽多而何为？此三句反笔，虚领起。辙之来也，于山见终南、嵩、华之高，于水见黄河之大且深，于人见欧阳公，此等笔力，惟《孟子》《国策》有之。而犹以为未见太尉也。折入太尉，得力。故愿得观贤人之光耀[14]，“观”字应上“壮丽”。闻一言以自壮，“闻”字应上“奇闻”。然后可以尽天下之大观而无憾者矣。此一语收尽前文，见“足以激发其志气”意，笔力直可扛九鼎。此一段正言愿求教而得奇闻壮观以无憾意，将上文重说，收束。

辙年少，未能通习吏事。向之来，非有取于斗升之禄，非求禄，是上意。偶然得之，非其所乐。“乐”字应起首“好为文”句，与他求见意不同。然幸得赐归待选，使得优游数年之间，将以益治其文[15]，此二句归到养气，以“益治文”又带“学为政”，极宽密。且学为政。太尉苟以为可教而辱教之，又幸矣[16]！一笔直道出来，见意又分明是不敢幸到欧阳公。此一段自叙求教之意而以望教作结。

[**诚评**]不为干求仕进，只为藉资以养气而益治其文。本来上书主意原自不同一切，其所藉资以养气而益治其文者，在激发其志气，而其所以激发其志气者，即在太尉之一见上，是其行文之一意贯注到底也。然欲见太尉，而先言未见，欲言未见太尉，而先言已见欧阳公，欲言已见欧阳公，又先言过秦汉故都及至京师所见。凡此皆奇闻壮观，足以激发志气者，故用"求天下"二句作一提挈，然"求天下"二句，又不即提挈出，又从"不足以激发其志气"逼拶出来。其欲自言不足以激发志气，乃从篇首提过，"文为气之所形，而气可以养而致"。后即借孟子引出太史公，做个有所藉资以养气而治其文的榜样，方才自言"与游不过邻里乡党，所见不过数百里间"，"未足以激发其志气"，这两层紧对太史公"周览交游"二项，妙在此下更添百氏之书一层，把稽古不若居今与求见太尉之意打个照面，而以"不足激发志气，决然舍去"，逼出"求天下"二句。此前已觉曲折盘旋，具无限波澜矣，至此即接入求见太尉，未始不可，却又将过秦一段作衬，又作许多曲折盘旋以为波澜。接入太尉而以未见顿住，于是更将山水等

项一束作势折下，精神更加百倍。“故愿”以下，只三语，便将求见正面了结。末以“使得优游”二句结过通篇正意，又将“且学”句略应“待选”，结本段余意。通体绝无一干求仕进语，而纡徐婉曲中，盛气足以逼人的是少年新得意人文字。本传称：子由为人沉静简洁，为文汪洋淡泊而有秀杰之气。读此具足窥见一斑云。

激发志气是所藉以养气者，不可即作养气看，养气另有工夫，观“使得”句便见。“将以”句“益”字见前此已有治文功夫，并中间“百氏”二句，皆是自占地步处。借欧阳公陪，亦妙能不失欧阳公与太尉两人身份。

养气知言，是孟子一生内圣外王的学问，子由养气不过为文字而已。观“且学”句，分文与政，而二之不益可见耶，亦须辨。

注释：

①我善养吾浩然之气：语出自《孟子·公孙丑上》。浩然之气，博大刚正的精神气质。

②称（chèn）：适合，相称。

③太史公：指司马迁。《史记·太史公自序》说：“迁生龙门，耕牧河山之阳。年十岁则诵古文。二十而南游江、淮，上会稽，探禹穴，窥九疑，浮于沅、湘，北涉汶、泗，讲业齐、鲁之都，观孔子之遗风，乡射邹、峄，戹困鄱、薛、彭城，过梁、楚以归。”

④燕、赵：战国时的两个国。燕，今北京市和河北省一带。赵，今河北省和山西省一带。

⑤邻里乡党：本乡本土。古时以一万二千五百家为乡，五百家为党。

⑥百氏之书：指诸子百家的著作。

⑦汩（gǔ）没：沉沦，埋没。

⑧秦汉之故都：秦都咸阳，汉都长安。　终南：山名，在陕西省西安市南。　嵩：山名，五岳之中岳，在河南省登封县北。　华：山名，五岳之西岳，在陕西省华阳县南。

⑨京师：京城。指北宋都城开封。　宫阙：泛指宫殿。

⑩仓廪（lǐn）：粮仓。　苑囿（yòu）：封建帝王栽种花木和畜养禽兽的园子。

⑪翰林欧阳公：指欧阳修，他曾任翰林学士。苏辙中进士时，他是主考官。

⑫四夷：指当时边疆上的少数民族。　惮：畏惧，害怕。

⑬周公、召公：周公旦、召公奭（shì）。他们都是武王的名臣。　方叔、召虎：都是周宣王的大臣，当时平定少数民族叛乱有功。这里借用周代四个大臣，称赞韩琦和他们一样是辅佐朝廷的重臣。

⑭贤人：指韩琦。　光耀：指人的丰采。

⑮赐归待选：叫我回家，等待考选。　优游：空闲。　益：加紧，进一步。

⑯苟：如果，假使。　辱：自谦之词。　幸：幸运。

元文

1206年，蒙人铁木真（成吉思汗）建国，1271年忽必烈定国号为元。1279年，忽必烈灭南宋，建都大都（北京），自成吉思汗始，元共历一十五帝，一百六十三年。

此间古文著作统称元文。

加封孔子制　阎复

元武宗于成宗末大德十一年（公元1297年）五月即位，七月加封孔子为“大成至圣文宣王”。翰林学士阎复承旨，特作此文加以颂德。

制为古代一种文体。指奉帝王之旨作文。

盖闻先孔子而圣者，非孔子无以明①；后孔子而圣者，非孔子无以法②。劈空起四语，确是孔子定论，不可移易。此四句虚笼一层，妙从“先孔子”“后孔子”发论，包括大成至圣义。所谓祖述尧舜，宪章文武③，二语顶“先孔子”。仪范百王，师表万世者也④。二语顶“后孔子”。此四句虚证一层，正括大成至圣之义处。此一段纯赞孔子之圣。朕纂承丕绪，敬仰休风⑤，循治古之良规，举追封之盛典⑥。此四句是所以加封之故。其有三层意思，“纂承”句是嗣位，“敬仰”句是钦慕，“循治古”二句是法古。加号“大成至圣文宣王”，正言加封。遣使阙里，祀以太牢[7]。兼及致祭。此一段叙因嗣位而加封遣祭以致敬。于戏[8]！父子之亲，君臣之义，永惟圣教之尊。天地之大，日月之明，奚罄名言之妙[9]？三句收首段。尚资神化，此四句收首段，赞孔子之圣。祚我皇元[10]。此一句收加封孔子段。此一段极叹圣教长尊，兼致祈祷以作结。

［诚评］孔子本不易赞。而从前赞孔子者，又复名作如林。试思一部廿一史，从何处说起？如欲备极称颂，又恐累千万言终说不尽。此制妙只切定“大成”二字发挥，末用流水文法咏叹作结，从切实处说入神化，意致悠然高绝。

注释：

①明：修明。指得以颂扬。

②法：效法。

③祖：初、始。　尧舜：古代二位贤君。　宪章：法令和规章。此用作动词，意为制定法令和宪章。

④仪：准则。　范：榜样、规范。皆用作动词，意为作为……的准则和规范。　表：标志，标准。

⑤纂（zuǎn）：通“缵”，继承。 丕（pī）：宏大。绪：前人留下的事业。 休：和美。

⑥“循治古之良规”二句：据说立庙祭祀孔子从汉高帝（刘邦）开始。唐太宗（李世民）贞观四年诏书州县学堂修孔庙，贞观十年又诏书，尊孔子为“宣圣尼父”。唐高宗（李治）乾封元年，追封孔子为“太师”。武后（武则天）天授年间追封孔子为“隆道公”。唐玄宗（李隆基）开元二十七年追谥孔子为“文宣王”。宋真宗（赵恒）大中祥符年间加谥孔子为“至圣文宣王”。此二句有循此规、举此典的意思。

⑦太牢：牛羊猪三样齐全叫太牢，只有羊猪为少牢。此指祭品丰盛。

⑧于戏（wū hū）：同“呜呼”，感叹词。

⑨奚：疑问代词，哪里。 罄（qìng）：空，尽。

⑩尚：还。 祚（zuò）：赐福。 皇元：即元皇，指元朝的社稷。

明文

公元1368年朱元璋推翻元朝统治，建立明朝。明共历一十六帝，统治二百七十七年。

此间古文著作，统称明文。

阅江楼记　宋濂

宋濂（公元1310年至1381年），字景濂，号潜溪。浙江浦江（今浙江义乌县西北）人。官至翰林学士承旨知制诰。是明初有名的文学家。

明太祖洪武七年春正月，建阅江楼于京师（今江苏南京市）狮子山，因此地属当时都城——金陵，故曰“京师狮子山”。楼成后，当时任大学士的宋濂奉帝旨写下了这篇文章。

金陵为帝王之州①。七字起得雄伟，从建都说起，最得楼之原委。自六朝迄于南唐②，类皆偏据一方，无以应山川之王气③。此三句是实叙。说六朝、南唐限于偏隅，正见王气必有所钟，以起本朝特兴之盛。逮我皇帝定鼎于兹，接入本朝，笔极郑重。始足以当之④。正应“金陵”句。以下正见足以当山川之王气。由是声教所暨，罔间朔南⑤，就圣治上说，与上“类皆”句紧对。存神穆清，与天同体，补出圣德一层，方是帝王全相。虽一豫一游，亦可为天下后世法⑥。此二句虚揭建楼，最妙，笼起全篇立言大旨。从圣治说入圣德、说入游豫，极有次第，此一段从金陵王气说起，因以虚笼建楼大意，作一篇之冒。

京城之西北，有狮子山，记建楼之地。自卢龙蜿蜒而来⑦，记其地来龙。长江如虹贯，蟠绕其下⑧。虚笼及此，记其地胜概，为下“阅江”二字占地。上以其地雄胜，顶上二句，说出要建楼意来。诏建楼于巅⑨，此句点楼，见建楼自上。与民同游观之乐。此句应上游豫，所以建楼意，然此一层意尚浅。遂锡嘉名为“阅江”云。点楼名，亦锡自上。此一段记楼所由建与楼所由名。篇中只此一段是记事。

登览之顷，万象森列⑩，虚提下意。千载之秘，一旦轩露⑪。暗应“六朝”句。岂非天造地设，以俟大一统之君⑫，而开千万世之伟观者欤？此三句忽振一笔，文势雄甚。应上文，为天下后世法句。此一段记楼成之壮丽，见太祖能应山川旺气，以束上生下。当风日清美，四字最妙，得此方用得“遥瞩”二字。法驾幸临，升其崇椒，凭阑遥瞩，以“凭阑”代登楼，以“瞩”代阅，即时文中换字法也。必悠然而动遐思。开下三段。此一段提出幸临，因阅而思，作下三段。是三段纲领，局阵最佳。见江汉之朝宗，诸侯之述职⑬，城池之高深，关阨之严固⑭，必曰：“此朕栉风沐雨战胜攻取之所致也⑮。中夏之广，益思有以保之⑯。”明应“思”字作收。此一段是讽保社稷于灵长意。见波涛之浩荡，风帆之上下⑰，番舶接迹而来庭，蛮琛联肩而入贡⑱，此数语脱胎于《待漏院记》，而雄迈轩昂似犹过之。必曰："此朕德绥威服，覃及内外之所及也[19]。四陲之远，益思有以柔之[20]。"知归服者之众，益思安抚之周。此一段是讽抚四夷于无穷意。见两岸之间，四郊之上，耕人有炙肤皲足之烦[21]，农女有捋桑行馌之勤[22]，必曰："此朕拔诸水火而登于衽席者也[23]。万方之民，益思有以安之[24]。"知救拔之切，益思德泽之厚。此一段讽安百姓于无已意。三段由远而近，由江而岸，细细补写，层层推论，真情、景两到。三"见"字皆从"阅"字生出，三"必曰"正是思处，知创业之艰，益思守成之力。从"阅"字描出圣天子安不忘危至意，词气春和，议论警切，寓规于颂，真大臣丰度。触类而思，不一而足。此二句妙，上三段只举其大端耳，得此便包括无穷。臣知斯楼之建，皇上所以发舒精神[25]，因物感兴盛，无不寓其政治之思，奚止阅夫长江而已哉[26]！此句妙。题本只是"阅江"，又偏撇开阅江，立意之高，措词之警，全得手在此。此一段结上三段"思"字，找补不徒阅江，以足规讽保治之意。

彼临春、结绮，非不华矣[27]；齐云、落星，非不高矣[28]。不过集管弦之淫响，藏燕赵之艳姬，不旋踵间而感慨系之[29]，此上数语脱胎《黄州竹楼记》。暗照六朝、南唐相继而亡，是何等箴规。臣不知其为何说也。此一段历举前代所建之楼感慨叹息，亦是箴规之意。意极慨叹，其实只用轻笔，含糊略过，一见意而止，若重发此意，又未免有伤体制，最为斟酌。虽然，长江发源岷山，委蛇七千余里而入海[30]，白涌碧翻。六朝之时，仍以六朝作衬。往往倚之为天堑。题是阅长江，而已极力洗发“阅”字，然“江”字终不可遗却。故特详写于此作波，文思极巧，文致极阔。今则南北一家，视为安流，无所事乎战争矣。然则果谁之力欤？逢掖之士[31]，有登斯楼而阅斯江者，当思圣德如天，应前数“思”字。浩荡难名，应起首“与天同体”及“为天下后世法”。与神禹疏凿之功，同一罔极[32]。忠君报上之心，其有不油然而兴者耶？前既勉君，此勉臣，一层亦不可少。此一段又借长江发论而并勉其臣，无意不到。毕竟是余意，观下只结规君意可见。

臣不敏，奉旨撰记。欲上推宵旰图治之功者，结尽全篇。勒诸贞珉[33]。他若留连光景之辞，皆略而不陈，他人刺刺不休者只一语撇开，到底是规讽，妙妙。惧亵也[34]。

［**诚评**］记为楼作，自应极言楼之壮丽及楼所见景物之佳，文偏只一两笔点缀，而所谓一两笔者，又皆撇笔。如此腾空破浪而行，真是奇观。然记事文字，略题面而详题意，前贤固已有为之者矣，如范文正《严先生祠堂记》等，可证也。况承君命作记，更较与别人言不同，故通体以规讽为主。前以“与民同游观之乐”引起，中间痛发安不忘危之意，入后收束过。反复慨叹而兼勉其臣，末仍归到规讽君上作结，妙。能处处与阅江楼有关合，不可移置他题上去。波澜壮阔，步骤从

容，结构精严，词旨恺切，昔人评云：驾宋轶唐，不愧一代文臣领袖。良不诬也。

注释：

①金陵：今江苏南京市。 帝王之州：相传蜀汉诸葛亮曾到金陵，看了那里的地形地物，赞叹说："钟山龙盘，石头虎踞，此帝王之宅。"州，这里是地方的意思。

②六朝：指东晋、南朝宋、齐、梁、陈、隋。 迄于：到。 南唐：五代时十国之一。六朝和南唐都建都金陵。

③王气：帝王之气。古代迷信，说帝王兴起之处有祥光瑞气。

④逮：及，到。 皇帝：指明太祖朱元璋。 定鼎：建都。鼎，指夏禹铸的九鼎，是古代传国宝器，王都建在哪里，九鼎就放在哪里，所以称定都为"定鼎"。 于兹：在此，在这里。 足以：能够。 当：承担，胜任。

⑤声教：风气和教化。 所暨（jì）：到达的地方。暨，及，到。 罔：不，没有。 间：差别。 朔：指北方。

⑥穆清：指像清和的风化育万物。旧时用以称颂帝王。语出《诗经·大雅·烝民》。 虽：即便，就是。 豫：欢喜，

快乐。

⑦狮子山：在今江苏江宁县北。　卢龙：山名。在今江宁县西北。

⑧蟠（pán）绕：曲折围绕。

⑨上：皇上。　诏：特指封建时代皇帝颁布的命令，也叫诏书。此用作动词，意为下诏。

⑩顷：顷刻，一下子。　森：指众多。

⑪轩：窗户或门。这里用作动词，显现的意思。

⑫俟（sì）：等待。

⑬江汉：指长江和汉水。此泛指大小河流。　朝（cháo）宗：古时诸侯朝见天子叫朝宗。此处指百川入海。　诸侯：指各地军政官员。

⑭关阨（ài）：即关隘。

⑮栉风沐雨：让风梳发，让雨洗头。指在风雨中奔波创业。

⑯中夏：中原，中华。

⑰风帆之上下：指船只来来往往。

⑱番：对外族的通称。　接迹：形容船多，接连不断。　庭：通“廷”，朝廷。　蛮：此处与“番”同，也是对外族的通称。　琛（chēn）：珍宝。　联肩：并肩。

⑲覃（tán）：延长，广泛深入。

⑳陲：边境，边疆。　柔：安抚。

㉑耕人：即农夫。　炙（zhì）：烤。　皲（jūn）：皮肤受冻裂开。　烦：烦恼。

㉒捋（luō）桑：采摘桑叶。捋，用手握住条状物向一端滑动。　行馌（yè）：给在田间耕作的人送饭。

㉓拔：拉出来。此指拯救。　诸：之于。　衽（rèn）席：比喻和平安定的生活。衽，床席。

㉔万方：指全国各地。　益：更加。

㉕舒：伸展，宽解。

㉖奚：何，怎么。

㉗临春、结绮：二阁名。南朝陈后主（陈叔宝）所建。

㉘齐云：楼名。五代韩浦所建。　落星：楼名。三国孙权所建。

㉙旋踵：旋转脚跟。形容时间极短。

㉚岷山：在四川省北部，是长江、黄河的分水岭。古人把它当作长江的发源地。　委蛇（yí）：弯弯曲曲延续不断的样子。

㉛逢掖：古代读书人所穿袖子宽大的衣裳。逢掖之士，泛指读书人。

㉜神禹：即夏禹。　罔极：没有穷尽。

㉝宵旰（gàn）：“宵衣旰食”的省略。天不亮就起身穿

衣，天晚了才吃饭。赞扬帝王勤于政事。　勒：刻。　诸：之于。　贞珉：像玉一样的美石。

㉞亵（xiè）：亵渎。